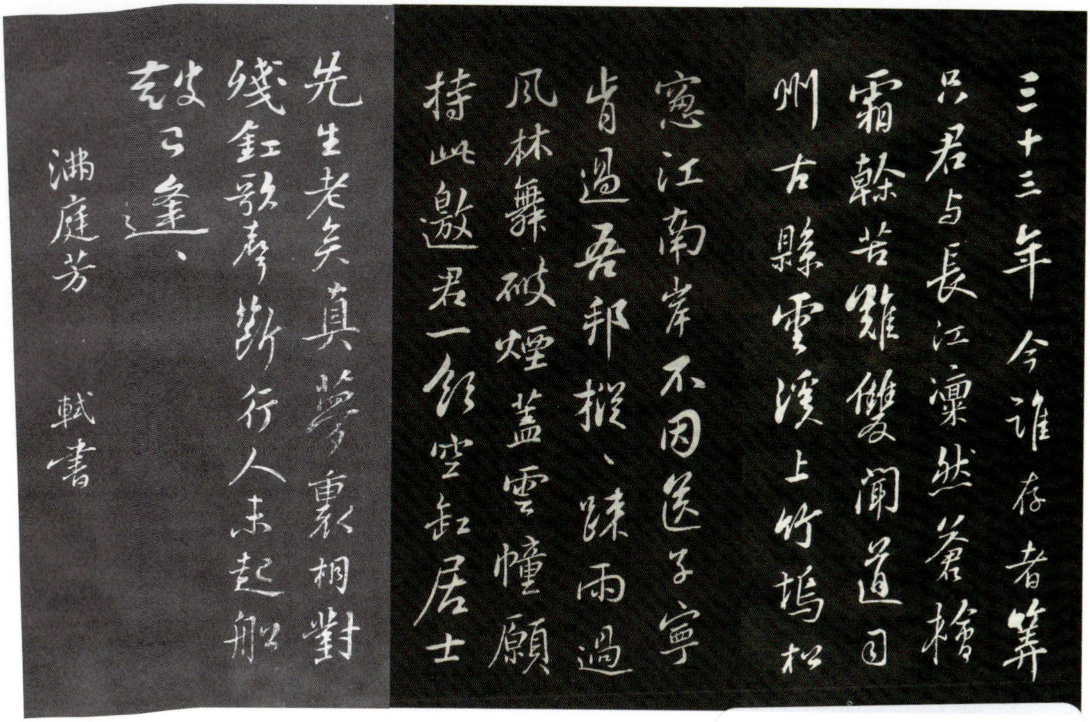

苏轼手书《满庭芳》(三十三年)词

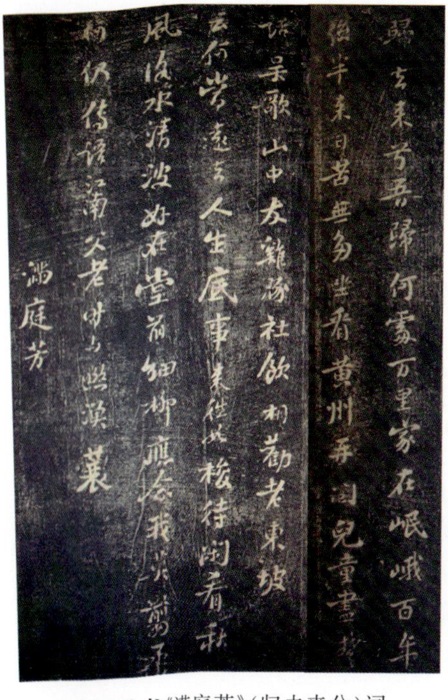

苏轼手书《满庭芳》(归去来兮)词

苏轼手书《醉蓬莱》(笑劳生一梦)词

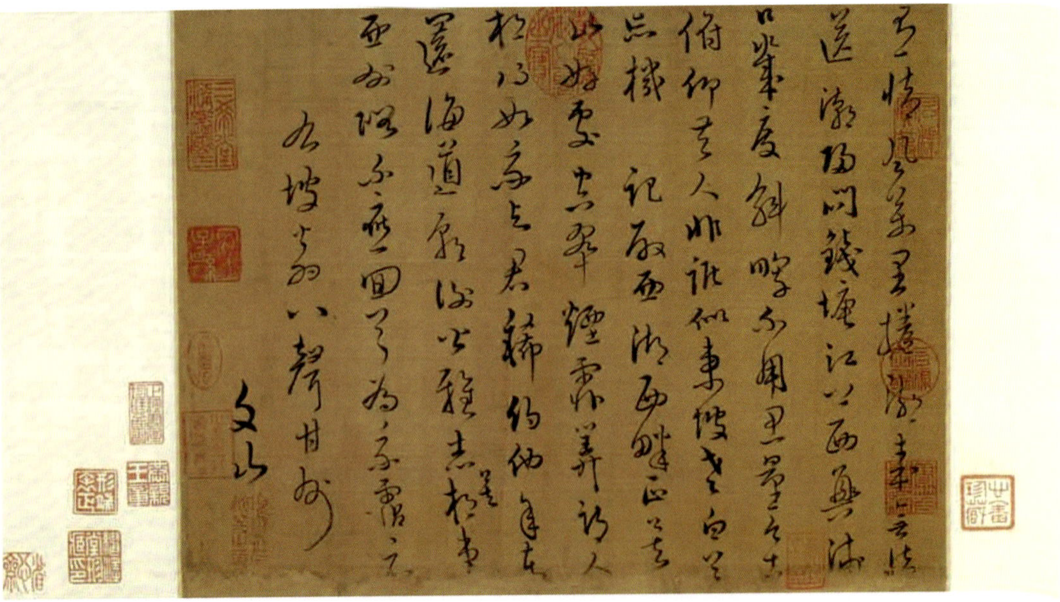

宋文天祥手书苏轼《八声甘州》(有情风、万里卷潮来)词

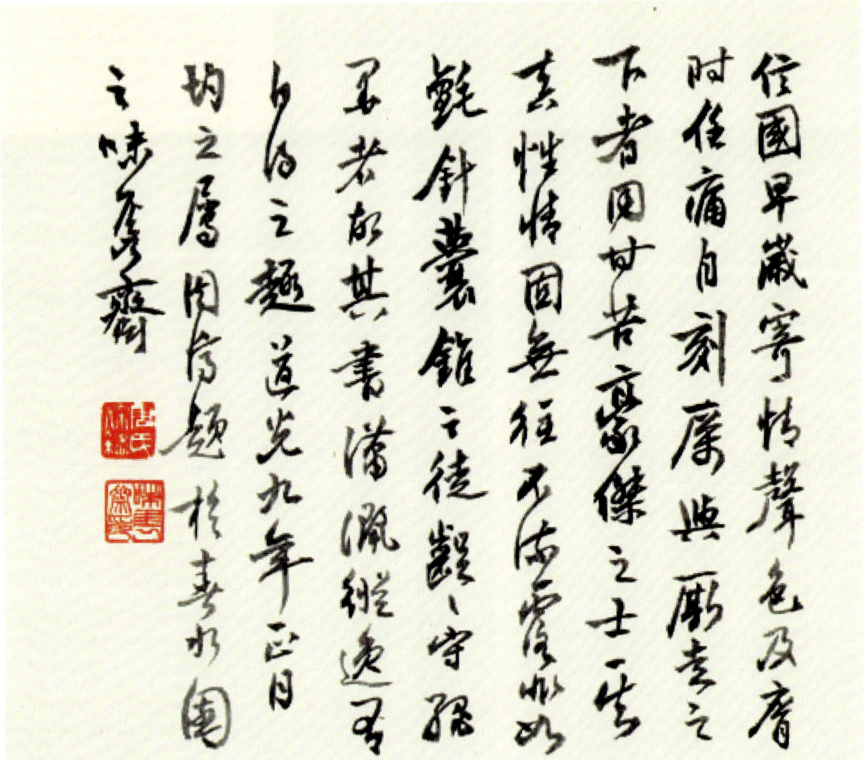

清周济跋文天祥手书东坡《八声甘州》词

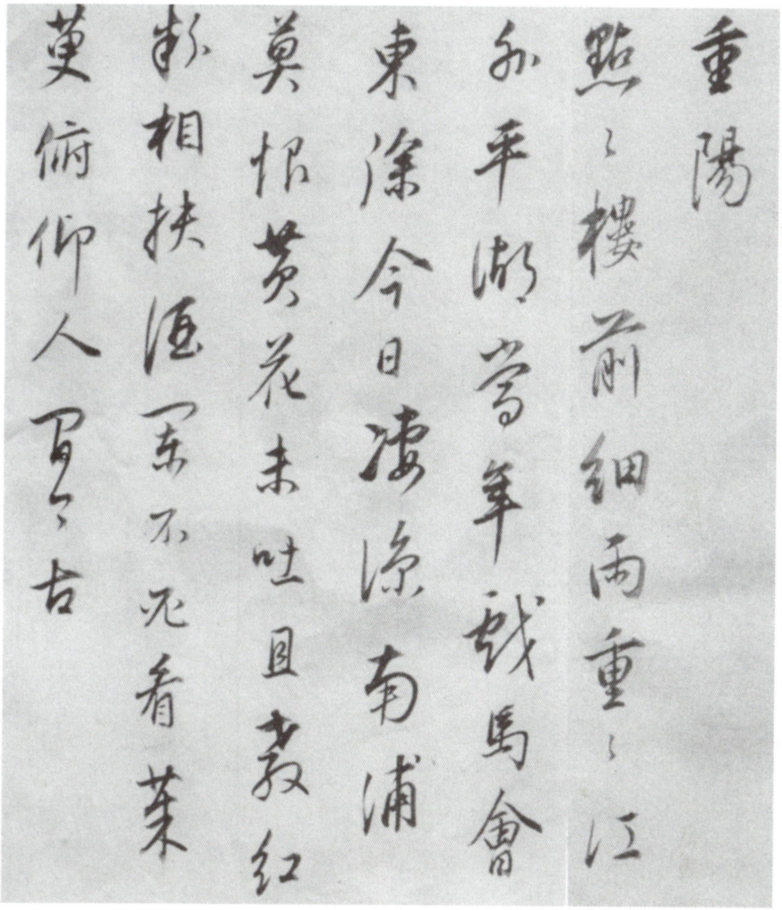

明董其昌手书苏轼《西江月》(点点楼头细雨)词

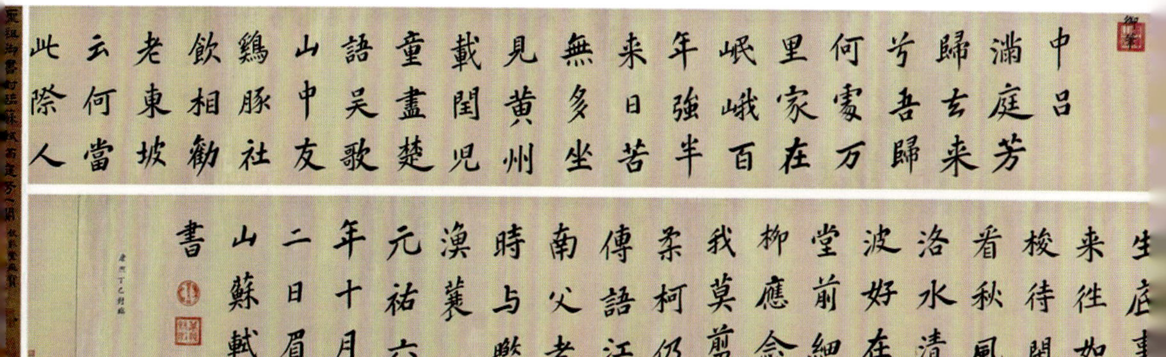

清圣祖康熙皇帝御书对临苏轼《满庭芳》(归去来兮)词

湖北黄冈《行香子》词石刻

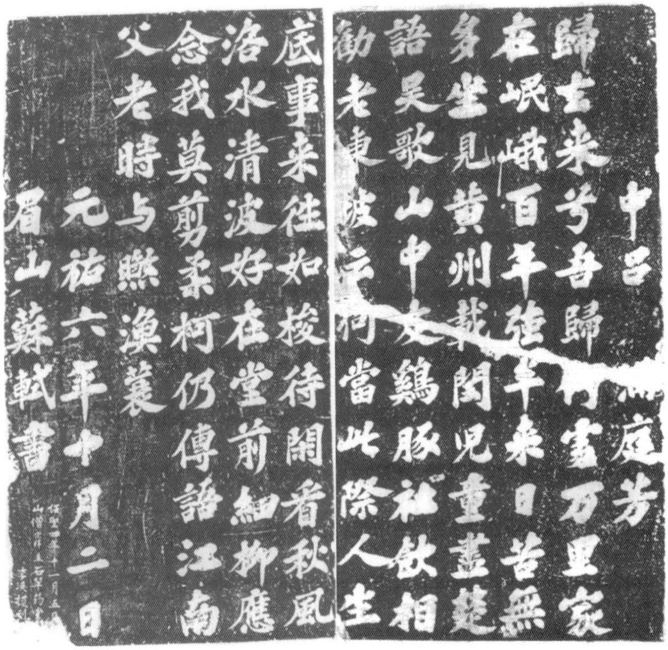

湖北黄冈《满庭芳》石刻

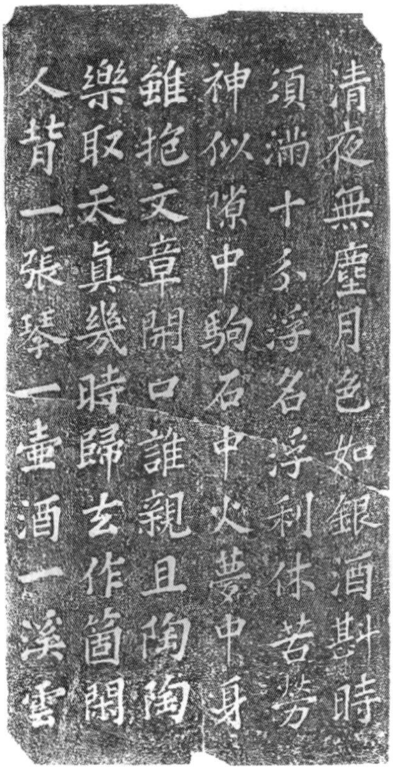

广东琼州琼山县《行香子》词碑

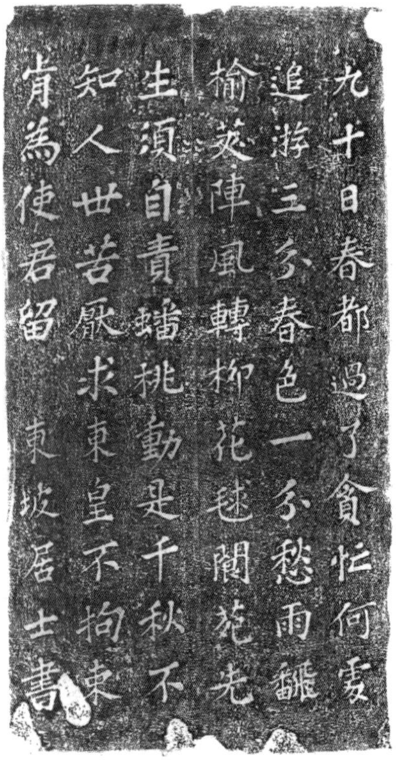

广东琼州琼山县《临江仙》词碑

苏东坡词历代传播与接受专题研究论稿

陈景周　著

苏州大学出版社

图书在版编目(CIP)数据

苏东坡词历代传播与接受专题研究论稿 / 陈景周著
. —苏州：苏州大学出版社，2014.9
ISBN 978-7-5672-1028-8

Ⅰ.①苏… Ⅱ.①陈… Ⅲ.①苏轼(1036～1101)－宋词－诗词研究 Ⅳ.①I207.23

中国版本图书馆 CIP 数据核字(2014)第 213657 号

苏东坡词历代传播与接受专题研究论稿
陈景周 著
责任编辑 李 兵

苏州大学出版社出版发行
（地址：苏州市十梓街 1 号 邮编：215006）
苏州工业园区美柯乐制版印务有限责任公司印装
（地址：苏州工业园区娄葑镇东兴路 7-1 号 邮编：215021）

开本 700 mm×1 000 mm 1/16 印张 23.75 插页 2 字数 466 千
2014 年 9 月第 1 版 2014 年 9 月第 1 次印刷
ISBN ISBN 978-7-5672-1028-8 定价：69.00 元

序

陈斌30余万字的《苏东坡词历代传播与接受专题研究论稿》论著即将出版,作为见证他此书研究创作过程的第一人,我理当说几句话。

五年前,我从苏州大学新闻传播专业回归古代文学专业的教职,在主讲的古代文学课上,认识了陈斌,他个子高高瘦瘦的,每次坐在第二排固定的座位,似乎很专注地听我讲课。课间我有时与他随意聊天,发现他虽然话语不多,但好学深思,对一些作家作品很有自己的见解,后来他交给我两册打印的文稿,一是《苏轼词品——词牌、句读、用韵、典故、评赏》,一是《花月、器物、鸟兽、草木、梦境、情怀——江南李王词品》,每册都有好几万字,原来这都是他平时研阅苏轼、李煜词时,随手写下的一些心得体会。这让我对他有了更多的了解,慢慢熟悉以后,我们的交流就更多了。陈斌的本科毕业论文《东坡词的传播与接受及其经典名篇》,是由我指导的,篇幅既已多达3万余字。

三年前,他就读本校古代文学专业的研究生后,我又成了他的指导老师。陈斌看书速度比较快,想法也比较多,做事风风火火,我对他的要求不外乎取法乎上、仅得其中,因此目标要远、眼界要高、做事要实。其时正好苏州大学出版社要推出一套"小而好"系列丛书,我领了其中的一种《古小曲精华》,首先想到的合作者就是他,我们花了半年左右的时间就合作完成了这部20多万字的书稿。读研以后,陈斌又花了很长的时间,单独以一人之力编辑整理了《周蓼洲〈烬余集〉校辑暨相关研究资料汇编》(正式书名为《周顺昌研究资料汇编》),共80万字。他的故里苏州工业园区跨塘镇车渡浜有一座周王庙,系明代苏州历史名人乡贤周顺昌的祠堂,这里有他的童年记忆,他从小就景仰周顺昌的凛然气节,编纂此书也了却了他多年来的夙愿。

完成这部书稿后,他迅即投入硕士论文的开题研究中。2011年,我申报的国家社科项目"唐宋词传播接受史"被批准立项,我要求我指导的研究生在考虑硕士论文选题时向我的课题靠拢,考虑到陈斌对苏轼比较熟悉,我将苏轼词传播和接受的任务交给了他，但对他如何做好这个课题，我也心中没数。苏轼是宋词大家，研究他的论著汗牛充栋，同样的课题其时已经有不少人研究了。如何做出新意？对陈斌来讲，有很大的难度，但他毫不犹豫地接受了这一任务。他做了很充分的前期准备，先是写了《苏轼词导读》，这本来也是我交给他的任务之一，当时我应约要做一本十多万字的通俗读本《苏辛词导读》，我让他承担其中的苏轼部分，谁知他一发不可收，竟然就苏轼一家洋洋洒洒写了十几万字，而且做得非常有特点，将苏轼词以创作地域为经，以年代先后为纬，选取其名篇佳作进行了详细的文本解读。这虽与原来的书稿体例不太一致，但对他进一步走进、熟悉和理解苏轼词有很大的帮助。在此基础上，他提交了一万多字的《东坡词历代传播和接受研究》开题报告，精心设计了和苏轼词传播接受有关的八个研究领域：文人生活、词学交流、本事流变、苏词别集、历代词选、历代唱和、通俗文学、域外词学等。但看了他的开题报告后，我觉得作为一篇硕士论文，论述内容太多了，这基本上是一篇博士论文的架势，我担心他完成不了这么大的计划，因此要求他做减法，缩小研究范围。嗣后，他花了大量时间做相关的基础工作，经过一年半左右时间的努力，克服了许多的困难，终于按时在今年 2 月底把论文提交给我。他将这一研究压缩成了东坡词的单篇文本、别集编校、名家词选、创作影响四个方面分别论述。读完他的论文，我非常惊讶，虽然规模依然很大，但内容之丰瞻、论述之到位，出乎我的想象。读他的文章，有这样几个深刻印象：一是对材料的充分占有。为了完成此书，他基本上是采用一网打尽的方式，将材料尽量收集完备，通读熟悉。如他翻阅了国内已经出版的所有历代词总集，并用表格统计的形式，按年代先后做了一套《历代词总集中的唐宋名家词唱和》。他又翻阅了历代名家词选 30 余种，也按年代先后做了一套《历代名家词选选录东坡词排行榜》。光是这两项统计，工作量就非常庞大，但做完这一工作，他收获就很大，对历代东坡词传播和接受的整体情况，做到了一目了然、心中有数。二是研究方法的科学得当。他采用归纳、演绎、比较、定量分析等多种手法，首先将大量材料按不同的角度进行归类，如第四章考察历代词人创作对苏轼词的接受与拓展，将其归纳为手法方面接受东坡词的七大方式，包括和韵、集句、学句法、用成句、用句意、效体和檃括，内容方面接受东坡词而创作的十大题材，包括节序、咏物、怀古、纪游、庆生、伤悼、题画、观潮、论词、观剧等，然后条分缕析地进行举例与分析，并对历代词人创作时接受东坡词影响的原因，进行了八个方面的梳理和解释：一、题材相同，情景相近；二、足迹相仿，经历相似；三、展示才学，竞技角艺；四、由词触发，即兴而作；五、欲填此调，别无选择；六、一调多体，有意取法；七、寄赠酬答，双向互动；八、群体选择，集体意识。他又采用比较的方法，如第二章对苏轼词的五大别集版本，南宋傅幹的《注坡词》、曾慥的《东坡词》《东坡词拾遗》、元延祐云间本《东坡乐府》、明毛晋《汲古阁》本《东坡词》、清朱祖谋《彊村丛书》本《东坡乐府》，围绕数量差异、真伪之辨、互见现象、编纂体例等四个方面，分别研究各个版本之间的微小差异与内在联系，由此探讨东坡词别集是如何演进、趋于完美的。三是对词心的揣摩领会。陈斌写作时心无旁骛，全身心地投入，与研究对象进行跨时空的心灵交流。他研究周顺昌时，给自己起了笔名陈景周，研究苏轼时，又给自己起了笔名陈仰苏，这说明他是真正心仪、仰慕研究对象的。这样他在进行研究时，才能带着感情揣摩、理解并走进苏轼的内心，成为他的异代知己。如他从苏轼的一首《寓居定惠院之东，杂花满山，有海棠一株，土人不知贵也》诗中，看到苏轼其实是托物言志，以海棠自况，从这株树上表现其内心的不平之气，并以此托物言志之法解读苏轼寓居黄州所作的《卜算子》（缺月挂疏桐）词，别出新意，自成一说。正是因为走进了词人的内心世界，他才能触处逢春，对大家都很熟悉的材料，从与众不同的视角进行考察，内化再外化，写出有自己真性情和独到见解、独特风格的文章。

陈斌很年青，他在学术道路上才刚刚起步，就取得如许成就，可谓后生可畏，我衷心为他高兴。而今他研究生求学生涯即将结束，要走向社会面对更广阔的人生，祝愿他能调整好心态，重新上路，在人生的舞台上创造新的辉煌，更希望他能在学术的道路上“可持续发展”、越走越远。

钱锡生

2014 年 6 月 30 日

目 录

绪论:虽无柳七郎风味,亦自是一家

一、理念构想

在正式提出本题研究的理念构想之前,有必要回顾、梳理一下中国大陆、台湾地区的专家、学者做唐宋词传播与接受研究时考察、探讨的领域,即他们是从哪些层面来做唐宋词传播与接受研究的。

(一)大陆唐宋词传播与接受研究中具有开创意义的专著

大陆唐宋词传播与接受研究中具有开创意义的专著,主要有以下三部(按出版时间顺序):

1. 钱锡生《唐宋词传播方式研究》(复旦大学出版社,2009)
2. 谭新红《宋词传播方式研究》(武汉大学出版社,2010)
3. 陈水云《唐宋词在明末清初的传播与接受》(中国社会科学出版社,2010)

钱锡生《唐宋词传播方式研究》的开创意义在于,将唐宋词的传播方式演进分为三个阶段:以声音传播为主的“乐人之词”阶段——唐五代北宋前期,以文字传播为主的“诗人之词”阶段——北宋中后期,以印刷传播为主的“词人之词”阶段——南宋时期,进而探讨传播方式的演进对唐宋词创作的影响。其考察、探讨的层面有:歌唱、吟诵(声音形态),手写、题壁、石刻(单篇文本形态),印刷(结集文本形态:单行本、全集本、丛刻本、选本、笔记、诗话、词话等)等。

谭新红《宋词传播方式研究》的开创意义在于,将宋词的传播方式分为三个类别:口头、单篇、书册,进而探讨宋词的三种传播途径:售卖、传抄、驿递,又探讨宋词传播中的两种重要现象:误传与失传。其具体考察、探讨的层面有:歌唱(有歌者性别之分)、诵读(声音形态),品题(词论),题壁、题画、题扇、题屏、石刻(单篇文本形态),别集、选本、词话(结集文本形态),词集序跋(词论)、私人藏书(传播途径、渠道)。

陈水云《唐宋词在明末清初的传播与接受》的开创意义在于,“传播”与“接受”并举,兼顾两端,具有词选与词论相结合、词论与创作相结合的鲜明特征。上编,以明末清初唐宋词籍的传播为视角,考察、探讨的领域有别集、词选等;中编,以明末清初柳永词、李清照词、辛弃疾词的接受为视角,考察、探讨的领域有词选、词论、创作等;下编,以明末清初词人对唐宋词的接受为视角,考察、探讨的领域有词论、创作等。

(二)大陆唐宋词传播与接受研究中的经典性单篇论文

大陆唐宋词传播与接受研究中的经典性单篇论文,主要有如下十四篇(按发表时间顺序):

1. 王兆鹏《宋文学书面传播方式初探》(《文学评论》,1993年第2期)

2. 王兆鹏《宋词的口头传播方式初探——以歌妓唱词为中心》(《文学遗产》,2004年第6期)

3. 杨金梅《音乐与辞章:宋词的两种传播方式》(《贵州文史丛刊》,2005年第2期)

4. 王兆鹏《中国古代文学传播研究的六个层面》(《江汉论坛》,2006年第5期)

5. 王兆鹏《宋代的"互联网"——从题壁诗词看宋代题壁传播的特点》(《文学遗产》,2010年第1期)

6—11. 王兆鹏《唐宋词与MTV(一)—(六)》(《文史知识》,2010年第3期至8期)

12. 钱锡生《传播方式的改变与唐宋词的演进》(《文艺理论研究》,2011年第2期)

13. 钱锡生《梦路何由到海东——唐宋词在日本的传播和接受》(《中国比较文学》,2011年第4期)

14. 钱锡生《论唐宋词在韩国的传播与接受》(《江海学刊》,2013年第3期)

王兆鹏《宋文学书面传播方式初探》《宋词的口头传播方式初探——以歌妓唱词为中心》,分别从书面、口头两个层面考察、探讨宋词的传播方式。书面传播,从雕印、石刻、题壁三个层面考察、探讨;口头传播,以歌妓唱词为例,从演唱主体、演唱环节与地点、唱词的选择与演唱的方式、歌妓演唱对宋词发展的影响四个方面考察、探讨。《中国古代文学传播研究的六个层面》《宋代的"互联网"——从题壁诗词看宋代题壁传播的特点》,是对前两篇文章的细化和深化。前者,提出了唐宋词传播研究的六个层面:传播主体、传播环境、传播方式、传播内容、传播对象、传播效果。后者,以"互联网"类比,探讨宋词题壁传播的四大特点:"发帖"的便捷性(开放、自由、即时、无偿)、浏览的日常性、"跟帖"的累积性、效应的速成性(发现人才、反映诉求、广告促销)。《唐宋词与MTV》,以MTV类比,探讨唐宋词的四大特征、属性:通俗性、可歌性、音乐性、画面感,指出这些属性、特征与唐宋词的传播与接受方式(特别是歌唱)有着千丝万缕的联系,词的婉约风格、香艳题材,与歌妓唱词的传播与接受方式密切相关。

杨金梅《音乐与辞章：宋词的两种传播方式》，明确提出宋词的两种主要传播方式，一是立足于音乐的歌唱，具有快速性；一是立足于文字的文本，其具体形态有题写、手抄、印刷等，具有长久性。王兆鹏《宋文学书面传播方式初探》把雕印、石刻、题壁归为书面传播方式，"英雄所见略同"，杨金梅把题写、手抄、印刷归为文字传播方式。

钱锡生《传播方式的改变与唐宋词的演进》，考察、探讨唐宋词的传播方式的改变与词体演进之间的关系，指出不同的传播方式对词人创作有不同的要求，词人创作需要适应甚至迁就这些要求。《梦路何由到海东——唐宋词在日本的传播和接受》《论唐宋词在韩国的传播与接受》，将唐宋词传播与接受研究的范围延伸、拓展到域外。前文考察、探讨唐宋词在日本的传播与接受情况，一方面，唐宋词通过词选、词谱、词乐、词话等书籍在日本的传播而传播；另一方面，日本词人以仿调、仿体、仿韵、仿意等形式在创作上接受张志和、柳永、苏轼、姜夔、张炎等唐宋名家词。后文着重考察、探讨韩国词人创作中对唐宋词的接受情况，首先，归纳其接受唐宋词的三种模式：一是采用《巫山一段云》《忆江南》《法驾导引》联章体，二是步韵李白、苏轼、朱熹等唐宋名家词，三是效秦观词等唐宋名家词体，进而指出韩国词人的创作接受情况与中国词坛的创作接受情况存在着差异，形成了自己的鲜明特色，如内容多描写山水之景、风格清新明丽、追慕苏轼以词言志的抒情方式等。

（三）大陆唐宋词传播与接受研究的代表性论著、硕博论文

大陆唐宋词传播与接受研究的代表性论著，主要有如下两部（以出版时间为序）：

1. 朱丽霞《清代辛稼轩接受史》（齐鲁书社，2005 年）
2. 刘双琴《六一词接受史研究》（中山大学出版社，2011 年）

朱丽霞《清代辛稼轩接受史》，考察、探讨创作、词论、词选三大领域中的辛弃疾词接受情况。上编五章，考察、探讨清代词人创作中的辛弃疾词接受；下编，前五章考察、探讨清代词论中的辛弃疾词接受，第六章考察、探讨清代词选中的辛弃疾接受；附编，考察、探讨《永遇乐》（千古江山）、《菩萨蛮》（郁孤台下清江水）、《摸鱼儿》（更能消、几番风雨）三首经典名篇的经典化历程。

刘双琴《六一词接受史研究》，考察、探讨的领域，歌唱、创作、词论、词选、别集之外，还有小说、笔记、戏曲等文学领域以及地理学、民俗学等非文学领域。其考察、探讨的重心和重点是在词论、创作两大领域。

大陆唐宋词传播与接受研究的代表性硕博论文，主要有如下十八篇（以时间为序）：

硕士论文

1. 宋兵《清真词接受史研究》（中国社会科学院研究生院，2001 年）
2. 刘寒娥《传播学视野下的唐宋词分析》（内蒙古大学，2005 年）

3. 李克《宋代歌妓与宋词的传播》(东北师范大学,2006 年)
4. 张航《姜夔词传播与接受研究》(福建师范大学,2006 年)
5. 薛孟佳《宋代柳永词传播初探》(重庆大学,2009 年)
6. 李伟《李清照接受史研究》(河北大学,2009 年)
7. 曾春英《欧阳修词接受史研究》(南昌大学,2009 年)
8. 余业成《明代稼轩词的接受》(南昌大学,2010 年)
9. 骆维颖《秦观词的清代接受研究》(西北大学,2010 年)
10. 朱伟杰《宋代女性词人词作传播研究》(兰州大学,2010 年)
11. 王玉娟《清代对秦观词的接受研究——以云间词派、常州词派为例》(曲阜师范大学,2012 年)
12. 陈术《清代王沂孙词接受史》(中南民族大学,2012 年)
13. 袁晓聪《南唐词的传播与接受研究——以李煜和冯延巳为中心》(兰州大学,2013 年)

博士论文

1. 陈福升《柳永、周邦彦词接受史研究》(华东师范大学,2004 年)
2. 李世前《清代词话与词的传播关系研究》(河北大学,2007 年)
3. 李春英《宋元时期稼轩词接受研究》(山东大学,2007 年)
4. 史华娜《接受视野下的追和词研究》(南京师范大学,2009 年)
5. 娄美华《梦窗词接受研究》(吉林大学,2013 年)

其考察、探讨的领域,如下表所示:

大陆唐宋词传播与接受研究硕博论文考察、探讨的领域

序号	论文名	作者	导师	时间	考察、探讨的领域						
					歌唱	文本	别集	词选	词谱	词论	创作
1	清真词接受史研究	宋兵	刘扬忠	2001			√	√		√	√
2	柳永、周邦彦词接受史研究	陈福升	邓乔彬	2004	√		√	√		√	√
3	传播学视野下的唐宋词分析	刘寒娥	杨新民	2005	√	√	√	√			
4	姜夔词传播与接受研究	张航	欧明俊	2006	√		√	√		√	√
5	宋代歌妓与宋词的传播	李克	张恩普	2006	√						
6	清代词话与词的传播关系研究	李世前	白贵	2007						√	
7	宋元时期稼轩词接受研究	李春英	刘乃昌	2007			√	√		√	√

续表

序号	论文名	作者	导师	时间	考察、探讨的领域						
					歌唱	文本	别集	词选	词谱	词论	创作
8	宋代柳永词传播初探	薛孟佳	敖依昌	2009	√	√	√	√			
9	接受视野下的追和词研究	史华娜	钟振振	2009							√
10	李清照接受史研究	李伟	刘崇德	2009			√	√		√	√
11	欧阳修词接受史研究	曾春英	邱美琼	2009	√		√			√	√
12	明代稼轩词的接受	余业成	吴长庚	2010						√	√
13	宋代女性词人词作传播研究	朱伟杰	庆振轩	2010	√	√	√	√			
14	秦观词的清代接受研究	骆维颍	张文利	2010				√		√	√
15	清代对秦观词的接受研究——以云间词派、常州词派为例	王玉娟	曹志平	2012				√		√	√
16	清代王沂孙词接受史	陈术	罗秉武	2012				√		√	√
17	南唐词的传播与接受研究——以李煜和冯延巳为中心	袁晓聪	曾维刚	2013	√		√	√		√	√
18	梦窗词接受研究	娄美华	木斋	2013			√	√	√	√	√

以上硕博论文，从题目来看，以“传播”为题者，考察、探讨的领域有歌唱、文本（单篇）、别集、词选、词论；以“接受”为题者，考察、探讨的领域有歌唱、别集、词选、词谱、词论、创作；以“传播与接受”为题者，考察、探讨的领域有歌唱、别集、词选、词论、创作。从词人来看，有单个词人词研究的，有两位词人词研究的，有群体词人词研究的，有唐宋词整体研究的。从时代来看，有断代研究的，有通代研究的。从领域来看，有单个领域研究的，有多个领域研究的。

（四）台湾地区唐宋词传播与接受研究的系列硕士论文

台湾地区唐宋词传播与接受研究的系列硕士论文，主要有以下七篇（以时间为序）：

1. 薛乃文《冯延巳词接受史》（“国立成功大学”，2009 年）
2. 颜文郁《韦庄词之接受史》（“国立成功大学”，2009 年）
3. 许淑惠《秦观词接受史》（“国立成功大学”，2010 年）

4. 柯玮郁《晏几道〈小山词〉接受史》（“国立成功大学”,2010 年）
5. 黄思萍《李煜词接受史》（“国立成功大学”,2012 年）
6. 陈宥伶《陆游词接受史》（“国立成功大学”,2012 年）
7. 林淑华《姜夔词接受史》（“国立成功大学”,2013 年）

其考察、探讨领域,如下表所示:

台湾地区唐宋词传播与接受研究硕士论文考察、探讨的领域

序号	论文名	作者	导师	时间	考察、探讨的领域				
					别集	词选	词谱	词论	创作
1	冯延巳词接受史	薛乃文	王伟勇	2009	√	√		√	√
2	韦庄词之接受史	颜文郁	王伟勇	2009		√	√	√	√
3	秦观词接受史	许淑惠	王伟勇	2010	√	√		√	√
4	晏几道《小山词》接受史	柯玮郁	王伟勇	2010		√	√	√	√
5	李煜词接受史	黄思萍	王伟勇	2012		√	√	√	√
6	陆游词接受史	陈宥伶	王伟勇	2012		√	√	√	√
7	姜夔词接受史	林淑华	王伟勇	2013	√	√	√	√	√

以上硕士论文,从题目来看,均是“接受史”研究,考察、探讨的领域有别集、词选、词谱、词论、创作。从词人来看,均是单个词人词研究。从时代来看,均是通代研究。从领域来看,均是多个领域研究。

本课题研究,是东坡词传播与接受的通代（宋、金元、明、清）、多领域研究。

苏轼的词体创作,非常注重个性的表现,其《与鲜于子骏三首》其二中云:“近却颇作小词,虽无柳七郎风味,亦自是一家。”①无论是在文学领域（诗、词、文）,还是在艺术领域（书法、绘画）,苏轼都自成一家。本课题研究的总体理念亦是“自是一家”,写出具有个性的东坡词传播与接受研究论文来。本课题研究的篇章构想如下:

单篇文本专题（包括题壁、石刻等）

苏词别集专题（涉及歌唱）

名家词选专题（涉及词论）

词人创作专题（涉及词谱）

二、成果述评

苏轼,是北宋大家,是中国古代文人士大夫的典型代表;东坡词,是北宋词坛、唐宋词史中最为璀璨的一颗明珠。如果说唐宋词传播与接受研究是一个

---

① 苏轼著,茅维编《苏轼文集》,北京:中华书局,1986 年,1560 页。

大树，那么，东坡词传播与接受研究，是最向阳的那一枝。“向阳花木易为春”，东坡词传播与接受研究的成果甚是丰赡。限于篇幅，在此仅选取论著与硕博论文作述评。

（一）东坡词传播与接受研究的论著、硕博论文概述

大陆东坡词传播与接受研究的论著，有张璟《苏词接受史研究》（光明日报出版社，2009年）。大陆东坡词传播与接受研究的博士论文，有张璟《清代苏词接受史稿》（复旦大学，2002年）、仲冬梅《苏词接受史研究》（华东师范大学，2003年）、史华娜《接受视野下的追和词研究》（南京师范大学，2009年）等。中国大陆、台湾地区东坡词传播与接受研究的硕士论文，主要有如下十二篇：

1. 康晓娟《两宋词学对苏轼“以诗为词”的接受》（首都师范大学，2000年）

2. 张芸慧《苏轼词之传播及各家对苏词之论述研究——以文献流传为主要观点》（台湾淡江大学，2001）

3. 张殿方《苏轼词接受史研究——北宋中叶至清代》（山东师范大学，2003年）

4. 杨蓉《论东坡词在宋金元的传播与接受》（福建师范大学，2004年）

5. 邓佳瑜《稼轩词借鉴东坡作品及其轶事之研究》（台湾“国立成功大学”，2005年）

6. 彭文良《秦观、黄庭坚对东坡词的接受研究》（吉林大学，2007年）

7. 王梽先《苏轼词在北宋元祐时期的接受》（西北师范大学，2007年）

8. 邱全成《苏轼词的接受与影响——从期待视野的角度观之》（台湾“国立彰化师范大学”，2009年）

9. 黄水平《论阳羡词派对苏辛的接受与发展》（西南大学，2011年）

10. 李怡霖《苏词传唱及其多样化风格之构成》（西北师范大学，2011年）

11. 白冰《苏轼词传播在北宋时期的控制研究》（华东理工大学，2012年）

12. 周敏《金代苏轼诗词的传播方式研究》（沈阳师范大学，2013年）

东坡词传播与接受研究的硕博论文考察、探讨的领域，如下表所示：

中国大陆、台湾地区东坡词传播与接受研究硕博论文考察、探讨的领域

序号	论文名	作者	导师	时间	考察、探讨的领域						
					歌唱	文本	别集	词选	词谱	词论	创作
1	两宋词学对苏轼“以诗为词”的接受	康晓娟	李勤印	2000						√	
2	苏轼词之传播及各家对苏词之论述研究——以文献流传为主要观点	张芸慧	马铭浩	2001			√	√		√	

续表

序号	论文名	作者	导师	时间	考察、探讨的领域						
					歌唱	文本	别集	词选	词谱	词论	创作
3	清代苏词接受史稿	张璟	王水照	2002			√	√		√	√
4	苏词接受史研究	仲冬梅	邓乔彬	2003						√	
5	苏轼词接受史研究——北宋中叶至清代	张殿方	邓红梅	2003						√	√
6	论东坡词在宋金元的传播与接受	杨蓉	欧明俊	2004			√	√		√	√
7	稼轩词借鉴东坡作品及其轶事之研究	邓佳瑜	王伟勇	2005							√
8	秦观、黄庭坚对东坡词的接受研究	彭文良	王洪	2007							√
9	苏轼词在北宋元祐时期的接受	王梽先	杨晓霭	2007						√	√
10	苏轼词的接受与影响——从期待视野的角度观之	邱全成	黄文吉	2009						√	
11	接受视野下的追和词研究	史华娜	钟振振	2009							√
12	论阳羡词派对苏辛的接受与发展	黄水平	胥洪泉	2011				√	√	√	√
13	苏词传唱及其多样化风格之构成	李怡霖	杨晓霭	2011	√						
14	苏轼词传播在北宋时期的控制研究	白冰	李儒俊	2012	√	√					
15	金代苏轼诗词的传播方式研究	周敏	曹萌	2013			√			√	√

东坡词传播与接受研究的论著、硕博论文，其主要内容与核心观点大致围绕以下几个方面：

1. 歌唱声情

李怡霖《苏词传唱及其多样化风格之构成》，从歌妓唱词与婉丽词风、壮士唱词与豪放词风、苏轼唱词与旷逸词风三个方面，考察、探讨歌唱传播与东坡词风格多样化之间的关系。

2. 单篇文本

白冰《苏轼词传播在北宋时期的控制研究》第二章第四节，考察、探讨口头媒介、文字媒介（手写、题壁、石刻）、印刷媒介对东坡词创作及传播的影响。

3. 苏词别集

张芸慧《苏轼词之传播及各家对苏词之论述研究——以文献流传为主要观点》第三章，考察、探讨东坡词词籍版本之流传及其时代意义；在此基础上，进而考察、探讨东坡词在某一时代别集刊行情况与同时代词论中评价高低之关系。

4. 历代词选

张芸慧《苏轼词之传播及各家对苏词之论述研究——以文献流传为主要观点》第四章，考察、探讨历代词选收录东坡词的情况及其时代意义：第一节，历代词选收录苏轼词的情况；第二节，历代词选收录苏轼词的时代意义。在此基础上，进而考察、探讨东坡词在某一时代词选入选情况与同时代词论中评价高低之关系。

5. 历代词论

康晓娟《两宋词学对苏轼"以诗为词"的接受》，专门考察、探讨两宋词论对苏轼"以诗为词"的探讨。陈师道的"以诗为词"论，引发了两宋词论中"百家争鸣"的局面。北宋中期，苏门词论家分为支持、反对两派，其理论又存在交叉；北宋后期，李清照"别是一家"论对"以诗为词"进行回击和反驳，两者之间也存在契合点。南宋前期，时代变革引起词论导向的变化，"以诗为词"得到全面继承；南宋后期，雅化理论盛行，"以诗为词"得到新的继承。在此基础上，进而梳理两宋词论发展的趋势：第一，词的双重属性上，由音乐属性向文学属性转变；第二，词的抒情功能上，从个体情感向家国之感转变；第三，词论与创作实践的关系上，由总结性向指导性发展，理论与实践相结合；第四，关注的侧重点上，由词的起源、体性、风格、功用向创作技巧转变；第五，观点的多元性上，由二元对立向兼收并蓄演进。

仲冬梅《苏词接受史研究》，第二章，将历代东坡词词论与柳永词、辛弃疾词、姜夔词词论进行比较，对东坡词词本事、东坡词词风与其接受、以诗为词、以赋为词等关键问题进行剖析，重点探讨东坡词的风格是否"豪放"、东坡词的音律问题、东坡词是否违背词体本色、东坡词与柳永、辛弃疾、姜夔词的异同以及东坡词的艺术特点与词学贡献、东坡词本事反应的词学批评特点等核心问题。第三章，考察、探讨历代词论中对《卜算子》（缺月挂疏桐）、《蝶恋花》（花退残红青杏小）、《水调歌头》（明月几时有）、《水龙吟》（似花还似非花）等东坡词名篇佳作的评论，指出对东坡词单篇作品的评价与东坡词的总体评价之间存在较大差异。

王枱先《苏轼词在北宋元祐时期的接受》，选取东坡词接受史上的第一个高峰——北宋元祐时期这一横截面，考察、探讨苏轼及苏门文人、元祐诸人在词论中对东坡词的批评及其后世影响。首先，考察、探讨苏轼的词体创作和苏轼本人对东坡词、其他词人之词的评价，总结苏轼的词学思想以及在此指导下形成的创作风格。其次,考察、探讨元祐时期豪放词人、婉约词人对东坡词的评价。“豪放”词人,黄庭坚、贺铸、晁补之、张耒、毛滂等对东坡词的评价,对于北宋元祐时期词学观念的建构有重大意义。“婉约”词人,李之仪、秦观、陈师道等,对东坡词的评价同中见异、异中见同。

张芸慧《苏轼词之传播及各家对苏词之论述研究——以文献流传为主要观点》第五章,考察、探讨历代词论家对东坡词的评论,指出东坡词的“豪放”、“不协音律”与苏轼的“以诗为词”,是一体三面。东坡词中确实有一部分“豪放”词,把苏轼作为“豪放派”的代表始于清人,这种说法有待商榷;“不协音律”体现的是苏轼推尊词体的词学理念和不喜音律束缚的创作态度,而北宋人特别是“本色”词论者对此一时难以接受;苏轼以其豪放之性情、推尊词体的词学理念进行创作,使词由“劝酒侑觞”“聊佐清欢”“娱宾遣兴”的“小道末技”娱乐性音乐文学转变为抒情言志的韵文样式,词在内容、风格等方面均发生了“质变”,其词史意义在于词这种文体可以与诗一样用来抒情言志。

邱全成《苏轼词的接受与影响——从期待视野的角度观之》第四章,考察、探讨历代词论家东坡词的接受。第一节至第五节,考察、探讨宋代苏轼门人、李清照《词论》、胡仔《苕溪渔隐丛话》、王灼《碧鸡漫志》、张炎《词源》对东坡词的接受;第六节至第十二节,考察、探讨清代周济《介存斋论词杂著》、谢章铤《赌棋山庄词话》、沈祥龙《论词随笔》、张德瀛《词征》、刘熙载《艺概·词概》、陈廷焯《词坛丛话》《云韶集》《白雨斋词话》、王国维《人间词话》对东坡词的接受。

6. 词人创作

彭文良《秦观、黄庭坚对东坡词的接受研究》,考察、探讨苏门词人秦观、黄庭坚创作上对东坡词的接受。秦观对东坡词的接受,表现在艳情词的雅化、由应歌到抒情自我化、早期对苏轼豪放词的模仿、部分词句与构思取法东坡词四个方面;黄庭坚对东坡词的接受,表现在日常生活化、创作游戏化、抒情自我化三个方面。在此基础上,进而指出北宋词坛发展的总体趋势:诗化、雅化和语言的“刚化”“硬化”。

王梽先《苏轼词在北宋元祐时期的接受》,选取东坡词接受史上的第一个高峰——北宋元祐时期这一横截面,考察、探讨苏门文人、元祐诸人在创作上对东坡词的接受及其后世影响。黄庭坚、贺铸、晁补之、张耒、毛滂等“豪放”词人,通过接受东坡词创作实践以革新词风。李之仪、秦观、陈师道等“婉约”词人,通过对东坡词的创作接受修正东坡词传播与接受中的一些问题。

黄水平《论阳羡词派对苏辛的接受与发展》,以创作接受为重心和重点,考察、探讨清初阳羡词派对苏辛词的接受。首先,从时代政势、地域文化、词史契机、领袖影响四个方面,分析阳羡派接受东坡词的背景;其次,从豪放词风、以诗为词的手法、主题内容(人伦词、农村词、咏物词)、抒写性情的词体功能等方面,论述阳羡派接受东坡词的具体情况;然后,从风格、表现手法(以乐府神理入词、以赋法为词、以史为词）、题材内容（爱国词、社会词、悼亡词、悼友词、风土民俗词）三个方面，论述阳羡派对东坡词的拓展；最后，从转变词风与推尊词体、阳羡派自身的发展与清词中兴、豪放词接受的新局面与高峰三个方面，归纳阳羡派接受、发展东坡词的词学意义。

史华娜《接受视野下的追和词研究》，考察、探讨宋至清顺康时期词人以和韵的方式对唐宋词的接受及其与词论、词选接受之间的关系、在唐宋词经典化过程中的作用。第二章第二节，考察、探讨南渡时期、宋金对峙时期、宋末三个不同历史阶段词人对东坡词的追和情况。南渡时期，豪放、清旷、婉丽等不同风格的东坡词都得到了追和；宋金对峙时期，辛弃疾借对《念奴娇》（大江东去）等词的次韵创作抒发恢复之志、壮志难酬的悲愤情怀，而葛长庚《酹江月·次韵东坡赋别》与苏轼的旷达词风相近；宋末，刘辰翁、文天祥以次《念奴娇》（大江东去）韵来抒发国破家亡的感慨和慷慨激昂的情绪，张炎以次韵来创作具有清空意境的咏物之词；在此基础上，对两宋时期的东坡词追和情况进行总结，关注词人追和与东坡词名篇的生成之间的关系。第三章第一节，考察、探讨金代蔡松年、赵秉文、元好问对东坡词的追和情况，与南宋词人的追和相比，金人的次韵创作少慷慨之气，风格上倾向于清旷；第二节，考察、探讨元代词人对苏、辛豪放词的追和，指出学习苏、辛豪放词风是当时词坛的共识，追和苏、辛豪放词的意义，不在于促使苏、辛词经典化，而在于影响一时的词坛风气。第四章第二节中，考察、探讨明人追和东坡词的情况，《念奴娇》（大江东去）追和次数最多，这与嘉靖间以夏言为中心的台阁词人的群体唱和密切相关；《水龙吟》（似花还似非花）追和次数次之，和词优劣、高下不一。第五章第一节中，考察、探讨清顺康时期词人追和东坡词的情况，《念奴娇》（大江东去）、《水龙吟》（似花还似非花）仍然次韵次数最多，题材呈现多样性；《水调歌头》（明月几时有）、《贺新郎》（乳燕飞华屋）、《洞仙歌》（冰肌玉骨），是清顺康时期词人追和次数较多的东坡词。

周敏《金代苏轼诗词的传播方式研究》第二章，考察、探讨东坡诗、词在金代诗人、词人创作中的接受情况。第二节，考察、探讨金代诗人、词人在创作中对东坡词的化用、引用；第四节，考察、探讨金代诗人、词人在创作中对东坡词的次韵、唱和。

邓佳瑜《稼轩词借鉴东坡作品及其轶事之研究》，考察、探讨稼轩词创作中对苏轼诗、词、文以及东坡轶事的接受。第四章，考察、探讨稼轩词创作中对东坡词的接受。接受的技巧：字面层面的截取、熔铸，句意层面的增损字句、化用句意，词篇层面的局部檃括；接受的东坡词重要篇章：《浣溪沙》（怪见眉间一点黄）、《满庭芳》（蜗角虚名）、《念奴娇》（大江东去）等；接受的东坡词次要篇章：《水调歌头》（明月几时有）、《江城子》（相逢不觉又初寒）、《永遇乐》（明月如霜）、《江城子》（梦中了了醒中醉）、《定风波》（莫听穿林打叶声）等；接受的意义，表现在仕途经验类似、相同文体之表现、仕隐冲突之心境、面对挫折之态度等方面。第六章第三节，考察、探讨辛弃疾对苏轼《念奴娇》（大江东去）、《水调歌头》（明月几时有）的和韵创作。第七章，综评稼轩词创作对东坡、诗、词、文以及东坡轶事的接受情况。稼轩词创作中接受苏轼作品的技巧，有截取、化用、增损等；稼轩词创作中接受的苏轼作品，较为常见的是雄壮豪迈、坚持自我、抒发懑恨、仕隐冲突等类型；接受东坡作品而创作的稼轩词，其中体现的精神人格有儒家思想熏陶、不向命运低头、个性豪气十足等；接受东坡作品而创作的稼轩词，其艺术特色有表现社会题材、大量使事用典、用语豪放雄壮等。

7. 脉络历程

张璟《清代苏词接受史稿》以微观视角截面剖析明末清初至晚晴、近代的东坡词接受历程。明末清初，“艳体的自赎”时代背景下，百家腾跃中“长调学苏辛”；康乾时期，东坡词接受经历曲折；清中晚期，东坡词接受走向成熟；清末、近代，东坡词接受走向传统“结穴”，进入现代转型。

仲冬梅《苏词接受史研究》第一章，以历代词话、史料笔记中的东坡词评论为考察对象，探讨东坡词接受的历史嬗变。苏轼生前，苏门文人、时人的东坡词评论较为零散，蕴含着后世词论中探讨的关键问题；苏轼身后至金元时期，东坡词始终处于较高地位；元明两代，在词学衰微的大潮中，东坡词亦不能幸免；清代，词学流派纷呈，由于词学理念不同，对东坡词的态度各不相同，例如，东坡词得到“以心写词”的阳羡派的看重，受到推崇姜张、讲究醇雅的浙西派的冷落；在主张比兴寄托的常州派那里，东坡词的地位有所回升，然尚未得到应有的肯定评价；《四库总目提要》认为东坡词之变，堪与花间一派并存；晚清时期，刘熙载、陈廷焯、郑文焯等给予东坡词高度评价，王国维《人间词话》的评价代表着东坡词接受进入新时期。

张殿方《苏轼词接受史研究——北宋中叶至清代》，以接受主体为考察、探讨的视角，将北宋中叶至清代的东坡词接受史分为五个时期。北宋，东坡词接受的酝酿期；南宋，东坡词接受的发展期，南渡之后，初步形成热潮，中后期进入低谷；金元，东坡词接受的深化期；明代，东坡词接受的沉潜期；清代，东坡词接受的总结期。

杨蓉《论东坡词在宋金元的传播与接受》，考察、探讨东坡词在北宋至金元时期的传播与接受情况，梳理总体趋势。北宋时期，由于与传统的词学观念不相符，东坡词遭到时人的讥评；南渡前后，民族危机引发了创作上自觉学习东坡豪放词的高峰；南宋时期，辛弃疾以其创作实践与影响带动了东坡词风的高涨，东坡词的传播与接受热同时也出现在别集、词选、词论等领域；金代，蔡松年、赵秉文、元好问形成东坡词接受的三个重要环节，东坡词获得“古今第一”的高度赞誉；元代，东坡词依旧受到推崇，东坡词风持续不衰。

邱全成《苏轼词的接受与影响——从期待视野的角度观之》第三章，以宏观视角纵向梳理北宋至清代东坡词接受的演进脉络及其时代特征。北宋时期，婉约当道；南宋前期，昙花一现；南宋后期，绚丽再现；金元时期，光耀北地；朱明时期，正变冲突；清代，统合思维。

（二）东坡词传播与接受研究的论著、硕博论文简评

1. 单篇文本

仅有手写、题壁、石刻的简要分析，不够全面、完整，有待补充和完善。

2. 苏词别集

东坡词别集的版本及其流传情况已有梳理，如张璟《苏轼接受史研究》上编，第三章第五节中，列有南宋时期的东坡词别集版本；第五章第三节中，考证与文集混编的东坡词、编入词学丛书中的《东坡词》；下编第五章第二节中，评述王鹏运、朱祖谋二人对东坡词的校勘整理。

东坡词重要版本之间的差异与内在联系，以及南宋——晚清东坡词别集自身发展、演进脉络，有待探究。

3. 历代词选

东坡词在南宋、明代、清代主要词选中的入选情况，已得到初步厘清，其大致面貌已呈现出来。

东坡词在词选中的传播与接受情况，一方面，广度上有待拓展词选数量；另一方面，深度上须进一步细化，如考察、探讨词选中东坡词的误选、笺注、阐释、评点等问题。

4. 历代词论

关于东坡词的"豪放""不协音律""以诗为词"等词论中的关键问题，已有不少阐释与解读，仁者见仁，智者见智。

词论与词选、词论与创作之间的对应与互补关系，有待考察与探讨。

5. 词人创作

历代词人创作上对东坡词的接受，从接受主体上看，已论及北宋秦观、黄庭坚、元祐词人群、南宋辛弃疾、清阳羡词派等，侧重探讨对"以诗为词"手法、豪放词风的学习；从接受方式上，有和韵、化用、引用等，以和韵为主；从时间跨度上，仅是两宋至清顺康时期。

《全清词·雍乾卷》的出版，得到词学界的重视，如张宏生《清词文献整理三十年——〈全清词·雍乾卷〉出版答〈词学〉编辑部问》（《词学》第二十九辑）、蔡文《词学文献整理与研究的新境界——〈全清词·雍乾卷〉出版之意义》（《词学》第二十九辑）等。历代词人创作上对东坡词的接受，范围上有必要延伸至清雍乾时期；内容上有待拓展、深化，如历代词人创作上接受东坡词的主要方式、接受东坡词而创作的题材、创作中接受东坡词的动因等问题。

三、内容范围

本课题研究的具体内容，有如下四个方面：

第一章：单篇文本专题

以东坡词的单篇文本形态为研究对象，考察东坡词传播与接受的方式，探讨东坡词单篇文本的文献价值。

第二章：苏词别集专题

以宋傅幹《注坡词》、曾慥《东坡词》《东坡词拾遗》、元延祐云间本《东坡乐府》、明毛晋汲古阁本《东坡词》、清朱祖谋《彊村丛书》本《东坡乐府》五大东坡词别集为研究对象，考察东坡词别集存词数量的差异与内在联系、存词真伪的辨别、存词互见问题的处理、编纂体例的演进等问题，进而探讨东坡词别集发展演进的总体脉络。

第三章：名家词选专题

以宋至清代的三十部名家词选（宋代七部、明代九部、清代十四部）为研究对象，在厘清词选中东坡词的作者归属问题的基础上，建构、考察历代名家词选中的东坡词名篇，并将其与名家词选中的其他两宋名家词名篇进行比较；探讨名家词选选评者对东坡词的词旨阐释和艺术评点。

第四章：词人创作专题

以《全宋词》至《全清词·雍乾卷》为研究对象，考察历代词人创作上接受东坡词的主要方式、接受东坡词而创作的题材、接受东坡词的动因等问题；对历代词人创作接受中的东坡词名篇进行建构、考察，并将其与历代词人创作接受中的其他两宋名家词名篇进行比较。

四、方法策略

本课题研究，除了用传统的古典文学研究、词学研究方法之外，主要是运用以下两种方法：

（一）定量分析法

定量分析，在唐宋词传播与接受中已运用得相当成熟，实践证明，这种方法是可行的、有效的，与定性分析，既有对应之处，又有互补之处，两者相辅相成。刘尊明、王兆鹏《唐宋词的定量分析》是运用定量分析法研究唐宋词的实践成果，受到词学界的好评，如钱建状《定量分析在词学研究中的成果尝试——评〈唐宋词的定量分析〉》（《词学》第二十九辑）等。

《唐宋词的定量分析》以现存词作篇数、别集版本种数、词话品评次数、当代研究成果、历代词选入选、当代词选入选六项指标，对宋代词人历史地位作定量分析，选出了宋代十大词人：辛弃疾、苏轼、周邦彦、姜夔、秦观、柳永、欧阳修、吴文英、李清照、晏几道，指出词人地位与存词数量之间的存在联系，词评家与词选家之间存在异同，历代品评与当代研究存在古今变异，进而总结词人历史地位的规律性认识：传承性和延续性、变异性、动态平衡性。①

---

① 刘尊明，王兆鹏《唐宋词的定量分析》，北京大学出版社，2012年，140－152页。

《唐宋词的定量分析》以历代词选（含今代词选）、历代评点、历代唱和、20世纪以来研究成果、互联网百度和谷歌五项指标，对宋词三百首经典名篇作定量分析，选出了宋词十大经典名篇：苏轼《念奴娇》（大江东去）、岳飞《满江红》（怒发冲冠）、李清照《声声慢》（寻寻觅觅）、苏轼《水调歌头》（明月几时有）、柳永《雨霖铃》（寒蝉凄切）、辛弃疾《永遇乐》（千古江山）、姜夔《扬州慢》（淮左名都）、陆游《钗头凤》（红酥手）、辛弃疾《摸鱼儿》（更能消、几番风雨）、姜夔《暗香》（旧时月色），并指出十大宋词经典名篇的地位是动态演变的；此外，还考察了百首宋词名篇的题材分布、作者分布和时代分布特点（双峰并峙、波浪式演进）。①

《唐宋词的定量分析》以苏轼创作中的《浣溪沙》《水调歌头》《念奴娇》三个词调为考察对象，通过定量分析，探讨苏轼在词调运用上的成功效应和词史意义。《浣溪沙》是唐宋小令"第一调"，苏轼作有《浣溪沙》词46首，位居唐宋词人《浣溪沙》词创作的榜首，是创作《浣溪沙》"第一调"的"第一人"，通过考察其创作时地分布，得出结论："《浣溪沙》一调的创作，贯穿了苏轼35年的生命历程，既可见他对此调的异常喜爱和熟练程度，也可见此调与他人生和创作的密切关系。其中，创作数量最集中的年代，主要分布在熙宁年间和元丰年间，而尤以元丰年间为创作的最高潮……尤以黄州时创作数量最多。"②进而指出，苏轼《浣溪沙》词的成就和意义在于：其一，作品数量上，大力创作，作品最多，用力独深，贡献最大；其二，词调选择上，代表了唐宋人的一致审美倾向，反映了苏轼本人的敏锐感悟力；其三，题材内容、思想情感上，展现了苏轼词体创作中开拓与创新的挑战精神。③ 在长调《水调歌头》《念奴娇》的创作上，苏轼"以少胜多，以其革新开拓之精神，丰富深厚之意蕴……留下了不朽的经典之作，树立了难以逾越的风范与高标"。④

《唐宋词的定量分析》以《全宋词》《全金元词》《全明词》（含《补编》）《全清词·顺康卷》（含《补编》）为考察对象，对历代词人次韵东坡词的情况作定量分析。首先，从次韵词人的时代分布、数量分布情况上看，对东坡词的次韵创作之风，由元祐时期苏门文人黄庭坚、晁补之等人开创；南渡之后对东坡词的追和，以"辛派词人"最为突出；金元时期，是历代词人次韵唐宋词的低落期，而东坡词仍是金元词人追和的首选；明清时期，大量著名词人、文人的参与，将东坡词的次韵创作推向巅峰，东坡词的词史地位获得进一步确认与提升。⑤从单篇东坡词的次韵情况来看，历代词人次韵词数最多的《念奴娇》（大江东

① 刘尊明，王兆鹏《唐宋词的定量分析》，北京大学出版社，2012年，186－192页。
② 刘尊明，王兆鹏《唐宋词的定量分析》，北京大学出版社，2012年，266页。
③ 刘尊明，王兆鹏《唐宋词的定量分析》，北京大学出版社，2012年，266－268页。
④ 刘尊明，王兆鹏《唐宋词的定量分析》，北京大学出版社，2012年，269页。
⑤ 刘尊明，王兆鹏《唐宋词的定量分析》，北京大学出版社，2012年，291－292页。

去)、《水调歌头》(明月几时有)、《水龙吟》(似花还似非花)、《卜算子》(缺月挂疏桐),在历代(不包括当代)词选、词论中也同样是备受关注的焦点;历代词选、词论少有关注的《江城子》(老夫聊发少年狂)、《定风波》(莫听穿林打叶声),在历代词人的创作中没有次韵词。①

本课题研究中,用定量分析法对历代名家词选、词人创作接受中的东坡词名篇进行建构、考察。名家词选领域,首先,将名家词选入选的东坡词按照入选次数多寡进行排行,以 10 次为分水岭,建构出东坡词名篇十六首,再以 15 次为分水岭,建构出经典名篇五首,其他十首则为普通名篇;其次,从经典地位的波动、在今代词选中的入选情况、在历代词论中的品评情况、在历代中国词人创作中的接受情况、在历代韩国词人创作中的接受情况、以及创作时地的分布情况等方面,对名家词选中东坡词名篇进行考察。词人创作接受领域,将词人和韵、效体、檃括创作中的东坡词按照接受次数多寡进行排行,以 15 次为分水岭,建构东坡词名篇十首,再以 35 次为分水岭,建构出经典名篇四首,其他六首则为普通名篇;其次,从经典地位的波动、在历代韩国词人创作中的接受情况、在明清词谱中的存录情况、在历代名家词选中的入选情况、在历代词论中的品评情况、以及创作时地的分布情况等方面,对词人创作中东坡词名篇进行考察。

(二) 比较法

从词人视角而言,将东坡词的传播与接受情况放到两宋名家词传播与接受的大坐标系中去考察与定位,而不是作单一的、孤立的考察。从时空视角上,作古今中外维度的比较,名家词选方面,要比较宋代、明代、清代名家词选之间的差异与联系,也要比较古、今名家词选之间的差异与联系;词人创作方面,要比较中国历代词人创作上对东坡词的接受与域外韩国词人创作接受情况之间的差异与联系。从领域视角而言,既要进行历时的同一领域的纵向比较,寻求其时代差异与联系;又要进行共时的不同领域的横向比较,比如词选、词论、创作等,寻求其间的对应与互补关系,而不是从单一领域作孤立的考察。

东坡词的传播与接受,是一个完整的系统,包括诸多领域,从某一方面作考察,得出的结论固然能说明一定的问题,但是,只能说明某一方面的问题,而不能说明其他方面的问题,这样的结论是片面的、不全面的,不能以偏概全,以此作为东坡词传播与接受的最终结论。就好比是一个不规则的多面体,我们不能仅凭看到的一面是三角形而认定它是锥体,也不能仅凭看到的一面是正方形而认定它是正方体,也不能凭看到的一面是长方形而认定它是长方体,也不能凭看到的一面是圆形而认定它是个球。更有甚者,仅局限在某一个领域,"闭门造车",若将其联系起来看,从不同领域考察得出的结论有时是大相径庭的。试以"盲人摸象"譬喻之,仅凭手感,摸到大腿的说大象是长的,摸到臀部

① 刘尊明,王兆鹏《唐宋词的定量分析》,北京大学出版社,2012 年,299 页。

的说大象是圆的，摸到象牙的说大象是硬的，摸到鼻子的说大象是软的。

以上两种方法，往往是交织在一起、结合起来综合运用的。

五、目标意义

本课题研究预期的目标意义，主要体现在东坡词传播与接受研究、唐宋词传播与接受研究两个层面。

（一）东坡词传播与接受层面

1. 对东坡词的传播与接受情况，作较为系统的、完整的、全面的、多领域的、全局性的、历时性的综合观照，争取在已有研究成果的基础上对东坡词的传播与接受研究作一补充和完善，并向前推进一小步。

2. 多层面、多方位、全景式地呈现东坡词在宋代、金元、明代、清代传播与接受的不同风貌，透过现象看本质，寻求时代与时代间的差异与联系。

3. 深入、细致地考察与探讨东坡词在单篇文本、苏词比较、名家词选、词人创作等领域的传播与接受情况，寻求不同领域间的对应与互补关系，把握东坡词在不同领域中传播与接受的特征与规律。

4. 将东坡词的传播与接受情况，放到两宋名家词传播与接受情况的大坐标系中去考察与探讨，寻求其间的同中见异、异中见同之处，寻找共性的同时凸显东坡词的个性。

（二）唐宋词传播与接受层面

1. 希望对今后同类型的课题研究，有些许示范、借鉴意义。唐宋词传播与接受课题研究，其章节架构，大多不出时代（时间）、地域（空间）、流派与群体（词人、词选家、词论家）三个维度，或是章以纵向时代为经、节以横向领域为纬，或是章以横向领域为纬，节以纵向时代为经，本课题研究的章节建构，突破这一框架模式，一个领域作为一个专题，每一章中则以探讨的具体问题分节。

2. 希望为唐宋词传播与接受课题研究的“学术殿堂”添砖加瓦，而非向那已经堆积得很高的“学术”“乱砖堆”上又扔了一块板砖。若是本课题的研究能起到抛砖引玉的功效，那真是荣幸、万幸之至。

苏轼《蝶恋花·密州上元》词云：

灯火钱塘三五夜。明月如霜，照见人如画。帐底吹笙香吐麝。此般风味应无价。　寂寞山城人老也。击鼓吹箫，乍入农桑社。火冷灯稀霜露下。昏昏雪意云垂野。

这首元宵词，采用今昔对比的手法。上阕，写昔日杭州上元的热闹；下阕，写今日密州上元的寂寞。同是元宵，既有热闹，也有寂寞。然而，热闹是他们的；在书斋里笔耕不辍的我，是寂寞的。

车渡陈景周

于娄下三恪之堂

起于甲午正月十五日　迄于三月上巳

第一章　寓目辞章专题：东坡词以单篇文本的形态传播与接受

东坡词以单篇文本的形态传播与接受，其主要方式有两大类：一是以笔墨表现的手写，一是以刀代笔墨的摹刻。前者，能够化笔墨为神奇；后者，再造铁笔书法艺术。以单篇文本的形态传播与接受的东坡词，有其独特的文献价值。

第一节　手写：以笔墨表现，化翰墨为神奇

从东坡词传播与接受的媒介（载体）来看，手写，有纸本、绢本、绫本书写，题壁、题柱（建筑物），题瓷枕、瓷罐（日常器物），题裙带（生活服饰）等；从东坡词传播与接受的途径（渠道）来看，手写，有邮寄传递、当面馈赠、公私收藏等；从采用的书体来看，手写，有楷书（正书）、行书、行楷、行草、篆书等。

一、丰富多样的传播与接受媒介

东坡词以手写的方式传播与接受，其载体是丰富多样的，有以下几种：

（一）纸本、绢本、绫本

纸本、绢本、绫本书写，从主体上看，有苏轼自书、他人手书两大类；从字体上看，有楷书、草书、行书、行草等；从形制上看，有信笺、尺幅、卷轴、册页等。

1. 苏轼自书东坡词

从苏轼本人题跋，可考苏轼自书之词有《浣溪沙》（山下兰芽短浸溪）、《醉翁操》（琅然）等。《书清泉寺词》中云："寺在蕲水郭门外二里许，有王逸少洗笔泉，水极甘，下临兰溪，溪水溪流。余作歌云：'山下兰芽短浸溪……休将白发唱黄鸡。'"①《书〈醉翁操〉后》中云："沈君信手弹琴而与泉合，居士纵笔作

① 苏轼著，茅维编《苏轼文集》，北京：中华书局，1986 年，2164 页。

诗而与琴会，此必有真同者矣。本觉法真禅师，沈君之子也，故书以寄之。愿师宴坐静室，自以为琴，而以学者为琴工，有能不谋而同三令无际者，愿师取之。元祐七年四月二十四日。”①按，郭祥正《醉翁操》（冷冷潺潺）词序中云：“予甥法真祥师，以子瞻内相所作《醉翁操》见寄。”②又，明朱存理《铁网珊瑚·书品》卷二，著录有《东坡琴操帖》③；明吴宽《匏翁家藏集》卷五〇《跋苏东坡书醉翁操》中云：“予尝得坡翁此纸……坡翁翰墨，知书者必能品评，未暇论。”④

宋人经眼的东坡词真迹，有《西江月》（三过平山堂下）、《虞美人》（波声拍枕长淮晓）、《千秋岁》（岛边天外）、《念奴娇》（大江东去）等。释德洪（1071—1128）《石门题跋》卷二《跋东坡平山堂词》云：“东坡登平山堂怀醉翁作此词，张嘉甫谓予曰：‘时红妆成轮，名士堵立，看其落笔置笔，目送万里，殆欲仙去尔。’余衰退，得观此于祐上座处，便觉烟雨孤鸿在目中矣。”⑤胡仔《苕溪渔隐丛话》前集卷五〇引释惠洪《冷斋夜话》云：“（东坡）与少游维扬饮别，作《虞美人》曰：‘波声拍枕长淮晓……酝造一场烦恼送人来。’……大观中于金陵见其亲笔，醉墨超放，气压王子敬，盖东坡词也。”⑥（按，又见魏庆之《诗人玉屑》二一⑦）吴曾《能改斋漫录》卷一七云：“秦少游所作《千秋岁》词，予尝见诸公唱和亲笔……其后东坡在儋耳，侄孙苏元老，因赵秀才还自京师，以少游、毅甫所赠酬者寄之。东坡乃次韵录示元老，且云：‘便见其超然自得，不改其度之意。’其词云：‘岛边天外……乘桴且恁浮于海。’”⑧王楙（1151—1213）《野客丛书》卷二四载：“淮东将领王智夫，言尝见东坡亲染所制《水调》词（按，当是《念奴娇》），其间谓‘羽扇纶巾，谈笑处、樯橹灰飞烟灭。’”⑨

见于题跋、目录等文献著录的东坡词真迹，有《菩萨蛮》（买田阳羡吾将老）、《满庭芳》（归去来兮，清溪无底）、《满庭芳》（三十三年，今谁存者）等。苏轼手书《菩萨蛮》《满庭芳》二词真迹，与其《楚颂帖》合裱一卷，文本见南宋周必大《益公题跋》卷一二“书东坡宜兴事”条著录⑩，又见明朱存理《铁网珊瑚·书品》卷二“苏东坡楚颂帖”条著录⑪，清卞永誉《式古堂书画汇考》卷一

---

① 苏轼著，茅维编《苏轼文集》，北京：中华书局，1986 年，2249 页。
② 唐圭璋编纂，王仲闻参订，孔凡礼补辑《全宋词》，北京：中华书局，1999 年，479 页。
③ 朱存理辑录，韩进，朱春峰校证《铁网珊瑚校证》，扬州：广陵书社，2012 年，174 页。
④ 吴宽撰《匏翁家藏集》卷五〇，《四部丛刊初编》影印明正德刊本，叶六。
⑤ 释德洪《石门题跋》（外两种），《丛书集成初编》本，上海：商务印书馆，1936 年，88－89 页。
⑥ 胡仔纂集《苕溪渔隐丛话》（前集），北京：人民文学出版社，1962 年，340 页。
⑦ 魏庆之著《诗人玉屑》，北京：中华书局，2007 年，680 页。
⑧ 吴曾撰《能改斋漫录》，上海：上海古籍出版社，1979 年，487－488 页。
⑨ 王楙撰《野客丛书》，上海：上海古籍出版社，1991 年，350 页。
⑩ 周必大撰《益公题跋》，上海：商务印书馆，1936 年，138 页。
⑪ 朱存理辑录，韩进，朱春峰校证《铁网珊瑚校证》，扬州：广陵书社，2012 年，162－163 页。

○著录《苏东坡书〈楚颂帖〉并〈菩萨蛮〉〈满庭芳〉词卷》①。按,元白珽有《题苏东坡书〈楚颂〉并〈菩萨蛮〉〈满庭芳〉词卷后》诗②。苏轼行书《满庭芳》词真迹,见明孙凤《孙氏书画钞》著录③,清翁方纲有《跋〈满庭芳〉词(苏东坡行书)》④。又,李跃林《苏轼的美学理念及王懿荣旧藏〈苏轼书满庭芳词帖〉辨伪》一文考证,今传本《满庭芳》(三十三年,今谁存者)词手迹(有"王兆琛印"、"王祖源印"、"王懿荣"白文印,图片见刘正成主编《中国书法全集·宋金辽编·苏轼卷》⑤),是后人有意精心伪造的:"这件王懿荣旧藏《满江红词帖》在笔法、结字、章法,都与苏轼可靠的书迹存在明显的区别。在创作和审美的意象上,更与苏轼本人在诗文中所表达的和他同时代人的描述截然泾渭。"⑥

2. 他人手书东坡词

北宋黄庭坚、南宋文天祥、明代董其昌、清圣祖康熙皇帝等人,都曾手书东坡词,数量不等,或多或少。黄庭坚书《水调歌头》(昵昵儿女语)、《念奴娇》(大江东去)、《卜算子》(缺月挂疏桐)三词,文天祥书《八声甘州》(有情风、万里卷潮来)词,董其昌书《西江月》(点点楼头细雨)、《醉翁操》(琅然)二词,康熙临《满庭芳》(归去来兮,吾归何处)词。

(1) 黄庭坚书东坡词三首

黄庭坚《与郭英发帖》其三中云:"东坡公听琵琶一曲,甚奇,试用澄心堂纸写去。"⑦按,所谓"听琵琶一曲",是檃括韩愈《听颖师弹琴》诗而作的《水调歌头》(昵昵儿女语)词。刘克庄《后村题跋》卷四有《跋听蛙方氏帖·东坡颍师听琴水调及山谷帖》⑧。

洪迈《容斋续笔》卷八载:"向巨源云,元不伐家有鲁直所书东坡《念奴娇》。"⑨明詹景凤《詹东图玄览编》卷三著录:"韩敬老收山谷书坡翁大江东去词,字如拳大,鹤膝蜂腰,怪怪奇奇,笔若骨消,了无肌肉。后自题叙,乃七言古诗,笔滋墨腴,秀润雅畅,字如《圣教序》大。"⑩明张丑《清河书画舫》著录云:

---

① 中国书画全书编纂委员会编《中国书画全书》(第6册),上海:上海书画出版社,1994年,277页。

② 顾嗣立编《元诗选·二集》,北京:中华书局,1987年,56页。

③ 中国书画全书编纂委员会编《中国书画全书》(第3册),上海:上海书画出版社,1994年,885页。

④ 翁方纲撰,沈津辑《翁方纲题跋手札集》,桂林:广西师范大学出版社,2002年,309页。

⑤ 刘正成主编《中国书法全集·宋金辽编·苏轼卷》,北京:荣宝斋,1991年,65-66页。

⑥ 李跃林《苏轼的美学理念及王懿荣旧藏〈苏轼书满庭芳词帖〉辨伪》,《书画艺术学刊》,2011年第10期,230页。

⑦ 曾枣庄,刘琳主编《全宋文》,上海:上海辞书出版社,2006年,70页。

⑧ 刘克庄《后村题跋》,《丛书集成初编》本,上海:商务印书馆,1936年,167-168页。

⑨ 洪迈撰《容斋随笔》,北京:中华书局,2005年,320-321页。

⑩ 中国书画全书编纂委员会编《中国书画全书》(第4册),上海:上海书画出版社,1994年,32页。

“黄鲁直年谱载，元祐丁卯岁，行书大江东去词，全仿《瘗鹤铭》法。后附《次韵子瞻题郭熙秋山图》诗，小楷精紧。右帖高头长卷，颇属合作，惜纸墨不甚称耳”①，又云：“‘大江东去’云云，右东坡先生作，黄庭坚书，惜纸墨不甚称耳。”②明王世贞《弇州山人四部稿》卷一三六《跋山谷书东坡大江东去帖》中云：“其词跌宕感慨，有王处仲挝鼓意气，旁若无人，鲁直书莽莽，亦足相发磊块，时阅之，以当阮公数斗酒。”③

黄庭坚《山谷题跋》卷二《跋东坡乐府》云：“‘缺月挂疏桐……寂寞沙洲冷。’东坡道人在黄州时作，语意高妙，似非吃烟火食人语，非胸中有万卷，笔下无一点尘俗气，孰能至此。”④王之道《汉滨集》卷一五《跋鲁直书东坡〈卜算子〉词》云：“东坡此词出《高唐》《洛神》《登徒》之右，以出三界人游戏三界中，故其笔力蕴藉超脱如此，山谷屡书之……东坡词如国风，山谷跋如小序，字画之工，亦不足言也。”⑤明王世贞《弇州山人四部稿》卷一三六《跋山谷书东坡〈卜算子〉词帖》中云：“‘缺月挂疏桐’一帖，山谷书，苍老郁怒，大是奇笔，坡此词亦佳。”⑥

（2）文天祥书《八声甘州》（有情风、万里卷潮来）词

清陈焯《湘管斋寓赏编》卷一著录云：“文文山书东坡词……文山书，绢本，行草十一行。”⑦又，清翁方纲《跋苏文忠公寄参寥词墨迹卷（文信国书）》中云：“信国际宋社将屋之余，崎岖海道，此其书赠张制置者。制□□死节，在景炎三年戊寅春，则此迹是咸淳八年（1272）壬申以后至景炎二年（1277）丁丑以前所书也。合州名著史传，与丞相之死同光。”⑧

按，张制置，张珏，字君玉，景定四年（1263）十月，升兴元府诸军都统兼利州安抚使、任合州知州。文天祥书东坡《八声甘州》词卷，正书前，有明左赞（字时翊，号桂坡）“文山墨迹”题签，款为“后学左赞拜书”，起首钤有椭圆形“旧王孙”朱文印，中间钤有方形“八征耄念之宝”朱文印，款后钤有方形“时翊”白文印；正书，落款“东坡翁《八声甘州》，文山”。

（3）董其昌行书东坡词二首

---

① 中国书画全书编纂委员会编《中国书画全书》（第4册），上海：上海书画出版社，1994年，304页。

② 中国书画全书编纂委员会编《中国书画全书》（第4册），上海：上海书画出版社，1994年，307页。

③ 王世贞著《弇州山人四部稿》，《明代论著丛刊》本，台北：伟文图书出版社，1976年，6279－6280页。

④ 黄庭坚撰《山谷题跋》（外一种），《丛书集成初编》本，上海：商务印书馆，1936年，15页。

⑤ 王之道撰《汉滨集》，《丛书集成续编》本，上海：上海书店出版社，1994年，204页。

⑥ 王世贞著《弇州山人四部稿》，《明代论著丛刊》本，台北：伟文图书出版社，1976年，6280－6281页。

⑦ 黄宾虹，邓实编《美术丛书》（第三册），南京：江苏古籍出版社，1986年，2664页。

⑧ 翁方纲撰，沈津辑《翁方纲题跋手札集》，桂林：广西师范大学出版社，2002年，316页。

唐群英等藏董其昌行书《宋词册》中,有崇祯元年戊辰(1628)十月董其昌七十四岁时手书的苏轼《西江月》(点点楼头细雨)词①,用墨淡雅,人书俱老。《宋词册》末尾,落款云:"宋人特工于词业,苏、欧、秦、黄,其最著者。惟王半山为之,风骨棱棱,脱去艳冶,态虽秀,铁面严冷,不得以教坏人家男女相嘲也。戊辰十月望书竟,其昌。"②又,上海博物馆藏有董其昌行书东坡《西江月》词轴真迹,明辛酉(1621)重九日与雷宸甫同游西山时书。吴湖帆题名"董文敏为雷宸甫书东坡词真迹",并有跋语云:

万历辛酉,公五十七岁,此桢犹是万历当日原装,更可宝贵。余蓄董氏书画十数□,尚存原装者,只戊午画画禅室小册与此轴耳,潢池如出一手。三百年后,吴湖帆珍爱逾恒。丙戌长夏,梅影书屋。

北京故宫博物院藏有董其昌临苏轼行书《醉翁操》册,后有清成亲王永瑆跋。

(3) 康熙帝临楷书《满庭芳》(归去来兮,吾归何处)词

康熙帝临《满庭芳》词,绫本,有永瑆题签"圣祖御书对临苏轼《满庭芳》一阕,钦训堂世宝",签下钤有"子孙保之"方形朱文印、"钦训堂世宝"方形白文印;"御书"两字上钤有"广运之宝"方形朱文印,正书后"体元主人"圆形朱文印、"万机余暇"方形朱文印,款署"康熙丁巳对临"。

(二) 题壁、题柱

题壁东坡词,有《蝶恋花》(别酒劝君君一醉)、《如梦令》(城上层楼叠巘)等。宋赵令畤《侯鲭录》卷一载:"东坡在徐州,送郑彦能还都下,问其所游,因作词云:'十五年前,我是风流帅,花枝缺处留名字。'记坐中人语,尝题于壁。"③曾慥《东坡词拾遗》《如梦令》(城上层楼叠巘)词有题云"题淮山楼"④。按,王象之《舆地纪胜》卷四四载:"淮山楼,在郡治,其治即旧都梁台也。"⑤

题写在柱子上的东坡词,有《西江月》(照野弥弥浅浪)、《渔家傲》(千古龙蟠并虎踞)、《行香子》(北望平川)等。

傅幹《注坡词》卷二,《西江月》(照野弥弥浅浪)词序云:"春夜蕲水中,过酒家,饮酒醉。乘月至一溪桥上,解鞍,曲肱少休。及觉,已晓。乱山葱茏,不谓人世也。书此词桥柱上。"⑥

景定《建康志》卷二二载:"白鹭亭,接赏心亭之西,下瞰白鹭洲,柱间有东坡留题……苏文忠公轼尝题其柱:王胜之龙图守金陵一日而移南都,东坡

① 古吴轩出版社编《董其昌唐诗宋词双帖》,苏州:古吴轩出版社,2009年,16－17页。
② 古吴轩出版社编《董其昌唐诗宋词双帖》,苏州:古吴轩出版社,2009年,34－35页。
③ 赵令畤撰《侯鲭录》(外两种),北京:中华书局,2002年,50页。
④ 吴讷编《百家词》,天津:天津市古籍书店,1992年,377页。
⑤ 王象之撰《舆地纪胜》,北京:中华书局,1992年,1793页。
⑥ 傅幹注,刘尚荣校证《注坡词》,成都:巴蜀书社,1993年,64页。

居士作长短句以赠之：'千古龙蟠并虎踞。从公一吊兴亡处。渺渺斜风吹细雨。芳草渡。江南父老留公住。公驾飞车凌彩雾。红鸾参乘青鸾驭。却讶此洲名白鹭。非吾侣。翩然欲下还飞去。'"①

楼钥(1137—1213)《攻媿集》卷七三《跋东坡〈行香子〉词》云："吾乡丰吏部叔贾谊倅盱眙，游南山寺。有老僧云：'寺旧有古条木一段，上有东坡亲书《行香子》词，后沉于深水中。'亟募人取得之，遗墨如新……寻为一军官买去，析为枪杆矣。"②按，"丰吏部叔贾谊"，丰谊(1126—1194 后)，字叔贾，一字宜之，浙江上虞县人，丰稷曾孙，丰治之子，曾任盱眙通判，南宋光宗时召为吏部郎。光绪《上虞县志》卷七载："以父荫补将仕郎，监潭州南岳庙，通判盱眙，知建康军，又知常州。"③"古条木一段"，当是寺中亭柱或殿柱，岳珂《桯史》卷一四载，泗州僧伽塔院大殿柱"其大皆尺有半，八斛"，承梁柱"高皆丈有六尺"，④南山寺也当有此等大柱，故可题词其上，后又可析作枪杆。

(三) 题瓷枕、瓷罐

题在瓷枕上的东坡词，有《菩萨蛮》(落花深院春衫薄)、《如梦令》(为向东坡传语)、《满庭芳》(香叆雕盘)等。

金代河北磁县观台窑产白地黑花八角形瓷枕上，有楷书《菩萨蛮》(落花深院春衫薄)回文词："回文……菩萨蛮。"⑤马小青《磁州窑瓷枕上书写的苏东坡词》云，该枕"枕面随枕形粗细线开光，枕四周绘卷草纹……底部有上荷叶覆盖、下荷花承托的'张家枕'窑戳，2002 年邢台清河出土"。⑥ 又，马小青《磁州窑瓷枕上书写的苏东坡词》云："广州西汉南越王墓博物馆杨永德捐枕中亦有一方磁州窑回文《菩萨蛮》瓷枕，枕呈椭圆形，枕面随枕形粗细线开光，四周绘卷草纹，枕面开光内外楷书《菩萨蛮》回文词……在回文词末尾书写'回文菩萨蛮'……此枕为磁州窑金代烧造。"⑦

金代河北磁县观台窑产白地黑花八角形枕上，有行楷苏轼《如梦令》(为向东坡传语)词。⑧ 马小青《磁州窑瓷枕上书写的苏东坡词》云，该枕"枕面随枕形开光，枕四周绘卷草纹……金代烧造，底部有竖式'张家造'窑戳，1988 年磁县冶子村出土"。⑨ 崔永超《苏东坡词与磁州窑枕》云，该枕"磁县都党乡冶

---

① 马光祖修，周应合纂景定《建康志》，《宋元方志丛刊》本，北京：中华书局，1990 年，1662 页。
② 楼钥撰《攻媿集》，《丛书集成初编》本，上海：商务印书馆，1935 年，987 页。
③ 唐煦春修，朱士黻纂光绪《上虞县志》卷七，光绪十七年(1891)刻本，叶十四。
④ 岳珂撰《桯史》，北京：中华书局，1981 年，165 页。
⑤ 王兴编著《磁州窑诗词》，天津：天津古籍出版社，2004 年，56 页。
⑥ 马小青《磁州窑瓷枕上书写的苏东坡词》，《收藏界》，2006 年 11 期，78 页。
⑦ 马小青《磁州窑瓷枕上书写的苏东坡词》，《收藏界》，2006 年 11 期，78 页。
⑧ 王兴编著《磁州窑诗词》，天津：天津古籍出版社，2004 年，62 页。
⑨ 马小青《磁州窑瓷枕上书写的苏东坡词》，《收藏界》，2006 年 11 期，78 页。

子村出土……底部印‘张家造’戳记”。①

元代河北峰峰彭城窑产白地黑花长方形枕上，题有篆书苏轼《满庭芳》(香叆雕盘)词：“香靄雕盘……调寄《满庭芳》”。② 马小青《磁州窑瓷枕上书写的苏东坡词》云，该枕“枕面中部绘菱花形开光，开光与四周边框之间填充石榴花和草叶纹，枕前墙绘折枝牡丹花，枕后墙绘云中翱翔的凤凰，枕左右两端各绘一朵荷花……底有‘张家造’窑戳……元代烧造，1966年峰峰羊角铺出土”。③ 崔永超《苏东坡词与磁州窑枕》云：“出土于磁县岳城水库的磁州窑金代长方形白地黑花文字枕头，枕面褐彩书苏东坡词《满庭芳》：‘香靄雕盘……想像赴高堂。’”④

张子英《磁州窑磁枕》云：“前立面绘画竹，后立面绘凤凰，两端面绘花卉”。⑤

题在瓷罐的东坡词，如《蝶恋花》(花褪残红青杏小)。王兴、李寒梅《磁州窑瓷器上的诗词曲赋》云：“河北省平乡县文保所收藏的白地黑花罐上书有苏轼《蝶恋花》：‘花褪残红青杏小……多情却被无情恼。’……惋惜韶光流逝，感慨宦海沉浮，使寻常景物有耐人寻味的情韵。”⑥

(三) 题裙带

题写在佳人的领巾、裙带等服饰之上，是诗词一种颇具风韵的传播与接受方式。黄庭坚《宴桃源》(天气把人僝僽)词题云：“书赵伯充家小姬领巾。”⑦何薳《春渚纪闻》卷六载：

嘉兴李巨山，钱安道尚书甥也。先生尝过安道小酌，其女数岁，以领巾乞诗。公即书绝句云：“临池妙墨出元常，弄玉娇痴笑柳娘。吟雪屡曾惊太傅，断弦何必试中郎。”又于陶安世家，见为刘唐年君佐小女裙带上作散隶，书绝句云：“任从酒满翻香缕，不愿书来系彩笺。半接西湖横绿草，双垂南浦拂红莲。”每句皆用一事，尤可珍宝也。⑧

何薳《春渚纪闻》卷六载：“先生在黄日，每有燕集，醉墨淋漓，不惜与人。至于营妓供侍，扇书带画，亦时有之。”⑨苏轼有哪些词是题写在黄州官妓的裙带上的，不得而知，或许，这些词早已散佚。现存东坡词中，题写在裙带上的词，仅有《浣溪沙》(轻汗微微透碧纨)，绍圣二年(1095)端午前夕谪居惠州期

① 崔永超《苏东坡词与磁州窑枕》,《收藏家》,2007年第10期,28页。
② 王兴编著《磁州窑诗词》,天津:天津古籍出版社,2004年,105页。
③ 马小青《磁州窑瓷枕上书写的苏东坡词》,《收藏界》,2006年11期,79页。
④ 崔永超《苏东坡词与磁州窑枕》,《收藏家》,2007年第10期,28页。
⑤ 张子英编著《磁州窑磁枕》,北京:人民美术出版社,2000年,108页。
⑥ 王兴,李寒梅《磁州窑瓷器上的诗词曲赋》,《文物天地》,2010年第12期,35页。
⑦ 唐圭璋编纂,王仲闻参订,孔凡礼补辑《全宋词》,北京:中华书局,1999年,531页。
⑧ 何薳撰《春渚纪闻》,北京:中华书局,1983年,89页。
⑨ 何薳撰《春渚纪闻》,北京:中华书局,1983年,90页。

间作，赠侍妾朝云，苏轼《殢人娇》（白发苍颜）词中云：“明朝端午，待学纫兰为佩。寻一首好诗，要书裙带。”①所谓“一首好诗”，即是此词。

二、三种主要的传播与接受渠道

东坡词以手写的方式传播与接受，其主要渠道，有邮寄传递、当面馈赠、私人收藏三种。

（一）邮寄传递

从邮寄对象上看，或是以词代书，或是随信寄词，苏轼将自己的词作寄给弟弟苏辙和官场、方外的好友等人，其中，以寄给苏辙之词居多。从时间分布上看，主要是杭州通判时期、密州知州时期、谪居黄州时期、杭州知州时期、南迁途中、谪居儋州时期，其中，以谪居黄州期间之作为多。

1. 寄给弟弟苏辙之词

苏轼寄给弟弟苏辙的词，不仅数量多，有《沁园春》（孤馆灯青）、《水调歌头》（明月几时有）、《画堂春》（柳花飞处麦摇波）、《木兰花令》（梧桐叶上三更雨）、《西江月》（世事一场大梦）等；而且时间跨度长，从熙宁七年（1074）十月离杭赴密途中的《沁园春》（孤馆灯青），延续到绍圣四年（1097）八月中秋的《西江月》（世事一场大梦），长达二十三年之久。

（1）《沁园春》（孤馆灯青）

熙宁七年（1074）十月，苏轼由杭赴密途经海州，直接前往密州，不再绕道齐州，因作此词，寄给时任齐州掌书记的弟弟苏辙。傅幹《注坡词》卷一一，本词词序云：“赴密州，早行，马上寄子由”②。

（2）《水调歌头》（明月几时有）

熙宁九年（1076）八月中秋，苏轼密州知州任上，赏月宴席上作，后寄时任齐州掌书记的苏辙。傅幹《注坡词》卷一一，《水调歌头》（安石在东海）词序中云：“余去岁在东武，作《水调歌头》以寄子由。”③

（3）《画堂春》（柳花飞处麦摇波）

熙宁九年（1076）十月，苏轼密州知州任上，苏辙罢齐州掌书记还京，苏轼作此词以寄。元本《东坡乐府》卷下，本词题云“寄子由”④。

（4）《木兰花令》（梧桐叶上三更雨）

绍圣元年（1094）七月，苏轼南迁途中，夜宿造口时作，寄苏辙、张庭坚。傅幹《注坡词》卷一一，本词有序云：“宿造口，闻夜雨，寄子由、才叔。”⑤按，张庭

---

① 傅幹注，刘尚荣校证《注坡词》，成都：巴蜀书社，1993 年，226 页。
② 傅幹注，刘尚荣校证《注坡词》，成都：巴蜀书社，1993 年，311 页。
③ 傅幹注，刘尚荣校证《注坡词》，成都：巴蜀书社，1993 年，28 页。
④ 王鹏运辑《四印斋所刻词》，上海：上海古籍出版社，1989 年，42 页。
⑤ 傅幹注，刘尚荣校证《注坡词》，成都：巴蜀书社，1993 年，28 页。

坚,字才叔。

(5)《西江月》(世事一场大梦)

绍圣四年(1097)八月中秋,苏轼谪居儋州期间,和苏辙词而作以寄。傅幹《注坡词》卷二,本词有题云"中秋和子由"①。胡仔《苕溪渔隐丛话》后集卷三九云:"《聚兰集》载此词,注曰:'寄子由'。"②

2. 寄给官场朋友之词

苏轼寄给官场朋友的词,总数虽有17首之多,但是,寄给某一人的词并不多,最多也仅有4首,没有寄给苏辙的词多。具体说来,寄给杭州知州陈襄(字述古)的,有《行香子》(携手江村)、《卜算子》(蜀客到江南)二首;寄给苏州知州王诲(规父)的,有《菩萨蛮》(玉童西迓浮丘伯);寄给同修起居注、知制诰孙洙的,有《永遇乐》(长忆别时);寄给鲜于子骏的,有《江城子》(老夫聊发少年狂);寄给王诜的,有《水调歌头》(明月几时有);寄给益州知州冯京的,有《何满子》(见说岷峨凄怆);寄给章质夫的,有《菩萨蛮》(画檐初挂弯弯月)、《菩萨蛮》(风回仙驭云开扇)、《水龙吟》(似花还似非花)、《水调歌头》(昵昵儿女语)四首;寄给李公择的,有《菩萨蛮》(翠鬟斜幔云垂耳)、《菩萨蛮》(柳庭风静人睡昼)、《菩萨蛮》(井桐双照新妆冷)、《菩萨蛮》(雪花飞暖融香颊)四首;寄给鄂州知州朱寿昌的,有《满江红》(江汉西来)、《江城子》(黄昏犹是雨纤纤)、《哨遍》(为米折腰)三首。

(1)《行香子》(携手江村)

苏轼杭州通判任上,熙宁七年(1074)正月,赈灾常润间,在润州丹阳作,寄杭州知州陈襄。傅幹《注坡词》卷七,本词有题云"丹阳寄述古"③。

(2)《卜算子》(蜀客到江南)

熙宁七年(1074)三月,苏轼赈灾常润间从京口还杭州途中,作《卜算子》(蜀客到江南),寄杭州知州陈襄。傅幹《注坡词》卷一二,本词有题云"丹阳寄述古"④。

(3)《菩萨蛮》(玉童西迓浮丘伯)

苏轼杭州通判任上,熙宁七年(1074)七月,杭州官妓前来苏州迎接新任知州杨绘(字元素),作此词寄苏州知州王诲。傅幹《注坡词》卷七,本词有序云:"杭妓往苏迓杨元素,寄苏守王规甫。"⑤

(4)《永遇乐》(长忆别时)

熙宁七年(1074)十月十五日,苏轼离杭赴密途经海州时,作此词寄曾任海

---

① 傅幹注,刘尚荣校证《注坡词》,成都:巴蜀书社,1993年,311页。

② 胡仔纂集《苕溪渔隐丛话》(后集),北京:人民文学出版社,1962年,317页。

③ 傅幹注,刘尚荣校证《注坡词》,成都:巴蜀书社,1993年,188页。

④ 傅幹注,刘尚荣校证《注坡词》,成都:巴蜀书社,1993年,327页。

⑤ 傅幹注,刘尚荣校证《注坡词》,成都:巴蜀书社,1993年,195页。

州知州后奉诏入京任同修起居注、知制诰的孙洙。傅幹《注坡词》卷七，本词有序云："孙巨源以八月十五日离海州，坐别于景疏楼上，既而与余会于润州，至楚州乃别。余以十一（按，衍文）月五日至海州，与太守会于景疏楼上，作此词，以寄巨源。"①

（5）《江城子》（老夫聊发少年狂）

熙宁八年（1075）冬，苏轼密州知州任上，出猎时作，其后不久，即寄给鲜于子骏。苏轼《与鲜于子骏三首》其二中云："近却颇作小词，虽无柳七郎风味，亦自是一家。呵呵。数日前，猎于郊外，所获颇多。作得一阕，令东州壮士抵掌顿足而歌之，吹笛击鼓以为节，颇壮观也。写呈取笑。"②

（6）《水调歌头》（明月几时有）

熙宁九年（1076）八月中秋，苏轼密州知州任上赏月宴席上作，后寄王诜。宋朋九万《东坡乌台诗案》中"与王诜往来诗赋"条载："熙宁八年……当年并熙宁九年内，作《薄薄酒》，又《水调歌头》一首，复有《杞菊赋》一首并引……轼又作《超然台记》……又于上件年分，节次抄写上件诗赋等，寄与王诜。"③

（7）《何满子》（见说岷峨凄怆）

熙宁九年（1076）秋，苏轼密州知州任上作，寄益州知州冯京。傅幹《注坡词》卷八，本词有序云："湖州作，寄益守冯当世。"④按，"湖州作"有误，崔海正《〈河满子〉（见说岷峨）系年辨误》编于熙宁九年秋密州任上。⑤

（8—11）《菩萨蛮》（画檐初挂弯弯月）、《菩萨蛮》（风回仙驭云开扇）、《水龙吟》（似花还似非花）、《水调歌头》（昵昵儿女语）

苏轼谪居黄州期间，元丰三年（1080）七夕，作《菩萨蛮》二词。元丰四年春，次章质夫杨花词韵作《水龙吟》词，与《菩萨蛮》七夕词两首一起寄给章质夫。苏轼《与章质夫三首》其一中云："柳花词绝妙，使来者何以措词。本不敢继作，又思公正柳花飞时出巡按，坐想四子，闭门愁断，故写其意，次韵一首寄去，亦告不以示人也。七夕词亦录呈。"⑥元丰五年（1082）正月，檃括韩愈《听颖师弹琴》，作《水调歌头》词，寄赠章质夫家善琵琶家妓，傅幹《注坡词》卷二，本词序中云："建安章质夫家善琵琶者乞为歌词，余久不作，特取退之词，稍加檃括，使就声律，以遗之云。"⑦苏轼《与朱康叔二十首》其二十中云："章质夫求琵琶歌词，不敢不寄呈。"⑧

---

① 傅幹注，刘尚荣校证《注坡词》，成都：巴蜀书社，1993 年，178 页。
② 苏轼著，茅维编《苏轼文集》，北京：中华书局，1986 年，1559－1560 页。
③ 朋九万撰《东坡乌台诗案》（外两种），《丛书集成初编》本，长沙：商务印书馆，1939 年，8 页。
④ 傅幹注，刘尚荣校证《注坡词》，成都：巴蜀书社，1993 年，212 页。
⑤ 崔海正著《东坡词研究》，济南：山东大学出版社，1992 年，137 页。
⑥ 苏轼著，茅维编《苏轼文集》，北京：中华书局，1986 年，1638 页。
⑦ 傅幹注，刘尚荣校证《注坡词》，成都：巴蜀书社，1993 年，32－33 页。
⑧ 苏轼著，茅维编《苏轼文集》，北京：中华书局，1986 年，1792 页。

(12—15)《菩萨蛮》(翠鬟斜幔云垂耳)、《菩萨蛮》(柳庭风静人睡昼)、《菩萨蛮》(井桐双照新妆冷)、《菩萨蛮》(雪花飞暖融香颊)回文词四首

元丰三年(1080)冬月,苏轼谪居黄州时期,效刘贡父体作《菩萨蛮》回文词四首,寄李公择。苏轼《与李公择十七首》其十三中云:"效刘十五体,作回文《菩萨蛮》四首寄去,为一笑。不知公曾见刘十五词否?刘造此样见寄,今失之矣。"①

(16—18)《满江红》(江汉西来)、《江城子》(黄昏犹是雨纤纤)、《哨遍》(为米折腰)

苏轼谪居黄州期间,元丰四年(1081)深秋,作《满江红》词寄鄂州知州朱寿昌。傅幹《注坡词》卷二,本词有题云:"寄鄂州朱使君寿昌。"②元丰四年(1081)十二月,作《江城子》词,寄给鄂州知州朱寿昌。傅幹《注坡词》卷六,本词有序云:"大雪有怀朱康叔使君,亦知使君之念我也,作此以寄之。"③元丰五年(1082)五月,檃括陶渊明《归去来兮辞》,作《哨遍》词,其后不久,即寄给朱寿昌。苏轼《与朱康叔二十首》其十三中云:"旧好诵陶潜《归去来》,常患其不入音律,近辄微加增损,作般涉调《哨遍》,虽微改其词,而不改其意……谨作小楷一本寄上。"④

3. 寄方外朋友之词

元祐六年(1091)三月,离任杭州知州奉诏入京之际,作《八声甘州》(有情风、万里卷潮来)词,寄杭州僧友参寥子。傅幹《注坡词》卷五,本词有题云"寄参寥子,是在巽亭"⑤。

(二) 当面馈赠

当面馈赠的东坡词,按照馈赠的对象,可以分为赠歌妓之词、赠亲人之词、赠朋友之词三大类。

1. 赠歌妓之词

从地点分布上看,苏轼平生宦游之地,如湖州、杭州、苏州、汴京、徐州、黄州、鄂州、楚州、韶州等,均留下了赠妓词。从馈赠的对象来看,人数众多,大多数留下了美妙、动人的芳名,有的可考知身世,有的只知姓氏、籍贯或擅长技艺;其中,有官妓,如苏州官妓、徐州官妓马盼盼、鄂州官妓采菱和拾翠、黄州官妓、楚州舞鬟等;也有家妓,如贾收(耘老)家双荷叶、陈珪(直方)侍妾嵇氏、沈沔家文犀和丽玉、王诜家倩奴、田叔通家舞鬟、田待问家小鬟、王巩侍妾寓娘、陈公密家素娘以及徐君猷家妓胜之、妩卿、庆姬、懿懿、笙妓等。从时间跨度

① 苏轼著,茅维编《苏轼文集》,北京:中华书局,1986年,1501页。
② 傅幹注,刘尚荣校证《注坡词》,成都:巴蜀书社,1993年,38页。
③ 傅幹注,刘尚荣校证《注坡词》,成都:巴蜀书社,1993年,168页。
④ 苏轼著,茅维编《苏轼文集》,北京:中华书局,1986年,1789页。
⑤ 傅幹注,刘尚荣校证《注坡词》,成都:巴蜀书社,1993年,128页。

上，苏轼的赠妓词，从杭州通判时期的熙宁五年（1072）十二月，延续到南迁海南遇赦时期（徽宗即位一赦，生皇子又赦）的元符三年（1100）十二月，长达二十八年之久。

（1）《双荷叶》（双溪月）、《荷花媚》（霞苞露荷碧）

熙宁五年（1072）十二月，苏轼杭州通判任上，赠湖州贾耘老家妓双荷叶。元本《东坡乐府》卷下，《双荷叶》词题云："湖州贾耘老小妓名双荷叶"①，《荷花媚》词题云："湖州贾耘老小妓号双荷叶。"②

（2）《江城子》（玉人家在凤凰山）

熙宁六年（1073）九月，苏轼杭州通判任上作，赠罢官归乡的杭州司户陈直方新纳的侍妾嵇氏，傅幹《注坡词》卷六，本词有序云："陈直方妾嵇，钱塘人也，求新词，为作此。钱塘人好唱《陌上花缓缓曲》，余尝作数绝以纪其事。"③

（3）《南乡子》（裙带石榴红）

熙宁七年（1074）九月，苏轼离杭赴密途经湖州作，赠沈沔家妓文犀、丽玉。傅幹《注坡词》卷四，本词有序云："沈强辅雯（按，霅）上出文犀、丽玉作胡琴送元素还朝，同子野各赋一首。"④张先《南乡子》（相并细腰身）词序云："送客过余溪，听天隐二玉鼓胡琴。"⑤沈沔家有天隐楼，文同《寄湖州秀才天隐楼》诗云："地名水晶宫，家有天隐楼。"天隐二玉，即文犀、丽玉。

（4）《阮郎归》（一年三度过苏台）

熙宁七年（1074）十月，苏轼离杭赴密途经苏州，苏州知州王诲饯行宴席上作，赠侍宴的苏州官妓。傅幹《注坡词》卷六，本词有题云："苏州席上作。"⑥元本《东坡乐府》卷下，本词有序云："一年三过苏，最后赴密州，时有问'这回来不来'，其色凄然。太守王规甫嘉之，令作此词。"⑦

（5—6）《殢人娇》（满园桃花）、《洞仙歌》（江南腊尽）

熙宁十年（1077）三月寒食节，苏轼在汴京四照亭雅集宴席上作，赠王诜家妓倩奴。傅幹《注坡词》卷八，《殢人娇》词有题云："小王都尉席上赠侍人。"⑧傅藻《东坡纪年录》载："熙宁十年丁巳……三月一日与王诜会四照亭，有倩奴者求曲，遂作《洞仙歌》《喜长春》与之。"⑨

---

① 王鹏运辑《四印斋所刻词》，上海：上海古籍出版社，1989年，40页。
② 王鹏运辑《四印斋所刻词》，上海：上海古籍出版社，1989年，43页。
③ 傅幹注，刘尚荣校证《注坡词》，成都：巴蜀书社，1993年，169页。
④ 傅幹注，刘尚荣校证《注坡词》，成都：巴蜀书社，1993年，119页。
⑤ 唐圭璋编纂，王仲闻参订，孔凡礼补辑《全宋词》，北京：中华书局，1999年，93页。
⑥ 傅幹注，刘尚荣校证《注坡词》，成都：巴蜀书社，1993年，160页。
⑦ 王鹏运辑《四印斋所刻词》，上海：上海古籍出版社，1989年，40页。
⑧ 傅幹注，刘尚荣校证《注坡词》，成都：巴蜀书社，1993年，224页。
⑨ 傅藻编纂《东坡纪年录》，《宋人所撰三苏年谱汇刊》本，上海：上海古籍出版社，1989年，415页。

(7)《南乡子》(绣鞅玉镮游)

元丰二年(1079)三月,苏轼徐州知州任上作,赠徐州通判田国博(字叔通)家妓。曾慥《东坡词拾遗》,本词有题云:"赠田叔通家舞鬟。"①

(8)《减字木兰花》(玉觞无味)

元丰二年(1079)三月,苏轼离徐赴湖之际作,赠徐州官妓马盼盼。傅幹《注坡词》卷九,有题云:"彭城留别",词中云:"一念还成不自由……一语相开,匹似当初本不来"②,可见两人关系非同一般。

(9)《醉落魄》(苍颜华发)

元丰二年(1079)七月,苏轼湖州知州任上因乌台诗案而被逮,北上赴御史台狱途经苏州时作,赠在阊门殷勤送别的苏州歌妓。傅幹《注坡词》卷九,本词有题云:"苏州阊门留别",词中云:"旧交新贵音书绝,惟有佳人,犹作殷勤别。"③表达了对世态炎凉、人情冷暖的感慨。按,《宋史·鲜于侁传》载:"元丰二年,召对,命知扬州……苏轼自湖州赴狱,亲朋皆绝交。道扬,侁往见,史台不许通。或曰:'公与轼相知久,其所往来书文,宜焚之勿留,不然,且获罪。'侁曰:'欺君负友,吾不忍为,以忠义分谴,则所愿也。'"

(10—16)谪居黄州期间赠黄州官妓、家妓之词

周辉《清波杂志》卷五载:"东坡在黄冈,每用官奴侑觞,群姬持纸乞歌词,不违其意而予之。"④元丰三年(1080)四五月间,苏轼作《皂罗特髻》(采菱拾翠)赠鄂州官妓采菱、拾翠。《与朱康书二十首》其十五云:"所问菱、翠,至今虚位,云乃'权发遣'耳,何足挂齿牙!呵呵。"⑤东方龙吟《解读苏东坡:女性·情感·幽人何由拥三妾》中云:"苏轼这首词作于元丰三年(1080)四五月间,词中的'使君'指黄州对岸(今湖北鄂州)太守朱寿昌,苏轼曾于此际到鄂州做客,采菱、拾翠为朱太守摆酒设宴使唤出唱歌、献舞并侍候苏轼起居的两个歌女。"⑥

元丰五年(1082)十二月,苏轼赠徐君猷家妓胜之、妩卿、庆姬、懿懿、笙妓之词,有《减字木兰花》(天然宅院)、《减字木兰花》(双鬟绿坠)、《减字木兰花》(娇多媚煞)、《减字木兰花》(天真雅丽)、《减字木兰花》(柔和性气)、《菩萨蛮》(碧纱微露纤纤玉)等。《减字木兰花》(天然宅院)词,傅幹《注坡词》卷九,有题云:"赠胜之,乃徐君猷侍儿。"⑦《减字木兰花》(娇多媚煞)、《减字木兰花》(双鬟绿坠)、《减字木兰花》(天真雅丽)三词,曾慥《东坡词拾遗》,词题

---

① 吴讷编《百家词》,天津:天津市古籍书店,1992 年,375 页。
② 傅幹注,刘尚荣校证《注坡词》,成都:巴蜀书社,1993 年,254 页。
③ 傅幹注,刘尚荣校证《注坡词》,成都:巴蜀书社,1993 年,236 页。
④ 周煇撰,刘永翔校注《清波杂志校注》,北京:中华书局,1994 年,197 页。
⑤ 苏轼撰,茅维编《苏轼文集》,北京:中华书局,1986 年,1790 页。
⑥ 东方龙吟著《解读苏东坡:女性·情感》,南京:江苏文艺出版社,2006 年,282 页。
⑦ 傅幹注,刘尚荣校证《注坡词》,成都:巴蜀书社,1993 年,265 页。

分别为“赠徐君猷三侍人，妩卿”、“胜之”、“庆姬”。①《减字木兰花》（柔和性气），曾慥《东坡词拾遗》，有题云：“赠君猷家姬”，词中云：“雅称佳名呼懿懿。”②《菩萨蛮》（碧纱微露纤纤玉），傅幹《注坡词》卷七，有题云：“赠徐君猷笙妓。”③其中，胜之，身世高贵。傅幹《注坡词》卷二，《西江月》（龙焙今年绝品）词中序云：“胜之，徐君猷家后房，甚丽，自叙本贵种也。”④

（17—18）《浣溪沙》（学画鸦儿正妙年）、《浣溪沙》（一梦江湖费五年）

元丰七年（1084）十一月，苏轼离黄移汝期间途经楚州时作，赠楚州知州田待问家小鬟。傅幹《注坡词》卷一一，有题云：“席上赠楚守田待问小鬟。”⑤

（19）《定风波》（常羡人间琢玉郎）

元祐元年（1086）二月，苏轼在京任翰林学士期间作，赠伴随王巩（字定国）南迁又北归的侍妾寓娘。傅幹《注坡词》卷四，有词序云：“南海归，赠王定国侍人寓娘。”⑥

（20—21）《南歌子》（绀绾双蟠髻）、《南歌子》（琥珀装腰佩）

元祐七年（1092）三月，苏轼由颍州移守扬州途经楚州时作，赠楚州舞鬟。元本《东坡乐府》卷下，有题云：“楚守周豫出舞鬟。”⑦

（22）《鹧鸪天》（笑撚红梅亸翠翘）

元符三年（1100）十二月，苏轼复朝奉郎、提举成都玉局观北上途中，抵达韶州时作，赠陈公密家素娘。傅幹《注坡词》卷一一，有词序云：“陈公密出侍儿素姐，歌紫玉箫曲劝老人酒，老人饮尽，为赋此词。”⑧按，“素姐”，曾慥《东坡词》卷上，作“素娘”⑨。

2. 赠亲人之词

苏轼创作的赠亲人之词，有赠继妻王闰之的《蝶恋花》（泛泛东风初破五）、赠侍妾朝云的《洞仙歌》（冰肌玉骨）、《殢人娇》（白发苍颜）等。

（1）《洞仙歌》（冰肌玉骨）

元丰四年（1081）夏，异常炎热，苏轼与朝云夜起纳凉时作，赠朝云。同年夏作《答李琮书》中云：“自夏至后，杜门不出，恶热不可过，所居又向西，多劝迁居，迁居非月余不能定，而热向衰矣。”⑩又，同年秋作《书渊明〈酬刘柴桑〉

---

① 吴讷编《百家词》，天津：天津市古籍书店，1992 年，337 页。
② 吴讷编《百家词》，天津：天津市古籍书店，1992 年，337 页。
③ 傅幹注，刘尚荣校证《注坡词》，成都：巴蜀书社，1993 年，192 页。
④ 傅幹注，刘尚荣校证《注坡词》，成都：巴蜀书社，1993 年，57 页。
⑤ 傅幹注，刘尚荣校证《注坡词》，成都：巴蜀书社，1993 年，302 页。
⑥ 傅幹注，刘尚荣校证《注坡词》，成都：巴蜀书社，1993 年，224 页。
⑦ 王鹏运辑《四印斋所刻词》，上海：上海古籍出版社，1989 年，32 页。
⑧ 傅幹注，刘尚荣校证《注坡词》，成都：巴蜀书社，1993 年，319 页。
⑨ 吴讷编《百家词》，天津：天津市古籍书店，1992 年，344 页。
⑩ 苏轼著，茅维编《苏轼文集》，北京：中华书局，1986 年，1434 页。

诗》中云："自夏历秋，毒热七八十日不解，炮灼理极，意谓不复有清凉时。今日忽凄风微雨，遂御夹衣，顾念兹岁，屈指可尽。"①

东坡行书此词真迹，后人将其装裱为轴，明代仍流传于世。明李日华《味水轩日记》卷四载："（万历四十年十二月）八日，阴寒，高生指引一人持东坡墨迹一轴来，乃行书《洞仙歌》词一首，字如当三钱大，丰茂多姿，全法徐季海。此词首语：'冰肌玉骨，自清凉无汗。'……染翰洒洒，想见其轩渠满志也。"②

（2）《蝶恋花》（泛泛东风初破五）

元祐六年（1091）正月，苏轼杭州知州任上，王闰之生日作以赠。曾慥《东坡词拾遗》，本词有序云："同安生日放鱼，取《金光明经》救鱼事。"③

（3）《殢人娇》（白发苍颜）

绍圣二年（1095）五月，苏轼谪居惠州期间作，赠侍妾朝云。傅幹《注坡词》卷八，本词有题注云："或云赠朝云。"④

3. 赠朋友之词

苏轼的赠朋友之词，以馈赠主体的身份来看，赠官场仕宦朋友的，有赠海州陈知州的《浣溪沙》（长记鸣琴子贱堂），赠光州知州曹九章的《渔家傲》（些小白须何用染），赠知涟水军赵晦之的《蝶恋花》（自古涟漪佳绝地），赠杭州项长官的《临江仙》（多病休文都瘦损）等；赠隐退或贬谪朋友的，有赠鄱阳董毅夫的《哨遍》（为米折腰）、赠苏州闾丘公显的《浣溪沙》（一别姑苏已四年），赠陈季常的《临江仙》（细马远驮双侍女），赠黄州王长官的《满庭芳》（三十三年，今谁存者），赠谪居黄州的张梦得的《水调歌头》（落日绣帘卷）等；赠同乡好友的，有赠四川绵竹杨元素的《醉落魄》（分携如昨）；赠方外朋友的，有赠西湖诗僧清顺的《减字木兰花》（双龙对起），赠庐山道人王友道的《临江仙》（谁道东阳都瘦损）等。

（1）《减字木兰花》（双龙对起）

熙宁七年（1074）夏，苏轼杭州通判任上作，赠西湖诗僧清顺。傅幹《注坡词》卷九引杨元素《本事曲子集》云："钱塘西湖有诗僧清顺居其上，自名藏春坞，门前有二古松，各有凌霄花络其上，顺常昼卧其下，子瞻为郡，一日屏骑从过之，松风骚然。顺指落花觅句，子瞻为赋此。"⑤

（2）《醉落魄》（分携如昨）

熙宁七年（1074）九月下旬，苏轼离杭赴密，与奉诏入京的杨元素同舟。熙宁七年十月，舟行至润州，临别时作。傅幹《注坡词》卷九，本词有题云："席上

---

① 苏轼著，茅维编《苏轼文集》，北京：中华书局，1986年，2115页。
② 李日华著《味水轩日记》，上海：上海远东出版社，1996年，289页。
③ 吴讷编《百家词》，天津：天津市古籍书店，1992年，367页。
④ 傅幹注，刘尚荣校证《注坡词》，成都：巴蜀书社，1993年，226页。
⑤ 傅幹注，刘尚荣校证《注坡词》，成都：巴蜀书社，1993年，259页。

呈杨元素。”①

(3)《浣溪沙》(长记鸣琴子贱堂)

熙宁七年(1074)十月,苏轼离杭赴密途经海州时作,赠海州陈知州。傅幹《注坡词》卷一〇,本词有序云:“赠陈海州,陈尝为眉令,有声。”②

(4)《浣溪沙》(一别姑苏已四年)

熙宁十年(1077)八月,苏轼徐州知州任上作,赠从苏州远道而来的闾丘公显。汲古阁本《东坡词》,本词有序云:“赠闾丘朝议,时过徐州。”③

(5)《临江仙》(细马远驮双侍女)

元丰三年(1080)正月,苏轼自京赴黄州贬所途经麻城县岐亭时作,赠陈慥(字季常)。元本《东坡乐府》卷上,本词有序云:“龙丘子自洛之蜀,载二侍女,戎装骏马,至溪山佳处辄留数日,见者以为异人。其后十年,筑室黄冈之北,号曰静庵居士,作此词赠之。”④

(6)《哨遍》(为米折腰)

元丰五年(1082)春,苏轼谪居黄州期间,檃括陶渊明《归去来兮辞》作,赠自鄱阳来访的董毅夫。傅幹《注坡词》卷八,本词有序云:“陶渊明赋《归去来》,有其词而无其声。余治东坡,筑雪堂于上,人俱笑其陋。独鄱阳董毅夫过而悦之,有卜邻之意。乃取归去来词,稍加檃括,使就声律,以遗毅夫。”⑤

(7)《渔家傲》(些小白须何用染)

元丰五年(1082)六月,苏轼谪居黄州期间,故人光州知州曹九章(字演甫,一作演父)之子曹焕(苏辙第三女之夫婿)自光州赴筠州(苏辙在此做官)道经黄州时作,让他转赠其父曹九章。曾慥《东坡词拾遗》,本词有题云:“赠曹光州。”⑥清王文诰《苏文忠公诗编注集成总案》卷二一云:“(元丰五年壬戌六月)王适、曹焕来谒……为《渔家傲》使焕寄其父九章。”⑦苏辙《东轩长老二绝并叙》叙中云:“始余于官舍营东轩,彭城曹君焕子文自浮光访余于高安,道过黄冈,余家兄以诗送之:‘均到高安几日回,一时抖擞旧尘埃。赠君一笼牢收取,盛取东轩长老来。’”⑧

苏轼《朱元经炉药》中云:“光州有朱元经道人者,百许岁,世多言其有道术。予来黄州,本欲一过之,既而不果。到黄未久,遂闻其死,故人曹九章适为

① 傅幹注,刘尚荣校证《注坡词》,成都:巴蜀书社,1993 年,235 页。
② 傅幹注,刘尚荣校证《注坡词》,成都:巴蜀书社,1993 年,294 页。
③ 毛晋辑《宋六十名家词》,上海:上海古籍出版社,1989 年,46 页。
④ 王鹏运辑《四印斋所刻词》,上海:上海古籍出版社,1989 年,19 页。
⑤ 傅幹注,刘尚荣校证《注坡词》,成都:巴蜀书社,1993 年,215 页。
⑥ 吴讷编《百家词》,天津:天津市古籍书店,1992 年,375 页。
⑦ 王文诰撰《苏文忠公诗编注集成总案》卷二一,巴蜀书社影印清嘉庆原刻本,叶十六。
⑧ 苏辙著《栾城集》,上海:上海古籍出版社,1987 年,272 页。

光守,遂与棺敛葬之,亦无他异。"①苏辙《祭曹演父朝议文》中云:"伯氏之南,见公符离。倾盖相欢,执手无疑……逮伯迁黄,公在浮光……始于朋友,求我婚姻。数岁之间,相与抱孙……匪我知公,我兄实知。"②可知,苏轼自汴京南下赴徐途中在与曹九章在符离见面结交。

曹焕与苏辙第三女的这段姻缘,还是苏轼促成的。元丰三年十月,淮南西路提刑官李常受曹九章之托,出外巡察时便道至黄州,告知苏轼提亲之事。清王文诰《苏文忠公诗编注集成总案》卷二〇云:"(元丰三年庚申十月)李常自舒州来访……请以光州曹九章之子焕婿于子由……诰按:公择时为淮南西路提刑,驻舒州,其以出按之便过公,必道经光州,故九章求为之介。"③苏轼非常赞成这桩婚事,随后写信询问弟弟苏辙之意。元丰三年冬,写信回应李公择,此事很有希望成功。其《与李公择十七首》其十三中云:"子由无恙,十月丧其小女,三岁矣。屡有此戚,固难为情,须能自解尔。所喻曹光州亲情,与卑意会,已作书问子由,次第必成也。"④元丰五年六月,曹焕自光州赴筠州,就是前去完婚。故而苏轼在赠其父曹九章的《渔家傲》词中说:"婚嫁事稀年冉冉,知有渐,千钧重担从头减",意思是你儿子的婚姻大事成了,肩上的重担也可以松一松了。苏轼《与毅父宣德七首》其一中云:"明日便重九……近日侄婿曹君行。"⑤可知,曹焕离黄赴筠,在八月底九月初,从元丰三年的提亲,至元丰五年的完婚,前前后后将近三年的时间。这正与苏辙《祭曹演父朝议文》中所说的"始于朋友,求我婚姻,数岁之间,相与抱孙"⑥相合拍。

(8)《满庭芳》(三十三年,今谁存者)

元丰六年(1083)五月,苏轼谪居黄州期间,退居黄州三十三年的王长官来访,作词相赠。傅幹《注坡词》卷一,本词有序云:"有王长官者,弃官三十三年,黄人谓之王先生。因送陈慥来过余,因为赋此。"⑦

(9)《水调歌头》(落日绣帘卷)

元丰七年(1084)三月十八日,苏轼离黄移汝之前,书赠谪居黄州的张梦得。周必大《益公题跋》卷五《跋汪逵所藏东坡字》云:"《水调歌头》,题元丰七年三月十八日黄州,已刻石于公法帖第一卷,远方无良工,失真远矣。"⑧孔凡礼《苏轼年谱》云:"苏轼在黄州时,赋《水调歌头》二首,一为赋快哉亭张梦得,本谱元丰六年十一月纪事已及。一为赠章楶家歌者,本谱元丰四年纪事已

① 苏轼撰,茅维编《苏轼文集》,北京:中华书局,1986年,2327页。
② 苏辙著《栾城集》,上海:上海古籍出版社,1987年,541-542页。
③ 王文诰撰《苏文忠公诗编注集成总案》卷二〇,巴蜀书社影印清嘉庆原刻本,叶九。
④ 苏轼著,茅维编《苏轼文集》,北京:中华书局,1986年,1501页。
⑤ 苏轼撰,茅维编《苏轼文集》,北京:中华书局,1986年,1717页。
⑥ 苏辙著《栾城集》,上海:上海古籍出版社,1987年,541-542页。
⑦ 傅幹注,刘尚荣校证《注坡词》,成都:巴蜀书社,1993年,22页。
⑧ 周必大撰《益公题跋》,上海:商务印书馆,1936年,52页。

及。苏轼将离黄州时，与章楶无交往。苏轼此时所书之《水调歌头》，当为赋快哉亭者，书以赠梦得也。"①

元丰六年(1083)十一月，谪居黄州期间，张梦得建亭落成，苏轼为取名快哉亭，并作《水调歌头》词。苏辙《黄州快哉亭记》云："清河张君梦得谪居齐安，即其庐之西南为亭，以览观江流之胜，而余兄子瞻名之曰'快哉'。"弘治《黄州府志》卷四载："快哉亭，《旧志》云，在府城南，宋郡人张梦得建，以览江山之胜。苏子瞻匾曰'快哉'，又为作词，末句云：'一点浩然气，千里快哉风。'弟子由作《记》。"②傅幹《注坡词》卷一，本词有题云："快哉亭作。"③元丰七年三月初，苏轼接到正月二十五日发出的量移汝州之诰命。苏轼《谢量移汝州表》中云："伏奉正月二十五日诰命，特授臣汝州团练副使本州安置不得签书公事者。"④其《赠别王文甫》中云："近忽量移临汝，念将复去此而后期不可必，感物凄然，有不胜怀者。浮屠不三宿桑下，有以也哉。七年三月九日。"⑤

(10)《蝶恋花》(自古涟漪佳绝地)

元丰八年(1085)十月，苏轼赴任登州途经涟水军时作，赠昔日密州任上的同僚赵昶(字晦之)。傅幹《注坡词》卷六，本词有序云："过涟水军，赠赵晦之。"⑥

(11)《临江仙》(多病休文都瘦损)

元祐五年(1090)二月，苏轼杭州知州任上作，赠项长官。傅幹《注坡词》卷三，本词有序云："疾愈，登望湖楼，赠项长官。"⑦

(12)《临江仙》(谁道东阳都瘦损)

建中靖国元年(1101)四月，苏轼遇赦回归途经庐山，庐山道士王友道来迎，作词相赠。曾慥《东坡词拾遗》本词有题云："赠王友道。"⑧

(三) 公私收藏

苏轼自书、他人手书东坡词墨迹的收藏情况，有私人收藏、宫廷收藏两大类。其中，有的宫廷收藏，后亦为私人收藏。

1. 私人收藏

私人收藏的东坡词墨迹，有东坡书《戚氏》(玉龟山)、《贺新郎》(乳燕飞华屋)、《占春芳》(红杏了)、《渔父》(渔父饮)、《渔父》(渔父醉)、《渔父》(渔父醒)、《渔父》(渔父笑)、《鹧鸪天》(林断山明竹隐墙)、《满庭芳》(归去来兮，吾

---

① 孔凡礼撰《苏轼年谱》，北京：中华书局，1998 年，611 页。
② 卢希哲纂修弘治《黄州府志》，《天一阁藏明代方志选刊》影印明弘治十三年刻本，叶四十八。
③ 傅幹注，刘尚荣校证《注坡词》，成都：巴蜀书社，1993 年，26 页。
④ 苏轼撰，茅维编《苏轼文集》，北京：中华书局，1986 年，656 页。
⑤ 苏轼撰，茅维编《苏轼文集》，北京：中华书局，1986 年，2260 页。
⑥ 傅幹注，刘尚荣校证《注坡词》，成都：巴蜀书社，1993 年，176 页。
⑦ 傅幹注，刘尚荣校证《注坡词》，成都：巴蜀书社，1993 年，87 页。
⑧ 吴讷编《百家词》，天津：天津市古籍书店，1992 年，378 页。

归何处)、《阮郎归》(绿槐高柳咽新蝉)、《水调歌头》(落日绣帘卷)、《哨遍》(为米折腰)、《行香子》(一叶舟轻)、《洞仙歌》(冰肌玉骨)、《浣溪沙》(覆块青青麦未苏)、《浣溪沙》(醉梦醺醺晓未苏)、《浣溪沙》(雪里餐毡例姓苏)、《浣溪沙》(半夜银山上积苏)、《浣溪沙》(万顷风涛不记苏)等词;有黄庭坚书《念奴娇》(大江东去)词、文天祥书《八声甘州》(有情风、万里卷潮来)词等。

(1) 葛大川藏《戚氏》(玉龟山)

李之仪《姑溪居士文集》卷三八《跋〈戚氏〉》中云:"政和壬辰,八月二十日夜,葛大川出此词于宁国庄。"①

(2) 晁说之藏《贺新郎》(乳燕飞华屋)

陈鹄《西塘集耆旧续闻》卷二载:"陆辰州子逸……公尝谓余曰:'曾看东坡《贺新郎》词否?'余对以世所共歌者。公云:'东坡此词,人皆知其为佳,但后攧用榴花事,人少知其意。某尝于晁以道家见东坡真迹。"②

(3—6) 鄜州张路钤藏《渔父》(渔父饮)、《渔父》(渔父醉)、《渔父》(渔父醒)、《渔父》(渔父笑)四词

晁说之《鄜州张路钤处见东坡所书〈渔父〉四首,感叹之余,因思诸王孙伯言善歌此词,每以为乐,作寄伯言视张》诗云:"庾郎几尺大腰围,江南江北有好诗……安西将军元好事,纸背题来十袭之。"③

(7) 蒋子有藏《占春芳》(红杏了)

何薳《春渚纪闻》卷六载:"蒋子有家藏先生于吴笺上手书一词,是为余杭通守时字,云:'红杏了……除是宁王。'"④

(8) 林子敬藏《鹧鸪天》(林断山明竹隐墙)

傅幹《注坡词》卷一一,本词有题注云:"东坡谪黄州时作,此词真本藏林子敬家。"⑤

(9—10) 下雉李氏藏《满庭芳》(归去来兮,吾归何处)、《阮郎归》(绿槐高柳咽新蝉)二词

王质(1135—1189)《雪山集》卷七《东坡先生祠堂记》中云:"杨元素起为富川,闻先生自黄移汝欲顺大江逆西江,适筠州见子由,令富川子弟员李翔要先生道富川,《满庭芳》序所谓'会李仲览自江南来'者是,今藏下雉李氏。先生自临皋渡武昌……先生至富川,见诗'吾曹总为长江老'者是,今传富川,见词'绿槐高柳咽新蝉'者是,今载集,且藏下雉李氏。"⑥

---

① 李之仪撰《姑溪居士全集》,《丛书集成初编》本,上海:商务印书馆,1935 年,300 - 301 页。
② 陈鹄撰《西塘集耆旧续闻》(外两种),北京:中华书局,2002 年,299 页。
③ 北京大学古文献研究所编《全宋诗》,北京:北京大学出版社,1998 年,13694 页。
④ 何薳撰《春渚纪闻》,北京:中华书局,1983 年,88 - 89 页。
⑤ 傅幹注,刘尚荣校证《注坡词》,成都:巴蜀书社,1993 年,318 页。
⑥ 王质撰《雪山集》,《丛书集成初编》本,上海:商务印书馆,1935 年,79 页。

傅幹《注坡词》卷一，本词有序云："元丰七年四月一日，余将去黄移汝，留别雪堂邻曲二三君子。会李仲览自江东来别，遂书以遗之。"①宋王之道《相山集》卷二七有《跋李仲览所藏东坡〈满庭芳〉法帖》②。明王世贞《弇州山人四部稿》卷一三六《跋东坡词》中云："坡书此黄州二词，行模大小，绝似《表忠观碑》，遂无一笔失度，恐好事者若圣教之勒石也，内'百年强半，来日苦无多'语，人或忧之。"③王象之《舆地纪胜》卷三三载："李翔，字仲览，永兴处士李太古之孙也。苏东坡移汝日，同陈慥季常、参寥过其家，留题于壁，其家有怀苏阁。"④同卷载："怀苏阁，在永兴李仲览之居，览登进士第后瞰湖筑室，号怀坡阁。"⑤光绪《兴国州志》卷二〇载："李翔，字仲览，元丰八年进士，多学善吟。为诸生时，苏轼由黄州量移汝州，将溯大江逆西江，适筠州视其弟辙，知军杨绘命翔往迎至兴国。后翔登第，建怀坡阁以寓思焉。旧志云，轼谪黄州，每过访之。"⑥"下雉李氏"，当是北宋李仲览之后。孔凡礼《苏轼年谱》云："《舆地纪胜》卷三三有白雉山，在大冶县；下雉或在其地。"⑦

(11) 汪应辰之子汪逵藏《水调歌头》(落日绣帘卷)

周必大《跋汪逵所藏东坡字》云："《水调歌头》题元丰七年三月十八日黄州，已刻石于公《法帖》第一卷，远方无良工，失真远矣。"⑧

按，孔凡礼《苏轼年谱》云："此《法帖》当即《西楼帖》，汪逵，乃《西楼帖》刻者汪应辰之子。"⑨

(12) 鄱阳董毅夫族子董熠藏《哨遍》(为米折腰)

魏了翁《鹤山先生大全文集》卷六三《跋鄱阳董氏所藏东坡词墨迹》云："苏文忠雅嗜陶公文，其有感于《归去来词》……墨迹藏于义夫之族子熠，临邛魏某与之为寮，因得寓目，因识其后。"⑩

(13) 李直翁藏《行香子》(一叶舟轻)

吴潜《行香子》(世事尘轻)词序云："开庆已未(1259)八月十夜，同官小饮逸老堂，李直翁制参出示东坡题钓台《行香子》，走笔和韵。"⑪

---

① 傅幹注，刘尚荣校证《注坡词》，成都：巴蜀书社，1993年，17页。
② 王之道著，沈怀玉，凌波点校《相山集点校》，北京：北京图书馆出版社，2006年，337页。
③ 王世贞著《弇州山人四部稿》，《明代论著丛刊》本，台北：伟文图书出版社，1976年，6276页。
④ 王象之撰《舆地纪胜》，北京：中华书局，1992年，1462页。
⑤ 王象之撰《舆地纪胜》，北京：中华书局，1992年，1452页。
⑥ 吴大训等修，陈光亨纂，刘凤纶，王凤池续纂光绪《兴国州志》卷二〇，清光绪十五年(1889)刻本，叶三五。
⑦ 孔凡礼撰《苏轼年谱》，北京：中华书局，1998年，614页。
⑧ 周必大撰《益公题跋》卷五，上海：商务印书馆，1936年，52页。
⑨ 孔凡礼撰《苏轼年谱》，北京：中华书局，1998年，611页。
⑩ 魏了翁撰《鹤山先生大全文集》，《四部丛刊初编》影印本，叶十二。
⑪ 唐圭璋编纂，王仲闻参订，孔凡礼补辑《全宋词》，北京：中华书局，1999年，3519页。

（14）明胡广藏《洞仙歌》（冰肌玉骨）

明李日华《味水轩日记》卷四载："（万历四十年十二月）八日，阴寒，高生指引一人持东坡墨迹一轴来，乃行书《洞仙歌》词一首，字如当三钱大，丰茂多姿，全法徐季海。此词首语：'冰肌玉骨，自清凉无汗。'……染翰洒洒，想见其轩渠满志也。有颐庵图记，胡文穆公家物。"①

按，胡广，谥文穆。徐浩（703—782），字季海，越州（今浙江绍兴）人，唐代书法家，其祖师道、父峤之，均是书法家。苏轼《孙莘老求墨妙亭诗》诗中云："徐家父子亦秀绝，字出外力中藏棱。"②

（15—19）清张之洞藏《浣溪沙》（覆块青青麦未苏）组词五首

汪康年《汪穰卿笔记》卷七载："壬辰、癸巳间，余在张文襄幕，见苏文忠公手书《浣溪沙》五首，后有揭文安公跋。"③

按，揭傒斯（1274—1344），字曼硕，号贞文，龙兴富州（今江西丰城）人，元代著名文学家、书法家、史学家，修辽、金、宋三史，为总裁官，谥文安。

（20）黄庭坚手书《念奴娇》（大江东去）词的辗转收藏

黄庭坚手书《念奴娇》词，辗转于宋元不伐、明严嵩、韩存良之手。洪迈《容斋续笔》卷八载："向巨源云，元不伐家有鲁直所书东坡《念奴娇》。"④明张丑《清河书画舫》云："'大江东去'云云，右东坡先生作，黄庭坚书，惜纸墨不甚称耳，本严分宜故物，今在韩太史存良家，余屡欲购之，亦未得也。"⑤

按，严嵩（1480—1567），字惟中，号分宜，江西分宜人。

（21）文天祥书《八声甘州》（有情风、万里卷潮来）词的流传

文天祥行书《八声甘州》词卷，张珏后人世代珍藏，至明代传至张公实之手。

清陈焯《湘管斋寓赏编》卷一，著录明张弼《跋文信国公墨迹》云："吾同寅车驾郎中安成张公实世宝藏之，重加装褫。"⑥明曾追《题宋信国公文山墨迹》云："驾部郎中张君公实，予世契家也，会不鄙弃，出示家藏宋信国公文山所书东坡词纨扇一面，命题其下……盖张氏之先自讳珏，字遵宪，与文山仕同时，心同德，是或当事书格言以相砥砺也……自度宗迄今二百余载，而张氏世宝之，手泽尚新，精爽飞动。"⑦明程敏政跋云："近过武林，得会亚参安成张君

① 李日华著《味水轩日记》，上海：上海远东出版社，1996 年，289 页。
② 苏轼著，王文诰辑注《苏轼诗集》，北京：中华书局，1982 年，372 页。
③ 汪康年著《汪穰卿笔记》，北京：中华书局，2007 年，270 页。
④ 洪迈撰《容斋随笔》，北京：中华书局，2005 年，320 页。
⑤ 中国书画全书编纂委员会编《中国书画全书》（第 4 册），上海：上海书画出版社，1994 年，307 页。
⑥ 黄宾虹，邓实编《美术丛书》（第三册），南京：江苏古籍出版社，2661 页。
⑦ 黄宾虹，邓实编《美术丛书》（第三册），南京：江苏古籍出版社，2662 页。

公实，获观文公遗墨。"①程敏政又跋云："予修《宋元纲目》，适当德祐景炎之间，参考史传，得合州守张珏首末，重其谋国之忠，死国之义，实与文公相先后……而不知公实乃珏后也，抚卷之际，为之惘然。"②清代乾隆年间，此卷先后为永清范氏、嘉善周筤谷(号筤谷)所藏。陈焯《湘管斋寓赏编》卷一云："文文山书东坡词……此卷近藏永清范氏，嘉善周筤谷震荣宰是邑，购得之……丁酉立春前四日记于上谷卫斋。"③清翁方纲《跋苏文忠公寄参寥词墨迹卷(文信国书)》中云："合州名著史传，与丞相之死同光，而其后人复能世守宝墨，至明嘉靖间二百八十余年之九……此卷今为筤谷明府弆藏，可谓所得归矣。丁酉初春来署题，方纲既诗之，而并跋于后。乾隆丁酉三月一日，大兴翁方纲拜观。"④由词卷上的题跋可知，此卷后又经虞山苏去疾(字显之)弟苏纯之、江宁管同(字异之)以及王均之等人收藏。

2. 宫廷收藏

宫廷收藏的东坡词墨迹，有董其昌临苏轼行书《醉翁操》(琅然)词册、苏轼楷书及康熙临《满庭芳》(归去来兮，吾归何处)词等。

(1) 董其昌临苏轼行书《醉翁操》册

董其昌临苏轼行书《醉翁操》册，本是清宫大内所藏，乾隆年间编《续石渠宝笈》时，赐于成亲王永瑆。永瑆跋云：

乾隆辛亥之冬，命内廷翰林辑《续石渠宝笈》之书，凡历代书画，非上品珍贵者不录，子臣等屡得恩赐。此董文敏书册，有"青宫太保"印，是崇祯甲戌以后文敏八十余岁笔也……盖自康熙间大内收藏文敏墨迹较他书独多，美不胜录，几暇寓□文翰，不取繁富。每蒙□赉，□获师资，敢不宝诸。十月廿五日，子臣永瑆。(据图片录入)

(2) 苏轼楷书及康熙临《满庭芳》词

苏轼楷书《满庭芳》词，清张照、梁诗正等编《石渠宝笈》卷七著录："宋苏轼书《满庭芳》词一轴，素绢本，大楷书款识云：'调《中吕·满庭芳》，元祐六年十月二日眉山苏轼书'，边幅有匪懈堂跋一，又张英励、杜讷、胡会恩、史夔、顾藻、孙岳颁、张廷瓒、陆肯堂、强国忠、叶长芷诸跋。"⑤

康熙帝临《满庭芳》词手卷，本为宫廷所藏，后归皇太子胤礽之孙永璥收藏，钤有"钦训堂世宝御笔书画臣永璥恭记之章"椭圆形朱文印，后又为其孙奕涞所藏，钤有"守素园世宝御笔书画臣奕涞恭记之章"椭圆形朱文印。⑥

---

① 黄宾虹，邓实编《美术丛书》(第三册)，南京：江苏古籍出版社，2663页。
② 黄宾虹，邓实编《美术丛书》(第三册)，南京：江苏古籍出版社，2663页。
③ 黄宾虹，邓实编《美术丛书》(第三册)，南京：江苏古籍出版社，2661页。
④ 翁方纲撰，沈津辑《翁方纲题跋手札集》，桂林：广西师范大学出版社，2002年，316页。
⑤ 张照，梁诗正等编《石渠宝笈》，《中国历代书画艺术论著丛编》本，北京：中国大百科全书出版社，1997年，213页。
⑥ 陈超《康熙御书苏轼〈中吕·满庭芳〉赏析》，《文物天地》，2009年第12期，121页。

苏轼、黄庭坚、文天祥、董其昌、康熙帝等名家手书东坡词，是对东坡词的艺术再创作，带来的是辞章之美与书法之美的双重审美感受，他们以楷书、行书、行楷、行草等不同字体，为我们展现了瑰奇绚烂、多姿多彩的书法艺术，其翰墨之妙，真可谓是化笔墨为神奇。苏轼亲身参与的手写传播与接受中，东坡词承担着联络亲友感情、交流创作经验、品题歌舞技艺的功能。东坡之后，在东坡词名家墨迹的流传过程中，一系列品评词品、书品与人品名家题跋应运而生，在东坡词的传播与接受进程中产生了联动效应与连锁反应。

第二节　摹刻：以刀代笔墨，再造铁笔书艺

从东坡词传播与接受的载体来看，摹刻，有石刻、木刻两大类，以石刻居多；从传播与接受的渠道来看，摹刻，主要的是拓印、馈赠和收藏。从采用的书体来看，摹刻，正书有楷书、草书、行书、行楷、行草等，有的正书之前有篆额，正书之后有行书、楷书落款、跋语。

一、石刻：传播与接受载体之一

东坡词石刻，不仅数量多、摹刻频繁，而且分布广、历时长久。细分起来，主要有摩崖石刻、单体碑石、文房砚台三类。

（一）摩崖石刻

东坡词摩崖石刻，是指刻在山崖、石壁上的东坡词。江苏泗州盱眙县（今属淮安）第一山，有《行香子》（北望平川）词摩崖石刻，在米芾《第一山》诗之侧。胡仔《苕溪渔隐丛话》后集卷三五载：

淮北之地平夷，自京师至汴口，并无山，惟隔淮方有南山，米元章名其山为第一山，有诗云："京洛风尘千里还，船头出没翠屏间，莫能衡霍撞星斗，且是东南第一山。"此诗刻在南山石崖上。石崖之侧，有东坡《行香子》词。后题云：'与泗守游南山作'，字画是东坡所书小字，但无姓名，崇观间，禁元祐文字，遂镌去之。"①

米芾《宝晋英光集》卷四《题泗滨南山石壁曰第一山》诗云："京洛风沙千里还，船头出汴翠屏间。莫论衡霍撞星斗，且是东南第一山。"②王象之《舆地纪胜》卷四四载："第一山，在郡之东，普济院后山也。米元章有诗云：'莫论衡霍撞星斗，且是东南第一山。'"③又，同卷载："普济院，在第一山下，玻璃

---

① 胡仔纂集《苕溪渔隐丛话》（后集），北京：人民文学出版社，1962 年，274 页。

② 米芾著《宝晋英光集》，《丛书集成初编》本，长沙：商务印书馆，1939 年，29－30 页。

③ 王象之撰《舆地纪胜》，北京：中华书局，1992 年，1794 页。

泉、起秀亭、淮山堂，皆在寺中”①又，同卷载：“起秀亭，在玻璃泉上。”②又，同卷载：“玻璃泉，在第一山下，张文潜诗云：‘玻璃美酒旧知名’，又云：‘待君一勺玻璃泉’，崇宁中，刘晦叔名之曰玻璃泉。”③

祝穆《方舆胜览》卷四七载：“玻璃泉，在第一山下。张文潜诗：‘玻璃美酒旧知名。’崇宁中，刘晦叔名之曰玻璃泉。杨廷秀有诗云：‘清如淮水未为佳，泉迸淮山好煮茶。镕出玻璃开海眼，更和月露沦春芽。仰看绝壁一千丈，削下青琼无点瑕。从事不教愁肺渴，临泓带雪吸冰花。”④又，同卷载：“起秀亭，在玻璃泉之上。旧名会景，后曰参云，曰览冀，郡守吴说改曰淮山观；淳熙庚子，郡守王渥易名东南起秀。面对汴口，下瞰城郭。亭后石壁峭列，东坡、米元章诸公皆有诗词刻于上。”⑤按，“玻璃美酒旧知名”，张耒《大雪中李提惠举玻璃泉两榼二首》其一中诗句⑥；“待君一勺玻璃泉”，张耒《赠张嘉甫》中诗句⑦。“淳熙庚子”，淳熙七年(1180)。“仰看绝壁一千丈，削下青琼无点瑕”，杨万里《题盱眙军玻璃泉》中诗句⑧。

由此可知，《行香子》摩崖石刻，在普济院后山玻璃泉上起秀亭后的悬崖峭壁之上。李焘《续资治通鉴长编》卷一一九载：“(景祐三年七月)泗州新作普济院成。诏给田十顷，保庆太后施钱所建也。”⑨按，景祐三年，1036 年。

宋、金南北对峙，以淮河为界。南宋使臣出使金国，游第一山，在玻璃泉留题，壁上镌刻几满。周密《齐东野语》卷一二《淳绍岁币记》云：“时聘使往来，旁午于道，凡过盱眙，例游第一山，酌玻璃泉，题诗于壁，以纪岁月，遂成故事。镌刻题名几满。绍熙癸丑，国信使郑汝谐诗云：‘……燕山有石无人勒，却向都梁记姓名！’”⑩随着留题增多，《行香子》摩崖石刻遂被世人“遗忘”，难以寻觅，不知所在，直至 1983 年，才“重见天日”。谈化文《江苏盱眙县第一山发现苏轼所书〈行香子〉词摩崖》一文云：

一九八三盱眙县文化馆秦士芝同志，为了研究地方文物，据胡仔所记的这条线索，多次细心在崖上搜寻，终于在第一山秀崖上找到了。此词刻于秀崖的偏南部，距现在地面约三米高。行书六行，高三十四厘米，宽二十七厘米，字径二厘米左右，经过九百年的风雨侵蚀，石上苔痕斑斑，全文六十六字，现在能够

---

① 王象之撰《舆地纪胜》，北京：中华书局，1992 年，1798 页。
② 王象之撰《舆地纪胜》，北京：中华书局，1992 年，1793 页。
③ 王象之撰《舆地纪胜》，北京：中华书局，1992 年，1793－1794 页。
④ 祝穆撰，祝洙增订《方舆胜览》，北京：中华书局，2003 年，842 页。
⑤ 祝穆撰，祝洙增订《方舆胜览》，北京：中华书局，2003 年，842 页。
⑥ 张耒撰《张耒集》，北京：中华书局，1990 年，402 页。
⑦ 张耒撰《张耒集》，北京：中华书局，1990 年，222 页。
⑧ 杨万里撰，辛更儒笺校《杨万里集笺校》，北京：中华书局，2007 年，1406 页。
⑨ 李焘《续资治通鉴长编》，北京：中华书局，1995 年，2797 页。
⑩ 上海古籍出版社编《宋元笔记小说大观》，上海：上海古籍出版社，2001 年，5575 页。

辨认的只有四十六字了。《丛话》所记"后题云'与泗守游南山作'",现在只剩"与"字尚全,"南"字只见右边一弯钩,"作"字仅余右半。"字画是东坡所书小字,但无姓名",皆与石刻相合……石刻的上下和左方,也都是宋人题刻,左下方不远处还有米芾的题名石刻。①

胡仔云:"后题云:'与泗守游南山作',字画是东坡所书小字,但无姓名,崇观间,禁元祐文字,遂镌去之";谈化文云:"现在只剩"与"字尚全,"南"字只见右边一弯钩,"作"字仅余右半"。徐超文《谈新发现的苏轼〈行香子〉词石刻》中云:"大概是崇观间镌去'署名',因此把这一行也迸掉一块,没有重刻、伪刻的迹象。按凡古人题刻,后均署名。此词自应同例。苏轼在其他各地题刻,亦均署名。所云'镌去',当是镌去署名。"②《行香子》词摩崖石刻,至今尚存,在第一山秀岩摩崖石刻右侧上方。

徐州云龙山有《行香子》三词摩崖石刻。沈雄《古今词话·词辨》卷下载:"东坡以二韵事见《行香子》,秦、黄、张、晁,为苏门四学士,必命取密云龙供茶,家人以此记之。廖明略晚登东坡之门,亦呼密云龙,视之则一廖明略也。东坡为赋《行香子》……东坡《行香子》三首,在淮南云龙山上,记崇观年号。"③按,"崇观",崇宁(1102—1106)、大观(1107—1110),宋徽宗年号。同治《徐州府志》卷一一载:"府志铜山县,其境内山,则城南为云龙山……《江南通志》:'宋武微时,憩息于此,有云龙旋绕之异。'《旧志》:'有云气蜿蜒如龙,亦名石佛山。'"④

(二)单体碑石

勒于单体碑石上的东坡词,有《念奴娇》(大江东去)、《满庭芳》(归去来兮,吾归何处)、《行香子》(清夜无尘)、《临江仙》(九十日春都过了)、《浣溪沙》(覆块青青麦未苏)、《浣溪沙》(醉梦昏昏晓未苏)、《浣溪沙》(雪里餐毡例姓苏)、《浣溪沙》(半夜银山上积苏)、《浣溪沙》(万顷风潮不记苏)、《八声甘州》(有情风、万里卷潮来)、《醉翁操》(琅然)、《南歌子》(山雨潇潇过)、《定风波》(月满苕溪照夜堂)、《满庭芳》(蜗角虚名)、《采桑子》(多情多感仍多病)、《南乡子》(晚景落琼杯)、《水调歌头》(落日绣帘卷)、《西江月》(三过平山堂下)、《醉蓬莱》(笑劳生一梦)、《渔父》(渔父饮)、《渔父》(渔父醉)、《哨遍》(为米折腰)、《满庭芳》(三十三年,今谁存者)、《行香子》(北望平川)、《阮郎归》(绿槐高柳咽新蝉)二十五首。其中,有些词,一刻再刻。

---

① 谈化文《江苏盱眙县第一山发现苏轼所书〈行香子〉词摩崖》,《书法》,1985年,第3期,24页。
② 徐超文《谈新发现的苏轼〈行香子〉词石刻》,《文物研究》,1986年第2期,116页。
③ 唐圭璋编《词话丛编》,北京:中华书局:1986年,929页。
④ 吴世熊,朱忻修,刘庠,方骏谟纂同治《徐州府志》,《中国地方志集成》本,南京:南京古籍出版社,1991年,359页。

(1)《念奴娇》(大江东去)

苏轼草书此词石刻拓片,见《宋拓苏长公雪堂帖》《宋拓成都西楼帖》《至宝斋法帖》等。

《宋拓苏长公雪堂帖》本,正书前,有“苏长公大江东词”篆书额,钤有方形“神味元气”白文印、葫芦形“陈氏”白文印、长方形“浩然堂图书印”白文印、方形“元焕枢”朱文印、方形“元晶”白文印、长方形“星州卓海帆收藏印”白文印;正书后,有草书“久不作草书,适乘醉走笔,觉酒气勃勃,从指端出也,东坡醉笔”跋语,钤有方形“春木”白文印、方形“见山泉”白文印、方形“六颐斋印”朱文印、方形“陈淮印”白文印、长方形“药洲文字禅”白文印、长方形“兴伯”白文印。其后,附有清刘鹗(字铁云)跋:

此即世所谓《西楼帖》也,汪圣锡刻,藏石于成都西楼,传世甚少,故罕见者。此卓海帆相国所藏,凡两册,其一,后有“淳熙元载刻于雪堂”题识。以放翁题跋证之,知其为《西楼帖》也,海内存者不过数册。谨记于此,使后之得此者知宝贵焉,铁云。①

按,汪应辰(1118—1176),字圣锡,南宋吏部尚书兼翰林学士。卓秉恬(1782—1855),字静远,号海帆,清嘉庆进士、后任武英殿大学士。淳熙元载,1174年。

《宋拓成都西楼帖》本,见上条。徐珂《清稗类钞·鉴赏类·梁晋竹藏宋拓宋〈西楼帖〉》载:

宋拓东坡《西楼帖》,为苏书最著名者,在宋时已极宝贵。卷中家信及友朋书问,皆近刻所无,而精采奕奕,如新脱手,尤诸刻所不及。有高士奇、成亲王、梁山舟诸跋,实为宋拓精本。梁晋竹曾藏之。②

今传本《宋拓成都西楼帖》,不载《念奴娇》词。

《至宝斋法帖》本,正书前,有“至宝斋法帖”篆书额,有方形“孙丕廷记”朱文印。明黄州知府郭凤仪重书此词石刻,仅存残石,在二赋堂。民国汪燊《黄州赤壁集》卷一〇著录:“重书东坡赤壁怀古《念奴娇》词,残石,明郭凤仪书,在二赋堂。按,石已佚缺,所剩数十字,酷肖六朝人手笔,后‘桐冈’二字款识,尚可辨”③。按,此词残石,现嵌在湖北黄冈东坡赤壁之二赋堂墙壁,其上尚有以下文字犹可辨认:

□□□□□□尽、千古风□人物。□□□□□□□□□□□□壁。乱石穿空,□□□□□□□□□□□□□一时多少豪杰。 □□□□□□□□□□□□姿英发。羽□□□□□□□□□□□□□□□游,多情□□□□□□□□□□□□□□□江月。

① 曹树铭校编《苏东坡词》,台北:台湾商务印书馆股份有限公司,1983年,76页。
② 徐珂编撰《清稗类钞》,北京:中华书局,1981年,4443-4444页。
③ 汪燊纂辑《黄州赤壁集》,武汉:华中师范大学出版社,2010年,305页。

又,东坡草书此词,分刻条石二块,在湖北黄冈东坡赤壁之坡仙亭。明黄州知府郭凤仪重摹,勒石雪堂,后经战火毁坏,清同治七年戊辰(1868)仲秋,刘维桢重刻,置于坡仙亭。光绪《黄州府志》卷三八“东坡手书四词石刻”条著录有“赤壁怀古《念奴娇》词”。① 民国汪燊《黄州赤壁集》卷一〇载:“东坡手书四词石刻,在坡仙亭……赤壁怀古《念奴娇》词……按,四词共石八方。明郭凤仪重摹,经兵燹残破,仅遗数片于雪堂。清同治戊辰,又复翻刻,存坡仙亭。”② 按,此石刻正书后,有苏轼草书“久不作草书,适乘醉走笔,觉酒气勃勃,从指端出也,东坡醉笔”题款,有方形“赵郡苏氏”朱文印,有楷书“同治戊辰仲秋月后学刘维桢重刊”题款。

又,东坡草书此词,分刻条石三块,在山西太原永祚寺(双塔寺)碑廊内。康熙五十七年(1718)太原知府李清錀集刻《古宝贤堂法帖》,乾隆二十七年(1762)仲夏鄂弼增刻《念奴娇》词,原在太原府署后圃,1980年移至永祚寺碑廊。按,此石刻正书前,有“苏长公大江东词”篆书额,正书后,有鄂弼(西林觉罗氏,鄂尔泰第三子,鄂容安弟)小楷跋语:

右东坡先生自书大江东去词,乃为醉后神到之笔。余家藏旧拓也。词与书并挟莫伟劲杰之气,雅类其为人。余爱而重之,固复钩摹勒石以广所传。按,先生脱御史台狱,谪黄州团练副使,前后《赤壁》二赋成于迁所,此词寄托略同,应亦是时所作。观其淋漓杯酒,逸兴遄飞,伸底挥毫,盎然天趣,非见道深而胸无块垒者能之乎?吁!信可爱而重也美。乾隆二十有七年壬午仲夏,西林鄂弼跋。

(2)《满庭芳》(归去来兮,吾归何处)

苏轼行楷此词石刻拓片,见《郁孤台法帖》③。《郁孤台法帖》,南宋绍定元年(1228)聂子述刻于江西赣州郁孤台。

苏轼元祐六年(1091)十月二日楷书此词,分刻二石者有三:

其一,北宋绍圣四年(1097)十一月五日僧宗祥立石翠筠堂,其拓本见北京图书馆金石组编《北京图书馆藏中国历代石刻拓本汇编》第40册,款云:“元祐六年十月二日眉山苏轼书,绍圣四年十一月五日□□山僧宗祥立石翠筠堂,李涣模刻。”④

其二,明嘉靖六年丁亥(1527)黄州知府郭凤仪自峨嵋拓归,勒石立于雪堂,见清陆耀遹《金石续编》卷一六著录,款云“元祐六年十月二日眉山苏轼

① 英启修,邓琛纂光绪《黄州府志》卷三八,清光绪十年(1884)刻本,叶十二。

② 汪燊纂辑《黄州赤壁集》,武汉:华中师范大学出版社,2010年,304页。

③ 上海古籍出版社编《宋拓郁孤台法帖精选·苏轼行楷》,上海:上海书店出版社,2010年,18-19页。

④ 北京图书馆金石组编《北京图书馆藏中国历代石刻拓本汇编》(第40册),郑州:中州古籍出版社,1989年,157-158页。

书”，有碑跋云：“苏长公守黄最久，索遗迹无片石以存遗翰，偶得是刻，正公寓留时作也，刻置雪堂。明嘉靖丁亥知黄州府事大□□凤仪。”①清道光年间，此词石刻已在坡仙亭，道光《黄冈县志》卷一载：“石刻苏文忠《满庭芳》《临江仙》《行香子》三词，郡守郭凤仪自峨嵋拓归勒于石，今在坡仙亭。”②按，乾隆《黄州府志》卷八载：“郭凤仪，字舜符，祥符进士，嘉靖间知黄州，性冲澹，不以家属自随，政务宁谧。”③

其三，明正德（1506—1521）前在定州曲阳县济窦崖，后移至黉宫，清光绪三十年（1904）已在县衙二堂前西壁，字多漫灭，光绪《重修曲阳县志》卷一二载：“《行香子》《临江仙》《满庭芳》词三首，据明正德中浮休寺碑，此词刻初在济窦崖，后移于黉宫，今在县署二堂前西壁，共四石。”④此词残碑，今在曲阳北岳庙内。翔之《苏东坡与济渎岩》云：“据调查，该碑的残块现存曲阳北岳庙内，应是明代遗物。”⑤

苏轼元祐六年（1091）十月二日楷书此词，清同治七年戊辰（1868）仲秋，刘维桢重刊，分刻四石，在湖北黄冈东坡赤壁之坡仙亭。汪欙《黄州赤壁集》卷一〇载：“东坡手书四词石刻，在坡仙亭……《满庭芳》……清同治戊辰，又复翻刻，存坡仙亭。”⑥按，刘维桢重刊《满庭芳》词，第一石，刻“中吕　满庭芳”、“归去来兮”至“来日苦无”；第二石，刻“多”至“人生”；第三石，刻“底事”至“江南”；第四石，刻“父老，时与晒渔蓑”、苏轼题款“元祐六年十月二日眉山苏轼书”，后有刘维桢题款“同治戊辰年仲秋月后学刘维桢重刊”。

清光绪十九年（1893）癸巳，曲阳知县谢鉴礼临摹并勒石，在曲阳北岳庙内。翔之《苏东坡与济渎岩》云：

在现在曲阳北岳庙内，还保存有两通较为完好的东坡词刻碑，系光绪年间知县谢鉴礼临摹品……另一通碑的两面刻有《满庭芳》及谢鉴礼的题记，款为“光绪癸巳遵义谢鉴礼方塘氏临并识”，“邑人冉风儿字”。谢鉴礼所临之碑亦有不同程度的风化剥蚀，跋文的上部漫漶不清，难以知其跋的全部内容，大意是：谢氏在县署败壁中见到苏东坡词刻碑，碑文多有剥蚀漫漶，不知刻自谁手，刻自何时，于是产生了重新摹勒上石以存前贤手迹的想法。忽一日，邑绅书府持原碑拓本以赠，为临摹提供了条件。而后，谢氏据旧石旧拓，勉临数遍，近似者存之，缺失者补之，两阅月而后成。⑦

---

① 林荣华校编《石刻史料新编》第一辑第5册，台湾：新文丰出版公司，1982年，3364页。

② 俞昌烈修，谢葵，刘秉忠纂道光《黄冈县志》卷一，清道光二十八年（1848）刻本，叶三十八。

③ 王勍修，靖道谟纂乾隆《黄州府志》卷八，乾隆十四年（1749）刻本，叶二十。

④ 周斯亿，温亮珠修，董涛纂光绪《重修曲阳县志》卷一二，清光绪三十年（1904）刻本，叶一百一至一百四。

⑤ 翔之《苏东坡与济渎岩》，《文物春秋》，2004年第5期，4页。

⑥ 汪欙纂辑《黄州赤壁集》，武汉：华中师范大学出版社，2010年，304页。

⑦ 翔之《苏东坡与济渎岩》，《文物春秋》，2004年第5期，4－6页。

(3—4)《行香子》(清夜无尘)、《临江仙》(九十日春都过了)二词

绍圣二年(1095)重九日苏轼楷书,各刻一石者有三:

其一,明嘉靖六年丁亥(1527)黄州知府郭凤仪自峨嵋拓归,勒石立于雪堂,见清陆耀遹《金石续编》卷一六著录。① 清道光年间,已在坡仙亭。道光《黄冈县志》卷一载:"石刻苏文忠《满庭芳》《临江仙》《行香子》三词,郡守郭凤仪自峨嵋拓归勒于石,今在坡仙亭。"②其拓片,见《北京图书馆藏中国历代石刻拓本汇编》第40册,款云"绍圣二年重九日眉山苏轼书。"③

其二,明正德(1506—1521)前在定州曲阳县济窦崖,后移至黉宫,清光绪三十年(1904)已在县衙二堂前西壁,字多漫灭,见光绪《重修曲阳县志》卷一二著录。④ 此二词石刻残碑,今在曲阳北岳庙内。翔之《苏东坡与济渎岩》云:"据调查,该碑的残块现存曲阳北岳庙内,应是明代遗物。"⑤

其三,在琼州琼山县洞酌亭。清翁方纲《粤东金石略》卷九载:

琼州浮粟泉字。浮粟泉,在琼州府城东北隅二里许,《府志》即指为苏文忠双泉之一。下旧有洞酌亭,今为苏祠。祠有石刻公像,泉上一石勒"浮粟泉"三字,云是公书。又有石碑二通,勒公书《行香子》《临江仙》二词。是近年一总戎自黄州雪堂摹来者,神气全失。像为康熙间郡守河间贾棠所勒。旁有八分书云:"宋苏文忠公五十六岁像。"像后棠自跋云:"公自惠谪琼,惠人留真于白鹤新居,棠购得之,摹上石。"⑥

民国《琼山县志》卷一四著录东坡居士二词碑并碑跋云:

东坡居士二词碑,高三尺一寸,阔二尺有,高分六,一行十一字……《粤东金石略》云,二词乃黄州雪堂所镌,后一总戎摹刻于此。考碑跋云:文忠公书法,纵逸雄健,中饶姿态,世咸珍之,自宋迄今,其墨迹搜索都尽,即一二摩崖石刻,敲拓无虚日,岁久剥蚀,辄复镌镵,真意尽失,良可慨惜。余备官蜀中,往来玻璃江、慕颐山间有年,求所谓玉鼻骍券者,竟未睹一善本,殊为恨事。

岁戊寅,升任黄州,偶过雪堂、临皋间,睹公之石刻林立,率多漶漫难卒读。惟《行香子》《临江仙》二词字画完整,未失古意,瞻诵间,不胜陈仓酒楼之慨,亟命工拓而什袭焉,且图所以久之,顾未得其道也。

己卯春,余奉命来镇琼南,讲武之暇,询知公所谓双泉者,距城二里许,有公五十四岁像存焉。因趋谒之,问公所刻《洞酌》诗,则已不知所之矣。余乃恍

---

① 林荣华校编《石刻史料新编》第一辑第5册,台湾:新文丰出版公司,1982年,3364页。

② 俞昌烈修,谢葵,刘秉忠纂道光《黄冈县志》卷一,清道光二十八年(1848)刻本,叶三十八。

③ 北京图书馆金石组编《北京图书馆藏中国历代石刻拓本汇编》(第40册),郑州:中州古籍出版社,1989年,159页。

④ 周斯亿,温亮珠修,董涛纂光绪《重修曲阳县志》卷一二,清光绪三十年(1904)刻本,叶一百一至一百四。

⑤ 翔之《苏东坡与济渎岩》,《文物春秋》,2004年第5期,4页。

⑥ 翁方纲著,鸥广勇,伍庆禄补注《粤东金石略补注》,广州:广东人民出版社,2012年,367页。

然曰："噫！是将成吾志也欤。"盖泉以公而传，今原碑已失，后之人固不可妄续以厚诬前贤，亦何妨附会以存真迹。爰出齐安所拓，谋之同官，佥曰善，相与购贞珉、选匠石，摹而立于泉侧。是役也，为公书之故，非为泉故。然数年后，使雪堂诸刻相拓不休，漫灭难识，好奇之士，安知无航海而来问兹泉者？则是役也，虽不为斯泉，而亦未尝不为斯泉。于时，中宪山右张君介祺书额；襄举者，为郡伯东莱戴君汝槐，二守清漳陈君文倬，左营兼管中营游击贵竹萧应鹏，右营都司吴兴沈槐音；而董厥成者，则署琼山县洪州廖明府名扬也。

工既竣，并识于左。乾隆二十四年己卯皋月上澣长至后三日，琼州总镇山右解逊撰并书。

据此，则摹刻二词者总戎为解逊。翁覃溪辑《粤东金石略》，时与解总戎相去未久，又三按试临琼，访苏泉古迹，书洞酌亭匾额，竟未知总戎名。余屡至双泉，谒苏公祠，凡前人碑刻，剔苔藓，读遗文，始得总戎碑跋，为之一快。①

光绪《黄州府志》卷一二《职官志·武秩官表》载，谢逊，乾隆二十三年戊寅(1758)任黄州副总兵。② 此二词石刻拓片，见《北京图书馆藏中国历代石刻拓本汇编》第42册。③

绍圣二年(1095)重九日苏轼楷书，清同治七年戊辰(1868)仲秋，刘维桢重刊，各刻二石，在湖北黄冈东坡赤壁之坡仙亭。民国汪燊《黄州赤壁集》卷一〇载："东坡手书四词石刻，在坡仙亭……《行香子》……《临江仙》……清同治戊辰，又复翻刻，存坡仙亭。"④按，刘维桢重刊《行香子》词，第一石，刻"清夜无尘"至"梦中身"；第二石，刻"虽抱文章"至"一溪云"，有苏轼题款"绍圣二年重九日眉山苏轼书"。刘维桢重刊《临江仙》词，第一石，刻"九十日春都过了"至"阆苑先"；第二石，刻"生"至"肯为使君留"，有苏轼题款"东坡居士书"。

清光绪十九年(1893)癸巳，曲阳知县谢鉴礼临摹并勒石，在曲阳北岳庙内。翔之《苏东坡与济渎岩》云：

在现在曲阳北岳庙内，还保存有两通较为完好的东坡词刻碑，系光绪年间知县谢鉴礼临摹品。其中一通一面刻《行香子》，款为"方塘临"；另一面刻《临江仙》，款为"半亩山人方塘临于恒阳官舍。"⑤

(5—9)《浣溪沙》(覆块青青麦未苏)组词五首

《浣溪沙》(覆块青青麦未苏)组词五首拓片，见杨葆初、杨守敬《景苏园

① 朱为潮等修，李熙，王国宪纂民国《琼山县志》卷一四，中华民国六年(1917)刻本，叶六至八。
② 英启修，邓琛纂光绪《黄州府志》卷一二，清光绪十年(1884)刻本，叶三。
③ 北京图书馆金石组编《北京图书馆藏中国历代石刻拓本汇编》(第42册)，郑州：中州古籍出版社，1989年，173－174页。
④ 汪燊纂辑《黄州赤壁集》，武汉：华中师范大学出版社，2010年，304页。
⑤ 翔之《苏东坡与济渎岩》，《文物春秋》，2004年第5期，4－5页。

帖》,然不见于今传本《景苏园帖》六册之中,曹树铭《苏东坡词》一书有图录。①《景苏园帖》,黄冈知县杨葆初发起、出资,黄冈县学教谕杨守敬编选,刻成于光绪十八年(1892)。丁永淮《杨葆初、杨守敬合力完成〈景苏园帖〉石刻》云:

东坡赤壁的碑阁内珍藏的著名《景苏园帖》,是清末杨葆初、杨守敬汇刊的。杨葆初,字寿昌,四川成都人,祖籍江苏常州。杨守敬(1839—1915),字惺星,湖北宜都人。二人都酷爱苏东坡书法。清光绪十四年(1888),杨守敬始任黄冈县教谕后,在赤壁附近建"邻苏园",取与东坡为邻之意,用作藏书之地;光绪十六年,杨寿昌任黄冈县知县,于县署西侧筑辟"景苏园",取景仰东坡之意,用作藏碑刻之地。杨寿昌发起重辑苏东坡书法作品为《景苏园帖》,并镌刻上石。杨守敬是著名的金石书法收藏家,他将自己所藏的刻有苏书的二十二种法帖及原刻拓片选出,开始建议入选的具体篇目,呈杨寿昌审定。最后,杨寿昌与杨守敬共精选出七十件,由杨寿昌出资,请武昌著名石工匠刘宝臣摹刻上石,从光绪十七年开始,第二年刻完四卷,后又增刻二卷,共一百二十六块,均镶嵌于"景苏园"内墙壁,因命名为《景苏园帖》。②

(10)《八声甘州》(有情风、万里卷潮来)

胡仔《苕溪渔隐丛话》后集卷三九载:"东坡别参寥长短句云:'有情风,万里卷潮来,无情送潮归……西州路,不应回首,为我沾衣。'……其词石刻后,东坡自题云:'元祐六年三月六日。'③胡仔《〈苕溪渔隐丛话后集〉序》作于南宋乾道三年(1167),序中云"前、后集共一百卷,亦可谓富矣"④。由此可知,《八声甘州》刻石在1167年之前。

(11)《醉翁操》(琅然)

正德《南康府志》卷六《人物传·隐逸类》载:

崔闲,字诚老,读书不务进取,襟怀清旷,以琴自娱,结庐于玉涧,号睡足庵,自谓玉涧道人。东坡过之,因谓醉翁喜琅琊山水之胜,沈遵以琴写其声,惜之无辞,今玉涧道人独妙于琴,故因其声而为辞以补。石刻在郡斋。⑤

明胡应麟(1551—1602)《艺林学山》卷三载:

东坡《醉翁操》"琅然清蠲"云云,苏词,今刻载《甲秀堂帖》曰:"琅然清圆",非"蠲"字也。杨解"蠲"字为明洁之意,不知琴谱有叠蠲,谓二指后先齐下也。坡词必用"蠲"字,亦当出此,杨所解失之。⑥

---

① 曹树铭校编《苏东坡词》,台北:台湾"商务印书馆",1983年,44-51页。
② 湖北省文史研究馆编《楚天笔荟》,上海:上海书店出版社,1993年,92页。
③ 胡仔纂集《苕溪渔隐丛话》(后集),北京:人民文学出版社,1962年,322-323页。
④ 胡仔纂集《苕溪渔隐丛话》(后集),北京:人民文学出版社,1962年,1页。
⑤ 陈霖纂修正德《南康府志》卷六,《天一阁藏明代地方志选刊》影印明正德十五年(1520)刻本,叶四十六。
⑥ 胡应麟著《少室山房笔丛》,北京:中华书局,1958年,288-289页。

《甲秀堂帖》，即《庐山陈氏甲秀堂法帖》，张鸣铎《阁帖源流述略》云，南宋淳熙间(1174—1189)刻。① 明孙鑛《书画跋跋》卷二云：“《庐山陈氏甲秀堂帖》，王氏跋一。此帖规模大约与《汝帖》相近，总是有意搜奇僻，非真为字也。跋谓惟苏、黄、米诸尺牍可观，良然。”②明吴宽《匏翁家藏集》卷五四《跋甲秀堂帖》云：“此《甲秀堂帖》也，旧刻于庐山陈氏。内有周《石鼓文谱》……晋王右军《荀侯帖》，唐欧阳率更、颜鲁公仿右军帖，鲁公《祭稿》，怀素帖……宋司马文正公铭，苏东坡手简，黄山谷诗诸刻。予少时藏此，一日，刘廷美签宪过予家，见之，借去。后刘公没，从其家索之，不可得。盖其三子异居，裂而分之矣。弘治丙辰，予居家，三子始各持还，仍合于一。其刻旧亦不完，而石亡且九，予故尤惜之耳。”③《醉翁操》词，不见今传本《甲秀堂帖》。

清王文诰《苏文忠公诗编注集成总案》卷三五，著录元祐七年(1092)四月二十四日苏轼书《醉翁操》词真迹石刻，有苏轼书词序、跋以及黄庭坚、曾巩跋：

庆历中，欧阳文忠公谪守滁州。琅琊幽谷，山川奇丽，鸣泉飞瀑，声若环佩，公临听忘归。僧智仙作亭其上，公刻石为记，以遗州人。既去十年，太常博士沈遵，闻而往游，以琴写其声，为《醉翁吟》，盖宫声三叠。后会公河朔，遵援琴作之，公歌以遣遵，并为《醉翁引》以叙其事。然调不注声，为知琴者所惜。后三十余年，公薨，遵亦殁。有庐山道人崔闲，遵客也，妙于琴理，常恨此曲无词，乃谱其声，请于东坡居士子，以补其阙。然后声词皆备，遂为琴中绝妙，好事者争传。其词曰(略)。

方补词，闲为弦其声，居士倚为词，顷刻而就，无所点窜。遵之子为比丘，号本觉法真禅师，居士书以与之云。

又，《书〈醉翁操〉后》云：

二水同器，有不相入；二琴同手，有不相应。今沈君信手弹琴而与泉合，居士纵笔作诗而与琴会，此必有真同者矣。本觉法真禅师，沈君之子也，故书以寄之。愿师宴坐静室，自以为琴，而以学者为琴工，有能不谋而同三无际者，愿师取之。元祐七年四月二十四日，眉山苏轼书。

黄山谷跋云：

人谓东坡作此文，因难以见巧，故极工。余则以为不然，彼其老于文章，故落笔皆超轶绝尘耳。黄庭坚题。

曾巩跋云：

余与子瞻皆欧阳公门下士也。公作《醉翁引》，既获见之矣。公殁后，子瞻复按谱成《醉翁操》，不徒调与琴协，即公之风流余韵，亦于此可想焉。后人展

---

① 张鸣铎《阁帖源流述略》，《文博》，1987 年第 5 期，54 页。
② 中国书画全书编纂委员会编《中国书画全书》(第 3 册)，上海：上海书画出版社，1994 年，948 页。
③ 吴宽撰《匏翁家藏集》卷五四，《四部丛刊》影印明正德刊本，叶八。

此,庶尚见公与子瞻之相契者深也。南丰曾巩记。

诰按:

以上皆石刻原文,后有吴宽跋语,文长不录至此。词之叙,已载卷二十一总案崔闲条下;其后跋,亦载本集,年月日皆合。惟石刻词叙,语意加详,似公随笔而下者,多补前所不及,盖前为作词之叙,此为书词之叙,皆出公手也。但石刻"临听"作"于听","崔闲"作"崔閒","去后"作"去复",此乃屡经摹刻,就字形而言讹者,今已更正。其黄庭坚跋,与《山谷题跋》本同,曾巩跋,亦出巩手,然巩是时卒已十载,岂有作跋之事。此乃巩所跋者别为一本,钩工移置此刻之后,凡石刻似此增删移易,其弊多矣,不足怪也。曾巩既见此词,则作于巩之存日可知已。据此,分详于前案,仍据本集书词年月录石刻本于此,以资考证,且以见取信于石刻之难也。①

(12)《南歌子》(山雨潇潇过)

南宋庆元三年(1197)施宿在余姚县知县任上刻石,立于县治内芙蓉亭下,明嘉靖间尚存,清光绪二十五年(1899)已不存。光绪《余姚县志》卷一六"苏东坡墨迹"载:

嘉靖《志》:令施宿镌于治内芙蓉亭下。今不存。按,苏诗施注:苏轼《登望禖亭》诗墨迹,乃钦宗东宫旧藏,今在曾文清家,宿尝刻石余姚县治……又《送刘寺丞赴余姚》诗,施注:寺丞,名撝,其赴余姚也,公既作是诗,又即席作《南柯子》词以饯,有句云:"山雨潇潇过"者是也,后题"元丰二年五月十三日吴兴钱氏园作",真迹,宿皆刻于余姚县治。②

光绪《余姚县志》卷一八《职官表·宋知县》载,刘撝,长兴人,元丰二年(1079)至五年(1082)在任。③ 嘉泰《会稽志》卷一二载:"(余姚县)知县廨,在县城内,负秘图山……翰墨堂,旧有芙蓉亭,施君刊东坡先生帖甚众。临邛常褚继之,尽裒诸帖堂上,因以名焉。"④光绪《余姚县志》卷一八《职官表·宋知县》载,施宿,庆元二年(1196)至五年(1199)在任。⑤ 陈乃乾《宋长兴施氏父子事迹考》云:"庆元三年丁巳,宿三十四岁,在余姚县任,刻苏东坡墨迹于石。"⑥

(13)《定风波》(月满苕溪照夜堂)

元祐六年(1091)三月,苏轼离杭赴京途经湖州,与张询(仲谋)、曹辅(子

① 王文诰撰《苏文忠公诗编注集成总案》卷三五,巴蜀书社影印清嘉庆原刻本,叶四至叶五。
② 周炳麟修,邵友濂,孙德祖纂光绪《余姚县志》卷一六,清光绪二十五年(1899)刻本,叶十一至十二。
③ 周炳麟修,邵友濂,孙德祖纂光绪《余姚县志》卷一八,清光绪二十五年(1899)刻本,叶五至六。
④ 沈作宾修,施宿等纂嘉泰《会稽志》,《宋元方志丛刊》本,北京:中华书局,1990年,6937页。
⑤ 周炳麟修,邵友濂,孙德祖纂光绪《余姚县志》卷一八,光绪二十五年(1899)刻本,叶八。
⑥ 陈乃乾《宋长兴施氏父子事迹考》,《学林》第六辑,民国三十年(1941),101页。

方)、刘季孙(景文)、苏坚(伯固)、张弼(秉道)为后六客之会作,元祐六年(1091)三月至元祐八年(1093)二月间,张询在湖州知州任上勒石,立石墨妙亭。嘉泰《吴兴志》卷一八载:“东坡《六客词》,在墨妙亭,元祐六年撰。”①张询《六客词序》云:“今仆守此郡,子瞻与曹子方、刘景文、苏伯固、张秉道过,与仆为六。向之六客,独子瞻在,复继前作,子野为《前六客词》,子瞻为《后六客词》,与庚和篇并刻墨妙亭。”②

按,东坡《后六客词》,即《定风波》(月满苕溪照夜堂),其序云:“余昔与张子野、刘孝叔、李公择、陈令举、杨元素会于吴兴,时子野作《六客词》,其卒章:‘见说贤人聚吴分,试问,也应旁有老人星。’凡十五年,再过吴兴,而五人者皆已亡矣。时张仲谋与曹子方、刘景文、苏伯固、张秉道为坐客,仲谋请作《后六客词》云。”③嘉泰《吴兴志》卷一四《郡守题名》载:“张询,左朝请郎,元祐六年二月七日到任,八年二月二十日罢。”④墨妙亭,在府第之北,熙宁五年(1072)二月,湖州知州孙觉建。嘉泰《吴兴志》卷三载:“墨妙亭,在清樾亭北,熙宁中知州事孙觉建,苏轼《记》云:‘凡境内自汉以来古文遗刻取以实之。’又有诗,一时名公相继有作。旧刻不存,蒋璨复书于石。嘉定四年,知州事魏大中重建。”⑤苏轼《墨妙亭记》中云:“熙宁四年十一月,高邮孙莘老自广德移守吴兴。其明年二月,作墨妙亭于府第之北,逍遥堂之东,凡境内自汉以来古文遗刻以实之……吴兴自东晋为善地,号为山水清远……宾客非特有事于其地者不至焉。故凡守郡者,率以风流啸咏投壶饮酒为事……莘老益喜宾客,赋诗饮酒为乐,又以其余暇,网罗遗逸,得前人赋咏数百篇,以为《吴兴新集》,其刻画尚存而僵仆断缺于荒陂野草之间者,又皆集于此亭。”⑥又,苏轼作有《孙莘老求墨妙亭诗》。⑦

(14)《满庭芳》(蜗角虚名)

南宋淳祐九年(1249)前此词碑刻已遍布海内,元陈秀民《东坡诗话录》引《燕石斋补》:“《玉林词选》云:东坡《满庭芳》词一阕,碑刻传遍海内,使功名竞进之徒读之,可以解体;达观恬淡之士歌之,可以娱生。其云:‘蜗角虚名……一曲满庭芳。’”⑧按,黄昇,号玉林,又称花庵词客,福建建安人。《玉林词选》,即《唐宋诸贤绝妙词选》和《中兴以来绝妙词选》,合称《花庵词选》。有

① 谈钥纂嘉泰《吴兴志》,《宋元方志丛刊》本,北京:中华书局,1990年,4838页。
② 曾枣庄,刘琳主编《全宋文》(第一〇一册),上海:上海辞书出版社,合肥:安徽教育出版社,2006年,300页。
③ 傅幹注,刘尚荣校正《注坡词》,成都:巴蜀书社,1993年,107页。
④ 谈钥纂嘉泰《吴兴志》,《宋元方志丛刊》本,北京:中华书局,1990年,4781页。
⑤ 谈钥纂嘉泰《吴兴志》,《宋元方志丛刊》本,北京:中华书局,1990年,4739页。
⑥ 苏轼撰,茅维编《苏轼文集》,北京:中华书局,1986年,354页。
⑦ 苏轼著,王文诰辑注《苏轼诗集》,北京:中华书局,1982年,371页。
⑧ 施蛰存,陈如江辑录《宋元词话》,上海:上海书店出版社,1999年,707页。

黄昇自序、胡德方序,均作于淳祐九年(1249)①。

此词又与诗僧晦庵《满江红》词作对刊碑刻,《增修笺注妙选群英草堂诗余》后集卷下人事类本词,其后按语云:

诗僧号晦庵者亦有一词名《满江红》云:"扰扰劳生,待足后、何时是足。据见定、随家丰俭,便堪龟缩。得意浓时休进步,须防世事多翻覆。枉教人、白了少年头,空碌碌。　谁不愿,黄金屋。谁不爱,千钟粟。奈五行不是,这般题目。枉使心机空计较,儿孙自有儿孙福。又不须、采药访蓬莱,但寡欲。"此词亦是达观之见,俗以此词与坡词作对刊碑刻云。②

(15)《采桑子》(多情多感仍多病)

《苏轼诗集》卷一二《润州甘露寺弹筝》诗,清查慎行(1650—1727)注云:"《京口志》:甘露寺有多景楼,中刻东坡熙宁甲寅与孙巨源辈会此赋《采桑子》词。碑石至今尚存。"③按,熙宁甲寅,熙宁七年(1074)。光绪《丹徒县志》卷一〇类载:"苏轼与孙巨源相遇词石刻,在多景楼,今佚。"④

(16)《南乡子》(晚景落琼杯)

元丰三年(1080)春,作于黄州临皋亭。石刻年代、地点失考。中国国家图书馆·中国国家数字图书馆《古籍特藏》之《碑帖菁华》中有石刻《南乡子·春情》词残帖:

晚景落琼杯。□□□□□□□。认得岷峨春雪□,□□。□□□□□渌醅。　暮雨□□□。□□歌楼湿粉腮。一□□□□□□□,□回。落照江天一半□。右南乡子,东坡。

(17)《水调歌头》(落日绣帘卷)

元丰六年(1083)十一月,作于黄州,南宋乾道四年(1168)汪应辰刻入《成都西楼帖》。周必大《益公题跋》卷五《跋汪逵所藏东坡字》云:"《水调歌头》,题元丰七年三月十八日黄州,已刻石于公《法帖》第一卷,远方无良工,失真远矣。"⑤按,孔凡礼《苏轼年谱》云:"此《法帖》当即《西楼帖》,汪逵乃《西楼帖》刻者汪应辰之子。"⑥徐无闻《成都西楼苏帖初笺》云,《成都西楼帖》乃"乾道四年(1168)刻成。"⑦

(18)《西江月》(三过平山堂下)

清康熙十三年甲寅(1674)十月,扬州知府金镇重勒,与欧阳修《朝中措》

---

① 黄昇选编《中兴以来绝妙词选》,《唐宋人选唐宋词》本,上海:上海古籍出版社,2004年,685-686页。

② 吴昌绶,陶湘辑《景刊宋金元明本词》,上海:上海古籍出版社,1989年,450页。

③ 苏轼著,王文浩辑注《苏轼诗集》,北京:中华书局,1982年,591-592页。

④ 何绍章,冯寿镜修,吕耀斗等纂光绪《丹徒县志》卷一〇,清光绪五年(1879)刻本,叶四。

⑤ 周必大撰《益公题跋》,上海:商务印书馆,1936年,52页。

⑥ 孔凡礼撰《苏轼年谱》,北京:中华书局,1998年,611页。

⑦ 徐无闻《成都西楼苏帖初笺》,《西南师范大学学报》(哲学社会科学版),1990年第2期,105页。

（平山阑槛倚晴空）词并列。清毛奇龄《朝中措·平山堂续词》（青山犹在画栏空）词序中云："扬州平山堂，倾废久矣。康熙甲寅冬十月，予过扬州，值太守金君从故处建堂。命予以酒，且勒欧阳修《朝中措》原词，使坐客续其后。"①其《西江月·续东坡词》（闻道欧公当日）词序中云："东坡忆欧阳公而为是词，予复忆坡而重续其词……太守金君重勒坡词，与欧阳公词并列，故予并续之云尔。"②按，"太守金君"，扬州知府金镇。雍正《扬州府志》卷二三载："平山堂，在城西北五里蜀冈上大明寺侧，宋庆历八年欧阳修守扬州时建，江南诸山皆拱揖槛前，若可攀跻，故曰平山……岁久，堂为栖灵寺僧踞作前殿。国朝知扬州府金镇与乡主事汪懋麟特建堂寺右，以复旧观，并构真赏楼于堂后。"③

中国国家图书馆·中国国家数字图书馆《古籍特藏》之《碑帖菁华》中有石刻《西江月》（三过平山堂下）词帖，苏轼手书真迹与元代书法家鲜于枢（号伯机）手书唐任翻《宿巾子山禅寺》诗合刻于一石之上（词跋、诗跋均漫漶不可辨）：

三过平山堂下，半生弹指声中。十年不见老仙翁。壁上龙蛇飞动。欲吊文章太守，仍歌杨柳春风。休言万事□□□，未转头时是梦。

和欧□□西江月，苏轼。

绝顶新秋生夜凉，鹤飞松露滴衣裳。前村月照半江水，僧在翠微开竹房。鲜于伯机。

（19）《醉蓬莱》（笑劳生一梦）

苏轼行楷此词石刻，见聂子述《郁孤台法帖》。④

（20—21）《渔父》（渔父饮）、《渔父》（渔父醉）二词

此二词石刻拓片，见《三希堂法帖》⑤，又见《景苏园帖》卷五⑥，《秦邮续帖》卷上⑦。按，《秦邮续帖》，刻于清光绪年间，在江苏高邮文游台上。

（22）《哨遍》（为米折腰）

苏轼楷书此词石刻，见清陆增祥《八琼室金石补正》著录⑧。其拓片，见雍

① 南京大学中国语言文学系《全清词》编纂研究室编《全清词·顺康卷》，北京：中华书局，2002年，3725－3726页。

② 南京大学中国语言文学系《全清词》编纂研究室编《全清词·顺康卷》，北京：中华书局，2002年，3726页。

③ 尹会一纂，程梦星等修雍正《扬州府志》，《中国方志丛书》本，台北：成文出版社有限公司，1975年，376页。

④ 上海古籍出版社编《宋拓郁孤台法帖精选·苏轼行楷》，上海：上海书店出版社，2010年，17－18页。

⑤ 梁诗正编《御刻三希堂石渠宝笈法帖》，武汉：湖北美术出版社，2012年，705－707页。

⑥ 杨守敬，杨寿昌选编《景苏园帖》，武汉：湖北美术出版社，1997年，286－288页。

⑦ 江苏省高邮市文物管理委员会供稿《秦邮帖》（下册），南京：南京大学出版社，1987年，13－14页。

⑧ 陆增祥撰《八琼室金石补正》，《石刻史料新编》（第一辑），台北：台湾新文丰出版公司，1982年，5755页。

正至乾隆间姚渭生、姚东樵《晚香堂帖苏帖》卷三，款云："久不作小楷，今日忽书此一纸于长兴舟中，元祐四年八月六日，东坡居士。"①按，《晚香堂帖》有二，明陈继儒所刻，名《大晚香堂帖》，清姚氏祖孙所刻，名《小晚香堂帖》。此词石刻拓片，又见《景苏园帖》卷五②。

苏轼草书此词石刻，在汴京相国寺佛殿外。周密《癸辛杂识·别集》卷上《汴京杂事》载：

相国寺佛殿后壁，有咸平四年翰林高待诏画大天王，尤雄伟。殿外有石刻，东坡题名云："苏子瞻、子由、孙子发、秦少游同来观晋卿墨竹，申先生亦来，元祐三年八月五日。老申一百一岁。"又，片石刻坡翁草书《哨遍》，石色皆如玄玉。③

按，黄庭坚《与李献父知府书二首》其二云："前呈寄纸，须作草，漫写呈……遍观古碑刻，无有用草书者，自于体制不相当，如子瞻以《哨遍》填《归去来》，终不同律。"④可知，苏轼有草书《哨遍》（为米折腰）词，且勒于石。大相国寺所刻，应是此词。苏轼喜在风和日丽之事作草书。朱弁《曲洧旧闻》卷五载："东坡云：'遇天色明暖，笔砚和畅，便宜作草书数纸，非独以适吾意，亦使百年之后与我同病者，有以发之也。'"⑤

(23)《满庭芳》（三十三年，今谁存者）

苏轼行书石刻，见《秦邮续帖》卷上。⑥

(24)《行香子》（北望平川）

南宋楼钥从丰谊那里得到《行香子》（北望平川）词木刻墨本之后，将其刻石。其《攻媿集》卷七三《跋东坡〈行香子〉词》中云："吾乡丰吏部叔贾谊倅盱眙，游南山寺。有老僧云：'寺旧有古条木一段，上有东坡亲书《行香子》词，后沉于深水中。'亟募人取得之，遗墨如新，就刻其上……偶从丰氏得墨本，既登之石，又寄施使君武子，请刻之，以为都梁一段嘉话。"⑦

(25)《阮郎归》（绿槐高柳咽新蝉）

明陈耀文《花草粹编》卷四，《阮郎归》（绿槐高柳咽新蝉）词下引《古今词话》云："观者叹服其八句状八景，音律一同，殊不散乱。人争宝之，刻之琬琰，

---

① 戈元，甄威等集注《晚香堂帖》，哈尔滨：黑龙江人民出版社，1995年，63页。

② 杨守敬，杨寿昌选编《景苏园帖》，武汉：湖北美术出版社，1997年，312页。

③ 上海古籍出版社编《宋元笔记小说大观》，上海：上海古籍出版社，2001年，5838－5839页。

④ 曾枣庄，刘琳主编《全宋文》（第一〇五册），上海：上海辞书出版社，合肥：安徽教育出版社，2006年，11页。

⑤ 朱弁撰《曲洧旧闻》（外二种），北京：中华书局，2002年，153页。

⑥ 江苏省高邮市文物管理委员会供稿《秦邮帖》（下册），南京：南京大学出版社，1987年，15－17页。

⑦ 楼钥撰《攻媿集》，《丛书集成初编》本，上海：商务印书馆，1935年，987页。

挂于堂室间也。”①

（二）文房砚台

《念奴娇》（大江东去），还被文人雅士刻在文房四宝之一的砚台上。中国国家图书馆·中国国家数字图书馆《古籍特藏》之《碑帖菁华》中有刻于砚台底面的《念奴娇》词帖，其题款云：

壬戌秋七月，余将南旋，适有人持此石见售，质美而润，因素爱此词，遂取作为砚，并书其词于砚后，以为化日徜徉于山水之间，持此以助挥洒三豪也。古梅谢道承并识。（据拓片录入）

按，谢道承（1691—1741），字又绍、古梅。该砚，正面刻有《前赤壁赋》中句：“惟江上之清风，与山间之明月，耳得之而为声，目寓之而成色，是造物者之无尽藏也。”侧面，刻有“铁城刘泉家藏”六字。

二、木刻：传播与接受载体之二

木刻，是摹刻的另一重要的载体，唐时已有，宋元亦有。叶昌炽《语石》卷一〇云：“木刻之文有二，一为《王大王庵池记》，唐天祐中刻，在闽县。黛干霜皮，历千年未遭斧斤之劫；一为都门民舍有古藤一株，夭矫擎空，上有元大德间题字，见戴菔塘《滕阴杂记》。其余，滇南有吴道子《大树观音像》，陇西庆阳郡廨有范纯仁《屋梁题字》。”②

木刻东坡词，有《行香子》（北望平川）、《浪淘沙》（昨日出东城）等。

南宋贾谊（字叔贾）在南山寺打捞到苏轼题写《行香子》（北望平川）的条木后，就将它摹刻其上。楼钥《跋东坡〈行香子〉词》：“吾乡丰吏部叔贾谊倅盱眙，游南山寺。有老僧云：‘寺旧有古条木一段，上有东坡亲书《行香子》词，后沉于深水中。’亟募人取得之，遗墨如新，就刻其上。”③

刘青藜《金石续录》卷四载：“余所收坡帖颇多，如西湖诗、《浪淘沙》词之类，疑皆近世木拓，故不俱论。”④按，《浪淘沙》（昨日出东城），熙宁五年（1072）正月杭州通判任上城外探春作。

三、拓印、馈赠、收藏：传播与接受的渠道

从东坡词传播与接受的渠道来看，摹刻，主要有拓印、馈赠、收藏三个环节。当原刻为自然界的风雨剥蚀、字迹漫灭或是遭到严令禁毁、战火焚烧、派作他用（如修城墙、铺路、作柱础、烧石灰等）等人为破坏时，收藏的拓本可以用来重新摹刻。因此，摹刻—拓印—馈赠—收藏—摹刻，形成了一个有效的循环

① 陈耀文辑《花草粹编》，保定：河北大学出版社，2006年，262页。
② 叶昌炽撰，韩锐校注《语石校注》，北京：今日中国出版社，1995年，898页。
③ 楼钥撰《攻媿集》，《丛书集成初编》本，上海：商务印书馆，1935年，987页。
④ 林荣华校编《石刻史料新编》（第一辑），台湾：新文丰出版公司，1982年，3782页。

系统。

(一) 拓印

宋人胡仔、明人郭风仪、清人谢逊、何绍基等,拓印《行香子》(北望平川)、《满庭芳》(归去来兮,吾归何处)、《行香子》(清夜无尘)、《临江仙》(九十日春都过了)等词石刻。

1. 北宋宣和年间胡仔拓印盱眙第一山《行香子》(北望平川)词摩崖石刻

胡仔《苕溪渔隐丛话》后集卷三五云:

淮北之地平夷,自京师至汴口,并无山,惟隔淮方有南山,米元章名其山为第一山,有诗云……此诗刻在南山石崖上。石崖之侧,有东坡《行香子》词……余顷居泗上,皆打得此二碑。①

胡仔《苕溪渔隐丛话》前集卷五十四云:"余宣和间居泗上。"②沈乃文《胡仔及〈苕溪渔隐丛话〉历代版本》一文考证,宣和三年(1121),方腊起义军攻破安徽绩溪,胡仔与家人北渡投奔任泗州教授的叔父胡舜申。③ 又,崇宁二年(1103)四月起,有元祐党禁。清黄以周等《续资治通鉴长编拾补》卷二一云:"崇宁二年(1103)四月丁巳,诏焚毁苏轼《东坡集》并《后集》印版。"④吴曾《能改斋漫录》卷一一:"崇宁二年,有旨:应天下碑碣榜额,系东坡书撰者,并一例除毁。"⑤周辉《清波杂志》卷五:"淮西宪臣霍汉英奏:欲乞应天下苏轼所撰碑刻,并一例除毁,诏从之。时崇宁三年也。"⑥至崇宁五年(1106)正月,除元祐党禁。《宋史》卷二〇《徽宗本纪二》载:"(崇宁五年)春正月戊戌,彗出西方,其长竟天……乙巳,以星变避殿损膳,诏求直言阙政。毁《元祐党人碑》,复谪者仕籍……丁未,太白昼见,赦天下,除党人一切之禁。"⑦宣和五年(1123)七月、六年十月,又严申元祐党禁。《宋史》卷二二《徽宗本纪四》载:"(宣和五年)秋七月戊午,以梁师成为少保……庚午,太傅、楚国公王黼等上尊号曰'继天兴道敷文成武睿明皇帝',不允。禁元祐学术。"⑧《宋史》卷二二《徽宗本纪》载:"(宣和六年)冬十月庚午,诏:有收藏习用苏、黄之文者,并令焚毁,犯者以大不恭论。"⑨至靖康元年(1126)二月,才除元祐党禁。《宋史》卷二三《钦宗本纪》载:"(靖康元年二月)壬寅,追封范仲淹魏国公,赠司马光太

① 胡仔纂集《苕溪渔隐丛话》(后集),北京:人民文学出版社,1962年,274页。
② 胡仔纂集《苕溪渔隐丛话》(前集),北京:人民文学出版社,1962年,372页。
③ 沈乃文《胡仔及〈苕溪渔隐丛话〉历代版本》,《文献》2006年第3期,25页。
④ 黄以周等辑注《续资治通鉴长编拾补》,北京:中华书局,2004年,739页。
⑤ 吴曾撰《能改斋漫录》,上海:上海古籍出版社,1979年,327页。
⑥ 周辉撰,刘永翔校注《清波杂志校注》,北京:中华书局,1994年,191页。
⑦ 脱脱等撰《宋史》,北京:中华书局,1977年,375页。
⑧ 脱脱等撰《宋史》,北京:中华书局,1977年,412页。
⑨ 脱脱等撰《宋史》,北京:中华书局,1977年,414页。

师，张赏英太保，除元祐党籍学术之禁。"①因此，胡仔拓印《行香子》词摩崖石刻，当在宣和三年(1121)到泗州之后至五年(1123)七月前这段时间内。

2. 明嘉靖间黄州知府郭凤仪拓印峨嵋《满庭芳》(归去来兮，吾归何处)、《行香子》(清夜无尘)、《临江仙》(九十日春都过了)三词石刻

道光《黄冈县志》卷一载："石刻苏文忠《满庭芳》《临江仙》《行香子》三词，郡守郭凤仪自峨嵋拓归勒于石，今在坡仙亭。"②

3. 清乾隆二十三年(1758)黄州副总兵谢逊拓印《行香子》(清夜无尘)、《临江仙》(九十日春都过了)二词石刻

民国《琼山县志》卷一四著录谢逊所作东坡居士二词碑碑跋中云：

岁戊寅，升任黄州，偶过雪堂、临皋间，睹公之石刻林立，率多漶漫难卒读。惟《行香子》《临江仙》二词字画完整，未失古意，瞻诵间，不胜陈仓酒楼之慨，亟命工拓而什袭焉，且图所以久之，顾未得其道也。③

4. 清咸丰十一年(1861)何绍基拓印黄州雪堂《满庭芳》(归去来兮，吾归何处)、《行香子》(清夜无尘)、《临江仙》(九十日春都过了)三词残石

何绍基《东洲草堂诗集》卷二三《雪堂拓苏词残石·辛酉元日》云：

古来文字辉山川，黄州胜以东坡传。雪堂况是公所构，真气郁郁栖桷梴。我初憩此岁壬子，使君春夜张高筵(徐石民太守)。狂吟浪醉三五日，啸傲风月茫无边(余题雪堂联云："雪壁写东坡，大好江山，天许此堂占却；春樽开北海，无边风月，我如孤鹤飞来。")。十年孤鹤翩复至，忽易雄阔为华妍。劫余剩此几片石，晨星落落耿在天。词家有东坡，如诗之青莲。天然叶韶濩，超宕仙乎仙。试诵此三阙，皆在黄州填。岷峨空驰万里梦，阆苑谁证千秋缘。文章何事强开口，一琴一酒方陶然。政和宣和驰禁后，搜录遗墨纷传镌。此词此字最得地，江月更比他处圆。上有鹤楼下庾楼，逊此光焰江天悬。不虞粤匪来，铲作修城砖。神鬼强呵护，碑断不可联。我珍碎玉胜完璧，如视全人胝肩肩。东南烽火犹蔓延，金石毁弃成云烟。差幸投闲莽游历，好奇诹古意更专。来朝渡江寻怡亭，再看李篆蛟龙缠。愿佐中兴讨文献，勉令后学知前贤。④

诗作于咸丰十一年辛酉(1861)元日。诗中，"岷峨空驰万里梦"所指即是《满庭芳》中"归去来兮，吾归何处，万里家在岷峨"句；"阆苑谁证千秋缘"所指即是《临江仙》中"阆苑先生须自责，蟠桃动是千秋"句；"文章何事强开口，一琴一酒方陶然"所指即是《行香子》中"虽报文章，开口谁亲。且陶陶、乐尽天真……对一张琴、一壶酒、一溪云"句。"试诵此三阙，皆在黄州填"，不准确。《满庭芳》词，元丰七年(1084)四月自黄移汝留别雪堂邻里作；《行香子》词，元

---

① 脱脱等撰《宋史》，北京：中华书局，1977年，424页
② 俞昌烈修，谢炎，刘秉忠纂道光《黄冈县志》卷一，清道光二十八年(1848)刻本，叶三十八。
③ 朱为潮等修，李熙，王国宪纂民国《琼山县志》卷一四，民国六年(1917)刻本，叶六至八。
④ 何绍基著《东洲草堂诗集》，上海：上海古籍出版社，2006年，627页。

祐八年(1093)作于定州任上;《临江仙》词,熙宁九年(1076)四月密州知州任上邵家园藏春馆赏残花作。

(二) 馈赠

南宋施宿、楼钥等人馈赠《南歌子》(山雨潇潇过)、《行香子》(北望平川)等词石刻拓本(墨本)于友人。

1. 施宿馈赠《南歌子》(山雨潇潇过)词拓本于孙应时

陈乃乾《宋长兴施氏父子事迹考》云:“庆元三年丁巳,宿三十四岁,在余姚县任,刻苏东坡墨迹于石……秋杪,以新刻拓本寄孙应时。孙应时《再与施监丞书》:‘曩的秋杪所赐书并新帖、珍味之饷。’”①其中,包括《南歌子》(山雨潇潇过)词拓本。

2. 楼钥馈赠《行香子》(北望平川)词墨本于施宿

南宋楼钥《攻媿集》卷七三《跋东坡〈行香子〉词》中云:“吾乡丰吏部叔贾谊倅盱眙,游南山寺。有老僧云:‘寺旧有古条木一段,上有东坡亲书《行香子》词,后沉于深水中。’亟募人取得之,遗墨如新,就刻其上……偶从丰氏得墨本,既登之石,又寄施使君武子,请刻之,以为都梁一段嘉话。”②

(三) 收藏

明人费宏、清人鄂弼、彭堃、刘青藜藏有《满庭芳》(归去来兮,吾归何处)、《念奴娇》(大江东去)、

1. 费宏藏有《满庭芳》(归去来兮,吾归何处)词墨本

明费宏《满庭芳》(谁道归来)词序云:“偶阅东坡墨刻有此词,用韵戏作”,词结句云“功名梦,如今懒做,夜覆喜渔蓑”。③

按,有“渔蓑”二字,当是次《满庭芳》(归去来兮,吾归何处)词韵而作,而非次《满庭芳》(归去来兮,清溪无底)词韵。“墨刻”,摹刻并拓印,即墨本(拓本)。

2. 鄂弼藏有东坡醉草《念奴娇》(大江东去)词旧拓

山西太原永祚寺碑廊苏长公大江东词石刻末尾,鄂弼小楷跋语云:“右东坡先生自书大江东去词,乃为醉后神到之笔。余家藏旧拓也。词与书并挟,莫伟劲杰之气雅,类其为人。余爱而重之,固复钩摹勒石以广所传。”

3. 定州曲阳县彭堃藏有《行香子》(清夜无尘)、《临江仙》(九十日春都过了)、《满庭芳》(归去来兮,吾归何处)三词旧拓

光绪《重修曲阳县志》卷一二载:“《行香子》《临江仙》《满庭芳》词三首

---

① 陈乃乾《宋长兴施氏父子事迹考》,《学林》第六辑,民国三十年(1941),101 页。

② 楼钥撰《攻媿集》,《丛书集成初编》本,上海:商务印书馆,1935 年,987 页。

③ 饶宗颐初纂,张璋总纂《全明词》,北京:中华书局,2004 年,475 页。

今在县署二堂前西壁，共四石……字已多泐，邑士彭堃藏有旧拓。”①

4. 刘青藜藏有《浪淘沙》(昨日出东城)词木刻拓本

刘青藜藏《金石续录》卷四云：“余所收坡帖颇多，如西湖诗、《浪淘沙》词之类，疑皆近世木拓，故不俱论。”②

摹刻，这种传播与接受方式，有其与生俱来的独特优势。其一，以石、木为载体，若非天灾人祸破坏，可以穿越时空长久留存；其二，与手写相比，省去重复劳动，可以快速便捷的大量复制；其三，同样是大量复制，与印刷相比，又基本保留了书写者的原迹风貌，具有书法艺术的审美价值。手写，是辞章与书法相结合的双重艺术；而摹刻，是韵文样式、书法艺术、镌刻技艺三位一体的综合艺术，用刀来表现笔墨的线条之美、结体之美、组合之美、和力度之美，阴阳虚实与手写正好相反，又化平面为立体，因而具有不一样的审美感受，可谓别具一番韵味的铁笔书法艺术。

第三节　单篇文本形态的东坡词的文献价值

东坡词以单篇文本的形态传播与接受，零散琐碎，不成系统，然而，单篇文本形态的东坡词，具有独特的文献价值，归纳起来，主要表现在辑佚补阙、辨别真伪、校勘异文、考订编年四个方面。

一、辑佚补阙

东坡词单篇文本辑佚补阙的文献价值，体现在《满庭芳》(归去来兮，清溪无底)、《占春芳》(红杏了)、《千秋岁》(岛边天外)等词上。

(一)《满庭芳》(归去来兮，清溪无底)

此词为元丰八年(1085)二月苏轼移黄赴汝州途经南都蒙恩放归阳羡而作。周必大《益公题跋》卷一二著录：

余居黄五年，将赴临汝，作《满庭芳》一篇别黄州。既至南都，蒙恩放归阳羡，复作一篇。

归去来兮，清溪无底。上有千仞嵯峨。画楼东畔，天远夕阳多。老去君恩未报，空回首、弹铗悲歌。船头转，长风万里，归马注平坡。　无何。何处是，银潢尽处，天女停梭。问何事人间，久戏风波。顾谓同来稚子，应烂汝、腰下长柯。青衫破，群仙笑我，千缕挂烟蓑。③

本词，傅幹《注坡词》、曾慥《东坡词》《东坡词拾遗》，均未收；元本《东坡乐

---

① 周斯亿，温亮珠修，董涛纂光绪《重修曲阳县志》卷一二，清光绪三十年(1904)刻本，叶一百一至一百〇四。

② 林荣华校编《石刻史料新编》(第一辑)，台湾：新文丰出版公司，1982年，3782页。

③ 周必大撰《益公题跋》上海：商务印书馆，1936年，138页。

府》卷上①、汲古阁本《东坡词》②、《彊村丛书》本《东坡乐府》卷二③,均收录。

(二)《占春芳》(红杏了)

此词为熙宁七年(1074)春苏轼在杭州通判任上作,题在吴笺之上。宋何薳《春渚纪闻》卷六载:

蒋子有家藏先生于吴笺上手书一词,是为余杭通守时字,云:"红杏了,天桃尽,独自占春芳。不比人间兰麝,自然透骨生香。　对酒莫相忘。似佳人、兼合明光。只忧长笛吹花落,除是宁王。"④

本词,傅幹《注坡词》、曾慥《东坡词》《东坡词拾遗》、元本《东坡乐府》,均未收;明陈耀文《花草粹编》卷三,据何薳《春渚纪闻》辑录⑤;汲古阁本《东坡词》⑥、《彊村丛书》本《东坡乐府》卷三⑦,均收录。

(三)《千秋岁》(岛边天外)

此词为元符元年(1098)苏轼谪居儋州时次秦观《千秋岁》(水边沙外)韵而作,寄给在京师的侄孙苏元老。吴曾《能改斋漫录》卷一七载:

东坡在儋耳,侄孙苏元老,因赵秀才还自京师,以少游、毅甫所赠酬者寄之。东坡乃次韵录示元老,且云:"便见其超然自得、不改其度之意。"其词云:"岛边天外,未老身先退。珠泪溅,丹衷碎。声摇苍玉佩,色重黄金带。一万里,斜阳正与长安对。　道远谁云会,罪大天能盖。君命重,臣节在。新恩犹可觊,旧学终难改。吾已矣,乘桴且恁浮于海。"⑧

本词,傅幹《注坡词》、曾慥《东坡词》《东坡词拾遗》、元本《东坡乐府》、汲古阁本《东坡词》、《彊村丛书》本《东坡乐府》,均未收;唐圭璋编纂、王仲闻参订、孔凡礼补辑《全宋词》(后文同此),据《能改斋漫录》辑补。⑨

二、辨别真伪

北宋中后期,苏轼在时,流传的诗文集中就夹杂有不少的伪作,他一再亲自辨明,如《答陈传道五首》其二中云:"钱塘诗皆率然信笔,一一烦收录,只以暴其短尔。某乃病市人逐利,好刊布某拙文,欲毁其板,矧欲更令人刊耶?……今所示者,不惟有脱误,其间亦有他人之文也。"⑩痛恨之余,也无可

---

① 王鹏运辑《四印斋所刻词》,上海:上海古籍出版社,1989 年,7 - 8 页。
② 毛晋辑《宋六十名家词》,上海:上海古籍出版社,1989 年,63 页。
③ 朱祖谋辑校《彊村丛书》,扬州:广陵书社,2005 年,239 页。
④ 何薳撰《春渚纪闻》,北京:中华书局,1983 年,88 - 89 页。
⑤ 陈耀文辑《花草粹编》,保定:河北大学出版社,2006 年,240 页。
⑥ 毛晋辑《宋六十名家词》,上海:上海古籍出版社,1989 年,51 页。
⑦ 朱祖谋辑校《彊村丛书》,扬州:广陵书社,2005 年,261 页。
⑧ 吴曾撰《能改斋漫录》,上海:上海古籍出版社,1979 年,487 - 488 页。
⑨ 唐圭璋编纂,王仲闻参订,孔凡礼补辑《全宋词》,北京:中华书局,1999 年,427 页。
⑩ 苏轼撰,茅维编《苏轼文集》,北京:中华书局,1986 年,1574 页。

奈何，只有一声叹息罢了，因为自古以来的通病，李白、韩愈、白居易诗文亦难逃此“劫”，其《答刘沔都曹书书》中云：“然世之蓄轼诗文者多矣，率真伪相半，又多为俗子所改窜，读之使人不平。然亦不足怪，识真者少，盖从古所病……李太白、韩退之、白乐天诗文，皆为庸俗所乱，可为叹息。今足下所示二十卷，无一篇伪者，又少谬误。”①

诗文尚且如此，更何况是词！作者本人亲自站出来辨别真伪，是最有说服力的。到了后世，以作者的署名辨别真伪，也是一种可靠的手段。而在没有作者署名的情况下，凭借墨迹、书风辨别真伪，不失为一种行之有效的方法。

东坡词单篇文本辨别真伪的文献价值，体现在《虞美人》（波声拍枕长淮晓）、《戚氏》（玉龟山）等词上。

1.《虞美人》（波声拍枕长淮晓）

元丰七年（1084）十一月，苏轼由黄移汝途中与秦观淮上饮别而作。或传是贺铸之词，释惠洪据此词墨迹、书风，断为东坡词。胡仔《苕溪渔隐丛话》前集卷五〇引释惠洪《冷斋夜话》（按，又见魏庆之《诗人玉屑》二一②）云：

东坡初未识少游，少游知其将复过维扬，作坡笔语，题壁于一山寺中。东坡果不能辨，大惊。及见孙莘老，出少游诗、词数十篇，读之，乃叹曰：“向书壁者，定此郎也。”后与少游维扬饮别，作《虞美人》曰（略）。世传此词是贺方回所作，虽山谷亦云。大观中于金陵见其亲笔，醉墨超放，气压王子敬，盖东坡词也。③

2.《戚氏》（玉龟山）

绍圣元年（1094）正月，苏轼在定州知州任上作。在宋金元时期，此词的真伪是颇有争议的，概言之，有以下三种观点：

（1）持否定意见

宋人费衮《梁溪漫志》卷九云：“东坡御风骑气，下笔真神仙语。此等鄙俚猥俗之词，殆是教坊倡优所为，虽东坡灶下婢亦不为之……恐疑误后人，不可不辨。”④费衮的立论依据是语言风格的不一致，苏轼的语言风格是“真神仙语”，而此词则是“鄙俚猥俗”。与这种否定观点相照应，南宋时期有的东坡词别集不收此词，陆游《老学庵笔记》卷九云：“东坡先生在中山作《戚氏》乐府词最得意……今乃不载集中。”⑤陈振孙《直斋书录解题》卷二一云：“《东坡词》二卷，苏文忠公轼撰。集中《戚氏》，叙穆天子、西王母事，世不知所谓……

① 苏轼撰，茅维编《苏轼文集》，北京：中华书局，1986年，1429－1430页。
② 魏庆之著《诗人玉屑》，北京：中华书局，2007年，680页。
③ 胡仔纂集《苕溪渔隐丛话》（前集），北京：人民文学出版社，1962年，340页。
④ 费衮撰《梁溪漫志》，上海：上海古籍出版社，1985年，106页。
⑤ 陆游撰《老学庵笔记》，北京：中华书局，1979年，117页。

或言非坡作……今坡词多有刊去此篇者。”①金人孙镇(字安常)编《注东坡乐府》特地删去本词,元好问《东坡乐府集选引》云:“绛人孙安常注坡词……不可谓无功,然尚有可论者……‘玉龟山’一篇,予谓非东坡不能作,孙以为古词删去之。”②

(2) 持肯定意见

陆游《老学庵笔记》卷九云:“东坡先生在中山作《戚氏》乐府词最得意,幕客李端叔跋三百四十余字,叙述甚备……今乃不载集中。至有立论排诋,以为非公作者,识真之难如此哉!”③陈振孙《直斋书录解题》卷二一云:“《戚氏》,叙穆天子、西王母事,世不知所谓,李端叔跋详之……端叔时在幕府目击,必不诬,或言非坡作,岂不见此跋耶?”④可见,陆游、陈振孙所据是李之仪《跋〈戚氏〉》。

(3) 持存疑意见

金人元好问《东坡乐府集选引》中云:“绛人孙安常注坡词……‘玉龟山’一篇,予谓非东坡不能作,孙以为古词删去之,当自别有所据。姑存卷末,以俟详考。”⑤

李之仪《姑溪居士文集》卷三八《跋〈戚氏〉》中云:“政和壬辰,八月二十日夜,葛大川出此词于宁国庄。”⑥有此为证,《戚氏》词有真迹流传,是东坡词无疑。宋人费衮、金人孙镇之所以会认为是伪作,在于词品与人品的不一致。这其实与创作的场合有关。李之仪《跋〈戚氏〉》载:

元祐末,东坡老人自礼部尚书以端明殿学士加翰林除侍读学士为定州安抚使。开府延辟,多取其气类,故之仪以门生从辟。而蜀人孙子发实相与俱,于是海陵滕兴工、温陵曾仲锡为定倅。五人者,每辨色会于公厅,领所事竟,按前所约之地,穷日力尽欢而罢,或夜则以晓角动为期,方从容醉笑间,多令官妓随意歌于坐侧,各因其谱,即席赋咏。一日,歌者辄于老人之侧作《戚氏》,意将索老人之才于仓卒,以验天下之所向慕者,老人笑而颔之。邂逅方论穆天子事,颇摘其虚诞,遂资以应之,随声写就,歌竟篇就,才点定五六字尔。坐中随声击节,终席不问他辞,以不容别进一语。临分曰:“足为中山一时盛事。前固莫与比,而后来者未必能继也。”⑦

可知,《戚氏》词,并非苏轼的抒怀言志之作,而是宴饮场合的即席赋咏之词,创作的目的是通过歌妓歌唱以佐酒侑觞,无论从情感内涵还是语言风格

① 陈振孙著《直斋书录解题》,上海:上海古籍出版社,1987年,616-617页。
② 元好问《遗山先生文集》卷三六,《四部丛刊初编》影印明弘治戊午刊本,叶四。
③ 陆游撰《老学庵笔记》,北京:中华书局,1979年,117页。
④ 陈振孙著《直斋书录解题》,上海:上海古籍出版社,1987年,616页。
⑤ 元好问撰《遗山先生文集》卷三六,《四部丛刊初编》影印明弘治戊午刊本,叶四。
⑥ 李之仪撰《姑溪居士全集》,《丛书集成初编》本,上海:商务印书馆,1935年,300-301页。
⑦ 李之仪撰《姑溪居士全集》,《丛书集成初编》本,上海:商务印书馆,1935年,300-301页。

上，与苏轼的抒怀言志之作都有所差别，抒情主体与创作主体并不合一，这是为了符合宴饮场合的需要而“逢场作戏”。该词具有很强的纪实性，词中所用的穆天子、西王母典故，是契合当时的宴饮场合的。

形成鲜明对照的是，有的东坡词，由于没有留存的东坡墨迹作为凭据，就真假莫辨，其著作权遭到质疑，如黄庭坚《醉落魄》（陶陶兀兀）序云：

旧有“醉醒醒醉”一曲云：“醉醒醒醉。凭君会取皆滋味。浓斟琥珀香浮蚁。一入愁肠，便有阳春意。须将席幕为天地。歌前起舞花前睡。从他兀兀陶陶里。犹胜醒醒、惹得闲憔悴。”此曲亦有佳句，而多斧凿痕，又语高下不甚入律。或传是东坡语，非也。与“蜗角虚名”、“解下痴绦”之曲相似，疑是王仲父作。①

按，《醉落魄》词，见傅幹《注坡词》卷九②、曾慥《东坡词》卷下③、元本《东坡乐府》卷下④。

须要指出的是，依据墨迹辨别真伪，也不是万能的，不一定完全可靠，存在必然的弊端，也有例外，即有可能是手书他人之词。如，米芾曾手书秦观《满庭芳》（雅燕飞觞）词，此词后误作米芾词收录，其《宝晋英光集》卷五有词序云：“绍圣甲戌暮春，与周熟仁试赐茶，书此乐章。”⑤再如，毛晋认为苏轼手书《点绛唇》（醉漾轻舟）、《点绛唇》（月转乌啼）二词墨迹，是“秦词苏字”，也不无道理。苏轼确实手书过秦观词，如，《书秦少游词后》云：“少游昔在处州，尝梦中作词云：‘山路雨添花……了不知南北。’供奉官俍君沔居湖南，喜从迁客游……能诵少游事甚详，为余道此词，至流涕，乃录本使藏之。建中靖国元年三月二十一日。”⑥再如，胡仔《苕溪渔隐丛话》前集卷五〇引《冷斋夜话》云：“少游到郴州，作长短句云：‘雾失楼台……为谁流下潇湘去。’东坡绝爱其尾两句，自书于扇，曰：‘少游已矣，虽万人何赎。’”⑦

三、校勘异文

苏轼生前，他的诗文即为世人所窜改。其《答刘沔都曹书书》中云：“世之蓄轼诗文者多矣，率真伪相半，又多为俗子所改窜，读之使人不平。”⑧诗文犹如此，词何以堪！东坡词单篇文本校勘异文的文献价值，体现在《满江红》（忧喜相寻）、《贺新郎》（乳燕栖华屋）、《浣溪沙》（簌簌衣巾落枣花）、《水调歌头》

---

① 唐圭璋编纂，王仲闻参订，孔凡礼补辑《全宋词》，北京：中华书局，1999 年，510 页。
② 傅幹注，刘尚荣校证《注坡词》，成都：巴蜀书社，1993 年，233 页。
③ 吴讷编《百家词》，天津：天津市古籍书店，1992 年，363 页。
④ 王鹏运辑《四印斋所刻词》，上海：上海古籍出版社，1989 年，39 页。
⑤ 米芾著《宝晋英光集》，《丛书集成本》本，长沙：商务印书馆，1939 年，40 页。
⑥ 苏轼撰，茅维编《苏轼文集》，北京：中华书局，1986 年，2160 – 2161 页。
⑦ 胡仔纂集《苕溪渔隐丛话》（前集），北京：人民文学出版社，1962 年，339 页。
⑧ 苏轼撰，茅维编《苏轼文集》，北京：中华书局，1986 年，1429 – 1430 页。

(明月几时有)、《卜算子》(缺月挂疏桐)、《蝶恋花》(花褪残红青杏小)、《念奴娇》(大江东去)、《满庭芳》(归去来兮,清溪无底)、《行香子》(北望平川)、《浣溪沙》(山下兰芽短浸溪)、《浣溪沙》(覆块青青麦未苏)组词五首、《满庭芳》(三十三年,今谁存者)、《醉蓬莱》(笑劳生一梦)、《满庭芳》(归去来兮,吾归何处)、《哨遍》(为米折腰)、《行香子》(清夜无尘)、《菩萨蛮》(买田阳羡吾将老)、《西江月》(三过平山堂下)、《南乡子》(晚景落琼杯)等词上。其中,有些异文,是宋人已经校勘,有些是今人已经校勘的;然而,还有一些异文,仍可据单篇东坡词手书墨迹、石刻拓本进行校勘。

(一) 宋人已经校勘的东坡词异文

1.《满江红》(忧喜相寻):"文君婿知否",误作"文君细知否"

邵博《邵氏闻见后录》卷一九云:"东坡为董毅夫作长短句,'文君婿知否,笑君卑辱',奇语也。'文君婿'犹'虞姬婿'云,今刻本者不知,有自改"文君细知否",可笑耳。"①

按,元本《东坡乐府》卷上,"文君婿知否"误作"文君细知否"。②

2.《贺新郎》(乳燕栖华屋):"乳燕栖华屋",误作"乳燕飞华屋"

赵彦卫《云麓漫抄》卷四云:"版行东坡词长短句,《贺新郎》词云'乳燕飞华屋',尝见其真迹,乃'栖华屋'。"③又,曾季貍《艇斋诗话》云:"东坡《贺新郎》词……其真本云'乳燕栖华屋',今本作'飞'字,非是。"④

按,傅幹《注坡词》卷三⑤、曾慥《东坡词》卷上⑥、元本《东坡乐府》卷上⑦、汲古阁本《东坡词》⑧、《彊村丛书》本《东坡乐府》卷二⑨,均误作"乳燕飞华屋"。

3.《浣溪沙》(簌簌衣巾落枣花):"半依古柳卖黄瓜",误作"牛依古柳卖黄瓜",又误作"牛衣古柳卖黄瓜"

曾季貍《艇斋诗话》云:"东坡在徐州作长短句云'半依古柳卖黄瓜',今印本作'牛依古柳卖黄瓜',非。予尝见东坡墨迹,作'半依',乃知作'牛'字误也。"⑩又,宋龚颐正《芥隐笔记》云:"予见孙昌符家坡朱陈词真迹云'半依古

---

① 邵博撰《邵氏闻见后录》,北京:中华书局,1983 年,150 页。
② 王鹏运辑《四印斋所刻词》,上海:上海古籍出版社,1989 年,9 页。
③ 赵彦卫撰《云麓漫抄》,北京:中华书局,1996 年,57 页。
④ 丁福保辑《历代诗话续编》,北京:中华书局,1983 年,310 页。
⑤ 傅幹注,刘尚荣校证《注坡词》,成都:巴蜀书社,1993 年,72 页。
⑥ 吴讷编《百家词》,天津:天津市古籍书店,1992 年,353 页。
⑦ 王鹏运辑《四印斋所刻词》,上海:上海古籍出版社,1989 年,13 页。
⑧ 毛晋辑《宋六十名家词》,上海:上海古籍出版社,1989 年,66 页。
⑨ 朱祖谋辑校《彊村丛书》,扬州:广陵书社,2005 年,249 页。
⑩ 丁福保辑《历代诗话续编》,中华书局,1983 年,318 页。

柳卖黄瓜'，今印本多作'牛依'，或迁就为'牛衣'矣。"①

按，朱陈，徐州古村名。白居易《朱陈村》诗云："徐州古丰县，有村曰朱陈……一村唯两姓，世世为婚姻。"②傅幹《注坡词》卷一〇，误作"牛依古柳卖黄瓜"③；曾慥《东坡词》卷下④、元本《东坡乐府》卷下⑤、汲古阁本《东坡词》⑥、《彊村丛书》本《东坡乐府》卷一⑦，均误作"牛衣古柳卖黄瓜"。

4.《水调歌头》(明月几时有)："但得人长久"，误作"但愿人长久"

赵彦卫《云麓漫抄》卷四云："《水调歌》词，版行者末云'但愿人长久'，真迹云'但得人长久'。"⑧

按，傅幹《注坡词》卷一⑨、曾慥《东坡词》卷上⑩、元本《东坡乐府》卷上⑪、汲古阁本《东坡词》⑫、《彊村丛书》本《东坡乐府》卷一⑬，均误作"但愿人长久"。

5.《卜算子》(缺月挂疏桐)："寂寞沙汀冷"，误作"枫落吴江冷"

陈鹄《西塘集耆旧续闻》卷二载："赵右使家有顾禧景蕃《补注东坡长短句》真迹……云：'余顷于郑公处，见东坡亲迹书《卜算子》，断句云"寂寞沙汀冷"，今本作"枫落吴江冷"，词意全不相属也。'"⑭

按，傅幹《注坡词》卷一二，作"寂寞沙洲冷"，注云："一作'枫落吴江冷'"⑮；曾慥《东坡词》卷上，误作"寂寞吴江冷"⑯；元本《东坡乐府》卷上，误作"枫落吴江冷"⑰；汲古阁本《东坡词》，作"寂寞沙洲冷"，注云："一刻'枫落吴江冷'"⑱；《彊村丛书》本《东坡乐府》卷二，误作"寂寞沙洲冷"，有校注云："元本末句作'枫落吴江冷'，从毛本。"⑲

---

① 龚颐正《芥隐笔记》(外一种)，《丛书集成初编》本，上海：商务印书馆，1937年，28页。
② 白居易著，朱金城笺校《白居易集校笺》，上海：上海古籍出版社，1988年，511页。
③ 傅幹注，刘尚荣校证《注坡词》，成都：巴蜀书社，1993年，286页。
④ 吴讷编《百家词》，天津：天津市古籍书店，1992年，368页。
⑤ 王鹏运辑《四印斋所刻词》，上海：上海古籍出版社，1989年，27页。
⑥ 毛晋辑《宋六十名家词》，上海：上海古籍出版社，1989年，46页。
⑦ 朱祖谋辑校《彊村丛书》，扬州：广陵书社，2005年，249页。
⑧ 赵彦卫撰《云麓漫抄》，北京：中华书局，1996年，57页。
⑨ 傅幹注，刘尚荣校证《注坡词》，成都：巴蜀书社，1993年，30页。
⑩ 吴讷编《百家词》，天津：天津市古籍书店，1992年，337页。
⑪ 王鹏运辑《四印斋所刻词》，上海：上海古籍出版社，1989年，8页。
⑫ 毛晋辑《宋六十名家词》，上海：上海古籍出版社，1989年，64页。
⑬ 朱祖谋辑校《彊村丛书》，扬州：广陵书社，2005年，224页。
⑭ 陈鹄撰《西塘集耆旧续闻》(外两种)，北京：中华书局，2002年，302页。
⑮ 傅幹注，刘尚荣校证《注坡词》，成都：巴蜀书社，1993年，328页。
⑯ 吴讷编《百家词》，天津：天津市古籍书店，1992年，350页。
⑰ 王鹏运辑《四印斋所刻词》，上海：上海古籍出版社，1989年，17页。
⑱ 毛晋辑《宋六十名家词》，上海：上海古籍出版社，1989年，50页。
⑲ 朱祖谋辑校《彊村丛书》，扬州：广陵书社，2005年，235页。

6.《蝶恋花》(花褪残红青杏小):“绿水人家绕”,一作“绿水人家晓”

魏庆之《诗人玉屑》卷二一引杨湜《古今词话》云:“东坡《蝶恋花》……予得真本于友人处,‘绿水人家绕’,作‘绿水人家晓’……‘绕’与‘晓’,自霄壤也。”①

按,曾慥《东坡词》卷下②、汲古阁本《东坡词》③、《彊村丛书》本《东坡乐府》卷三④,均作“绿水人家绕”;元本《东坡乐府》卷下,作“绿水人家绕”,有校注云:“一作‘晓’”⑤。

7.《念奴娇》(大江东去):“浪淘尽、千古风流人物”,误作“浪声沉、千古风流人物”;“笑谈间、樯橹灰飞烟灭”,误作“谈笑间、强虏灰飞烟灭”;“人道是、三国周郎赤壁”,一作“人道是、当日周郎赤壁”,误作“人道是、三国孙吴赤壁”;“乱石穿空”误作“乱石崩云”,“惊涛拍岸”,误作“惊涛裂岸”,“多情应笑我,早生华发”,误作“多情应是,笑我生华发”;“人生如梦”,误作“人生如寄”

(1)“笑谈间、樯橹灰飞烟灭”,误作“谈笑间、强虏灰飞烟灭”

王楙《野客丛书》卷二四云:“淮东将领王智夫,言尝见东坡亲染所制《水调》词(按,当是《念奴娇》),其间谓‘羽扇纶巾,谈笑处、樯橹灰飞烟灭。’知后人讹为‘强虏’,仆考《周瑜传》:‘黄盖烧曹公船时,风萌,悉延烧岸上营落,烟焰涨天。’知‘樯橹’为信然。”⑥

南宋《增修笺注妙选群英草堂诗余》后集卷上,“樯橹灰飞烟灭”句,有校注云:“诸本多作‘强虏灰飞烟灭’,按,李白此歌既曰‘楼船扫地空’,则用“樯橹”二字,其义优于“强虏。”⑦明潘游龙《精选古今诗余醉》卷一一云:“李白《赤壁歌》:‘楼船扫地空’,则‘樯橹’字甚妙,俗本作‘强虏’,可笑。”⑧

以上都是从用典的角度立论的。薛瑞生《东坡词编年笺证》从苏轼创作心态的角度立论,指出了“强虏”二字的不合理:

词假借赤壁而抒真性情,本怀古之意,对周、曹并无轩轾。所谓“浪淘尽、千古风流人物”,周、曹俱在其中,岂仅周而无曹耶?“樯橹灰飞烟灭”,既为写实,又与“浪淘尽”句呼应。且坡翁对魏武评价甚高,早年所写《魏武帝论》(见《文集》卷三)谓其为“智者”,惜其“长于料事,而不长于料人”,故致赤壁之败而未能完成统一大业。《赤壁赋》中又谓其“方其破荆州,下江陵,顺流而东也,舳舻千里,旌旗蔽空,酾酒临江,横槊赋诗,固一世之雄也”,赞之如此。况

① 魏庆之著《诗人玉屑》,北京:中华书局,2007 年,676 页。
② 吴讷编《百家词》,天津:天津市古籍书店,1992 年,356 页。
③ 毛晋辑《宋六十名家词》,上海:上海古籍出版社,1989 年,57 页。
④ 朱祖谋辑校《彊村丛书》,扬州:广陵书社,2005 年,256 页。
⑤ 王鹏运辑《四印斋所刻词》,上海:上海古籍出版社,1989 年,34 页。
⑥ 王楙撰《野客丛书》,上海:上海古籍出版社,1991 年,350 – 351 页。
⑦ 吴昌绶,陶湘辑《景刊宋金元明本词》,上海:上海古籍出版社,1989 年,443 页。
⑧ 潘游龙《精选古今诗余醉》,沈阳:辽宁教育出版社,2003 年,326 页。

三国时曹、孙、刘三家并无华夏夷虏之别，坡翁岂呼曹魏为“强虏”耶？”①

“樯橹”二字异文的产生，与北宋时宋、金之间外交辞令的语言艺术有关，且经历了“樯橹——狂虏——强虏”的变化。薛瑞生《东坡词编年笺证》中云：

原之史实人心，其源盖出于李章使北事。孙宗鉴《西畬琐录》载：“李章奉使北庭，虏馆伴发一语云：‘东坡作文，多用佛书中语。’李答云：‘曾记赤壁词云：“谈笑间、狂虏灰飞烟灭。”所谓“灰飞烟灭”，乃《圆觉经》语：“火出木烬，灰飞烟灭。”’北使默无语。”……则李章改“樯橹”为“狂虏”乃有心而非无意，其意在借苏词作外交辞令，以扬北宋之国威而压北庭之气焰。“狂虏”与“樯橹”音不相谐，故又展转而改为“强虏”以附会之。②

外交场合以“狂虏灰飞烟灭”之语打压金使气焰的故事，又见宋张端义《贵耳集》卷下，不过，主角换成了另一个人：

李季章奉使北庭，虏馆伴发一语云：“东坡作文，爱用佛书中语。”李答云：“曾记赤壁词云：‘谈笑间，狂虏灰飞烟灭’，所谓‘灰飞烟灭’四字，乃《圆觉经》语，云：‘火出木烬，灰飞烟灭。’”北使默无语。”③

南宋人李壁，字季章，李焘之子，亦曾奉命使金。南宋人之所以热衷于“狂虏灰飞烟灭”、“强虏灰飞烟灭”，大抵是为了在偏安一隅的窘迫境遇中获得内心的些许民族自豪感与自信心。

按，“笑谈间、樯橹灰飞烟灭”，傅幹《注坡词》卷二④、曾慥《东坡词》卷上⑤、元本《东坡乐府》卷上⑥、汲古阁本《东坡词》⑦、《彊村丛书》本《东坡乐府》卷二⑧，均误作“谈笑间、强虏灰飞烟灭”。

（2）“人道是、三国周郎赤壁”，一作“人道是、当日周郎赤壁”，误作“人道是、三国孙吴赤壁”

宋曾季貍《艇斋诗话》中云：“东坡‘大江东去’词，其中云：‘人道是、三国周郎赤壁’，陈无已见之，言不必道‘三国’，东坡改云‘当日’，今印本两出，不知东坡已改矣。”⑨由此可知，“三国”是初稿，“当日”是后来改动。

按，元本《东坡乐府》卷上，“三国”下有校注云：“一作‘当日’”。⑩

洪迈《容斋续笔》卷八载：“向巨源云，元不伐家有鲁直所书东坡《念奴

---

① 薛瑞生笺证《东坡词编年笺证》，西安：三秦出版社，1998，360 页。
② 薛瑞生笺证《东坡词编年笺证》，西安：三秦出版社，1998，360－361 页。
③ 张端义撰《贵耳集》，《丛书集成初编》本，长沙：商务印书馆，1937 年，51 页。
④ 傅幹注，刘尚荣校证《注坡词》，成都：巴蜀书社，1993 年，48 页。
⑤ 吴讷编《百家词》，天津：天津市古籍书店，1992 年，338 页。
⑥ 王鹏运辑《四印斋所刻词》，上海：上海古籍出版社，1989 年，10 页。
⑦ 毛晋辑《宋六十名家词》，上海：上海古籍出版社，1989 年，65 页。
⑧ 朱祖谋辑校《彊村丛书》，扬州：广陵书社，2005 年，233 页。
⑨ 丁福保辑《历代诗话续编》，中华书局，1983 年，307 页。
⑩ 王鹏运辑《四印斋所刻词》，上海：上海古籍出版社，1989 年，10 页。

娇》,与今人歌不同者数处,如……‘周郎赤壁’为‘孙吴赤壁’。”①

(3)“浪淘尽、千古风流人物”,误作“浪声沉、千古风流人物”;“乱石穿空”,误作“乱石崩云”;“惊涛拍岸”,误作“惊涛掠岸”;“多情应笑我,早生华发”,误作“多情应是,笑我生华发”;“人生如梦”,误作“人生如寄”

洪迈《容斋续笔》卷八载:

向巨源云,元不伐家有鲁直所书东坡《念奴娇》,与今人歌不同者数处,如:“浪淘尽”为“浪声沉”……“乱石穿空”为“崩云”,“惊涛拍岸”为“掠岸”,“多情应笑我,早生华发”为“多情应是,笑我生华发”,“人生如梦”为“如寄”不知此本今在何也。②

按,宋拓东坡醉草《念奴娇》词石刻云:

大江东去,浪淘尽、千古风流人物。故垒西边,人道是、三国周郎赤壁。乱石穿空,惊涛拍岸,卷起千堆雪。江山如画,一时多少豪杰。　遥想公瑾当年,小乔初嫁了,雄姿英发。羽扇纶巾,笑谈间、樯橹灰飞烟灭。故国神游,多情应笑我,早生华发。人生如梦,一樽还酹江月。③

从文献层级的来看,苏轼本人的真迹是零次文献,因此,比黄庭坚的手迹来得可靠,《念奴娇》词的异文,当以东坡真迹为准。元本《东坡乐府》、《彊村丛书》本《东坡乐府》对黄庭坚手迹,均有部分的采录,如,“乱石穿空”,元本《东坡乐府》卷上,误作“乱石崩云”④;《彊村丛书》本《东坡乐府》卷二,误作“乱石崩云”;有校注云:“毛本,‘崩云’作‘穿空’。”⑤而朱彝尊《词综》,则对其全盘接受,完全采纳,甚至认为通行版本有种种的不是,本末倒置,其《词综》卷六有按语云:

他本“浪声沉”作“浪淘尽”,与调未协;“孙吴”作“周郎”,犯下“公瑾”字;“崩云”作“穿空”,“掠岸”作“拍岸”,又“多情应是,笑我生华发”作“多情应笑我,早生华发”,益非。今从《容斋随笔》所载黄鲁直手书本更正。⑥

更为可笑的是,有些人还随声附和朱彝尊的观点,如,冯金伯《词苑萃编》卷二一云:“是词当以《词综》本为善”⑦;丁绍仪《听秋声馆词话》卷一三云:“《词综》详加辨证,从《容斋随笔》所载山谷手书本……较他本‘浪声沉’作‘浪淘尽’,‘崩云’作‘穿空’,‘掠岸’作‘拍岸’,雅俗迥殊,不仅‘孙吴’作‘周郎’,重下‘公瑾’而已。”⑧

---

① 洪迈撰《容斋随笔》,北京:中华书局,2005 年,320－321 页。
② 洪迈撰《容斋随笔》,北京:中华书局,2005 年,320－321 页。
③ 曹树铭校编《苏东坡词》,台北:台湾商务印书馆,1983 年,71－76 页。
④ 王鹏运辑《四印斋所刻词》,上海:上海古籍出版社,1989 年,10 页。
⑤ 朱祖谋辑校《彊村丛书》,扬州:广陵书社,2005 年,233 页。
⑥ 朱彝尊,汪森编《词综》,上海:上海古籍出版社,2005 年,118 页。
⑦ 唐圭璋编《词话丛编》,北京:中华书局,1986 年,2191 页。
⑧ 唐圭璋编《词话丛编》,北京:中华书局,1986 年,2742 页。

当然，也有人对朱彝尊、冯金伯、丁绍仪等人提出批评。如，张宗橚《词林纪事》卷五按语云：“《词综》谓‘浪声沉’作‘浪淘尽’，与调未协，考谱，‘浪淘尽’三字，平仄未尝不协。”①

再如，先著、程洪《词洁》卷四云：

《词综》从《容斋随笔》改本，以“周郎”、“公瑾”伤重，“浪声沉”较“浪淘尽”为雅。予谓“淘尽”字虽粗，然“声沉”之下，不能接“千古风流人物”六字，盖此句之意，全属“尽”字，不在“淘”、“沉”二字分别。至于赤壁之役，应属“周郎”，“孙吴”二字反失之泛……仍从旧本，正欲其瑕瑜不掩，无失此公本来面目耳。②

又如，钱裴仲《雨华庵词话》云：

《词综》论其赤壁怀古，“浪淘尽”当作“浪声沉”，余以为毫厘千里矣。知词者，请再三诵之自见也。夫起句是赤壁，接以“浪淘尽”三字，便入怀古，使千古风流人物直跃出来，若“浪声沉”，则与下句不相贯串矣……不如存其旧为佳也。③

8.《满庭芳》（归去来兮，清溪无底）：“归马注平坡”，误作“归马驻平坡”

南宋周必大《益公题跋》卷一二云：“军中谓壮士驰骏马下峻坂为‘注’，坡其云：‘船头转，长风万里，归马注平坡’，盖喻归兴致快如此。印本误以‘注’为‘驻’耳。”④按，“归马注平坡”，元本《东坡乐府》卷上⑤、汲古阁本《东坡词》⑥、《彊村丛书》本《东坡乐府》卷二⑦，均误作“归马驻平坡”。

（二）今人已经校勘的东坡词异文

最为典型、最具代表性的是《行香子》（北望平川）中，“正酒酣时”，误作“正酒酣”；“孤鸿落照”，误作“飞鸿落燕”；“淡娟娟”，误作“淡涓涓”；“宴坐空山”，误作“晏坐空山”。

第一山《行香子》词摩崖石刻残留文本为：

北望平川，野水荒湾。共□春，飞步孱□。和□弄袖，香□萦鬟。正酒酣时，□语笑，白云间。　孤鸿落照，相将归去，淡娟娟，玉宇清□。何□无事，宴坐□山。望长桥上，□□乱，使君□。⑧

胡仔《苕溪渔隐丛话》后集卷三五载其拓印的第一山《行香子》词摩崖石刻文本为：

---

① 张宗橚辑《词林纪事》，成都：成都古籍书店，144 页。

② 先著，程洪辑《词洁》，保定：河北大学出版社，2007 年，167－168 页。

③ 唐圭璋编《词话丛编》，北京：中华书局，1986 年，3031 页。

④ 周必大撰《益公题跋》上海：商务印书馆，1936 年，140 页。

⑤ 王鹏运辑《四印斋所刻词》，上海：上海古籍出版社，1989 年，7－8 页。

⑥ 毛晋辑《宋六十名家词》，上海：上海古籍出版社，1989 年，63 页。

⑦ 朱祖谋辑校《彊村丛书》，扬州：广陵书社，2005 年，239 页。

⑧ 谈化文《江苏盱眙县第一山发现苏轼所书〈行香子〉词摩崖》，《书法》，1985 年，第 3 期，23 页。

北望平川，野水荒湾。共寻春，飞步孱颜。和风弄袖，香露萦鬟。正酒酣，人语笑，白云间。　飞鸿落燕，相将归去，淡涓娟，玉宇清闲。何人无事，宴坐空山。望长桥上，灯火乱，使君还。①

谈化文《苕溪渔隐丛话》《江苏盱眙县第一山发现苏轼所书〈行香子〉词摩崖》中云："上阕中'正酒酣'，石刻下多'时'字；下阕中'飞鸿落燕'，石刻作'孤鸿落照'；'淡涓涓'，石刻作'淡娟娟'，但查元大德刻本《东坡乐府》，此数字皆与石刻相同，可能是《丛话》在传抄校刻过程中弄错的。"②

又，徐超文《谈新发现的苏轼〈行香子〉词石刻》中考辨异文云：

《行香子》词有三体，一为六十四字，一为六十六字，一为六十八字。《词综》选录的苏轼《行香子》词及《东坡乐府》选录的七首《行香子》词，均为六十六字，石刻《行香子》词亦为六十六字，是正确的。人民文学出版社据耘经楼本印行的《苕溪渔隐丛话》(《四部备要》本同)作"正酒酣"，则上阕为三十二字，与下阕三十三字不符……据此，可校正耘经楼本《苕溪渔隐丛话》引苏轼词有漏字。

又，耘经楼本《苕溪渔隐丛话》引苏轼《行香子》词作"飞鸿落燕"，按"燕"字应为讹字，应依石刻及《东坡乐府》《盱眙县志》为"照"字。因为在冬季，何来燕子？且"飞鸿落燕"，语意欠通……以词的意境而言，作"孤鸿"似更妥帖。③

"涓涓"指细流，"娟娟"则为明媚美好的样子。杜诗有"美人娟娟隔秋水，濯足洞庭望八荒"句，苏轼《菩萨蛮》有"娟娟缺月西南落"句，从下句及词意推测，应以"娟娟"为是。可知"涓涓"或"涓娟"者，均系传抄讹误所致。④

按，《增修笺注妙选群英草堂诗余》，"正酒酣时"，误作"正酒酣"⑤。

再如，《浣溪沙》(山下兰芽短浸溪)，"君看流水尚能西"，误作"门前流水尚能西"。龙榆生《东坡乐府笺》卷二校云："《东坡志林》，'门前'，作'君看'。"⑥薛瑞生《东坡词编年笺证》卷二校云："《东坡志林·游沙湖》，'门前'，作'君看'。"⑦邹同庆、王宗堂《苏轼词编年校注》校云："'门前'，《东坡志林》卷一《游沙湖》记此歌作'君看'。"⑧

《浣溪沙》(覆块青青麦未苏)，"雪床初下瓦跳珠"，误作"雪林初下瓦跳珠"、"雪林初下瓦疏珠"。龙榆生《东坡乐府笺》卷二校云："傅注本、元本、毛

---

① 胡仔纂集《苕溪渔隐丛话》(后集)，北京：人民文学出版社，1962年，274页。
② 谈化文《江苏盱眙县第一山发现苏轼所书〈行香子〉词摩崖》，《书法》，1985年，第3期，24页。
③ 徐超文《谈新发现的苏轼〈行香子〉词石刻》，《文物研究》，1986年第2期，115页。
④ 徐超文《谈新发现的苏轼〈行香子〉词石刻》，《文物研究》，1986年第2期，115－116页。
⑤ 吴昌绶，陶湘辑《景刊宋金元明本词》，上海：上海古籍出版社，1989年，442页。
⑥ 龙榆生校笺《东坡乐府笺》，上海：上海古籍出版社，2009年，169页。
⑦ 薛瑞生《东坡词编年笺证》，西安：三秦出版社，1998年，334页。
⑧ 邹同庆，王宗堂《苏轼词编年校注》，北京：中华书局，2002年，358页。

本‘雪床’并作‘雪林’，从墨迹。毛本，‘跳’作‘疏’。”①邹同庆、王宗堂《苏轼词编年校注》校云：“‘床’，原作‘林’，龙本据本词墨迹改，较胜，今从之。‘跳’，原作‘疏’，据傅本、元本、朱本、龙本、曹本改。”②

《浣溪沙》（雪里餐毡例姓苏），“荐士已曾飞鹗表”，误作“荐士已闻飞鹗表”。

《景苏园帖》中苏轼手书本词石刻文本，作“荐士已曾飞鹗表”③。又，汪康年《汪穰卿笔记》卷七载，苏轼手书该词真迹，“荐士已曾飞鹗表”句下有“公近荐仆于朝”六字。④ 龙榆生《东坡乐府笺》卷一校云：“墨迹，‘闻’作‘曾’，注：‘公近荐仆于朝’。”⑤邹同庆、王宗堂《苏轼词编年校注》校云：“‘闻’，龙校：‘墨迹，“闻”作“曾”，注：“公近荐仆于朝”。’”⑥

（三）有待进行校勘的东坡词异文

1.《浣溪沙》（山下兰芽短浸溪）：“谁道人生难再少”，误作“谁道人生无再少”

苏轼《书清泉寺词》云：“寺在蕲水郭门外二里许，有王逸少洗笔泉，水极甘，下临兰溪，溪水溪流。余作歌云：‘山下兰芽短浸溪，松间沙路净无泥，萧萧暮雨子规啼。　谁道人生难再少，君看流水尚能西，休将白发唱黄鸡。’”⑦

傅幹《注坡词》卷一〇⑧、曾慥《东坡词》卷下⑨、元本《东坡乐府》卷下⑩、汲古阁本《东坡词》⑪、《彊村丛书》本《东坡乐府》卷一⑫，均误作“谁道人生无再少”。

2.《浣溪沙》（覆块青青麦未苏）：“归时冰颗乱黏须”，误作“归来冰颗乱黏须”

清杨寿昌、杨守敬《景苏园帖》中该词石刻文本，亦作“归时冰颗乱黏须”。⑬

---

① 龙榆生校笺《东坡乐府笺》，上海：上海古籍出版社，2009年，152页。
② 邹同庆，王宗堂《苏轼词编年校注》，北京：中华书局，2002年，339页。
③ 曹树铭校编《苏东坡词》，台北：台湾“商务印书馆”，1983年，46－47页。
④ 汪康年著《汪穰卿笔记》，北京：中华书局，2007年，270页。
⑤ 龙榆生校笺《东坡乐府笺》，上海：上海古籍出版社，2009年，155页。
⑥ 邹同庆，王宗堂《苏轼词编年校注》，北京：中华书局，2002年，343页。
⑦ 苏轼著，茅维编《苏轼文集》，北京：中华书局，1986年，2164页。
⑧ 傅幹注，刘尚荣校证《注坡词》，成都：巴蜀书社，1993年，267页。
⑨ 吴讷编《百家词》，天津：天津市古籍书店，1992年，367页。
⑩ 王鹏运辑《四印斋所刻词》，上海：上海古籍出版社，1989年，30页。
⑪ 毛晋辑《宋六十名家词》，上海：上海古籍出版社，1989年，45页。
⑫ 朱祖谋辑校《彊村丛书》，扬州：广陵书社，2005年，231页。
⑬ 曹树铭校编《苏东坡词》，台北：台湾“商务印书馆”，1983年，44－46页。

“归时冰颗乱黏须”，傅幹《注坡词》卷一二①、曾慥《东坡词》卷下②、元本《东坡乐府》卷下③、汲古阁本《东坡词》④、《彊村丛书》本《东坡乐府》卷一⑤，均误作“归来冰颗乱黏须”。

3.《浣溪沙》(醉梦昏昏晓未苏)：“醉梦昏昏晓未苏”，误作“醉梦醺醺晓未苏”；“门前辗辘使君车”，误作“门前辘辘使君车”；“小槽春酒冻真珠”，误作“小槽春酒滴真珠”

《景苏园帖》中该词石刻文本，作“醉梦昏昏晓未苏，门前轣辘使君车”、“小槽春酒冻真珠”。⑥ 又，汪康年《汪穰卿笔记》卷七载，苏轼手书本词真迹，亦作“醉梦昏昏晓未苏”、“门前轣辘使君车”⑦。

“醉梦昏昏晓未苏”，傅幹《注坡词》卷一二⑧、曾慥《东坡词》卷下⑨，均误作“醉梦醺醺晓未苏”。

“门前轣辘使君车”，曾慥《东坡词》卷下⑩、汲古阁本《东坡词》⑪，均误作“门前辘辘使君车”；《彊村丛书》本《东坡乐府》卷一，有校注云：“毛本，‘轣辘’，作‘辘辘’。”⑫

“小槽春酒冻真珠”，傅幹《注坡词》卷一二⑬、元本《东坡乐府》卷下⑭，均误作“小槽春酒滴真珠”。⑮《彊村丛书》本《东坡乐府》卷一，亦误作“小槽春酒滴真珠”，有校注云：“毛本……‘滴’作‘冻’。”⑯

4.《浣溪沙》(半夜银山上积苏)：“半夜银山上积苏”，误作“半夜金山上积苏”

《景苏园帖》中苏轼手书该词石刻文本，作“半夜银山上积苏”。⑰

“半夜银山上积苏”，曾慥《东坡词》卷下，误作“半夜金山上积苏”。⑱

---

① 傅幹注，刘尚荣校证《注坡词》，成都：巴蜀书社，1993年，270页。
② 吴讷编《百家词》，天津：天津市古籍书店，1992年，367页。
③ 王鹏运辑《四印斋所刻词》，上海：上海古籍出版社，1989年，30页。
④ 毛晋辑《宋六十名家词》，上海：上海古籍出版社，1989年，45页。
⑤ 朱祖谋辑校《彊村丛书》，扬州：广陵书社，2005年，229－230页。
⑥ 曹树铭校编《苏东坡词》，台北：台湾“商务印书馆”，1983年，46－47页。
⑦ 汪康年著《汪穰卿笔记》，北京：中华书局，2007年，270页。
⑧ 傅幹注，刘尚荣校证《注坡词》，成都：巴蜀书社，1993年，270－275页。
⑨ 吴讷编《百家词》，天津：天津市古籍书店，1992年，367页。
⑩ 吴讷编《百家词》，天津：天津市古籍书店，1992年，367页。
⑪ 毛晋辑《宋六十名家词》，上海：上海古籍出版社，1989年，45页。
⑫ 朱祖谋辑校《彊村丛书》，扬州：广陵书社，2005年，229－230页。
⑬ 傅幹注，刘尚荣校证《注坡词》，成都：巴蜀书社，1993年，270－275页。
⑭ 王鹏运辑《四印斋所刻词》，上海：上海古籍出版社，1989年，30页。
⑮ 傅幹注，刘尚荣校证《注坡词》，成都：巴蜀书社，1993年，270－275页。
⑯ 朱祖谋辑校《彊村丛书》，扬州：广陵书社，2005年，229－230页。
⑰ 曹树铭校编《苏东坡词》，台北：台湾“商务印书馆”，1983年，46－47页。
⑱ 吴讷编《百家词》，天津：天津市古籍书店，1992年，367页。

5.《浣溪沙》(万顷风潮不记苏)："万顷风潮不记苏"，误作"万顷风涛不记苏"

《景苏园帖》中苏轼手书本词石刻文本，作"万顷风潮不记苏"①。又，汪康年《汪穰卿笔记》卷七载，苏轼手书该词真迹，"万顷风潮不记苏"句下有"公田在苏州，今年风潮荡尽"十一字。②

"万顷风潮不记苏"，傅幹《注坡词》卷一二③、曾慥《东坡词》卷下④、元本《东坡乐府》卷下⑤、汲古阁本《东坡词》⑥、《彊村丛书》本《东坡乐府》卷一⑦，均误作"万顷风涛不记苏"。

6.《满庭芳》(三十三年，今谁存者)："扨扨"误作"枞枞"，"歌声断"误作"歌舞断"

《秦邮续帖》卷上，苏轼行书《满庭芳》词石刻文本，作"摐摐，疏雨过风林，舞破烟盖云幢"，"歌声断，行人未起，船鼓已逢逢"。⑧

"摐摐"，傅幹《注坡词》卷一⑨、曾慥《东坡词》卷上⑩、汲古阁本《东坡词》⑪，均误作"枞枞"。

"歌声断"，曾慥《东坡词》卷上⑫、汲古阁本《东坡词》⑬，误作"歌舞断"；朱祖谋《彊村丛书》本《东坡乐府》卷二，作"歌舞断"，有校注云："毛本……'声'作'舞'"。⑭

7.《醉蓬莱》(笑劳生一梦)："仍把紫菊红萸"误作"仍把紫菊茱萸"；"有手栽垂柳"，误作"有手栽双柳"；"一江醇酒"误作"一江醇酎"

《郁孤台法帖》中有苏轼行楷《醉蓬莱》词石刻文本，作"仍把紫菊红萸，细看重嗅"，"摇落霜风，有手栽垂柳"，"会与州人，饮公遗爱，一江醇酒"。⑮

---

① 曹树铭校编《苏东坡词》，台北：台湾商务印书馆，1983 年，44 - 51 页。
② 汪康年著《汪穰卿笔记》，北京：中华书局，2007 年，270 页。
③ 傅幹注，刘尚荣校证《注坡词》，成都：巴蜀书社，1993 年，270 - 275 页。
④ 吴讷编《百家词》，天津：天津市古籍书店，1992 年，367 页。
⑤ 王鹏运辑《四印斋所刻词》，上海：上海古籍出版社，1989 年，30 页。
⑥ 毛晋辑《宋六十名家词》，上海：上海古籍出版社，1989 年，45 页。
⑦ 朱祖谋辑校《彊村丛书》，扬州：广陵书社，2005 年，229 - 230 页。
⑧ 江苏省高邮市文物管理委员会供稿《秦邮帖》(下册)，南京：南京大学出版社，1987 年，15 - 17 页。
⑨ 傅幹注，刘尚荣校证《注坡词》，成都：巴蜀书社，1993 年，22 页。
⑩ 吴讷编《百家词》，天津：天津市古籍书店，1992 年，337 页。
⑪ 毛晋辑《宋六十名家词》，上海：上海古籍出版社，1989 年，64 页。
⑫ 吴讷编《百家词》，天津：天津市古籍书店，1992 年，337 页。
⑬ 毛晋辑《宋六十名家词》，上海：上海古籍出版社，1989 年，64 页。
⑭ 朱祖谋辑校《彊村丛书》，扬州：广陵书社，2005 年，224 页。
⑮ 上海古籍出版社编《宋拓郁孤台法帖精选·苏轼行楷》，上海：上海书店出版社，2010 年，17 - 18 页。

"仍把紫菊红萸",曾慥《东坡词》卷下①、汲古阁本《东坡词》②,均误作"仍把紫菊茱萸";《彊村丛书》本《东坡乐府》卷二,作"仍把紫菊红萸";有校注云:"毛本……'红'作'茱'。"③

"有手栽垂柳",傅幹《注坡词》卷三④、曾慥《东坡词》卷下⑤、元本《东坡乐府》卷上⑥、汲古阁本《东坡词》⑦、《彊村丛书》本《东坡乐府》卷二⑧,均误作"有手栽双柳"。

"一江醇酒",傅幹《注坡词》卷三⑨、曾慥《东坡词》卷下⑩、汲古阁本《东坡词》⑪、《彊村丛书》本《东坡乐府》卷二⑫,均误作"一江醇酎";元本《东坡乐府》卷上,误作"一江醇酎",有校注云:"一作'酒'"。⑬

8.《满庭芳》(归去来兮,吾归何处):"坐看黄州再闰",一作"坐见黄州载闰",误作"坐见黄州再闰";"鸡豚社饮",误作"鸡豚社酒";"当远去",一作"当此际",误作"当此去"

《郁孤台法帖》中苏轼行楷《满庭芳》词石刻文本,作"坐看黄州再闰,儿童尽、楚语吴歌","山中友,鸡豚社饮,相劝老东坡","当远去,人生底事,来往如梭"。⑭

北京图书馆金石组编《北京图书馆藏中国历代石刻拓本汇编》第40册收录湖北黄冈雪堂祠刻之《满庭芳》词拓片⑮、清陆耀遹《金石续编》卷一六著录湖北黄冈苏子瞻雪堂词刻之《满庭芳》词石刻⑯、光绪《重修曲阳县志》卷一二著录《满庭芳》词石刻⑰,均作"坐见黄州载闰"、"当此际"。

---

① 吴讷编《百家词》,天津:天津市古籍书店,1992年,353页。
② 毛晋辑《宋六十名家词》,上海:上海古籍出版社,1989年,64页。
③ 朱祖谋辑校《彊村丛书》,扬州:广陵书社,2005年,235页。
④ 傅幹注,刘尚荣校证《注坡词》,成都:巴蜀书社,1993年,70页。
⑤ 吴讷编《百家词》,天津:天津市古籍书店,1992年,353页。
⑥ 王鹏运辑《四印斋所刻词》,上海:上海古籍出版社,1989年,13页。
⑦ 毛晋辑《宋六十名家词》,上海:上海古籍出版社,1989年,64页。
⑧ 朱祖谋辑校《彊村丛书》,扬州:广陵书社,2005年,235页。
⑨ 傅幹注,刘尚荣校证《注坡词》,成都:巴蜀书社,1993年,70页。
⑩ 吴讷编《百家词》,天津:天津市古籍书店,1992年,353页。
⑪ 毛晋辑《宋六十名家词》,上海:上海古籍出版社,1989年,64页。
⑫ 朱祖谋辑校《彊村丛书》,扬州:广陵书社,2005年,235页。
⑬ 王鹏运辑《四印斋所刻词》,上海:上海古籍出版社,1989年,13页。
⑭ 上海古籍出版社编《宋拓郁孤台法帖精选·苏轼行楷》,上海:上海书店出版社,2010年,18-19页。
⑮ 北京图书馆金石组编《北京图书馆藏中国历代石刻拓本汇编》(第40册),郑州:中州古籍出版社,1989年,157-158页。
⑯ 林荣华校编《石刻史料新编》(第一辑),台湾:新文丰出版公司,1982年,3364页。
⑰ 周斯亿,温亮珠修,董涛纂光绪《重修曲阳县志》卷一二,清光绪三十年(1904)刻本,叶一百二。

"坐看黄州再闰"，傅幹《注坡词》卷一①、曾慥《东坡词》卷上②、元本《东坡乐府》卷上③，均误作"坐见黄州再闰"；汲古阁本《东坡词》，则作"坐见黄州载闰"④。

"鸡豚社饮"，元本《东坡乐府》卷上，误作"鸡豚社酒"⑤；《彊村丛书》本《东坡乐府》卷二，误作"鸡豚社酒"，有校注云："毛本……'酒'作'饮'。"⑥

"当远去"，傅幹《注坡词》卷一⑦、曾慥《东坡词》卷上⑧、元本《东坡乐府》卷上⑨，均误作"当此去"；《彊村丛书》本《东坡乐府》卷二⑩，误作"当此去"，有校注云："毛本……'此'作'远'。"⑪

9.《哨遍》（为米折腰）："因酒弃家"，误作"因酒弃官"；"从前皆非今是"，误作"觉从前皆非今是"；"泛溪窈窕"，误作"泛舟窈窕"；"富贵非吾愿"，误作"富贵非吾志"

《景苏园帖》卷五《哨遍》词石刻文本⑫，《晚香堂帖》卷三该词石刻文本⑬，陆增祥《八琼室金石补正》著录此词石刻文本⑭，均作"为米折腰，因酒弃家，口体交相累"、"从前皆非今是"、"步翠麓崎岖，泛溪窈窕"、"神仙知在何处，富贵非吾愿"。

"因酒弃家"，傅幹《注坡词》卷八，误作"因酒弃官"⑮。

"从前皆非今是"，傅幹《注坡词》卷八⑯、曾慥《东坡词》卷下⑰、元本《东坡乐府》卷上⑱、汲古阁本《东坡词》⑲、《彊村丛书》本《东坡乐府》卷二⑳，均误

① 傅幹注，刘尚荣校证《注坡词》，成都：巴蜀书社，1993年，17页。
② 吴讷编《百家词》，天津：天津市古籍书店，1992年，336页。
③ 王鹏运辑《四印斋所刻词》，上海：上海古籍出版社，1989年，6页。
④ 毛晋辑《宋六十名家词》，上海：上海古籍出版社，1989年，63页。
⑤ 王鹏运辑《四印斋所刻词》，上海：上海古籍出版社，1989年，6页。
⑥ 朱祖谋辑校《彊村丛书》，扬州：广陵书社，2005年，236－237页。
⑦ 傅幹注，刘尚荣校证《注坡词》，成都：巴蜀书社，1993年，17页。
⑧ 吴讷编《百家词》，天津：天津市古籍书店，1992年，336页。
⑨ 王鹏运辑《四印斋所刻词》，上海：上海古籍出版社，1989年，6页。
⑩ 朱祖谋辑校《彊村丛书》，扬州：广陵书社，2005年，236－237页。
⑪ 朱祖谋辑校《彊村丛书》，扬州：广陵书社，2005年，236－237页。
⑫ 杨守敬，杨寿昌选编《景苏园帖》，武汉：湖北美术出版社，1997年，312页。
⑬ 戈元，甄威等集注《晚香堂帖》，哈尔滨：黑龙江人民出版社，1995年，63页。
⑭ 陆增祥撰《八琼室金石补正》，《石刻史料新编》（第一辑），台北：台湾新文丰出版公司，1982年，5755页。
⑮ 傅幹注，刘尚荣校证《注坡词》，成都：巴蜀书社，1993年，215页。
⑯ 傅幹注，刘尚荣校证《注坡词》，成都：巴蜀书社，1993年，215页。
⑰ 吴讷编《百家词》，天津：天津市古籍书店，1992年，361页。
⑱ 王鹏运辑《四印斋所刻词》，上海：上海古籍出版社，1989年，6页。
⑲ 毛晋辑《宋六十名家词》，上海：上海古籍出版社，1989年，66页。
⑳ 朱祖谋辑校《彊村丛书》，扬州：广陵书社，2005年，232页。

作"觉从前皆非今是"。

"泛溪窈窕",元本《东坡乐府》卷上,"溪"字下注曰:"一作'舟'"①。

"富贵非吾愿",元本《东坡乐府》卷上,误作"富贵非吾志"②;《彊村丛书》本《东坡乐府》卷二,亦误作"富贵非吾志";有校注云:"毛本,'志'作'愿'。"③

10.《行香子》(清夜无尘):"休苦劳神",误作"虚苦劳神","似、隙中驹,石中火,梦中身",误作"叹、隙中驹,石中火,梦中身";"背、一张琴,一壶酒,一溪云",误作"对、一张琴,一壶酒,一溪云"

清陆耀遹《金石续编》卷一六,著录湖北黄冈县雪堂石刻之《行香子》词石刻文本④,《北京图书馆藏中国历代石刻拓本汇编》第40册收录湖北黄冈雪堂祠刻之《行香子》词拓片⑤、光绪《重修曲阳县志》卷一二著录《行香子》词石刻⑥,民国《琼山县志》卷一四著录《行香子》词碑⑦,均作"休苦劳神,似、隙中驹,石中火,梦中身""背、一张琴,一壶酒,一溪云"。

"休苦劳神",傅幹《注坡词》卷七⑧、曾慥《东坡词》卷下⑨、元本《东坡乐府》卷下⑩,均误作"虚苦劳神";《彊村丛书》本《东坡乐府》卷二⑪,亦误作"虚苦劳神";有校注云:"毛本……'虚'作'休'"。⑫

"似、隙中驹,石中火,梦中身"句,傅幹《注坡词》卷七⑬、曾慥《东坡词》卷下⑭、元本《东坡乐府》卷下⑮、汲古阁本《东坡词》⑯、《彊村丛书》本《东坡乐府》卷二⑰,均误作"叹、隙中驹,石中火,梦中身"。

---

① 王鹏运辑《四印斋所刻词》,上海:上海古籍出版社,1989年,6页。
② 王鹏运辑《四印斋所刻词》,上海:上海古籍出版社,1989年,6页。
③ 朱祖谋辑校《彊村丛书》,扬州:广陵书社,2005年,232页。
④ 林荣华校编《石刻史料新编》(第一辑),台湾:新文丰出版公司,1982年,3364页。
⑤ 北京图书馆金石组编《北京图书馆藏中国历代石刻拓本汇编》(第40册),郑州:中州古籍出版社,1989年,159页。
⑥ 周斯亿,温亮珠修,董涛纂光绪《重修曲阳县志》卷一二,清光绪三十年(1904)刻本,叶一百二。
⑦ 朱为潮等修,李熙,王国宪纂民国《琼山县志》卷一四,中华民国六年(1917)刻本,叶六。
⑧ 傅幹注,刘尚荣校证《注坡词》,成都:巴蜀书社,1993年,186页。
⑨ 吴讷编《百家词》,天津:天津市古籍书店,1992年,358页。
⑩ 王鹏运辑《四印斋所刻词》,上海:上海古籍出版社,1989年,37页。
⑪ 朱祖谋辑校《彊村丛书》,扬州:广陵书社,2005年,258页。
⑫ 朱祖谋辑校《彊村丛书》,扬州:广陵书社,2005年,258页。
⑬ 傅幹注,刘尚荣校证《注坡词》,成都:巴蜀书社,1993年,186页。
⑭ 吴讷编《百家词》,天津:天津市古籍书店,1992年,358页。
⑮ 王鹏运辑《四印斋所刻词》,上海:上海古籍出版社,1989年,37页。
⑯ 毛晋辑《宋六十名家词》,上海:上海古籍出版社,1989年,60页。
⑰ 朱祖谋辑校《彊村丛书》,扬州:广陵书社,2005年,258页。

"背、一张琴，一壶酒，一溪云"句，傅幹《注坡词》卷七①、曾慥《东坡词》卷下②、元本《东坡乐府》卷下③、汲古阁本《东坡词》④、《彊村丛书》本《东坡乐府》卷二⑤，均误作"对、一张琴，一壶酒，一溪云"。

11.《菩萨蛮》（买田阳羡吾将老）："从初只为溪山好"，误作"从来只为溪山好"，又误作"从来不为溪山好"；"聊从造物游"，误作"聊随物外游"，又误作"聊从物外游"；"且漫歌归去"，误作"水调歌归去"

清卞永誉《式古堂书画汇考》卷一〇著录《苏东坡书〈楚颂帖〉并〈菩萨蛮〉〈满庭芳〉词卷》，其中，《菩萨蛮》词文本云：

买田阳羡吾将老。从初只为溪山好。来往一虚舟。聊从造物游。 有书仍懒著。且漫歌归去。筋力不辞诗。要须风雨时。⑥

"从初只为溪山好"，傅幹《注坡词》卷七⑦、曾慥《东坡词》卷下⑧、汲古阁本《东坡词》⑨，均误作"从来只为溪山好"；元本《东坡乐府》卷上，作"从来不为溪山好"，"不"字下有校注："一作'只'"⑩；《彊村丛书》本《东坡乐府》卷二，误作"从来不为溪山好"，有校注曰："毛本，'不'作'只'。"⑪

"聊从造物游"，曾慥《东坡词》卷下⑫、汲古阁本《东坡词》⑬，均误作"聊随物外游"；元本《东坡乐府》卷上，作"聊从造物游"，"聊从造物"四字下有校注云："一作'聊从物外'"⑭；《彊村丛书》本《东坡乐府》卷二，作"聊从造物游"，有校注："毛本……'从造物'作'随物外'。"⑮

"且漫歌归去"，傅幹《注坡词》卷七⑯、曾慥《东坡词》卷下⑰、汲古阁本

---

① 傅幹注，刘尚荣校证《注坡词》，成都：巴蜀书社，1993年，186页。
② 吴讷编《百家词》，天津：天津市古籍书店，1992年，358页。
③ 王鹏运辑《四印斋所刻词》，上海：上海古籍出版社，1989年，37页。
④ 毛晋辑《宋六十名家词》，上海：上海古籍出版社，1989年，60页。
⑤ 朱祖谋辑校《彊村丛书》，扬州：广陵书社，2005年，258页。
⑥ 中国书画全书编纂委员会编《中国书画全书》（第6册），上海：上海书画出版社，1994年，277页。
⑦ 傅幹注，刘尚荣校证《注坡词》，成都：巴蜀书社，1993年，201－202页。
⑧ 吴讷编《百家词》，天津：天津市古籍书店，1992年，361页。
⑨ 毛晋辑《宋六十名家词》，上海：上海古籍出版社，1989年，49页。
⑩ 王鹏运辑《四印斋所刻词》，上海：上海古籍出版社，1989年，24页。
⑪ 朱祖谋辑校《彊村丛书》，扬州：广陵书社，2005年，240页。
⑫ 吴讷编《百家词》，天津：天津市古籍书店，1992年，361页。
⑬ 毛晋辑《宋六十名家词》，上海：上海古籍出版社，1989年，49页。
⑭ 王鹏运辑《四印斋所刻词》，上海：上海古籍出版社，1989年，24页。
⑮ 朱祖谋辑校《彊村丛书》，扬州：广陵书社，2005年，240页。
⑯ 傅幹注，刘尚荣校证《注坡词》，成都：巴蜀书社，1993年，201－202页。
⑰ 吴讷编《百家词》，天津：天津市古籍书店，1992年，361页。

《东坡词》①,均误作“水调歌归去”②;《彊村丛书》本《东坡乐府》卷二③,作“且漫歌归去”,有校注云:“毛本……‘且漫’作‘水调’。”④

12.《满庭芳》(归去来兮,清溪无底):“画楼东畔”,误作“画桥西畔”;“无何,何处是”,误作“无何,何处有”;“问何事人间”,误作“问人间何事”;“顾谓同来稚子”,误作“顾问同来稚子”

周必大《益公题跋》卷一二著录苏轼手书《满庭芳》词文本,作“画楼东畔,天远夕阳多”、“无何,何处是,银潢尽处,天女停梭”、“问何事人间,久戏风波”、“顾谓同来稚子,应烂汝、腰下长柯”。⑤

“画楼东畔”,毛晋汲古阁本《东坡词》,误作“画桥西畔”⑥;朱祖谋《彊村丛书》本《东坡乐府》卷二,作“画楼东畔”,有校注云:“毛本……‘楼’作‘桥’,‘东’作‘西’。”⑦

“无何,何处是”,元本《东坡乐府》卷上,误作“无何,何处有”⑧;《彊村丛书》本《东坡乐府》卷二,误作“无何,何处有”,有校注云:“毛本……‘何处有’作‘何处是’。”⑨

“问何事人间”,毛晋汲古阁本《东坡词》,误作“问人间何事”⑩;朱祖谋《彊村丛书》本《东坡乐府》卷二,作“问何事人间”,有校注云:“毛本……‘何事人间’作‘人间何事’。”⑪

“顾谓同来稚子”,汲古阁本《东坡词》,误作“顾问同来稚子”⑫;《彊村丛书》本《东坡乐府》卷二⑬,作“顾谓同来稚子”,有校注云:“毛本……‘谓’作‘问’。”

13.《西江月》(三过平山堂下):“三过平山堂下”,误作“三过平山堂上”;“未转头时是梦”,误作“未转头时皆梦”

中国国家图书馆·中国国家数字图书馆《古籍特藏》之《碑帖菁华》中石刻《西江月》词拓本云:

三过平山堂下,半生弹指声中。十年不见老仙翁。壁上龙蛇飞动。　欲

---

① 毛晋辑《宋六十名家词》,上海:上海古籍出版社,1989年,49页。
② 毛晋辑《宋六十名家词》,上海:上海古籍出版社,1989年,49页。
③ 朱祖谋辑校《彊村丛书》,扬州:广陵书社,2005年,240页。
④ 朱祖谋辑校《彊村丛书》,扬州:广陵书社,2005年,240页。
⑤ 周必大撰《益公题跋》上海:商务印书馆,1936年,138页。
⑥ 毛晋辑《宋六十名家词》,上海:上海古籍出版社,1989年,63页。
⑦ 朱祖谋辑校《彊村丛书》,扬州:广陵书社,2005年,239页。
⑧ 王鹏运辑《四印斋所刻词》,上海:上海古籍出版社,1989年,7-8页。
⑨ 朱祖谋辑校《彊村丛书》,扬州:广陵书社,2005年,239页。
⑩ 毛晋辑《宋六十名家词》,上海:上海古籍出版社,1989年,63页。
⑪ 朱祖谋辑校《彊村丛书》,扬州:广陵书社,2005年,239页。
⑫ 毛晋辑《宋六十名家词》,上海:上海古籍出版社,1989年,63页。
⑬ 朱祖谋辑校《彊村丛书》,扬州:广陵书社,2005年,239页。

吊文章太守，仍歌杨柳春风。休言万事□□□，未转头时是梦。

"三过平山堂下"，曾慥《东坡词》卷上，误作"三过平山堂上"①。

"未转头时是梦"，傅幹《注坡词》卷二②、曾慥《东坡词》卷上③、元本《东坡乐府》卷上④、汲古阁本《东坡词》⑤，均误作"未转头时皆梦"。

14.《行香子》（北望平川）："正酒酣时"，误作"正酒酣适"；"孤鸿落照"，误作"飞鸿落照"；"宴坐空山"，误作"晏坐空山"

"正酒酣时"，汲古阁本《东坡词》，误作"正酒酣适"⑥；《彊村丛书》本《东坡乐府》卷一，作"正酒酣时"，有校注云："毛本，'时'作'适'。"⑦

"孤鸿落照"，《增修笺注妙选群英草堂诗余》⑧、汲古阁本《东坡词》⑨、《彊村丛书》本《东坡乐府》卷一⑩，均误作"飞鸿落照"。

"宴坐空山"，汲古阁本《东坡词》，误作"晏坐空山"⑪。

15.《南乡子》（晚景落琼杯）："暮雨暗阳台"，误作"春雨暗阳台"；"乱洒歌楼湿粉腮"，误作"乱洒高楼湿粉腮"

中国国家图书馆·中国国家数字图书馆《古籍特藏》之《碑帖菁华》中《南乡子·春情》词石刻残留文本为：

晚景落琼杯。□□□□□□□。认得岷峨春雪□，□□。□□□□□渌醅。　暮雨□□□。□□歌楼湿粉腮。一□□□□□□，□回。落照江天一半□。

"暮雨暗阳台"，元本《东坡乐府》卷上⑫，误作"春雨暗阳台"；《彊村丛书》本《东坡乐府》卷一，误作"春雨暗阳台"，有校注云："毛本……'春'作'暮'。"⑬

"乱洒歌楼湿粉腮"，曾慥《东坡词》卷上⑭、汲古阁本《东坡词》⑮，均误作"乱洒高楼湿粉腮"；《彊村丛书》本《东坡乐府》卷一，作"乱洒歌楼湿粉腮"，

① 吴讷编《百家词》，天津：天津市古籍书店，1992年，341页。
② 傅幹注，刘尚荣校证《注坡词》，成都：巴蜀书社，1993年，65页。
③ 吴讷编《百家词》，天津：天津市古籍书店，1992年，341页。
④ 王鹏运辑《四印斋所刻词》，上海：上海古籍出版社，1989年，16页。
⑤ 毛晋辑《宋六十名家词》，上海：上海古籍出版社，1989年，52页。
⑥ 毛晋辑《宋六十名家词》，上海：上海古籍出版社，1989年，60页。
⑦ 朱祖谋辑校《彊村丛书》，扬州：广陵书社，2005年，237页。
⑧ 吴昌绶，陶湘辑《景刊宋金元明本词》，上海：上海古籍出版社，1989年，442页。
⑨ 毛晋辑《宋六十名家词》，上海：上海古籍出版社，1989年，60页。
⑩ 朱祖谋辑校《彊村丛书》，扬州：广陵书社，2005年，237页。
⑪ 毛晋辑《宋六十名家词》，上海：上海古籍出版社，1989年，60页。
⑫ 王鹏运辑《四印斋所刻词》，上海：上海古籍出版社，1989年，22页。
⑬ 朱祖谋辑校《彊村丛书》，扬州：广陵书社，2005年，215页。
⑭ 吴讷编《百家词》，天津：天津市古籍书店，1992年，345－346页。
⑮ 毛晋辑《宋六十名家词》，上海：上海古籍出版社，1989年，54页。

有校注云:“毛本……‘歌’作‘高’。”①

在此,有必要总结一下东坡词异文产生的原因,可归纳为有意窜改、形近致误、意同致误、音同致误四大原因。

其一,有意窜改。如,《念奴娇》(大江东去),“笑谈间、樯橹灰飞烟灭”句,“樯橹”误作“狂虏”,“人道是、三国周郎赤壁”句,“周郎”误作“孙吴”;“浪淘尽、千古风流人物”,“浪淘尽”误作“浪声沉”;“乱石穿空”,误作“乱石崩云”;“惊涛拍岸”,误作“惊涛掠岸”、“惊涛裂岸”;“多情应笑我,早生华发”,误作“多情应是,笑我生华发”;《卜算子》(缺月挂疏桐),“寂寞沙汀冷”,误作“枫落吴江冷”。

其二,因形近致误。如,《浣溪沙》(簌簌衣巾落枣花),“半依古柳卖黄瓜”句,“半依”误作“牛依”、“牛衣”;《浣溪沙》(覆块青青麦未苏),“雪床初下瓦跳珠”,“雪床”误作“雪林”,“跳珠”误作“疏珠”;《浣溪沙》(醉梦昏昏晓未苏),“门前轣辘使君车”,“轣辘”误作“辘辘”;《满庭芳》(三十三年,今谁存者),“扨扨,疏雨过风林”,“摐摐”误作“枞枞”;《醉蓬莱》(笑劳生一梦),“一江醇酒”,误作“一江醇酎”;《哨遍》(为米折腰),“因酒弃家”,误作“因酒弃官”;《南乡子》(晚景落琼杯),“暮雨暗阳台”,误作“春雨暗阳台”。

其三,意同致误。如,《水调歌头》(明月几时有),“但得人长久”句,“但得”误作“但愿”;《卜算子》(缺月挂疏桐),“寂寞沙汀冷”,误作“寂寞沙洲冷”;《念奴娇》(大江东去),“人生如梦”,误作“人生如寄”、“人间如梦”;《行香子》(北望平川),“孤鸿落照”,误作“飞鸿落照”;《浣溪沙》(山下兰芽短浸溪),“谁道人生难再少”,误作“谁道人生无再少”;“君看流水尚能西”,误作“门前流水尚能西”;《浣溪沙》(覆块青青麦未苏),“归时冰颗乱黏须”,误作“归来冰颗乱黏须”;《浣溪沙》(醉梦昏昏晓未苏),“醉梦昏昏晓未苏”,误作“醉梦醺醺晓未苏”;《浣溪沙》(万顷风潮不记苏):“万顷风潮不记苏”,误作“万顷风涛不记苏”;《醉蓬莱》(笑劳生一梦),“仍把紫菊红萸”误作“仍把紫菊茱萸”;《满庭芳》(归去来兮,吾归何处),“鸡豚社饮”,误作“鸡豚社酒”;《哨遍》(为米折腰),“富贵非吾愿”,误作“富贵非吾志”;《菩萨蛮》(买田阳羡吾将老),“从初只为溪山好”,误作“从来只为溪山好”,“聊从造物游”,误作“聊随物外游”、“聊从物外游”;《满庭芳》(归去来兮,清溪无底),“无何,何处是”,误作“无何,何处有”,“问何事人间”,误作“问人间何事”,“顾谓同来稚子”,误作“顾问同来稚子”;《西江月》(三过平山堂下),“未转头时是梦”,误作“未转头时皆梦”。

其四,音同致误。如,《满江红》(忧喜相寻),“文君婿知否”句,“文君婿”误作“文君细”;《念奴娇》(大江东去)词,“笑谈间、樯橹灰飞烟灭”,“樯橹”误

---

① 朱祖谋辑校《彊村丛书》,扬州:广陵书社,2005年,215页。

作“强虏”;《满庭芳》(归去来兮,清溪无底),“归马注平坡”,误作“归马驻平坡”;《行香子》(北望平川),“淡娟娟”,误作“淡涓涓”,“宴坐空山”,误作“晏坐空山”;《满庭芳》(归去来兮,吾归何处),“坐见黄州再闰”,误作“坐见黄州载闰”。

四、考订编年

东坡词单篇文本考订编年的文献价值,体现在《南歌子》(山雨潇潇过)、《八声甘州》(有情风、万里卷潮来)、《定风波》(月满苕溪照夜堂)等词上。

(一)《南歌子》(山雨潇潇过):元丰二年(1079)五月十三日

《苏轼诗集》卷一八《送刘寺丞赴余姚》诗,施注云:

刘寺丞,名撝,字行甫,长兴人,弟谊,字宜翁,皆举进士。熙宁壬子岁,行甫为杭州进士考官东坡□□,自是兄弟皆从公游……后七载,公守湖州,行甫自长兴道郡城,赴余姚,公既赋此诗,又即席作《南柯子》词,首句云“山雨潇潇过”者是也。后题“元丰二年五月十三日吴兴钱氏园作”……真迹,宿皆刻石余姚县治。①

由此可知,《南歌子》元丰二年(1079)五月十三日作于湖州钱氏园。

(二)《八声甘州》(有情风、万里卷潮来):元祐六年(1091)三月六日

胡仔《苕溪渔隐丛话》后集卷三九云:

东坡《别参寥长短句》云:‘有情风,万里卷潮来……西州路,不应回首,为我沾衣。’……然其词石刻后,东坡自题云:‘元祐六年三月六日。’余以《东坡先生年谱》考之,元祐四年知杭州,六年召为翰林学士承旨,则长短句盖此时作也。②

由此可知,《八声甘州》词,作于元祐六年(1091)三月六日,苏轼离任杭州知州奉诏入京任翰林学士兼承旨之际。

(三)《定风波》(月满苕溪照夜堂):元祐六年(1091)

傅幹《注坡词》卷四载苏轼《定风波》自序云:

余昔与张子野、刘孝叔、李公择、陈令举、杨元素会于吴兴。时子野作六客词,其卒章:“见说贤人聚吴分。试问。也应旁有老人星。”凡十五年,再过吴兴,而五人者皆已亡矣。时张仲谋与曹子方、刘景文、苏伯固、张秉道为坐客,仲谋请作后六客词。③

前六客之会在熙宁七年(1074),朱祖谋据“凡十五年”编元祐四年(1089),误。词序云“五人者皆已亡矣”,而李常卒于元祐五年二月,陆游《老学庵笔记》卷四载:“李公择、孙莘老平时至相亲厚,皆终于御史中丞。元祐五

① 苏轼著,王文诰辑注《苏轼诗集》,北京:中华书局,1982年,952页。
② 胡仔纂集《苕溪渔隐丛话》(后集),北京:人民文学出版社,1962年,323页。
③ 傅幹注,刘尚荣校证《注坡词》,成都:巴蜀书社,1993年,107页。

年二月二日，公择卒，三日，莘老卒，先后才一日。"①嘉泰《吴兴志》卷一八载："东坡《六客词》，在墨妙亭，元祐六年撰。"②按照著录规则，"撰"，是指作词时间（"书"，指书词时间）。由此可知，此词作于元祐六年（1091），无疑，时苏轼离任杭州知州奉诏入京途经湖州。词序中"凡十五年"，是约举成数。

苏黄米蔡，四大名家。苏轼墨迹，在北宋中后期已价值不菲。如，苏轼《书黄泥坂词后》中云："明日得王晋卿书，云：'吾日夕购子书不厌，近又以三缣博两纸。子有近书，当稍以遗我，毋多费我绢也。'"③再如，何薳《春渚纪闻》卷六载："先生翰墨之妙，既经崇宁、大观焚毁之余，人间所藏，盖一二也。至宣和间，内府复加搜访，一纸定直万钱，而梁师成以三百千取吾族人《英州石桥铭》，谭稹以五万钱辍沈元弼'月林堂'榜名三字。"④对于文物收藏界来说，注重的是东坡墨迹的经济价值，如著名的《功甫帖》拍出了五千多万的价格。对于我们词学研究来说，东坡词墨迹及其石刻、木刻拓本的文献价值显得更为重要。在东坡词单篇文本的辑佚补阙、辨别真伪、校勘异文、考订编年四大文献价值之中，最值得关注、最亟须挖掘的是校勘异文的文献价值。清叶昌炽《语石》卷一〇云："校书如几尘落叶，愈扫愈纷。"⑤是以故，治东坡词，校勘异文，不可不慎重，不可不细致。清顾广圻提出，校勘古书当"唯无自欺，亦无书欺，存其真面，以传来兹"，是为校书之垂范，亦为校词之准则。

---

① 陆游撰《老学庵笔记》，北京：中华书局，1979年，42页。
② 谈钥纂嘉泰《吴兴志》，《宋元方志丛刊》本，北京：中华书局，1990年，4838页。
③ 苏轼著，茅维编《苏轼文集》，北京：中华书局，1986年，2138页。
④ 何薳撰《春渚纪闻》，北京：中华书局，1983年，96页。
⑤ 叶昌炽撰，韩锐校注《语石校注》，北京：今日中国出版社，1995年，881页。

第二章　苏词别集专题：词籍编校进程中的东坡词传播与接受

东坡词别集，种类与版本众多。流传至今、通行易见的东坡词别集，有南宋傅幹《注坡词》、曾慥《东坡词》《东坡词拾遗》、元延祐云间本《东坡乐府》、明毛晋《汲古阁》本《东坡词》、清朱祖谋《彊村丛书》本《东坡乐府》五种。本章，以五大东坡词别集之间的差异与内在联系以及东坡词别集系统自身发展演进的总体趋势为主线，将东坡词的传播与接受情况放到词籍编校的进程中来考察和探讨。

第一节　存词数量的差异与联系

——历代东坡词别集渐臻完备

傅幹《注坡词》（今传本残缺）十二卷，存词（非仅东坡词，有误入之词）67 调 272 首；曾慥《东坡词》（明吴讷《百家词》钞本，后文同）上、下卷存词 269 首，《东坡词拾遗》（吴讷《百家词》钞本，后文同）存词 41 首，与《东坡词》上、下卷重出 8 首，是以故，曾慥《东坡词》《东坡词拾遗》存词合计 302 首；元本《东坡乐府》卷上存词 41 调 115 首，卷下存词 27 调 166 首，合计 68 调共有 281 首；汲古阁本《东坡词》，存词 72 调 328 首；《彊村丛书》本《东坡乐府》，卷一存词 106 首，卷二存词 98 首，卷三存词 136 首，合计共有 340 首。《全宋词》本《东坡词》，存词 351 首（不含存目词、断句），以此为参照系，可见，从存词数量上看，东坡词别集的发展演进，虽经历曲折（增删），但总体趋势是不断增补、臻于完备。

五大东坡词别集之间的内在联系，通过两两比较可以梳理清楚。概言之，元本《东坡乐府》，与傅幹《注坡词》的联系较为紧密，而与曾慥《东坡词》《东坡词拾遗》的联系较为疏远；汲古阁本《东坡词》，与曾慥《东坡词》《东坡词拾遗》的联系较为紧密，而与傅幹《注坡词》、元本《东坡乐府》的联系较为疏远；《彊村丛书》本《东坡乐府》,与元本《东坡乐府》、汲古阁本《东坡词》的联系较为密切,而与傅幹《注坡词》的联系较为疏远。

一、曾慥《东坡词》《拾遗》与傅幹《注坡词》的比较

《注坡词》,南宋仙溪傅幹撰,有傅共(洪甫)序,绍兴初年(1131—1162)已刊行。陈振孙《直斋书录解题》卷二一歌词类著录:"《注坡词》,(十)二卷,仙溪傅幹撰。"①洪迈《容斋随笔·续笔》卷一五载:"绍兴初,又有傅洪秀才《注坡词》,镂版钱塘。"②宝祐《仙溪志》卷二载,傅共,傅权子,南宋绍兴二年(1132)张九成榜特奏名③;傅权,北宋元祐六年(1091)冯涓榜④。曾慥《东坡词》《东坡词拾遗》,与傅幹《注坡词》相比,少2首,多32首,一进一出,相差30首。

曾慥《东坡词》上卷收词114首,下卷收词155首,合计269首,比傅幹《注坡词》(收词272首)少了《虞美人》(波声拍枕长淮晓)、《浣溪沙》(入袂轻风不破尘)、《天仙子》(走马探花花发未)三首。其中,《浣溪沙》(入袂轻风不破尘),见《东坡词拾遗》⑤。是以故,曾慥《东坡词》《东坡词拾遗》比傅幹《注坡词》少2首词。

曾慥《东坡词拾遗》收词41首,与《东坡词》上、下卷重出者有《浣溪沙》(芍药樱桃两斗新)、《阮郎归》(暗香浮动月黄昏)、《阳关曲》(暮云收尽溢清寒)、《阳关曲》(受降城下紫髯郎)、《阳关曲》(济南春好雪初晴)、《少年游》(银塘朱槛麴尘波)、《木兰花令》(知君仙骨无寒暑)、《西江月》(旧誉蔼闻京口)八首。其中,《少年游》(银塘朱槛麴尘波),调名误作《画堂春》⑥;《西江月》(旧誉蔼闻京口),即《东坡词》上卷之《西江月》(昨夜扁舟京口)。

曾慥《东坡词》上卷之《西江月》词云:

送 别

昨日扁舟京口,今朝马首长安。旧官何物与新官。只有湖山公案。 此景百年几变,个中下语千难。使君才气卷波澜。与把新诗判断。⑦

曾慥《东坡词拾遗》之《西江月》词云:

苏州遇交代林子中,席上作。

旧誉蔼闻京口,先声已过长安。旧官何物与新官。只有湖山公案。 此

---

① 陈振孙著《直斋书录解题》,上海:上海古籍出版社,1987年,632页。

② 洪迈撰《容斋随笔》,北京:中华书局,2005年,402页。

③ 赵与泌修,黄岩孙纂宝祐《仙溪志》,《宋元方志丛刊》本,北京:中华书局,1990年,8293页。

④ 赵与泌修,黄岩孙纂宝祐《仙溪志》,《宋元方志丛刊》本,北京:中华书局,1990年,8291页。

⑤ 吴讷编《百家词》,天津:天津市古籍书店,1992年,376页。

⑥ 吴讷编《百家词》,天津:天津市古籍书店,1992年,378页。

⑦ 吴讷编《百家词》,天津:天津市古籍书店,1992年,341页。

景常年不变，个中下语千难。钱塘门外涌涛澜。与把新诗判断。①

两者存在较大差异的是起首“昨日扁舟京口，今朝马首长安”与“旧誉蔼闻京口，先声已过长安”两句。苏轼《答杭州交代林待制启二首》其一云：“伏审知府钤辖待制，新易节旄，光临督府，旧政已孚于千里，先声坐振于七州。”②可见，“旧誉蔼闻京口”，系“昨夜扁舟京口”与“旧政已孚于千里”拼凑而成；“先声已过长安”，系“今朝马首长安”与“先声坐振于七州”拼凑而成。因此，《西江月》（旧誉蔼闻京口），是由《西江月》（昨夜扁舟京）词改写而成，不应另作一首。

曾慥《东坡词拾遗》中的《临江仙》（谁道东阳都瘦损）、《渔家傲》（些小白须何用染）、《南乡子》（未倦长卿游）、《南乡子》（绣鞅玉镮游）、《南歌子》（见说东园好）、《江城子》（银涛无际卷蓬瀛）、《江城子》（前瞻马耳九仙山）、《江城子》（黑云拖雨过西楼）、《江城子》（南来飞燕北归鸿）、《蝶恋花》（别酒劝君君一醉）、《蝶恋花》（泛泛东风初破五）、《菩萨蛮》（娟娟侵鬓妆痕浅）、《菩萨蛮》（涂香莫惜莲承步）、《菩萨蛮》（玉环坠耳黄金饰）、《虞美人》（持杯遥劝天边月）、《点绛唇》（闲倚胡床）、《点绛唇》（红杏飘香）、《如梦令》（城上层楼叠巘）、《减字木兰花》（神闲意定）、《减字木兰花》（银筝旋品）、《减字木兰花》（柔和性气）、《减字木兰花》（莺初解语）、《减字木兰花》（江南游女）、《减字木兰花》（娇多媚煞）、《减字木兰花》（双鬟绿坠）、《减字木兰花》（天真雅态）、《浣溪沙》（几共查梨到雪霜）、《浣溪沙》（山色横侵蘸晕霞）、《沁园春》（小阁深沉）、《少年游》（玉肌铅粉傲秋霜）、《瑞鹧鸪》（城头月落尚乌啼）、《一斛珠》（落成春晚）三十二首词，为傅幹《注坡词》中所无。

曾慥《东坡词拾遗》的来源是北宋末张康国（1056—1109）编的《东坡词》（已佚）以及蜀本《东坡词》，其《东坡词拾遗跋》中云：“东坡先生长短句既镂板，复得张宾老所编，并载于蜀本者悉收之。”③

二、元延祐本《东坡乐府》与南宋两东坡词别集的比较

元延祐七年（1320）云间南阜草堂刊本《东坡乐府》，有叶曾序。相比之下，元本《东坡乐府》，与傅幹《注坡词》的联系性较大，而与曾慥《东坡词》《东坡词拾遗》的差异性较大。

（一）元本《东坡乐府》与傅幹《注坡词》的联系

元本《东坡乐府》存词281首，与傅幹《注坡词》（收词272首）相比，多了《满庭芳》（归去来兮，清溪无底）、《南乡子》（千骑试春游）、《行香子》（北望平川）、《减字木兰花》（空床响琢）、《减字木兰花》（回风落景）、《减字木兰花》

---

① 吴讷编《百家词》，天津：天津市古籍书店，1992年，378页。
② 苏轼著，茅维编《苏轼文集》，北京：中华书局，1986年，1361页。
③ 吴讷编《百家词》，天津：天津市古籍书店，1992年，381页。

(海南奇宝)、《浣溪沙》(缥缈红妆照浅溪)、《浣溪沙》(羡阳姑苏已买田)、《画堂春》(柳花飞处麦摇波)九首词。

元本《东坡乐府》、傅幹《注坡词》中,以"九十日春都过了"为起句的《临江仙》词,并非同一首。傅幹《注坡词》卷三《临江仙》词云:

熙宁九年四月一日,同成伯公谨赏藏春馆残花,密州邵家园也。

九十日春都过了,贪忙何处追游。三分春色一分愁。雨翻榆荚阵,风转柳花毬。　　阆苑先生须自责,蟠桃动是千秋。不知人世苦厌求。东皇不拘束,肯为使君留。

公在惠州,改前词云:"我与使君皆白首,休夸年少风流。佳人斜倚合江楼。水光都眼净,山色总眉愁。"①

由此可见,两首《临江仙》(九十日春都过了)词,上阕相同,下阕不同,一首作于密州,另一首作于惠州。元本《东坡乐府》卷上的《临江仙》(九十日春都过了),是惠州之作,而非密州之作,下阕为"我与使君皆白首,休夸年少风流。佳人斜倚合江楼。水光都眼净,山色总眉愁。"②

是以故,元本《东坡乐府》涵盖了傅幹《注坡词》中除《临江仙》(九十日春都过了)密州词之外的271首词;同时,又增补了《临江仙》(九十日春都过了)惠州词等10首词。

(二) 元本《东坡乐府》与曾慥《东坡词》《东坡词拾遗》的差异

元本《东坡乐府》,与曾慥《东坡词》上、下卷(存词269首)相比,其中的《满庭芳》(归去来兮,清溪无底)、《南乡子》(千骑试春游)、《行香子》(北望平川)、《虞美人》(波声拍枕长淮晓)、《减字木兰花》(空床响琢)、《减字木兰花》(回风落景)、《减字木兰花》(海南奇宝)、《天仙子》(走马探花花发未)、《画堂春》(柳花飞处麦摇波)、《浣溪沙》(入袂轻风不破尘)、《浣溪沙》(缥缈红妆照浅溪)、《浣溪沙》(羡阳姑苏已买田)十二首词,是曾慥《东坡词》中所没有的。其中,《浣溪沙》(入袂轻风不破尘)词,见于《东坡词拾遗》③。因此,元本《东坡乐府》比曾慥《东坡词》《东坡词拾遗》多出11首词。

前文所述曾慥《东坡词拾遗》比傅幹《注坡词》多出的32首词,同样是元本《东坡乐府》中所没有的。可见,元本《东坡乐府》对曾慥《东坡词拾遗》没有采录,《浣溪沙》(入袂轻风不破尘)之所以互见于元本《东坡乐府》与曾慥《东坡词拾遗》,是傅幹《注坡词》中有此词。

此外,曾慥《东坡词》中收录《临江仙》(九十日春都过了)密州词,而元本《东坡乐府》收录《临江仙》(九十日春都过了)惠州词,亦有所不同。

是以故,元本《东坡乐府》与曾慥《东坡词》《东坡词拾遗》(去其重复,以存

---

① 傅幹注,刘尚荣校证《注坡词》,成都:巴蜀书社,1993年,83-84页。

② 王鹏运辑《四印斋所刻词》,上海:上海古籍出版社,1989年,19页。

③ 吴讷编《百家词》,天津:天津市古籍书店,1992年,376页。

词302首计）相比，多了《临江仙》（九十日春都过了）惠州词等12首词外，少了《临江仙》（九十日春都过了）密州词等33首词。

三、毛晋汲古阁本《东坡词》与宋元东坡词别集的比较

明末常熟人毛晋编汲古阁本《东坡词》，刊于崇祯三年（1630）。相比之下，汲古阁本《东坡词》，与曾慥《东坡词》《东坡词拾遗》的联系较为紧密，而与傅幹《注坡词》、元本《东坡乐府》的联系较为疏远。

（一）汲古阁本《东坡词》与傅幹《注坡词》的比较

汲古阁本《东坡词》存词328首，与傅幹《注坡词》（收词272首）相比，少了《点绛唇》（醉漾轻舟）、《点绛唇》（月转乌啼）、《醉落魄》（醉醒醒醉）、《浣溪沙》（风压轻云贴水飞）、《鹧鸪天》（西塞山前白鹭飞）、《天仙子》（走马探花花发未）六词。

汲古阁本《东坡词》中的《临江仙》（谁道东阳都瘦损）、《渔家傲》（些小白须何用染）、《南乡子》（未倦长卿游）、《南乡子》（绣鞅玉镮游）、《南歌子》（见说东园好）、《江城子》（银涛无际卷蓬瀛）、《江城子》（前瞻马耳九仙山）、《江城子》（黑云拖雨过西楼）、《蝶恋花》（别酒劝君君一醉）、《蝶恋花》（泛泛东风初破五）、《菩萨蛮》（娟娟侵鬓妆痕浅）、《菩萨蛮》（涂香莫惜莲承步）、《菩萨蛮》（玉环坠耳黄金饰）、《虞美人》（持杯遥劝天边月）、《点绛唇》（闲倚胡床）、《点绛唇》（红杏飘香）、《如梦令》（城上层楼叠巘）、《减字木兰花》（神闲意定）、《减字木兰花》（银筝旋品）、《减字木兰花》（柔和性气）、《减字木兰花》（莺初解语）、《减字木兰花》（江南游女）、《减字木兰花》（娇多媚煞）、《减字木兰花》（双鬟绿坠）、《减字木兰花》（天真雅态）、《浣溪沙》（几共查梨到雪霜）、《浣溪沙》（山色横侵蘸晕霞）、《少年游》（玉肌铅粉傲秋霜）、《瑞鹧鸪》（城头月落尚乌啼）、《一斛珠》（落成春晚）、《行香子》（北望平川）、《水龙吟》（小沟东接长江）、《水龙吟》（露寒烟冷蒹葭）、《满庭芳》（归去来兮，清溪无底）、《念奴娇》（凭高眺远）、《临江仙》（昨夜渡江何处宿）、《渔家傲》（临水纵横回晚鞚）、《好事近》（烟外倚危楼）、《南歌子》（云鬓裁新绿）、《江城子》（腻红匀脸衬檀唇）、《蝶恋花》（春事阑珊芳草歇）、《蝶恋花》（记得画屏初会遇）、《蝶恋花》（昨夜秋风来万里）、《蝶恋花》（玉枕冰寒消暑气）、《蝶恋花》（雨霰疏疏经泼火）、《蝶恋花》（蝶懒莺慵春过半）、《永遇乐》（天末山横）、《虞美人》（落花已作风前舞）、《虞美人》（冰肌自是生来瘦）、《虞美人》（深深庭院清明过）、《浣溪沙》（花满银塘水漫流）、《浣溪沙》（晚菊花前敛翠蛾）、《雨中花慢》（邃院重帘何处）、《雨中花慢》（嫩脸修蛾）、《木兰花令》（元宵似是欢游好）、《木兰花令》（经旬未识东君信）、《木兰花令》（高平四面开雄垒）、《占春芳》（红杏了）、《瑶池燕》（飞花成阵）、《浪淘沙》（昨日出东城）、《祝英台近》（挂轻帆）、《意难忘》（花拥鸳房）六十二词，是傅幹《注坡词》中没有的。

其中，前30首词见于曾慥《东坡词拾遗》（增补曾慥《东坡词》33首），可

见，汲古阁本《东坡词》对曾慥《东坡词拾遗》（增补傅幹《注坡词》32首词）中的绝大部分词作了采录。后32首词中，《行香子》（北望平川），见于元本《东坡乐府》，其余的31首词，是曾慥《东坡词》《东坡词拾遗》和元本《东坡乐府》中都没有的。因此，毛晋编汲古阁本《东坡词》，还有其他的来源。

毛晋《东坡词校记》云："东坡诗文不啻千亿刻，独长短句罕见。近有金陵本子，人争喜其详备。"①刘尚荣《苏轼词集版本综述》云："所谓金陵本子即指焦本，为毛晋重编东坡词之底本。此外，他还大约使用了附有拾遗卷的元延祐本及当时流传的茅本等参校，故收词独多……前人多以此为毛晋补辑之功，实际上是他从茅本、焦本承袭转录的，他本人的贡献甚少。"②可见，曾慥《东坡词》《东坡词拾遗》是汲古阁本《东坡词》的底本，元本《东坡乐府》、明茅维《苏东坡全集》本《东坡词》和焦竑《苏长公二妙集》本《东坡诗余》是其参校本。也就是说，茅维《苏东坡全集》本《东坡词》和焦竑《苏长公二妙集》本《东坡诗余》，是汲古阁本《东坡词》的两大重要来源。

刘尚荣《苏轼词集版本综述》云，茅维《苏东坡全集》本《东坡词》，"凡七十三调，三百十六首，按调编次……万历原刊本卷末附载曾慥跋语……是据曾本重编增订而成"③。据刘尚荣《苏轼词集版本综述》，茅维《苏东坡全集》本《东坡词》中的《满庭芳》（归去来兮，清溪无底）、《念奴娇》（凭高眺远）、《南歌子》（云鬓裁新绿）、《蝶恋花》（春事阑珊芳草歇）、《行香子》（北望平川）、《虞美人》（冰肌自是生来瘦）、《虞美人》（深深庭院清明过）、《祝英台近》（挂轻帆）、《浣溪沙》（花满银塘水漫流）、《浣溪沙》（入袂轻风不破尘）、《浣溪沙》（几共查梨到雪霜）、《浣溪沙》（山色横侵蘸晕霞）、《瑶池燕》（飞花成阵）、《浪淘沙》（昨日出东城）、《占春芳》（红杏了）、《浣溪沙》（玉碗冰寒滴露华）、《虞美人》（落花已作风前舞）十七首，是曾慥《东坡词》中没有的。④ 其中，《浣溪沙》（入袂轻风不破尘），见于傅幹《注坡词》、曾慥《东坡词拾遗》、元本《东坡乐府》；《行香子》（北望平川），见于元本《东坡乐府》；《浣溪沙》（几共查梨到雪霜）、《浣溪沙》（山色横侵蘸晕霞）二首，见于曾慥《东坡词拾遗》；《浣溪沙》（玉碗冰寒滴露华），是晏殊词，毛晋未予以采录。其余的12首，均是汲古阁本《东坡词》据茅维《苏东坡全集》本《东坡词》增补之词。

刘尚荣《苏轼词集版本综述》云，焦竑《苏长公二妙集》本《东坡诗余》，"采自茅维《苏东坡全集》本《东坡词》，二者内容编次基本相同"⑤。据刘尚荣《苏轼词集版本综述》，焦竑《苏长公二妙集》本《东坡诗余》中的《水龙吟》（小沟

---

① 毛晋辑《宋六十名家词》，上海：上海古籍出版社，1989年，67页。
② 傅幹注，刘尚荣校证《注坡词》，成都：巴蜀书社，1993年，408－409页。
③ 傅幹注，刘尚荣校证《注坡词》，成都：巴蜀书社，1993年，406页。
④ 傅幹注，刘尚荣校证《注坡词》，成都：巴蜀书社，1993年，406－407页。
⑤ 傅幹注，刘尚荣校证《注坡词》，成都：巴蜀书社，1993年，407页。

东接长江)、《水龙吟》(露寒烟冷蒹葭)、《满庭芳》(三十三年，漂流江海)、《满庭芳》(北苑龙团)、《雨中花慢》(邃院重帘何处)、《雨中花慢》(嫩脸修蛾)、《木兰花令》(元宵似是欢游好)、《木兰花令》(经旬未识东君信)、《木兰花令》(高平四面开雄垒)、《临江仙》(昨夜渡江何处宿)、《渔家傲》(临水纵横回晚鞚)、《好事近》(烟外倚危楼)、《江城子》(腻红匀脸衬檀唇)、《蝶恋花》(记得画屏初会遇)、《蝶恋花》(昨夜秋风来万里)、《蝶恋花》(帘幕风轻双语燕)、《蝶恋花》(梨叶初红蝉韵歇)、《蝶恋花》(玉枕冰寒消暑气)、《蝶恋花》(雨霰疏疏经泼火)、《蝶恋花》(蝶懒莺慵春过半)二十首词是茅维《苏东坡全集》本《东坡词》中所没有的。① 其中，《满庭芳》(三十三年，漂流江海)，傅幹《注坡词》、曾慥《东坡词》、元本《东坡词乐府》中有；《满庭芳》(北苑龙团)是黄庭坚词，《蝶恋花》(帘幕风轻双语燕)是晏殊、欧阳修的互见词，《蝶恋花》(梨叶初红蝉韵歇)，是欧阳修词，汲古阁本《东坡词》均未予以采录；其余的16首词，为汲古阁本《东坡词》据焦竑《苏长公二妙集》本《东坡诗余》增补之词。

由此可见，汲古阁本《东坡词》据茅维《苏东坡全集》本《东坡词》和焦竑《苏长公二妙集》本《东坡诗余》增补之词有28首。

汲古阁本《东坡词》中的《永遇乐》(天末山横)、《虞美人》(落花已作风前舞)、《浣溪沙》(晚菊花前敛翠蛾)、《意难忘》(花拥鸳房)三词，有其他来源。

《永遇乐》(天末山横)，汲古阁本《东坡词》题为"眺望"，题下有校注曰："时刻不载。"②此词，又见汲古阁本《石林词》，题为"蔡州移守颍昌，与客会别临芳观席上"，题下有校注云："或刻苏子瞻"③；又见明钱允治《类选笺释续选草堂诗余》卷下，题为"眺望"，署"苏东坡"④；又见明沈际飞《草堂诗余续集》卷下，题为"眺望"，亦作苏轼词⑤。可见，毛晋据钱允治《类选笺释续选草堂诗余》、沈际飞《草堂诗余续集》辑补本词。

《浣溪沙》(晚菊花前敛翠蛾)，汲古阁本《东坡词》题为"重阳"，题下有校注曰："旧刻逸"⑥；其前《浣溪沙》调下有校注曰："旧逸'晚菊花前敛翠蛾'一首，今增入。"⑦《全宋词》中，朱敦儒《浣溪沙》(晚菊花前敛翠蛾)后按语云："此首别误作苏轼词，见《草堂诗余续集》卷上"⑧。可见，毛晋据沈际飞《草堂诗余续集》辑补本词。

《意难忘》(花拥鸳房)，汲古阁本《东坡词》题为"妓馆"，题下有校注曰：

---

① 傅幹注，刘尚荣校证《注坡词》，成都：巴蜀书社，1993年，407页。
② 毛晋辑《宋六十名家词》，上海：上海古籍出版社，1989年，66页。
③ 毛晋辑《宋六十名家词》，上海：上海古籍出版社，1989年，215页。
④ 钱允治笺释《类选笺释续选草堂诗余》卷上，明刊本，叶三十。
⑤ 参见邹同庆，王宗堂校注《苏轼词编年校注》，北京：中华书局，2002年，939－940页。
⑥ 毛晋辑《宋六十名家词》，上海：上海古籍出版社，1989年，47页。
⑦ 毛晋辑《宋六十名家词》，上海：上海古籍出版社，1989年，45页。
⑧ 唐圭璋编纂，王仲闻参订，孔凡礼补辑《全宋词》，北京：中华书局，1999年，1119页。

"元刻不载。"①毛晋《书舟词校记》云："正伯与子瞻，中表兄弟也，故集中多混苏作，如《意难忘》《一剪梅》之类，今悉删正。"②此词，又见明钱允治《类选笺释续选草堂诗余》卷下，题为"妓馆"，署"苏东坡"③；又见明沈际飞《草堂诗余续集》卷下，亦作苏轼词④；又见明潘游龙《古今诗余醉》卷一二，题为"妓馆"，署"苏东坡"⑤。可见，毛晋据钱允治《类选笺释续选草堂诗余》、沈际飞《草堂诗余续集》、潘游龙《古今诗余醉》辑补本词。

（二）汲古阁本《东坡词》与曾慥《东坡词》《东坡词拾遗》的比较

汲古阁本《东坡词》，与曾慥《东坡词》《东坡词拾遗》（存词合计302首）相比，曾慥《东坡词》中的《点绛唇》（醉漾轻舟）、《点绛唇》（月转乌啼）、《醉落魄》（醉醒醒醉）、《浣溪沙》（风压轻云贴水飞）、《鹧鸪天》（西塞山前白鹭飞）五首，以及《东坡词拾遗》中的《江城子》（南来飞燕北归鸿）、《沁园春》（小阁深沉）二首，是汲古阁本《东坡词》中没有的。

汲古阁本《东坡词》据茅维《苏东坡全集》本《东坡词》补辑的12首词，据焦竑《苏长公二妙集》本《东坡诗余》补辑的16首词，据沈际飞《草堂诗余续集》、钱允治《类选笺释续选草堂诗余》、潘游龙《古今诗余醉》补辑的3首词，以及《行香子》（北望平川）、《虞美人》（波声拍枕长淮晓）二首，合计33首词，是曾慥《东坡词》《东坡词拾遗》中所没有的。

（三）汲古阁本《东坡词》与元本《东坡乐府》的比较

汲古阁本《东坡词》，与元本《东坡乐府》（存词281首）相比，元本《东坡乐府》中的《南乡子》（千骑试春游）、《点绛唇》（醉漾轻舟）、《点绛唇》（月转乌啼）、《醉落魄》（醉醒醒醉）、《减字木兰花》（空床响琢）、《减字木兰花》（回风落景）、《减字木兰花》（海南奇宝）、《浣溪沙》（风压轻云贴水飞）、《浣溪沙》（缥缈红妆照浅溪）、《浣溪沙》（羡阳姑苏已买田）、《鹧鸪天》（西塞山前白鹭飞）、《天仙子》（走马探花花发未）、《画堂春》（柳花飞处麦摇波）十三首词，是汲古阁本《东坡词》中没有的。

前文所述汲古阁本《东坡词》比傅幹《注坡词》多出的62首词中，除了《满庭芳》（归去来兮，清溪无底）、《行香子》（北望平川）二词之外的其余60首词，都是元本《东坡乐府》中没有的。汲古阁本《东坡词》收录作于密州的《临江仙》（九十日春都过了）词，而元本《东坡乐府》收录作于惠州的《临江仙》（九十日春都过了）词，有所不同。

---

① 毛晋辑《宋六十名家词》，上海：上海古籍出版社，1989年，62页。
② 毛晋辑《宋六十名家词》，上海：上海古籍出版社，1989年，62页。
③ 钱允治笺释《类选笺释续选草堂诗余》卷上，明刊本，叶二十一。
④ 参见邹同庆，王宗堂校注《苏轼词编年校注》，北京：中华书局，2002年，941页。
⑤ 潘游龙辑《精选古今诗余醉》，沈阳：辽宁教育出版社，2003年，375页。

四、《彊村丛书》本《东坡乐府》与元本、毛本的比较

朱祖谋编校《彊村丛书》本《东坡乐府》，并未参阅傅幹《注坡词》，而是编成后才见到此书，其《东坡乐府跋》云："曩纂次《东坡乐府》编年本，以急于观成，漏误滋甚。今年春，徐君积余以旧钞傅幹《注坡词》残本见示……事实佚闻，胥足为考订东坡词之一助。"①《彊村丛书》本《东坡乐府》，系将清王鹏运《四印斋所刻词》翻印元本《东坡乐府》与汲古阁本《东坡词》对校，《彊村丛书》本《东坡乐府·凡例》中云："东坡词，今行世者，只毛氏汲古阁、王氏四印斋二本。毛跋谓得金陵刊本，未详所自，王刻从元延祐云间本出，较为近古……今以元刻为主，毛本异文著于词后，元刻之确为讹阙者，则依毛本正之。"②

(一)《彊村丛书》本《东坡乐府》与元本《东坡乐府》的比较

《彊村丛书》本《东坡乐府》存词340首，与元本《东坡乐府》(存词281首)相比，元本《东坡乐府》中的《点绛唇》(醉漾轻舟)、《点绛唇》(月转乌啼)、《醉落魄》(醉醒醒醉)、《浣溪沙》(风压轻云贴水飞)、《鹧鸪天》(西塞山前白鹭飞)五首词，是《彊村丛书》本《东坡乐府》中没有的；《彊村丛书》本《东坡乐府》将元本《东坡乐府》中《水调歌头》词五首之一的苏辙《水调歌头》(离别一何久)词附在苏轼《水调歌头》(安石在东海)之后。因此，《彊村丛书》本《东坡乐府》比元本《东坡乐府》少6首。

《彊村丛书》本《东坡乐府》中的《醉翁操》(琅然)以及《渔父》(渔父饮、渔父醉、渔父醒、渔父笑)四首，是元本《东坡乐府》中没有的。《醉翁操》(琅然)来源于朱彝尊、汪森《词综》，《渔父》词四首来源于《苏轼诗集》。《彊村丛书》本《东坡乐府·凡例》中云："琴曲《醉翁操》，元本、毛本所无，竹垞《词综》始录之，案稼轩拟《醉翁操》编入词集，白石歌曲亦有琴曲《古怨》，坡词自可据补。又《诗集》中《渔父》四首，谱律诸书俱未收录，然音拍则确为长短句也，今亦编入。"③

又，前文所述汲古阁本《东坡词》比元本《东坡乐府》多出的60首词中，除了《瑶池燕》(飞花成阵)之外的59首词，都是《彊村丛书》本《东坡乐府》中有而元本《东坡乐府》中没有的。

又，《彊村丛书》本《东坡乐府》将元本《东坡乐府》中的《调笑令》(渔父)一首分为《调笑令》(渔父)、《调笑令》(归雁)两首。元本《东坡乐府》中，《调笑令·效韦应物体》为双调六十四字体④，《彊村丛书》本《东坡乐府》，《调笑

① 朱祖谋辑校《彊村丛书》，扬州：广陵书社，2005年，262页。
② 朱祖谋辑校《彊村丛书》，扬州：广陵书社，2005年，262页。
③ 朱祖谋辑校《彊村丛书》，扬州：广陵书社，2005年，211页。
④ 王鹏运辑《四印斋所刻词》，上海：上海古籍出版社，1989年，42－43页。

令·效韦应物体》为单调三十二字体,有校注云:“元本、毛本,二首俱误合为一。案韦应物词亦作二首,据改。”①《调笑令》调下注明“效韦应物体”,《全唐诗》卷二八载韦应物《宫中调笑》,亦是单调三十二字体;又,此《调笑令》二首,又见苏辙《栾城集》卷一三,题为《效韦苏州调啸词二首》②。

因此,《彊村丛书》本《东坡乐府》比元本《东坡乐府》多出65首。

(二)《彊村丛书》本《东坡乐府》与汲古阁本《东坡词》的比较

《彊村丛书》本《东坡乐府》,与汲古阁本《东坡词》(存词328首)相比,汲古阁本《东坡词》中的《瑶池燕》(飞花成阵),是《彊村丛书》本《东坡乐府》中没有的;汲古阁本《东坡词》中《水调歌头》词五首之一的苏辙《水调歌头》(离别一何久),《彊村丛书》本《东坡乐府》附在苏轼《水调歌头》(安石在东海)之后;汲古阁本《东坡词》收录《临江仙》(九十日春都过了)密州词,而《彊村丛书》本《东坡乐府》收录《临江仙》(九十日春都过了)惠州词。因此,《彊村丛书》本《东坡乐府》比汲古阁本《东坡词》少2首。

《彊村丛书》本《东坡乐府》中的《南乡子》(千骑试春游)、《减字木兰花》(空床响琢)、《减字木兰花》(回风落景)、《减字木兰花》(海南奇宝)、《浣溪沙》(缥缈红妆照浅溪)、《浣溪沙》(羡阳姑苏已买田)、《天仙子》(走马探花花发未)、《画堂春》(柳花飞处麦摇波)、《醉翁操》(琅然)、《渔父》(渔父饮)、《渔父》(渔父醉)、《渔父》(渔父醒)、《渔父》(渔父笑)十三首词,是汲古阁本《东坡词》中所没有的:其中,前8首词,见于元本《东坡乐府》。又,《彊村丛书》本《东坡乐府》将汲古阁本《东坡词》中的《调笑令》一首分为《调笑令》两首。

曾慥《东坡词拾遗跋》云:“江山丽秀之句,樽俎戏剧之词,搜罗几尽矣,传之无穷。”③实际上,其《东坡词》《东坡词拾遗》远远没有将东坡词收全。东坡词别集的编纂工程,不是一蹴而就的,而是一个不断增补、臻于完备的过程。傅幹《注坡词》,是现存最早的东坡词别集。曾慥《东坡词》《东坡词拾遗》、元本《东坡乐府》,是对傅幹《注坡词》的两次增补。明茅维《苏东坡全集》本《东坡词》、焦竑《苏长公二妙集》本《东坡诗余》,是对曾慥《东坡词》的两次增补。汲古阁本《东坡词》,是对曾慥《东坡词》《东坡词拾遗》、元本《东坡乐府》、茅维《苏东坡全集》本《东坡词》、焦竑《苏长公二妙集》本《东坡诗余》等东坡词别集的小总结。《彊村丛书》本《东坡乐府》,是对元本《东坡乐府》、汲古阁本《东坡词》等东坡词别集的集大成。

---

① 朱祖谋辑校《彊村丛书》,扬州:广陵书社,2005年,261页。

② 苏辙著《栾城集》,上海:上海古籍出版社,1987年,317-318页。

③ 吴讷编《百家词》,天津:天津市古籍书店,1992年,381页。

第二节　存词的真伪之辨

——历代东坡词别集逐步完善之一

东坡词别集编纂过程中，补辑是朝着增多的方向不断完备，而辨伪则是朝着减少的方向不断完善。宋人傅幹、明人毛晋、清人朱祖谋，都对东坡词作了辨伪。傅幹编《注坡词》，删去旧本东坡词集中混入的温庭筠、牛峤、晏殊、张舜民之词数十首。毛晋的东坡词辨伪工作，有得有失。朱祖谋对毛晋的东坡词辨伪成果，全盘继承，甚至连其疏漏也一并因袭；同时，又有所突破，将其向前推进了一步。宋人、明人、清人尚未完成的东坡词辨伪工作，最终由《全宋词》的编纂者完成。

一、傅幹删去旧本东坡词集中伪作

傅幹编《注坡词》，删去旧本东坡词集中混入的温庭筠《更漏子》（柳丝长）、牛峤《更漏子》（春夜阑）、晏殊《蝶恋花》（一霎秋风惊画扇）、《一霎秋风惊画扇》（紫菊初生朱槿坠）二首，以及张舜民（字芸叟）词等伪作数十首。傅共《注坡词序》中云："余族子幹，尝以旧□□□□□□□用事彰而解之。削其附会者数十□，传张芸叟所作私期数章，旧于文忠公集见之；以至《更漏子》有'柳丝长'、'春夜阑'之类，则见于《花间集》，乃温庭筠、牛峤之词；《鹊踏枝》有'一霎秋风'、'紫菊初生'之类，则见于《本事集》，乃晏元献公之词；凡是皆削而不取。"①

二、毛晋东坡词辨伪工作的得与失

毛晋《东坡词校记》中云："东坡诗文不啻千亿刻，独长短句罕见，近有金陵本子，人争喜其详备，多混入欧、黄、秦、柳作，今悉删去。"②毛晋的东坡词的辨伪工作，有得有失。其得在于，确实甄别、剔除了东坡词集中"鱼目混珠"的伪作。其失在于，太过草率，妄作取舍，或将互见词断作伪词删去，或将东坡词误作伪词删去。

（一）毛晋甄别、剔除东坡词集中混入的秦观、黄庭坚词各一首

东坡词别集中，存在"鱼目混珠"的伪作，如秦观《江城子》（南来飞燕北归鸿）和黄庭坚《鹧鸪天》（西塞山前白鹭飞），毛晋对其作了甄别并将其剔除。

《江城子》（南来飞燕北归鸿），见曾慥《东坡词拾遗》③。汲古阁本《东坡词》中《江城子》调下有校注曰："旧刻十四首，考'南来飞燕北归鸿'，是秦淮

---

① 傅幹注，刘尚荣校证《注坡词》，成都：巴蜀书社，1993 年，7 页。
② 毛晋辑《宋六十名家词》，上海：上海古籍出版社，1989 年，67 页。
③ 吴讷编《百家词》，天津：天津市古籍书店，1992 年，375 页。

海作，删。”①按，此《江城子》，秦观词，无疑义。

《鹧鸪天》（西塞山前白鹭飞），见傅幹《注坡词》卷一一②，又见曾慥《东坡词》卷上③。汲古阁本《东坡词》中《鹧鸪天》调下有校注曰：“旧刻三首，考‘西塞山前白鹭飞’一首，是黄山谷作，今删去。”④

按，此《鹧鸪天》词，确是黄庭坚词，而非苏轼词，毛晋将其从东坡词集中删去，固当。然而，汲古阁本《山谷词》中，《鹧鸪天》调下有校注云：“或刻苏子瞻。”⑤可见，毛晋在本词的著作权归属上，态度不一。

（二）毛晋将苏轼、秦观词集中的两首互见词断作伪词而删去

《点绛唇》（醉漾轻舟）、《点绛唇》（月转乌啼），互见于苏轼、秦观词集。毛晋随意按断，草率地将其作为伪词从东坡词集中删去。《点绛唇》二词，见傅幹《注坡词》卷八⑥，又见曾慥《东坡词》卷下⑦。汲古阁本《东坡词》中《点绛唇》调下有校注曰：“旧刻七首，考‘醉漾轻舟’、又‘月转乌啼’，俱秦淮海作，或云此二词东坡有手迹流传于世，遂编入东坡词，然亦安知非秦词苏字耶？今依宋本删去。”⑧

按，毛晋所谓“或云此二词东坡有手迹流传于世”，是指傅幹《注坡词》卷八《点绛唇》二词后的注文：“此后二词，洪浦云，亲见东坡手迹于潮阳吴子野家。”⑨毛晋提出“秦词苏字”的质疑，不无道理。傅幹《注坡词》、曾慥《东坡词》，均收录此二词，毛晋所云“依宋本删去”之宋本，当是其他本子。《点绛唇》二词的作者归属，在没有足够证据的情况下，作互见词为宜。

（三）毛晋断作伪词而误删的东坡词二首

毛晋误将苏轼《浣溪沙》（风压轻云贴水飞）、《醉落魄》（醉醒醒醉）二词作为伪词而从东坡词集中删去。

《浣溪沙》（风压轻云贴水飞），见傅幹《注坡词》卷一〇⑩，又见曾慥《东坡词》卷下⑪。汲古阁本《东坡词》中《浣溪沙》调下有校注曰：“旧刻四十五首，考‘风压轻云贴水飞’是李后主作，‘玉碗冰寒滴露华’是晏同叔作，俱删去。”⑫按，《浣溪沙》（玉碗冰寒滴露华），是晏殊词，茅维《苏东坡全集》本《东

---

① 毛晋辑《宋六十名家词》，上海：上海古籍出版社，1989 年，61 页。
② 傅幹注，刘尚荣校证《注坡词》，成都：巴蜀书社，1993 年，320 页。
③ 吴讷编《百家词》，天津：天津市古籍书店，1992 年，344 页。
④ 毛晋辑《宋六十名家词》，上海：上海古籍出版社，1989 年，53 页。
⑤ 毛晋辑《宋六十名家词》，上海：上海古籍出版社，1989 年，75 页。
⑥ 傅幹注，刘尚荣校证《注坡词》，成都：巴蜀书社，1993 年，223 页。
⑦ 吴讷编《百家词》，天津：天津市古籍书店，1992 年，362 页。
⑧ 毛晋辑《宋六十名家词》，上海：上海古籍出版社，1989 年，44 页。
⑨ 傅幹注，刘尚荣校证《注坡词》，成都：巴蜀书社，1993 年，223 页。
⑩ 傅幹注，刘尚荣校证《注坡词》，成都：巴蜀书社，1993 年，295 页。
⑪ 吴讷编《百家词》，天津：天津市古籍书店，1992 年，369 页。
⑫ 毛晋辑《宋六十名家词》，上海：上海古籍出版社，1989 年，45 页。

坡词》误收作东坡词，毛晋未予以采录。《浣溪沙》（风压轻云贴水飞），非李后主作，乃东坡词，毛晋误删。

《醉落魄》（醉醒醒醉），见傅幹《注坡词》卷九①，又见曾慥《东坡词》卷下②。汲古阁本《东坡词》中《醉落魄》调下有校注曰："旧刻四首，山谷老人云'醉醒醒醉'非东坡作，删去。"③按，毛晋所谓"山谷老人云'醉醒醒醉'非东坡作"，指黄庭坚《醉落魄》（陶陶兀兀）词序："旧有'醉醒醒醉'一曲云（略）。此曲亦有佳句，而多斧凿痕，又语高下不甚入律。或传是东坡语，非也。与'蜗角虚名'、'解下痴绦'之曲相似，疑是王仲父作。"④黄庭坚之语未必可信，如《满庭芳》（蜗角虚名），是东坡词无疑。因此，此《醉落魄》词，不可轻易删去。

三、朱祖谋对毛晋辨伪工作的认同与推进

朱祖谋对毛晋东坡词辨伪工作取得的成果，全盘继承，甚至连其疏漏也一并因袭；同时，又有所突破，将东坡词的辨伪工作向前推进了一步。

（一）朱祖谋对毛晋东坡词辨伪成果的继承

《彊村丛书》本《东坡乐府·凡例》云："兹据毛本删去者附注调下，元刻中有五首即为毛氏已删。"⑤《彊村丛书》本《东坡乐府》，据汲古阁本《东坡词》删去元本《东坡乐府》中的《醉落魄》（醉醒醒醉）、《浣溪沙》（风压轻云贴水飞）、《点绛唇》（醉漾轻舟）、《点绛唇》（月转乌啼）、《鹧鸪天》（西塞山前白鹭飞）五首词。

《彊村丛书》本《东坡乐府》卷一，《醉落魄》（轻云微月）词后案语云："元本《醉落魄》有'醉醒醒醉'一首，毛本注：'山谷老人云"醉醒醒醉"非东坡作，删去。'"⑥卷一，《浣溪沙》（缥缈危楼紫翠间）词后案语云："元本《浣溪沙》有'风压轻云贴水飞'一首，毛注：'是李后主作'，删去。"⑦卷二，《点绛唇》（我辈情钟）词后案语云："元本《点绛唇》有'醉漾轻舟'、'月转乌啼'二首，毛注：'俱秦淮海作，依宋本删。'"⑧卷二，《鹧鸪天》（笑撚红梅亸翠翘）词后案语云："元本《鹧鸪天》有'西塞山前白鹭飞'一首，毛注：'考是黄山谷作，今删去。'"⑨可见，朱祖谋对毛晋的东坡词辨伪工作是非常认同的，全盘继承了毛晋东坡词辨伪所取得的成果，因而连其疏漏之处，也一并沿袭下来。

---

① 傅幹注，刘尚荣校证《注坡词》，成都：巴蜀书社，1993年，233页。
② 吴讷编《百家词》，天津：天津市古籍书店，1992年，363页。
③ 毛晋辑《宋六十名家词》，上海：上海古籍出版社，1989年，56页。
④ 唐圭璋编纂，王仲闻参订，孔凡礼补辑《全宋词》，北京：中华书局，1999年，510页。
⑤ 朱祖谋辑校《彊村丛书》，扬州：广陵书社，2005年，211页。
⑥ 朱祖谋辑校《彊村丛书》，扬州：广陵书社，2005年，216页。
⑦ 朱祖谋辑校《彊村丛书》，扬州：广陵书社，2005年，218页。
⑧ 朱祖谋辑校《彊村丛书》，扬州：广陵书社，2005年，241页。
⑨ 朱祖谋辑校《彊村丛书》，扬州：广陵书社，2005年，247页。

（二）朱祖谋将东坡词的辨伪工作向前推进

朱祖谋在继承毛晋东坡词辨伪工作成果的基础上，将东坡词的辨伪工作继续进行下去，向前推进了一步。朱祖谋东坡词辨伪工作取得的成果，如将混入的苏辙《水调歌头》（离别一何久）附在苏轼《水调歌头》（安石在东海）之后，对混入的程垓《意难忘》（花拥鸳房）提出质疑；朱祖谋的东坡词辨伪工作，也同样是存在问题的，如质疑苏轼《雨中花慢》（邃院重帘何处）、《雨中花慢》（嫩脸修蛾）二词的著作权。

《水调歌头》（离别一何久），见傅幹《注坡词》卷一①、曾慥《东坡词》卷上②、汲古阁本《东坡词》③、元本《东坡乐府》卷上④，均在《水调歌头》（昵昵儿女语）词之后，题为"子由徐州中秋作"，与其余四首《水调歌头》词处于并列地位。《彊村丛书》本《东坡乐府》，将其附在《水调歌头》（安石在东海）词后，有案语云："此词为子由原作，元本、毛本题固甚明。王案于题首增'与'字，遂目为坡公自作，不知公词叙固谓子由作此曲以别也。"⑤

朱祖谋所谓"王案于题首增'与'字，遂目为坡公自作"，是指王文诰《苏文忠公诗编注集成》卷一七《中秋月寄子由三首》其二"歌君别时曲"句下的案语："子由于词曲不甚擅场，其集亦无此一类……似原文'子由'上有'别'字，传者落去，后无正者耳。"⑥傅幹《注坡词》卷一苏轼《水调歌头》（安石在东海）词序云：

余去岁在东武，作《水调歌头》以寄子由。今年，子由相从彭门百余日，过中秋而去，作此曲以别。余以其语过悲，乃为和之，其意以不早退为戒，以退而相从之乐为慰云耳。⑦

由此可知，苏轼《水调歌头》（安石在东海）词，乃和苏辙《水调歌头》（离别一何久）词而作，既是和韵，又是和意。苏轼词序所谓"其语过悲"，是指苏辙词中的"今夜清尊对客，明夜孤帆水驿，依旧照离忧"⑧句；所谓"其意以不早退为戒"，是指苏辙词中的"但恐同王粲，相对永登楼"⑨句；而苏轼词中的"以退而相从之乐为慰"，是指上阕中的"一旦功成名遂，准拟东还海道，扶病入西州"句，以及下阕中的"岁云暮，须早计，要褐裘"、"故乡归去千里，佳处辄迟留"、"我醉歌时君和，醉倒须君扶我，惟酒可忘忧"⑩等句。是以故，《水调歌

---

① 傅幹注，刘尚荣校证《注坡词》，成都：巴蜀书社，1993 年，33 页。
② 吴讷编《百家词》，天津：天津市古籍书店，1992 年，337 页。
③ 毛晋辑《宋六十名家词》，上海：上海古籍出版社，1989 年，64 页。
④ 王鹏运辑《四印斋所刻词》，上海：上海古籍出版社，1989 年，9 页。
⑤ 朱祖谋辑校《彊村丛书》，扬州：广陵书社，2005 年，226 页。
⑥ 王文诰《苏文忠公诗编注集成》卷一七，影印清嘉庆武林韵山堂刻印本，叶二。
⑦ 傅幹注，刘尚荣校证《注坡词》，成都：巴蜀书社，1993 年，28 页。
⑧ 唐圭璋编纂，王仲闻参订，孔凡礼补辑《全宋词》，北京：中华书局，1999 年，459 页。
⑨ 唐圭璋编纂，王仲闻参订，孔凡礼补辑《全宋词》，北京：中华书局，1999 年，459 页。
⑩ 傅幹注，刘尚荣校证《注坡词》，成都：巴蜀书社，1993 年，28 页。

头》（离别一何久）乃苏辙词，误入东坡词集。

《彊村丛书》本《东坡乐府·凡例》云："顾尚疑其未尽，如《意难忘》之'花拥鸳房'，《雨中花慢》之'邃院重帘'、'嫩脸修蛾'二首，不类坡词，苦无显证。"①

《意难忘》（花拥鸳房），见汲古阁本《东坡词》，不见于元本《东坡乐府》，故而朱祖谋对其著作权提出质疑，认为不应是苏轼词。据《全宋词》，此乃程垓词②。由于没有足够的证据，《彊村丛书》本《东坡乐府》并没有将其删去。

《雨中花慢》（邃院重帘何处）、《雨中花慢》（嫩脸修蛾）二词，见汲古阁本《东坡词》，不见于元本《东坡乐府》，故而朱祖谋对其著作权提出质疑，认为不应是东坡之词。由于没有足够的证据，朱祖谋《彊村丛书》本《东坡乐府》并没有删去此二词。

四、毛晋、朱祖谋尚未甄别的东坡词伪作

在东坡词集中，还有一些伪作，尚未得到宋人、明人、清人的辨伪。将东坡词别集与《全宋词》进行对照，可以让这些"潜在水底"的伪作"浮出水面"。具体说来，东坡词别集中混入了晏殊、陈慥、叶梦得、朱敦儒等人之词。

（一）东坡词别集中的晏殊词

《蝶恋花》（玉枕冰寒消暑气），傅幹《注坡词》、曾慥《东坡词》《东坡词拾遗》、元本《东坡乐府》均无；见汲古阁本《东坡词》，有校注云："或刻晏同叔"③，汲古阁本《珠玉词》中《蝶恋花》调下注云："旧刻七首，考'玉枕冰寒消暑气'是子瞻作……今删去"④；又见《彊村丛书》本《东坡乐府》卷三⑤。按，据《全宋词》，该词为晏殊词，首句为"玉碗冰寒消暑气"。可见，毛晋将其作者归属本末倒置了。

（二）东坡词别集中的陈慥词

《无愁可解》（光景百年），傅幹《注坡词》卷六存目缺词⑥，见曾慥《东坡词拾遗》⑦、元本《东坡乐府》卷上⑧、汲古阁本《东坡词》⑨、《彊村丛书》本《东坡乐府》卷三⑩。按，据《全宋词》，该词为陈慥词。

---

① 朱祖谋辑校《彊村丛书》，扬州：广陵书社，2005 年，211 页。
② 唐圭璋编纂，王仲闻参订，孔凡礼补辑《全宋词》，北京：中华书局，1999 年，433 页。
③ 毛晋辑《宋六十名家词》，上海：上海古籍出版社，1989 年，58 页。
④ 毛晋辑《宋六十名家词》，上海：上海古籍出版社，1989 年，9 页。
⑤ 朱祖谋辑校《彊村丛书》，扬州：广陵书社，2005 年，257 页。
⑥ 傅幹注，刘尚荣校证《注坡词》，成都：巴蜀书社，1993 年，170 页。
⑦ 吴讷编《百家词》，天津：天津市古籍书店，1992 年，356 页。
⑧ 王鹏运辑《四印斋所刻词》，上海：上海古籍出版社，1989 年，11 页。
⑨ 毛晋辑《宋六十名家词》，上海：上海古籍出版社，1989 年，66 页。
⑩ 朱祖谋辑校《彊村丛书》，扬州：广陵书社，2005 年，248 页。

（三）东坡词别集中的叶梦得词

《江城子》（银涛无际卷蓬瀛），傅幹《注坡词》、元本《东坡乐府》均无；见曾慥《东坡词拾遗》①，又见汲古阁本《东坡词》，有校注云："或刻叶梦得，或刻张元干"②；又见《彊村丛书》本《东坡乐府》卷三③。《永遇乐》（天末山横），傅幹《注坡词》、曾慥《东坡词》《东坡词拾遗》、元本《东坡乐府》均无；见汲古阁本《东坡词》④，又见《彊村丛书》本《东坡乐府》卷三⑤。《虞美人》（落花已作风前舞），傅幹《注坡词》、曾慥《东坡词》《东坡词拾遗》、元本《东坡乐府》均无；见汲古阁本《东坡词》⑥，又见《彊村丛书》本《东坡乐府》卷三⑦。按，据《全宋词》，以上三词，均为叶梦得之词。

（四）东坡词别集中的朱敦儒词

《浣溪沙》（晚菊花前敛翠蛾），傅幹《注坡词》、曾慥《东坡词》《东坡词拾遗》、元本《东坡乐府》均无；见汲古阁本《东坡词》⑧，又见《彊村丛书》本《东坡乐府》卷三⑨。按，据《全宋词》，该词为朱敦儒词。

从著作权的归属上看，东坡词别集中的存词，有的是苏轼之词，有的是他人之词。东坡词别集编纂者，如傅幹、毛晋、朱祖谋等人，他们的东坡词辨伪工作，取得了一定的成果，这使得东坡词别集不断去伪存真，逐步完善，这是东坡词别集体系自身发展演进的大趋势。与此同时，也应看到，他们的辨伪工作，也存在着一些问题，如，或是将苏轼真作误作伪作删去，或是将互见词断作伪词删去。此外，还应看到，毛晋、朱祖谋的东坡词辨伪工作也存在不足，由于可供参考的资料有限，缺乏足够的依据，有些伪作一时未能得以辨明、删去，这也给后世的东坡词辨伪工作留下了发展空间。

第三节 存词的互见问题

——历代东坡词别集逐步完善之二

东坡词的辨伪，仅仅是东坡词别集逐步完善的一个重要方面；处理东坡词的互见问题，是东坡词别集逐步完善的又一重要方面。东坡词的互见现象，从文体属性上看，分为两大类，一是词词互见，一是诗词互见。词词互见，从作者

① 吴讷编《百家词》，天津：天津市古籍书店，1992 年，375 页。
② 毛晋辑《宋六十名家词》，上海：上海古籍出版社，1989 年，61 页。
③ 朱祖谋辑校《彊村丛书》，扬州：广陵书社，2005 年，256 页。
④ 毛晋辑《宋六十名家词》，上海：上海古籍出版社，1989 年，66 页。
⑤ 朱祖谋辑校《彊村丛书》，扬州：广陵书社，2005 年，248 页。
⑥ 毛晋辑《宋六十名家词》，上海：上海古籍出版社，1989 年，56 页。
⑦ 朱祖谋辑校《彊村丛书》，扬州：广陵书社，2005 年，259 页。
⑧ 毛晋辑《宋六十名家词》，上海：上海古籍出版社，1989 年，44 页。
⑨ 朱祖谋辑校《彊村丛书》，扬州：广陵书社，2005 年，255 页。

归属上看，东坡词互见于晏殊、晏几道、黄庭坚、秦观、贺铸、吴文英等人词集。诗词互见，从作者归属上看，包括两小类：其一，互见于苏轼本人诗、词集；其二，互见于苏辙诗集、苏轼词集。明人毛晋、清人朱祖谋，均对东坡词集与他人词集、东坡词集与本人、苏辙诗集中的互见之词（现象层面，不同于性质层面作者难以确定的“互见词”）有所发现，并作了判断和取舍，两人的观点既有一脉相承之处，也有截然不同之处。朱祖谋发现了毛晋没有注意到的东坡词在苏轼诗、词集中的互见现象，并在诗、词的归属问题上提出了自己的看法，然而，对诗、词互见现象的成因未作必要的解释。此外，东坡词集中还有一些互见之词，是毛晋、朱祖谋两人尚未发现的，也就是说，他们对东坡词互见问题的处理，存在不足，有待后人完善。

一、毛晋、朱祖谋处理东坡词互见问题的一脉相承性

毛晋对待苏轼词集与他人词集的互见之词，态度不是很一致。有时非常谨慎，采取两存的方式，作互见词处理，如《西江月》（别梦已随流水），见汲古阁本《东坡词》，有校注云：“或刻山谷词”①；而汲古阁本《山谷词》亦收录此词，并无校注②。有时相当果断，当机立断，作出准确取舍，如，《虞美人》（波声拍枕长淮晓）见汲古阁本《东坡词》，有校注云：“或刻贺方回，或刻黄山谷词，或刻秦淮海，或刻晏小山”③；汲古阁本《山谷词》中《虞美人》调下有校注云：“旧刻三调，考‘波声拍枕长淮晓’是子瞻作，删去”④；汲古阁本《淮海词》中《虞美人》调中无此词，调下亦无校注⑤；汲古阁本《小山词》中《虞美人》调中无此词，调下亦无校注⑥。再如，《浣溪沙》（西塞山前白鹭飞），见汲古阁本《东坡词》，有校注云：“或刻黄山谷”⑦；《汲古阁》本《山谷词》中《浣溪沙》调下注曰：“旧刻四首，考‘西塞山前白鹭飞’，是苏子瞻作，删去。”⑧有时很是随意，取舍的主观性很大，如，《诉衷情》（海棠珠缀一重重），见汲古阁本《东坡词》，有校注云：“或刻晏同叔”⑨；汲古阁本《珠玉词》中《诉衷情》调下有校注云：“旧刻八首，考‘海棠珠缀一重重’是子瞻作，今删”⑩。再如，《醉落魄》

---

① 毛晋辑《宋六十名家词》，上海：上海古籍出版社，1989 年，51 页。
② 毛晋辑《宋六十名家词》，上海：上海古籍出版社，1989 年，77 页。
③ 毛晋辑《宋六十名家词》，上海：上海古籍出版社，1989 年，56 页。
④ 毛晋辑《宋六十名家词》，上海：上海古籍出版社，1989 年，74 页。
⑤ 毛晋辑《宋六十名家词》，上海：上海古籍出版社，1989 年，85 页。
⑥ 毛晋辑《宋六十名家词》，上海：上海古籍出版社，1989 年，100 页。
⑦ 毛晋辑《宋六十名家词》，上海：上海古籍出版社，1989 年，45 页。
⑧ 毛晋辑《宋六十名家词》，上海：上海古籍出版社，1989 年，80 页。
⑨ 毛晋辑《宋六十名家词》，上海：上海古籍出版社，1989 年，49 页。
⑩ 毛晋辑《宋六十名家词》，上海：上海古籍出版社，1989 年，5 页。

(苍颜华发),见汲古阁本《东坡词》,有校注云:“一刻山谷”①;《汲古阁》本《山谷词》中《醉落魄》调下注曰:“旧刻五调,‘苍颜华发’是东坡作,删去。”②又如,《点绛唇》(醉漾轻舟)、《点绛唇》(月转乌啼)二词,汲古阁本《东坡词》中没有,《点绛唇》调下有校注曰:“旧刻七首,考‘醉漾轻舟’、又‘月转乌啼’俱秦淮海作,或云此二词东坡有手迹流传于世,遂编入东坡词,然亦安知非秦词苏字耶?今依宋本删去。”③汲古阁本《淮海词》中,有此《点绛唇》二词,调下有校注曰:“或刻苏子瞻”④。

朱祖谋对毛晋处理互见之词的成果,有所借鉴和继承,如,《虞美人》(波声拍枕长淮晓),《彊村丛书》本《东坡乐府》卷二收录,并无校注⑤;《彊村丛书》本《小山词》《山谷琴趣外编》《淮海居士长短句》《东山词》《贺方回词》《东山词补》中《虞美人》调中均无此词。《点绛唇》(醉漾轻舟)、《点绛唇》(月转乌啼)二词,《彊村丛书》本《东坡乐府》无此二词,卷二《点绛唇》(我辈情钟)词后案语云:“元本《点绛唇》有‘醉漾轻舟’、‘月转乌啼’二首,毛注:‘俱秦淮海作,依宋本删。’”⑥《彊村丛书》本《淮海居士长短句》卷下,有《点绛唇》(醉漾轻舟、月转乌啼)二词⑦。再如,《醉落魄》(苍颜华发),《彊村丛书》本《东坡乐府》卷一收录,有校注云:“毛本……注云:‘一刻山谷。’”⑧《彊村丛书》本《山谷琴曲外编》卷三《醉落魄》调中无此词,调下亦无校注。⑨《浣溪沙》(西塞山前白鹭飞),《彊村丛书》本《东坡乐府》卷三收录,有校注云:“毛本注云:‘或刻黄山谷。’”⑩《彊村丛书》本《山谷琴曲外编》卷三,仅有《浣溪沙》(新妇滩头眉黛愁)一首,《浣溪沙》调下并无校注。⑪《诉衷情》(海棠珠缀一重重),《彊村丛书》本《东坡乐府》卷三收录,有校注云:“毛本题作海棠,注:‘或刻晏同叔。’”⑫

朱祖谋对毛晋处理互见之词的成果,又有所突破和推进,如《西江月》(别梦已随流水),毛晋虽然发现了该词的互见问题,但是并未作出判断与取舍,《彊村丛书》本《东坡乐府》卷二收录本词,并无校注⑬;《彊村丛书》本《山谷琴

---

① 毛晋辑《宋六十名家词》,上海:上海古籍出版社,1989 年,56 页。
② 毛晋辑《宋六十名家词》,上海:上海古籍出版社,1989 年,57 页。
③ 毛晋辑《宋六十名家词》,上海:上海古籍出版社,1989 年,44 页。
④ 毛晋辑《宋六十名家词》,上海:上海古籍出版社,1989 年,83 页。
⑤ 朱祖谋辑校《彊村丛书》,扬州:广陵书社,2005 年,237 页。
⑥ 朱祖谋辑校《彊村丛书》,扬州:广陵书社,2005 年,241 页。
⑦ 朱祖谋辑校《彊村丛书》,扬州:广陵书社,2005 年,289 页。
⑧ 朱祖谋辑校《彊村丛书》,扬州:广陵书社,2005 年,220 页。
⑨ 朱祖谋辑校《彊村丛书》,扬州:广陵书社,2005 年,270-271 页。
⑩ 朱祖谋辑校《彊村丛书》,扬州:广陵书社,2005 年,254 页。
⑪ 朱祖谋辑校《彊村丛书》,扬州:广陵书社,2005 年,273 页。
⑫ 朱祖谋辑校《彊村丛书》,扬州:广陵书社,2005 年,261 页。
⑬ 朱祖谋辑校《彊村丛书》,扬州:广陵书社,2005 年,237 页。

趣外编》中则无此词。再如，《浣溪沙》（簌簌衣巾落枣花），汲古阁本《东坡词》收录，并无校注①；《彊村丛书》本《东坡乐府》卷一，也并无校注②；但在《彊村丛书》本《梦窗词集》中，《浣溪沙》调下有校注云："原钞是调有秦观'青杏园林'、南唐后主'手卷真珠'、晏殊'一曲新词'、苏轼'簌簌衣巾'、李清照'小院闲窗'各阕，并删。"③

按，《诉衷情》（海棠珠缀一重重），宜作互见词，《全宋词》中按语云："此首，别又见晏殊《珠玉词》。"④《虞美人》（波声拍枕长淮晓），苏轼词，非黄庭坚词，《全宋词》中按语云："此首，别误又入黄庭坚《豫章黄先生词》。"⑤《西江月》（别梦已随流水），苏轼词，非黄庭坚词。《全宋词》中按语云："此首，别误入黄庭坚《豫章黄先生词》。"⑥《醉落魄》（苍颜华发），互见词，《全宋词》中按语云："此首，别见黄庭坚《豫章黄先生词》。"⑦《浣溪沙》（西塞山前白鹭飞），苏轼词，非黄庭坚词。《全宋词》中按语云："此首，别误入黄庭坚《豫章黄先生词》。"⑧《点绛唇》（醉漾轻舟）、《点绛唇》（月转乌啼）二词，互见词，《全宋词》中按语云："此二首，别又见秦观《淮海居士长短句》卷下。"⑨《浣溪沙》（簌簌衣巾落枣花），苏轼词，非吴文英词，《全宋词》中按语云："此首，别又误入吴文英《梦窗词集》。"⑩

二、朱祖谋发现的苏轼诗集、苏轼词集中的互见现象

《生查子》（三度别君来）、《瑞鹧鸪》（城头月落尚啼乌）以及《阳关曲》（暮云收尽溢清寒）、《阳关曲》（受降城下紫髯郎）、《阳关曲》（济南春好雪初晴）三首东坡词，互见于《苏轼诗集》。《生查子》词，在诗集中作五言诗；《瑞鹧鸪》词，在诗集中作七言律诗；《阳关曲》词，在诗集中作五言绝句。这一现象是由朱祖谋发现的，在诗、词归属问题上，他给出了自己的看法。《彊村丛书》本《东坡乐府·凡例》中云："诗集互见，如《瑞鹧鸪》《阳关曲》，据《苕溪渔隐丛话》谓唐初歌词所存止此二调，则归诸词集为允。"⑪然而，对于诗词互见现象的成因，朱祖谋未作出必要的解释。

---

① 毛晋辑《宋六十名家词》，上海：上海古籍出版社，1989年，46页。
② 朱祖谋辑校《彊村丛书》，扬州：广陵书社，2005年，226页。
③ 朱祖谋辑校《彊村丛书》，扬州：广陵书社，2005年，1026页。
④ 唐圭璋编纂，王仲闻参订，孔凡礼补辑《全宋词》，北京：中华书局，1999年，398页。
⑤ 唐圭璋编纂，王仲闻参订，孔凡礼补辑《全宋词》，北京：中华书局，1999年，395页。
⑥ 唐圭璋编纂，王仲闻参订，孔凡礼补辑《全宋词》，北京：中华书局，1999年，366页。
⑦ 唐圭璋编纂，王仲闻参订，孔凡礼补辑《全宋词》，北京：中华书局，1999年，399页。
⑧ 唐圭璋编纂，王仲闻参订，孔凡礼补辑《全宋词》，北京：中华书局，1999年，405页。
⑨ 唐圭璋编纂，王仲闻参订，孔凡礼补辑《全宋词》，北京：中华书局，1999年，397页。
⑩ 唐圭璋编纂，王仲闻参订，孔凡礼补辑《全宋词》，北京：中华书局，1999年，407页。
⑪ 朱祖谋辑校《彊村丛书》，扬州：广陵书社，2005年，211页。

(一)《生查子·送苏伯固》(三度别君来)词与五言八句仄韵诗《古别离·送苏伯固,效韦苏州》的互见问题

《生查子》(三度别君来),见傅幹《注坡词》卷一二,无题①;又见曾慥《东坡词》卷下②、汲古阁本《东坡词》③,题均为"诉别";又见元本《东坡乐府》卷上④、《彊村丛书》本《东坡乐府》卷二⑤,题均作"送苏伯固"。《彊村丛书》本《东坡乐府》卷二,词后有校注云:"毛本题作'诉别'",有案语云:"诗集并载"。⑥

《生查子》词,又作五言八句诗,见南宋王十朋纂集《集注分类东坡先生诗》卷二一送别类,题为"送苏伯固,效韦苏州"⑦;又见明成化四年(1468)江西吉安府刻本《东坡七集·东坡续集》卷一,题作"古别离,送苏伯固"⑧。

清冯应榴辑注《苏轼诗集合注》卷三五,《古别离送苏伯固》诗,即此《生查子》词,清查慎行案语云:"此诗施氏原本不载,今从新刻续补上卷移编于此。"⑨冯应榴案语云:"此诗见先生词类,调名《生查子》,施氏原本不载,必以此也。"⑩清王文诰辑注《苏文忠公诗编注集成》卷二一,《古别离送苏伯固》诗,亦即此《生查子》词,王文诰案语云:"此篇施编不载,查注从邵本补编。"⑪

可见,南宋施元之等编的《注东坡先生诗》中原无《古别离·送苏伯固,效韦苏州》诗,其后王十朋《集注分类东坡先生诗》已有本诗,明成化吉州刻本《东坡七集·东坡续集》、清查慎行《苏诗补注》、冯应榴《苏轼诗集合注》、王文诰《苏文忠公诗编注集成》中,均收录本诗。

《古别离·送苏伯固,效韦苏州》诗,《古别离》是诗题,"送苏伯固"是题序,"效韦苏州"是题注;《生查子·送苏伯固》词,《生查子》是调名,"送苏伯固"是词题。《古别离·送苏伯固,效韦苏州》诗与《生查子·送苏伯固》词的互见现象,与其文本七言八句齐言体的句式特征以及唐宋人以《生查子》曲调歌诗的歌唱方法有关,以《生查子》曲歌之,故以《生查子》调名之。

任半塘《教坊记笺订》中云:"《生查子》,乃五言八句仄韵之声诗。今传辞虽以韩偓之作为早,但中唐间韦应物已有其调。东坡词《生查子》(三度别

---

① 傅幹注,刘尚荣校证《注坡词》,成都:巴蜀书社,1993年,340页。
② 吴讷编《百家词》,天津:天津市古籍书店,1992年,360页。
③ 毛晋辑《宋六十名家词》,上海:上海古籍出版社,1989年,44页。
④ 王鹏运辑《四印斋所刻词》,上海:上海古籍出版社,1989年,18页。
⑤ 朱祖谋辑校《彊村丛书》,扬州:广陵书社,2005年,245页。
⑥ 朱祖谋辑校《彊村丛书》,扬州:广陵书社,2005年,245页。
⑦ 王十朋纂集《集注分类东坡先生诗》卷二一,《四部丛刊》影印宋刊本,叶三十五。
⑧ 明成化吉州刻,清缪荃孙批校《重刊明成化本东坡七集·东坡续集》卷一,清光绪戊申(1908)刊本,叶七。
⑨ 苏轼著,冯应榴辑注《苏轼诗集合注》,上海:上海古籍出版社,2001年,1805页。
⑩ 苏轼著,冯应榴辑注《苏轼诗集合注》,上海:上海古籍出版社,2001年,1805页。
⑪ 苏轼著,王文诰辑注《苏轼诗集》,北京:中华书局,1982年,1900页。

君来)一首,并以诗体见于《东坡续集》中,自注:‘效韦苏州’,是其证。”①由此可知,《生查子》的歌辞,其文本特征是五言八句齐言体,押仄韵,与苏轼《古别离·送苏伯固,效韦苏州》诗相合拍。

《全唐诗》中,有《古别离》诗22首。从句式上看,有齐言体,有杂言体。

齐言体,五言四句,如孟郊诗(卷372—41)、聂夷中诗(卷636—29);五言八句,如王缙诗(卷26—6)、赵微明诗(卷26—15)、贯休诗(卷26—18)、姚系诗(卷253—32)、张彪诗(卷259—22);五言十二句,如常理诗(卷773—11);七言四句,如韦庄诗(卷26—19)、陆龟蒙诗(卷629—44);七言六句,如李益诗(卷282—43);七言十二句,如吴融诗(卷26—10)。在五言八句体中,王缙诗、赵微明诗、姚系诗、张彪诗,均押平声韵,仅贯休诗押仄声韵,其诗云:“离恨如旨酒,古今饮皆醉。只恐长江水,尽是儿女泪。伊余非此辈,送人空把臂。他日再相逢,清风动天地。”此诗第三、第四句,对仗。从题材上看,唐人《古别离》诗均是诗题本意,即离别主题。苏轼《古别离·送苏伯固,效韦苏州》,是效韦应物体《古别离》(已散佚),亦是离别主题,南宋王十朋纂集《集注分类东坡先生诗》卷二一载其诗云:

三度别君来,此别真迟暮。白尽老髭须,明日淮南去。酒罢月随人,泪湿花如雾。后夜逐君还,梦绕江南路。②

这是一首五言诗,二、四、六、八句押韵,第五、第六句“酒罢月随人,泪湿花如雾”,对仗工整。“江南路”,明成化江西吉州刻本《东坡七集·东坡续集》卷一作“湖边路”,有校注曰:“一作‘江南路’。”③

傅幹《注坡词》卷一二载《生查子》词云:

三度别君来,此别应迟暮。白尽老髭须,明日淮南去。　酒罢月随人,泪湿花如雾。后夜逐君还,梦绕湖边路。④

曾慥《东坡词》卷下⑤、汲古阁本《东坡词》⑥,“应”,作“真”。元本《东坡乐府》卷上,“应”,作“真”⑦;“后夜逐君还”,作“后月送君时”,有校注云:“一作‘后夜逐君还’。”⑧《彊村丛书》本《东坡乐府》卷二,“应”,作“真”,“后夜逐君还”,作“后月送君时”,词后有校注云:“毛本……‘后月’五字,作‘后夜逐

① 崔令钦撰,任半塘笺订《教坊记笺订》,北京:中华书局,2012年,122页。
② 王十朋纂集《集注分类东坡先生诗》卷二一,《四部丛刊》影印宋刊本,叶三十五。
③ 明成化吉州刻,清缪荃孙批校《重刊明成化本东坡七集·东坡续集》卷一,清光绪戊申(1908)刊本,叶七。
④ 傅幹注,刘尚荣校证《注坡词》,成都:巴蜀书社,1993年,340页。
⑤ 吴讷编《百家词》,天津:天津市古籍书店,1992年,360页。
⑥ 毛晋辑《宋六十名家词》,上海:上海古籍出版社,1989年,44页。
⑦ 王鹏运辑《四印斋所刻词》,上海:上海古籍出版社,1989年,18页。
⑧ 王鹏运辑《四印斋所刻词》,上海:上海古籍出版社,1989年,18页。

君还’。”①

可见，诗、词文本之差异，在“真”与“应”、“后夜逐君还”与“后月送君时”、“江南路”与“湖边路”。之所以会出现这样的差别，当是歌诗时因发音需要而作的必要改动（有些字，开不了口，唱不出来）。

晚唐五代时期，是词调的起源、演进时期，《生查子》一调，亦不例外。在《花间集》中，有《生查子》词七首，张泌、牛希济各一首，孙光宪三首，魏承班两首；在《尊前集》中，有《生查子》词三首，魏承班、刘侍读、欧阳彬各一首。十首《生查子》词，分为四种不同的体式：

第一体，张泌词，双调四十二字，上、下阕各五句，首两句，为两三字句：

相见稀，喜相见。相见还相远。檀画荔枝红，金蔓蜻蜓软。　鱼鹰疏，芳信断。花落庭阴晚。可惜玉肌肤，消瘦成慵懒。②

第二体，牛希济词，双调四十一字，上阕四句，下阕五句：

春山烟欲收，天澹星稀少。残月脸边明，别泪临清晓。　语已多，情未了。回首犹重道。记得绿罗裙，处处怜芳草。③

与张泌词相比，上阕起首两三字句减一字合作一五字句，不押韵；下阕体式相同。孙光宪《生查子》（寂寞掩朱门）、《生查子》（金井堕高梧），与牛希济词体式相同。④

第三体，孙光宪词，双调四十二字，上、下阕各四句：

暖日策花骢，亸鞚垂杨陌。芳草惹烟青，落絮随风白。　谁家绣毂动香尘，隐映神仙客。狂煞玉鞭郎，咫尺音容隔。⑤

与牛希济词相比，上阕体式相同，下阕起首两三字句添一字合作一七字句，不押韵。魏承班《生查子》（离别又经年），与孙光宪该词体式相同。⑥

第四体，魏承班词二首，双调四十字，上、下阕各四句：

烟雨晚晴天，零落花无语。难话此时心，梁燕双来去。　琴韵对薰风，有恨和情抚。肠断断弦频，泪滴黄金缕。

寂寞画堂空，深夜垂罗幕。灯暗锦屏欹，月冷珠帘薄。　愁恨梦难成，何处贪欢乐。看看又春来，还是长萧索。⑦

与牛希济词相比，下阕起两三字句减一字合作一五字句，均不押韵。刘侍读《生查子》（深秋更漏长）、欧阳彬《生查子》（竟日画堂欢），体式与魏承班该

---

① 朱祖谋辑校《彊村丛书》，扬州：广陵书社，2005年，245页。

② 赵崇祚编《花间集》，《唐宋人选唐宋词》本，上海：上海古籍出版社，2004年，55页。

③ 赵崇祚编《花间集》，《唐宋人选唐宋词》本，上海：上海古籍出版社，2004年，63页。

④ 赵崇祚编《花间集》，《唐宋人选唐宋词》本，上海：上海古籍出版社，2004年，79－80页。

⑤ 赵崇祚编《花间集》，《唐宋人选唐宋词》本，上海：上海古籍出版社，2004年，80页。

⑥ 无名氏编《尊前集》，《唐宋人选唐宋词》本，上海：上海古籍出版社，2004年，141页。

⑦ 赵崇祚编《花间集》，《唐宋人选唐宋词》本，上海：上海古籍出版社，2004年，86页。

词相同。①

以上四体，代表了《生查子》词调演进中的三个不同阶段。张泌《生查子》（相见稀），代表的是始创阶段，上、下阕首两句为两三字句，第二句押韵；牛希济《生查子》（春山烟欲收），代表的是初次演进阶段，上阕起首两三字句减一字合作一五字句，不押韵（下阕无变化）；孙光宪《生查子》（暖日策花骢）、魏承班《生查子》（烟雨晚晴天）代表的是再次演进阶段，孙光宪词，下阕起首两三字句添一字合作一七字句，不押韵，魏承班词，下阕起两三字句减一字合作一五字句，不押韵。

《全宋词》中，苏轼之前以及同时代词人的《生查子》词，有陈亚《生查子》（朝廷数擢贤）、《生查子》（相思意已深）、《生查子》（小院雨馀凉）、《生查子》（浪荡去未来）四首②，体式与孙光宪《生查子》（暖日策花骢）相同；张先《生查子》（当初相见时）③，欧阳修《生查子》（去年元夜时）、《生查子》（含羞整翠鬟）④，杜安世（一作晏几道，一作王观）《生查子》（关山魂梦长）⑤，晏几道《生查子》（金鞭美少年）、《生查子》（轻匀两脸花）、《生查子》（坠雨已辞云）、《生查子》（一分残酒霞）、《生查子》（轻轻制舞衣）、《生查子》（红尘陌上游）、《生查子》（长恨涉江遥）、《生查子》（远山眉黛长）、《生查子》（落梅庭榭香）、《生查子》（狂花顷刻香）、《生查子》（官身几日闲）、《生查子》（春从何处归）十二首⑥，体式均与魏承班《生查子》（烟雨晚晴天）相同。由此可见，北宋初期，《生查子》词调已定型为魏承班词为代表的五言八句齐言体。

综上所述，苏轼《古别离·送苏伯固，效韦苏州》诗与《生查子·送苏伯固》词的互见现象，归根结底，是《生查子》词调定型为五言八句齐言体之后，用此曲调歌五言八句齐言诗而造成的。《生查子》属商调，"其句法整饬，因而音节颇为铿锵，又以欹侧短促的仄声押韵，更易于寄寓奇拗不平的感慨，因此《生查子》调最易于抒发怨抑之情"⑦，而苏轼《古别离》诗的伤离别绪题材，正与此相合。

（二）《瑞鹧鸪》（城头月落尚啼乌）词与七言律诗《寒食未明至湖上，太守未来，两县令先在》的互见问题

《瑞鹧鸪》（城头月落尚啼乌），傅幹《注坡词》、元本《东坡乐府》均无；见

① 无名氏编《尊前集》，《唐宋人选唐宋词》本，上海：上海古籍出版社，2004年，151页。
② 唐圭璋编纂，王仲闻参订，孔凡礼补辑《全宋词》，北京：中华书局，1999年，11页。
③ 唐圭璋编纂，王仲闻参订，孔凡礼补辑《全宋词》，北京：中华书局，1999年，82页。
④ 唐圭璋编纂，王仲闻参订，孔凡礼补辑《全宋词》，北京：中华书局，1999年，158页。
⑤ 唐圭璋编纂，王仲闻参订，孔凡礼补辑《全宋词》，北京：中华书局，1999年，231页。
⑥ 唐圭璋编纂，王仲闻参订，孔凡礼补辑《全宋词》，北京：中华书局，1999年，294－296页。
⑦ 刘栋《〈生查子〉词调探微》，《邢台学院学报》，2010年第4期，30页。

曾慥《东坡词拾遗》①、汲古阁本《东坡词》②,均无题;《彊村丛书》本《东坡乐府》卷一,题为"寒食未明至湖上,太守未来,两县令先在",词后有校注云:"元本无,毛本无题,从诗集补",有案语云:"诗集并载"。③

《瑞鹧鸪》词,又作七言律诗,见南宋王十朋纂集《集注分类东坡先生诗》卷八湖类,题为"寒食未明至湖上,太守未来,两县令先在"④。清冯应榴辑注《苏轼诗集合注》卷九,《寒食未明至湖上,太守未来,两县令先在》诗,即此《瑞鹧鸪》词。⑤ 清王文诰辑注《苏文忠公诗编注集成》卷九,《寒食未明至湖上,太守未来,两县令先在》诗,亦即此《瑞鹧鸪》词,题下王文诰案语云:"本集《瑞鹧鸪》词凡二首,此其一也。王、施注强以为诗,今姑仍其旧耳。"⑥诗中,"城头月落尚啼乌,朱舰红船早满湖"两句下,王文诰案语云:"此二句定是词体,必非诗体……今本案录词多矣,愿与识者共辨之。"⑦

《瑞鹧鸪》词与七言律诗的互见现象,同样存在于宋邓肃(擢右言正)的《栟榈集》中。清邓廷桢《双砚斋词话》中云:

先言正公《栟榈集》《瑞鹧鸪》词云:"北书一纸惨天容。花柳春风不敢秾。未学宣尼歌凤德,姑从阮籍哭途穷。　此身已落千山外,旧事回思一梦中。何日中兴烦吉甫,洗开阴翳放晴空。"亦编入律诗,桢刊《栟榈集》未敢移置。鲍侍郎觉生为作校勘记,亦但云《瑞鹧鸪》须考,特附记于此。⑧

可见,在邓肃《栟榈集》中,《瑞鹧鸪》词是编入律诗的。《全宋词》中收录邓肃《瑞鹧鸪》(北书一纸惨天容),词后注明出处:"《栟榈先生文集》卷二。"⑨

《瑞鹧鸪》词的诗词互见现象,与宋人借《瑞鹧鸪》这一曲调歌唐宋人七言律诗的歌唱方法有关。胡仔《苕溪渔隐丛话后集》卷三九云:

唐初歌辞,多是五言诗,或七言诗,初无长短句。自中叶以后,至五代,渐变成长短句。及本朝,则尽为此体。今所存,止《瑞鹧鸪》《小秦王》二阕是七言八句诗、并七言绝句诗而已。《瑞鹧鸪》犹依字易歌,若《小秦王》必须杂以虚声乃可歌耳。⑩

宋人用《瑞鹧鸪》曲调歌唐宋人的七言律诗,如,宋蔡梦弼《杜工部草堂诗

---

① 吴讷编《百家词》,天津:天津市古籍书店,1992 年,377 页。
② 毛晋辑《宋六十名家词》,上海:上海古籍出版社,1989 年,55 页。
③ 朱祖谋辑校《彊村丛书》,扬州:广陵书社,2005 年,215 页。
④ 王十朋纂集《集注分类东坡先生诗》卷八,《四部丛刊》影印宋刊本,叶九。
⑤ 苏轼著,冯应榴辑注《苏轼诗集合注》,上海:上海古籍出版社,2001 年,415 - 416 页。
⑥ 苏轼著,王文诰辑注《苏轼诗集》,北京:中华书局,1982 年,442 页。
⑦ 苏轼著,王文诰辑注《苏轼诗集》,北京:中华书局,1982 年,442 页。
⑧ 唐圭璋编《词话丛编》,北京:中华书局,1986 年,2527 页。
⑨ 唐圭璋编纂,王仲闻参订,孔凡礼补辑《全宋词》,北京:中华书局,1999 年,1432 页。
⑩ 胡仔纂集《苕溪渔隐丛话》(后集),北京:人民文学出版社,1962 年,323 页。

话》卷一引杨湜（字曼倩）《古今词话》云：

蜀人将进酒，尝以为少陵诗，作《瑞鹧鸪》唱之："昔时曾从汉梁王，濯锦江边醉几场。拂石坐来衫袖冷，踏花归去马蹄香。　当初酒贱宁辞醉，今日愁来不易当。暗想旧游浑似梦，芙蓉城下水茫茫。"此诗或谓杜甫，或谓鬼仙，或谓曲词，未知孰是。然详味其言，唐人语也。首先有"曾从汉梁王"之句，决非子美作也。况集中不载，灼可见矣。①

按，此七言律诗，首句入韵，二、四、六、八句押韵，韵脚字为"王、场、香、当、茫"，颔联"拂石坐来衫袖冷，踏花归去马蹄香"、颈联"当初酒贱宁辞醉，今日愁来不易当"，对仗工整。南宋的杨湜，已不能辨明其是诗还是词。

再如，宋黄大舆《梅苑》卷八，《瑞鹧鸪》（众芳摇落独鲜妍），即宋林逋《山园小梅》诗，题注云："林逋诗句"，与通行文本微异，"暄妍"作"鲜妍"，"霜禽"作"寒禽"②；《瑞鹧鸪》（含情含态一枝枝），即唐崔鲁《岸梅》诗，题注云："岸梅，崔鲁诗句"，与《全唐诗》中的文本稍异，"含怨"作"含态"，"见来"作"见时"③。宋吉州本《欧阳文忠公近体乐府》卷一，《瑞鹧鸪》（楚王台上一神仙），题注云："此词本李商隐诗，公尝笔于扇，云可入此腔歌之。"④按，此七言律诗，非李商隐诗，乃吴融《浙东筵上有寄》诗，与《全唐诗》中的文本稍有不同，"襄王席上"作"楚王台上"，"眼色相当语不传"作"眼色相看意已传"，"真似梦"作"还似梦"，"陇禽有意"作"陇禽有恨"，"江月无心"作"江月无情"，"更被东风劝惆怅"作"更被春风送惆怅"，"落花时节定翩翩"作"落花飞絮定翩翩"⑤。

范纯仁《赠持国，持国以〈瑞鹧鸪〉歌之》诗云：

三十年来解榻宾，今朝重喜奉陈蕃。松筠雅操寒逾劲，胶漆深情老益敦。槐位已惭同致主，棠阴还许继为藩。古今此会应难得，醉饮休辞盘绿尊。⑥

按，这首七言律诗，首句不入韵，二、六句押一韵，韵脚字为"蕃、藩"，四、八句换押一韵，韵脚字为"敦、尊"；颔联"松筠雅操寒逾劲，胶漆深情老益敦"、颈联"槐位已惭同致主，棠阴还许继为藩"，对仗工整。《全宋词》中范纯仁名下，未收此《瑞鹧鸪》词。⑦

《瑞鹧鸪》不仅可以用来歌七言律诗，还可以用来歌七言八句体齐言词。南宋王十朋纂集《集注分类东坡先生诗》卷二五《杂赋类》，《效永叔〈瑞鹧

① 丁福保辑《历代诗话续编》，北京：中华书局，1983年，207页。
② 黄大舆《梅苑》，《唐宋人选唐宋词》本，上海：上海古籍出版社，2004年，263页。
③ 黄大舆《梅苑》，《唐宋人选唐宋词》本，上海：上海古籍出版社，2004年，263页。
④ 吴昌绶，陶湘辑《景刊宋金元明本词》，上海：上海古籍出版社，1989年，19页。
⑤ 吴昌绶，陶湘辑《景刊宋金元明本词》，上海：上海古籍出版社，1989年，19页。
⑥ 北京大学古文献研究所编《全宋诗》第十一册，北京：北京大学出版社，1998年，7450页。
⑦ 唐圭璋编纂，王仲闻参订，孔凡礼补辑《全宋词》，北京：中华书局，1999年，274页。

鸪〉》诗云：

霜余已失长淮阔。空听潺潺清颍咽。佳人犹唱醉翁词，四十三年如电抹。草头秋露流珠滑。三五盈盈还二八。与余同是识翁人，惟有西湖波底月。①

按，此诗，即苏轼《木兰花令》（霜余已失长淮阔）。傅幹《注坡词》卷一一引杨元素《时贤本事曲子集》云：

汝阴西湖胜绝天下，盖自欧阳永叔始。往岁子瞻自禁林出守，赏咏尤多。而去欧阳公时已久，故其和《木兰花》，"有四十三年如电抹"之句，二词俱奇峭雅丽，如出一人。此所以中间歌咏寂寥无闻也。②

又，陈师道与苏轼同和欧阳修词韵，作《木兰花·汝阴湖上同东坡用六一韵》（湖平木落摇空阔）。③

南宋王十朋纂集《集注分类东坡先生诗》卷八，《寒食未明至湖上，太守未来，两县令先在》诗云：

城头月落尚啼乌。乌榜红舷早满湖。鼓吹未容迎五马，水云先已飏双凫。映山黄帽螭头舫，夹道青烟鹊尾炉。老病逢春只思睡，独求僧榻寄须臾。④

这是一首叙事、写景、抒怀相结合的七言律诗。首句入韵，二、四、六、八句押韵，韵脚字为"乌、湖、凫、炉、臾"；颔联"鼓吹未容迎五马，水云先已飏双凫"，颈联"映山黄帽螭头舫，夹道青烟鹊尾炉"，对仗非常工整。

曾慥《东坡词拾遗》中《瑞鹧鸪》词云：

城头月落尚啼乌。朱舰红船早满湖。鼓吹未容迎五马，水云先已漾双凫。映山黄帽螭头舫，夹道青烟鹊尾炉。老病逢春只思睡，独求僧榻寄须臾。⑤

按，汲古阁本《东坡词》，"夹道"作"夹岸"；⑥《彊村丛书》本《东坡乐府》卷一，"夹道"作"夹岸"，词后有校注曰："诗集，'朱舰'作'乌榜'，'漾'作'飏'，'岸'作'道'。⑦ 诗词文本差异，当是歌诗时因发音需要而作的必要改动。

（三）《阳关曲》（济南春好雪初晴）、《阳关曲》（暮云收尽溢清寒）、《阳关曲》（受降城下紫髯郎）三词与七言绝句《答李公择》《中秋月》《赠张继愿》的互见问题

《阳关曲》（济南春好雪初晴），见傅幹《注坡词》卷九⑧、曾慥《东坡词》卷

① 王十朋纂集《集注分类东坡先生诗》卷二五，《四部丛刊》影印宋刊本，叶三十二。
② 傅幹注，刘尚荣校证《注坡词》，成都：巴蜀书社，1993 年，316 页。
③ 唐圭璋编纂，王仲闻参订，孔凡礼补辑《全宋词》，北京：中华书局，1999 年，753 页。
④ 王十朋纂集《集注分类东坡先生诗》卷八，《四部丛刊》影印宋刊本，叶九。
⑤ 吴讷编《百家词》，天津：天津市古籍书店，1992 年，377 页。
⑥ 毛晋辑《宋六十名家词》，上海：上海古籍出版社，1989 年，55 页。
⑦ 朱祖谋辑校《彊村丛书》，扬州：广陵书社，2005 年，215 页。
⑧ 傅幹注，刘尚荣校证《注坡词》，成都：巴蜀书社，1993 年，247 页。

下①、元本《东坡乐府》卷下②、汲古阁本《东坡词》③，题均为“李公择”；又见曾慥《东坡词拾遗》，调作《小秦王》④。《彊村丛书》本《东坡乐府》卷一，题为“答李公择”，有校注云：“元本题脱‘答’字，毛本同，从诗集补”，有案语云“诗集并载此词”。⑤

这首《阳关曲》，又作七言绝句。南宋王十朋纂集《集注分类东坡先生诗》卷一八酬答类，《阳关词三绝》其一《答李公择》，即本词。⑥ 清冯应榴辑注《苏轼诗集合注》卷一五，《阳关词三首》其二《答李公择》，亦即本词。⑦ 清王文诰辑注《苏文忠公诗编注集成》卷九，《阳关词三首》其一《赠张继愿》题下，有王文诰案语云：“别本题止‘军中’二字，施本题作《右赠张继愿》，列于诗后，其《答李公择》《中秋月》二题，并同。”⑧其二《答李公择》，亦即本词。

《阳关曲》(暮云收尽溢清寒)，见傅幹《注坡词》卷九⑨、曾慥《东坡词》卷下⑩、汲古阁本《东坡词》⑪，词题均为“中秋作”，《注坡词》有题注云：“本名《小秦王》，入腔即《阳关》”，曾慥《东坡词》、汲古阁本《东坡词》，均有题注云：“本名《小秦王》，入腔即《阳关曲》”；又见曾慥《东坡词拾遗》，调作《小秦王》⑫；又见元本《东坡乐府》卷下，题作“中秋作”，有题注云：“本名《小秦王》，入腔。”⑬《彊村丛书》本《东坡乐府》卷一，题为“中秋作”，词后有校注云：“毛本题下注云‘本名《小秦王》，入腔即《阳关曲》’，元本脱‘即《阳关曲》’四字”。⑭

这首《阳关曲》词，又作七言绝句。南宋王十朋纂集《集注分类东坡先生诗》卷一八酬答类，《阳关词三绝》题注曰：“内中《中秋月》一绝，见月门”⑮，然其卷六月类无此诗，盖原有而后脱。清冯应榴辑注《苏轼诗集合注》卷一五，《阳关词三首》其三，即本词，题为“中秋月”⑯。清王文诰辑注《苏文忠公诗编

---

① 吴讷编《百家词》，天津：天津市古籍书店，1992年，365页。
② 王鹏运辑《四印斋所刻词》，上海：上海古籍出版社，1989年，42页。
③ 毛晋辑《宋六十名家词》，上海：上海古籍出版社，1989年，44页。
④ 吴讷编《百家词》，天津：天津市古籍书店，1992年，373页。
⑤ 朱祖谋辑校《彊村丛书》，扬州：广陵书社，2005年，224页。
⑥ 王十朋纂集《集注分类东坡先生诗》卷一八，《四部丛刊》影印宋刊本，叶八。
⑦ 苏轼著，冯应榴辑注《苏轼诗集合注》，上海：上海古籍出版社，2001年，728页。
⑧ 苏轼著，王文诰辑注《苏轼诗集》，北京：中华书局，1982年，751－752页。
⑨ 傅幹注，刘尚荣校证《注坡词》，成都：巴蜀书社，1993年，245页。
⑩ 吴讷编《百家词》，天津：天津市古籍书店，1992年，365页。
⑪ 毛晋辑《宋六十名家词》，上海：上海古籍出版社，1989年，44页。
⑫ 吴讷编《百家词》，天津：天津市古籍书店，1992年，373页。
⑬ 王鹏运辑《四印斋所刻词》，上海：上海古籍出版社，1989年，42页。
⑭ 朱祖谋辑校《彊村丛书》，扬州：广陵书社，2005年，225页。
⑮ 王十朋纂集《集注分类东坡先生诗》卷一八，《四部丛刊》影印宋刊本，叶七。
⑯ 苏轼著，冯应榴辑注《苏轼诗集合注》，上海：上海古籍出版社，2001年，727－728页。

注集成》卷九,《阳关词三首》其一《赠张继愿》,题下有王文诰案语云:"别本题止'中军'二字,施本题作《右赠张继愿》,列于诗后,其《答李公择》《中秋月》二题,并同。"①其三《中秋月》,亦即本词。

《阳关曲》(受降城下紫髯郎),见傅幹《注坡词》卷九②、元本《东坡乐府》卷下③,均无题;见曾慥《东坡词》卷下④、汲古阁本《东坡词》⑤,均题为"军中";又见曾慥《东坡词拾遗》,调作《小秦王》⑥。《彊村丛书》本《东坡乐府》卷一,题为"赠张继愿",词后有校注云:"元本无题,从诗集补,毛本题作'军中'。"⑦

此首《阳关曲》词,又作七言绝句。南宋王十朋纂集《集注分类东坡先生诗》卷一八酬答类,《阳关词三绝》其二《赠张继愿》,即本词。⑧ 清冯应榴辑注《苏轼诗集合注》卷一五,《阳关词三首》其一《赠张继愿》,亦即本词,诗后有冯应榴按语云:"一本题止'军中'二字。"⑨清王文诰辑注《苏文忠公诗编注集成》卷九,《阳关词三首》其一《赠张继愿》,亦即本词,题下有王文诰案语云:"别本题止'军中'二字,施本题作《右赠张继愿》,列于诗后。"⑩

《阳关曲》的诗词互见现象,与宋人用《阳关曲》(《渭城曲》)这一曲调歌七言绝句的歌唱方法有关。

《阳关曲》,别名《渭城曲》,由王维《送元二使安西》诗而谱成,因诗中"渭城朝雨浥轻尘"句而名《渭城曲》,因"西出阳关无故人"句而名《阳关曲》,又因其"三叠"唱法而名《阳关三叠》。

宋郭茂倩《乐府诗集》卷八〇《近代曲词·渭城曲》云:

《渭城》一曰《阳关》,王维之所作也。本《送人使安西》诗,后遂被于歌。刘禹锡《与歌者诗》云:"旧人唯有何戡在,更与殷勤唱《渭城》。"白居易《对酒诗》云:"相逢且莫推辞醉,听唱《阳关》第四声。"《阳关》第四声,即"劝君更尽一杯酒,西出阳关无故人"也。《渭城》《阳关》之名,盖因辞云。⑪

任半塘《唐声诗》下编云:

此诗入乐以后,名《渭城曲》,凡称《阳关》者,多数指声,不指曲名。宋人

---

① 苏轼著,王文诰辑注《苏轼诗集》,北京:中华书局,1982 年,751－752 页。
② 傅幹注,刘尚荣校证《注坡词》,成都:巴蜀书社,1993 年,246 页。
③ 王鹏运辑《四印斋所刻词》,上海:上海古籍出版社,1989 年,42 页。
④ 吴讷编《百家词》,天津:天津市古籍书店,1992 年,365 页。
⑤ 毛晋辑《宋六十名家词》,上海:上海古籍出版社,1989 年,44 页。
⑥ 吴讷编《百家词》,天津:天津市古籍书店,1992 年,373 页。
⑦ 朱祖谋辑校《彊村丛书》,扬州:广陵书社,2005 年,227 页。
⑧ 王十朋纂集《集注分类东坡先生诗》卷一八,《四部丛刊》影印宋刊本,叶八。
⑨ 苏轼著,冯应榴辑注《苏轼诗集合注》,上海:上海古籍出版社,2001 年,726－727 页。
⑩ 苏轼著,王文诰辑注《苏轼诗集》,北京:中华书局,1982 年,751 页。
⑪ 郭茂倩编《乐府诗集》,北京:中华书局,1979 年,1139 页。

因其唱法有三叠句，甚突出，乃改称《阳关曲》或《阳关三叠》，以夺《渭城曲》原名。①

苏轼生平喜好歌《阳关曲》，陆游《老学庵笔记》卷五载："晁以道云：'绍圣初，与东坡居士别于汴上，东坡酒酣，自歌《古阳关》。'"②苏轼本人在熙宁十年（1077）中秋和十八年后的绍圣元年（1094）中秋，都以《阳关曲》歌其《彭城观月》诗。其《书彭城观月诗》云：

"暮云收尽溢清寒……明月明年何处看。"余十八年前中秋夜，与子由观月彭城，作此诗，以《阳关曲》歌之。今复此夜宿于赣上，方迁岭表，独歌此曲，聊复书之，以识一时之事，殊未觉有今夕之悲，悬知有他日之喜也。③

《阳关曲》词，又可用《小秦王》这一曲调来歌唱。苏轼用《阳关曲》歌唱的《彭城观月》诗，黄庭坚即令人用《小秦王》曲调来歌唱。阮阅《诗话总龟》卷一一引《王直方诗话》云："东坡作彭门守时……中秋席上作一绝云：'暮云收尽溢清寒……明月明年何处看。'其后山谷在黔南，令以《小秦王》歌之。"④胡仔《苕溪渔隐丛话后集》卷九云："'渭城朝雨浥轻尘……西出阳关无故人。'……右丞此绝句，近世人又歌入《小秦王》。"⑤清胡薇元《岁寒居词话》中云："《阳关曲》三首……其以《小秦王》歌者，乃诗人歌诗之法也。"⑥《四库全书总目·东坡词提要》中云："以《小秦王》歌之者，乃唐人歌诗之法，宋亦失传，惟《小秦王》调近绝句，故借其声律以歌之。"⑦所谓"惟《小秦王》调近绝句"，即胡仔《苕溪渔隐丛话后集》卷三九所说的"若《小秦王》必须杂以虚声乃可歌"⑧。然其歌词本文，是七言绝句。任半塘《教坊记笺订》云："《小秦王》，乃七言四句声诗。其歌谱流传后世颇久，南宋时犹能歌，并借其调以歌他曲之辞。"⑨

黄庭坚《山谷题跋》卷二《题古乐府后》云：

《古乐府》有："巴东三峡巫峡长，猿鸣三声泪沾裳。"但以抑怨之音和为数叠，惜其声今不传。余自荆州上峡入黔中，备尝山川险阻，因作前二叠，传于巴娘，令以《竹枝》歌之。前一叠可和云："鬼门关外莫言远，五十三驿是皇州"；后一叠可和云："鬼门关外莫惆怅，四海一家皆弟兄"。或各用四句入《阳关》、

① 任半塘著《唐声诗》（下编），上海：上海古籍出版社，1982 年，421 页。
② 陆游撰《老学庵笔记》，北京：中华书局，1979 年，66 页。
③ 苏轼著，茅维编《苏轼文集》，北京：中华书局，1986 年，2150 页。
④ 阮阅编《诗话总龟》，北京：人民文学出版社，1987 年，125 页。
⑤ 胡仔纂集《苕溪渔隐丛话》（后集），北京：人民文学出版社，1962 年，59 页。
⑥ 唐圭璋编《词话丛编》，北京：中华书局，1986 年，4028 页。
⑦ 清永瑢等撰《四库全书总目》，北京：中华书局，1965 年，1808 页。
⑧ 胡仔纂集《苕溪渔隐丛话》（后集），北京：人民文学出版社，1962 年，323 页。
⑨ 崔令钦撰，任半塘笺订《教坊记笺订》，北京：中华书局，2012 年，117 页。

《小秦王》，亦可歌也。①

黄庭坚所谓的《古乐府》，是指《巴东三峡歌》："巴东三峡巫峡长，猿鸣三声泪沾裳。巴东三峡猿鸣悲，猿鸣三声泪沾衣。"黄庭坚"自荆州上峡入黔中，备尝山川险阻"，作七言诗二首，其一为："撑崖拄谷蝮蛇愁，入箐攀天猿掉头。鬼门关外莫言远，五十三驿是皇州。"②其二为："浮云一百八盘萦，落日四十九渡明。鬼门关外莫言远，四海一家皆弟兄。"③黄庭坚自言，此二首七言四句诗，既可用民间的《竹枝》曲调歌唱，又可用《阳关曲》《小秦王》曲调歌唱。这一方面说明，用《阳关曲》歌唱的七言四句诗，也能用《小秦王》曲调来歌唱；另一方面说明，《阳关曲》与《小秦王》是两个不同的曲调。

《小秦王》与《阳关曲》(《渭城曲》)是两个声情不同的曲调。苏轼《书林次中所得李伯时归去来、阳关二图后》："两本新图宝墨香，尊前独唱《小秦王》。为君翻作《归来引》，不学《阳关》空断肠。"④可见，《阳关曲》的声情是凄切哀婉，令人肠断，苏轼《记〈阳关〉第四声》中亦云："其声宛转凄断"⑤。任半塘《唐声诗》下编云："《小秦王》既从《秦王破阵乐》来，应是凯歌；《渭城曲》完全骊歌。"⑥"凯歌"，胜利的歌，曲调欢快；"骊歌"，告别的歌，曲调哀伤。杨晓霭《宋代声诗研究》中解读《渭城曲》的歌唱声情云：

梅尧臣曾与刘敞、江邻几、谢公仪会饮，听江邻几唱《渭城曲》，诗中描绘江邻几唱《渭城》有"嘹唳华亭鹤"的艺术效果。宋人于词中则更加细腻形象地描绘了歌唱声情："肠断"、"断肠"、"愁肠"、"收泪"、"忍泪闻"、"和泪听"、"不堪闻"、"声堕泪"、"忍听"、"声咽"、"凄断"、"离魂黯"、"重情伤"、"牵离绪"……联系陆机的故事与六朝诗人对"鹤唳"一词的运用，可以想象《渭城曲》高亢凄清的声音，以及悲怆感伤之情。⑦

《阳关曲》词，之所以可用《小秦王》这一曲调来歌唱，在于两者在歌唱方法上相近，同样是三叠，同样有和声。苏轼《记〈阳关〉第四声》云：

旧传《阳关》三叠。然今歌者每句再叠而已，通一首言之，又是四叠，皆非是。或每句三唱，以应三叠之说，则丛然无复节奏。余在密州，有文勋长官以事至密，自云得古本《阳关》，其声宛转凄断，不类向之所闻。每句皆再唱，而第一句不叠，乃知唐本三叠盖如此。及在黄州，偶读乐天《对酒》诗云："相逢且莫推辞醉，新唱《阳关》第四声。"注："第四声：'劝君更尽一杯酒。'"以此验

① 黄庭坚《山谷题跋》(外一种)，《丛书集成初编》本，上海：商务印书馆，1936年，17页。
② 黄庭坚撰，任渊等注《黄庭坚诗集注》，北京：中华书局，2003年，420页。
③ 黄庭坚撰，任渊等注《黄庭坚诗集注》，北京：中华书局，2003年，420－421页。
④ 苏轼著，冯应榴辑注《苏轼诗集合注》，上海：上海古籍出版社，2001年，1512页。
⑤ 苏轼著，茅维编《苏轼文集》，北京：中华书局，1986年，2090页。
⑥ 任半塘著《唐声诗》(下编)，上海：上海古籍出版社，1982年，457－458页。
⑦ 杨晓霭著《宋代声诗研究》，北京：中华书局，2008年，74页。

之，若第一句叠，则此句为第五声矣，今为第四声，则第一句不叠审矣。①

可见，在苏轼时代，《阳关曲》的叠法有好几种，一种是"每句再叠"，一种是"每句三唱"，一种是"每句皆再唱，而第一句不叠"。其中，第一种，是四叠而非三叠，共有八句；第二种，杂乱无章，共有十二句；只有第三种符合唐人《阳关》"三叠"唱法，共有七句，第四声是"劝君更尽一杯酒"（非叠句），与唐白居易《对酒》诗中的记载相合。清吴衡照《莲子居词话》卷三云：

《阳关》三叠之说，言人人殊。香山诗"相逢且莫退辞醉，听唱阳关第四声"，注："第四声：'劝君更尽一杯酒。'"益索解不易。东坡尝求古本《阳关》而得其说，谓每句皆再唱，而第一句不叠，故三叠。"劝君更尽一杯酒"，恰是第四声。②

任半塘先生《唐声诗》上编云："《渭城曲》之唱叠句……要以苏轼所举'古本《阳关》'唱法首句不叠、余三句叠之一说比较可信。"③

宋人歌《阳关曲》，"三叠"之外，还杂有和声（虚声）。沈括《梦溪笔谈》卷五云：

古诗皆咏之，然后以声依咏以成曲，谓之协律。其志安和，则以安和之声咏之；其志怨思，则以怨思之声咏之。故治世之音安以乐，则诗与志，声与曲，莫不安且乐；乱世之音怨以怒，则诗与志，声与曲，莫不怨且怒。此所以审音而知政也。诗之外又有和声，则所谓曲也。古乐府皆有声有词，连属书之，如曰贺贺贺、何何何之类，皆和声也。今管弦之"中缠声"，亦其遗法也。唐人乃以词填入曲中，不复用和声。此格虽云自王涯始，然正元、元和之间，为之者已多，亦有在涯之前者……今声词从，唯里巷间歌谣及《阳关》《捣练》之类，稍类旧俗。然唐人填曲，多咏其曲名，所以哀乐与声，尚相谐会。④

李之仪《跋吴思道小词》中云：

长短句于遣词中最为难工，自有一种风格，稍不如格，便觉龃龉，唐人但以诗句，而用和声抑扬以就之，若今之歌《阳关》词是也。⑤

歌《小秦王》，同样是三叠，须有和声（虚声）。宋魏了翁《木兰花慢》词云云："问梅花月里，谁解唱、《小秦王》。向三叠声中，兰桡荃棹，桂醑椒浆。"⑥王灼《碧鸡漫志》卷四云："《何满子》，白乐天诗云：'世传何满是人名……一曲四词歌八叠，从头便是断肠声。'……歌八叠，疑有和声，如《渔父》《小秦王》之类。"⑦胡仔《苕溪渔隐丛话后集》卷三九云："若《小秦王》，必须杂以虚声乃

---

① 苏轼著，茅维编《苏轼文集》，北京：中华书局，1986 年，2090 页。
② 唐圭璋编《词话丛编》，北京：中华书局，1986 年，2456 页。
③ 任半塘著《唐声诗》（上编），上海：上海古籍出版社，2006 年，206－207 页。
④ 沈括著，胡道静校证《梦溪笔谈校证》，上海：古典文学出版社，1957 年，232 页。
⑤ 李之仪撰《姑溪居士全集》，《丛书集成初编》本，上海：商务印书馆，1935 年，310 页。
⑥ 唐圭璋编纂，王仲闻参订，孔凡礼补辑《全宋词》，北京：中华书局，1999 年，3062 页。
⑦ 唐圭璋编《词话丛编》，北京：中华书局，1986 年，107 页。

可歌。”①

因此,用《阳关曲》歌唱的七言绝句,也能用《小秦王》曲调来歌唱。同样的歌词文本,用不同声情的曲调来歌唱,获得的审美效果是不同的,为了留下这一声情印记,同样的歌词文本被冠以不同的调名。这也体现了歌词之词这一音乐文学以音乐属性为主、文学属性为从的特征。

明杨慎《词品》卷一云:

唐人绝句多作乐府歌,而七言绝句随名变腔。如《水调歌头》《春莺转》《胡渭州》《小秦王》《三台》《清平调》《阳关》《雨淋铃》,皆是七言绝句而异其名,其腔调不可考矣。②

清吴衡照《莲子居词话》卷一云:

唐七言绝歌法,若《竹枝》《柳枝》《清平调》《阳关》《小秦王》《八蛮拍》《浪淘沙》等阕,但异其名,即变其腔。③

胡仔《苕溪渔隐丛话后集》卷三九云:“‘济南春好雪初晴……时作《阳关》肠断声。’此《小秦王》也。”④可见,苏轼《答李公择》诗,在南宋时被冠以《小秦王》之名,这正好与曾慥《东坡词拾遗》中的《小秦王》一调相照应。

三、毛晋、朱祖谋两人尚未觉察到的东坡词互见问题

东坡词集中的《调笑令》(渔父)、《调笑令》(归雁)、《南歌子》(云鬓裁新绿)、《诉衷情》(海棠珠缀一重重)、《木兰花令》(霜余已失长淮阔)等词,互见于苏辙《栾城集》、云南杨氏刻《三李词》、元好问《遗山新乐府》、王十朋纂集《集注分类东坡先生诗》,是毛晋、朱祖谋尚未发现的。

《调笑令》(渔父)、《调笑令》(归雁),互见于苏辙《栾城集》。汲古阁本《东坡词》,有《调笑令》一首,双调六十四字,上阕起句为“渔父”,下阕起句为“归雁”,无题,无诗词互见的校注;⑤《彊村丛书》本《东坡乐府》卷三,《调笑令·效韦应物体》二首,并无诗词互见的校注。⑥《全宋词》,苏轼《调笑令》二词后有按语云:“此二首,别见苏辙《栾城集》卷十三。”⑦苏辙《调啸词·效韦苏州》二词下后按语云:“此二词,别又作苏轼词,见曾慥本《东坡词》卷下,未知孰是。”⑧按,苏辙《栾城集》卷一三,有《效韦苏州调啸词二首》。⑨

---

① 胡仔纂集《苕溪渔隐丛话》(后集),北京:人民文学出版社,1962 年,323 页。
② 唐圭璋编《词话丛编》,北京:中华书局,1986 年,431 页。
③ 唐圭璋编《词话丛编》,北京:中华书局,1986 年,2412 – 2413 页。
④ 胡仔纂集《苕溪渔隐丛话》(后集),北京:人民文学出版社,1962 年,323 页。
⑤ 毛晋辑《宋六十名家词》,上海:上海古籍出版社,1989 年,60 页。
⑥ 朱祖谋辑校《彊村丛书》,扬州:广陵书社,2005 年,261 页。
⑦ 唐圭璋编纂,王仲闻参订,孔凡礼补辑《全宋词》,北京:中华书局,1999 年,412 页。
⑧ 唐圭璋编纂,王仲闻参订,孔凡礼补辑《全宋词》,北京:中华书局,1999 年,459 页。
⑨ 苏辙著《栾城集》,上海:上海古籍出版社,1987 年,317 – 318 页。

《全宋词》，苏轼《南歌子》（云鬓裁新绿）词后按语云：“此首互见于云南杨氏刻《三李词》误作李煜词。”①又，王仲闻《南唐二主词校订》附录一，《南歌子》（云鬓裁新绿）后按语云：“此首乃苏轼所作，见《东坡全集》卷七十五，并见汲古阁《六十名家词》本《东坡词》。云南杨氏《三李词》原注云：‘一本作苏轼词。’郑振铎云：‘此词风格不类后主，不知杨氏据何本收入，疑系误载。’”②

张草纫笺注《二晏词笺注》中，晏殊《诉衷情》（海棠珠缀一重重）后有按语云：“此首别作苏轼词，见曾慥本《东坡词》卷下，别又误入金元好问《遗山新乐府》卷五。”③

苏轼《木兰花令》（霜余已失长淮阔），见南宋王十朋纂集《集注分类东坡先生诗》卷二五《杂赋类》，题为“效永叔《瑞鹧鸪》。”④

真伪问题和互见问题，是一对形影不离的“孪生兄弟”。真伪问题，由互见问题而起；若能断定真伪，也就解决了互见问题。词词互见问题，相对而言，比较简单，互见之词的最终归宿无非三种：其一，有足够的证据证明是他人之词而非东坡词，是误入东坡词集的他人之词，应将其从东坡词集中剔除（这实际上是东坡词的辨伪工作）；其二，有十足的把握确定是东坡词而非他人之词，是误入他人词集之东坡词，应在东坡词集中作校注说明，也应将其从相应的他人词集中删除（这对于相应的他人词集而言是辨伪工作）；其三，没有证据证明是不是东坡词，也没有十足的把握确定是不是他人之词，是无法确定作者归属的互见词。若在缺乏足够依据的情况下，从主观意志出发，对互见之词随意判断，任意取舍，无疑会误删一些“真作”，给东坡词别集的完备性带来一定的“损伤”。诗、词互见问题，相对而言，复杂得多，既牵涉到两种文体间的差异与联系问题，又涉及“借腔唱诗”、“借腔唱词”的问题，还牵涉到词调的起源、演进、定型问题，这些互见之词，究竟是诗是词，抑或亦诗亦词？有待文献的发掘和进一步的探究。

第四节 编纂体例的新变演进

——历代东坡词别集趋向完美

在编纂体例上，东坡词别集异代新变，不断演进，众体兼备，趋向完美。傅幹《注坡词》、曾慥《东坡词》《东坡词拾遗》、元本《东坡乐府》，陈陈相因，没有新变，均按调名异同类编，其间紧密的内在联系，既体现在词调与词调间的先后顺序上，又体现在同调内部词作的先后顺序上。汲古阁本《东坡词》，顺应新

① 唐圭璋编纂，王仲闻参订，孔凡礼补辑《全宋词》，北京：中华书局，1999年，421页。
② 李璟，李煜著，王仲闻校订《南唐二主词校订》，北京：中华书局，2007年，88页。
③ 晏殊，晏几道著，张草纫笺注《二晏词笺注》，上海：上海古籍出版社，2008年，99页。
④ 王十朋纂集《集注分类东坡先生诗》卷二五，《四部丛刊》影印宋刊本，叶三十二。

兴的时代潮流，按调式长短编次，对宋、元东坡词别集的编纂体例有所突破和创新，表现在词调与词调间的先后顺序上，在同调内部词作的先后顺序上，与宋、元东坡词别集之间又存在着千丝万缕的内在联系。《彊村丛书》本《东坡乐府》，完全突破了宋、元、明东坡词别集以词调为主导的编纂体例，开创了具有划时代意义（“学词”向“词学”的转型）的以创作时间为主导的编年体例，其筚路蓝缕之功不可磨灭，由于文献不足、方法缺陷等原因，其编年必然存在着一些问题，然而，功夫不负有心人，难能可贵的是，朱祖谋煞费苦心，以一人之力对将近一半的东坡词作出了准确、合理的编年。

一、宋元按调名异同类编本东坡词集间的内在联系

按调名异同类编，是指在将词调相同的作品类聚到一起，词调与词调间的先后顺序没有固定标准，随意性大，主观性强。傅幹《注坡词》、曾慥《东坡词》、元本《东坡乐府》，都是这种编纂体例，三者之间，既有同中见异之处，又有异中见同之处。其间内在紧密联系，体现在两个方面：一是词调与词调间的先后顺序；一是同调内部词作的先后顺序。

（一）词调与词调间先后顺序上的内在联系

将傅幹《注坡词》、曾慥《东坡词》、元本《东坡乐府》的目次进行对照，即可发现其间词调先后顺序上的内在联系。

1. 傅幹《注坡词》与曾慥《东坡词》的内在联系

曾慥《东坡词》上卷，前六调，《水龙吟》《满庭芳》《水调歌头》《满江红》《归朝欢》《念奴娇》，与傅幹《注坡词》（下称傅注本）卷一的三调、卷二的前三调相对应，且顺序完全一致。第七至十一调，《雨中花》《沁园春》《劝金船》《一丛花》《木兰花令》，与傅注本卷一一的第二至六调相对应，且顺序完全一致。第十三、十四调，《临江仙》《渔家傲》，与傅注本卷三的第四、第五调相对应，且顺序完全一致。第十五、十六调，《鹧鸪天》《少年游》，与傅注本卷一一的第七、第八调相对应，且顺序完全一致。第十七、十八调，《定风波》《南乡子》，与傅注本卷四的二调相对应，且顺序完全一致。第十九、二十调，《南歌子》《好事近》，与傅注本卷五的第四、第五调相对应，而顺序作了对调。第二十二至二十七调，《望江南》《卜算子》《瑞鹧鸪》《十拍子》《清平乐》《昭君怨》，与傅注本卷一二的前六调相对应，且顺序完全一致。

曾编本下卷，前三调，《戚氏》《醉蓬莱》《贺新郎》，对应傅注本卷三的前三调，且顺序完全一致。第四、五、六调，《洞仙歌》《八声甘州》《三部乐》，对应傅注本卷五的前三调，且顺序完全一致。第七至第十调，《阮郎归》《江城子》《无愁可解》《蝶恋花》，对应傅注本卷六的后四调，且顺序完全一致。第十一、十二调，《采桑子》《千秋岁》，对应傅注本卷一二的第七、八调，且顺序完全一致。第十四、十五、十六调，《永遇乐》《行香子》《菩萨蛮》，对应傅注本卷七的三调，且顺序完全一致。第十七、十八、十九调，《生查子》《翻香令》《乌夜啼》，对应

傅注本卷一二的第十二、十六、十四调（偶数调），后两调顺序作了对调。第二十二至二十六调，《何满子》《哨遍》《点绛唇》《殢人娇》《诉衷情》，对应傅注本卷八的后五调，且顺序完全一致。第二十七、二十八《更漏子》《华清引》，对应傅注本卷一二的第九、第十调，且顺序完全一致。第三十至三十五调，《醉落魄》《谒金门》《如梦令》《阳关曲》《减字木兰花》《浣溪沙》，对应傅幹《注坡词》卷九的五调以及卷一〇、卷一一的第一调《浣溪沙》，且顺序完全一致。三十六至三十九调，《双荷叶》《皂罗特髻》《调笑令》《荷花媚》，对应傅注本卷一二的最后四调，前后顺序略有调整。

2. 元本《东坡乐府》与曾慥《东坡词》的内在联系

元本《东坡乐府》卷上，前四调，《水龙吟》《满庭芳》《水调歌头》《满江红》，对应曾编本卷上的前四调，原封不动。第六、八调，《千秋岁》《永遇乐》，对应曾编本卷下的第十二、十四调（偶数调）。第七、九、十一调，《归朝欢》《雨中花》《劝金船》，对应曾编本卷上的第五、第七、第九调（奇数调）。第十、十二调《沁园春》《一丛花》，对应曾编本卷上的第八、第十调（偶数调）。第十三、十四、十五调，《八声甘州》《洞仙歌》《三部乐》，对应曾编本卷下的第五、四、六调，前后顺序略有调整。第十七、十八、十九调，《戚氏》《醉蓬莱》《贺新郎》，对应曾编本卷下的前三调，顺序完全一致。第二十一、二十二调，《木兰花令》《西江月》，对应曾编本卷上的第十一、十二调，顺序完全一致。第二十三、二十四调，《鹧鸪天》《少年游》，对应曾编本卷上的第十五、十六调，顺序完全一致。第二十五至三十调，《望江南》《卜算子》《瑞鹧鸪》《十拍子》《清平乐》《昭君怨》，对应曾编本卷上的第二十二至二十七调，顺序完全一致。第三十二、三十三调，《更漏子》《华清引》（误作《华胥引》），对应曾编本卷下的第二十七、二十八调，顺序完全一致。第三十八、三十九调，《临江仙》《渔家傲》，对应曾编本卷上的第十三、十四调，顺序完全一致。第四十、四十一调，《定风波》《南乡子》，对应曾编本卷上的第十七、十八调，顺序完全一致。

元本《东坡乐府》卷下，第四、五调，《江城子》《蝶恋花》，与曾编本卷下的第八、十调（偶数调）相对应。第十一、十二调，《醉落魄》《如梦令》，与曾编本卷下的第三十、三十二调（偶数调）相对应。第十五、十六调，《殢人娇》《诉衷情》，与曾编本卷下的第二十五、二十六调相对应。第十八、十九调，《好事近》《鹊桥仙》，与曾编本卷上的第二十、二十一调相对应。最后两调，《调笑令》《荷花媚》，与曾编本卷下的第三十八、三十九调相对应，且顺序完全一致。

（二）同调内部词作先后顺序上的内在联系

宋元东坡词别集，不仅在词调与词调间的先后顺序上存在内在联系，在同调内部作品的先后顺序上同样也存在内在联系。将傅幹《注坡词》、曾慥《东坡词》、元本《东坡乐府》的同调作品两两对照，可以发现其间内在联系。

1. 傅幹《注坡词》与曾慥《东坡词》的内在联系

曾编本卷上，《水龙吟》四首、《满庭芳》五首、《水调歌头》五首，前后次序与傅注本卷一完全一致；《满江红》五首、《西江月》十三首，前后次序与傅注本卷二完全一致；《临江仙》十二首、《渔家傲》四首，前后次序与傅注本卷三完全一致；《定风波》九首、《南乡子》十四首，前后次序与傅注本卷四完全一致；《南歌子》十七首，前后次序与傅注本卷五完全一致。

曾编本卷下，《江城子》九首、前四首（后五首阙），前后次序与傅注本卷六完全一致；《行香子》六首，前后次序与傅注本卷七完全一致；《菩萨蛮》十八首，前四首前后次序与傅注本卷七完全一致，第十二至十七首与傅注本卷七第五至第十首对应，第五首至第十一首与傅注本卷七第十二至第十八首对应，前后次序均完全一致；《虞美人》三首，前后次序与傅注本卷八四首的前三首完全一致；《点绛唇》五首，第三至第五首对应傅注本卷八的前三首，第一、第二首对应傅注本卷八的第四、第五首，且前后次序均完全一致；《醉落魄》四首、《如梦令》四首，前后次序与傅注本卷九完全一致；《减字木兰花》十六首，第一、第二首对应傅注本卷九的第二、第一首，第三至第十六首前后次序与傅注本卷九完全一致；《浣溪沙》四十首，前二十八首前后次序与傅注本卷十完全一致，第三十六至四十首，与傅注本卷一一的后五首（阙前七首）次序完全一致。

2. 元本《东坡乐府》与曾慥《东坡词》的内在联系

元本《东坡乐府》卷上，《水龙吟》四首、《水调歌头》五首、《满江红》五首、《西江月》十三首、《渔家傲》四首、《定风波》九首，前后次序与曾编本卷上完全一致；《满庭芳》六首，第一、第二至第五首对应曾编本卷上的第一、第三至第六首，前后次序完全一致；《临江仙》十二首，前六首、后五首与曾编本卷上前后次序完全一致；《南乡子》十五首，前十四首前后次序与曾编本卷上完全一致。

元本《东坡乐府》卷下，《南歌子》十七首，第一、第二至第十六首对应曾编本卷上的第一、第三至十七首，前后次序完全一致；《江城子》九首、《蝶恋花》八首、《行香子》六首、《醉落魄》四首、《如梦令》四首，前后次序与曾编本卷下完全一致；《菩萨蛮》十八首，第五至第九首对应曾编本卷下的前四首，第九至第十一首对应曾编本卷下的第十二至十四首，第一至第三首对应曾编本卷下的第十五至十七首，第十二至十八首对应曾编本卷下的第五至第十一首，前后次序均完全一致；《虞美人》四首，前三首前后次序与曾编本卷下完全一致；《点绛唇》五首，第一至第三首与曾编本卷下第三至第五首对应，第四、第五首与曾编本卷下第一、第二首对应，且前后次序完全一致；《减字木兰花》十九首，第三至第十六首前后次序与曾编本卷下完全一致，第一、第二首对应曾编本卷下的第二、第一首；《浣溪沙》四十三首，第三十六至第四十三首对应曾编本卷下的第一至第八首，第三至三十四首对应曾编本卷下的第九至第四十首，前后次序均完全一致。

二、按调式长短编次本汲古阁《东坡词》的变与守

按调式长短编次，与按调名异同类编，既有相同之处，都是将同一词调的

作品类聚到一起编排；又有不同之处，词调与词调间的先后顺序，并不是随意主观的，没有规律可循，而是有一定的标准，即词调字数的多寡。汲古阁本《东坡词》，采用按调式长短编次的体例，这是其突破与创新之处；在词调内部作品的先后顺序上，它与前代按调名异同类编本东坡词集又有着千丝万缕的内在联系。

（一）汲古阁本《东坡词》编纂体例的突破与创新

汲古阁本《东坡词》不分卷，按调式长短编次，起于二十八字的《阳关曲》，终于二百〇四字的《戚氏》，合计共有七十二调，其目次如下：

1. 阳关曲 2. 如梦令 3. 生查子 4. 昭君怨 5. 点绛唇 6. 浣溪沙 7. 减字木兰花 8. 诉衷情 9. 菩萨蛮 10. 采桑子 11. 卜算子 12. 好事近 13. 华清引 14. 谒金门 15. 清平乐 16. 双荷叶 17. 更漏子 18. 占春芳 19. 乌夜啼 20. 阮郎归 21. 虞美人影 22. 西江月 23. 少年游 24. 瑶池燕 25. 南柯子 26. 望江南 27. 浪淘沙 28. 鹧鸪天 29. 玉楼春 30. 南乡子 31. 鹊桥仙 32. 瑞鹧鸪 33. 翻香令 34. 虞美人 35. 一斛珠 36. 醉落魄 37. 临江仙 38. 蝶恋花 39. 荷花媚 40. 渔家傲 41. 定风波 42. 十拍子 43. 苏幕遮 44. 调笑令 45. 行香子 46. 青玉案 47. 殢人娇 48. 江城子 49. 千秋岁 50. 何满子 51. 祝英台近 52. 一丛花 53. 皂罗特髻 54. 洞仙歌 55. 劝金船 56. 意难忘 57. 满江红 58. 满庭芳 59. 水调歌头 60. 雨中花慢 61. 八声甘州 62. 醉蓬莱 63. 三部乐 64. 念奴娇 65. 水龙吟 66. 归朝欢 67. 永遇乐 68. 无愁可解 69. 沁园春 70. 贺新郎 71. 哨遍 72. 戚氏

其中，没有《木兰花令》，有《玉楼春》，《木兰花令》与《玉楼春》，实际上是两个不同的词调，毛晋将其混同。《调笑令》之所以排在第四十四，是因为汲古阁《东坡词》中，本应是单调三十二字体的两首《调笑令》，作双调六十四字体一首，故编在六十二字的《苏幕遮》与六十六字的《行香子》之间，这也正说明了其按调式长短编次的体例。

按调式长短编次，在汲古阁本《宋六十名家词》中，并非偶然现象。《东坡词》之外，晏殊《珠玉词》、黄庭坚《山谷词》、秦观《淮海词》、辛弃疾《稼轩词》、谢逸《溪堂词》、毛幵《樵隐词》、程垓《书舟词》，均是按调式长短编次的。其间不同者，《珠玉词》《淮海词》《溪堂词》以顺序编排，短调在前，长调在后；《山谷词》《稼轩词》《樵隐词》《书舟词》以逆序编排，长调在前，短调在后。

按调式长短编次，在朱明一代，更非偶然，是词集编选的鲜明时代特征。明嘉靖间，顾从敬将家藏旧本按题材分类编次的《草堂诗余》按照调式长短重新编排，且将词调分为小令、中调、长调三大类，编成《类编草堂诗余》，开创了词集编纂中按调式长短编次的新体例。

顾从敬《类编草堂诗余》之后的明代词选，如杨慎批点本《草堂诗余》、陈耀文《花草粹编》、茅暎《词的》、卓人月《古今词统》等，均采用按调式长短编次的体例。其间不同者，有些编目中标明“小令”、“中调”、“长调”，有的编目中并不标明“小令”、“中调”、“长调”。

杨慎批点本《草堂诗余》五卷，卷一收小令25调，起自《捣练子》，终于《南柯子》；卷二收小令12调，起自《怨王孙》，终于《小重山》；卷三收中调45调，起自《一剪梅》，终于《夏云峰》；卷四收长调44调，起自《东风齐着力》，终于《水龙吟》；卷五收长调59调，起自《瑞鹤仙》，终于《西平乐》。合计共有小令47调，中调45，长调103调。

陈耀文《花草粹编》十二卷，卷一收小令88调，起自《苍梧谣》，终于《上行杯》；卷二收小令30调，起自《中兴乐》，终于《采桑子》；卷三收小令22调，起于《菩萨蛮》，终于《一落索》；卷四收小令79调，起于《忆秦娥》，终于《滴滴金》；卷五收小令60调，起于《少年游》，终于《芳草渡》；卷六收小令调50，起于《玉楼春》，终于《南楼令》；卷七收中调75调，起于《贺明朝》，终于《祭袄神》；卷八收中调125调，起于《千秋岁》，终于《尉迟杯》；卷九收长调61调，起于《东风齐着力》，终于《庆千秋》；卷一〇收长调83调，起于《庆清朝》，终于《瑶台聚八仙》；卷一一收长调104调，起于《玉烛新》，终于《尉迟杯》；卷一二收长调98调，起于《翻清波摘遍》，终于《莺啼序》。合计共有小令329调，中调200调，长调346调。

茅暎《词的》四卷，卷一收小令31调，起自《十六字令》，终于《丑奴儿》；卷二收小令48调，起自《减字木兰花》，终于《醉落魄》；卷三收中调35调，起自《小重山》，终于《洞仙歌》；卷四收长调38调，起自《意难忘》，终于《多丽》。合计共有小令79调，中调35调，长调38调。

卓人月《古今词统》十六卷，虽未标“小令”、“中调”、“长调”之目，但每卷都标明所收词调的字数范围。卷一，十六字至二十八字，收18调，起自《十六字令》，终于《字字双》；卷二，二十八字，收《竹枝》《柳枝》二调；卷三，三十字至四十字，收30调，起自《江南春》，终于《醉公子》；卷四，四十一字至四十四字，收15调，起自《点绛唇》，终于《后庭花》；卷五，四十四字至四十六字，收11调，起自《减字木兰花》，终于《误佳期》；卷六，四十六字至五十一字，收44调，起自《忆少年》，终于《秋夜雨》；卷七，五十二字至五十六字，收21调，起自《醉花阴》，终于《瑞鹧鸪》；卷八，五十六字至五十七字，收12调，起自《采莲子》，终于《夜游宫》；卷九，五十八字至六十字，收12调，起自《踏莎行》，终于《后庭宴》；卷十，六十字至七十二字，收32调，起自《钗头凤》，终于《归田乐》；卷十一，七十三字至九十二字，收45调，起自《粉蝶儿》，终于《意难忘》；卷十二，九十三字至九十七字，收19调，起自《满江红》，终于《八声甘州》；卷十三，九十八字至一百一字，收27调，起自《燕山亭》，终于《寿楼春》；卷十四，一百二字至一百五字，收24调，起自《齐天乐》，终于《二郎神》；卷十五，一百六字至一百十六字，收13调，起自《夜飞鹊》，终于《摸鱼儿》；卷十六，一百十六字至二百三十四字，收14调，起自《贺新郎》，终于《莺啼序》。合计共有339调。

毛晋顺应时代潮流，迎合时代风尚，将词总集编选中按调式长短编次的体例借鉴、运用到词别集的编纂中来，对晏殊《珠玉词》、苏轼《东坡词》、黄庭坚《山谷词》、秦观《淮海词》、辛弃疾《稼轩词》、谢逸《溪堂词》、毛开《樵隐词》、程垓《书舟词》进行重新编排。是以故，汲古阁《东坡词》，在编纂体例上是具有鲜明的时代烙印和典型时代特征的。

（二）汲古阁本《东坡词》与前代东坡词集的内在联系

汲古阁本《东坡词》，与前代东坡词集编纂体例上的内在联系，体现在同调内部作品的先后顺序上。将汲古阁《东坡词》与曾慥《东坡词》《东坡词拾遗》、元本《东坡乐府》中的同调词作进行对照，可以发现其间联系。

1. 汲古阁本《东坡词》与曾慥《东坡词》《东坡词拾遗》的内在联系

《阳关曲》三首、《诉衷情》三首、《谒金门》三首、《阮郎归》三首，与曾编本卷下前后顺序完全一致。《如梦令》五首，前四首与曾编本卷下前后顺序完全一致，第五首即曾慥《东坡词拾遗》中的一首。《点绛唇》五首，前三首与曾编本卷下第三至第五首对应，前后顺序完全一致；第四、第五首，即曾慥《东坡词拾遗》中的两首。《浣溪沙》四十四首，前二十六首与曾编本卷下前后顺序完全一致；第二十七首至三十九首与曾编本卷下第二十八至四十首对应，前后顺序完全一致；第四十一至第四十三首，与曾慥《东坡词拾遗》的三首次序一致。《减字木兰花》二十四首，前十六首与曾编本卷下前后顺序完全一致，第十七至二十四调与曾慥《东坡词拾遗》的八首次序一致。《菩萨蛮》二十一首，前四首与曾编本卷下前后顺序完全一致，第六至第十首与曾编本卷下的第十三至第十七首对应，第十二首至第十八首与曾编本卷下的第五至第十一首对应，前后顺序均完全一致；第十九至二十一首，与曾慥《东坡词拾遗》的三首次序一致。《蝶恋花》十六首，前八首与曾编本卷下前后顺序完全一致。《行香子》七首，前六首与曾编本卷下前后顺序完全一致。《江城子》十三首，前九首与曾编本卷下前后顺序完全一致，第十至十二首与曾慥《东坡词拾遗》中的三首前后顺序完全一致。

《西江月》十三首、《定风波》九首、《满江红》五首、《水调歌头》五首，与曾编本卷上前后顺序完全一致。《南歌子》十九首，前十七首与曾编本卷上前后顺序完全一致。《玉楼春》六首，前三首与曾编本卷上前后顺序完全一致。《南乡子》十六首，前十四首与曾编本卷上前后顺序完全一致；第十五、十六首，即曾慥《东坡词拾遗》中的两首。《虞美人》八首，前三首与曾编本卷上前后顺序完全一致。《醉落魄》三首，与曾编本卷上四首的后三首前后顺序完全一致。《临江仙》十四首，前七首、第八至十二首与曾编本卷上前后顺序完全一致。《渔家傲》六首，前四首与曾编本卷上前后顺序完全一致。《满庭芳》六首，第一、第三至第六首与曾编本卷上的第一、第二至第五首对应，前后顺序完全一致。《水龙吟》六首，前四首与曾编本卷上前后顺序完全一致。

2. 汲古阁本《东坡词》与元本《东坡乐府》的内在联系

《阳关曲》三首、《如梦令》五首、《诉衷情》三首、《谒金门》三首、《阮郎归》

三首、《行香子》七首，与元本卷下前后顺序完全一致。《点绛唇》五首，前三首与元本卷下前后顺序完全一致。《浣溪沙》四十四首，第一至第八首与元本卷下的第三十六至四十三首对应，第九至二十六首与元本卷下的第三至二十首对应，第二十七首至三十九首与元本卷下的第二十二至三十四首对应，前后顺序均完全一致。《减字木兰花》二十四首，第三至第十六首与元本卷下前后顺序完全一致。《菩萨蛮》二十一首，第十二首至十八首与元本卷下前后顺序完全一致，第一至第七首与元本卷下的第五至十一首对应，第八至十一首与元本卷下的第一至第四首对应，前后顺序均完全一致；《蝶恋花》十六首，前八首与元本卷下前后顺序完全一致。《江城子》十三首，前九首与元本卷下前后顺序完全一致。《西江月》十三首、《定风波》九首、《满江红》五首、《水调歌头》五首，与元本卷上前后顺序完全一致。《南歌子》十九首，第三至第十七首与元本卷上的第二至第十六首对应，前后顺序完全一致。《玉楼春》六首，前三首与元本卷上前后顺序完全一致。《南乡子》十六首，前十四首与元本卷上前后顺序完全一致。《虞美人》八首，前四首与元本卷上前后顺序完全一致。《醉落魄》三首，与元本卷上四首的后三首前后顺序完全一致。《临江仙》十四首，前六首、第八至十二首与元本卷上前后顺序完全一致。《渔家傲》六首，前四首与元本卷上前后顺序完全一致。《满庭芳》六首，第一、第三至第六首与元本卷上的第一、第二至第五首对应，前后顺序完全一致。《水龙吟》六首，前四首与元本卷上前后顺序完全一致。

三、按创作时间编次的《彊村丛书》本《东坡乐府》

无论是宋、元三大东坡词集的按调名异同类编，还是明代汲古阁本《东坡词》的按调式长短编次，都是以词调为编排的首要的主导标准。《彊村丛书》本《东坡乐府》，突破了这一编纂体例，开创了以创作时间编次的新体例，其筚路蓝缕之功不可磨灭；由于文献不足、方法缺陷等原因，其编年必然存在着一些问题；然而，难能可贵的是，朱祖谋以一人之力对将近一半的东坡词作出了准确、合理的编年。

（一）编年依据：合南宋傅藻《纪年录》、王宗稷《东坡先生年谱》、清王文诰《苏诗总案》三家，证以题、序，辅以诗文别集、地方文献、史料笔记

《彊村丛书》本《东坡乐府·凡例》中云：

旧本分调编次，今依编年体例。以傅藻《纪年录》、王宗稷《年谱》皆南宋人手，自足征信，近则王文诰《苏诗总案》，搜辑最详，合此三家，证以题注，参酌审定，大凡可考者十之六七。因效冯孟亭注《玉溪生诗》例，以无从编年者别为一卷，仍依元刻以调类列其间。①

① 朱祖谋辑校《彊村丛书》，扬州：广陵书社，2005年，211页。

由此可知，朱祖谋用编年体例编纂东坡词集，并非凭空而来，而是借鉴了诗集编纂中的编年体例。其卷一、卷二编年、卷三不编年的体例，参照的是冯浩编注的《玉溪生诗笺注》（或名《玉溪生诗详注》）。朱祖谋对东坡词进行编年的主要依据是南宋傅藻《东坡纪年录》、王宗稷《东坡先生年谱》、清王文诰《苏文忠公诗编注集成总案》，以及东坡词的词题、词序。曹树铭先生《东坡词籍著录》中云："朱氏所依据者，尚有东坡《诗集》《咸淳临安志》《西湖志》《颍滨遗老传》《能改斋漫录》《苕溪渔隐丛话》及《挥麈后录》等书，惟各书之所刻依据者绝少，故朱本凡例略而未及耳。"①

（二）编年方法："参酌审定"，"类编"、"疑编"相结合

朱祖谋在《彊村丛书》本《东坡乐府·凡例》中云，其编年方法是"参酌审定"。曹树铭先生在《东坡词籍著录》中将其总结为"类编"八大基本原则和"疑编"之法：

出于朱氏自我斟酌者，要为类编。兹就本人体验所得，朱氏类编之原则大致如下：

1. 因两首地名有连带关系者并列之，如《行香子》（一叶舟轻）与《祝英台近》（挂轻帆）；

2. 因地名与东坡行迹有密切关系，从而考订其编年者，如《木兰花令》（梧桐叶上三更雨）。

3. 因两首调题皆同而并列者，如《南乡子》（凉簟碧纱厨）与同调"寒雀满疏篱"。

4. 因两首事同而并列者，如《减字木兰花》（郑庄好客）与《南歌子》（欲执河梁手）；如《江城子》（天涯流落思无穷）与《减字木兰花》（玉觞无味）。

5. 因两首题同一人而可以考其为同时者并列之，如《木兰花令》（知君仙骨无寒暑）与《虞美人》（归心正似三春草）。

6. 因两首或三首调韵皆同而并列者，如《南歌子》（山与歌眉敛）与同调（古岸开青葑）；如《南乡子》（日出西山雨），同调"雨暗初疑夜"与同调"带酒冲山雨"。

7. 因词题概举年数，溯而上之，遂确定其编年者，如《洞仙歌》（冰肌玉骨）。

8. 因与同时人所作词调韵皆同而推定其编年者，如《定风波》（金谷风流阮步兵），与张先词同调"浴殿词臣亦议兵"。

此外，则为疑编，如《醉落魄》（苍颜华发），如《减字木兰花》（空床响琢），如《渔家傲》（皎皎牵牛河汉女）。②

曹树铭先生在《东坡词籍著录》中评价朱祖谋的编年方法云："不独阐示

---

① 曹树铭校编《苏东坡词》，台北：台湾"商务印书馆"股份有限公司，1983 年，568 页。

② 曹树铭校编《苏东坡词》，台北：台湾"商务印书馆"股份有限公司，1983 年，570－571 页。

朱氏编年之苦心，亦所以示学者以规范，触类旁通，则编年之技巧思过半矣。"①诚然！诚然！朱祖谋煞费苦心独创的编年之法，有方法论上的指导意义。然而，这样的编年方法，也是存在问题的。具体说来，体现在"地名有连带关系"、"调题皆同"、"题同一人"、"词题概举年数"等方面。

1. "地名有连带关系"

《浣溪沙·徐州藏春阁园中》（惭愧今年二麦收），作于徐州无疑；《浣溪沙》（缥缈红妆照浅溪）中"送君何处古台西"句，朱注云："古台，戏马台也"②，项羽戏马台，在徐州。两首词"地名有连带关系"，朱祖谋将其编在元丰元年（1078）。然而，两词虽是同地之作然非同时之作，前者作于元丰元年（1078）四月，后者作于熙宁十年（1077）七月。

2. "调题皆同"

《南乡子·和杨元素》（凉簟碧纱厨）、《南乡子·梅花词和杨元素》（寒雀满疏篱）二词，因题中均有"和杨元素"，朱祖谋将其编为熙宁七年（1074）九月杭州之作。然而，两词虽"调题皆同"，然非同时同地之作，前者元丰元年（1078）秋作于徐州，后者熙宁七年（1074）冬作于密州。

3. "题同一人"

《南乡子·席上劝李公择酒》（不到谢公台）、《阳关曲·答李公择》（济南春好雪初晴）、《蝶恋花·暮春别李公择》（簌簌无风花自亸）三词，因题中均有"李公择"，朱祖谋将其编为熙宁十年（1077）齐州之作。然而，三词虽"题同一人"，然非作于同时同地，《南乡子》熙宁七年（1074）九月作于湖州，《阳关曲》熙宁十年（1077）正月作于齐州，《蝶恋花》元丰元年（1078）三月作于徐州。

《满江红·董毅夫名钺，自梓漕得罪，罢官东川，归鄱阳，过东坡于齐安……》（忧喜相寻）、《哨遍·陶渊明赋〈归去来〉……鄱阳董毅夫过而悦之……》（为米折腰）二词，因题中都有"董毅夫"，朱祖谋编为元丰五年（1082）黄州之作。然而，两词虽"题同一人"，作于同地，然非作于同时，前者元丰四年（1081）八九月作于黄州，后者元丰五年（1082）春作于黄州。

《水调歌头·欧阳文忠公尝问琴诗何者最善……建安章质夫家善琵琶者乞为歌词……》（昵昵儿女语言）、《水龙吟·次韵章质夫杨花词》（似花还似非花）二词，因均有"章质夫"，朱祖谋编为元祐二年二月至四月汴京之作。然而，两词虽"题同一人"，虽作于同地然非作于同时，前者元丰五年（1082）正月作于黄州，后者元丰四年（1081）春作于黄州。

4. "词题概举年数"

《洞仙歌·余七岁时……今四十年……》（冰肌玉骨），朱祖谋据词序中年岁编元丰五年（1082）夏黄州之作。然而，此词虽"词题概举年数"，然"四十

---

① 曹树铭校编《苏东坡词》，台北：台湾"商务印书馆"股份有限公司，1983年，570－571页。

② 朱祖谋辑校《彊村丛书》，扬州：广陵书社，2005年，227页。

年”并非确指，而是概举成数（诗、词、文中常用），不可“溯而上之，遂确定其编年”，该词系元丰四年（1081）夏作于黄州，是年夏天异常炎热。

《定风波·余昔与张子野……凡十五年，再过吴兴……》（月满苕溪照夜堂），朱祖谋据词序中年数编为元祐四年（1089）湖州之作。然而，此词虽“词题概举年数”，然“十五年”并非确指，而是概举成数，据石刻文献，该词元祐六年（1091）三月作于湖州。

（三）编年得失：对60%的东坡词进行编年，编年准确率高达75%

《彊村丛书》本《东坡乐府》卷一、卷二为编年词，卷一106首，卷二98首，编年词合计共有204首；卷三为不编年词136首；《彊村丛书》本《东坡乐府》存词总计共有340首。朱祖谋在《东坡乐府·凡例》中云：“大凡可考者十之六七”①，经测算，编年词占比60%，不编年词占比40%。

朱祖谋《彊村丛书》本《东坡乐府》东坡词编年的得与失，可以通过与薛瑞生《东坡词编年笺证》，邹同庆、王宗堂《苏轼词编年校注》，孔凡礼《苏轼年谱》以及一系列东坡词编年的考辨文章的比照来衡量。

在《彊村丛书》本《东坡乐府》卷一106首编年词中，编年合理的有77首，占到73%，将近四分之三；编年有误的有29首，占到27%，四分之一略多。卷二98首编年词中，编年合理的有77首，占到79%，将近五分之四；编年有误的有21首，占到21%，五分之一略多。卷一、卷二204首编年词中，编年合理的有154首，占编年词的75%，占存词总数的45%；编年有误的有50首，占编年词的25%，占存词总数的15%。

在《彊村丛书》本《东坡乐府》卷三136首不编年词中，后人能确切编年的有56首，占到41%，五分之二略多；编年存在争议的有50首，占比37%，将近五分之二；未编年之词24首，占比18%，接近五分之一；编为误入词、存目词、存疑词的有6首，占比4%。

由此可见，晚晴时期朱祖谋凭借有限的文献资料和独创的编年方法，已经能够对东坡词中将近一半的东坡词进行准确、合理编年，占其编年词的四分之三，编年准确率高达75%。而朱祖谋未编年之词，今人能够准确编年的仅有五分之二，余下五分之三，仍不能明确编年，甚至无法编年。

词集的编纂体例，无论别集，还是词选，从按宫调名、题材类别（有时两相结合，如《详注周美成片玉集》《增修笺注妙选群英草堂诗余》等）编排，到按词人年代编排，到按调名异同编类，再到按调式长短编次，最终到按创作时间编次，是顺应时代潮流的必然发展趋势。不同时代，词集编纂体例演进历程的不同阶段，审美风尚不同，词体观念不同，目的动机不同，编纂体例自然也有所不同。

① 朱祖谋辑校《彊村丛书》，扬州：广陵书社，2005年，211页。

按宫调、题材编排，是应歌的需要。《金奁集》，分越调、南吕宫、中吕宫、黄钟宫、双调、林钟商调、高平调、仙吕宫、歇指调、黄钟宫。《详注周美成片玉集》，卷一至卷三春景，卷四夏景，卷五、卷六秋景，卷七、卷八单题（元宵、重九、新月、春雨、梅花、梨花、落花、柳、金陵、梅雪、惆怅、春情），卷九、卷一〇杂赋（思情、秋思、离恨、旅情、江落、怨恨、伤感、楼月、咏妓、美咏、檇、美情、秋悲、别情、留恋、佳人、美意、标韵），词调下均注明越调、大石、商调、双调、仙吕、高平、小石、歇指、般涉、黄钟、大吕、正宫、林钟、正平。《增修笺注妙选群英草堂诗余》，有春景类、夏景类、秋景类、冬景类、节序类、天文类、地理类、人物类、人事类，饮馔起用类、花禽类；其中，有些词调下还保留了宫调名，如节序类重阳词，周邦彦《六幺令》（快风收雨）调下注有“仙吕”①；除夕词胡浩然《送入我门来》（荼垒安扉）调下注有“黄钟商调”②。

按词人时代编排，是存史的需要。《花间集》，收录晚唐五代十八位词人之词五百首。《尊前集》，收录唐五代三十六位词人之词二百八十九首。曾慥《乐府雅词》，卷上、卷中、卷下收录三十四位宋代词人之词八百多首，拾遗卷收录不知作者之词一百多首。黄昇《唐宋诸贤绝妙词选》，选录唐宋一百三十四位词人的五百五十首词；《中兴以来绝妙词选》，选录南宋八十九为词人（包括黄昇自己）之词七百六十首。周密《绝妙好词》，选录南渡之后一百三十三位词人之词三百九十一首。

按调名异同类编、按调式长短编次，是创作的需要。相比之下，按调式长短编次凸显了立谱意识，词谱存调辨体，首先是字数多寡，其次是押韵方式。有明一代不仅诞生了按调式长短编次的新体例，《词学筌蹄》《诗余图谱》《啸余谱》等词谱也应运而生。清代大型官修词选《御选历代诗余》，按调式长短编次，具有鲜明的存调备体特色，与《钦定词谱》交相辉映。

按创作时间编次，是研究的需要，由“学词”向“词学”的转变。词学研究，与诗学研究一样，须要知人论世，因此，诗别集编纂中的编年体例，也就自然而然地被朱祖谋借鉴到了词别集的编纂中来。

东坡词别集编纂体例的新变、演进，代表了词集编纂体例发展历程中后两个阶段的三个至关重要环节。以现代词学研究的眼光来看，相比之下，编年体例无疑是最完美的。然而，对于不同时代、不同阶段来说，顺应时代潮流应运而生的编纂体例，才是最完美的。新变新变，变则常新。因此，没有最完美，只有更完美。东坡词别集的编纂体例，理应向前继续新变、演进。以目前情况来看，东坡词别集的编校，乃至唐宋名家词别集的编校，尚未突破晚清朱祖谋开创的编年体例。东坡词、辛弃疾词、姜夔词、吴文英词等，都具有很强的地域性，或许，凸显地域特征，将是新的发展方向。

---

① 吴昌绶，陶湘辑《景刊宋金元明本词》，上海：上海古籍出版社，1989 年，438 页。

② 吴昌绶，陶湘辑《景刊宋金元明本词》，上海：上海古籍出版社，1989 年，439 页。

第三章 名家词选专题：裁汰拣评机制中的东坡词传播与接受

名家词选，作为一种传播与接受方式，与同是书册形态的别集相比，不仅更具流通的广泛性，更受广大读者的普遍欢迎，而且具有生成名篇、铸就经典的淘汰、拣择功能。《四库全书总目·总集类总提要》云："文籍日兴，散无统纪，于是总集作焉。一则网罗放佚，使零章残什，并有所归；一则删汰繁芜，使莠稗咸除，菁华毕出。"①

不少名家词有编选者本人的评论，如南宋鲖阳居士《复雅歌词》、明茅暎《词的》、潘游龙《精选古今诗余醉》、卓人月、徐士俊《古今词统》、清先著、程洪《词洁》、黄苏《蓼园词选》、陈廷焯《词则》、董毅《续词选》、王闿运《湘绮楼词选》等；有些词选，编选者本人虽并未作评论，然而，有他人的评点本流传，如明杨慎批点本《草堂诗余》、清许昂霄评本《词综》、谭献评本《词辨》等；有的词选，既无编选者本人的评论，又无他人评点本流传，然而，仍有他人对其中词作的评论，如清王士祯《花草蒙拾》是其对《花间集》《草堂诗余》中词作的评语合编。词选领域中的词论，形式多样，简洁细致、有针对性。

尹志腾在《清人选评词集三种·前言》中云："批评者以眉批、旁批、逐句分评、篇末总评以及圈点等多种形式，表达自己的文学主张和阅读心得，这是我国古典文学批评特有的一种方式，这种方式有其简洁、细致、明确和针对性强等优点。"②其中，选评者个性化的主观创见（而非引用前人、时人观点），体现其词学观念和审美理念，尤其值得关注。词选领域中的东坡词词论，虽形式零散琐碎，但内容丰富庞杂，归结起来，主要是两大层面：一是对东坡词的意旨阐释，一是对东坡词的艺术点评。

---

① 清永瑢等撰《四库全书总目》，北京：中华书局，1965 年，1685 页。

② 程千帆主编《清人选评词集三种》，济南：齐鲁书社，1988 年，1 页。

第一节 历代名家词选中东坡词名篇的构建、考察与比较

在建构历代名家词选中的东坡词名篇之前，有必要对其选录东坡词的不同情形作一简要概括的说明。名家词选选录东坡词的最主要、最常见情形，或是在东坡词下署名苏轼、苏子瞻、东坡、苏东坡，或是将东坡词选录在苏轼、苏子瞻、东坡、苏东坡名下；此外，还有东坡词误作他人之词选录、互见词作为苏轼之词选录、互见词作为他人之词选录、他人之词误作东坡词选录四种情形。只有弄清楚名家词选选录东坡词的“真相”，才能对名家词选中的东坡词入选情况作客观的定量分析，准确地建构出其中的东坡词名篇。历代名家词选中的东坡词名篇，根据入选次数的差异，又有经典名篇和普通名篇之分。

宋代名家词选对东坡词进行“二水分流”式的初步区分，明代名家词选对东坡词进行初次淘汰与拣择，清代名家词选对东坡词进行再次淘汰与拣择，历代名家词选最终凝定十六首东坡词名篇。其中，《水龙吟》（似花还似非花）、《贺新郎》（乳燕飞华屋），是最具实力的经典名篇；《念奴娇》（大江东去）、《水调歌头》（明月几时有）、《卜算子》（缺月挂疏桐），是最具潜力的经典名篇。《水龙吟》（似花还似非花）、《贺新郎》（乳燕飞华屋）、《念奴娇》（大江东去）、《水调歌头》（明月几时有）、《卜算子》（缺月挂疏桐）的经典名篇地位，得到古、今选家们的一致认可；《洞仙歌》（冰肌玉骨）的名篇地位，得到古、今选家们的一致认可。《水龙吟》（似花还似非花）、《念奴娇》（大江东去）、《水调歌头》（明月几时有）、《卜算子》（缺月挂疏桐），不但历代词论中品评频率很高，受到的评价很高，而且还是历代中国词人创作接受中的经典名篇。《念奴娇》（大江东去）、《水调歌头》（明月几时有），不但最受历代中国词人的广泛欢迎，而且还最受历代韩国词人的普遍欢迎。从创作的时间、地点的分布情况来看，东坡词创作的名篇期和经典期，均在苏轼谪居黄州的中前期，即元丰三年（1080）至五年（1082）间。

东坡词名篇、东坡词经典名篇在两宋十五名家词中均处在中上游。从数量上看，东坡词名篇在北宋词人、两宋词人中均排名第三，处在上游；东坡经典名篇在北宋词人、两宋词人中均排名第二，处在上游。从别集占比上看，东坡词名篇北宋词人中排名第四，处在中游，在两宋词人中排名第六，处在中游；东坡经典名篇在北宋词人中排名第五，处在中游；在两宋词人中排名第六，处在中游。在历代名家词选中的两宋十五名家词名篇中，《水龙吟》（似花还似非花）排名在前十之内，《贺新郎》（乳燕飞华屋）排名在前十五之内，《念奴娇》（大江东去）排名在前二十之内，《水调歌头》（明月几时有）、《卜算子》（缺月挂疏桐）排名在前三十之内。

一、东坡词名篇的构建

宋代五部名家词选，东坡词的入选数量，差距较大，黄大舆《梅苑》（专题词选）选4首，曾慥《乐府雅词》选4首，黄昇《唐宋诸贤绝妙词选》选32首，《增修笺注妙选群英草堂诗余》选27首，赵闻礼《阳春白雪》选2首。单篇东坡词的入选次数，差距虽不大，但已有区分，入选2次的有18首，占到宋代名家词选选录东坡词总数（51首）的35.29%，入选1次的有33首，占比64.71%。

明代九部名家词选，入选数量，差距较大，程敏政《天机余锦》选20首，周履靖《唐宋元明酒词》（专题词选）选1首，茅暎《词的》选6首，陈钟秀《精选名贤词话草堂诗余》选25首，杨慎批点本《草堂诗余》选27首，杨慎《词林万选》选12首，陈耀文《花草粹编》选67首，卓人月、徐士俊《古今词统》选48首，潘游龙《古今诗余醉》选58首。入选次数，与宋代相比，差距拉大，区分明显，入选7次的有2首，占到明代名家词选选录东坡词总数（115首）的1.75%；入选6次的有4首，占比3.51%；入选5次的有12首，占比10.53%；入选4次的有8首，占比7.02%；入选3次的有10首，占比8.77%；入选2次的有26首词，占比22.81%；入选1次的有52首词，占比45.61%。

清代十三部名家词选，入选数量，差距非常之大，朱彝尊《词综》选17首，程洪、先著《词洁》选24首，沈辰垣等《御选历代诗余》选131首，夏秉衡《历朝名人词选》选11首，黄苏《蓼园词选》选18首，张惠言《词选》选5首，董毅《续词选》选3首，周济《词辨》（残本）选1首，周济《宋四家词选》选3首，冯旭《宋六十一家词选》选50首，陈廷焯《词则》选27首，王闿运《湘绮楼词选》选5首，梁令娴《艺蘅馆词选》选9首。入选次数，差距进一步拉大，区分更为明显，入选10次的有3首，占到清代名家词选选录东坡词总数（167首）的1.80%；入选9次的有2首，占比1.20%；入选8次的有1首，占比0.60%；入选6次的有2首，占比0.60%；入选5次的有4首，占比2.40%；入选4次的有7首，占比4.20%；入选3次的有10首，占比5.99%；入选2次的有25首，占比14.97%；入选1次的有114首，占比68.26%。

历代二十七部名家词选，选录东坡词合计共有207首，平均每部词选选有7—8首东坡词。单篇东坡词的入选次数，差距非常大，入选次数在20—15之间的东坡词有5首，占到历代名家词选所选东坡词总数的2.42%；入选次数在14—10之间的有11首，占比5.31%；入选次数在9—5之间的有23首，占比11.11%；入选次数在4—2的有66首，占比31.88%；入选1次的有102首，占比49.27%，将近一半。

经过宋代名家词选"二水分流"式的初步区分、明代名家词选的初次淘汰与拣择、清代名家词选的再次淘汰与拣择，东坡词名篇在历代名家词选中最终凝定为以下十六首（入选次数达到10次）：

1.《水龙吟》（似花还似非花） 2.《贺新郎》（乳燕飞华屋）

3.《念奴娇》(大江东去)　4.《水调歌头》(明月几时有)
5.《卜算子》(缺月挂疏桐)　6.《南乡子》(霜降水痕收)
7.《蝶恋花》(春事阑珊芳草歇)　8.《满江红》(东武南城)
9.《西江月》(照野弥弥浅浪)　10.《水龙吟》(楚山修竹如云)
11.《江城子》(天涯流落思无穷)　12.《洞仙歌》(冰肌玉骨)
13.《浣溪沙》(风压轻云贴水飞)　14.《蝶恋花》(花褪残红青杏小)
15.《阮郎归》(绿槐高柳咽新蝉)　16.《南歌子》(山与歌眉敛)

以上十六首词,占到历代名家词选选录东坡词总数的7.73%,不到十分之一。其中,前五首的入选次数均超过15次,是历代名家词选中的东坡词经典名篇。

二、东坡词名篇的考察

对历代名家词选中东坡词名篇的考察,从东坡词经典名篇经典地位的上下波动、东坡词名篇在今代名家词选中的入选情况、东坡词名篇在历代词选中的品评情况、东坡词名篇在历代词人创作中的接受情况以及东坡词名篇的创作时间、地点分布情况五个方面展开。

(一) 东坡词经典名篇经典地位的上下波动

历代名家词选中的五首经典名篇,在宋代、明代、清代名家词选中的入选情况及其经典地位的波动情况,如下表所示:

东坡词经典名篇在宋、明、清名家词选中的入选情况及其经典地位的波动

序号	词牌	首句	历代名家词选中的入选情况及其地位的波动									
			宋代		明代			清代			历代		
			次数	排行	次数	排行	地位	次数	排行	地位	次数	排行	地位
1	水龙吟	似花还似非花	2	1	7	1	经典	10	1	经典	19	1	经典
2	贺新郎	乳燕飞华屋	2	1	6	3	经典	10	1	经典	18	2	经典
3	念奴娇	大江东去	2	1	5	7	普通	10	1	经典	17	3	经典
4	水调歌头	明月几时有	2	1	5	7	普通	9	5	经典	16	4	经典
5	卜算子	缺月挂疏桐	2	1	4	19	非	10	1	经典	16	4	经典

由上表可知,历代名家词选中的东坡词经典名篇,分为三个档次:

最具实力的东坡词经典名篇,《水龙吟》(似花还似非花)、《贺新郎》(乳燕飞华屋),在宋代名家词选中属上游,无论是在明代、清代、历代名家词选中,都是经典名篇。《水龙吟》(似花还似非花),始终独占鳌头。

最具潜力的东坡词经典名篇,《念奴娇》(大江东去)、《水调歌头》(明月几

时有)、《卜算子》(缺月挂疏桐)，在宋代名家词选中，均属上游；在明代名家词选中，前两首尚未成为经典名篇，《卜算子》(缺月挂疏桐)尚未成为名篇；在清代名家词选中都成了经典名篇，最终在历代名家词选中也都凝定为经典名篇。

（二）东坡词名篇在今代名家词选中的入选情况

今代五部名家词选，入选数量，存在不小，朱祖谋《宋词三百首》选 10 首，胡适《词选》选 19 首，俞陛云《唐五代两宋词选释》选 36 首，陈匪石《宋词举》选 2 首，龙榆生《唐宋名家词选》选 40 首，胡云翼《宋词选》选 21 首，俞平伯《唐宋词选释》选 19 首，中国社会科学院文学研究所编《唐宋词选》选 15 首，唐圭璋《唐宋词简释》选 10 首。入选次数，多寡不等，差距较大，入选 9 次的有 1 首，排名第一，占到今代名家词选选录东坡词总数(72 首)的比 1. 39%；入选 8 次的有 2 首，排名第二，占比 2. 78%；入选 7 次的有 4 首，排名第四，占比 5. 56%；入选 6 次的有 1 首，排名第八，占比 1. 39%；入选 4 次的有 8 首，排名第九，占比 11. 11%；入选 3 次的有 8 首，排名第十七，占比 11. 11%；入选 2 次的有 11 首，排名第二十五，占比 15. 28%；入选 1 次的有 37 首，排名第三十六，占比 51. 39%。历代名家词选中的十六首东坡词名篇，在今代名家词选中的入选情况，如下表所示：

东坡词名篇在今代名家词选中的入选情况

序号	词牌	首句	宋词三百首	词选	唐五代两宋词选释	宋词举	唐宋名家词选	宋词选	唐宋词选释	唐宋词选	唐宋词简释	合计	排行
1	水龙吟	似花还似非花	√		√	√	√	√		√	√	7	4
2	贺新郎	乳燕飞华屋	√		√		√	√	√	√	√	7	4
3	念奴娇	大江东去		√	√		√	√	√	√	√	7	4
4	水调歌头	明月几时有	√	√	√		√	√	√	√	√	8	2
5	卜算子	缺月挂疏桐	√	√	√	√	√	√	√	√	√	9	1
6	南乡子	霜降水痕收			√		√					2	25
7	蝶恋花	春事阑珊芳草歇										0	
8	满江红	东武南城										0	
9	西江月	照野弥弥浅浪		√	√			√				3	17
10	水龙吟	楚山修竹如云			√							1	36
11	江城子	天涯流落思无穷										0	

续表

序号	词牌	首句	宋词三百首	词选	唐五代两宋词选释	宋词举	唐宋名家词选	宋词选	唐宋词选释	唐宋词选	唐宋词简释	合计	排行
12	洞仙歌	冰肌玉骨	√	√	√		√	√	√	√	√	8	2
13	浣溪沙	风压轻云贴水飞										0	
14	蝶恋花	花褪残红青杏小			√			√	√	√		4	9
15	阮郎归	绿槐高柳咽新蝉			√							1	36
16	南歌子	山与歌眉敛											

由上表可知，历代名家词选中的《水龙吟》（似花还似非花）、《贺新郎》（乳燕飞华屋）、《念奴娇》（大江东去）、《水调歌头》（明月几时有）、《卜算子》（缺月挂疏桐）五首经典名篇，在今代名家词选中的入选频率非常之高，均达到7次以上，可见其经典名篇的地位得到古、今选家的一致认可。历代名家词选中的十一首普通名篇中，《洞仙歌》（冰肌玉骨），在今代名家词选中的入选次数非常之高，为8次，可见其名篇地位，得到古、今选家的一致认可；《南乡子》（霜降水痕收）、《西江月》（照野弥弥浅浪）、《水龙吟》（楚山修竹如云）、《蝶恋花》（花褪残红青杏小）、《阮郎归》（绿槐高柳咽新蝉）四首，在今代名家词选中的入选次数不多，分别是2次，3次，1次，4次，1次，可见其名篇地位，未得到今代选家的认同。《蝶恋花》（春事阑珊芳草歇）、《满江红》（东武南城）、《江城子》（天涯流落思无穷）、《浣溪沙》（风压轻云贴水飞）、《南歌子》（山与歌眉敛）六首，未进入今代选家的视野之中，可见其名篇地位，受到今代选家的质疑，甚至是否定。由此可见，古、今选家在选词理念、审美风尚上，既有内在联系性，这表现在对东坡词经典名篇的认定上惊人的一致；又有一定的差异性，这表现在对东坡词名篇的认定上存在着分歧。

（三）东坡词名篇在历代词论中的品评情况

历代名家词选中的东坡词名篇在历代词论中的品评情况，在数量上、性质上均与其入选情况存在对应、互补关系。对应关系，是指入选情况与品评情况的一致性；互补关系，是指两者之间的差异性。

1. 数量上的对应、互补关系

历代名家词选中的东坡词名篇，在历代词论（以《词话丛编》为考察范围）中的品评次数及其排行，如下表所示：

东坡词名篇在历代词论中的品评次数及其排行

序号	词牌	首句	入选情况		《词话丛编》中的品评次数及其排行					
			次数	排行	宋	金元	明	清	合计	排行
1	水龙吟	似花还似非花	19	1	4	0	1	21	26	4
2	贺新郎	乳燕飞华屋	18	2	2	1	1	14	18	5
3	念奴娇	大江东去	17	3	2	0	6	36	44	1
4	水调歌头	明月几时有	16	4	3	0	2	33	38	2
5	卜算子	缺月挂疏桐	16		4	1	0	30	35	3
6	南乡子	霜降水痕收	14	(1)	0	0	0	3	3	(5)
7	蝶恋花	春事阑珊芳草歇	14		0	0	0	3	3	
8	满江红	东武南城	13	(3)	1	0	0	2	3	(5)
9	西江月	照野弥弥浅浪	13		0	0	1	7	8	(4)
10	水龙吟	楚山修竹如云	11	(5)	2	0	1	8	11	(3)
11	江城子	天涯流落思无穷	11		0	0	0	1	1	(10)
12	洞仙歌	冰肌玉骨	11		3	0	1	13	17	(1)
13	浣溪沙	风压轻云贴水飞	11		0	0	0	1	1	(10)
14	蝶恋花	花褪残红青杏小	10	(9)	2	0	1	12	15	(2)
15	阮郎归	绿槐高柳咽新蝉	10		0	0	0	2	2	(9)
16	南歌子	山与歌眉敛	10		0	0	1	2	3	(5)

注：表中1、2、3，表示在经典名篇内部的排行；(1)(2)(3)表示在普通名篇内部的排行。

东坡词名篇入选情况与品评情况的一致性，体现在两个方面：

一方面，相比较而言，历代名家词选中的经典名篇品评频率很高，《水龙吟》(似花还似非花)多达26次，《念奴娇》(大江东去)多达44次，《水调歌头》(明月几时有)多达36次，《卜算子》(缺月挂疏桐)多达35次；而普通名篇品评次数较少，均在20次以下，达到15次的仅有2首，达到10次的仅有1首，达到5次的仅有1首，其他均在5次以下。

另一方面，无论是在经典名篇、还是普通名篇内部，排名的先后顺序存在呼应性。经典名篇内部，《水龙吟》(似花还似非花)、《贺新郎》(乳燕飞华屋)入选次数排名第一、第二，品评次数排名第四、第五，《念奴娇》(大江东去)、《水调歌头》(明月几时有)入选次数排名第三、第四，品评次数排名第一、第二；普通名篇内部，《南乡子》(霜降水痕收)、《蝶恋花》(春事阑珊芳草歇)，入选次数排名并列第一,品评次数排名并列第五,《江城子》(天涯流落思无穷)、《浣溪沙》(风压轻云贴水飞),入选次数排名并列第五,品评次数排名并列第十。

东坡词名篇入选情况与品评情况的差异性,也体现在两方面:

一方面,经典名篇中,也有品评次数较少的,《贺新郎》(乳燕飞华屋)仅有18次,而其他四首均超过25次;普通名篇中,也有品评次数较多的,《洞仙歌》(冰肌玉骨)、《蝶恋花》(花褪残红青杏小)均达15次,《水龙吟》(楚山修竹如云)超过10次,其他均在10次以下。

另一方面,无论是在经典名篇、还是普通名篇内部,排名的先后顺序存在错位性。经典名篇内部,《念奴娇》(大江东去)入选次数排名第三,品评次数排名第一,《水调歌头》(明月几时有)、《卜算子》(缺月挂疏桐)入选次数排名并列第四,品评次数上排名分别为第二、第三;普通名篇内部,《满江红》(东武南城)、《西江月》(照野弥弥浅浪)二首,入选次数排名并列第三,品评次数排名分别为第五、第四,《水龙吟》(楚山修竹如云)、《洞仙歌》(冰肌玉骨),入选次数排名并列第五,品评次数排名分别为第三、第一,《蝶恋花》(花褪残红青杏小)、《阮郎归》(绿槐高柳咽新蝉)、《南歌子》(山与歌眉敛),入选次数排名并列第九,品评次数排名分别为第二、第九、第五。

2. 性质上的对应、互补关系

从性质上看,东坡词名篇入选情况与品评情况的一致性,体现在两个方面:

一方面,有些东坡词经典名篇受到的评价很高,如:

《水龙吟》(似花还似非花)杨花词,张炎《词源》卷下曰:"东坡次章质夫杨花《水龙吟》韵,机锋相摩,起句便合让东坡出一头地,后片愈出愈奇,真是压倒今古。"①杨慎批点《草堂诗余》卷四,评苏、章《水龙吟》杨花词云:"质夫词,工手;坡老词,仙手";又云:"坡公词潇洒出尘,胜质夫千倍。"②明王屋《鼓笛慢》(懒红堆里飞来)词序中云:"章质夫咏杨花《水龙吟》,东坡和之,今古称其绝唱。"③

《念奴娇》(大江东去)赤壁怀古词,以其豪迈之气概,雄健之风格,孤峰独峙,令人耳目一新,被目以"绝唱"。胡仔《苕溪渔隐丛话前集》卷五九曰:"东坡'大江东去'赤壁词,语意高妙,真古今绝唱。"④元好问《题闲闲书赤壁赋后》云:"夏口之战,古今喜称道之。东坡赤壁词,殆戏以周郎自况也。词才百许字,而江山人物无复余蕴,宜其为乐府绝唱。"杨慎批点本《草堂诗余》卷四

---

① 唐圭璋编《词话丛编》,北京:中华书局,1986年,265页。
② 杨慎批点《草堂诗余》,《丛书集成续编》本,台北:新文丰出版公司,1985年,334页。
③ 饶宗颐初纂,张璋总纂《全明词》,北京:中华书局,2004年,1609页。
④ 胡仔纂集《苕溪渔隐丛话》(后集),北京:人民文学出版社,1962年,321页。

评曰："古今词多脂软纤媚取胜，独东坡此词，感慨悲壮，雄伟高卓，词中之史也。铜将军、铁拍板唱公此词，虽优人谑语，亦是状其雄卓奇伟处。"①明孙楼《念奴娇》（江南燕北）组词八首之词序中云："《念奴娇》，一名《百字令》，词则百字也。又名《大江东去》，又名《酹江月》，又名《赤壁词》，则以坡老赤壁怀古首尾两言得名。词人赋此调者多矣。而坡老一章，独冠古今。"②清李佳《左庵词话》卷上云："最爱其《念奴娇·赤壁怀古》……淋漓悲壮，击碎唾壶，洵为千古绝唱。"③吴绮《大江东去·钱塘江》（大江东去）词序中云："苏子瞻赋《大江东去》之词，至今称为雄放。"④

《水调歌头》（明月几时有）中秋词，胡仔《苕溪渔隐丛话后集》卷三九云："中秋词，自东坡《水调歌头》一出，余词尽废。"⑤杨慎批点《草堂诗余》卷四评本词曰："中秋词，古今绝唱"⑥；同卷评《念奴娇》（凭高眺远）词云："东坡中秋词，《水调歌头》第一，此词第二。"⑦又，胡仔《苕溪渔隐丛话后集》卷二六评《念奴娇》（大江东去）、《水调歌头》（明月几时有）、《贺新郎》（乳燕飞华屋）、《卜算子》（缺月挂疏桐）四词曰："子瞻佳词最多，其间杰出者，如'大江东去，浪淘尽千古风流人物'赤壁词，'明月几时有，把酒问青天'中秋词……'乳燕飞华屋，悄无人，桐阴转午'初夏词……'缺月挂疏桐，漏断人初静'秋夜词……皆绝去笔墨畦径间，直造古人不到处，真可谓一唱而三叹。"⑧清刘体仁《七颂堂词绎》中云："词有与古诗同义者……'琼楼玉宇'，《天问》之遗也。"⑨李佳《左庵词话》卷下云："东坡《水调歌头》：'明月几时有……高处不甚寒'，此老不特兴会高骞，直觉有仙气缥缈于豪端。"⑩江顺诒《词学集成》卷七引冠九山《都转心庵词序》云："'明月几时有'，词而仙者也。"⑪

另一方面，普通名篇如《蝶恋花》（春事阑珊芳草歇）、《西江月》（照野弥弥浅浪）、《江城子》（天涯流落思无穷）、《浣溪沙》（风压轻云贴水飞）、《蝶恋花》（花褪残红青杏小）、《阮郎归》（绿槐高柳咽新蝉）、《南歌子》（山与歌眉敛）等，并无或罕有较高评价。

从性质上看，东坡词名篇入选情况与品评情况的差异性，也体现在两个

---

① 杨慎批点《草堂诗余》，《丛书集成续编》本，台北：新文丰出版公司，1985 年，330 页。
② 饶宗颐初纂，张璋总纂《全明词》，北京：中华书局，2004 年，386 页，1044 页。
③ 唐圭璋编《词话丛编》，北京：中华书局，1986 年，3106－3107 页。
④ 张宏生主编《全清词·顺康卷补编》，南京：南京大学出版社，2008 年，464 页。
⑤ 胡仔纂集《苕溪渔隐丛话》（后集），北京：人民文学出版社，1962 年，321 页。
⑥ 杨慎批点《草堂诗余》，《丛书集成续编》本，台北：新文丰出版公司，1985 年，321 页。
⑦ 杨慎批点《草堂诗余》，《丛书集成续编》本，台北：新文丰出版公司，1985 年，328 页。
⑧ 胡仔纂集《苕溪渔隐丛话》（后集），北京：人民文学出版社，1962 年，192－193 页。
⑨ 唐圭璋编《词话丛编》，北京：中华书局，1986 年，617 页。
⑩ 唐圭璋编《词话丛编》，北京：中华书局，1986 年，3173 页。
⑪ 唐圭璋编《词话丛编》，北京：中华书局，1986 年，3284 页。

方面：

一方面，有些普通名篇，受到的评价却很高，如，胡仔《苕溪渔隐丛话后集》卷二六评《水龙吟》（楚山修竹如云）、《满江红》（东武南城）、《洞仙歌》（冰肌玉骨）、《南乡子》（霜降水痕收）四词云：“子瞻佳词最多，其间杰出者……‘楚山修竹，如云异材，秀出千林表’咏笛词……‘东武南城，新堤固，涟漪初溢’宴流杯亭词，‘冰肌玉骨，自清凉无汗’夏夜词……‘霜降水痕收，浅碧鳞鳞露远洲’九日词……皆绝去笔墨畦径间，直造古人不到处，真可使人一唱而三叹。”①

另一方面，历代词论中评价很高的东坡词，并没有成为历代名家词选中的名篇。如，《西江月》（玉骨那愁瘴雾）咏梅词，杨慎批点本《草堂诗余》卷一评云：“古今梅花词，此为第一”②。又，杨慎《词品》卷二评曰：“古今梅词，以坡仙‘绿毛幺凤’为第一。”③而在历代名家词选中，《西江月》咏梅词仅入选7次，排名第二十二。再如，胡仔《苕溪渔隐丛话后集》卷二六评《水调歌头》（落日绣帘卷）、《永遇乐》（明月如霜）、《西江月》（玉骨那愁瘴雾）、《八声甘州》（有情风、万里卷潮来）四词云：“子瞻佳词最多，其间杰出者……‘落日绣帘卷，庭下水连空’快哉亭词……‘明月如霜，好风如水，清景无限’夜登燕子楼词……‘玉骨那愁障雾，冰肌自有仙风’咏梅词……‘有情风，万里卷潮来，无情送潮归’别参寥词……皆绝去笔墨畦径间，直造古人不到处，真可使人一唱而三叹。”④而在历代名家选中，《水调歌头》快哉亭词、《永遇乐》燕子楼词均仅入选5次，排名第三十一；《八声甘州》别参寥词仅入选8次，排名第十七。

（四）东坡词名篇在历代词人创作中的接受情况

东坡词名篇在历代词人创作中的接受情况，从中国词人创作中的接受情况、韩国词人创作中的接受情况两个层面来考察。

1. 东坡词名篇在历代中国词人创作中的接受情况

东坡词名篇在历代中国词人和韵（次韵、依韵、用韵）、效体创作中的接受情况，如下表所示：

东坡词名篇在历代中国词人创作中的接受情况

序号	词　牌	首　句	入选情况		创作接受情况			
			次数	排行	和韵	效体	合计	排行
1	水龙吟	似花还似非花	19	1	39	2（兼2）	39	3
2	贺新郎	乳燕飞华屋	18	2	12		12	11

① 胡仔纂集《苕溪渔隐丛话》（后集），北京：人民文学出版社，1962年，192－193页。

② 杨慎批点《草堂诗余》，《丛书集成续编》第205册，台北：新文丰出版公司，1985年，284页。

③ 杨慎著《词品》，上海：上海古籍出版社，2009年，54页。

④ 胡仔纂集《苕溪渔隐丛话》（后集），北京：人民文学出版社，1962年，192－193页。

续表

序号	词牌	首句	入选情况		创作接受情况			
			次数	排行	和韵	效体	合计	排行
3	念奴娇	大江东去	17	3	288	2	290	1
4	水调歌头	明月几时有	16	4	61	1	62	2
5	卜算子	缺月挂疏桐	16	4	35		35	4
6	南乡子	霜降水痕收	14	6	15	4	19	9
7	蝶恋花	春事阑珊芳草歇	14	6	2		2	40
8	满江红	东武南城	13	8	7		7	18
9	西江月	照野弥弥浅浪	13	8	5		5	25
10	水龙吟	楚山修竹如云	11	10	3		3	34
11	江城子	天涯流落思无穷	11	10	1		1	54
12	洞仙歌	冰肌玉骨	11	10	24	5	29	8
13	浣溪沙	风压轻云贴水飞	11	10	1		1	54
14	蝶恋花	花褪残红青杏小	10	14	6		6	22
15	阮郎归	绿槐高柳咽新蝉	10	14	3		3	34
16	南歌子	山与歌眉敛	10	14	3	1	4	28

历代名家词选中的东坡词名篇在历代词人创作中的接受情况，与其入选情况既有一致性，又有差异性。其一致性在于，在经典名篇中，《水龙吟》（似花还似非花）、《念奴娇》（大江东去）、《水调歌头》（明月几时有）、《卜算子》（缺月挂疏桐）四首，在历代词人创作中的接受次数非常之多，且依然排在前五名之内，同时也是历代词人创作接受中的经典名篇，《卜算子》（缺月挂疏桐）排名维持在第四；在普通名篇中，《南乡子》（霜降水痕收）、《洞仙歌》（冰肌玉骨）之外的其他词的接受次数不是很多，均在十次以下，排名均在十五名之后。其差异性在于，在经典名篇中，《贺新郎》（乳燕飞华屋）接受次数较少，只有12次，排名不在前十之内，《水龙吟》（似花还似非花）由第一降至第三，《念奴娇》（大江东去）由第三升至第一，《水调歌头》（明月几时有）由第四升至第二；在普通名篇中，《南乡子》（霜降水痕收）、《洞仙歌》（冰肌玉骨）接受次数较少，分别为19次、29次，排名分别为第九、第八。

2. 东坡词名篇在历代韩国词人创作中的接受情况

《历代韩国词总集》中，韩国词人对21首东坡词进行和韵（次韵、依韵、用韵）创作。就单篇词作的和韵次数而言，有所区分，但差距不大。接受3次的，仅有1首，占比4.76%；接受2次的，有3首，占比14.29%；接受1次的，仅有

17首，占比80.95%。东坡词名篇在历代韩国词人和韵创作中的接受情况，如下表所示：

东坡词名篇在历代韩国词人创作中的接受情况

序号	词牌	首句	历代名家词选入选情况		韩国词人创作接受情况	
			次数	排行	和韵	排行
1	水龙吟	似花还似非花	19	1	1	5
2	贺新郎	乳燕飞华屋	18	2	0	
3	念奴娇	大江东去	17	3	3	1
4	水调歌头	明月几时有	16	4	2	2
5	卜算子	缺月挂疏桐	16	4	0	
6	南乡子	霜降水痕收	14	6	1	5
7	蝶恋花	春事阑珊芳草歇	14	6	0	
8	满江红	东武南城	13	8	0	
9	西江月	照野弥弥浅浪	13	8	1	5
10	水龙吟	楚山修竹如云	11	10	1	5
11	江城子	天涯流落思无穷	11	10	0	
12	洞仙歌	冰肌玉骨	11	10	0	
13	浣溪沙	风压轻云贴水飞	11	10	0	
14	蝶恋花	花褪残红青杏小	10	14	0	
15	阮郎归	绿槐高柳咽新蝉	10	14	0	
16	南歌子	山与歌眉敛	10	14	0	

由上表可知，在历代名家词选中的经典名篇中，最受中国词人的欢迎《念奴娇》(大江东去)、《水调歌头》(明月几时有)，也最受韩国词人的欢迎。

（五）历代名家词选中的东坡词名篇创作时间、地点的分布情况

历代名家词选中的东坡词名篇，其创作时间、地点分布情况，如下表所示：

历代名家词选中东坡词名篇创作时间、地点的分布情况

序号	词牌	首句	创作时间	创作地点	苏轼出处情况
1	水龙吟	似花还似非花	元丰四年(1081)春	黄州	贬谪
2	贺新郎	乳燕飞华屋	元丰三年(1080)五月	黄州	贬谪
3	念奴娇	大江东去	元丰五年(1082)七月	黄州	贬谪
4	水调歌头	明月几时有	熙宁九年(1076)八月	密州	仕宦

续表

序号	词牌	首句	创作时间	创作地点	苏轼出处情况
5	卜算子	缺月挂疏桐	元丰三年(1080)二月至五月间	黄州	贬谪
6	南乡子	霜降水痕收	元丰四年(1071)九月	黄州	贬谪
7	蝶恋花	春事阑珊芳草歇	熙宁七年(1074)三月,元祐六年(1091)四月	润州	宦游
8	满江红	东武南城	熙宁九年(1076)三月	密州	仕宦
9	西江月	照野弥弥浅浪	元丰五年(1082)三月	黄州	贬谪
10	水龙吟	楚山修竹如云	元丰三年(1080)十一月	黄州	贬谪
11	江城子	天涯流落思无穷	元丰二年(1079)三月	徐州	仕宦
12	洞仙歌	冰肌玉骨	元丰四年(1081)夏	黄州	贬谪
13	浣溪沙	风压轻云贴水飞	未编年	不详	不详
14	蝶恋花	花褪残红青杏小	绍圣二年(1095)春	惠州	贬谪
15	阮郎归	绿槐高柳咽新蝉	元丰七年(1084)四月	兴国	宦游
16	南歌子	山与歌眉敛	元祐五年(1090)五月	杭州	仕宦

由上表可知,从创作时间上看,作于熙宁年间(1068—1077)的有2首,占比12.50%;作于元丰年间(1078—1085)的有10首,占比62.5%;作于元祐年间(1086—1093)的仅有1首,占比6.25%;作于绍圣年间(1094—1097)的仅有1首;此外,《蝶恋花》(春事阑珊芳草歇),编年存在争议;《浣溪沙》(风压轻云贴水飞),未编年。就东坡词经典名篇而言,《水调歌头》(明月几时有),作于熙宁九年(1076);其余四首,均作于元丰三年(1080)至五年(1082)。

从创作地点上看,作于谪居之地的有9首,占比56.25%,其中,作于黄州的有8首,占比50%,作于惠州的仅有1首,占比6.25%;作于仕宦之地的有4首,占比25%,其中,作于密州的有2首,占比12.5%,作于徐州、杭州的各1首,占比6.25%;作于宦游之地的有2首,占比12.5%,其中,作于润州、兴国的各1首,占比6.25%;还有一首,创作地点不详。就东坡词经典名篇而言,作于谪居黄州时期的有4首,《水调歌头》(明月几时有)一首作于密州知州任上。

由此可见,从历代名家词选的入选情况来看,东坡词的名篇期、经典期是在谪居黄州的中前期,即元丰三年(1080)至五年(1082)。谪居黄州时期,是苏轼仕途的受挫期、低落期,其中前期,是东坡人生的失意期、困惑期(中后期是超脱期、适意期),恰恰是其词学创作的名篇期、经典期。

三、名家词名篇的比较

历代三十部名家词选，选录东坡词合计共有207首，占到东坡词别集存词数量(363首)的50.02%。从入选数量上看，东坡词在北宋九位词人(柳永、晏殊、欧阳修、晏几道、苏轼、秦观、黄庭坚、贺铸、周邦彦)中处在上游，排名第二；在两宋十五位词人(北宋词人九位，南渡以来李清照、叶梦得、姜夔、辛弃疾、吴文英、张炎)中处在上游，排名第五。从别集占比上看，东坡词在北宋九位词人中处在下游，排名第八，在两宋两宋十五位词人中处于下游，排名第十四。

历代名家词选，选录两宋十五名家词合计共有2544首。其中，入选1次的有1014首，占比39.86%；入选次数在4—2之间的有1078首，占比42.37%；入选次数在9—5之间的有306首，占比12.03%；入选次数在14—10之间的有96首，占比3.77%；入选次数在19—15之间的有44首，占比1.73%；入选次数在24—20之间的有6首，占比0.24%。其中，入选次数在10—24之间的名篇仅有145首，占比5.70%；其中，入选次数在15—24之间的经典名篇有50首，占比34.25%。

历代名家词选中的两宋十五名家词名篇，其具体入选情况及排行，如下表所示：

历代名家词选中入选次数在10—24之间的145首两宋十五名家词名篇排行榜

序号	词牌	首句	词人	历代名家词选入选次数				排名
				宋	明	清	合计	
1	祝英台近	宝钗分	辛弃疾	4	7	11	22	1
2	花犯	粉墙低	周邦彦	5	6	10	21	2
3	摸鱼儿	更能消、几番风雨	辛弃疾	4	6	11	21	2
4	满庭芳	山抹微云	秦观	2	6	12	20	4
5	满庭芳	风老莺雏	周邦彦	3	6	11	20	4
6	六丑	正单衣试酒	周邦彦	2	7	11	20	4
7	踏莎行	候馆梅残	欧阳修	3	7	9	19	7
8	水龙吟	似花还似非花	苏轼	2	7	10	19	7
9	青玉案	凌波不过横塘路	贺铸	3	7	9	19	7
10	少年游	并刀如水	周邦彦	2	7	10	19	7
11	尉迟杯	隋堤路	周邦彦	1	7	11	19	7
12	兰陵王	柳阴直	周邦彦	3	5	11	19	7
13	念奴娇	野棠花落	辛弃疾	3	6	10	19	7

续表

序号	词牌	首句	词人	历代名家词选入选次数				排名
				宋	明	清	合计	
14	贺新郎	乳燕飞华屋	苏轼	2	6	9	18	14
15	踏莎行	雾失楼台	秦观	2	7	9	18	14
16	拜星月慢	夜色催更	周邦彦	1	7	10	18	14
17	玉楼春	桃溪不作从容住	周邦彦	1	7	10	18	14
18	醉花阴	薄雾浓云愁永昼	李清照	3	7	8	18	14
19	雨霖铃	寒蝉凄切	柳永	1	6	10	17	19
20	生查子	含羞整翠鬟	欧阳修	3	7	7	17	19
21	念奴娇	大江东去	苏轼	2	5	10	17	19
22	满庭芳	晓色云开	秦观	2	5	10	17	19
23	解语花	风销焰蜡	周邦彦	2	6	9	17	19
24	凤凰台上忆吹箫	香冷金猊	李清照	3	7	7	17	19
25	暗香	旧时月色	姜夔	3	2	12	17	19
26	疏影	苔枝缀玉	姜夔	3	2	12	17	19
27	浣溪沙	堤上游人逐画船	欧阳修	3	6	7	16	27
28	蝶恋花	欲减罗衣寒未去	晏几道	3	6	7	16	27
29	生查子	金鞍美少年	晏几道	2	7	7	16	27
30	水调歌头	明月几时有	苏轼	2	5	9	16	27
31	卜算子	缺月挂疏桐	苏轼	2	4	10	16	27
32	夜飞鹊	河桥送人处	周邦彦	1	6	9	16	27
33	西河	佳丽地	周邦彦	2	6	8	16	27
34	锁窗寒	暗柳啼鸦	周邦彦	2	5	9	16	27
35	如梦令	昨夜雨疏风骤	李清照	3	7	6	16	27
36	念奴娇	萧条庭院	李清照	3	6	7	16	27
37	一剪梅	红藕香残玉簟秋	李清照	3	7	6	16	27
38	念奴娇	闹红一舸	姜夔	3	3	10	16	27
39	踏莎行	小径红稀	晏殊	1	4	10	15	39

续表

序号	词牌	首句	词人	历代名家词选入选次数				排名
				宋	明	清	合计	
40	浣溪沙	湖上朱桥响画轮	欧阳修	3	7	5	15	39
41	临江仙	柳外轻雷池上雨	欧阳修	2	4	9	15	39
42	鹧鸪天	彩袖殷勤捧玉钟	晏几道	2	7	6	15	39
43	八六子	倚危亭	秦观	1	5	9	15	39
44	阮郎归	湘天风雨破寒初	秦观	2	6	7	15	39
45	渡江云	晴岚低楚甸	周邦彦	3	4	8	15	39
46	瑞龙吟	章台路	周邦彦	4	3	8	15	39
47	贺新郎	睡起流莺语	叶梦得	3	5	7	15	39
48	蝶恋花	谁向椒盘簪彩胜	辛弃疾	2	6	7	15	39
49	齐天乐	庾郎先自吟愁赋	姜夔	3	3	9	15	39
50	唐多令	何处合成愁	吴文英	3	3	9	15	39
51	八声甘州	对潇潇、暮雨洒江天	柳永	1	4	9	14	51
52	蝶恋花	帘幕风轻双语燕	晏殊	2	7	5	14	51
53	玉楼春	绿杨芳草长亭路	晏殊	2	7	5	14	51
54	南乡子	霜降水痕收	苏轼	2	7	5	14	51
55	蝶恋花	春事阑珊芳草歇	苏轼	1	5	8	14	51
56	江城子	西城杨柳弄春柔	秦观	2	6	6	14	51
57	如梦令	遥夜沉沉如水	秦观	0	5	9	14	51
58	蝶恋花	月皎惊乌栖不定	周邦彦	2	7	5	14	51
59	大酺	对宿烟收	周邦彦	1	4	9	14	51
60	浣溪沙	雨过残红湿未飞	周邦彦	2	8	4	14	51
61	意难忘	衣染莺黄	周邦彦	3	7	4	14	51
62	过秦楼	水浴清蟾	周邦彦	3	4	7	14	51
63	应天长	条风布暖	周邦彦	2	5	7	14	51
64	菩萨蛮	郁孤台下清江水	辛弃疾	1	6	8	14	51
65	长亭怨慢	渐吹尽、枝头香絮	姜夔	1	3	10	14	51
66	浣溪沙	一曲新词酒一杯	晏殊	1	7	5	13	66

续表

序号	词　牌	首　句	词人	历代名家词选入选次数				排名
				宋	明	清	合计	
67	满江红	东武南城	苏轼	2	6	5	13	66
68	西江月	照野弥弥浅浪	苏轼	2	5	6	13	66
69	如梦令	池上春归何处	秦观	1	6	6	13	66
70	画堂春	东风吹柳日初长	秦观	3	6	4	13	66
71	千秋岁	水边沙外	秦观	2	7	4	13	66
72	望海潮	梅英疏淡	秦观	1	3	9	13	66
73	水龙吟	小楼连苑横空	秦观	2	5	6	13	66
74	薄幸	艳真多态	贺铸	1	5	7	13	66
75	望湘人	厌莺声到枕	贺铸	2	5	6	13	66
76	忆旧游	记愁横浅黛	周邦彦	2	5	6	13	66
77	氐州第一	波落寒汀	周邦彦	1	5	7	13	66
78	武陵春	风住尘香花已尽	李清照	1	7	5	13	66
79	声声慢	寻寻觅觅	李清照	0	5	8	13	66
80	永遇乐	千古江山	辛弃疾	0	3	10	13	66
81	鹧鸪天	枕簟溪堂冷欲秋	辛弃疾	1	6	7	13	66
82	扬州慢	淮左名都	姜夔	3	1	9	13	66
83	琵琶仙	双桨来时	姜夔	2	1	10	13	66
84	淡黄柳	空城晓角	姜夔	2	1	10	13	66
85	浪淘沙	把酒祝东风	欧阳修	2	4	6	12	85
86	蝶恋花	卷絮风头寒欲尽	晏几道	2	6	4	12	85
87	蝶恋花	庭院碧苔红叶遍	晏几道	2	4	6	12	85
88	菩萨蛮	哀筝一弄湘江曲	晏几道	1	5	6	12	85
89	临江仙	梦后楼台高锁	晏几道	1	2	9	12	85
90	鹊桥仙	纤云弄巧	秦观	1	5	6	12	85
91	浣溪沙	漠漠轻寒上小楼	秦观	0	3	9	12	85
92	浣溪沙	楼上晴天碧四垂	周邦彦	2	6	4	12	85
93	浪淘沙	昼阴重	周邦彦	1	4	7	12	85

续表

序号	词 牌	首 句	词人	历代名家词选入选次数				排名
				宋	明	清	合计	
94	南乡子	晨色动妆楼	周邦彦	1	7	4	12	85
95	宴清都	地僻无钟鼓	周邦彦	2	5	5	12	85
96	风流子	枫林凋晚叶	周邦彦	3	5	4	12	85
97	法曲献仙音	蝉咽凉柯	周邦彦	1	5	6	12	85
98	浣溪沙	小院闲窗春色深	李清照	2	5	5	12	85
99	沁园春	三径初成	辛弃疾	2	5	5	12	85
100	一萼红	古城阴	姜夔	2	1	9	12	85
101	忆旧游	送人犹未苦	吴文英	1	3	8	12	85
102	玉蝴蝶	望处雨收云断	柳永	2	5	4	11	102
103	水龙吟	楚山修竹如云	苏轼	2	6	3	11	102
104	江城子	天涯流落思无穷	苏轼	2	5	4	11	102
105	洞仙歌	冰肌玉骨	苏轼	2	5	4	11	102
106	浣溪沙	风压轻云贴水飞	苏轼	1	5	5	11	102
107	画堂春	落红铺径水平池	秦观	1	6	4	11	102
108	如梦令	楼外残阳红满	秦观	1	5	5	11	102
109	浣溪沙	锦帐重重卷暮霞	秦观	1	5	5	11	102
110	浣溪沙	楼角初销一缕霞	贺铸	2	6	3	11	102
111	浣溪沙	日射敧红蜡蒂香	周邦彦	2	6	3	11	102
112	庆春宫	云接平冈	周邦彦	2	5	4	11	102
113	解连环	怨怀无托	周邦彦	2	5	4	11	102
114	玉烛新	溪源新腊后	周邦彦	2	5	4	11	102
115	水龙吟	素肌应怯余寒	周邦彦	3	5	3	11	102
116	瑞鹤仙	悄郊原带郭	周邦彦	1	3	7	11	102
117	齐天乐	绿芜凋尽台城路	周邦彦	2	1	8	11	102
118	早梅芳	花竹深	周邦彦	1	6	4	11	102
119	贺新郎	绿树听鹈鴂	辛弃疾	0	4	7	11	102
120	翠楼吟	月冷龙沙	姜夔	1	2	8	11	102

续表

序号	词 牌	首 句	词人	历代名家词选入选次数				排名
				宋	明	清	合计	
121	惜红衣	簟枕邀凉	姜夔	2	1	8	11	102
122	法曲献仙音	虚阁笼寒	姜夔	3	1	7	11	102
123	声声慢	檀栾金碧	吴文英	3	3	5	11	102
124	浣溪沙	青杏园林煮酒香	晏殊/欧阳修	3	5	2	10	124
125	蝶恋花	帘幕风轻双语燕	欧阳修	1	7	2	10	124
126	蝶恋花	海燕双来归画栋	欧阳修	3	6	1	10	124
127	南歌子	凤髻金泥带	欧阳修	1	4	5	10	124
128	采桑子	群芳过后西湖好	欧阳修	2	0	8	10	124
129	蝶恋花	醉别西楼醒不记	晏几道	1	2	7	10	124
130	南歌子	山与歌眉敛	苏轼	1	6	3	10	124
131	蝶恋花	花褪残红青杏小	苏轼	2	5	3	10	124
132	阮郎归	绿槐高柳咽新蝉	苏轼	2	5	3	10	124
133	菩萨蛮	蛩声泣露惊秋枕	秦观	2	5	3	10	124
134	如梦令	门外鸦啼杨柳	秦观	0	4	6	10	124
135	减字木兰花	天涯旧恨	秦观	0	3	7	10	124
136	品令	凤舞团团饼	黄庭坚	1	7	2	10	124
137	丹凤吟	迤逦春光无赖	周邦彦	1	6	3	10	124
138	霜叶飞	露迷衰草	周邦彦	1	4	5	10	124
139	八归	芳莲坠粉	姜夔	1	1	8	10	124
140	探春慢	衰草愁烟	姜夔	1	2	7	10	124
141	玲珑四犯	叠鼓夜寒	姜夔	2	1	7	10	124
142	倦寻芳	暮帆挂雨	吴文英	1	1	8	10	124
143	高阳台	接叶巢莺	张炎	0	1	9	10	124
144	甘州	记玉关、踏雪事清游	张炎	0	1	9	10	124
145	绮罗香	万里飞霜	张炎	0	1	9	10	124

注：本表中入选次数相同者并列排名。

在历代名家词选中的146首两宋十五名家词名篇中，东坡词有16首，在北宋词人、两宋词人中均排名第三。这些东坡词名篇，占到苏词别集存词数量的4.41%，在北宋词人中排名第四，处在中游；在两宋词人中排名第六，处在中游。在50首宋词经典名篇中，东坡词有5首，在北宋词人、两宋词人中均排名第二。这些东坡词经典名篇，占到苏词别集存词数量的1.38%，在北宋词人中排名第五，处在中游；在两宋词人中排名第六，处在中游。

在历代名家词选中的五首东坡词经典名篇中，《水龙吟》（似花还似非花），在历代名家词选中的146首两宋词名篇中排名第七，在前十之内；《贺新郎》（乳燕飞华屋），排名第十四，在前十五之内；《念奴娇》（大江东去），排名第十九，在前二十之内；《水调歌头》（明月几时有）、《卜算子》（缺月挂疏桐），排名第二十七，在前三十之内；在历代名家词选中的十一首东坡词普通名篇中，《南乡子》（霜降水痕收）、《蝶恋花》（春事阑珊芳草歇），在历代名家词选中的146首两宋词名篇中排名第五十一，在前五十之外；《满江红》（东武南城）、《西江月》（照野弥弥浅浪）排名第六十六，在前六十之外；《水龙吟》（楚山修竹如云）、《江城子》（天涯流落思无穷）、《洞仙歌》（冰肌玉骨）、《浣溪沙》（风压轻云贴水飞），名第一百〇二，在前一百之外；《蝶恋花》（花褪残红青杏小）、《阮郎归》（绿槐高柳咽新蝉）、《南歌子》（山与歌眉敛），名第一百二十三，在前一百二十之外。

见微知著，通过对历代名家词选中的东坡词名篇的建构与考察，可以发现，一方面，东坡词在词选、词论、创作等不同领域中的传播与接受情况，既存在着一致性，又存在着差异性，相互之间是对应与互补关系；另一方面，即使是在同一领域中，如词选、创作等，东坡词在古今中外的传播与接受情况，也是既存在着一致性，又存在着差异性，相互之间是对应与互补关系。

第二节　历代名家词选选评者对东坡词的意旨阐释

名家词选选评者对东坡词的意旨阐释，是指解读词中的思想内涵、情感意蕴，归结起来，主要有两个方面，一是对东坡词的误解与曲解，如对《水调歌头》（明月几时）、《卜算子》（缺月挂疏桐）的阐释；一是对东坡词的新解与正解，如对《贺新郎》（乳燕飞华屋）词的阐释。

一、东坡词的误解与曲解

名家词选选评者对东坡词意旨的误解与曲解，集中表现在《水调歌头》（明月几时）、《卜算子》（缺月挂疏桐）二词上。

（一）《水调歌头》（明月几时）：兄弟情谊误解、曲解为爱君情怀

南宋鲖阳居士《复雅歌词》云："元丰七年，都下传唱此词。神宗问内侍外面新行小词，内侍录此进呈。读至'又恐琼楼玉宇，高处不胜寒'，上曰：'苏轼

终是爱君。'乃命量移汝州。"①

元丰七年(1084),距苏轼作《水调歌头》中秋词的熙宁九年(1076)已有八年之久。北宋时期,一首词有没有可能传唱八年之久？有。宋释文莹《湘山野录》载,欧阳修《临江仙》(记得金銮同唱第)在京城传唱了二十年之久："欧阳公顷谪滁州,一同年(忘其人)将赴阆倅,因访之,即席为一曲歌以送,曰：'记得金銮同唱第……离愁难尽,红树远连霞。'其飘逸清远,皆白之品流也……予皇祐中,都下已闻此阕歌于人口者二十年矣。"②

苏轼离黄赴汝,在元丰七年(1084)四月初,《满庭芳》(归去来兮,吾归何处)序云："元丰七年四月一日,余将自黄移汝,留别雪堂邻里二三君子。会李仲览自江东来别,遂书以遗之。"③"量移汝州"的诏命,元丰七年(1084)正月二十五日已发出。苏轼《谢量移汝州表》云："臣轼言,伏奉正月二十五日诰命,特授臣汝州团练副使本州安置不得签书公事者。"④

鲖阳居士之说,若要成立,必须满足两个条件：一是神宗不知道这首词的词序;二是"神宗问内侍外面新行小词,内侍录此进呈"在元丰七年(1084)正月初一至二十五日期间。第一个条件,没有问题。唱词,自然不会唱词序,内侍录此进呈的文本,自然也是没有词序的;第二个条件,存在问题。试问,一首中秋词怎么会在正月里歌唱？换句话说,正月里的"新行小词"应是元夕词才是啊！再者,以史实记载来看,元丰七年(1084)之前,神宗既已谅解苏轼,屡有起用之意,由于执政大臣反对,终未起用。如,邵博《邵氏闻见后录》卷二一载："苏东坡既贬黄州,神宗殊念之,尝语宰相王珪、蔡确曰：'国史至重,可命苏轼成之。'珪有难色。"⑤孔凡礼《苏轼年谱》系此事于元丰四年(1081)七月。⑥ 王巩《闻见近录》载："神宗一日召执政诣天章阁……及对,及议官制除目……执政既进除目,上笑曰：'三省、密院官,姑置之。'乃议吏部而下,及某官除某乙,则俾雍、震互书之……至著作郎,则曰：'此非苏轼不可。'……官制隔岁乃下,比之初议,十改五六矣。"⑦孔凡礼《苏轼年谱》系此事于元丰四年(1081)十一月。⑧ 王巩《闻见近录》载："苏子瞻既贬黄州,神宗每怜之,一日,语执政曰：'国史大事,朕意欲俾苏轼成之。'执政有难色。上曰：'非轼则用曾巩。'其后,巩亦不副上意。上复有旨起苏轼,以本官知江州……明日,改承议郎、江州太

① 唐圭璋编《词话丛编》,北京：中华书局,1986,59页。
② 释文莹撰《湘山野录》(外两种),北京：中华书局,1984年,15页。
③ 傅幹注,刘尚荣校证《注坡词》,成都：巴蜀书社,1993年,17页。
④ 苏轼著,茅维编《苏轼文集》,北京：中华书局,1986年,656页。
⑤ 邵博撰《邵氏闻见后录》,北京：中华书局,1983年,167页。
⑥ 孔凡礼撰《苏轼年谱》,北京：中华书局,1998年,512页。
⑦ 王巩著《闻见近录》,《学海类编》影印本,叶二十九至三十。
⑧ 孔凡礼撰《苏轼年谱》,北京：中华书局,1998年,518页。

平观。又明日，命格不下。曰：‘皆王禹玉力也。’”①孔凡礼《苏轼年谱》系此事于元丰六年(1083)十月。②

实际上，鲖阳居士是以其大雅理论来解词，有意利用“元丰七年”这个关键的时间点编了个故事，通过这种方式来给这首中秋词注入“爱君”、“忠君”的思想情感。这首中秋词的真正主旨，苏轼在词序里交待得很清楚：“丙辰中秋，欢饮达旦，大醉。作此篇，兼怀子由。”由“兼”字可知，表达对弟弟苏辙的怀念，是创作这首词的目的之一。熙宁十年(1077)，苏轼与苏辙在徐州一起过中秋，以诗、词相唱和，苏辙《水调歌头》(离别一何久)云：“离别一何久，七度过中秋。去年东武今夕，明月不胜愁。”所谓“去年东武今夕，明月不胜愁”，指苏轼《水调歌头》(明月几时有)中的“但愿人长久，千里共婵娟”，表达的是苏轼对苏辙的深切怀念。王维《九月九日忆山东兄弟》云：“独在异乡为异客，每逢佳节倍思亲。”传统中秋佳节，月圆之夜，思念手足情深的弟弟，是人之常情，更何况两人已经分别长达六年之久了！

鲖阳居士解读出的爱君情怀，得到了后世词论者的普遍认同。如，明陈子龙《安雅堂稿》卷三《三子诗余序》中云：“夫‘并刀’‘吴盐’，美成所以被贬；‘琼楼玉宇’，子瞻遂称爱君。”③董毅《续词选》卷一云：“忠爱之言，恻然动人。神宗读至‘琼楼玉宇，高处不胜寒’之句，以为‘终是爱君’，宜矣。”④黄苏《蓼园词选》云：“前阕是见月思君……缠绵婉恻之思，愈转愈曲，愈曲愈深，忠爱之思，令人玩味不尽。”⑤沈祥龙《论词随笔》云：“词导源于诗，诗言志，词亦贵乎言志……‘琼楼玉宇’，识其忠爱。”⑥而词中原有的兄弟情谊，在后世读者的接受视域中淡褪了，被“搁置”起来了，甚至是被爱君情怀所掩盖、淹没。

(二)《卜算子》(缺月挂疏桐)：倔强高傲个性误解、曲解为君子甘于幽独

鲖阳居士《复雅歌词》云：“‘缺月’，刺明微也；‘漏断’，暗时也；‘幽人’，不得志也；‘独往来’，无助也；‘惊鸿’，贤人不安也。‘回头’，爱君不忘也；‘无人省’，君不察也；‘拣尽寒枝不肯栖’，不偷安于高位也；‘寂寞吴江冷’，非所安也。此词与《考槃》诗极相似。⑦

鲖阳居士以类似于汉儒解经的索隐方式对《卜算子》述怀词中的“微言大义”作逐句解析，认为词中表现的君子甘于幽独的情怀与《诗经·卫风·考槃》诗是一致的，其怨刺的精神是相类似的。《考槃》诗云：

考槃在涧，硕人之宽。独寐寤言，永矢弗谖。

---

① 王巩著《闻见近录》，《学海类编》影印本，叶三十。
② 孔凡礼撰《苏轼年谱》，北京：中华书局，1998 年，584 页。
③ 陈子龙撰《安雅堂稿》，《明代论著丛刊》本，台北：伟文图书出版社有限公司，1977 年，193 页。
④ 董毅编选《续词选》(外两种)，保定：河北大学出版社，2006 年，204 页。
⑤ 黄苏选评《蓼园词选》，《清人选评词集三种》本，济南：齐鲁书社，1988 年，86 页。
⑥ 唐圭璋编《词话丛编》，北京：中华书局，1986 年，4047 页。
⑦ 唐圭璋编《词话丛编》，北京：中华书局，1986 年，60 页。

考槃在阿，硕人之薖。独寤寐歌，永矢弗过。

考槃在陆，硕人之轴。独寤寐宿，永矢弗告。①

《毛序》云："《考槃》，刺庄公也。不能继先公之业，使贤者退而穷处。"②"贤者退而穷处"，与苏轼谪居黄州、自称"幽人"是一致的，鲖阳居士的立足点在这里；诗中"独寤寐言，永矢弗谖"、"独寤寐歌，永矢弗过"、"独寤寐宿，永矢弗告"，表现的是君子甘于幽独的情怀，与词中的"谁见幽人独往来"、"有恨无人省"也相似，鲖阳居士对词作的逐句解析，是围绕这一点生发的。鲖阳居士云："'回头'，爱君不忘也"，正是"爱君不忘"，故而甘于幽独。怨刺，是苏轼的诗歌精神，陈师道《后山诗话》："苏诗始学刘禹锡，故多怨刺。"③乌台诗案的发生，也源于此。

苏轼在《卜算子》述怀词，表现的不是君子甘于幽独的情怀，而是骨子里倔强高傲的个性。《卜算子》词题云："黄州定惠院寓居作。"④苏轼元丰三年（1080）二月初一日到贬所黄州，《赠别王文甫》云："仆以元丰三年二月一日到黄州，时家在南都，独与儿子迈来郡中，无一人旧识者。"⑤初到黄州，苏轼寓居黄冈县东南的定惠院。至四月，迁居长江边的临皋亭。把握这首述怀词的真正思想内涵、情感意蕴，必须紧扣元丰三年（1080）二月至四月这个时间段里苏轼的生活境遇、心绪情感。诗、词互证，《寓居定惠院之东，杂花满山，有海棠一株，土人不知贵也》诗是"解码"《卜算子》述怀词的"密钥"。其诗云：

江城地瘴蕃草木，只有名花苦幽独。嫣然一笑竹篱间，桃李漫山总粗俗。也知造物有深意，故遣佳人在空谷。自然富贵出天资，不待金盘荐华屋……雨中有泪亦凄怆，月下无人更清淑……陋邦何处得此花，无乃好事移西蜀。寸根千里不易到，衔子飞来定鸿鹄。天涯流落俱可念，为饮一樽歌此曲。明朝酒醒还独来，雪落纷纷那忍触。⑥

在这首诗中，苏轼为草木丛生中的这株名贵的海棠鸣不平，对它的不幸遭遇表达了发自内心深处的同情和理解。"天涯流落俱可念"，那株海棠正是自己的化身。"只有名花苦幽独"、"月下无人更清淑"，花是不懂得什么"幽独"不"幽独"、"清淑"不"清淑"的，真正"苦幽独"是苏轼自己，正是自己的"幽独"，才能体会到海棠的"清淑"；在这株海棠身上，苏轼分明看到了自己的影子，故而对它充满了同情和理解，"也知造物有深意，故遣佳人在空谷"，"天涯流落俱可念，为饮一樽歌此曲"，对海棠的怜悯，看似多情，实际上是为自己的

① 程俊英，蒋见元著《诗经注析》，北京：中华书局，1991 年，159－162 页。
② 程俊英，蒋见元著《诗经注析》，北京：中华书局，1991 年，159－162 页。
③ 何文焕辑《历代诗话》，北京：中华书局，1981 年，306 页。
④ 傅幹注，刘尚荣校证《注坡词》，成都：巴蜀书社，1993 年，328 页。
⑤ 苏轼著，茅维编《苏轼文集》，北京：中华书局，1986 年，2260 页。
⑥ 苏轼著，王文诰辑注《苏轼诗集》，北京：中华书局，1982 年，1036 页。

人生遭际寻求心理平衡;"土人不知贵也"、"桃李漫山总粗俗",乡野之人只认识普通的桃树、李树,哪会在意、在乎这株名贵的海棠呢?这正符合苏轼初到黄州时"无一人旧识者"的境况。"陋邦何处得此花,无乃好事移西蜀","寸根千里不易到,衔子飞来定鸿鹄",苏轼试图探寻海棠流落异乡的原因,看似句句写花,实则句句是写自己,"西蜀"这个词很关键,苏轼为什么会猜测("无乃",莫非)这株海棠是从自己的家乡蜀地移来的呢?这里是托物言志,以花自况。海棠的流落千里之外的黄州,是事出有因——被鸿鹄衔来,而自己流落黄州,也是事出有因。

"只有名花苦幽独",幽独,是一种沦落。对于这种沦落,苏轼是不甘心的。正因为不甘心,才会有"明朝酒醒还独来,雪落纷纷那忍触"的时序惊心之感!诗词互证,词旨即明。诗中说"天涯流落俱可念",词中亦是"天涯流落"之意。清谢章铤《赌棋山庄词话》续编卷一云:"时东坡在黄州,固不无沦落天涯之感。"①对沦落的不甘心,流露的是苏轼骨子里倔强高傲的个性,苏轼将这种倔强高傲通过词中孤鸿形象的塑造表现出来。

《卜算子》词的创作缘起,是苏轼寓居定惠院时的一次失眠,外出散心时偶遇了一只放哨、巡逻的大雁,有感而发,一如他遇见了那株海棠。吴曾《能改斋漫录》卷一六载:"东坡先生谪黄州,作《卜算子》词……读者不能解。张右史文潜继贬黄州,访潘邠老,尝得其详,题诗以志之:'空江月明鱼龙眠,月中孤鸿影翩翩。有人清吟立江边,葛巾藜杖眼窥天。夜冷月堕幽虫泣,鸿影翘沙衣露湿。仙人采诗作步虚,玉皇饮之碧琳腴。'"②吴世昌先生在《有关苏词的若干问题》中说:"鸿雁夜宿时有它们严密的保卫制度,(这只鸿雁是)派出放哨、站岗、巡逻的值夜警戒雁只。"③沈祖棻《宋词赏析》说:"他的思想感情正存在着深刻的矛盾。他有投闲置散之哀,又有遁世无闷之乐;有忧谗畏讥之心,也有愤世嫉俗之意。因此,当在深夜的月光之下,一只孤鸿忽然闯入了他的视线的时候,他自觉不自觉地寄与了它以深挚的同情,并且赋与了它以自己的感情和性格"。④

词中的孤鸿形象,是苏轼有意去塑造的,与现实中的有所不同。这只大雁的绕树飞行而"不栖",只是在为同伴们放哨而已,苏轼非要说是"拣尽寒枝不肯栖";其他大雁都在栖息,今天轮到这只大雁负责保卫群体的安全,这是大雁等群居动物的生活习性罢了,也无所谓有恨没恨,苏轼非要说"有恨无人省"。实际上,苏轼是将自我内心的主观感受有意地倾注到了这只放哨的大雁身上去的。陈匪石《宋词举》卷下云:"'拣尽寒枝'两句,'孤鸿'心事,即幽人心

---

① 唐圭璋编《词话丛编》,北京:中华书局,1986年,3486页。
② 吴曾撰《能改斋漫录》,上海古籍出版社,1979年,第479页。
③ 吴令华编《吴世昌学术文丛·诗词论丛》,北京:北京出版社,2000年,132页。
④ 沈祖棻著《宋词赏析》,上海:上海古籍出版社,1980年,238-239页。

事。因含此‘恨’，寂寞自甘，但见徘徊‘沙洲’，自寄其‘不肯栖’之意。”①

不唯如此，苏轼还赋予了这只大雁凤凰的品格。《庄子·秋水》云：“南方有鸟，其名曰鹓鶵……夫鹓鶵，发于南海而飞于北海，非梧桐不止，非练实不食，非醴泉不饮。于是鸱得腐鼠，鹓鶵过之，仰而视之曰：‘吓！’”②苏轼是熟读、精通《庄子》的，苏辙《亡兄子瞻端明墓志铭》中云：“公之于文，得之于天。少与辙皆师先君，初好贾谊、陆贽书，论古今治乱，不为空言。既而读庄子，喟然叹息曰：‘吾昔有见于中，口未能言，今见庄子，得吾心矣。’”③苏轼赋予孤鸿“非梧桐不止”的品格，典出《庄子》，目的在于表现横遭排挤之后、初到黄州时内心的不服气、不平衡：我是鹓鶵，而你们都是俗物！王水照先生《苏轼·谪居黄州》所言：“这孤鸿就是苏轼的化身：他也有悲恨无人领会，他也品格高傲不肯随世沉浮”。④ 李商隐《安定城楼》诗云：“不知腐鼠成滋味，猜意鹓鶵竟未休。”可作此词注脚。

《卜算子》词是初到黄州时苏轼心境的真实写照，表现了他性格中的倔强高傲。而在此后的谪居生涯中，苏轼内心的不平衡渐渐转变为平衡，他个性的锋芒和棱角渐渐消磨，从而以“圆融”、“静观”的心态，“潇洒”、“超脱”的姿态，去面对人生中的是非成败、荣辱得失，达到“一蓑烟雨任平生”、“也无风雨也无晴”的境界——风雨（逆境，自然界、人世间的无情），自然是不在乎的了；而晴天（顺境，自然界、人世间的多情），也不在意了。

鲖阳居士对《卜算子》词的解读，后世评论者褒贬不一。张惠言（字皋文，有《茗柯词》）的比兴寄托理论，与鲖阳居士的大雅理论异代同构。因此，他认同、推崇鲖阳居士的观点，其《词选》直接引用鲖阳居士的原话。张德瀛《词徵》卷五云：“曾丰谓苏子瞻长短句，犹有与道德合者，‘缺月’‘疏桐’一章……本朝张茗柯论词，每宗此义，遂为鲖阳之续。”⑤

鲖阳居士索隐式“字笺句解”的解读，在明代既已受到严厉批判。如，王世贞《弇州山人四部稿》卷一三六《山谷书东坡〈卜算子〉词帖》中云：“坡此词亦佳，第为宋儒解传时事，遂令面目可憎厌耳。”⑥沈际飞《草堂诗余正集》卷一云：“宋儒解传时事，已成恶套。”⑦清代对鲖阳居士提出批判的，不乏其人。如，王士祯《花草蒙拾》云：“鲖阳居士云……村夫子强作解事，令人欲呕……仆尝戏谓坡公命宫磨蝎，湖州诗案，生前为王珪、舒亶辈所苦，身后又硬受此差

---

① 陈匪石编著《宋词举》，南京：金陵书画社，1983年，96-97页。

② 陈鼓应著《庄子今注今译》，北京：中华书局，442页。

③ 苏辙著《栾城集》，上海：上海古籍出版社，1987年，1421页。

④ 王水照著《苏轼》，上海：上海古籍出版社，1981年，67页。

⑤ 唐圭璋编《词话丛编》，北京：中华书局，1986年，4159页。

⑥ 王世贞著《弇州山人四部稿》，《明代论著丛刊》本，台北：伟文图书出版社，1976年，6280-6281页。

⑦ 转引自邹同庆，王宗堂《苏轼词编年校注》，北京：中华书局，2002年，284页。

排耶?”①沈雄《古今词话·词话》卷上曰:“乃有鲖阳居士错为之解,曰东坡殊多寓意……坡公岂为是哉?”②谢章铤《赌棋山庄词话》续编卷一云:“鲖阳居士……字笺句解,果谁语而知谁之……断章取义,则是刻舟求剑,则大非矣。今一遇稍有感慨之词,便以为指斥时事,愁禽怨柳,塞满乾坤,是直以长短句为谤书矣。”③这种批判的势头延续至近代,王国维《人间词话删稿》云:“子瞻《卜算子》,皆兴到之作……皆被皋文深文罗织。”④

二、东坡词的新解与正解

名家词选选评者对东坡词意旨的新解与正解,集中表现在《贺新郎》(乳燕飞华屋)词上。黄苏《蓼园词选》云:“前一阕,是写所居之幽僻;次阕,又借榴花以比此心蕴结,未获达于朝廷;又恐年已老也;末四句,是花是人,婉曲缠绵,耐人寻味不尽。”⑤

《贺新郎》一词,没有词题、词序,故而词旨难以把握。在历代词论中,该词本事,至少有以下三种说法:

1. 为天资聪慧、善于应对的杭州官妓秀兰解围而作

杨湜《古今词话》载:

苏子瞻守钱塘,有官妓秀兰天性黠慧,善于应对。湖中有宴会,群妓毕至,惟秀兰不来。遣人督之,须臾方至。子瞻问其故,具以发结沐浴,不觉困睡,忽有人叩门声,急起而问之,乃乐营将催督之。非敢怠忽,谨以实告,子瞻亦恕之。坐中倅车属意于兰,见其晚来,恚恨未已。责之曰:‘必有他事,以此晚至。’秀兰力辩,不能止倅之怒。是时榴花盛开,秀兰以一枝藉手告倅,其怒愈甚,秀兰收泪无言。子瞻作《贺新凉》以解之,其怒始息。其词(略)。子瞻之作,皆目前事,盖取其沐浴新凉,曲名《贺新凉》也。后人不知之,误为《贺新郎》,盖不得子瞻之意也。子瞻真所谓风流太守也,岂可与俗吏同日语哉?⑥

这一说,遭到时人、后人的批判和指责。胡仔《苕溪渔隐丛话》后集三九云:

野哉,杨湜之言,真可入笑林矣。东坡此词,冠绝古今,托意高远,宁为一娼而发邪?‘帘外谁来推绣户,枉教人、梦断瑶台曲。又却是、风敲竹’,用古诗‘卷帘风动竹,疑是故人来’之意。今乃云,忽有人叩门声,急起而问之,乃乐营将催督,此可笑者一也。‘石榴半吐红巾蹙。待浮花浪蕊都尽,伴君幽独。浓

---

① 唐圭璋编《词话丛编》,北京:中华书局,1986年,678页。
② 唐圭璋编《词话丛编》,北京:中华书局,1986年,777页。
③ 唐圭璋编《词话丛编》,北京:中华书局,1986年,3486页。
④ 唐圭璋编《词话丛编》,北京:中华书局,1986年,4261页。
⑤ 黄苏选评《蓼园词选》,《清人选评词集三种》本,济南:齐鲁书社,1988年,132页。
⑥ 唐圭璋编《词话丛编》,北京:中华书局,1986年,27页。

艳一技细看取，芳心千重似束'，盖初夏之时，千花事退，榴花独芳，因以申写幽闺之情。今乃云，是时榴花盛开，秀兰以一枝藉手告倅，其怒愈甚，此可笑者二也。此词腔调寄《贺新郎》，乃古曲名也。今乃云，取其沐浴新凉，曲名《贺新凉》，后人不知之，误为《贺新郎》。此可笑者三也。《词话》中可笑者甚众，姑举其尤者。第东坡此词，深为不幸，横遭点污，吾不可无一言雪其耻。宋子京云，江左有文拙而好刻石者，谓之詅嗤符。今杨湜之言俚甚，而锓板行世，殆类是也。①

胡仔认为其可笑之处有三：其一，“帘外谁来推绣户，枉教人、梦断瑶台曲，又却是、风敲竹”，是风吹竹，而不是有人来叩门；其二，“石榴半吐红巾蹙，待浮花浪蕊都尽，伴君幽独，浓艳一技细看取，芳心千重似束”，是借榴花写幽情，而不是折花献人；其三，《贺新郎》与《贺新凉》的关系弄错了。

明沈际飞《草堂诗余正集》卷六云：

凡作词或具深衷，或即时事，工与不工，则作手之本色，自莫可掩。《贺新郎》一解，苕溪正之诚然，而为秀兰非为秀兰，不必论也。两家纷然，子瞻在泉，不笑其多事耶？②

在沈际飞看来，这首词是属于“或具深衷”类型的，苏轼自有深意蕴藏在其中，而争论是否为秀兰而作，是没必要的，多此一举的。

潘游龙《精选古今诗余醉》卷五云：

此坡咏夏景也。《古今词话》云坡守钱塘，为妓秀兰作《贺新郎》，以解府倅之怒者，苕溪一一正之，诚是。至于为秀兰非为秀兰，可不必论，假使坡老有灵，当必发一大噱，以为两家解纷矣。③

可见，潘游龙也认为不必争论是否为秀兰而作。

李攀龙《新刻题评名贤词话草堂诗余》卷四云：

坡公此词冠绝古今，苕溪之论诚矣。杨湜谓其为风流太守，岂虚语哉？但其以《贺新郎》而改为《贺新凉》，乃系臆见，似未可从也。④

李攀龙在词调的关系问题上，与胡仔的意见一致。

清丁绍仪《听秋声馆词话》卷一一云：

《贺新郎》调一百十六字，或名《贺新凉》，或名《乳燕飞》，均因东坡词而起。其词寄托深远，与咏雁《卜算子》词云（略）同一比兴。乃杨湜《词话》谓为酒间召妓，铺叙实事之作，谬妄殊甚。⑤

丁绍仪对词调的先后关系，说得更加清楚了，《贺新凉》乃是由苏轼词中

---

① 胡仔纂集《苕溪渔隐丛话》（后集），北京：人民文学出版社，328页。
② 转引自邹同庆，王宗堂《苏轼词编年校注》，北京：中华书局，2002年，773页。
③ 潘游龙辑《精选古今诗余醉》，沈阳：辽宁教育出版社，2003年，187页。
④ 转引自邹同庆，王宗堂校注《苏轼词编年校注》，北京：中华书局，2002年，773页。
⑤ 唐圭璋编《词话丛编》，北京：中华书局，1986年，2706页。

“悄无人、桐阴转午,晚凉新浴”而来。更为重要的是,他在指出了《贺新郎》(乳燕飞华屋)词与《卜算子》(缺月挂疏桐)词有相通之处,具有启发性。

2. 为陪伴东坡南迁生还的侍妾榴花而作

陈鹄《西塘集耆旧续闻》卷二载:

陆辰州子逸,左丞农师之孙,太傅公之玄孙也……余尝登门……是后,从游颇密。公尝谓余曰:“曾看东坡《贺新郎》词否?”余对以世所共歌者。公云:“东坡此词,人皆知其为佳,但后攧用榴花事,人少知其意。某尝于晁以道家见东坡真迹,晁氏曰:‘东坡有妾名朝云、榴花。朝云死于岭外,东坡尝作《西江月》一阕,寓意于梅,所谓“高情已逐晓云空”是也。惟榴花独存,故其词多及之。观“浮花浪蕊都尽,伴君幽独”,可见其意矣。’”①

陈鹄听闻这则本事后,一开始是将信将疑的态度,这个疑惑在他心中埋藏了整整十年。当他见到顾禧(字景蕃)《补注东坡长短句》的注解之后,就对此深信不疑了。其《西塘集耆旧续闻》卷二云:

曩见陆辰州,语余以《贺新郎》词用榴花事,乃妾名也。退而书其语,今十年矣,亦未尝深考。近观顾景蕃续注,因悟东坡词中用“白团扇”、“瑶台曲”,皆侍妾故事。按,晋中书令王珉好执白团扇,婢作《白团扇歌》以赠珉。又,《唐逸史》:“许瀍暴卒,复寤,作诗云:‘晓入瑶台露气清,坐中惟见许飞琼。尘心未尽俗缘重,千里下山空月明。’复寝,惊起,改第二句,云:‘昨日梦到瑶池,飞琼令改之,云不欲世间知有我也。’”按,《汉武帝内传》所载,董双成、许飞琼,皆西王母侍儿。东坡用此事,乃知陆辰州得榴花之事于晁氏为不妄也。《本事词》载榴花之事极鄙俚,诚为妄诞。②

可知,经过十年的犹豫,陈鹄最终以榴花之事,取代了秀兰之事,作为本词的本事。仅凭“白团扇”、“瑶台曲”的典故均与侍妾有关而断定《贺新郎》词即是写侍妾榴花,恐怕有失妥当。因为,苏轼在词中用典,有时仅是用其字面,并非用其意,不可一一坐实。再者,晁说之的说法可信与否未可知,陆辰州是否真的从晁说之口中得知也不可知,说不定是出于他的杜撰呢?陈鹄《西塘集耆旧续闻》卷二载:“(陆辰州)晚以疾废,卜筑于秀野,越之佳山水也。公放傲其间,不复有荣念。客到,终日清谈不倦,尤好语及前辈事,缅缅倾人听。”③

《贺新郎》词在当时为“世所共歌”,“人皆知其为佳”,自然也成为他们的清谈之资,清谈的动机,以吹嘘炫耀、夸夸其谈为能事,是说着玩的,不能当真的。因此,该词为侍妾榴花而作一事,或是他们中的某位,在求新求奇的心态的作用下的杜撰,不足为信。

---

① 陈鹄撰《西塘集耆旧续闻》(外两种),北京:中华书局,2002年,299页。

② 陈鹄撰《西塘集耆旧续闻》(外两种),北京:中华书局,2002年,302页。

③ 陈鹄撰《西塘集耆旧续闻》(外两种),北京:中华书局,2002年,299页。

3. 杭州万顷寺为歌者而作

曾季貍《艇斋诗话》载：

东坡《贺新郎》在杭州万顷寺作，寺有榴花树，故词中云石榴。又，是日歌者昼寝，故词中云："渐困倚、孤眠清熟。"①

此说语焉不详，既不言是东坡倅杭时作还是知杭时作，而对词的解说也只谈及"榴花"、"昼寝"只言片语，更不足信。

尹志腾在《清人选评词集三种·前言》中云："黄苏主意内言外、寄托比兴之说，推重作品的积极思想内容，赞扬忧国伤时、格调高昂，而贬斥空疏纤弱、无病呻吟的作品……评词，十分强调知人论世，能从作者的身世和作词的具体环境，探其寄托所在，提出填词必写'真意'、'读词必先了解命意'的主张。"②与前人对本词意旨的解读相比，黄苏的解读，与众不同，别出新意，无疑是对东坡词的新解。不唯如此，黄苏以比兴寄托说解词，探究词中寄寓的身世之感，对《贺新郎》词意旨的把握，是准确的。

中国社会科学院文研所编《唐宋词选》认为，此词"实际上要表现的是一个女子的孤独、抑郁的情怀，当作于作者贬官之后。"③至于具体是哪一次贬官之后，则没有作说明。实际上，这首《贺新郎》词是苏轼谪居黄州前期的作品，理由有三：其一，词中"乳燕飞华屋"、"若待得君来，向此花前，对酒不忍触，共粉泪，两簌簌"，与《寓居定惠院之东，杂花满山，有海棠一株，土人不知贵也》诗中"自然富贵出天资，不待金盘荐华屋"、"天涯流落俱可念，为饮一樽歌此曲，明朝酒醒还独来，雪落纷纷那忍触"极其相似；其二，托物言志的抒情方式，上片泛写，下片专叙的章法结构，与《卜算子》(缺月挂疏桐)词相类似；其三，思想内涵、情感意蕴上，词中表达的时序惊心之感，即黄苏所谓的"又恐年已老也"，与元丰四年(1081)年夏所作的《洞仙歌》(冰肌玉骨)词一致，词中表达的人生失意感与元丰五年(1082)七月所作的《念奴娇》(大江东去)词一致。榴花开，在五月端午前后，如，刘镇《贺新郎·端午》(翠葆摇新竹)词云："正榴花、枝头叶底，斗红争绿"，刘克庄《贺新郎·端午》(深院榴花吐)词云："深院榴花吐"，黄裳《喜迁莺·端午泛湖》(梅霖初歇)词云："乍绛蕊海榴，争开时节"等。因此，《贺新郎》(乳燕飞华屋)当作于元丰三年(1080)至五年(1082)间的五月。

《贺新郎》是一首拟闺怨的感时述怀词，是苏轼迁谪心态的缩影。白居易《琵琶行》云："别有幽愁暗恨生，此时无声胜有声"。苏轼创作本词时，不加词题、词序，是有意为之的，苏轼运用传统的香草美人的比兴手法，寄寓了仕途受挫的人生失意，不遇之感，深沉的幽愁暗恨，真可谓是"此时无声胜有声"。诚

① 丁福保辑《历代诗话续编》，中华书局，1983年，310页。

② 程千帆主编《清人选评词集三种》，济南：齐鲁书社，1988年，3页。

③ 中国社会科学院文学研究所编《唐宋词选》，北京：人民文学出版社，1982年，149页。

如崔海正《东坡词研究·借艳花佳人寄独行之慨》中云:"用托物取喻的方法表达深远的寄托,使词旨深沉含蓄,有耐人寻味之妙,本篇即是借艳花佳人寄托政治感慨的词作。"①

上阕,写闺中女子无数次的等待,又一次次地失望。从"乳燕飞华屋"至"晚凉新浴",是概述女子从上午等到中午,又从午后挨到傍晚。早晨慵懒地起来,日已三竿,无心梳妆打扮。华丽的屋宇之中,只有一个人冷清清地呆坐着,有时抬头看看燕巢中的新燕,它们是多么的快乐!就这样,不知不觉的挨到了中午。午后,呆呆地看着庭院中那梧桐树的影子,慢慢地由短变长,直到夕阳西下,连梧桐树的影子也离自己而去了;又等了一天了,又经受了一天相思的煎熬,乏了、倦了。"手弄生绡白团扇"以下,是对夜晚独居幽思的特写。从"手弄生绡白团扇"到"孤眠清熟",写洗浴过后百无聊赖地坐着,翻弄着手里的白团扇,看到自己的手和扇子都像玉一样白润,又联想到自己的遭遇或许也与这团扇差不多:天气转凉后就用不到扇子了,自己又何尝不是如此呢?想到这里,心中不免又是一阵凄凉,随后,在一遍遍地反复自我追问"他是不是真的真的不要我了"之后,人困倦了。从"帘外谁来推绣户"至"风敲竹",写日有所思夜有所梦,正沉浸在梦境里喜悦之中时,忽然,一阵风过,吹得竹林沙沙作响,惊醒了她的相思梦,宛若听到有人在推门,心想,一定是他来了,因而非常高兴,可他却迟迟不进来,再仔细一听,原来是风吹竹林的声音。现实生活中满足不了的,总会在梦中实现,可是,梦被惊破了,就再难追寻,醒来之后,现实又是那么的残酷。此时,她的心情经历了喜悦—惊喜—疑惑—失望—失落的转变,最后,把满腔的失落,都化作了对风的埋怨——你为什么要吵醒我的美梦?!从"又却是"三字可知,闺中女子孤眠幽思时日之长,等待时间之长,而她在一次次的等待中一次次的失望。上阕结尾的构思,与温庭筠《望江南》(梳洗罢)词中的"过尽千帆皆不是,斜晖脉脉水悠悠,肠断白蘋洲"有异曲同工之妙。

下阕,写闺中女子以榴花自比,表达美好的青春年华在等待中悄然流逝的无限伤感。"石榴半吐红巾蹙",是说石榴花已半开,是看花人该来观赏的时候了,因为"寻春须是先春早,看花莫待花枝老"(李煜《子夜歌》),等花全开再来观赏,已经有些晚了。"待浮花浪蕊都尽,伴君幽独",是退一步说,若稍微晚一点来也不碍大事,因为等到群芳争奇斗艳过后,正是石榴花一枝独秀的时候,若这时赏花人来,正可以尽情观赏石榴花开得最烂漫的状态。"秾艳一枝细看取"至"又恐被、秋风惊绿",是说当赏花人欣赏盛放的石榴花时会发现,花心紧紧团簇着,好像美人郁结的心一般,若有所忧虑,殊不知,它是在为你的姗姗来迟而深深惋惜,又是在担心秋风一来就把自己吹老。"若待得君来向此"至

---

① 崔海正著《东坡词研究》,济南:山东大学出版社,1992年,121页。

"两簌簌"，是说，如果赏花人没有在石榴花盛开时来，而是再晚一些时候才来，那么，即便"花前对酒"，也没有什么兴致了，因为，花期已过，那石榴花即将凋零，只要轻轻地一碰，它就会像美人伤心万分时夺眶而出的泪水一样簌簌坠落，落满一地。"不恨此花非尽，恨西园、落红难缀"（苏轼《水龙吟》），枝头的花虽然凋落了，但明年的枝头依旧会有花盛开，可是，那些凋零的花瓣，却是再也无法回到枝头上去的！花犹如此，人何以堪？闺中女子借花自喻，自己的青春年华，正如那坠落的花瓣，一去不复返。整个下阕，层层退让，语气很委婉，每退一层，增一分哀婉，也即黄苏所说的"婉曲缠绵，耐人寻味不尽"。

香草美人、比兴寄托，是自诗骚以来诗文创作中的传统手法，也是东坡词中较为常用的表现手法。东坡词的抒情方式，或是直抒胸臆、真情流露，或是托物言志、间接抒情。强调知人论世、注重身世之感，不失为一种行之有效的解词方法，有利于准确把握东坡词的本真意旨；然而，当适可而止，不可太过，对东坡词深层意蕴的过度挖掘，会带来东坡词的误解和曲解。

第三节　历代名家词选选评者对东坡词的艺术评点

历代名家词选选评者对东坡词的艺术评点，主要围绕成就地位、风格特征、手法技巧三个方面展开。对东坡词成就地位的评点，或称东坡词为古今第一、古今绝唱、词中之史、词中上乘、绝佳之作、脍炙之篇；或将东坡词与前代优秀文学作品相媲美；或认为东坡词在同时代人的同类作品中少有匹敌。评点东坡词的风格特征，主要是豪放与婉约、雅与俗两个维度，从其评点情况来看，东坡词中既有豪放之作，又有婉约之作，还有豪放、婉约风格兼备之作；东坡词中既有雅词，又有俗词，还有雅、俗风格兼备之作。对东坡词手法技巧的评点，主要是评点东坡词的炼字之法、摊破句法、结句之法、谋篇布局之法、摹景状物之法以及推陈出新之法。

一、评点东坡词的成就地位

历代名家词选选评者对东坡词成就地位的评价，或称东坡词为古今第一、古今绝唱、词中之史、词中上乘、绝佳之作、脍炙之篇；或将其与前代优秀文学作品相媲美；或认为东坡词胜出同时代人的同类作品远甚，少有可与匹敌者。

（一）称为古今第一、古今绝唱、词中之史、词中上乘、绝佳之作、脍炙之篇

明杨慎、潘游龙、清先著、程洪等评苏轼《西江月》（玉骨那愁瘴雾）、《水调歌头》（明月几时有）、《念奴娇》（大江东去）、《阮郎归》（绿槐高柳咽新蝉）、《菩萨蛮》（湿云不渡溪桥冷）等词为古今第一、古今绝唱、词中之史、词中上乘、绝佳之作、脍炙之篇。

杨慎批点本《草堂诗余》卷一，评《西江月》（玉骨那愁瘴雾）为古今梅词第

一："古今梅花词,此为第一。"①又,杨慎《词品》卷二曰："古今梅词,以坡仙'绿毛幺凤'为第一。"②按,除了评《西江月》咏梅词为古今梅词第一之外,杨慎还评欧阳修《渔家傲》(叶重如将青玉亚)、《渔家傲》(楚国细腰元自瘦)为古今莲词第一。其《词品》卷二云："欧阳公咏莲花《渔家傲》云：'叶重如将青玉亚……千条万缕萦心下。'又云：'楚国细腰元自瘦……西池月上人归后。'前首工致,后首情思两极,古今莲词第一也。"③卷四评《水调歌头》(明月几时有)词为古今绝唱、中秋词第一："中秋词,古今绝唱。"④又,杨慎批点本《草堂诗余》卷四评《念奴娇》(凭高眺远)词云："东坡中秋词,《水调歌头》第一,此词第二。"⑤卷四评《念奴娇》(大江东去)为词中之史："古今词多脂软纤媚取胜,独东坡此词,感慨悲壮,雄伟高卓,词中之史也。"⑥

潘游龙《精选古今诗余醉》卷七,评《阮郎归》(绿槐高柳咽新蝉)云："此词令上乘。"⑦卷一三评《西江月》(玉骨那愁瘴雾)咏梅词为绝佳之作："末二语不必有所指,即咏梅绝佳。"⑧卷一三评《菩萨蛮》(湿云不渡溪桥冷)为咏梅词灵慧第一："咏梅词之灵慧,当推此为第一,而更喜其不犯一梅事。"⑨

先著、程洪《词洁》卷四评《念奴娇》(大江东去)云："此词脍炙千古。"⑩

(二) 东坡词堪与前代优秀文学作品相媲美

明卓人月、徐士俊、清谭献等将《醉翁操》(琅然)、《水龙吟》(楚山修竹如云)、《贺新郎》(乳燕飞华屋)等词与嵇康《广陵散》、马融《长笛赋》、杜甫《佳人》等前代优秀文学作品相媲美。

卓人月、徐士俊《古今词统》,卷一一以嵇康《广陵散》比《醉翁操》(琅然)："六声三韵,传之今日,亦是一曲《广陵散》。"⑪卷一四以马融《长笛赋》比《水龙吟》(楚山修竹如云)咏笛词："一百余字,堪与马融《长笛赋》抗衡。"⑫

谭献评《词辨》卷二,以杜甫《佳人》比《贺新郎》(乳燕飞华屋)拟闺怨述怀词："颇欲与少陵《佳人》一篇互证。"⑬仇兆鳌《杜诗详注》卷七解杜甫《佳

---

① 杨慎批点《草堂诗余》,《丛书集成续编》第205册,台北:新文丰出版公司,1985年,284页。
② 杨慎著《词品》,上海:上海古籍出版社,2009年,54页。
③ 杨慎著《词品》,上海:上海古籍出版社,2009年,58页。
④ 杨慎批点《草堂诗余》,《丛书集成续编》第205册,台北:新文丰出版公司,1985年,321页。
⑤ 杨慎批点《草堂诗余》,《丛书集成续编》第205册,台北:新文丰出版公司,1985年,328页。
⑥ 杨慎批点《草堂诗余》,《丛书集成续编》第205册,台北:新文丰出版公司,1985年,330页。
⑦ 潘游龙辑《精选古今诗余醉》,沈阳:辽宁教育出版社,2003年,208页。
⑧ 潘游龙辑《精选古今诗余醉》,沈阳:辽宁教育出版社,2003年,390页。
⑨ 潘游龙辑《精选古今诗余醉》,沈阳:辽宁教育出版社,2003年,392页。
⑩ 先著,程洪辑《词洁》,保定:河北大学出版社,2007年,167－168页。
⑪ 卓人月汇选,徐士俊参评《古今词统》,沈阳:辽宁教育出版社,2000年,431页。
⑫ 卓人月汇选,徐士俊参评《古今词统》,沈阳:辽宁教育出版社,2000年,526页。
⑬ 黄苏选评《蓼园词选》,《清人选评词集三种》本,济南:齐鲁书社,1988年,178页。

人》诗前八句云："首言佳人遭乱，致零落失依"①；解中间八句云："次言兄弟既桑，因见弃于夫，上四慨世伤心，下四托物兴感"②；解后八句云："末言妇岁见弃，终能贞节自操，上四，应'幽居在空谷'，下四，应'零落依草木'，此段赋中有比，山泉，比守洁不污，采柏，比贞心不改"③；诗末有按语云："天宝乱后，当是实有是人，故形容曲尽其情。就谓托弃妇以比逐臣，伤新进猖狂，老成凋谢而作，恐悬空撰意，不能淋漓恺至如此。"④杨伦笺注《杜诗镜诠》卷五《佳人》诗有题解云："此因所见有感，亦带自寓意"⑤；杨伦解"绝代有佳人"至"新人美如玉"十二句云："言兄弟既丧，遂为夫所弃"⑥；"但见新人笑，那闻旧人哭"句，有眉批曰："以上述佳人之遭遇，以下写佳人之志节"⑦；解"摘花不插发，采柏动盈掬"句云："亦取其贞心不改"⑧，有旁批曰："李云：'落落穆穆，写出幽真本色"⑨；诗后引沈确士评语云："结处只用写景，不更着议论，而清洁贞正意，自隐然言外，诗格最超。"⑩可见，谭献是从四个方面立论的：其一，内容上，《佳人》诗、《贺新郎》词都写女子幽居、零落的遭遇和处境，以及洁身自好、坚贞不渝的节操和品格；其二，手法上，两者都运用了托物兴感的比兴寄托手法；其三，主旨上，都是"托弃妇以比逐臣"，寄托身世之感；其四，章法上，都是首尾呼应，回环合抱。

(三) 东坡词在同时代人同类作品中少有匹敌

明杨慎，清先著、程洪等认为《哨遍》（为米折腰）、《水调歌头》（明月几时有）等词胜出同时代人的同类作品远甚，少有可与匹敌者。

杨慎批点本《草堂诗余》卷五认为《哨遍》（为米折腰）檃括词有韵味，胜出时人檃括《醉翁亭记》《赤壁前后赋》之作："《醉翁亭记》《赤壁前后赋》，当时俱檃括为词，俱泊然无味。独此东坡《归去词》特胜，不特其音律之谐也。"⑪黄庭坚檃括欧阳修《醉翁亭记》为《瑞鹤仙》（环滁皆山也）⑫，魏庆之《诗人玉屑》卷二一引《风雅遗音》云："欧阳公知滁日，自号醉翁，因以名听作记。山谷檃括其词，合以声律，作《瑞鹤仙》词云（略）。一记凡数百言，此词备之矣。山谷

---

① 杜甫著，仇兆鳌注《杜诗详注》，北京：中华书局，1979年，553－555页。
② 杜甫著，仇兆鳌注《杜诗详注》，北京：中华书局，1979年，553－555页。
③ 杜甫著，仇兆鳌注《杜诗详注》，北京：中华书局，1979年，554页。
④ 杜甫著，仇兆鳌注《杜诗详注》，北京：中华书局，1979年，555页。
⑤ 杜甫著，杨伦笺注《杜诗镜铨》，上海：上海古籍出版社，1962年，230页。
⑥ 杜甫著，杨伦笺注《杜诗镜铨》，上海：上海古籍出版社，1962年，230页。
⑦ 杜甫著，杨伦笺注《杜诗镜铨》，上海：上海古籍出版社，1962年，230页。
⑧ 杜甫著，杨伦笺注《杜诗镜铨》，上海：上海古籍出版社，1962年，230页。
⑨ 杜甫著，杨伦笺注《杜诗镜铨》，上海：上海古籍出版社，1962年，230－231页。
⑩ 杜甫著，杨伦笺注《杜诗镜铨》，上海：上海古籍出版社，1962年，231页。
⑪ 杨慎批点本《草堂诗余》，《丛书集成续编》第205册，台北：新文丰出版公司，1985年，356页。
⑫ 唐圭璋编纂，王仲闻参订，孔凡礼补辑《全宋词》，北京：中华书局，1999年，536页。

其善檃括如此。”①曹冠檃括苏轼前《赤壁赋》为《哨遍》(壬戌孟秋),其词序中云:“东坡采《归去来词》作《哨遍》,音调高古。”②刘学箕檃括苏轼前后《赤壁赋》为《哨遍》(木叶尽凋),其词序中云:“昔坡仙盖尝以靖节之词寄声乎此曲矣,人莫有非之者。余虽不敏,不敢自亚于昔人。然捧心效颦,不自知丑,盖有之矣。”③林正大檃括欧阳修《醉翁亭记》为《声声慢》(暮春天气)④;檃括苏轼前《赤壁赋》为《酹江月》(泛舟赤壁),檃括后《赤壁赋》为《酹江月》(雪堂闲步)⑤。刘将孙檃括前《赤壁赋》为《沁园春》(壬戌之秋),檃括后《赤壁赋》为《沁园春》(十月雪堂),其词序中云:“近见旧词,有括前后《赤壁赋》者,殊不佳。长日无所用心,漫填《沁园春》二阕,不能如公《哨遍》之变化,又局于韵字,不能效公用陶诗之精整,姑就本语,捃拾排比,粗以自遣云。”⑥同样是檃括之作,苏轼《哨遍》(为米折腰)的不同之处在于有新意,字里行间融入了自己的生活感受、人生思考和生命体验,而非纯粹的逞才任能式的檃括,这体现在词中“吾年今已如此”、“本非有意”、“我今忘我兼忘世”、“幽人”、“且乘流、遇坎还止”等语句上。日本学者内山精也在《苏轼檃括词考》中有精到的论述⑦,限于篇幅,不再引述。

先著、程洪《词洁》卷三认为仅有刘克庄词堪与其《水调歌头》(明月几时有)中秋词匹敌:“录坡公词若并汰此作,是无眉目矣……后村二调亦极力能出脱者,取为此公嗣响,可以不孤。”⑧

二、评点东坡词的风格特征

历代名家词选选评者对东坡词风格特征的评价,主要是围绕豪放与婉约、雅与俗两个维度展开的。豪放与婉约,是一组风格矛盾;雅与俗,是另一层面的一组风格矛盾。在豪放、婉约两大风格范畴内部,都存在雅、俗之分;在雅、俗两大风格范畴中,同样也都存在着豪放、婉约之分。

(一) 豪放与婉约

词论中谈到东坡词的风格问题,无论是柳词、苏词对举,还是苏词、秦词对举,涉及的大多是词风的豪放——婉约的二元对立问题,且把东坡词作为豪放词风的典型代表。俞文豹《吹剑续录》载:

---

① 魏庆之著《诗人玉屑》,北京:中华书局,2007 年,677 页。
② 唐圭璋编纂,王仲闻参订,孔凡礼补辑《全宋词》,北京:中华书局,1999 年,1995 页。
③ 唐圭璋编纂,王仲闻参订,孔凡礼补辑《全宋词》,北京:中华书局,1999 年,3122 页。
④ 唐圭璋编纂,王仲闻参订,孔凡礼补辑《全宋词》,北京:中华书局,1999 年,3135 页。
⑤ 唐圭璋编纂,王仲闻参订,孔凡礼补辑《全宋词》,北京:中华书局,1999 年,3136 – 3138 页。
⑥ 唐圭璋编纂,王仲闻参订,孔凡礼补辑《全宋词》,北京:中华书局,1999 年,4462 页。
⑦ 内山精也著《传媒与真相——苏轼及其周围士大夫的文学》,上海:上海古籍出版社,2005 年,395 – 396 页。
⑧ 先著,程洪辑《词洁》,保定:河北大学出版社,2007 年,124 页。

东坡在玉堂，有幕士善讴，因问："我词比柳词何如？"对曰："柳郎中词，只好十七八女孩儿，执红牙拍板。唱'杨柳岸、晓风残月'，学士词，须关西大汉，执铁板，唱'大江东去'。"公为之绝倒。①

且不论善歌幕士有无苏词、柳词高下的评判，他用精辟的"男女"之譬，道出了柳词、苏词的两种不同风格："晓风残月"式的柔婉风格，"大江东去"式的雄壮风格。

胡仔《苕溪渔隐丛话》前集卷四二引王直方《诗话》云：

东坡尝以所作小词示无咎、文潜，曰："何如少游？"二人皆对云："少游诗似小词，先生小词似诗。"②

诗、词，不仅文体有别，而且风格不同。清田同之《西圃词说》云："魏塘曹学士云：'词之为体如美人，而诗则壮士也；如春华，而诗则秋实也；如夭桃繁杏，而诗则劲松贞柏也。'罕譬最为明快。"③又云："诗贵庄而词不嫌佻，诗贵厚而词不嫌薄，诗贵含蓄而词不嫌流露。之三者，不可不知。"④晁补之、张耒的"诗词"之喻，说的是苏词、秦词的两种不同风格：苏词雄壮、庄重、醇厚，秦词柔婉、妩媚、轻佻。

明张綖《诗余图谱·凡例》中云：

词体大略有二：一体婉约，一体豪放。婉约者欲其辞情蕴藉，豪放者欲其气象恢弘，盖亦存乎其人，如秦少游之作，多是婉约，苏子瞻之作，多是豪放。⑤

且不论对东坡词主体风格的定位是否准确，这里，苏词、秦词对举，说的还是两种不同风格：一曰豪放，"气象恢弘"，"气象"，气概、气度，"恢弘"，宽宏博大；一曰婉约，"辞情蕴藉"，"辞情"，情致、格调，"蕴藉"，含而不露。

叶梦得《避暑录话》卷下载：

苏子瞻于四学士中最善少游，故他文未尝不极口称善，岂特乐府，然尤以气格为病，故尝戏云："'山抹微云'秦学士，'露花倒影'柳屯田。"⑥

所谓"以气格为病"，是说秦词之失在于纤弱、柔婉，其"山抹微云"型的风格与柳词的"露花倒影"型相近。这里，苏轼是以戏谑的口吻说的，而在另一则记载中，苏轼对秦观学柳词之风格予以批评。黄昇《唐宋诸贤绝妙词选》卷二载：

秦少游自会稽入京，见东坡，坡云："久别，当作文甚胜，都下盛唱公'山抹微云'之词。"秦逊谢，坡遽云："不意别后，公却学柳七作词。"秦答曰："某虽

---

① 俞文豹撰《吹剑录全编》，上海：古典文学出版社，1958年，38页。
② 胡仔纂集《苕溪渔隐丛话》，北京：人民文学出版社，1962年，284页。
③ 唐圭璋编《词话丛编》，北京：中华书局，1986年，1450页。
④ 唐圭璋编《词话丛编》，北京：中华书局，1986年，1452页。
⑤ 张綖，谢天瑞撰《诗余图谱》，《续修四库全书》本，上海：上海古籍出版社，2002年，473页。
⑥ 叶梦得撰《避暑录话》，《丛书集成初编》本，长沙：商务印书馆，1939，50页。

无识，亦不至是，先生之言无乃过乎？"坡云："'销魂，当此际'，非柳词句法乎？"秦惭服。然已流传，不复可改矣。①

此事又见王奕清等《历代词话》卷五所引之曾慥《高斋诗话》：

少游自会稽入京，见东坡，东坡曰："不意别后，公却学柳七作词。"少游曰："某虽无学，亦不如是。"东坡曰："'销魂，当此际'，非柳七句法乎？"②

两则记载，一详一略，虽然在称呼上略有不妥，如长辈称晚辈为"公"，但其间苏轼批评秦观学柳词风格的"精髓"是可取的。

以上词论给我们留下深刻的印象：东坡词的风格特征是雄壮、雄奇、豪放的。然而，历代名家词选对东坡词艺术风格的评点，向我们昭示了这样的事实：东坡词，既有雄壮、雄奇、豪放型风格的，也有纤细、柔婉、婉约型风格的，还有两者兼具的。

1. 雄壮、雄奇、豪放型风格的东坡词

雄壮、雄奇、豪放型风格的东坡词代表作，有《念奴娇》（大江东去）、《水调歌头》（明月几时有）、《水调歌头》（落日绣帘卷）、《八声甘州》（有情风、万里卷潮来）等。

《念奴娇》（大江东去），杨慎批点本《草堂诗余》卷四曰："古今词多脂软纤媚取胜，独东坡此词，感慨悲壮，雄伟高卓，词中之史也。铜将军、铁拍板唱公此词，虽优人谑语，亦是状其雄卓奇伟处。"③陈廷焯《词则·大雅集》卷二曰："滔滔莽莽，其来无端，大笔摹天，是东坡气概过人处。"④陈廷焯《云韶集》卷二曰："滔滔莽莽，其来无端，千古而下，更有何人措手？大笔摹天，自是东坡本色。"⑤清许昂霄《词综偶评》评"大江东去，浪淘尽、千古风流人物"句云："一起真如太原公子裼裘而来。"⑥按，"裼裘"，袒露里衣，形容不拘礼仪。东坡此词起句，切题"怀古"二字，抒发历史感慨，直抒胸臆，以如椽巨笔写尽了历史沧桑，物力的伟大、永恒，人的短暂、渺小。

《水调歌头》（明月几时有），卓人月、徐士俊《古今词统》卷一二云："画家大斧皴，书家擘窠体。"⑦按，斧劈皴，中国山水画的技法，谓用笔如斧削木，有大斧劈皴、小斧劈皴之分。擘窠体，大字体。此喻，一方面说其运笔不凡、体格较大，另一方面说其具有粗豪、粗犷的风格特征。王闿运《湘绮楼词选·前编》

---

① 黄昇选编《唐宋诸贤绝妙词选》，《唐宋人选唐宋词十种》本，上海：上海古籍出版社，2004年，601页。
② 唐圭璋编《词话丛编》，北京：中华书局，1986年，1186页。
③ 杨慎批点《草堂诗余》，《丛书集成续编》本，台北：新文丰出版公司，1985年，330页。
④ 陈廷焯编选《词则》，上海：上海古籍出版社，1984年，55页。
⑤ 孙克强，杨传庆点校整理《〈云韶集〉辑评之一》，《中国韵文学刊》，2010年第3期，53页。
⑥ 唐圭璋编《词话丛编》，北京：中华书局，1986年，1552页。
⑦ 卓人月汇选，徐士俊参评《古今词统》，沈阳：辽宁教育出版社，2000年，455页。

中云："大开大合之笔，亦他人所不能，才子，才子！"①所谓"大开大合之笔"，是说下笔爽快利落，直率天真，挥洒自如，与"大斧皴"、"擘窠体"之喻相近。

《水调歌头》（落日绣帘卷），杨慎批点本《草堂诗余》卷四评"一点浩然气，千里快哉风"句云："结句雄奇，无人敢道。"②这一对偶句，形成了一种张力和气势，给人雄奇之感。

《八声甘州》（有情风、万里卷潮来），清黄苏《蓼园词选》评下阕云："次阕见人地相得，便欲订终之意，未免有激之言，然语意自尔豪宕。"③按，豪宕，指感情奔放，不受拘束。此词下阕，苏轼通过直抒胸臆的方式，一方面表达了与诗僧参寥子的"诗人相得，如我与君稀"友好情谊，另一方面抒发了"功成名遂身退"的美好愿望。

2. 纤细、柔婉、婉约型风格的东坡词

纤细、柔婉、婉约型风格的东坡词代表作，有《水龙吟》（似花还似非花）、《蝶恋花》（花褪残红青杏小）、《阮郎归》（绿槐高柳咽新蝉）等。

《水龙吟》（似花还似非花），明茅暎《词的》卷四云："情词双美，又绝非大江东一调。"④卓人月、徐士俊《古今词统》卷一四云："人谓'大江东去'之粗豪，不如'晓风残月'之细腻，如此词，又进柳妙处一尘矣。"⑤

《蝶恋花》（花褪残红青杏小），茅暎《词的》卷四云："婉奕不作繁声。"⑥按，"婉奕"，柔美貌。潘游龙《精选古今诗余醉》卷二评"枝上柳绵吹又少，天涯何处无芳草"句云："'枝上'二句，断送朝云；一声《何满子》，肠断李延年，正若是耳。"⑦

按，所谓"'枝上'二句，断送朝云"，是指朝云不堪忍受"枝上柳绵吹又少，天涯何处无芳草"中哀婉凄切的无限伤感之情。此事深入人心，感人至深。清张宗橚《词林纪事》引《林下词谈》云：

子瞻在惠州，与朝云闲坐。时青女初至，落木萧萧，凄然有悲秋之意。命朝云把大白，唱"花褪残红"。朝云歌喉将啭，泪满衣襟。子瞻诘其故，答曰："奴所不能歌，是'枝上柳绵吹又少，天涯何处无芳草'也。"子瞻翻然大笑曰："是吾正悲秋，而汝又伤春矣。"遂罢。朝云不久抱疾而亡，子瞻终身不复听此词。⑧

---

① 王闿运选评《湘绮楼词选》，《王闿运手批唐诗选》附，上海：上海古籍出版社，1989 年，1447－1448 页。
② 杨慎批点本《草堂诗余》，《丛书集成续编》本，台北：新文丰出版公司，1985 年，322 页。
③ 黄苏选评《蓼园词选》，《清人选评词集三种》本，济南：齐鲁书社，1988 年，90－91 页。
④ 茅暎辑评《词的》，《四库未收书辑刊》本，北京：北京出版社，2000 年，527 页。
⑤ 卓人月汇选，徐士俊参评《古今词统》，沈阳：辽宁教育出版社，2000 年，525 页。
⑥ 茅暎辑评《词的》，《四库未收书辑刊》本，北京：北京出版社，2000 年，510 页。
⑦ 潘游龙辑《精选古今诗余醉》，沈阳：辽宁教育出版社，2003 年，80 页。
⑧ 张宗橚辑《词林纪事》，成都：成都古籍出版社，1982 年，136 页。

"一声《何满子》，肠断李延年"，李延年，代指唐武宗宫人孟才人，唐康骈《剧谈录·孟才人善歌》载：

孟才人善歌，有宠于武宗皇帝。嫔御之中，莫与为比。一旦龙体不豫，召而问曰："我若不讳，汝将何之?"对曰："以微眇之身，受君王之宠。若陛下万岁之后，无复生焉。"是日，俾于御榻前歌《何满子》一曲，声调凄切，闻者莫不涕零。及宫中晏驾，哀恸数日而陨……攻文之士或为赋题，或为诗，目以为冯媛班姬，无以过也。所知者张祜有诗云："偶因清唱咏歌频，奏入宫中十二春。却为一声《何满子》，下泉须吊孟才人。"①

王士祯《花草蒙拾》中云："'枝上柳绵'，恐屯田缘情绮靡，未必能过。孰谓东坡但解作'大江东去'耶？髯翁直是轶伦绝群。"②

《阮郎归》(绿槐高柳咽新蝉)，清黄苏《蓼园词选》评云："此词清和婉丽中而风格自佳。"③

3. 豪放、婉约型风格兼备的东坡词

《哨遍》(睡起画堂)，在抒情上是具有豪放风格，在写景、叙事上是具有婉约风格，豪放、婉约两种风格有机融合在一起。卓人月、徐士俊《古今词统》卷一六云："此词情采密丽，气质香婉，乃是以残唐诸公小令笔意用之于长调，在宋一代中固不多，在眉山一身中尤其少。"④所谓"情采密丽，气质香婉"、"残唐诸公小令笔意"，是指"清切婉丽"的风格。《四库提要·东坡词提要》中云："词自晚唐五代以来，以清切婉丽为宗。"⑤"在宋一代中固不多"，是指胜过秉承花间一派的晏欧诸公以及"今代词手"(陈师道《后山诗话》)秦七、黄九之作。清陈廷焯《词则·放歌集》卷一云："笔致纡徐，蓄势在后。纵笔挥洒，如天风海雨，咄咄逼人。"⑥又，《云韶集》卷二云："笔致纡徐，蓄势在后……笔势处处提振，前路纡徐曲折，而入到此，放开笔写，如天风海雨，咄咄逼人。"⑦此词之所以有"天风海雨，咄咄逼人"般的气势，在于其"前路纡徐曲折"、"蓄势在后"的章法结构，前面的写景、叙事，都为后面的抒情服务，蓄势已足，一发盛气凌人。唐玲玲在《随物赋形——〈东坡乐府〉的结构特色》中云："从'睡起画堂'的景致写到乘兴'携将佳丽，深入芳菲里'的情景，最后到'今古悠悠，浮宦人间世'的人生要'适情'的感叹，美丽的春景，轻歌曼舞的佳丽歌女，对人生的概叹……一步步展开，层层递进，结构细密严谨。"⑧

---

① 康骈著《剧谈录》，上海：古典文学出版社，1958 年，14－15 页。

② 唐圭璋编《词话丛编》，北京：中华书局，1986 年，680 页。

③ 黄苏选评《蓼园词选》，《清人选评词集三种》本，济南：齐鲁书社，1988 年，27 页。

④ 卓人月汇选，徐士俊参评《古今词统》，沈阳：辽宁教育出版社，2000 年，610－611 页。

⑤ 永瑢等撰《四库全书总目》，北京：中华书局，1965 年，1808 页。

⑥ 陈廷焯编选《词则》，上海：上海古籍出版社，1984 年，299 页。

⑦ 孙克强，杨传庆点校整理《〈云韶集〉辑评之一》，《中国韵文学刊》，2010 年第 3 期，53 页。

⑧ 唐玲玲著《东坡乐府研究》，成都：巴蜀书社，1992 年，224 页。

历代名家词选对东坡词风格特征的评点，在对东坡词豪放、婉约双重风格的把握上，与其他东坡词词论是一致的。清贺裳《皱水轩词筌》中云："苏子瞻有铜琶铁板之机，然其《浣溪沙》曰：'彩索身轻长趁燕，戏窗睡重不闻莺。'如此风调，令十七八女郎歌之，岂在'晓风残月'之下？"①周济《介存斋论词杂著》中云："人赏东坡粗豪，吾赏东坡韶秀。韶秀是东坡佳处，粗豪则病也。"②冯旭《朱校东坡乐府序》中云："词有二派，曰刚曰柔。毗刚者斥温厚为妖冶，毗柔者目纵轶为粗犷。而东坡刚亦不吐，柔亦不茹。缠绵芳悱，树秦、柳之前旃；空灵动荡，导姜、张之大辂。"③吴梅《词学通论》中云："余谓公词豪放、缜密，两擅其长。世人第就豪放处论，遂有铁板铜琶之诮。不知公婉约处，何让温、韦。"④借其语而言之，东坡词婉约处，何让柳、秦。

（二）雅与俗

雅、俗之辨，也是词论风格论的关键问题。一般而言，晏欧诸公，是雅词阵营；柳永，是俗词阵营。胡仔《苕溪渔隐丛话》后集卷三九引《艺苑雌黄》云："柳之乐章，人多称之……若以欧阳永叔、晏叔原、苏子瞻、黄鲁直、张子野、秦少游较之，万万相辽。彼其所以传名者，直以言多近俗，俗子易悦故也。"⑤然而，柳词中亦不乏雅的元素。赵令畤《侯鲭录》卷七载："东坡云："世言柳耆卿曲俗，非也，如《八声甘州》云：'渐霜风凄紧，关河冷落，残照当楼。'此语于诗句，不减唐人高处矣。"⑥苏轼慧眼独具，看到了柳词"俗"之外的"雅"。由历代名家词选对东坡词风格特征的评点可知，苏轼本人的创作中，既有雅词，又有俗词，也有雅俗兼备之作，还有大雅之极、归于平淡之作。

1. 东坡"雅"词

东坡"雅"词的代表作，有《水调歌头》（明月几时有）、《殢人娇》（满院桃花）、《永遇乐》（明月如霜）、《卜算子》（缺月挂疏桐）、《西江月》（照野弥弥浅浪）、《醉翁操》（琅然）等。

《水调歌头》（明月几时有），杨慎批点本《草堂诗余》卷四评词中"我欲乘风归去，唯恐琼楼玉宇，高处不胜寒，起舞弄清影，何似在人间"句云："此等语翩翩羽化而仙，岂是烟火人道得只字。"⑦先著、程洪《词洁》卷三云："此词前半，自是天仙化人之笔。"⑧陈廷焯《词则·大雅集》卷二云："纯以神行，不落

---

① 唐圭璋编《词话丛编》，北京：中华书局，1986 年，696 页。
② 唐圭璋编《词话丛编》，北京：中华书局，1986 年，1633 页。
③ 金启华等编《唐宋词集序跋汇编》，南京：江苏教育出版社，1990 年，63 页。
④ 吴梅著《词学通论》，上海：复旦大学出版社，2005 年，55 页。
⑤ 胡仔纂集《苕溪渔隐丛话》，北京：人民文学出版社，1984 年，319 页。
⑥ 赵令畤撰《侯鲭录》（外两种），北京：中华书局，2002 年，183 页。
⑦ 杨慎批点《草堂诗余》，《丛书集成续编》第 205 册，台北：新文丰出版公司，1985 年，321 页。
⑧ 先著，程洪辑《词洁》，保定：河北大学出版社，2007 年，124 页。

《骚》《雅》寘曰,太白之诗,东坡词之词,皆是异样出色。”①陈廷焯《云韶集》卷二云:“落笔高超,飘飘有凌云之气,谪仙而后,定以髯苏为巨擘矣。”②

《殢人娇》(满院桃花),潘游龙《精选古今诗余醉》卷一二评云:“后半一段神姿举动,反显出唐诗高雅。”③

《永遇乐》(明月如霜),先著、程洪《词洁》卷五评云:“‘野云孤飞,去来无迹’,石帚之词也,此词亦当不愧此品目。”④

《卜算子》(缺月挂疏桐),陈廷焯《词则·大雅集》卷二评云:“寓意高远,运笔空灵,措语忠厚,是坡仙独至处,美成、白石亦不能到也。”⑤陈廷焯《云韶集》卷二评云:“寓意高远,笔力高绝,此种地步,不惟秦、柳不能到,即求诸唐宋名家,亦不能到。”⑥黄苏《蓼园词选》评曰:“此词乃东坡自写在黄州之寂寞耳……格奇而语隽,斯为超诣神品。”⑦

《西江月》(照野弥弥浅浪),王士祯《花草蒙拾》评云:“绿杨杜宇,酒后偶然语,亦是大罗天上人。”⑧陈廷焯《词则·放歌集》卷一评曰:“《西江月》一调,易入俚俗,稍不检点,则流于曲矣,此偏写得洒落有致。”⑨陈廷焯《云韶集》卷二云:“《西江月》一调,最易入于俚俗,此作却洒落有致,通首写醉后踏月,极有神致。”⑩

《醉翁操》(琅然),陈廷焯《词则·别调集》卷一评云:“清绝高绝,不许俗人问津,化笔墨为烟云。”⑪

2. 东坡“俗”词

东坡“俗”词的代表作,有《满庭芳》(蜗角虚名)、《浣溪沙》(道字娇讹苦未成)、《点绛唇》(莫唱阳关)等。

《满庭芳》(蜗角虚名),杨慎批点本《草堂诗余》卷四评云:“先生此词,专在唤醒世上梦人,故不作一深语。”⑫明潘游龙《精选古今诗余醉》卷一五评云:“坡老此篇,专在唤醒俗人,故不着一深语。”⑬

《浣溪沙》(道字娇讹苦未成),卓人月、徐士俊《古今词统》卷四评词中“困

① 陈廷焯编选《词则》,上海:上海古籍出版社,1984年,52页。
② 孙克强,杨传庆点校整理《〈云韶集〉辑评之一》,《中国韵文学刊》,2010年第3期,53页。
③ 潘游龙辑《精选古今诗余醉》,沈阳:辽宁教育出版社,2003年,354页。
④ 先著,程洪辑《词洁》,保定:河北大学出版社,2007年,213页。
⑤ 陈廷焯编选《词则》,上海:上海古籍出版社,1984年,54页。
⑥ 孙克强,杨传庆点校整理《〈云韶集〉辑评之一》,《中国韵文学刊》,2010年第3期,53页。
⑦ 黄苏选评《蓼园词选》,《清人选评词集三种》本,济南:齐鲁书社,1988年,21页。
⑧ 唐圭璋编《词话丛编》,北京:中华书局,1986年,680页。
⑨ 陈廷焯编选《词则》,上海:上海古籍出版社,1984年,297页。
⑩ 孙克强,杨传庆点校整理《〈云韶集〉辑评之一》,《中国韵文学刊》,2010年第3期,53页。
⑪ 陈廷焯编选《词则》,上海:上海古籍出版社,1984年,583页。
⑫ 杨慎批点《草堂诗余》,《丛书集成续编》本,台北:新文丰出版公司,1985年,320页。
⑬ 潘游龙辑《精选古今诗余醉》,沈阳:辽宁教育出版社,2003年,428页。

人天气近清明”云：“结句太俗”。①

《点绛唇》(莫唱阳关)，陈廷焯《词则·别调集》卷一评词中“风流公子方终宴”句云：“次句俚浅。”②

3. 雅、俗兼备的东坡词

《水龙吟》(似花还似非花)，兼有雅、俗两种风格。杨慎批点《草堂诗余》卷四，评苏轼《水龙吟》(似花还似非花)云：“坡公词潇洒出尘，胜质夫千倍”，评章质夫《水龙吟》(燕忙莺懒)云：“质夫词，工手；坡老词，仙手。”③李攀龙《草堂诗余隽》中云：“如虢国夫人，不施粉黛，而一段天资，自是倾城。”④清先著、程洪《词洁》卷五评下阕云：“‘晓来’以下，真是化工神品。”⑤“化工神品”，即天然浑成。元陶宗仪《南村辍耕录》卷一八中云：“所论画之三品，盖扩前人所未发。论曰：气韵生动，出于天成，人莫窥其巧者，谓之神品。”⑥黄苏《蓼园词选》评下阕云：“二阕议论，情景交融，笔墨入化，有神无迹矣。”⑦“笔墨入化”，亦即浑然天成。明谢榛《四溟诗话》卷一云：“诗有不立意造句，以兴为主，漫然成篇，此诗之入化也。”⑧先著、程洪辑《词洁》卷五云：“‘抛家傍路’四字，欠雅。”⑨

4. 大雅之极、归于平淡的东坡词

苏轼《与二郎一首》中云：“凡文字，少小时须令气象峥嵘，彩色绚烂。渐老渐熟，乃造平淡。其实不是平淡，绚烂之极也。”⑩物极必反，回环往复。东坡词中，亦有大雅之极、归于平淡之作，如《浣溪沙》(山下兰芽短浸溪)、《生查子》(三度别君来)、《行香子》(清夜无尘)、《蝶恋花》(簌簌无风花自亸)等，看似平淡无奇，实则情深意重，别有韵味和理趣。

《浣溪沙》(山下兰芽短浸溪)，先著、程洪《词洁》卷一云：“坡公韵高，故浅浅语亦觉不凡。”⑪

《生查子》(三度别君来)，陈廷焯《词则·放歌集》卷一评云：“浅语情深，正不易及。”⑫

《行香子》(清夜无尘)，陈廷焯《词则·别调集》卷一评云：“看得破，说得

---

① 卓人月汇选，徐士俊参评《古今词统》，沈阳：辽宁教育出版社，2000年，123页。
② 陈廷焯编选《词则》，上海：上海古籍出版社，1984年，585页。
③ 杨慎批点《草堂诗余》，《丛书集成续编》本，台北：新文丰出版公司，1985年，334页。
④ 转引自邹同庆，王宗堂《苏轼词编年校注》，北京：中华书局，2002年，320页。
⑤ 先著，程洪辑《词洁》，保定：河北大学出版社，2007年，181页。
⑥ 陶宗仪撰《南村辍耕录》，沈阳：辽宁教育出版社，1998，216页。
⑦ 黄苏选评《蓼园词选》，《清人选评词集三种》本，济南：齐鲁书社，1988年，112页。
⑧ 谢榛著《四溟诗话》(外一种)，北京：人民文学出版社，1961年，28页。
⑨ 先著，程洪辑《词洁》，保定：河北大学出版社，2007年，181页。
⑩ 苏轼著，茅维编《苏轼文集》，北京：中华书局，1986年，2523页。
⑪ 先著，程洪辑《词洁》，保定：河北大学出版社，2007年，11页。
⑫ 陈廷焯编选《词则》，上海：上海古籍出版社，1984年，296页。

透，恬淡中别有热肠，是真名士。”①

《蝶恋花》（簌簌无风花自䙅），陈廷焯《词则·别调集》卷一评云：“语浅情长，笔致亦超迈。”②

苏轼之所以创作俗词，大抵与受众的文化层次有关，便歌是其原因之一。宋翔凤《乐府余论》中云：“‘别酒劝君君一醉……为向青楼寻旧事。花枝缺处余名字。’……其词恣亵，何减耆卿。是东坡偶作，以付钱席。使大雅，则歌者不易习，亦风会使然也。山谷词尤俚绝，不类其诗，亦欲便歌也。”③

三、评点东坡词的手法技巧

苏轼《与谢民师书推官书》云：“欧阳文忠公言：‘文章如精金美玉。’”④作文章，讲究手法技巧，作诗作词，亦是如此。手法技巧，有字法、句法、章法等。历代名家词选选评者对东坡词手法技巧的评点，围绕炼字之法、集句之法、对仗句法、摊破句法、结句之法、谋篇布局之法、摹景状物之法、推陈出新之法等方面展开。

（一）炼字之法

作词，讲究炼字之法。张炎《词源》卷下云：“词中一个生硬字用不得，须是深加锻炼，字字敲打得响，歌颂妥溜，方为本色语。”⑤名家词选选评者评点东坡词中的炼字之法，如《阮郎归》（绿槐高柳咽新蝉）词“绿槐高柳咽新蝉”之“咽”字、《蝶恋花》（花褪残红青杏小）词“绿水人家绕”之“绕”字、《洞仙歌》（冰肌玉骨）词“一点明月窥人”之“点”字等。

1.“绿槐高柳咽新蝉”之“咽”字

杨慎批点本《草堂诗余》卷一云：“‘咽’字，下得妙。”⑥

唐诗中有咏蝉三绝，描摹蝉声，用字不同。虞世南《蝉》云：“垂緌饮清露，流响出疏桐”，用“出”字；骆宾王《在狱咏蝉》云：“西陆蝉声唱，南冠客思深……露重飞难进，风多响易沉”，用“唱”字；李商隐《蝉》云：“五更疏欲断，一树碧无情”，用“断”；写在不同时节（前两者写秋蝉）、不同时间（李商隐诗是“五更”）、不同心境下（骆宾王在狱中）听到的蝉声，用字准确，非常之妙。

“咽”，形容声音因阻塞而低沉，苏词中写的是初夏时节刚刚出现不久的蝉声（“新蝉”），在二十四节气、七十二候中，夏至三候之第二候是“蝉始鸣”；立秋三候之第三候是“寒蝉鸣”，如柳永《雨霖铃》词云：“寒蝉凄切，对长亭晚，

① 陈廷焯编选《词则》，上海：上海古籍出版社，1984年，584页。
② 陈廷焯编选《词则》，上海：上海古籍出版社，1984年，585页。
③ 唐圭璋编《词话丛编》，北京：中华书局，1986年，2499页。
④ 苏轼著，茅维编《苏轼文集》，北京：中华书局，1986年，1419页。
⑤ 唐圭璋编《词话丛编》，北京：中华书局，1986年，259页。
⑥ 杨慎批点《草堂诗余》，《丛书集成续编》本，台北：新文丰出版公司，1985年，281页。

骤雨初歇……多情自古伤离别，更那堪、冷落清秋节。”周邦彦《法曲献仙音》词首句“蝉咽凉柯”，亦用“咽”字。

2. “绿水人家绕”之“绕”字

杨慎批点本《草堂诗余》卷三云：“‘晓’字胜于‘绕’字，‘晓’字有味，‘绕’字呆，可悟字法。”①

“绿水人家绕”、“绿水人家晓”，两者高下之别，历来争论不休。最早提出这个话题的是南宋的杨湜。宋魏庆之《诗人玉屑》卷二一引杨湜《古今词话》云：

东坡《蝶恋花》词：“花褪残红青杏小”……予得真本于友人处，“绿水人家绕”作“绿水人家晓”……而“绕”与“晓”，自霄壤也。②

“绕”与“晓”的优劣之争，分为两派，一派以为“晓”字好，杨湜、杨慎二人主此说；一派以为“绕”字好，以周长卿、沈际飞为代表。明俞彦《爰园词话》引周长卿语（又见清冯金伯《翠苑萃编》卷二一③）云：

古人好词，即一字未易弹，亦未易改。子瞻“绿水人家绕”，别本“绕”作“晓”，为《古今词话》所赏。愚谓“绕”字虽平，然是实境；“晓”字反无皈着，试通咏全章便见。④

“实境”，唐司空图《二十四诗品》之一：“取语甚直，计思匪深。忽逢幽人，如见道心。清涧之曲，碧松之阴。一客荷樵，一客听琴。情性所至，妙不自寻。遇之于自天，泠然希音。”⑤

明沈际飞《草堂诗余正集》卷二云：

有“燕子”句，合用“绕”字，若“晓”字，少着落。⑥

周长卿、沈际飞之所以认为“绕”字比“晓”字好，在于“绕”字平直，实在，有归宿感，与全篇的基调相协调，“晓”字空泛，灵动，无着落感，与全篇不协调。

诚然，以全篇的基调来看，此句用“绕”字好，因为整首词体现的是一种静观世事的平衡感，正需要这种实在感。本词通过层层对比来体现一种平衡感，上阕三层对比，“花褪残红青杏小”，一层对比，红花虽然凋零殆尽了，但是青杏已结在枝头；“燕子飞时，绿水人家绕”，一层对比，长大后的燕子虽然飞走了，但是碧绿的流水依然围绕着人家；“枝上柳绵吹又少，天涯何处无芳草”，一层对比，枝头上的柳絮虽然渐渐地被风吹走了，但是地上的青草正在慢慢生长。下阕四层对比，“墙里秋千墙外道”，句式上构成对比，墙里有秋千，墙外有道

① 杨慎批点《草堂诗余》，《丛书集成续编》本，台北：新文丰出版公司，1985 年，299 页。
② 魏庆之著《诗人玉屑》，北京：中华书局，2007 年，676 页。
③ 唐圭璋编《词话丛编》，北京：中华书局，1986 年，2198 页。
④ 唐圭璋编《词话丛编》，北京：中华书局，1986 年，401 页。
⑤ 何文焕辑《历代诗话》，北京：中华书局，1981 年，42－43 页。
⑥ 转引自邹同庆、王宗堂《苏轼词编年校注》，北京：中华书局，2002 年，756 页。

路，为下文伏笔；"墙外行人，墙里佳人笑"，承上而写，内容上构成对比，墙外行人在赶路，墙里佳人荡着秋千在欢笑；"笑渐不闻声渐悄"，句内对比，佳人的欢笑声渐渐地听不见了，行人的脚步声也渐渐地远去了；"多情却被无情恼"，句内对比，墙外行人，墙里佳人，是谁多情，是谁无情，因何多情，因何无情？或许，本就无所谓什么"多情"与"无情"，而一旦双方谁有了那份"多情"，也就必然因此而生出埋怨对方"无情"的烦恼，进行"你为什么不驻足"、"我为什么不驻足"的追问，物随心转，境由心造，无尽的烦恼皆由心而生。通篇所说，均归结为"无情"——"有情"的对立、平衡，因此，这是一首意味无穷、发人深思哲理词，可谓是小(简单)叙事而蕴含大(深邃)智慧。

至于杨湜所谓的真本之作"晓"字，当是东坡作词初稿，后来或经反复推敲，或是兴到神会，将其改为"绕"字。其灵感来源，或与王安石《书湖阴先生壁》诗中"一水护田将绿绕"有关，或与秦观《满庭芳》(山抹微云)词"斜阳外，寒鸦万点，流水绕孤村"句有关。

3. "一点明月窥人"之"点"字

杨慎批点本《草堂诗余》卷三云："'点'字妙，从'树点千家小''点'字用法。'山高月小'，即'一点明月窥人'。"①

岑参《早秋与诸子登虢州西亭观眺》诗云："树点千家小，天围万岭低。"杨慎认为"一点明月窥人"的"点"字，与岑参诗有联系，苏轼《后赤壁赋》中"山高月小"句，即是"一点明月窥人"之意。

杨慎《词品》卷一云：

杜诗"关山同一点"，"点"字绝妙。东坡亦极爱之，作《洞仙歌》云"一点明月窥人"，用其语也。《赤壁赋》云"山高月小"，用其意也。今书坊本改"点"作"照"，语意索然，且"关山同一照"，小儿亦能之，何必杜公也，幸《草堂诗余》可证。②

"关山同一点"，"关山同一照"，是杜甫《玩月呈汉中王》诗的不同文本。杨慎认为，原诗应作"点"，"照"是书坊窜改，小儿能道，索然无味，其依据是《草堂诗余》注文的引用。《增修笺注妙选群英草堂诗余》注苏词中"一点明月窥人"句云："杜《月》诗：'关山同一点。'"③

"同一点"还是"同一照"，是个争论不休的问题。杨慎之外，明田艺蘅、孙能传认为是"同一点"，而明胡应麟则认为是"同一照"。

《田艺蘅诗话》云：

杜工部"关山同一点"；岑嘉州"严滩一点舟中月"，又《赤骠马歌》："草头一点疾如飞"，又'西看一点是关楼'；朱湾《白鸟翔翠微》诗："净中云一

---

① 杨慎批点《草堂诗余》，《丛书集成续编》本，台北：新文丰出版公司，1985年，309－310页。
② 杨慎著《词品》，上海：上海古籍出版社，2009年，28－29页。
③ 吴昌绶，陶湘辑《景刊宋金元明本词》，上海：上海古籍出版社，1989年，424页。

点”……‘绣帘一点月窥人’……张安国词“洞庭青草，近中秋、更无一点风色，玉界琼田三万顷，著我扁舟一叶”，夫月、云，风也，马也，楼也，皆谓之‘一点’，甚奇。①

按，“严滩一点舟中月”，岑参《送李明府赴睦州，便拜觐太夫人》诗中句；“草头一点疾如飞”，岑参《卫节度赤骠马歌》诗中句；“西看一点是关楼”，岑参《五月四日送王少府归华阴》诗中句；“净中云一点”，朱湾《送陈偃赋得白鸟翔翠微》诗中句；“近中秋、更无一点风色”，张孝祥《念奴娇·过洞庭》词中句。在田艺蘅看来，“一点”的运用范围很广，可用来形容月、云、风、马、楼等，杜甫、岑参、朱湾、张孝祥等人的创作中都用得非常奇妙。

《孙能传诗话》云：

岑嘉州诗喜用“一点”字，《赤骠马歌》：“草头一点疾如飞，却使苍鹰翻向后”，《送王少府》：“西看一点是关楼”，《送李明府》：“严滩一点舟中月”，下语皆工。杜诗“关山同一点”，亦指月言，东坡夏夜《洞仙歌》“一点明月窥人”本此。若郑谷之“一点山萤”，李群玉之“一点残灯”，秦少游之“一点青山”，则人能道之，未为奇也。②

按，郑谷《赠日东鉴禅师》诗云：“夜深雨绝松堂静，一点山萤照寂寥”，李群玉《晓宴》诗云：“晓华胧□闻调笙，一点残灯隔罗幕”，王诜《蝶恋花》（钟送黄昏鸡报晓）词云：“独上高楼云渺渺，天涯一点青山小”。在孙能传看来，岑参用“一点”来写马、写楼、写月，用得恰到好处，极尽形容之工巧，而郑谷、李群玉、王诜用“一点”来写萤、写灯、写山，则写得很平常，没有意趣，不足为奇。

胡应麟《丹铅新录》卷二云：

杜诗绝非“点”字……第杨引坡词“一点明月窥人”，乃“绣帘开一点”，“点”字句绝者。读本词，杨之误，不辨自明。③

胡应麟将东坡词“绣帘开、一点明月窥人”句断成“绣帘开一点，明月窥人”，显然是不合理的，他试图割裂词中“一点”与“明月”之间的联系，以此来证明杨慎是不准确。他在《诗薮》中批评杨慎的说法是出于尚新、好奇心理的穿凿附会。其《诗薮·内编》卷四云：

论诗最忌穿凿……“关山同一照，乌鹊自多惊”，“照”与“惊”偶俪相当，而用修以为‘一点’……杨则好尚新僻。④

诚然，从对偶上看，“照”与“惊”相对更工整。清仇兆鳌同样认为杨慎是好奇心理作怪，其《杜诗详注》卷一一云：

杨用修作“一点”，引东坡《洞仙歌》云“绣帘开、一点明月窥人”用其语也；

---

① 吴文治主编《明诗话全编》，南京：江苏古籍出版社，1997 年，3963 页。
② 吴文治主编《明诗话全编》，南京：江苏古籍出版社，1997 年，5992 页。
③ 胡应麟著《少室山房笔丛》，北京：中华书局，1985 年，96 页。
④ 胡应麟撰《诗薮》，上海：上海古籍出版社，1958 年，74 页。

《赤壁赋》云‘山高月小’,用其意也。此说涉于新巧。①

不管杜甫原诗是作“点”,还是作“照”,也不用考证东坡词到底是否一定出自杜诗。“一点”二字,在东坡词中,确实是非常奇妙的。“绣帘开、一点明月窥人”,用“一点”形容夏夜天空之高,月之小;“窥”字,不说人见月,而说是月窥人,用拟人手法写月之明亮、耀眼。

(二) 摊破句法

名家词选选评者评点东坡词的摊破之法,如《水龙吟》(似花还似非花)末尾十三字“细看来不是杨花点点是离人泪”,摊破五(一、四)四四句为七(三、四)六(三、三)句。

章质夫《水龙吟》(燕忙莺懒花残)末尾十三字断作五四四句:“望、章台路杳,金鞍游荡,有盈盈泪。”苏轼《水龙吟》词结尾十三字断作七六句,清先著、程洪《词洁》卷五云:

末后十三字,多作五四四,此作七六,有何不可?近见论谱者于“细看来不是”及“杨花点点”下分句,以就五四四之印板死格,遂令坡公绝妙好词不成文理。②

先著、程洪所谓的“论谱者于‘细看来不是’及‘杨花点点’下分句,以就五四四之印板死格”,指的是万树,其《词律》卷一六论辛弃疾《水龙吟》(楚天千里清秋)词末“倩何人唤取,红巾翠袖,揾英雄泪”断句云:

后结“倩何人”五字句,“红巾”四字句,“揾英雄泪”四字句,此一定铁板也。东坡云“细看来不是,杨花点点,是离人泪”句法本同,《啸余谱》误读“不是杨花”作分句,下六字作两句,故卓氏《晤歌》从之,而沈氏亦谓此词句逗原不同,究之何尝不同乎?③

按,万树所谓“《啸余谱》误读‘不是杨花’作分句,下六字作两句”,即断作七(三、四)六(三、三)句。然而,程明善《啸余谱》卷二《诗余谱》卷一有《水龙吟》三体,第一体陈亮《水龙吟》(闹花深处层楼)末尾十三字断作“正销魂、又是疏烟淡月,子规声断”④;第二体刘镇《水龙吟》(弄晴台馆收烟候)、第三体秦观《水龙吟》(小楼连苑横空)词,均云:“后段亦与第一体同。”⑤

万树云“卓氏《晤歌》从之”,然而,卓人月《水龙吟·次坡公杨花韵》(天孙慵绣铢衣)词末尾十三字断作“但玉楼、怨汝驱春,弹与一般般泪”,词后有按语云:

坡词末云“细看来、不是杨花,点点是、离人泪”,旧本俱以“花”字为句,后

---

① 杜甫著,仇兆鳌注《杜诗详注》,北京:中华书局,1979年,940页。

② 先著,程洪辑《词洁》,保定:河北大学出版社,2007年,181页。

③ 万树著《词律》,上海:上海古籍出版社,1984年,373页。

④ 程明善纂辑《啸余谱》,《续修四库全书》本,上海:上海古籍出版社,2002年,97页。

⑤ 程明善纂辑《啸余谱》,《续修四库全书》本,上海:上海古籍出版社,2002年,97－98页。

遍阅他词，俱作三句，方悟坡词当于"是"字、"点"字略读。坡公太巧，后人遂为所欺，余词但可两句，是则拙耳。①

可见，卓人月认为，东坡词结尾十三字，有两种断法，一种是断作七六句，即在'花'字处断；另一种是断作五四四句，即在'是'字断，又在'点'字断。

万树云"沈氏亦谓此词句逗原不同"，是指沈雄对本词末尾十三字断句的看法。沈雄《古今词话·词辨》卷下云：

东坡杨花词，旧本于"细看来、不是杨花"为句，"点点是、离人泪"为句，颇觉其顺。后阅诸作，如章质夫、陆放翁等词，应作三句，乃知"细看来不是"为句，"杨花点点"为句，"是离人泪"为句。②

可见，沈雄起初觉得断作七六句很顺，后来看到章质夫、陆游等人的同调之词后，便认为应断作五四四句。

万树的观点，不仅受到先著、程洪的批评，还受到厉鹗的批评，其《手批词律》云：

东坡词虽和质夫作，而结句确不同章词读法。此十三字一气，大抵用一五两四句法者居多，而作一七两三者，亦非绝无之事也。苏词句法，本是如此，语意何等明快。若依红友"一定铁板"，则既云"细看来不是"矣，下文当直云"点点是离人泪"耳，何复赘"杨花"二字也。且秃然于"是"字断句，语气亦拦拉不住。③

可见，厉鹗认为，《水龙吟》一调结尾十三字的断句，以五四四句法为多，不过，断作七六（三、三）句也并非没有，苏轼此词正是如此断句，语气连贯，语意明快，若断作五四四句，不但"杨花"二字语意重复，而且语气也不顺畅，也就是先著、程洪所谓的"不成文理"之意。

苏轼的这种摊破句法，受到了不少后人的认同和赞赏，其依据和视角有所不同。如，王又华《古今词论》引毛稚黄语曰：

《水龙吟》"细看来不是杨花点点是离人泪"，调则当是"点"字断句，意则当是"花"字断句。文自为文，歌自为歌，然歌不碍文，文不碍歌，是坡公雄才自放处。他家间亦有之，亦词家一法。④

由此可见，在毛稚黄看来，《水龙吟》词结尾十三字的断句之所以会出现争议，原因在于是断句的依据，若依词调则当断作五四四句（这是《水龙吟》一调的常格、正体），若依语意则当断作七六句，这种"新变"正体现了苏轼"雄才自放"的创作态度，亦为词家一法。

吴衡照《莲子居词话》卷一云：

---

① 饶宗颐初纂，张璋总纂《全明词》，北京：中华书局，2004 年，2907 页。
② 唐圭璋编《词话丛编》，北京：中华书局，1986 年，949 页。
③ 转引自邹同庆，王宗堂校注《苏轼词编年校注》，北京：中华书局，2002 年，319 页。
④ 唐圭璋编《词话丛编》，北京：中华书局，1986 年，608 页。

杨升庵《词品》云："词人语意所到，间有参差，或两句作一句，或一句作两句。惟妙于歌者上下纵横取协。"此言笃论，如曲子家之有活板眼也。东坡"小乔初嫁了，雄姿英发"，"细看来、不是杨花，点点是、离人泪"等处，皆当以此说通之。若契舟胶柱，徐虹亭所谓髯翁命宫摩羯，身后又硬受此差排矣。①

由此可见，吴衡照是以杨慎"词人语意所到，间有参差"的观点为立论依据的，他认为若非要以五四四的定格来作断句，则是生前既已命途多舛的苏轼在身后遭受到的又一不幸和委屈了。

谢章铤《赌棋山庄词话》卷四云：

东坡《念奴娇》《水龙吟》……其句法连属处，按之律谱，率多参差。即谨严雅饬如白石，亦时有出入……盖词人笔兴所至，不能不变化。②

由此可见，谢章铤以谨守音律的姜夔词也存在句法参差之处为依据，对这种句法变化表示认可，并云这是"笔兴所至，不能不变"，实际上是肯定了其合理性和必要性。

（三）结句之法

作词，讲究结句之法。宋沈义父《乐府指迷》问题云："结句须要放开，有余不尽之意，以景结尾最好……或以情结尾亦好，往往轻而露。"③名家词选选评者评点东坡词的结句之法，有《水龙吟》（楚山修竹如云）的篇末点题法、《行香子》（携手江村）的以景结尾法、《行香子》（北望平川）的"宇宙"视角法。

1.《水龙吟》（楚山修竹如云）的篇末点题法

杨慎批点本《草堂诗余》卷四评"为使君、洗尽蛮风瘴雨，作霜天晓角"句云："结在岭南太守上，妙"④。

这首《水龙吟》词，元丰三年（1080）赠藤州知州赵昶（晦之）吹笛侍儿而作。赵昶寄赠丹砂于苏轼，苏轼赠以蕲州（邻近黄州）笛答谢，并随信寄赠此词，赠其吹笛侍儿。孔平仲《谈苑》卷二载："朝士赵昶有两婢善吹笛，知藤州日，以丹砂遗子瞻。子瞻以蕲笛报之，并有一曲，其词甚美，云：'木落淮南'……又云：'自桓伊不见'……断章云：'为使君、洗尽蛮风瘴雨，作清霜晓。'"⑤所谓"结在岭南太守上"，是指篇末点题，与词中"闻道岭南太守，后堂深、绿珠娇小"句相照应。

2.《行香子》（携手江村）的以景结尾法

卓人月、徐士俊《古今词统》卷一〇评上、下阕结句"向、望湖楼，孤山寺，

① 唐圭璋编《词话丛编》，北京：中华书局，1986 年，2409 页。

② 唐圭璋编《词话丛编》，北京：中华书局，1986 年，3374 页。

③ 唐圭璋编《词话丛编》，北京：中华书局，1986 年，279 页。

④ 杨慎批点《草堂诗余》，《丛书集成续编》本，台北：新文丰出版公司，1985 年，333 页。

⑤ 孔平仲纂《谈苑》，《丛书集成初编》本，长沙：商务印书馆，1937 年，24 页。

涌金门”、“有、湖中月，江边柳，陇头云”云：“前后三句，结语自然。”①

这首《行香子》词，熙宁七年（1074）正月，苏轼杭州通判任上，赈灾常润间，自杭州赴润州过丹阳时作，寄杭州知州陈襄，表达对好友陈襄的怀念。所谓“结语自然”，是指将杭州的具有代表性的三个地名（望湖楼、孤山寺、涌金门）、三处景色（西湖月、钱塘江柳、孤山云）自然地融入上下阕的结句中，遥相呼应，构成对仗。唐玲玲在《文章如精金美玉——〈东坡乐府〉的艺术技法》中对其上下阕结语有精到的评论：

这首词通过两个排比句，加深表现了对朋友的深情怀念。上片以“望湖楼，孤山寺，涌金门”三个地名的排比，深化了“故人不见，旧曲重闻”的回忆，往日游地的诗酒伴侣，处处令他难以忘怀。下片的“湖中月，江边柳，陇头云”，这三个描写景色的排比句，写出他对故人的忆念。湖中之月，江边之柳，陇头之云，都勾起他对朋友的还念。运用了这种句法，词意更显得情深意重。②

3.《行香子》（北望平川）的“宇宙”视角法

黄苏《蓼园词选》云：“凡游览题，易于平呆，最难做得超隽……结句于旁观着笔，笔有余妍，亦是跳脱生新之法。”③

这首《行香子》词，元丰七年（1084）十二月，苏轼与泗州知州刘士彦游盱眙南山（第一山）晚归后作。所谓“结句于旁观着笔”，是说下阕“何人无事，宴坐空山，望、长桥上，灯火乱，使君还”的“宇宙”视角，所谓“跳脱生新”，是指对现实时空的突破与超越。实际上，“宴坐空山，望、长桥上，灯火乱，使君还”的正是苏轼本人，而他却“跳脱”出来，问“何人无事，宴坐空山”而望，这里的视角，不是苏轼的，而是能看到苏轼在“望”长桥的那个“宇宙”视角。

（四）谋篇布局之法

名家词选选评者评点东坡词的谋篇布局之法，有《少年游》（去年相送）的今昔对比之法，《虞美人》（持杯摇劝天边月）的鼎足对之法、《贺新郎》（乳燕飞华屋）、《卜算子》（缺月挂疏桐）的上阕泛写、下阕特写之法、《水调歌头》（落日绣帘卷）的时空转换与层层剥笋之法等。

1.《少年游》（去年相送）的今昔对比之法

卓人月、徐士俊《古今词统》卷六云：“似朱淑真元夕《生查子》。”④

按，元夕《生查子》，非朱淑真词，是欧阳修词：

去年元夜时，花市灯如昼。月到柳梢头，人约黄昏后。　今年元夜时，月与灯依旧。不见去年人，泪满春衫袖。

欧词上阕写去年元夕的相约，下阕写今年元夕的离别。苏轼《少年游》虽

---

① 卓人月汇选，徐士俊参评《古今词统》，沈阳：辽宁教育出版社，2000 年，375 页。
② 唐玲玲著《东坡乐府研究》，成都：巴蜀书社，1992 年，209 页。
③ 黄苏选评《蓼园词选》，《清人选评词集三种》本，济南：齐鲁书社，1988 年，61 页。
④ 卓人月汇选，徐士俊参评《古今词统》，沈阳：辽宁教育出版社，2000 年，219 页。

也是今昔对比之法，然形式与内容上均有所变化，上阕前半写去年冬季雪中送别，后半写今年春季杨花中思念；下阕承上而写，通过叙事、写景，进一步形容曲尽思念之深。其词云：

去年相送，余杭门外，飞雪似杨花。今年春尽，杨花似雪，犹不见还家。对酒卷帘邀明月，风露透窗纱。恰似姮娥怜双燕，分明照、画梁斜。

2.《虞美人》（持杯摇劝天边月）的鼎足对之法

卓人月、徐士俊《古今词统》卷八云："三句'持杯'，章法妙。"①

这首《虞美人》词，形式上，上阕前半、后半与下阕前半构成一组鼎足对；内容上，上阕前半、后半构成并列关系，写持杯劝月、劝花，而上阕与下阕前半又构成分、总关系，写月下花前饮酒，其词云：

持杯摇劝天边月。愿月圆无缺。持杯复更劝花枝。且愿花枝长在、莫离披。 持杯月下花前醉。休问荣枯事。此欢能有几人知。对酒逢花不饮、待何时。

卓人月、徐士俊《古今词统》卷八评蒋捷《虞美人·听雨》词云："全学东坡'持杯'篇。"②蒋捷词，与苏轼有所不同，上阕前半、后半与下阙前半，无论是形式上，还是内容上，都是鼎足对，写"少年"、"壮年"、"老年"三个不同人生时期的听雨情景，而没有分、总关系，其词云：

少年听雨歌楼上，红烛昏罗帐。壮年听雨客舟中，江阔云低、断雁叫西风。而今听雨僧庐下，鬓已星星也。悲欢离合总无情。一任阶前、点滴到天明。

3.《贺新郎》（乳燕飞华屋）、《卜算子》（缺月挂疏桐）的上阕泛写、下阕特写之法

《贺新郎》（乳燕飞华屋），卓人月、徐士俊《古今词统》卷一六云："本咏夏景，至换头单说榴花。高手作文，语意到处即为之，不当限以绳墨。"③谭献在《词辨》卷二评云："下阕别开异境，南宋惟稼轩有之。"④

《卜算子》（缺月挂疏桐），清黄苏《蓼园词选》曰："此词乃东坡自写在黄州之寂寞耳。初从人说起，言如孤鸿之冷落；第二阕，专就鸿说，语语双关。"⑤

胡仔眼界独到、眼光敏锐，首先发现了这两首词中的上阕泛写、下阕特写之法，其《苕溪渔隐丛话前集》卷三九评《卜算子》词云："此词本咏夜景，至换头但只说鸿，正如《贺新郎》词'乳燕飞华屋'，本咏夏景，至换头但只说榴花。"⑥元吴师道认为这种章法别具一格，其《吴礼部词话》云："东坡《贺新郎》

① 卓人月汇选，徐士俊参评《古今词统》，沈阳：辽宁教育出版社，2000 年，293 页。
② 卓人月汇选，徐士俊参评《古今词统》，沈阳：辽宁教育出版社，2000 年，293 页。
③ 卓人月汇选，徐士俊参评《古今词统》，沈阳：辽宁教育出版社，2000 年，578 页。
④ 黄苏选评《蓼园词选》，《清人选评词集三种》本，济南：齐鲁书社，1988 年，178 页。
⑤ 黄苏选评《蓼园词选》，《清人选评词集三种》本，济南：齐鲁书社，1988 年，21 页。
⑥ 胡仔纂集《苕溪渔隐丛话》（前集），北京：人民文学出版社，1962 年，268 页。

词'乳燕飞华屋'云云，后段'石榴半吐红巾蹙'以下皆咏榴；《卜算子》'缺月挂疏桐'云云，'缥缈孤鸿影'以下皆说鸿，别一格也。"①毛先舒将这种章法总结为"前半泛写，后半专叙"，清王又华《古今词论》引其语曰："前半泛写，后半专叙，盖宋词人多此法，如子瞻《贺新凉》后段只说榴花，《卜算子》后段只说鸿雁。"②

《贺新郎》《卜算子》两词上阕泛写、下阕特写的章法，类似于影视中的由大全景到特写镜头的转换。作词，上下阕的衔接（换头、过变）很是关键，意不可断，苏轼以其创作实践，为后人填词提供了一种处理上下阕关系的新方式。清沈雄《古今词话·词品》卷上引刘体仁语曰：

宋人多于过变处言情，然其气已全在上段矣。另作开头，便不成章。至如东坡《贺新郎》"乳燕飞华屋"，其换头"石榴半吐"，皆咏石榴。《卜算子》"缺月挂疏桐"，其换头"缥缈孤鸿影"，皆咏鸿，又一变也。③

可见，这种章法有助于避免填词"于过变处言情"、"气已全在上段"、"另作开头，便不成章"的弊病。

4.《水调歌头》（落日绣帘卷）的时空转换与层层剥笋之法

黄苏《蓼园词选》评本词云："前阕从'快'字之意入。次阕起三语，承上写景；'忽然'二句一跌，以顿出末二句来，结处一振，'快'字之意方足。"④苏轼《水调歌头·快哉亭》词云：

落日绣帘卷，亭下水连空。知君为我新作，窗户湿青红。长记平山堂上，欹枕江南烟雨，渺渺没孤鸿。认得醉翁语，山色有无中。　一千顷，都镜净，倒碧峰。忽然浪起，掀舞一叶白头翁。堪笑兰台公子，未解庄生天籁，刚道有雌雄。一点浩然气，千里快哉风。

词中，巧妙地运用了时空转换与层层剥笋之法。上阕，前四句是此时此地，写登临快哉亭西望所见的景色。首句，写傍晚渐渐西下的夕阳；次句，视线下移，写江天一色，与苏辙《黄州快哉亭记》中"览观江流之胜"相合；四句，写青山与晚霞，与苏辙《记》中"西望武昌诸山"合，晚霞与首句"落日"相照应，"湿"字暗藏"雨"，所写是雨后初霁的景色，故而山上的草木就像是刚洗过的一样，色泽更加鲜明亮眼，句中"君"字，指天公而言，即《哨遍》（睡起画堂）词云中"初雨歇，洗出碧罗天"之意。以下三句，由"湿"字而切入。首句，一个"记"字，时空切换到彼时彼地；后两句，写昔日登临平山堂所见的景色，烟雨朦胧中的江南山色，天空中时隐时现的鸿雁；结尾两句，借用欧阳修《朝中措·送刘仲原甫出守维扬》词中描摹平山堂远眺所见山色的"平山阑槛倚晴空，山色

① 唐圭璋编《词话丛编》，北京：中华书局，1986 年，291 - 292 页。
② 唐圭璋编《词话丛编》，北京：中华书局，1986 年，607 页。
③ 唐圭璋编《词话丛编》，北京：中华书局，1986 年，838 页。
④ 黄苏选评《蓼园词选》，《清人选评词集三种》本，济南：齐鲁书社，1988 年，87 页。

有无中"之句,用来形容当下快哉亭远眺所见的富有层次感的山色。前因"雨"而转昔,此处又因"雨"而转今,时空又切换回来。

下阕承上而写,层层推进,直至篇末点出"快哉"二字。黄苏所谓的"次阕起三语,承上写景;'忽然'二句一跌,以顿出末二句来,结处一振,'快'字之意方足",实际上是指词中的层层剥笋之法。前三句,承上片写山色而来,巧妙地通过"倒影"把视线转到江面,已为下句写"浪"伏笔;"忽然浪起",写平静的江面上忽然涌起了波浪,正所谓无风不起浪,"浪"字已经暗含了"风"来;"掀舞一叶白头翁",更进一步写风,茫茫的江面上,一叶渔舟在风浪中飘摇,"掀舞"二字,很有力量,谓风之速,已有"快"意,为下文蓄势;"堪笑兰台公子,未解庄生天籁,刚道有雌雄",并没有立即点出"快"字,而是顿一顿,缓一缓,用楚襄王、宋玉登兰台论风的典故,暗藏"快哉"二字,正如拳头打出去之前先缩回来一样,进一步蓄势,至此,蓄势方足;结尾两句,在对仗句式中点明"快哉"二字,"一点"、"千里"既形成强烈对比又相互照应,风由气生,气是"浩然气",风是"快哉风",张力十足,犹如开出的满弓之箭,一旦发出,势不可挡。此两句极具震撼力,堪称神来之笔,因而受到很高的评价,如明沈际飞《草堂诗余正集》卷三曰:"末二句,天籁自鸣。"①杨慎批点本《草堂诗余》卷四云:"结句雄奇,无人敢道。"②

（五）摹景状物之法

名家词选选评者评点东坡词的摹景状物之法,有《行香子》(北望平川)"状难写之景,如在目前"之法、《水调歌头》(昵昵儿女语)表现音乐艺术的技巧、《西江月》(别梦已随流水)以泉喻泪之法。

1.《行香子》(北望平川)"状难写之景,如在目前"之法

杨慎批点本《草堂诗余》卷三评词中"飞鸿落照,相将归去"句云:"景界高旷孤渺,无人状得出。"③所谓"高旷孤渺",是指有王勃《滕王阁序》中"落霞与孤鹜齐飞,秋水共长天一色"之境界。

卓人月、徐士俊《古今词统》卷一〇云:"形容晚景,使人读之如身历焉,词令上品也。"④先著、程洪《词洁》卷二评《行香子》(北望平川)词"望、长桥上,灯火乱,使君还"云:"末语风致嫣然,便是画意。"⑤所谓"读之如身历焉"、"便是画意",是"状难写之景,如在目前"(欧阳修《六一诗话》引梅尧臣语)之法。

2.《水调歌头》(昵昵儿女语)表现音乐艺术的技巧

卓人月、徐士俊《古今词统》卷一二评本词云:"其缓调高弹,急节促挝,可

① 转引自邹同庆,王宗堂《苏轼词编年校注》,北京:中华书局,2002年,486页。

② 杨慎批点《草堂诗余》,《丛书集成续编》本,台北:新文丰出版公司,1985年,322页。

③ 杨慎批点《草堂诗余》,《丛书集成续编》本,台北:新文丰出版公司,1985年,302页。

④ 卓人月汇选,徐士俊参评《古今词统》,沈阳:辽宁教育出版社,2000年,375页。

⑤ 先著,程洪辑《词洁》,保定:河北大学出版社,2007年,85页。

以目听。”①所谓“可以目听”，是说词中精妙的表现音乐艺术的技巧。此词，是檃括韩愈《听颖师弹琴》而作，其词云：

昵昵儿女语，灯火夜微明。恩冤尔汝来去，弹指泪和声。忽变轩昂勇士，一鼓填然作气，千里不留行。回首暮云远，飞絮搅青冥。　众禽里，真彩凤，独不鸣。跻攀寸步千险，一落百寻轻。烦子指间风雨，置我肠中冰炭，起坐不能平。推手从归去，无泪与君倾。

苏轼以其高超的语言驾驭能力，通过正面描写、侧面烘托相结合的方式，用生花妙笔形象生动地表现本是付诸听觉感受的音乐艺术。具体说来，苏轼表现音乐艺术的手法，表现在以下三个方面：

其一，妙用形象化的比喻，变不可感为具体可感。

上阕，“昵昵儿女语”，写音乐起初时婉转温柔，如亲密的小儿女间的窃窃私语；“灯火夜微明”写他们窃窃私语的环境氛围，不是灯火通明的夜晚，让人热情高涨，也不是月黑风高的夜晚，让人没有安全感，而是灯火微明的夜晚，这样的夜晚给人踏实、祥和的感觉，写音乐的悠扬婉转；“恩冤尔汝来去”，写音乐稍稍有了起伏变化，但主体基调还是温和，就像是小情侣之间的打情骂俏，打是亲骂是爱，吵吵闹闹丝毫不会影响他们之间的感情；“弹指泪和声”，写音乐突然之间转入凄切哀婉，就好像是孤独的伤心人在呜咽、哭泣；“忽变轩昂勇士，一鼓填然作气，千里不留行”三句，写音乐由凄切哀婉变为激越铿锵，就如鼓足士气的猛士奔赴沙场奋勇杀敌一般；“回首暮云远，飞絮搅青冥”，写音乐逐渐恢复平缓，就像浮云在天空中悠然飘动，就像柳絮在天地间自由飞扬。

下阕，“众禽里，真彩凤，独不鸣”三句，形容音乐喧闹嘈杂、精彩纷呈，如百鸟齐鸣一般；“跻攀寸步千险”，形容音乐的高亢艰涩，就好像是攀登险峻的山峰时的寸步难行；“一落百寻轻”，形容音乐的轻快流畅，就好像是重物作自由落体运动一般。

其二，调动多种感觉器官，更具吸引力和艺术感染力。

如果仅仅用一种感觉形象来表现音乐，写得再形象，再生动，未免显得太单调，如果碰到感觉木讷的，不一定能体会到其间的妙处。调动多种感觉器官，可以多角度、多层面地来表现音乐美感，更具吸引力和艺术感染力了。词中，苏轼运用了听觉、视觉、心理感觉相结合的手法。“昵昵儿女语”、“恩冤尔汝来去”、“弹指泪和声”、“众禽里，真彩凤，独不鸣”，是听觉感受；“灯火夜微明”、“忽变轩昂勇士，一鼓填然作气，千里不留行”、“回首暮云远，飞絮搅青冥”是视觉形象；“跻攀寸步千险，一落百寻轻”，是心理感觉。

其三，刻画听众内心感受与言行举止，反衬烘托。

抓住听众的内心感受与言行举止进行细节刻画，对表现演奏者技艺的高

① 卓人月汇选，徐士俊参评《古今词统》，沈阳：辽宁教育出版社，2000年，455页。

超可以起到反衬与烘托的作用。词中,“烦子指间风雨”,是写聆听音乐就如置身风雨中一般,令人时而感到凉爽,时而感到凄冷;“置我肠中冰炭”,是说“冰火两重天”,令人时而感到炎热,时而寒冷;“起坐不能平”、“推手从归去”,描写听众的肢体语言,坐立难安,不忍再听,故而挥手而去;“无泪与君倾”,则是听众的感慨——太凄凉了,太伤感了,泪都快流干了!

3.《西江月》(别梦已随流水)以泉喻泪之法

潘游龙《精选古今诗余醉》卷九评此词中“泪市犹裛香泉”句云:“香泉喻泪,妙。”①擅用比喻,是苏轼的特长。清施朴华《岘佣说诗》云:“人所不能比喻者,东坡能比喻;人所不能形容者,东坡能形容;比喻之后,再用比喻;形容之后,再加形容。”②赵翼《瓯北诗话》卷五评苏轼《百步洪》诗“有如兔走鹰隼落,骏马下注千丈坡,断弦离柱箭脱手,飞电过隙珠翻荷”等句云:“形容水流迅驶,连用七喻,实古所未有。”③词中写泪多之佳妙者有二:一写层次感,如无名氏《鹧鸪天》(枝上流莺和泪闻)云:“新啼痕间旧啼痕”;一写轻重感,如周邦彦《塞翁吟》(暗叶啼风雨)词云:“梦念远别、泪痕重”,周邦彦《早梅芳》(花竹深):“泪多罗袖重”。两者均是静态描写,苏轼以泉涌比喻泪水之多,动态描写,新颖独特。

(六)推陈出新之法

继承与创新,是文学创作中的一组矛盾。创新,需要敢于突破,超越前人,因循守旧,袭用前人,就不可能有创新,作词也是如此。宋杨守斋《作词五要》中云:“第五要立新意,若用前人诗词意为之,则蹈袭无足奇者,须自作不经人道语,或翻前人语意,便觉出奇。”④如何推陈出新,是一种创作技巧。评点东坡词的推陈出新之法,如《南歌子》(山与歌眉敛)、《南乡子》(霜降水痕收)、《西江月》(点点楼头细雨)等词的“反弹琵琶”法以及《江城子》(天涯流落思无穷)、《点绛唇》(闲倚胡床)、《虞美人》(波声拍枕长淮晓)、《西江月》(三过平山堂下)等词的“更进一层”法。“更进一层”法与“反弹琵琶”法两种出新手法,一正一反、一顺一逆,是两个不同的维度。

1.“反弹琵琶”法

所谓“反弹琵琶”之法,是“唱反调”,反其意而用之。这种手法的运用,体现在苏轼端午词、重九词等节序词的创作中。

端午词,大多用屈原投江的典故,苏轼《南歌子》(山与歌眉敛)不落俗套、独辟蹊径,侧重写端午佳节的时令风物和宴饮盛况,因此,名家词选选评者纷纷给他“点赞”。如,杨慎批点本《草堂诗余》卷一云:“端午词,多用汨罗事,

---

① 潘游龙辑《精选古今诗余醉》,沈阳:辽宁教育出版社,2003 年,286 页。

② 曾枣庄主编《苏诗汇评》,成都:四川文艺出版社,2000 年,1145 页。

③ 赵翼著《瓯北诗话》,南京:凤凰出版社,2009 年,50 页。

④ 唐圭璋编《词话丛编》,北京:中华书局,1986 年,268 页。

此独绝不涉，所谓善脱套者。”①卓人月、徐士俊《古今词统》卷七云：“绝无汨罗套语。”②潘游龙《精选古今诗余醉》卷一评云：“此词妙在援引古事，不为古用。”③

重阳词，大多用《晋书·孟嘉传》中孟嘉龙山落帽的典故。《南乡子》（霜降水痕收）中却云：“破帽多情却恋头”，用语新奇佳妙，体现了苏轼疏狂不羁的个性，受到名家词选选评者的一致好评。如，明杨慎批点本《草堂诗余》卷二云：“东坡重阳词《柳梢青》（按，当是《西江月》）词则云‘酒阑不必看茱萸’，此词则云‘破帽多情却恋头’，俱反前人之案，用来妙，是脱胎手。”④潘游龙《精选古今诗余醉》卷一云：“自来九日多用落帽，此不落帽，更佳。”⑤黄苏《蓼园词选》云：“破帽恋头，语奇而稳。”⑥陈廷焯《词则·放歌集》卷一云：“翻用落帽事，极疏狂之趣。”⑦陈廷焯《云韶集》卷二云：“用龙山落帽事，却用得风雅疏狂，此翻用成典法。”⑧

《西江月》（点点楼头细雨）中“酒阑不必看茱萸，俯仰人间今古”句，反用杜甫《九日蓝田崔氏庄》中“明年此会知谁健，醉把茱萸仔细看”句意，一反伤感的感情基调为豁达情怀。杨慎批点本《草堂诗余》卷一云：“翻老杜案，便自超达。”⑨

清彭孙遹《金粟词话》云：“作词必先选科，大约用古人之事，则取其新僻，而去其陈因。用古人语，则取其清隽，而去其平实。”⑩苏轼在重阳词、端午词等节序词的创作，是其生动鲜明的例证。

2.“更进一层”法

所谓“更进一层”之法，是指“青出于蓝而胜于蓝”，主要体现在对李白诗、白居易诗、李煜词、范仲淹词、欧阳修词的创作接受上。

杨慎批点本《草堂诗余》卷三评《江城子》（天涯流落思无穷）中“回首彭城，清泗与淮通，寄我相思千点泪，流不到、楚江东”句云：“结句从李后主‘恰似一江春水向东流’转出，更进一步。”⑪李煜《虞美人》（春花秋月何时了）结句云：“问君能有几多愁，恰似一江春水向东流”，苏词与李词相通之处在于，

---

① 杨慎批点《草堂诗余》，《丛书集成续编》本，台北：新文丰出版公司，1985年，286页。
② 卓人月汇选，徐士俊参评《古今词统》，沈阳：辽宁教育出版社，2000年，237页。
③ 潘游龙辑《精选古今诗余醉》，沈阳：辽宁教育出版社，2003年，56页。
④ 杨慎批点《草堂诗余》，《丛书集成续编》本，台北：新文丰出版公司，1985年，292页。
⑤ 潘游龙辑《精选古今诗余醉》，沈阳：辽宁教育出版社，2003年，68页。
⑥ 黄苏选评《蓼园词选》，《清人选评词集三种》本，济南：齐鲁书社，1988年，44页。
⑦ 陈廷焯编选《词则》，上海：上海古籍出版社，1984年，296页。
⑧ 孙克强，杨传庆点校整理《〈云韶集〉辑评之一》，《中国韵文学刊》，2010年第3期，53页。
⑨ 杨慎批点《草堂诗余》，《丛书集成续编》本，台北：新文丰出版公司，1985年，284页。
⑩ 唐圭璋编《词话丛编》，北京：中华书局，1986年，1459页。
⑪ 杨慎批点《草堂诗余》，《丛书集成续编》本，台北：新文丰出版公司，1985年，304页。

把人的情感与自然界的流水联系起来；苏词的"更进一步"在于，李煜用春水来比喻愁之多，而苏词是以流水纵然相通而相思无法传达的强烈对比，表达离别的无奈和伤感，也就更深一层。黄苏《蓼园词选》词云："纵泗水流与淮通，而泪亦寄不到，为可伤也。"①

卓人月、徐士俊《古今词统》卷四评《点绛唇》（闲倚胡床）中"与谁同坐，明月清风我"句云："胜于'举杯邀（明）月，对影成三客'多矣。"②李白《月下独酌四首》其一云："花间一壶酒，独酌无相亲。举杯邀明月，对影成三人。"李诗与苏词相通之处在于，写与自然界和谐相处，达到物我合一、物我两忘的境界。此种境界，源于庄周梦蝶。李白《独坐敬亭山》诗云："众鸟高飞尽，孤云独去闲。相看两不厌，只有敬亭山。"亦是此种境界。苏词胜于李诗之处在于，李诗是月、影、我成三，侧重视觉，是上下二维；而苏词是清风、明月、我成三，增加了一个触觉，是立体三维，再者，明月、清风对举，人与自然的这种和谐感更自然而然了。

潘游龙《精选古今诗余醉》卷八评《虞美人》（波声拍枕长淮晓）词下阕"竹溪花浦曾同醉，酒味多于泪"句云："酒多泪句，更进一层。"③李白《宣州谢朓楼饯别校书叔云》诗云："抽刀断水水更流，举怀销愁愁更愁"，范仲淹《苏幕遮》（碧云天）词云："酒入愁肠，化作相思泪"，苏词云"酒味多于泪"，酒之多、愁之多，于此可见，与上阕"无情汴水自东流，只载一船离恨、向西州"结合起来看，其离情之深、别绪之重可见。黄苏《蓼园词选》云："只寻常赠别之作，已写得清新浓厚如此。"④所谓"浓厚"，即是情深意重。

潘游龙《精选古今诗余醉》卷一一评《西江月》（三过平山堂下）词"休言万事转头空，未转头时皆梦"句云："欧词'尊前看取衰翁'已觑破矣，此言'未转头时皆梦'，更警醒。"⑤陈廷焯《词则·放歌集》卷一云："弥进一层，唤醒痴愚不少。"⑥陈廷焯《白雨斋词话》卷六曰："追进一层，唤醒痴愚不少。"⑦白居易《自咏》诗云："百年随手过，万事转头空"，感叹时光易逝、万事转眼俱空；欧阳修《朝中措》（平山阑槛倚晴空）云："行乐直须年少，尊前看取衰翁"，表达人生易老、及时行乐的积极思想，是对"万事转头空"的"觑破"；苏词的"更进一层"，在于强化了这种把握当下人生、及时行乐的思想，"休言万事转头空，未转头时皆梦"，即其《永遇乐》（明月如霜）中"古今如梦，何曾梦觉，但有旧欢新怨"之意，故而具有"警醒"、"唤醒"世人"痴愚"的功效，劝慰世人好好把握人

① 黄苏选评《蓼园词选》，《清人选评词集三种》本，济南：齐鲁书社，1988 年，65 页。
② 卓人月汇选，徐士俊参评《古今词统》，沈阳：辽宁教育出版社，2000 年，108 页。
③ 潘游龙辑《精选古今诗余醉》，沈阳：辽宁教育出版社，2003 年，266 页。
④ 黄苏选评《蓼园词选》，《清人选评词集三种》本，济南：齐鲁书社，1988 年，43 页。
⑤ 潘游龙辑《精选古今诗余醉》，沈阳：辽宁教育出版社，2003 年，327 页。
⑥ 陈廷焯编选《词则》，上海：上海古籍出版社，1984 年，297 页。
⑦ 唐圭璋编《词话丛编》，北京：中华书局，1986 年，3912 页。

生的每一刻、每一秒，不使错过。

历代名家词选选评者对东坡词的艺术评点，包括成就地位、风格特征、手法技巧等方面，内容丰富多彩，价值不可小觑。在风格特征方面，有必要说明的是，虽然在名家词选选评者的评点中，东坡词词风存在豪放——婉约的二元对立，然而，在苏轼的创作实践中，其词风是多元的，非仅有豪放、婉约两种，亦非豪放、婉约能涵盖。

第四章　苏词影响专题：历代词人创作对东坡词的接受与拓展

历代词人的创作接受，是东坡词传播与接受的又一重要领域。历代词人出于不同的原因，通过和韵、效体、櫽括等方式接受东坡词进行创作，创作的作品有不同的题材，既有对东坡词题材的坚守，又有对东坡词题材的突破。词人创作接受，与名家词选一样，具有淘汰拣择的功能。

第一节　历代词人创作上接受东坡词的七大方式

历代词人创作上接受东坡词的方式，主要有“字”层面的和韵（次韵、用韵、依韵），“句”层面的集句、学句法、用成句、用句意，“篇”层面的效体（形式）、櫽括（内容）等。

一、和韵

和韵，即广义次韵，是诗歌创作的传统手法。唐以前的诗歌唱和，仅和意而不和韵。中唐元稹、白居易以降，和韵渐趋成为诗歌创作中的常用手法、诗人唱和的常用方式。明徐师曾《文体明辨序说·和韵诗》：“古人庚和，答其来意而已，初不为韵所缚……中唐以还，元（稹）、白（居易）、皮（日休）、陆（龟蒙）更相唱和，由是此体始盛。”①

和韵词，如唐刘禹锡《和乐天春词·依〈忆江南〉曲拍为句》（春过也），与白居易《忆江南》（江南好）押同部韵。北宋和韵词，如，张先《少年游·渝州席上和韵》（听歌持酒且休行），作于至和年间（1054—1055）②；《好事近·和毅夫内翰梅花》（月色透横枝），与郑獬《好事近》（把酒对江梅）韵字相同，作于熙宁二年

① 徐师曾著《文体明辨序说》（外一种），北京：人民文学出版社，1998年，109-110页。

② 吴熊和，沈松勤校注《张先集编年校注》，杭州：浙江古籍出版社，1996年，25页。

(1069)冬①。王安石《诉衷情·和俞秀老鹤词》(常时黄色见眉间)、《诉衷情》(练巾藜杖白云间)、《诉衷情》(茫然不肯住林间)三首同韵词，作于元丰五年(1082)②。

在以苏轼为中心的词人群中，和韵词大量出现。熙宁七年(1074)九月，通判苏轼、知州杨元素和张先在杭州以《劝金船》调相唱和，杨词已佚，苏轼和其韵作《劝金船·和元素韵自撰腔命名》(无情流水多情客)词，张先和其意作《劝金船·流杯堂唱和翰林主人元素自撰腔》(流泉宛转双开窦)。同年九月，苏、张二人，又以《定风波》相唱和，苏轼作《定风波·送元素》(千古风流阮步兵)为离任杭州知州奉诏入京的杨元素送行，张先连续次韵，作《定风波·次子瞻韵送元素内翰》(浴殿词臣亦议兵)、《定风波·再次韵送子瞻》(谈辨才疏堂上兵)，一为杨元素送行，一为离任杭州通判赴任密州知州的苏轼送行。熙宁十年(1075)中秋，苏轼与弟弟苏辙在徐州以《水调歌头》相唱和，苏辙作《水调歌头》(离别一何久)，苏轼次其词韵作《水调歌头》(安石在东海)。元丰四年(1081)春，谪居黄州的苏轼次章质夫杨花词韵，作《水龙吟》(似花还似非花)。元祐四年(1089)七月至六年(1091)三月知杭期间，苏轼与苏伯固相唱和，和韵词不少。元祐六年(1091)闰八月知颍州时，苏轼与陈师道同和欧阳修《木兰花令》(西湖南北烟波阔)韵，苏轼作《木兰花令》(霜余已失长淮阔)，陈师道作《木兰花·汝阴湖上同东坡用六一韵》(湖平木落摇空阔)。

中国传统诗歌理论中，和韵诗分为三类：次韵、依韵、用韵。北宋刘攽《中山诗话》云："唐诗赓和，有次韵，先后无易；有依韵，同在一韵；有用韵，用彼韵不必次。"③陆游对"次韵"、"依韵"、"用韵"出现的先后顺序作了梳理，其发展脉络是和韵之作的押韵要求渐趋紧严，而对"用韵"与"依韵"的界定与刘邠恰好相反，《渭南文集》卷三〇《跋吕成叔和东坡尖叉韵雪诗》云："古诗有倡有和，有杂拟、追和之类，而无和韵者。唐始有之，而不尽同。有用韵者，谓同用此韵耳。后乃有依韵者，谓如首倡之韵，然不以次也。最后始有次韵，则一皆如其韵之次。自元、白至皮、陆，此体乃成，天下靡然从之。"④明徐师曾《文体明辨序说·和韵诗》对"依韵"、"次韵"、"用韵"的界定与刘邠一致，阐释更为具体，也更为明晰："和韵诗有三体：一曰依韵，谓同在一韵中而不必用其字也；二曰次韵，谓和其原韵而先后次第皆因之也；三曰用韵，谓用其韵而先后不必次也。"⑤明胡震亨对"用韵"与"依韵"的界定则与陆游一致，《唐音癸签》卷三《法微》云："和诗用来诗之韵曰用韵，依来诗之韵尽押之不必以次曰依韵，

① 吴熊和，沈松勤校注《张先集编年校注》，杭州：浙江古籍出版社，1996年，41页。
② 李德身著《王安石诗文系年》，西安：陕西人民教育出版社，1987年，277页。
③ 清何文焕辑《历代诗话》，北京：中华书局，1981年，289页。
④ 陆游著《陆游集》，北京：中华书局，1978年，2277页。
⑤ 徐师曾著《文体明辨序说》(外一种)，北京：人民文学出版社，1998年，109页。

并依其先后而次之曰次韵。"①清吴乔将和韵划分为"和韵"、"用韵"和"步韵",对"用韵"的界定与刘邠、徐师曾相一致,而以"和韵"指称"依韵",以"步韵"指称"次韵",《答万季野诗问》云:"同其韵而不同其字者,谓之和韵;用其韵而次第不同者,谓之用韵;依其次第者,为之步韵。"②

由此可见,对和韵诗三类型的总结和探讨,其观点主要是分为两派:刘邠、徐师曾、吴乔为一派,陆游、胡震亨为一派,其间分歧是在对"依韵"、"用韵"的界定上。实际上,和韵诗三种类型,本质上探讨的是原唱韵字与和作韵字之间的三种关系:韵字不同但属同一韵部,韵字相同而次序不一致,韵字相同且次序相一致。发展总体趋势是韵字由不同到相同,顺序由不一致到一致。

历代词人对东坡词的和韵创作,同样也存在三种类型:其一、次韵/步韵,和作韵字与原作相同且次序一致;其二、用韵,和作韵字在原作韵字范围之内;其三依韵,和作韵字与原作韵字属同一韵部。这三种和韵类型,正好代表了押韵层面的三种创作态度:严格遵循原作——对原作有所突破——超越原作而创新。

(一)严格遵循原作:次韵/步韵,和作韵字与原作相同且次序一致

次韵/步韵,是创作接受中最常见的和韵类型。历代词人对东坡词进行次韵/步韵创作,多在词题、词序中标明、说明,其表述方式较为宽泛,具体用语也较为多样,"次韵"、"步韵"之外,用"叠韵"、"借韵",用"和韵(词)"、"追和韵(词)",用"用韵"、"依韵",用"拟东坡"、"仿坡公体"、"续东坡词";也有不标明、不说明的,则从韵字上可以看出来。

历代词人次韵/步韵创作接受的东坡词,有以下71首:

1.《定风波》(千古风流阮步兵)2.《鹊桥仙》(乘槎归去)3.《南歌子》(师唱谁家曲)4.《八声甘州》(有情风、万里卷潮来)5.《满庭芳》(归去来兮,吾归何处)6.《满庭芳》(归去来兮,清溪无底)7.《木兰花令》(霜余已失长淮阔)8.《南乡子》(霜降水痕收)9.《卜算子》(缺月挂疏桐)10.《念奴娇》(大江东去)11.《水龙吟》(似花还似非花)12.《点绛唇》(我辈情钟)13.《点绛唇》(不用悲秋)14.《点绛唇》(莫唱阳关)15.《蝶恋花》(云水萦回溪上路)16.《江城子》(黄昏犹是雨纤纤)17.《水调歌头》(安石在东海)《桃源忆故人》(华胥梦断人何处)19.《浣溪沙》(覆块青青麦未苏)20.《浣溪沙》(醉梦醺醺晓未苏)21.《浣溪沙》(雪里餐毡例姓苏)22.《浣溪沙》(半夜银山上积苏)23.《浣溪沙》(万顷风涛不记苏)24.《浣溪沙》(细雨斜风作晓寒)25.《归朝欢》(我梦扁舟浮震泽)26.《如梦令》(为向东坡传语)27.《临江仙》(自古相从休务日)28.《南歌子》(山与歌眉敛)29.《南歌子》(古岸开青葑)30.《水调歌头》(明月几时有)31.《满江红》(东武南城)

① 胡震亨著《唐音癸签》,上海:古典文学出版社,1957年,22页。
② 吴乔著《答万季野诗问》,《诗问四种》本,济南:齐鲁书社,1985年,181页。

32.《水龙吟》(小舟横截春江) 33.《醉翁操》(琅然清圜) 34.《满江红》(忧喜相寻) 35.《贺新郎》(乳燕飞华屋) 36.《行香子》(一叶舟轻) 37.《水调歌头》(落日绣帘卷) 38.《洞仙歌》(冰肌玉骨) 39.《行香子》(清夜无尘) 40.《满庭芳》(蜗角虚名) 41.《西江月》(照野弥弥浅浪) 42.《蝶恋花》(花褪残红青杏小) 43.《浣溪沙》(风压轻云贴水飞) 44.《阮郎归》(绿槐高柳咽新蝉) 45.《行香子》(北望平川) 46.《翻香令》(金炉犹暖麝煤残) 47.《西江月》(玉骨那愁瘴雾) 48.《水龙吟》(楚山修竹如云) 49.《菩萨蛮》(玉笙不受朱唇暖) 50.《哨遍》(为米折腰) 51.《念奴娇》(凭高眺远) 52.《醉落魄》(醉醒醒醉) 53.《蝶恋花》(春事阑珊芳草歇) 54.《祝英台近》(挂轻帆) 55.《蝶恋花》(一颗樱桃樊素口) 56.《西江月》(三过平山堂下) 57.《南歌子》(日出西山雨) 58.《阳关曲》(暮云收尽溢清寒) 59.《阳关曲》(受降城下紫髯郎) 60.《阳关曲》(济南春好雪初晴) 61.《如梦令》(水垢何曾相受) 62.《如梦令》(自净方能净彼) 63.《西江月》(点点楼头细雨) 64.《意难忘》(花拥鸳房) 65.《少年游》(去年相送) 66.《定风波》(月满苕溪照夜堂) 67.《劝金船》(无情流水多情客) 68.《点绛唇》(闲倚胡床) 69.《点绛唇》(醉漾轻舟) 70.《行香子》(携手江村) 71.《哨遍》(睡起画堂)

（二）对原作有所突破：用韵，和作韵字在原作韵字范围之内

用韵，是创作接受中较为少见的和韵类型。历代词人对东坡词进行用韵创作，多在词题、词序中标明、说明，其表述方式较为狭隘，具体用语较为单一，用“用韵”之外，用“次韵”、“和韵”。

历代词人用韵创作接受的东坡词，仅有以下6首：

1.《鹊桥仙》(缑山仙子)

2.《哨遍》(为米折腰)

3.《八声甘州》(有情风、万里卷潮来)

4.《哨遍》(睡起画堂)

5.《念奴娇》(大江东去)

6.《水龙吟》(似花还似非花)

用韵，与次韵相比，实际上是在押韵上对原作有所突破，这表现在两个方面：其一，韵字次序上的突破，即和作虽全用原作韵字而次序有所改变，如黄庭坚和作《鹊桥仙·席上赋七夕》(朱楼彩舫)韵字为“处、雨、去、女”，苏轼原作《鹊桥仙》(缑山仙子)韵字为“女、去、雨、处”，两词韵字的顺序正好相反；其二，韵字多寡上的突破，即和作仅用原作韵字中的绝大部分，存在少韵的现象。

（三）超越原作而创新：依韵，和作韵字与原作韵字属同一韵部

依韵，是创作接受中较为常见的和韵类型。历代词人对东坡词进行依韵创作，多在词题、词序中标明、说明，其表述方式较为狭隘，具体用语较为多样，用“依韵”之外，用“和韵(词)、追和”，用“次韵、步韵”，用“用韵”，用“效东坡、拟雪堂、用苏东坡体”。

历代词人依韵创作接受的东坡词，有以下26首：

1.《醉翁操》（琅然）2.《南乡子》（霜降水痕收）3.《点绛唇》（我辈情钟）4.《点绛唇》（不用悲秋）5.《点绛唇》（莫唱阳关）6.《水调歌头》（明月几时有）7.《醉蓬莱》（笑劳生一梦）8.《点绛唇》（闲倚胡床）9.《卜算子》（缺月挂疏桐）10.《如梦令》（为向东坡传语）11.《念奴娇》（大江东去）12.《水调歌头》（安石在东海）13.《蝶恋花》（昨夜秋风来万里）14.《水龙吟》（似花还似非花）15.《虞美人》（归心正似三春草）16.《江城子》（十年生死两茫茫）17.《西江月》（照野弥弥浅浪）18.《浣溪沙》（菊暗荷枯一夜霜）19.《贺新郎》（乳燕飞华屋）20.《哨遍》（睡起画堂）21.《三部乐》（美人如月）22.《洞仙歌》（冰肌玉骨）23.《劝金船》（无情流水多情客）24.《定风波》（与客携壶上翠微）25.《江城子》（天涯流落思无穷）26.《哨遍》（为米折腰）

依韵，与用韵相比，实际上是对用韵的进一步突破，从而超越以创新。用韵，和作的韵字不超越原作的范围，或韵字顺序有所调整，或是稍有少韵现象。而依韵则不同，韵字突破原作韵字的范围，拓展到原作韵字的同部韵字中去；与此同时，和作又保留了原作的部分韵字，这样，就保证了和作韵字与原作韵字是可以相押的同部韵。

二、集句

集句，是指将前人、时人诗、词作品中的现成句子重组（有时略作改动）为新的诗、词作品。从集句诗、词所集之句的作者归属来看，有单集某人诗词句，有合集多人诗词句；从所集之句的文体属性来看，有专集诗句或词句，有杂集诗、词句；从集句的发展阶段来看，有集诗为诗，有集诗为词，有集词为词，有集诗、词为词。

集句，本是作诗手法，晋傅咸已有集句诗，元陈绎曾《诗谱》云："晋傅咸作《七经》诗，其《毛诗》一篇略曰：'聿修厥德，令终有淑。勉尔遁思，我言维服。盗言孔甘，其何能淑。谗人罔极，有腼面目。'此乃集句诗之始。或谓集句起于王安石，非也。"①明杨慎《升庵诗话》卷一云："《七经》诗，集句之始。"②宋人石曼卿、王安石、胡归仁、司马光等均有集句诗，王安石尤善此法，《胡笳十八拍》一首以其手法之高妙尤为人称道。陈师道《后山诗话》云："王荆公暮年喜为集句。"③胡仔《苕溪渔隐丛话》前集卷三五引《蔡宽夫诗话》云："荆公晚多喜取前人诗句为集句诗。"④严羽《沧浪诗话》云："集句惟荆公最长，《胡笳十

① 丁福保辑《历代诗话续编》，北京：中华书局，1983年，626页。
② 丁福保辑《历代诗话续编》，北京：中华书局，1983年，638页。
③ 清何文焕辑《历代诗话》，北京：中华书局，1981年，306页。
④ 胡仔纂集《苕溪渔隐丛话》（前集），北京：人民文学出版社，1962年，240页。

八拍》浑然天成，绝无痕迹，如蔡文姬肺肝间流出。”①明徐师曾《文体明辨序说·集句诗》云：“集句诗者，杂集古句以成诗也。自晋以来有之，至宋王安石尤长于此。盖必博学强识，融会贯通，如出一手，然后为工。若牵合傅会，意不相贯，则不足以语此矣。”②

王安石不仅喜作集句诗，还以集句之法作词。吴曾《能改斋漫录》卷一七云：“王荆公筑草堂于半山，引八功德水，作小港其上，叠石作桥，为集句填《菩萨蛮》云：‘数家茅屋闲临水……黄鹂三两声。’”③黄昇《唐宋诸贤绝妙词选》卷二，有王安石《浣溪沙·集句》（百亩庭中半是苔）词。④ 苏轼集句词，如《南乡子·集句》（寒玉细凝肤）、《南乡子·集句》（怅望送春杯）、《南乡子·集句》（何处倚阑干）、《定风波·集古句作墨竹词》（雨洗娟娟嫩叶光）等。苏门文人中，黄庭坚有《鹧鸪天·重九日集句》（寒雁初来秋影寒）、《鹧鸪天·重九日集句》（节去蜂愁蝶不知）、《菩萨蛮·王荆公新筑草堂于半山，引入功德水作小港，其上垒石作桥，为集句……戏效荆公作》（半烟半雨溪桥畔）等，晁补之有《江神子·集句惜春》（双鸳池沼水融融）等。

历代词人集东坡词句为词，有专集东坡同调词句、杂集东坡异调词句、同集东坡诗词句、合集多人诸调词句、合集多人诗词句五种类型。

（一）专集东坡同调词句

清何采《浣溪沙·早秋山行见田父泥饮，集东坡本调句》，集苏轼《浣溪沙·端午》（入袂轻风不破尘）、《浣溪沙》（旋抹红妆看使君）、《浣溪沙》（罗袜空飞洛浦尘）、《浣溪沙·荷花》（四面垂杨十里荷）、《浣溪沙·春情》（桃李溪边驻画轮）、《浣溪沙》（软草平莎过雨新）中词句而成，其词云：

入袂轻风不破尘。三三两两棘篱门。携壶藉草亦天真。 天气渐凉人寂寞，夕阳虽好近黄昏。何时收拾耦耕身。⑤

按，“三三两两棘篱门”，《浣溪沙》（旋抹红妆看使君）作“三三五五棘篱门”；“天气渐凉人寂寞”，《浣溪沙·荷花》（四面垂杨十里荷）作“天气乍凉人寂寞”。

（二）杂集东坡异调词句

清孙致弥《卖花声·集东坡句戏赠》，集苏轼《昭君怨·送别》（谁作桓伊三弄）、《诉衷情·海棠》（海棠珠缀一重重）、《鹊桥仙·七夕送陈令举》（缑山仙子）、《南乡子》（裙带石榴红）、《减字木兰花·赠小鬟琵琶》（琵琶绝艺）、

① 清何文焕辑《历代诗话》，北京：中华书局，1981 年，698 页。

② 徐师曾著《文体明辨序说》（外一种），北京：人民文学出版社，1998 年，111 页。

③ 吴曾撰《能改斋漫录》，上海：上海古籍出版社，1960 年，491 页。

④ 黄昇选编《唐宋诸贤绝妙词选》，《唐宋人选唐宋词》本，上海：上海古籍出版社，2004 年，605 页。

⑤ 南京大学中国语言文学系《全清词》编纂研究室编《全清词·顺康卷》，北京：中华书局，2002 年，4616 页。

《诉衷情·琵琶女》(小莲初上琵琶弦)、《一斛珠》(洛城春晚)、《浣溪沙·赠楚守田待制小鬟》(学画鸦儿正妙年)、《江城子》(前瞻马耳九仙山)、《减字木兰花·琴》(神闲意定)中词句而成,其词云:

新月与愁烟(昭君怨)。岁岁年年(诉衷情)。相逢一醉是前缘(浣溪沙)。愿作龙香双凤拨(南乡子),拨弄幺弦(减字木兰花)。 弹破碧云天(诉衷情)。烛下花前(诉衷情)。曲终红袖落双缠(浣溪沙)。莫使匆匆云雨散(江城子),归去无眠。①

按,"相逢一醉是前缘",《鹊桥仙·七夕送陈令举》(缑山仙子)中句,非《浣溪沙》中句;"烛下花前",《一斛珠》(洛城春晚)中句,非《诉衷情》中句。

(三) 同集东坡诗词句

清徐基《重叠金·集东坡先生诗余》,集苏轼《醉落魄·述怀》(醉醒醒醉)词、《中隐堂》诗、《游桓山会者十人以春水满四泽夏云多奇峰为韵》诗、《和陶杂诗》诗、《临江仙》(夜饮东坡醒复醉)词、《南歌子》(日出西山雨)词中句而成,其词云:

须将幕席为天地。歌前起舞尊前睡。人与此堂高。临流吹洞箫。 虚名非我有。更尽杯中酒。江海寄余生。无人与目成。②

按,"更尽杯中酒",非苏轼词中句,乃叶梦得《虞美人》(落花已作风前舞)中句,该词误入明毛晋汲古阁本《东坡词》,故徐基亦误作东坡词而集其句。

(四) 合集多人诸调词句

清何采、万树、董儒龙、吴镇、方成培、王沼、殷如梅、尤维熊等人,集苏轼《渔家傲》(一曲阳关情几许)、《木兰花令》(知君仙骨无寒暑)、《青玉案》(三年枕上吴中路)、《木兰花令》(霜余已失长淮阔)、《南歌子》(山与歌眉敛)、《浣溪沙》(簌簌衣巾落枣花)、《虞美人》(深深庭院清明过)、《破阵子》(白酒新开九酝)《西江月》(点点楼头细雨)、《蝶恋花》(花褪残红青杏小)、《卜算子》(缺月挂疏桐)、《西江月》(玉骨那愁瘴雾)、《满庭芳》(香叆雕盘)、《南乡子》(霜降水痕收)、《浣溪沙》(花满银塘水漫流)、《行香子》(清夜无尘)、《行香子》(携手江村)、《贺新郎》(乳燕飞华屋)、《念奴娇》(凭高眺远)、《满庭芳》(蜗角虚名)、《念奴娇》(大江东去)、《西江月》(照野弥弥浅浪)、《卜算子》(缺月挂疏桐)、《水龙吟》(似花还似非花)、《满江红》(东武南城)、《减字木兰花》(闽溪珍献)、《点绛唇》(闲倚胡床)、《阮郎归》(绿槐高柳咽新蝉)、《水调歌头》(明月几时有)、《点绛唇》(月转乌啼)、《永遇乐》(明月如霜)等词中句为词。

---

① 南京大学中国语言文学系《全清词》编纂研究室编《全清词·顺康卷》,北京:中华书局,2002年,8164页。

② 张宏生主编《全清词·顺康卷补编》,南京:南京大学出版社,2008年,1160页。

1. 何采《蝶恋花》三首

《蝶恋花·后送春，集句，禁用本调》（心事悠悠寻燕语），集卢祖皋、冯伟寿、赵端彦、苏轼、蒋捷、戴复古、无名氏、僧皎如晦、张先、叶清臣词句，其中，“一曲阳关情几许”①，苏轼《渔家傲》（一曲阳关情几许）中句。

《蝶恋花·后送春，集句，禁用本调》（强起登临惊暮序），集毛幵、赵师侠、冯延巳、黄大临、吴文英、欧阳炯、柳永、高永、苏轼、李冶词句，其中，“不见莺啼花落处”②，苏轼《木兰花令·次马中玉韵》（知君仙骨无寒暑）中句。

《蝶恋花·后送春，集句，禁用本调》（愁似游丝千万缕），集程过、秦观、徐俯、晏几道、叶梦得、杨基、向子諲、僧如晦、段克己、苏轼词句，其中，“辋川图上看春暮”③，苏轼《青玉案》（三年枕上吴中路）中句。

2. 万树《浪淘沙》《江城子》

《浪淘沙·中秋后二日为予初度，集句志感》（归梦寄吴樯），集陆游、高观国、晏几道、王庭筠、陆淞、毛滂、周邦彦、辛弃疾、苏轼、孙夫人词句，其中，“四十三年如电抹”④，苏轼《木兰花令》（霜余已失长淮阔）中句。

《江城子·寄内集句》（萧萧江上荻花秋），集张孝祥、黄昇、李璟、僧仲殊、无名氏、周邦彦、陆游、史达祖、吴淑姬、苏轼、蒋捷、冯伟寿、李白、程垓、李清照、牛峤词句，其中，“晚云留”⑤，苏轼《南歌子》（山与歌眉敛）中句。

3. 董儒龙《忆王孙》《定西番》《鹧鸪天》《鹊桥仙》

《忆王孙·集句》（雪毬摇曳逐风斜），集张先、辛弃疾、贺铸、郑域、苏轼词句，其中，“蔌蔌衣巾落枣花”⑥，苏轼《浣溪沙》（簌簌衣巾落枣花）中句。

《定西番·集句》（人在洞房深处），集谢逸、李甲、韦庄、潘汾、柳永、吕本中、苏轼词句，其中，“独自行来行去、好思量”⑦，苏轼《虞美人》（深深庭院清明过）中句。

《鹧鸪天·将抵武昌，集句》（醉里无何即是乡），集苏轼、刘克庄、朱熹、陆

① 南京大学中国语言文学系《全清词》编纂研究室编《全清词·顺康卷》，北京：中华书局，2002年，4651页。

② 南京大学中国语言文学系《全清词》编纂研究室编《全清词·顺康卷》，北京：中华书局，2002年，4651页。

③ 南京大学中国语言文学系《全清词》编纂研究室编《全清词·顺康卷》，北京：中华书局，2002年，4651页。

④ 南京大学中国语言文学系《全清词》编纂研究室编《全清词·顺康卷》，北京：中华书局，2002年，5528页。

⑤ 南京大学中国语言文学系《全清词》编纂研究室编《全清词·顺康卷》，北京：中华书局，2002年，5548页。

⑥ 南京大学中国语言文学系《全清词》编纂研究室编《全清词·顺康卷》，北京：中华书局，2002年，8553页。

⑦ 南京大学中国语言文学系《全清词》编纂研究室编《全清词·顺康卷》，北京：中华书局，2002年，8555页。

游、欧阳修、薛绍蕴、李煜、刘光祖词句，其中，“醉里无何即是乡”①，苏轼《破阵子》（白酒新开九酝）中句。

《鹊桥仙·江行，集句》（关河冷落），集柳永、姜夔、毛滂、秦观、蒋捷、周邦彦、苏轼、康与之、褚生词句，其中，“俯仰人间今古”②，苏轼《西江月》（点点楼头细雨）中句。

4. 吴镇《渔家傲》

《渔家傲·对酒集句》（茅屋数间窗窈窕），集王安石、晏殊/欧阳修、和凝、无名氏、欧阳修、苏轼、王诜、朱敦儒、秦观词句，其中，“天涯何处无芳草”③，苏轼《蝶恋花》（花褪残红青杏小）中句。

5. 方成培《卜算子》

《卜算子·集宋词》（月色透横枝），集张先、苏轼、邓肃、向子諲、周紫芝、叶梦得、张炎、赵鼎词句，其中，“漏断人初静”④，苏轼《卜算子》（缺月挂疏桐）中句。

6. 王沼词十三首

《西江月·观梅怀林处士》（玉骨那愁瘴雾），集苏轼、陈师道、侯寘、吴文英、陆游、柳永词句，其中，“玉骨那愁瘴雾”、“画堂别是风光”⑤两句，苏轼《西江月》（玉骨那愁瘴雾）、《满庭芳》（香叆雕盘）中句。

《采桑子·秋泛》（山才好处行还倦），集辛弃疾、李芸子、黄昇、周邦彦、谢逸、无名氏、蒋捷、苏轼词句，其中，“但把清尊断送秋”⑥，苏轼《南乡子》（霜降水痕收）中句。

《采桑子》（罗帏不觉纱窗晓），集欧阳修、范成大、李清照、苏轼、苏庠、张耒、刘天迪、黄庭坚词句，其中，“花满银塘水漫流”⑦，苏轼《浣溪沙》（花满银塘水漫流）中句。

《行香子·冶游》（截断烟津），集陆游、无名氏、杜安世、叶梦得、周邦彦、

---

① 南京大学中国语言文学系《全清词》编纂研究室编《全清词·顺康卷》，北京：中华书局，2002年，8562页。

② 南京大学中国语言文学系《全清词》编纂研究室编《全清词·顺康卷》，北京：中华书局，2002年，8565页。

③ 南京大学文学院《全清词》编纂研究室编《全清词·雍乾卷》，南京：南京大学出版社，2012年，1105页。

④ 南京大学文学院《全清词》编纂研究室编《全清词·雍乾卷》，南京：南京大学出版社，2012年，1724页。

⑤ 南京大学文学院《全清词》编纂研究室编《全清词·雍乾卷》，南京：南京大学出版社，2012年，6699页。

⑥ 南京大学文学院《全清词》编纂研究室编《全清词·雍乾卷》，南京：南京大学出版社，2012年，6701页。

⑦ 南京大学文学院《全清词》编纂研究室编《全清词·雍乾卷》，南京：南京大学出版社，2012年，6702页。

苏轼、晁补之、张先、欧阳修、辛幼安、赵子发、谢逸、朱敦儒、孙光宪、谢薖词句，其中，“须满十分”、“有湖中月”①两句，苏轼《行香子》(清夜无尘)、《行香子》(携手江村)中句。

《一剪梅·惜别》(浅碧鳞鳞露远洲)，集苏轼、严仁、沈唐、欧阳修、蒋捷、无名氏、张孝祥、张元干、张孝祥词句，其中，“浅碧鳞鳞露远洲”②，苏轼《南乡子》(霜降水痕收)中句。

《沙塞子·夏闺》(零乱庭梧窗竹)，集方千里、王观、柳永、苏轼、蔡伸、毛滂、蒋捷、韩子苍词句，其中，“晚凉新浴”③，苏轼《贺新郎》(乳燕飞华屋)中句。

《惜分钗·秋夜漫兴》(人初静)，集张先、欧阳修、黄昇、夏子乔、周邦彦、李煜、苏轼词句，其中，“飕，飕”④，苏轼《南乡子》(霜降水痕收)中句。

《百字令·登楼望月，把酒放歌》(划然长啸)，集黄昇、叶梦得、苏轼、刘克庄、李邴、张炎、张孝祥、朱敦儒、谢薖、辛弃疾、陈继儒词句，其中，“云无留迹”、“我醉拍手狂歌”、“忧愁风雨”、“一樽还酹江月”⑤四句，苏轼《念奴娇》(凭高眺远)、《满庭芳》(蜗角虚名)、《念奴娇》(大江东去)中句。

《清平乐·春游忆旧》(燕娇莺巧)，集朱敦儒、无名氏、宋祁、苏轼、无名氏、晏殊、孙洙、柳永词句，其中，“我欲醉眠芳草”⑥，苏轼《西江月》(照野弥弥浅浪)中句。

《鹤冲天·别怀》(王孙去)，集林逋、晏几道、陆游、米芾、张先、欧阳修、康与之、苏轼词句，其中，“缺月挂疏桐”⑦，苏轼《卜算子》(缺月挂疏桐)中句。

《鹊桥仙》(湿萤度影)，集刘镇、蒋捷、李甲、邓剡、周邦彦、苏轼、吕渭老、赵长卿、朱敦儒、张元干词句，其中，“千钟美酒”⑧，苏轼《满庭芳》(蜗角虚名)

---

① 南京大学文学院《全清词》编纂研究室编《全清词·雍乾卷》，南京：南京大学出版社，2012年，6703页。

② 南京大学文学院《全清词》编纂研究室编《全清词·雍乾卷》，南京：南京大学出版社，2012年，6703页。

③ 南京大学文学院《全清词》编纂研究室编《全清词·雍乾卷》，南京：南京大学出版社，2012年，6704页。

④ 南京大学文学院《全清词》编纂研究室编《全清词·雍乾卷》，南京：南京大学出版社，2012年，6704页。

⑤ 南京大学文学院《全清词》编纂研究室编《全清词·雍乾卷》，南京：南京大学出版社，2012年，6704页。

⑥ 南京大学文学院《全清词》编纂研究室编《全清词·雍乾卷》，南京：南京大学出版社，2012年，6705页。

⑦ 南京大学文学院《全清词》编纂研究室编《全清词·雍乾卷》，南京：南京大学出版社，2012年，6706页。

⑧ 南京大学文学院《全清词》编纂研究室编《全清词·雍乾卷》，南京：南京大学出版社，2012年，6706页。

中句。

《河传·春情》(园里),集晁补之、柳永、贺铸、苏轼、秦观、毛滂、曾觌、辛弃疾、侯寘、司马櫄、毛熙震、毛文锡、阎选、马子严词句,其中,"一池萍碎"①,苏轼《水龙吟》(似花还似非花)中句。

《满江红·丁巳春述怀,赠日者杜碧亭》(乌兔争驰),集沈天羽、王安石、吴礼之、郑域、吕本中、刘克庄、僧晦庵、张孝祥、刘之翰、李好古、元好问、辛弃疾、王诜、冯延巳、苏轼、吕本中词句,其中,"问向前、犹有几多春"②,苏轼《满江红》(东武南城)中句。

7. 殷如梅词六首

《减字木兰花·郑冀良饷橘》(新橙同荐),集宋荦、陈维崧、张雨、冯延巳、苏轼、朱彝尊词句,其中,"雅称佳人纤手擘"③,苏轼《减字木兰花》(闽溪珍献)中句。

《多丽·夏景》(困人天),集吴文英、陆凇、周邦彦、陆游、程垓、陈继儒、苏轼、姚鉴、顾夐、商景兰、张蘩、蒋捷、刘过、张埜、赵彦端、柳永、张雨、万锦雯词句,其中,"独倚胡床"、"玉盆纤手弄清泉"④两句,苏轼《点绛唇》(闲倚胡床)、《阮郎归》(绿槐高柳咽新蝉)中句。

《满庭芳·月》(清逼池亭),集蒋捷、韩驹、洪瑹、姚云文、沈树荣、柳永、李煜、叶寻源、张蘩、沈兰英、张辑、苏轼等人词句,其中,"千里共婵娟"⑤,苏轼《水调歌头》(明月几时有)中句。

《念奴娇·秋海棠》(秋堂几朵),集李符、朱敦儒、周密、苏轼、张炎、李良年、沈谦、无名氏、程垓、唐珏、王沂孙、刘过、厉鹗等人词句,其中,"挥断柔肠寸"⑥,苏轼《点绛唇》(月转乌啼)中句。

《唐多令·贺毛上舍合巹》(今夕是何年),集苏轼、毛文锡、顾贞观、沈树荣、尤侗、汪懋麟、张蘩、无名氏、陶谷等人词句,其中,"今夕是何年"⑦,苏轼

① 南京大学文学院《全清词》编纂研究室编《全清词·雍乾卷》,南京:南京大学出版社,2012 年,6708 页。

② 南京大学文学院《全清词》编纂研究室编《全清词·雍乾卷》,南京:南京大学出版社,2012 年,6708 页。

③ 南京大学文学院《全清词》编纂研究室编《全清词·雍乾卷》,南京:南京大学出版社,2012 年,7502 页。

④ 南京大学文学院《全清词》编纂研究室编《全清词·雍乾卷》,南京:南京大学出版社,2012 年,7504 页。

⑤ 南京大学文学院《全清词》编纂研究室编《全清词·雍乾卷》,南京:南京大学出版社,2012 年,7505 页。

⑥ 南京大学文学院《全清词》编纂研究室编《全清词·雍乾卷》,南京:南京大学出版社,2012 年,7506 页。

⑦ 南京大学文学院《全清词》编纂研究室编《全清词·雍乾卷》,南京:南京大学出版社,2012 年,7507 页。

《水调歌头》(明月几时有)中句。

《唐多令·贺葛上舍新婚》(人月恰双圆)，集沈树荣、毛文锡、陈云平、张蘩、冯延巳、牛峤、苏轼、尤侗、张炎、陶谷等人词句，其中，"今夕是何年"①，苏轼《水调歌头》(明月几时有)中句。

8. 尤维熊《金缕曲》词

尤维熊《金缕曲》(燕雨明如剪)，集卢祖皋、章楶、顾夐、李珣、陈克、张炎、冯延巳、周密、牛峤、史达祖、李肩吾、李璟、苏轼、柳永、蔡松年、温庭筠、王雱词句，其中，"但有旧欢新怨"②，苏轼《永遇乐》(明月如霜)中句。

(五) 合集多人诗词句

王沼《醉春风》(风雨愁通夕)词，合集无名氏、韦庄、韩偓、曾觌、张榘、黄昇、姜夔、苏轼、陈亮、吕渭老、晏殊词句与苏颋、温庭筠诗句，其中，"此情惟有落花知"③一句，出自苏轼《浣溪沙》(风压轻云贴水飞)词。

王沼《河传》(锦浦)，合集韦庄、李珣、周邦彦、苏轼、李石、黄庭坚、康与之、张元干、刘子寰、牛峤、谢逸、张泌词句与管雄甫、王周诗句，其中，"水边朱户"④，苏轼《点绛唇》(红杏飘香)中句。

三、学句法

学句法，是指在创作上对前人、时人诗、词作品中具有鲜明特征的经典句法进行模仿、效法。就词而言，苏轼作词学他人句法，如《江城子》(天涯流落思无穷)中"欲寄相思千点泪，流不到，楚江东"句，学张先《系裙腰》(惜霜蟾照夜云天)中"欲寄西江题叶字，流不到、五亭前"句法；《行香子·过七里滩》(一叶舟轻)中"过、沙溪急，霜溪冷，月溪明"、"但、远山长，云山乱，晓山青"两句，《行香子·述怀》(清夜无尘)中"叹、隙中驹，石中火，梦中身"句，《行香子·秋兴》(昨夜霜风)中"任、酒花白，眼花乱，烛花红"句，学张先《行香子》(舞雪歌云)中"奈、心中事，眼中泪，意中人"句法。

历代词人创作上学东坡词句法，最为经典的是学《水调歌头》(明月几时有)"我欲……惟恐……"句法、《行香子》上、下阕结句重字句法、《虞美人》(波声拍枕长淮晓)"只载一船离恨、向西州"句法。

---

① 南京大学文学院《全清词》编纂研究室编《全清词·雍乾卷》，南京：南京大学出版社，2012 年，7508 页。

② 南京大学文学院《全清词》编纂研究室编《全清词·雍乾卷》，南京：南京大学出版社，2012 年，8101 页。

③ 南京大学文学院《全清词》编纂研究室编《全清词·雍乾卷》，南京：南京大学出版社，2012 年，6703 页。

④ 南京大学文学院《全清词》编纂研究室编《全清词·雍乾卷》，南京：南京大学出版社，2012 年，6708 页。

（一）学《水调歌头》（明月几时有）“我欲……惟恐……”句法

黄庭坚、赵秉文、韩国词人李齐贤（1224—1300）、孟钦尧（1731—1800）、丁若镛（1762—1836）、曹兢燮（1873—1933）、日本词人高野竹隐（1862—1921）、森川竹磎（1869—1918）等，学苏轼《水调歌头》（明月几时有）中“我欲乘风归去，又恐琼楼玉宇，高处不胜寒”句法。

黄庭坚《水调歌头·游览》（瑶草一何碧）云：“我欲穿花寻路，直入白云深处，浩气展虹蜺。只恐花深里，红露湿人衣。”①赵秉文《水调歌头》（四明有狂客）云：“我欲骑鲸归去，只恐神仙宫府，嫌我醉时真。”②元李冶《敬斋古今注》卷八云：“东坡《水调歌头》：‘我欲乘风归去，只恐琼楼玉宇，高处不甚寒。起舞弄清影，何似在人间。’一时词手，多用此格，如黄鲁直云：‘我欲穿花寻路……只恐花深里，红露湿人衣。’盖效东坡语也。近世闲闲老亦云：‘我欲骑鲸归去，只恐神仙宫府，嫌我醉时真。笑拍群仙手，几度梦中身。’”③

韩国词人李齐贤《水调歌头·望华山》（天地赋奇特）云：“我欲乘风归去，只恐烟霞深处，幽绝使人愁”④，孟钦尧《水调歌头·登华山》（堪舆气融结）云：“我欲乘风下去，只恐紫霞深处，幽绝不堪居”⑤，丁若镛《水调歌头》（潇洒粤溪水）云：“欲与云鸿高举，怪有重峦叠嶂，不许尔同还”⑥，曹兢燮《水调歌头》（十月穫新稻）词云：“我欲丹青写了，奈乏龙眠妙手，谁尽此时情”⑦；日本词人高野竹隐《水调歌头》（天风吹散发）云：“我欲乘槎去，招手海边鸥”⑧，森川竹磎《水调歌头·琵琶湖上赋》（抬头天似水）云：“我欲横吹铁笛，乍可呼醉仙客，对酒拍阑干”⑨。

1. 学《行香子》上、下阕结句重字句法

苏轼《行香子》上、下阕结句重字句法，有三种类型：其一，重中间一字，如《行香子·过七里滩》（一叶舟轻）上阕结句云：“过、沙溪急，霜溪冷，月溪明”，下阕结句云：“但、远山长，云山乱，晓山青”，《行香子·述怀》（清夜无尘）上阕结句云：“叹、隙中驹，石中火，梦中身”，《行香子·秋兴》（昨夜霜风）下阕结句云：“任、酒花白，眼花乱，烛花红”；其二，重起首一字，如《行香子·述怀》（清夜无尘）下阕结句云：“对、一张琴，一壶酒，一溪云”；其三，重起首两字，如《行香子·秋兴》（昨夜霜风）上阕结句云：“但、一回醉，一回病，一回慵”。

---

① 唐圭璋编纂，王仲闻参订，孔凡礼补辑《全宋词》，北京：中华书局，1999年，498页。
② 唐圭璋编《全金元词》，北京：中华书局，2000年，46－47页。
③ 李冶撰《敬斋古今注》，《丛书集成初编》本，上海：商务印书馆，1935年，104页。
④ 柳己洙编《历代韩国词总集》，首尔：韩神大学出版部，2007年，29页。
⑤ 柳己洙编《历代韩国词总集》，首尔：韩神大学出版部，2007年，249页。
⑥ 柳己洙编《历代韩国词总集》，首尔：韩神大学出版部，2007年，264页。
⑦ 柳己洙编《历代韩国词总集》，首尔：韩神大学出版部，2007年，349页。
⑧ 彭黎明，罗姗选注《日本词选》，长沙：岳麓书社，1985年，159页。
⑨ 张枕怀笺注《日本三家词笺注》，合肥：黄山书社，2009年，245页。

2．学《行香子》上、下阕结句重中间一字句法

张先《行香子》（舞雪歌云）下阕结句云：“奈、心中事，眼中泪，意中人”，此句为时人称道，张先因此得“张三中”的名号。宋李颀《古今诗话》载云：“有客谓张子野曰：‘人皆谓公“张三中”，即“心中事，眼中泪，意中人”也。’”①张先只是在下阕结句用此重字句法，苏轼将其运用、扩展到了《行香子》词的上、下阕中。学此句法的，有苏门文人中秦观、晁补之、南宋汪莘、蒋捷、金许谷、元张翥、明于末、清王沼等。

秦观《行香子》（树绕村庄），上阕结句云：“有、桃花红，李花白，菜花黄”，下阕结句云：“正、莺儿啼，燕儿舞，蝶儿忙”；晁补之《行香子》（前岁栽桃），上阕结句云：“对、林中侣，闲中我，醉中谁”，下阕结句云：“但酒同行，月同坐，影同嬉”；汪莘《行香子》（野店残冬），下阕结句云：“便拥渔蓑，顶渔笠，作渔翁”，《行香子》（策杖溪边），下阕结句云：“喜竹间灯，梅间屋，石间泉”；蒋捷《行香子》（红了樱桃），下阕结句云：“过、窈娘堤，秋娘渡，泰娘桥”；许古《行香子》（秋入鸣皋），上阕结句云：“夜山低、晴山近、晓山高”；张翥《行香子》（水远天低），上阕结句云：“且、放些慵，补些拙，学些痴”②；于末《行香子》（杨子之居），下阕结句云：“且、梅为妻，鹤为子，酒为徒”；王沼《行香子·冶游》（截断烟津），上阕结句云：“有、湖中月（苏轼），闲中我（晁补之），意中人（张先）”③，虽系集句，也用此句法。

3．学《行香子》上、下阕结句重起首一字句法

苏轼《行香子·述怀》（清夜无尘）下阕结句云：“对、一张琴，一壶酒，一溪云”，此种句法为苏轼首创，宋汪莘、元张翥、明于末等学此句法。

汪莘《行香子》（野店残冬），上阕结句云：“有几枝梅，几竿竹，几株松”，《行香子》（策杖溪边），上阕结句云：“向一溪桥，一茅店，一渔船”；张翥《行香子·山水便面》（佛寺云边），上阕结句云：“只、欠梅花，欠沙鸟，欠渔船”，下阕结句云：“恰、似歙湖，似枋口，似斜川”④，《行香子·止酒》（酒量无多），上阕结句云：“也、莫豪吟，莫狂舞，莫高歌”⑤；于末《行香子》（杨子之居），上阕结句云：“枕、一行山，一溪云，一床书。”

4．学《行香子》上、下阕结句重起首两字句法

苏轼《行香子·秋兴》（昨夜霜风）上阕结句云：“但、一回醉，一回病，一回慵”，此种句法为苏轼首创，宋李清照、辛弃疾、洪瑹、沈端节、明高启、清沈懋

---

① 郭绍虞辑《宋诗话辑佚》，北京：中华书局，1980年，132页。

② 唐圭璋编《全金元词》，北京：中华书局，2000年，1017页。

③ 南京大学文学院《全清词》编纂研究室编《全清词·雍乾卷》，南京：南京大学出版社，2012年，6703页。

④ 唐圭璋编《全金元词》，北京：中华书局，2000年，1016页。

⑤ 唐圭璋编《全金元词》，北京：中华书局，2000年，1017页。

德等学此种句法。

李清照《行香子》(草际鸣蛩),下阕结句云:“甚、霎儿晴,霎儿雨,霎儿风”①;辛弃疾《行香子》(归去来兮),上阕结句云:“奈、一番愁,一番病,一番衰”,下阕结句云:“算、不如闲,不如醉,不如痴”②,《行香子》(好雨当春),上阕结句云:“恨、夜来风,夜来月,夜来云”,下阕结句云:“放、霎时阴,霎时雨,霎时晴”③;洪瑹《行香子》(楚楚精神),上阕结句云:“有、许多娇,许多韵,许多情”,下阕结句云:“相、为人愁,为人瘦,为人颦”;沈端节《行香子》(烟淡回塘),上阕结句云:“有、许多清,许多韵,许多香”;高启《行香子》(如此红妆),上阕结句云:“正、一番风,一番雨,一番霜”;沈懋德《行香子》(密雨深秋),上阕结句云:“记、那时言,那时泪,那时愁。”

5. 学《虞美人》(波声拍枕长淮晓)“只载一船离恨、向西州”句法

苏轼《虞美人》(波声拍枕长淮晓)云:“只载一船离恨、向西州”,宋陈与义学此种句法,《虞美人》(张帆欲去仍搔首)云:“满载一船离恨、向衡州。”④

四、用成句

用成句,是指在创作上将前人、时人诗、词作品中的现成句子直接(有时稍作改动)用到自己的诗、词作品中。用成句与集句有所不同,集句,是整首作品中的语句都来自他人,作者仅是将其重组而已;而用成句,只有个别句子来自他人,是将他人的句子嵌入到自己的作品中。就词而言,苏轼作词用前人、时人词中现成句字,如,《洞仙歌》(冰肌玉骨)首两句“冰肌玉骨,自清凉无汗”,出自五代后蜀孟昶之词,其自序云:“余七岁时,见眉州老尼,姓朱,忘其名,年九十余,自言尝随其师入蜀主孟昶宫中。一日,大热,蜀主与花蕊夫人夜起避暑摩诃池上,作一词,朱具能记之。今四十年,朱已死久矣,人无知此词者。独记其首两句,暇日寻味,岂《洞仙歌令》乎? 乃为足之。”⑤《满庭芳》(香叆雕盘)中“腻玉圆搓素颈”一句,出自柳永《昼夜乐》(秀香家住桃花径):“层波细翦明眸,腻玉圆搓素颈”,黄昇《唐宋诸贤绝妙词选》卷五,柳永《昼夜乐》(秀香家住桃花径)后按语云:“此词丽以淫,不当入选,以东坡尝引用其语,故录之。”⑥《如梦令》(手种堂前桃李)首句,与欧阳修《朝中措·送刘仲原甫出守维扬》(平山阑槛倚晴空)中“手种堂前垂柳”句,仅两字之差。《临江仙》(九十日春都过了)中“三分春色一分愁”句,与叶清臣《贺圣朝》(满斟绿醑留君

① 唐圭璋编纂,王仲闻参订,孔凡礼补辑《全宋词》,北京:中华书局,1999 年,1206 页。
② 唐圭璋编纂,王仲闻参订,孔凡礼补辑《全宋词》,北京:中华书局,1999 年,2458 页。
③ 唐圭璋编纂,王仲闻参订,孔凡礼补辑《全宋词》,北京:中华书局,1999 年,2475 页。
④ 唐圭璋编纂,王仲闻参订,孔凡礼补辑《全宋词》,北京:中华书局,1999 年,1387 页。
⑤ 傅幹注,刘尚荣校证《注坡词》,成都:巴蜀书社,1993 年,126 – 127 页。
⑥ 黄昇选编《唐宋诸贤绝妙词选》,《唐宋人选唐宋词》本,上海:上海古籍出版社,1986 年,369 页。

住)中“三分春色二分愁”,仅一字之差。

历代词人创作中用东坡词成句,主要是用以下东坡词中之句:

(一)《水调歌头》(明月几时有)

用“琼楼玉宇”,如,宋王庭珪《雨霖铃》(琼楼玉宇):“琼楼玉宇,满人寰似、海边洲渚”;宋范成大《虞美人》(落梅时节冰轮满):“何似中秋看,琼楼玉宇一般明”,宋郭应祥《醉落魄》(琼楼玉宇):“琼楼玉宇,分明不受人间暑”等。

用“人有悲欢离合,月有阴晴圆缺”,如,宋向子諲《浣溪沙》(南国风烟深更深):“中秋明月故人心,悲欢离合古犹今”;宋吴潜《满江红》(试问平生):“且掉悲欢离合事,相逢只怕尊中竭”;宋蒋捷《虞美人》(少年听雨歌楼上):“悲欢离合总无情,一任阶前、点滴到天明”;宋陈德武《忆秦娥》(疏帘揭):“悲欢离合,阴晴圆缺”等。

用“但愿人长久,千里共婵娟”,如,宋贺铸《小重山》(月月相逢只旧圆):“玉人千里共婵娟,清琴怨,肠断亦如弦”;宋刘浩《满江红》(岳渎储精):“更有人、千里共婵娟,偷香祝时出爱姬”;宋刘辰翁《水调歌头》(百千孙子子):“但愿人长久,聊复进杯中”等。

(二)《水龙吟》(似花还似非花)

用“似花还似非花”,如宋张炎《清平乐》(黑云飞起):“香心淡染清华,似花还似非花”等。

用“晓来雨过,遗踪何在,一池萍碎”,如,宋叶梦得《水龙吟》(对花常欲留春):“晓来雨过,绿阴新处,几番芳草”;宋王炎《念奴娇》(晓来雨过):“晓来雨过,正海棠枝上,胭脂如滴”;宋马廷鸾《沁园春》(杨柳依依):“几阵花飞,一池萍碎,又向先生把寿卮”;宋周密《大酺》(又子规啼):“傍鸳径鹦笼,一池萍碎,半檐花落”;宋无名氏《念奴娇》(晓来雨过):“晓来雨过,见三点两点,催花开却”等。

(三)《临江仙》(一别都门三改火)

用“人生如逆旅,我亦是行人”,如,宋姚述尧《临江仙》(一去吴山三改火):“堪笑人生如逆旅,明年我亦言归”;宋赵师侠《生查子》(梅从陇首传):“我亦是行人,更与行人别”等。

(四)《醉蓬莱》(笑劳生一梦)

用“笑劳生一梦,羁旅三年,又还重九”,如,宋丘崈《西江月》(明日又还重九):“明日又还重九,黄昏小雨疏风”;宋刘学箕《沁园春》(浮利虚名):“笑劳生一梦,两轮催逼,脆如朝露,轻若春沤”等。

(五)《满庭芳》(蜗角虚名)

用“蜗角虚名,蝇头微利”,如,宋姜特立《浣溪沙》(节序回环已献裘):“蜗角虚名真误我,蝇头细字不禁愁”;宋无名氏《水晶帘》(谁道秋期远):“蜗角虚名身外事,付骰子、纷纷戏选”等。

用“忧愁风雨，一半相妨”，如，宋辛弃疾《水龙吟》（楚天千里清秋）：“可惜流年，忧愁风雨，树犹如此”；宋赵师侠《醉桃源》（杜鹃花髮映山红）：“问春何事不从容，忧愁风雨中”等。

（六）《鹊桥仙》（乘槎归去）

用“看乞巧、朱楼彩舫”，如宋黄庭坚《鹊桥仙》（朱楼彩舫）：“朱楼彩舫，浮瓜沈李，报答风光有处”等。

用“乘槎归去，成都何在，万里江沱汉漾”，如宋曾惇《朝中措》（幽芳独秀在山林）：“乘槎归去，云涛万顷”等。

（七）《鹊桥仙》（缑山仙子）

用“痴牛騃女”，如，宋黄庭坚《鹊桥仙》（朱楼彩舫）：“若逢海上白头翁，共一访、痴牛騃女”；宋向子禋《鹊桥仙》（合卺风流）：“合卺风流，擘钗情态，压倒痴牛騃女”；宋杨无咎《雨中花》（漠漠云轻）：“举杯相属，却应羞杀，騃女痴牛”；宋魏了翁《水调歌头》（岁岁为公寿）：“痴牛騃女会处，应有泛槎人”等。

（八）《临江仙》（九十日春都过了）

用“九十日春都过了”，如宋李之仪《临江仙》（九十日春都过了）：“九十日春都过了，寻常偶到江皋”等。

（九）《浣溪沙》（山下兰芽短浸溪）

用“松间沙路净无泥”，如金蔡松年《满庭芳》（森玉�林）：“野梅炯、沙路无泥”等。

（十）《如梦令》（为向东坡传语）

用“江上一犁春雨”，如，宋毛滂《浣溪沙》（本是青门学灌园）：“生涯浑在乱山前。一犁春雨种瓜田”；宋王炎《清平乐》（儿曹耳语）：“家在翠微深处住，生计一犁春雨”；金蔡松年《人月圆》（梨雪东城又回春）：“一犁春雨，一篙春水，自乐天真”等。

（十一）《南乡子》（霜降水痕收）

用“佳节若为酬，但把清尊断送秋”，如宋杨无咎《醉花阴》（满城风雨无端恶）：“佳节若为酬，盛与歌呼，胜却秋萧索”等。

（十二）《江城子》（相逢不觉又初寒）

用“对尊前，惜流年”，如宋辛弃疾《木兰花慢》（老来情味减）：“对别酒，怯流年”等。

（十三）《定风波》（莫怪鸳鸯绣带长）

用“垂杨系马恣清狂”，如，宋辛弃疾《念奴娇》（野棠花落）：“曲岸持觞，垂杨系马，此地曾轻别”；宋黄人杰《念奴娇》（西湖胜绝）：“画舫藏春，垂杨系马，幽处笙箫作”等。

（十四）《永遇乐》（明月如霜）

用“燕子楼空，佳人何在，空锁楼中燕”，如，宋谢薖《鹊桥仙》（月胧星淡）：

“一杯相属，佳人何在，不见绕梁清唱”；宋蔡伸《满庭芳》（烟锁长堤）：“念紫箫声阕，燕子楼空”；宋刘褒《满庭芳》（柳袅金丝）：“隔离歌一阕，琵琶声断，燕子楼空”；宋高观国《喜迁莺》（歌音凄怨）：“燕子楼空，玉台妆冷，湖外翠峰眉浅”；宋陈允平《塞翁吟》（睡起鸾钗亸）：“秦筝倦理梁尘暗，惆怅燕子楼空”；宋詹无咎《贺新郎》（梅子黄时雨）：“燕子楼空尘又锁，望天涯、不寄红丝缕”等。

用“铿然一叶”，如宋辛弃疾《满庭芳》（西崦斜阳）：“铮然一叶，天下已知秋”等。

（十五）《点绛唇》（红杏飘香）

用“芳草迷归路”，如宋辛弃疾《摸鱼儿》（更能消、几番风雨）：“见说道、天涯芳草迷归路”等。

（十六）《桃源忆故人》（华胥梦断人何处）

用“芳草迷归路”，如宋辛弃疾《摸鱼儿》（更能消、几番风雨）：“见说道、天涯芳草迷归路”等。

（十七）《减字木兰花》（玉觞无味）

用“一语相开，匹似当初本不来”，如宋辛弃疾《水调歌头》（君莫赋幽愤）：“君莫赋幽愤，一语试相开”等。

（十八）《江城子》（梦中了了醉中醒）

用“走遍人间，依旧却躬耕”，如宋辛弃疾《鹧鸪天》（不向长安路上行）：“宁作我，岂其卿，人间走遍却归耕”等。

（十九）《洞仙歌》（冰肌玉骨）

用“冰肌玉骨，自清凉无汗”，如，宋辛弃疾《洞仙歌》（冰姿玉骨）：“冰姿玉骨，自是清凉态”；宋陈著《洞仙歌》（冰肌玉骨）：“冰肌玉骨，自清凉无汗”等。

（二十）《永遇乐》（长忆别时）

用“凄然顾影”，如宋辛弃疾《沁园春》（老子平生）：“但凄凉顾影，频悲往事”等。

（二十一）《浣溪沙》（怪见眉间一点黄）

用“怪见眉间一点黄”，如，宋辛弃疾《声声慢》（东南形胜）：“怎抵得，这眉间、黄色一点”；宋陈晔《南歌子》（腰下重金贵）：“腰下重金贵，眉间一点黄”等。

（二十二）《沁园春》（孤馆灯青）

用“有笔头千字，胸中万卷”，如，宋黄庭坚《满庭芳》（北苑春风）：“搜搅胸中万卷，还倾动、三峡词源”；宋曹冠《水调歌头》（我本方壶客）：“飘逸离凡尘，胸中万卷，谈笑挥翰墨通神”；宋辛弃疾《声声慢》（东南形胜）：“问个里，待怎么销杀，胸中万卷”；宋陈三聘《鹧鸪天》（枝上几多春）：“纵有笔头千字，也难夸清绝”；宋范炎《沁园春》（襟韵何如）：“还知否，壮胸中万卷，笔下千军”;宋郑元秀《水调歌头》(园林夸富贵):“翰墨场中独步,洒落胸中万卷,横截百川流”;宋周云《满庭芳》(黄蕊封金):“蝉宫客,胸中万卷,荷橐久徘徊”等。

(二十三)《水龙吟》(小舟横截春江)

用“小舟横截春江”,如宋管鉴《水龙吟·携家游甘泉寺》(小舟横截西江):“小舟横截西江”①等。

用“推枕惘然不见”,如宋辛弃疾《水调歌头》(我志在寥阔):“欲重歌兮梦觉,推枕惘然独念,人事底亏全”等。

(二十四)《阳关曲》(暮云收尽溢清寒)

用“银汉无声转玉盘”,如,宋范端臣《念奴娇》(寻常三五):“银汉无声,冰轮直上,桂湿扶疏影”;宋辛弃疾《绿头鸭》(叹飘零):“占秋初、桂花散采,向夜久、银汉无声”;宋陈深《贺新郎》(丹凤翔云表):“银汉无声天似水,昨夜新凉多少”等。

用“此生此夜不长好,明月明年何处看”,如宋张元干《水调歌头》(万里冰轮满):“此夜此生长好,明月明年何处,归兴在南州”等。

(二十五)《江城子》(十年生死两茫茫)

用“十年生死两茫茫”,如清张埙《江城子》(三年生死两茫茫):“三年生死两茫茫”②等。

用“不思量,自难忘”,如宋曾觌《春光好》(心下事):“不思量,自难忘”③等。

(二十六)《满庭芳》(归去来兮,吾归何处)

用“归去来兮,吾归何处”,如宋李流谦《满庭芳·过黄州游雪堂》(归去来兮):“归去来兮,吾归何处”④等。

(二十七)《皂罗特髻》(采菱拾翠)

用“采菱拾翠”,如清丁澎《皂罗特髻》(采菱拾翠)词序云:“题越州吴伯憩新词,即用东坡起句。”⑤

(二十八)《木兰花令》(霜余已失长淮阔)

用“四十三年如电抹”,如清方炳《玉楼春》(怀人转觉佳期阔):“当初只道便承恩,四十三年如电抹”,其词序云:“阅东坡词至‘四十三年如电抹’,怅

---

① 唐圭璋编纂,王仲闻参订,孔凡礼补辑《全宋词》,北京:中华书局,1999年,2024页。

② 南京大学文学院《全清词》编纂研究室编《全清词·雍乾卷》,南京:南京大学出版社,2012年,4956页。

③ 唐圭璋编纂,王仲闻参订,孔凡礼补辑《全宋词》,北京:中华书局,1999年,1703页。

④ 唐圭璋编纂,王仲闻参订,孔凡礼补辑《全宋词》,北京:中华书局,1999年,1926页。

⑤ 南京大学中国语言文学系《全清词》编纂研究室编《全清词·顺康卷》,北京:中华书局,2002年,3180页。

焉有怀，率尔占和。”①

（二十九）《定风波》（月满苕溪照夜堂）

用“还是，六人吟笑水云乡”，如清吴绮《定风波·六客堂和东坡原韵》（紫菊含霜对郡堂）：“还是，六人吟笑白蘋乡”②等。

（三十）《行香子》（携手江村）

用“故人不见，旧曲重闻，向望湖楼、孤山寺、涌金门”，如清靳荣藩《行香子》（湖墅江村）：“故人不见，旧牍重闻，记望湖楼、孤山寺、涌金门。”③

五、用句意

用句意，是指在创作中化用前人、时人诗、词作品中的巧妙构思、立意。用句意，也是作词常用的手法。如，欧阳修《玉楼春》（金花盏面红烟透）中“舞急香茵随步皱”句，化用南唐后主李煜《浣溪沙》（红日已高三丈透）中“红锦地衣随步皱”句意；“归骑休交银烛候”，化用李煜《玉楼春》（晚妆初了明肌雪）中“归时休放烛花红”句意。僧仲殊《念奴娇·荷花》（水枫叶下）中“西帝宸游罗翠盖，拥出三千宫女”句，以帝王出行的仪仗比喻连片的翠绿荷叶，其构思来自于欧阳修《采桑子》（荷花开后西湖好）中“不用旌旗，前后红幡绿盖随”句；“媚脸笼霞，芳心泣露”句，用脸霞、泪珠比喻粉红的荷花以及花瓣上的露珠，其立意，来自于五代鹿虔扆《临江仙》（金锁重门荒苑静）中“藕花相向野塘中，暗伤亡国，清露泣香红”之句。

苏轼在不少词中，化用了欧阳炯、李煜、柳永、张先、叶清臣、欧阳修、王观词中句意。如，《水调歌头》（明月几时有）中“不应有恨，何事长向别时圆”，用欧阳炯《献衷心》（见好花颜色）中“三五夜，偏有恨，月明中”句意；“人有悲欢离合，月有阴晴圆缺”，用张先《系裙腰》（惜霜蟾照夜云天）中“人情纵似长情月，算一年年，又能得、几番圆”句意；《西江月》（照野弥弥浅浪）中“可惜一溪明月，莫教踏破琼瑶”，用李煜《玉楼春》（晚妆初了明肌雪）中“归时休放烛花红，待踏马蹄清夜月”句意；《念奴娇》（大江东去）中“卷起千堆雪”，用李煜《渔父》中“浪花有意千里雪”；《哨遍》（睡起画堂）中“醉乡路稳不妨行”，用李煜《乌夜啼》（昨夜风兼雨）中“醉乡路稳宜频到”句意；《鹧鸪天》（笑捻红梅亸翠翘）中“明朝酒醒知何处，肠断云间紫玉箫”，用柳永《雨霖铃》（寒蝉凄切）中“今宵酒醒何处，杨柳岸、晓风残月”句意；《减字木兰花》（神闲意定）中“悲风流水，写出寥寥千古意”，用张先《剪牡丹·舟中闻双琵琶》（野绿连空）中“金

---

① 南京大学中国语言文学系《全清词》编纂研究室编《全清词·顺康卷》，北京：中华书局，2002年，5793页。

② 张宏生主编《全清词·顺康卷补编》，南京：南京大学出版社，2008年，422页。

③ 南京大学文学院《全清词》编纂研究室编《全清词·雍乾卷》，南京：南京大学出版社，2012年，1583页。

凤响双槽，弹出今古幽思谁省”句意；《满江红》（东武南城）中“问向前、犹有几多春，三之一”，《满庭芳》（蜗角虚名）词中“思量是、能几许，忧愁风雨，一半相妨”，用叶清臣《贺圣朝》（满斟绿醑留君住）中“三分春色二分愁，更一分风雨”句意；《采桑子》（多情多感仍多病）中“醉脸春融，斜照江天一抹红”，用张先《行香子》（舞雪歌云）中“酒香醺脸，粉色生春”、欧阳修《木兰花令》（西湖南北烟波阔）中“舞余裙带绿双垂，酒入香腮红一抹”句意；《南歌子》（山与歌眉敛）中“山与歌眉敛，波同醉眼流”，用王观《卜算子》（水是眼波横）中“水是眼波横，山是眉峰聚”句意。

历代词人创作中用东坡词句意，主要是用以下东坡词中句之句意：

（一）《念奴娇》（大江东去）

用“大江东去，浪淘尽、千古风流人物”句意，如辛弃疾《满江红》（蜀道登天）：“赤壁矶头千古浪，铜鞮陌上三更月”；杨慎《临江仙》（滚滚长江东逝水）：“滚滚长江东逝水，浪花淘尽英雄”；清何采《浪淘沙》（两赋一扁舟）：“雪卷大江东去浪，淘尽风流”等。

用“乱石穿空，惊涛拍岸，卷起千堆雪”句意，如，明宋仪望《念奴娇·登金山览眺》（独上蓬莱第一峰）：“日射蛟涎，浪吞龙沫，翻出千层雪”①；清吴秉仁《百字令》（闲中何事）：“说甚孙刘，曹瞒安在，空卷长江雪”；何采《浪淘沙》（两赋一扁舟）：“乱石惊涛浑似画，却被勾留”；丁炜《酹江月·赤壁怀古》（扁舟西上）：“巉石崩崖，是昔日、鏖战燔余赤壁，惊涛鲸吼，喷薄翻层雪”②；朱黼《念奴娇·雨中登金山绝顶》（呼来风雨）：“惊听裂石穿云”③等。

用“小乔初嫁了，雄姿英发，羽扇纶巾，谈笑间，樯橹灰飞烟灭”句意，如清吴秉仁《百字令》（闲中何事）：“映日艨艟兵百万，撚指群雄随灭”；日本词人森槐南（1863—1911）《酹江月·题髯苏大江东去词后》：“君岂灰飞烟灭去……小乔佳婿”④等。

用“故国神游，多情应笑我，早生华发”句意，如清何采《浪淘沙》（两赋一扁舟）：“故国神游，多情华发笑盈头”等。

（二）《水调歌头》（明月几时有）

用“我欲乘风归去，又恐琼楼玉宇，高处不甚寒”句意，如周邦彦《减字木兰花》（风鬟雾鬓）：“只恐乘风，飞上琼楼玉宇中”；韩驹《念奴娇》（海天向晚）：“桂华疏淡，广寒谁伴幽独”，黄苏《蓼园词选》评韩词云：“开首从‘秋’

---

① 周明初，叶晔补编《全明词补编》，杭州：浙江大学出版社，2007年，445页。

② 南京大学中国语言文学系《全清词》编纂研究室编《全清词·顺康卷》，北京：中华书局，2002年，6241页。

③ 南京大学文学院《全清词》编纂研究室编《全清词·雍乾卷》，南京：南京大学出版社，2012年，4625页。

④ 彭黎明，罗姗选注《日本词选》，长沙：岳麓书社，1985年，124页。

字写起，渐入到月，固就月说到姮娥之幽独，即是苏东坡'琼楼玉宇，高处不胜寒'之意。"①

用"转朱阁，低绮户，照无眠"句意，如张辑《桂枝香》（梧桐雨细）："疏帘淡月，照人无寐"等。

用"不应有恨，何事长向别时圆"句意，如李曾伯《水调歌头》（万里净无翳）："古今遗恨，不能长似此宵圆"②；陈德武《忆秦娥》（疏帘揭）："不应何恨，照人离别"等。

用"人有悲欢离合，月有阴晴圆缺，此事古难全"句意，如辛弃疾《鹧鸪天》（唱彻阳关泪未干）："今古恨，几千般。只应离合是悲欢"等。

用"但愿人长久，千里共婵娟"句意，如，辛弃疾《满江红》（快上西楼）："若得长圆如此夜，人情未必看承别"；元赵孟頫《水调歌头》（行止岂人力）："但愿身无恙，常对月婵娟"③；清姚之骃《水调歌头》（骊颔啣珠上）："但愿人同月，千载总婵娟"④等。

（三）《水龙吟》（似花还似非花）

用"晓来雨过，遗踪何在，一池萍碎"句意，如，赵长卿《小重山》（枝上杨花糁玉尘）："晓来雨过转伤情，铺池绿，遗恨寄浮萍"；辛弃疾《满庭芳》（急管哀弦）："惟有杨花飞絮，依旧是、萍满芳池"；明王屋《鼓笛慢》（懒红堆里飞来）："听、潺潺曲沼，雨声一夜，晓看萍合"⑤等。

用"春色三分，二分尘土，一分流水"，如，周密《大酺》（又子规啼）："三分春过二，尚剩寒犹凝，翠衣香薄"；无名氏《青玉案》（一年春事都来几）："一年春事都来几，早过了、三之二"等。

（四）《江城子》（天涯流落思无穷）

用"欲寄相思千点泪，流不到、楚江东"句意，如，秦观《江城子》（西城杨柳弄春柔）："便作春江都是泪，流不尽，许多愁"，杨慎批点本《草堂诗余》卷三评云："此结语又从坡公结语转出，更进一步"⑥；张耒《风流子》（木叶亭皋下）："情到不堪言处，分付东流"；赵鼎《浪淘沙》（霜露日凄凉）："故人何处舣危樯，寄我相思千点泪，直过潇湘"；程垓《浪淘沙》（山尽雨溪头）："谁教此水却西流，载我相思千点泪，还与青楼"等。

（五）《虞美人》（波声拍枕长淮晓）

用"无情汴水自东流，只载一船离恨、向西州"句意，如，贺铸《清平乐》（厌

---

① 黄苏选评《蓼园词选》，《清人选评词集三种》本，济南：齐鲁书社，1988 年，100 页。
② 唐圭璋编纂，王仲闻参订，孔凡礼补辑《全宋词》，北京：中华书局，1999 年，3559 页。
③ 唐圭璋编《全金元词》，北京：中华书局，2000 年，804 页。
④ 张宏生主编《全清词·顺康卷补编》，南京：南京大学出版社，2008 年，1774 页。
⑤ 饶宗颐初纂，张璋总纂《全明词》，北京：中华书局，2004 年，1609 页。
⑥ 杨慎批点《草堂诗余》，《丛书集成续编》本，台北：新文丰出版公司，1985 年，304 页。

厌别酒)："无端不系孤舟，载将多少离愁"，《南柯子》(斗酒才供泪)："扁舟只载愁……无情水自流"；陈师道《蝶恋花》(九里山前千里路)："流水无情，只送行人去"；周邦彦《尉迟杯》(隋堤路)："无情画舸……载将离恨归去"；李清照《武陵春》(风住尘香花已尽)："只恐双溪舴艋舟，载不动、许多愁"；张元干《谒金门》(鸳鸯渚)："艇子相呼相语，载取暮愁归去"；严仁《鹧鸪天》(一曲危弦断客肠)："载将离恨过潇湘，请君看取东流水，方识人间别意长"等。

(六)《木兰花令》(霜余已失长淮阔)

用"四十三年如电抹"句意，如清傅世垚《瑞鹤仙》："世同传舍，电抹驹驰，流光何酷，风流沦忽"等。

用"与余同是识翁人，惟有西湖波底月"句意，如，赵鼎臣《念奴娇》(旧游何处)："要识当时，惟是有明月，曾陪珠履"；朱敦儒《念奴娇》(别离情绪)："除却清风并皓月，脉脉此情谁识"等。

(七)《满庭芳》(蜗角虚名)

用"蜗角虚名，蝇头微利，算来著甚干忙"句意，如刘学箕《沁园春》(浮利虚名)："浮利虚名，算来何用，蜗角蝇头"等。

用"百年里，浑教是醉，三万六千场"句意，如，李光《鹧鸪天》(踏舞贪看赤脚娘)："都是醉，任飞扬，百年三万六千场"；管鉴《鹊桥仙》(中秋重九)："酒肠宽在，且趁尊前强健，百年三万六千场"；辛弃疾《浣溪沙》(总把平生入醉乡)："总把平生入醉乡，大都三万六千场"，《鹊桥仙》(豸冠风采)："且引玉尘沈醉，好将三万六千场，自今日、从头数起"等。

(八)《西江月》(照野弥弥浅浪)

用"可惜一溪明月，莫教踏碎琼瑶"句意，如倪偁《念奴娇》(素秋向晚)："浩歌归去，却愁踏碎琼玉"；李曾伯《青玉案》(栖鸦啼破烟林暝)："马蹄踏碎琼瑶影"等。

(九)《洞仙歌》(冰肌玉骨)

用"暗屈指、西风几时来，又不道、流年暗中换"句意，如陆游《水龙吟》(摩诃池上追游路)："惆怅年华暗换"；清周金然《洞仙歌》(湘纹冷簟)："且莫问、西风几时回，怕又早惊秋，玉颜凋换"①等。

(十)《满庭芳》(香叆雕盘)

用"司空见惯，应谓寻常，坐中有狂客，恼乱愁肠"句意，如陆游《玉胡蝶·王忠州家席上作》(倦客平生行处)："欲归时、司空笑问，微近处、丞相嗔狂"，清贺裳《皱水轩词筌》云："陆务观王忠州家席上作曰：'欲归时、司空笑问，微近处、丞相嗔狂。'笑啼不敢之致，描勒殆尽。较东坡'司空见惯，应谓寻常，坐

① 南京大学中国语言文学系《全清词》编纂研究室编《全清词·顺康卷》，北京：中华书局，2002年，5859页。

中有狂客，恼乱愁肠'，岂惟出蓝，几于点铁矣。"①

（十一）《水调歌头》（落日绣帘卷）

用"窗户湿青红"句意，如宋张孝祥《西江月·桂州同僚饯别》（窗户青红尚湿）："窗户青红尚湿"；黄昇《贺新郎》（倦整摩天翼）："玲珑窗户青红湿"等。

（十二）《永遇乐》（明月如霜）

用"燕子楼空，佳人何在，空锁楼中燕"句意，如，秦观《调笑令》："恋恋，楼中燕，燕子楼空春色晚，将军一去音容远，空锁楼中深怨"；周邦彦《解连环》："燕子楼空，暗尘锁、一床弦索"；辛弃疾《酹江月》（野棠花落）："楼空人去，旧游燕子能说"等。

（十三）《行香子》（一叶舟轻）

用"鱼翻藻鉴"句意，如石孝友《减字木兰花》（新荷小小）："比目鱼儿翻翠藻"等。

（十四）《定风波》（好睡慵开莫厌迟）

用"诗老不知梅格在，吟咏，更看绿叶与青枝"句意，如宋胡平仲《减字木兰花·咏梅》："天然标格，不问青枝和绿叶"②等。明陈霆《渚山堂词话》卷一云："东坡咏梅成三十篇，其《红梅》云：'诗老不知梅格在，更看绿叶与青枝'……胡平仲因用坡句作《减字木兰花》云：'天然标格，不问青枝和绿叶……谁谓伤春无限意。'……予甚爱坡语，用特录胡词，贻之好事者。"③

（十五）《青玉案》（三年枕上吴中路）

用"春衫犹是，小蛮针线，曾湿西湖雨"句意，如元白朴《永遇乐》（一片西湖）："青衫尽付，濛濛雨湿，更着小蛮针线"④等。清况周颐《蕙风词话》卷三云："《天籁词》，《永遇乐·同李景游西湖云》：'青衫尽付，濛濛雨湿，更着小蛮针线'，用坡公《青玉案》句'青衫尽付，濛濛雨湿，更着小蛮针线'，而太素语特伤心，其言外之意，虽形骸可土木，何有于小蛮针线之青衫。"⑤

（十六）《江城子》（十年生死两茫茫）

用"千里孤坟，无处话凄凉"句意，如明林时跃《江城子》："□□新阡，谁与话凄凉"等。

用"夜来幽梦忽还乡，纵使相逢应不识，尘满面，鬓如霜"句意，如明林时跃《江城子》："昨夜相逢如旧日，愁别去，鬓添霜"等。

用"小轩窗，正梳妆，相顾无言，惟有泪千行"句意，如明林时跃《江城子》：

① 唐圭璋编《词话丛编》，北京：中华书局，1986年，699页。
② 唐圭璋编纂，王仲闻参订，孔凡礼补辑《全宋词》，北京：中华书局，1999年，4540-4541页。
③ 唐圭璋编《词话丛编》，北京：中华书局，1986年，375页。
④ 唐圭璋编《全金元词》，北京：中华书局，1979年，643页。
⑤ 唐圭璋编《词话丛编》，北京：中华书局，1986年，4474页。

“坐临窗，理旧妆，说起孤零，掩面泪千行”等。

（十七）用《南乡子》（霜降水痕收）词中句意

用“破帽多情却恋头”句意，如清周金然《点绛唇》（高会龙山）：“破帽多情，苦恋头颅半”①等。

用“佳节若为酬，但把清尊断送秋”，如蔡松年《石州慢》（京洛三年）：“天东今日，枕书两眼昏花，壶觞不果酬佳节”等。

（十八）《浣溪沙》（怪见眉间一点黄）

用“上殿云霄生羽翼，论兵齿颊带风霜，归来衫袖有天香”句意，如辛弃疾《感皇恩》（春事到清明）：“三山归路，明日天香襟袖”等。

（十九）《浣溪沙》（惭愧今年二麦丰）

用“化工馀力染夭红”句意，如辛弃疾《声声慢》（开元盛日）：“枉学丹蕉，叶展偷染妖红”等。

（二十）《祝英台近》（挂轻帆）

用“酒病无聊，欹枕听鸣舻”句意，如辛弃疾《南乡子》（舟中记梦）：“欹枕舻声边，贪听咿哑聒醉眠”等。

（二十一）《千秋岁》（浅霜侵绿）

用“美人怜我老，玉手簪黄菊”句意，如辛弃疾《满江红》（倦客新丰）：“有玉人怜我，为簪黄菊”等。

（二十二）《江城子》（梦中了了醉中醒）

用“梦中了了醉中醒”句意，如辛弃疾《六幺令》（倒冠一笑）：“看君归兴，如醉中醒、梦中觉”等。

（二十三）《临江仙》（忘却成都来十载）

用“归来欲断无肠”句意，如辛弃疾《蝶恋花》（燕语莺啼人乍远）：“不道柔肠，近日无肠断”等。

（二十四）《三部乐》（美人如月）

用“今问为谁减动，一分香雪”句意，如辛弃疾《鹧鸪天》（一夜清霜变鬓丝）：“真个恨，未多时，也应香雪减些儿”等。

（二十五）《满庭芳》（蜗角虚名）

用“且趁闲身未老，须放我，些子疏狂”句意，如辛弃疾《江城子》（看君人物汉西都）：“杖屦当时，闻早放教疏”等。

（二十六）《醉落魄》（苍颜华发）

用“旧交新贵音书绝”句意，如辛弃疾《江城子》（看君人物汉西都）：“今代故交新贵后，浑不寄，数行书”等。

---

① 南京大学中国语言文学系《全清词》编纂研究室编《全清词·顺康卷》，北京：中华书局，2002年，5851页。

（二十七）《阳关曲》（暮云收尽溢清寒）

用“此生此夜不长好，明月明年何处看”句意，如，刘一止《念奴娇》（水烟收尽）：“明月明年，此身此夜，知与谁同惜”；李曾伯《水龙吟》（举杯长揖常娥）：“明月明年，知它何处，能如今夕”；刘辰翁《烛影摇红》（明月如冰）：“醉中休问，明月明年，人在何处”；张炎《夜飞鹊》（林霏散浮暝）：“明月明年此夜，颉颃万里，同此阴晴”等。

（二十八）《菩萨蛮》（风回仙驭云开扇）

用“相逢虽草草，长共天难老，终不羡人间，人间日似年”句意，秦观《鹊桥仙》（纤云弄巧）：“金风玉露一相逢，便胜却人间无数……两情若是久长时，又岂在、朝朝暮暮”等。

（二十九）《临江仙》（忘却成都来十载）

用“此身如传舍，何处是吾乡”句意，如清傅世垚《瑞鹤仙》：“世同传舍，电抹驹驰，流光何酷，风流沦忽”等。

（三十）《行香子》（清夜无尘）

用“叹、隙中驹，石中火，梦中身”，如清傅世垚《瑞鹤仙》：“世同传舍，电抹驹驰，流光何酷，风流沦忽”等。

六、效体

效体，是指在体式上效法前人、时人的诗、词作品进行创作。就词而言，苏轼本人有效体词，如，单调三十二字体《调笑令》（渔父）、《调笑令》（归雁），元本《东坡乐府》有题：“效韦应物体”①，是效韦应物《宫中调笑》（胡马）、《宫中调笑》（河汉）而作。效刘邠体作回文《菩萨蛮》四首，《与李公择十七首》其十三云：“效刘十五体，作回文《菩萨蛮》四首寄去……刘造此样见寄，今失之矣。”②

历代词人对东坡词进行效体创作，有效檃括体《哨遍》、效回文体《菩萨蛮》、效集句体《南乡子》等。

（一）效檃括体《哨遍》

苏轼《哨遍》（为米折腰），檃括陶渊明《归去来兮词》而作。效檃括体《哨遍》，如，宋王安中檃括孔稚珪《北山移文》、曹冠檃括苏轼《前赤壁赋》、汪莘檃括王维《山中与裴迪书》、刘学箕檃括苏轼《前赤壁赋》《后赤壁赋》、刘克庄檃括韩愈《送李愿归盘谷序》、吴潜檃括王羲之《兰亭集序》，清徐喈凤檃括屈原《卜居》、何采檃括陶渊明《归去来兮辞》等。

（二）效回文体《菩萨蛮》

苏轼回文体《菩萨蛮》，《菩萨蛮·回文四时闺怨》（翠鬟斜幔云垂耳）、《菩

① 王鹏运辑《四印斋所刻词》，上海：上海古籍出版社，1989 年，42 页。
② 苏轼著，茅维编《苏轼文集》，北京：中华书局，1986 年，1501 页。

萨蛮》(柳庭风散人眠昼)、《菩萨蛮》(井桐双照新妆冷)、《菩萨蛮》(雪花飞暖融香颊)四首之外,还有《菩萨蛮·回文》(落花闲院春衫薄)、《菩萨蛮·夏景回文》(火云凝汗挥珠颗)、《菩萨蛮·回文》(峤南江浅红梅小)三首。效回文体《菩萨蛮》,如清彭孙贻(按,又见《全明词》)《菩萨蛮·春愁,效东坡回文》(絮飞花尽春余雨)①等。

(三) 效集句体《南乡子》

苏轼《南乡子》集句词三首,《南乡子》(寒玉细凝肤)②,集唐吴融《即席十韵》、郑谷《席上贻歌者》、李商隐《燕台四首·春》、杜牧《赠别》、白居易《东南行一百韵寄通州元九侍御澧州李十一舍人…窦七校书》、郑遨《招友人游春》、韩偓《闻雨》、杜牧《寄杜子》诗中句;《南乡子》(怅望送春杯)③,集杜牧《惜春》、杜甫《绝句漫兴》、许浑《竹林寺别友人》、刘禹锡《洛中送韩七中丞之吴兴口号》、李商隐《晋昌晚归马上赠》、许浑《冬日登越王台怀归》、杜牧《八月十二日得替后移居雪溪馆,因题长句四韵》、李商隐《无题》诗中句;《南乡子》(何处倚阑干)④,集杜牧《初春有感,寄歙州邢员外》、杜牧《怀钟陵旧游》、崔涂《春夕》、杜甫《九日蓝田崔氏庄》、李商隐《戏赠张书记》、韩愈《游城南十六首·遣兴》、李商隐《无题》、李商隐《碧城》诗中句。

效集句体《南乡子》,如,清董元恺《南乡子·下第别诸同年出都,集唐人句,效东坡体》(春到洛阳城)等二十五首⑤,徐基《南乡子·亦系旧句,未免点铁成金,不敢注列姓名》(风景似相留)等七首⑥。

七、檃括

檃括,本作"檃括",是矫正曲木的工具。《荀子·性恶》:"枸木必将待檃括烝矫然后直。"⑦檃括,本是生产劳动中的技术手段,刘勰《文心雕龙·熔裁篇》将其引申为文学层面的艺术手法:"蹊要所司,职在镕裁:檃括情理,矫揉文采也。"⑧文学创作层面的檃括,是指将某一文学文本的内容剪裁、加工、改编为具有新意的另一文本。

就词而言,檃括之法,有括文为词,有括诗为词,有括诗、文为词,有括词

---

① 南京大学中国语言文学系《全清词》编纂研究室编《全清词·顺康卷》,北京:中华书局,2002年,1058页。
② 唐圭璋编纂,王仲闻参订,孔凡礼补辑《全宋词》,北京:中华书局,1999年,376页。
③ 唐圭璋编纂,王仲闻参订,孔凡礼补辑《全宋词》,北京:中华书局,1999年,376页。
④ 唐圭璋编纂,王仲闻参订,孔凡礼补辑《全宋词》,北京:中华书局,1999年,376页。
⑤ 南京大学中国语言文学系《全清词》编纂研究室编《全清词·顺康卷》,北京:中华书局,2002年,3266-3271页。
⑥ 张宏生主编《全清词·顺康卷补编》,南京:南京大学出版社,2008年,1160-1162页。
⑦ 清王先谦撰《荀子集解》,《新编诸子集成》本,北京:中华书局,1988年,435页。
⑧ 刘勰撰,戚良德校译《文心雕龙校注通译》,上海:上海古籍出版社,2008年,374页。

为词。

檃括东坡词为词，如，在北宋时期东京士人将苏轼《洞仙歌》（冰肌玉骨）檃括为《玉楼春》（冰肌玉骨清无汗），并托名后蜀孟昶，以假乱真。（详见笔者《苏轼〈洞仙歌〉流传与接受中的三个问题》一文考述，①）再如，元白朴檃括苏轼《戚氏》（玉龟山）为《宴瑶池》（玉龟山），其序云："《宴瑶池》本名《八声甘州》，乐府《八声甘州》名颇鄙俚，予爱其法雅健，因采东坡《戚氏》一篇，稍加檃括，使就新翻，仍改其名。"②清魏际瑞檃括苏轼《西江月》（点点楼头细雨）为《满江红》（云外青峰），其题云："用子瞻《西江月》。"③前者括长为短，后者括短为长。

和韵、集句、学句法、用成句、用句意、效体、檃括七大接受方式，均是苏轼本人词体创作中运用的作词方法，可见其创作手法的多样性。"字"层面上，和韵三类型中，次韵，是对东坡词押韵方式的接受，用韵、依韵是对其拓展；"句"的层面上，集句、学句法、用成句、用句意，既有对东坡词的接受，又有对东坡词的拓展；"篇"的层面上，效体，是对东坡词形式的接受，对其内容的拓展；檃括，是对东坡词内容的接受，对其形式的拓展。

第二节　历代词人接受东坡词而创作的十大题材

历代词人通过和东坡词韵、集东坡词句、效东坡词体等方式创作的作品，其题材主要有十大类：节序、咏物、怀古、纪游、庆生、伤悼、题画、观潮、论词、观剧。前八大题材，是东坡词中有的；论词、观剧两大题材，是东坡词中没有的。

一、节序词

苏轼的节序词非常多，且别具特色，著名的有《蝶恋花》（灯火钱塘三五夜）元宵词，《瑞鹧鸪》（城头月落尚啼乌）寒食词，《满江红》（东武南城）上巳词，《南歌子》（山与歌眉敛）、《南歌子》（古岸开青葑）端午词，《鹊桥仙》（缑山仙子）、《鹊桥仙》（乘槎归去）七夕词，《水调歌头》（明月几时有）、《水调歌头》（安石在东海）、《念奴娇》（凭高眺远）、《阳关曲》（暮云收尽溢清寒）中秋词，《南乡子》（霜降水痕收）、《点绛唇》（我辈情钟、不用悲秋）、《醉蓬莱》（笑劳生一梦）、《西江月》（点点楼头细雨）、《定风波》（与客携壶上翠微）重阳词等。

---

① 陈斌《苏轼〈洞仙歌〉流传与接受中的三个问题》，《江苏科技大学学报》（社会科学版），2013年第2期，44－49页。

② 唐圭璋编《全金元词》，北京：中华书局，1979年，643页。

③ 南京大学中国语言文学系《全清词》编纂研究室编《全清词·顺康卷》，北京：中华书局，2002年，2099页。

历代词人通过和东坡词韵、效东坡词体的方式，创作清明、立夏、端午、七夕、中秋、重阳等节序词，其中，以中秋词、重阳词居多。

清明词，如明史可程《水龙吟·清明，用东坡韵》（水村山郭寻春）①等。

立夏词，如宋洪迈《满江红·立夏前一日，借坡公韵》（雨涩风悭）②等。

端午词，如，宋杨无咎《南歌子·次东坡端午韵》（小雨疏疏过）、《南歌子·己未和韵》（波静明如染）③，清郑景会《贺新郎·端午，次东坡韵》④等。

七夕词，如黄庭坚《鹊桥仙·次东坡七夕韵》（八年不见）、《鹊桥仙·席上赋七夕》（朱楼彩舫）⑤等。

中秋词，和《水调歌头》（明月几时有）韵，有21首（其他题材多达41首）；和《念奴娇》（凭高眺远）韵，如，明戚勋《念奴娇·中秋，步东坡韵》（五湖深渺）⑥、陈婺《念奴娇·中秋，和东坡韵》（羲炎乍远）⑦，清陈维崧《念奴娇·乙巳中秋，用东坡韵，寄广陵诸旧游》（月明如此）⑧、朱黼《念奴娇·中秋，次东坡韵》（挚开玉锁）⑨等；和《念奴娇》（大江东去）韵，如，明费寀《大江东去·中秋夜月》（年年此夜）⑩，清屠文漪《念奴娇·中秋夕，月色甚佳……》（金波潋滟）⑪等；和《水调歌头》（安石在东海）韵，如清朱茂晭《水调歌头·中秋，追和东坡作》（月色四时好）⑫等；和《阳关曲》（暮云收尽溢清寒）韵，如清何采《阳关曲·中秋秦靖生招饮惠山，集唐，用东坡中秋韵》（疏钟声出惠山寒）⑬等；和《南歌子》（山与歌眉敛）、《南歌子》（古岸开青葑）韵，如清涨潮《南歌子·中

---

① 饶宗颐初纂，张璋总纂《全明词》，北京：中华书局，2004年，3033页。
② 唐圭璋编纂，王仲闻参订，孔凡礼补辑《全宋词》，北京：中华书局，1999年，1928页。
③ 唐圭璋编纂，王仲闻参订，孔凡礼补辑《全宋词》，北京：中华书局，1999年，1556页。
④ 南京大学中国语言文学系《全清词》编纂研究室编《全清词·顺康卷》，北京：中华书局，2002年，8631页。
⑤ 唐圭璋编纂，王仲闻参订，孔凡礼补辑《全宋词》，北京：中华书局，1999年，502页。
⑥ 饶宗颐，张璋纂《全明词》，北京：中华书局，2004年，3410页。
⑦ 周明初，叶晔补编《全明词补编》，杭州：浙江大学出版社，2007年，1062页。
⑧ 南京大学中国语言文学系《全清词》编纂研究室编《全清词·顺康卷》，北京：中华书局，2002年，4094页。
⑨ 南京大学文学院《全清词》编纂研究室编《全清词·雍乾卷》，南京：南京大学出版社，2012年，4624页。
⑩ 周明初，叶晔补编《全明词补编》，杭州：浙江大学出版社，2007年，249页。
⑪ 南京大学中国语言文学系《全清词》编纂研究室编《全清词·顺康卷》，北京：中华书局，2002年，10666页。
⑫ 南京大学中国语言文学系《全清词》编纂研究室编《全清词·顺康卷》，北京：中华书局，2002年，4589页。
⑬ 南京大学中国语言文学系《全清词》编纂研究室编《全清词·顺康卷》，北京：中华书局，2002年，4610页。

秋，用东坡端午韵》（蛩语声声咽）①等。

重阳词，和《南乡子》（霜降水痕收）韵，如，黄庭坚《南乡子·重阳日寄怀永康彭道微使君，用坡旧韵》（卧稻雨余收）②、陈师道《南乡子·九日，用东坡韵》（晴野下田收、朝落去帆收）③、葛胜仲《南乡子·九日，用玉局翁韵作，呈坐上诸公》（晴日乱云收）④、王之道《南乡子·追和东坡重九》（风急断虹收）⑤，明陶汝鼐《南乡子·九日和东坡韵，乙卯》（平野稼云收）⑥，清无名氏《南乡子·重九，和东坡先生原韵》（雁路白云收）⑦、方成培《南乡子·九日，和东坡韵》（露冷碧阴收）⑧等；效《南乡子》（霜降水痕收）体，如宋刘将孙《南乡子·重阳效东坡作》（山色泛秋光）⑨等；和《点绛唇》（我辈情钟）、《点绛唇》（不用悲秋）、《点绛唇》（莫唱阳关）韵，如黄庭坚《点绛唇·重九日寄怀嗣直弟，时在涪陵，用东坡余杭九日〈点绛唇〉旧韵》（浊酒黄花）⑩、向子諲《点绛唇·重九，戏用东坡先生韵》（无热池南）、《点绛唇》（病卧秋风）、《点绛唇》（今日重阳）、《点绛唇·重阳后数日，菊墩始有花，与诸友再登，赋第四首》（莫问重阳）⑪，清周金然《点绛唇·九日登丹凤楼，次坡公韵》（秋色佳哉）、《点绛唇》（高会龙山）、《点绛唇》（冷落东篱）、《点绛唇》（饮露餐英）⑫等（其他题材仅有4首）；和《醉蓬莱》（笑劳生一梦）韵，如宋王之道《醉蓬莱·追和东坡重九，呈彦时兄》（对黄芦卧雨）⑬等；和《江城子》（天涯流落思无穷）韵，如清陆埜《江城子·九日戏效东坡》（扁舟不系与谁同）⑭等；和《西江月》（点点楼头细雨）韵，如清何采《西江月·九日熊雪堂少宰、朱遂初都垣招集滕王阁，用东坡九日韵》

---

① 南京大学中国语言文学系《全清词》编纂研究室编《全清词·顺康卷》，北京：中华书局，2002年，8834页。

② 唐圭璋编纂，王仲闻参订，孔凡礼补辑《全宋词》，北京：中华书局，1999年，511页。

③ 唐圭璋编纂，王仲闻参订，孔凡礼补辑《全宋词》，北京：中华书局，1999年，753页。

④ 唐圭璋编纂，王仲闻参订，孔凡礼补辑《全宋词》，北京：中华书局，1999年，936页。

⑤ 唐圭璋编纂，王仲闻参订，孔凡礼补辑《全宋词》，北京：中华书局，1999年，1481页。

⑥ 周明初，叶晔补编《全明词补编》，杭州：浙江大学出版社，2007年，884页。

⑦ 张宏生主编《全清词·顺康卷补编》，南京：南京大学出版社，2008年，2510页。

⑧ 南京大学文学院《全清词》编纂研究室编《全清词·雍乾卷》，南京：南京大学出版社，2012年，1832页。

⑨ 唐圭璋编纂，王仲闻参订，孔凡礼补辑《全宋词》，北京：中华书局，1999年，4458页。

⑩ 唐圭璋编纂，王仲闻参订，孔凡礼补辑《全宋词》，北京：中华书局，1999年，512页。

⑪ 唐圭璋编纂，王仲闻参订，孔凡礼补辑《全宋词》，北京：中华书局，1999年，1252页。

⑫ 南京大学中国语言文学系《全清词》编纂研究室编《全清词·顺康卷》，北京：中华书局，2002年，5851页。

⑬ 唐圭璋编纂，王仲闻参订，孔凡礼补辑《全宋词》，北京：中华书局，1999年，1487页。

⑭ 南京大学中国语言文学系《全清词》编纂研究室编《全清词·顺康卷》，北京：中华书局，2002年，1596页。

(分手同辞北阙)①等;和《定风波》(与客携壶上翠微)韵,如清方桑者《定风波·九日登高,次东坡原韵》(携手登山望翠微)②等。

清郑景会《贺新郎》端午词云:

端午,次东坡韵。

绿柳环茅屋。叹羁人、又惊重午,兰汤昼浴。痛读《离骚》吊千古,角黍香蒲泛玉。奈依旧、困人梅熟。漫把桃符悬翠幕,且徘徊、遍倚阑干曲。见新笋,已成竹。 几回风雨纱窗促。倒金樽、纵暂沉醉,醒还幽独。聊步小池闲散闷,出水芙蓉犹束。被野鹜、分开新绿。欲系朱丝长命缕,奈逢时、对景情偏触。暗自省,泪簌簌。③

此词,次苏轼拟闺怨感时述怀词《贺新郎》(乳燕飞华屋)韵而作。词中,既描绘了端午佳节的传统习俗,如,"兰汤昼浴"是沐兰汤浴,"角黍香蒲泛玉"是吃粽子、菖蒲菹(菖蒲根的腌制品),"漫把桃符悬翠幕"是挂人字形艾草,"欲系朱丝长命缕"是在手臂上系五彩丝线;又描写了初夏时节的风物气候,如,"绿柳环茅屋"、"困人梅熟"、"见新笋,已成竹"写柳树、梅子、竹笋,"几回风雨纱窗促"写断断续续的梅雨天气;还寄寓了自己的人生感慨,如,"且徘徊、遍倚阑干曲"、"倒金樽、纵暂沉醉,醒还幽独,聊步小池闲散闷"写心中的幽独与苦闷,"痛读《离骚》吊千古"写打发这种苦闷的方式。郑景会创作端午词之所以次韵苏轼《贺新郎》词,原因在于苏轼词中"悄无人、桐阴转午,晚凉新浴"、"石榴半吐红巾蹙"等句,是写的端午时节的民俗风情(洗兰浴)、时令风物(榴花初绽)。

二、咏物词

苏轼的咏物词,最为著名的有《水龙吟》(似花还似非花)咏杨花词、《西江月》(玉骨那愁瘴雾)咏梅词等。这两首词,可以说,代表了苏轼咏物词的最高成就。苏轼咏物词,在词史上具有开创性的意义。唐玲玲《天然地别是风流标格——咏物词的特色》中说:"在苏轼以前,写咏物词者,寥寥可数,柳永、张先、晏殊、欧阳修、晏几道等词家,偶或作几首,对咏物这一题材,都未加以重视……到了苏轼,他在写词的过程中,不受描写对象所约束,见物写物,见人写人,落笔自由驰骋,他所创作的咏物词……在《东坡乐府》中有三十多首,数量多,艺术手法美,本身就是一种开拓性的贡献。"④

① 南京大学中国语言文学系《全清词》编纂研究室编《全清词·顺康卷》,北京:中华书局,2002年,4636页。

② 南京大学中国语言文学系《全清词》编纂研究室编《全清词·顺康卷》,北京:中华书局,2002年,10799页。

③ 南京大学中国语言文学系《全清词》编纂研究室编《全清词·顺康卷》,北京:中华书局,2002年,8631页。

④ 唐玲玲著《东坡乐府研究》,成都:巴蜀书社,1992年,123-124页。

历代词人通过和东坡词韵、效东坡词体等方式创作咏夏景、咏花木、咏鸟虫、咏天文气候、咏饮馔、咏器物等咏物词。

(一) 咏夏景

和《贺新郎》(乳燕飞华屋)韵,如,清朱茂晭《贺新郎·夏景,和东坡韵》(凤尾梢金屋)①、汪鹤孙《贺新郎·夏景,和苏子瞻韵》(不羡生金屋)②等。

和《阮郎归》(绿槐高柳咽新蝉)韵,如,清周廷谔《阮郎归·初夏,用苏长公韵》(柳阴水外暮鸣蝉)③等。

和《洞仙歌》(冰肌玉骨)韵,如,清周金然《洞仙歌·夏夜,和坡公韵》(湘纹冷簟)④、李兴祖《洞仙歌·夏景,和苏端明韵》(披襟散发)⑤等。

(二) 咏花木

咏花木,以咏杨花(柳絮)、咏梅最多。

咏杨花(柳絮),和《水龙吟》(似花还似非花)韵(有些和韵兼效体)者多达21首(其他题材有18首):明彭孙贻《水龙吟·道中见杨花,和东坡韵》(东坡道是非花)、徐石麒《水龙吟·咏杨花,和苏公韵》(因何不见花开)、钱继章《水龙吟·杨花,次坡公韵》(细风铦似吴刀)、卓人月《水龙吟·次坡公杨花韵》(天孙孀绣铢衣)、宋仪望《水龙吟·杨花,和苏韵》(澹烟晴日春迟)、张守中《水龙吟·咏杨花》(陌上一片芳心卷)、清陆瑶林《水龙吟·杨花,仿坡公体》(芳菲缭绕晴华)、尤侗《水龙吟·杨花,和东坡韵》(美人满院红妆)和《水龙吟·杨花,和东坡韵》(卷帘但见飞花)、陆世楷《水龙吟·杨花》(今年春事匆匆)、魏学渠《水龙吟·杨花,用坡公韵》(树头谁见杨花)、徐倬《水龙吟·杨花》(非烟非雾行踪)和《水龙吟》(年年惯送春归)、曹贞吉《水龙吟·咏柳絮,用坡公杨花韵》(千红万紫谁留)、周稚廉《水龙吟·杨花,次坡公韵》(空中似有还无)、屠文漪《水龙吟·杨花,追和章、苏二公韵》(小蛮舞团宫腰)、曹士勋《水龙吟·杨花,和东坡韵》(东风吹处濛濛)、唐之凤《水龙吟·杨花,次坡公韵》(暮春时候晴和)、姚之骃《水龙吟·杨花,和坡公韵》(莺喁燕唧谈禅)、姚大祯《水龙吟·杨花,仿坡公体》(一年春去难留)、黄立世《水龙吟·柳絮,用东坡韵》(正怜如许春风)。

---

① 南京大学中国语言文学系《全清词》编纂研究室编《全清词·顺康卷》,北京:中华书局,2002年,4586页。

② 南京大学中国语言文学系《全清词》编纂研究室编《全清词·顺康卷》,北京:中华书局,2002年,8958页。

③ 南京大学中国语言文学系《全清词》编纂研究室编《全清词·顺康卷》,北京:中华书局,2002年,11629页。

④ 南京大学中国语言文学系《全清词》编纂研究室编《全清词·顺康卷》,北京:中华书局,2002年,5859页。

⑤ 南京大学中国语言文学系《全清词》编纂研究室编《全清词·顺康卷》,北京:中华书局,2002年,9275页。

咏梅词,和《卜算子》(缺月挂疏桐)韵,如宋向子諲《卜算子·东坡先生尝作〈卜算子〉……芗林往岁见梅追和一首,终恨有儿女子态耳》(竹里一枝梅)①、卢祖皋《卜算子·忆梅花》(寒谷耿春姿)②,清龚翔麟《卜算子·梅影,用东坡韵》(凉月白纷纷)③等;和《念奴娇》(大江东去)韵,如,宋章谦亨《念奴娇·同官相招西湖观梅,用东坡大江东去韵》(画楼侧畔)④、刘辰翁《酹江月·北客,用坡韵改赋访梅》(冰肌玉骨)⑤、张炎《壶中天·白香岩和东坡韵赋梅》(苔根抱古)⑥,明戴重《念奴娇·咏梅,用东坡韵》(茅堂苔树)⑦,清陈维崧《念奴娇·南耕堂前绿萼梅花下作,仍用前韵》(空庭何有)⑧、周金然《酹江月·吊梅,用子瞻赤壁韵》(翠禽啼苦)⑨、曹亮武《念奴娇·病中庭梅盛开,同其年用赤壁词韵》(文园多病)⑩等。

咏花木,还有咏水仙、桂花、凤仙、碧桃花、杏花、菊、唐花、海棠、咏松、咏柳等。

(三)咏鸟虫

咏鸟虫,如咏雁、咏萤火虫等。

咏雁,和《卜算子》(缺月挂疏桐)韵,如贺国璘《卜算子·衡阳回雁,用东坡韵》(便不过衡阳)⑪等。

咏萤火虫,和《水龙吟》(似花还似非花)韵,如钱芳标《水龙吟·咏萤,用坡公和章质夫杨花韵》(黄昏庭院无人)⑫等。

(四)咏天文气候

咏天文气候,有咏月、咏雪、咏雨等,以咏雪居多。

咏月词,和《水调歌头》(明月几时有)韵,如,清贺国璘《水调歌头·十六

---

① 唐圭璋编纂,王仲闻参订,孔凡礼补辑《全宋词》,北京:中华书局,1999年,1262页。
② 唐圭璋编纂,王仲闻参订,孔凡礼补辑《全宋词》,北京:中华书局,1999年,3099页。
③ 南京大学中国语言文学系《全清词》编纂研究室编《全清词·顺康卷》,北京:中华书局,2002年,10133页。
④ 唐圭璋编纂,王仲闻参订,孔凡礼补辑《全宋词》,北京:中华书局,1999年,3759页。
⑤ 唐圭璋编纂,王仲闻参订,孔凡礼补辑《全宋词》,北京:中华书局,1999年,4078页。
⑥ 唐圭璋编纂,王仲闻参订,孔凡礼补辑《全宋词》,北京:中华书局,1999年,4442页。
⑦ 饶宗颐,张璋纂《全明词》,北京:中华书局,2004年,3113页。
⑧ 南京大学中国语言文学系《全清词》编纂研究室编《全清词·顺康卷》,北京:中华书局,2002年,4115页。
⑨ 南京大学中国语言文学系《全清词》编纂研究室编《全清词·顺康卷》,北京:中华书局,2002年,5887页。
⑩ 南京大学中国语言文学系《全清词》编纂研究室编《全清词·顺康卷》,北京:中华书局,2002年,7183页。
⑪ 南京大学中国语言文学系《全清词》编纂研究室编《全清词·顺康卷》,北京:中华书局,2002年,6257页。
⑫ 南京大学中国语言文学系《全清词》编纂研究室编《全清词·顺康卷》,北京:中华书局,2002年,7596页。

既望，节届秋分，对月有怀，复叠前韵》（此夕月光满）①、李兴祖《水调歌头·望月，和东坡韵》（何处飞明镜）②等。

咏雪词，和《念奴娇》（大江东去）韵，如，明夏言《大江东去·春日喜雪，次东坡韵》（新春前后）③，朱宪㸅《大江东去·冬至喜雪》（阳气初回）、《大江东去·喜雪》（明云满长）、《大江东去》（空天外纷纷）④，陆士元《大江东去·咏雪，用前韵》（星周岁暮）⑤，清叶奕苞《念奴娇·壬子正月廿有三日，东洞庭山后看雪》（一天缟素）⑥等；和《江城子》（黄昏犹是雨纤纤）韵，如宋王之道《江城子·追和东坡雪》（寒光凌乱六花纤）⑦等；和《浣溪沙》（覆块青青麦未苏）组词，如宋王之道《浣溪沙·赋春雪，追和东坡韵四首》（阳气初升土脉苏）、《浣溪沙》（体粟须烦鼎力苏）、《浣溪沙》（春到衡门病滞苏）、《浣溪沙》（冻卧袁安已复苏）等⑧；和《归朝欢》（我梦扁舟浮震泽）韵，如宋王之道《归朝欢·对雪，追和东坡词》（透隙敲窗风摵摵）⑨等。和《南乡子》（霜降水痕收）韵，如清朱黼《南乡子·雪，次东坡韵》（一半朔风收）⑩等。

咏雨词，和《南歌子》（日出西山雨）韵，如清韩纯玉《南歌子·和东坡韵》（薄醉听山雨）⑪等；和《水调歌头》（明月几时有）韵，如戴澈《水调歌头·中秋后一日微雨，再叠东坡韵》（昨夜蟾光满）⑫等；和《念奴娇》（大江东去）韵，如戴珊作《念奴娇·观涨值雨，用坡公韵》（银涛狂涌）等⑬。

（五）咏饮馔

咏饮馔，有咏蟹词、咏葡萄、咏橘词、咏荔枝词、咏佛手柑词、咏橄榄词、咏

---

① 南京大学中国语言文学系《全清词》编纂研究室编《全清词·顺康卷》，北京：中华书局，2002年，6263页。
② 南京大学中国语言文学系《全清词》编纂研究室编《全清词·顺康卷》，北京：中华书局，2002年，9275页。
③ 饶宗颐，张璋纂《全明词》，北京：中华书局，2004年，687页。
④ 饶宗颐，张璋纂《全明词》，北京：中华书局，2004年，1000页。
⑤ 饶宗颐，张璋纂《全明词》，北京：中华书局，2004年，1033页。
⑥ 南京大学中国语言文学系《全清词》编纂研究室编《全清词·顺康卷》，北京：中华书局，2002年，6838页。
⑦ 唐圭璋编纂，王仲闻参订，孔凡礼补辑《全宋词》，北京：中华书局，1999年，1476页。
⑧ 唐圭璋编纂，王仲闻参订，孔凡礼补辑《全宋词》，北京：中华书局，1999年，1488页。
⑨ 唐圭璋编纂，王仲闻参订，孔凡礼补辑《全宋词》，北京：中华书局，1999年，1491页。
⑩ 南京大学文学院《全清词》编纂研究室编《全清词·雍乾卷》，南京：南京大学出版社，2012年，4619页。
⑪ 南京大学中国语言文学系《全清词》编纂研究室编《全清词·顺康卷》，北京：中华书局，2002年，4307页。
⑫ 南京大学文学院《全清词》编纂研究室编《全清词·雍乾卷》，南京：南京大学出版社，2012年，7243页。
⑬ 南京大学文学院《全清词》编纂研究室编《全清词·雍乾卷》，南京：南京大学出版社，2012年，8517页。

酒(醉)等。其中,以咏蟹词最具特色。

明夏言《大江东去·答蒲汀惠蟹》词云:

夜雨秋樽,新烹蟹、又见一年风物。秉烛西堂聊自酌,时听蛩吟四壁。满壳膏肥,双钳肉嫩,味胜经霜雪。遍尝海错,还输此种为杰。 芳鲜充溢雕盘,真堪咀嚼,清兴翛然发。却笑持螯人去后,风韵到今难灭。更待黄橙,也须紫菊,取醉娱华发。中秋在望,小楼酌公看月。①

这首咏蟹词,上阕前四句,写螃蟹是一年中秋季特有的时令美食,而在秋夜,听着窗外潺潺的雨声和四壁唧唧的蛩吟之声,在烛影摇红之中,自斟自饮,品尝时鲜美味,很有生活情调,可谓是良辰、美景、赏心、乐事四美具;"满壳膏肥,双钳肉嫩,味胜经霜雪",写蟹黄的肥美,钳肉的鲜嫩,这个时候吃味道最佳,读来令人垂涎欲滴;结尾三句,称赞李蒲汀所赠之蟹是蟹中佳品,是自己之前没有吃到过的,同时也是表示谢意。下阕,前三句,写秋夜喝美酒、品佳肴,令人生发清雅的兴致。"却笑持螯人去后,风韵到今难灭",用了"吃螃蟹第一人"巴解的典故,说当初吃蟹只是不经意的发现,甚至是无奈,后世却被赋予了文化意义,成为风雅之事;结尾五句,写对中秋佳节时与李蒲汀一起持螯赏菊、饮酒擘橘、一醉方休的期盼和期待。

焦竑《念奴娇·咏蟹,次东坡韵》词云:

新秋雨足,喜今年、又见水乡风物。忆昔瓮头,人不见、一笑猛惊邻壁。满壳堆金,双螯劈玉,味胜经霜雪。尊前检点,海鲜君视魁杰。 还想口内雌黄,胸中甲胄,空有雄心发。吴越兵戈,指顾间、眼见横行俱灭。何事陆龟蒙,区区作志,校量争毫发。世情如梦,持杯且问明月。②

这首咏蟹词,上阕前三句,写"新秋雨足"时节,又有江南水乡特有的时令美食可以品尝,很是开心;"满壳堆金,双螯劈玉"两句,用两个精到的比喻,写蟹黄金灿如堆金,钳肉雪白如劈玉,同样是写蟹黄、钳肉,焦竑这里侧重的是视觉,而夏言词中侧重的是味觉:"满壳膏肥,双钳肉嫩";末尾两句,赞美螃蟹是满席佳肴中的最佳珍品,独占魁首,其他山珍海味都输它。下阕,前三句,借用螃蟹"口内雌黄"、"胸中甲胄"的物态特征,寄寓自己的人生感慨:"空有雄心发",一言以蔽之,任你嘴上多么能言善辩,胸有多大的雄心壮志,如果没有施展的平台,只不过是一场空罢了;"吴越兵戈,指顾间、眼见横行俱灭",进一步托物言志,八足,是螃蟹横行的凭借,两螯,是他它御的武器,可是,一旦被束缚之后,就如"瓮中之鳖"无法动弹了,任你之前再横行霸道,最终的命运是成了盘中之物罢了;"何事陆龟蒙,区区作志,校量争毫发",是对唐代陆龟蒙作《蟹志》表达自己的看法,蟹,是唐代的贡品,作志书,当然要很考究,很细致,而在他看来,这是不值得的,甚至是没必要的,这里是以今夺古;结尾两句,点出自

---

① 饶宗颐初纂,张璋总纂《全明词》,北京:中华书局,2004年,685页。

② 饶宗颐初纂,张璋总纂《全明词》,北京:中华书局,2004年,1257页。

己的人生失意："世情如梦，持杯且问明月"，世态炎凉，人情冷暖，其中甘苦，如鱼饮水，衷情难诉，或许，只有天空中的那一轮明月，才明白我的内心。

咏葡萄，和《念奴娇》（大江东去）韵，如明夏言《念奴娇·答李蒲汀惠水晶葡萄》（病渴相如）①、《念奴娇·再咏葡萄》（一种灵株）②、《念奴娇·答李蒲汀馈水晶葡萄》（小坐秋轩）③等。

咏橘词，和《浣溪沙》（菊暗荷枯一夜霜）韵，如，清陆瑶林《浣溪沙·谢友惠橘，用坡公韵》（曾踏三衢十里霜）④、姚大祯《浣溪沙·谢友惠橘，用坡公韵》（洞庭秋晚已加霜）⑤等。

咏荔枝、佛手柑、橄榄，和《贺新郎》（乳燕飞华屋）韵，如清钱芳标《贺新郎·双白用坡公韵作五忆词，盖抹丽、荔枝、珠兰、佛手、橄榄也，共和一首》（雪浪高于屋）等，其中，"截君家、迢迢瘴海，金枞铁浴，十载倦游怀土意，梦想鬘花团玉，况烟际、绛纱囊熟"是咏荔枝，"鹅王掌印螺纹蹙"是咏佛手柑，"伴红盐、甘回齿颊，擅场谁独"是咏橄榄。⑥

咏酒（醉），和《念奴娇》（大江东去）韵，如明许谷《百字令·冬日对酒作》（自出铨曹）⑦等；和《醉落魄》（醉醒醒醉）韵，如周履靖《醉落魄·和苏轼》（旦日一醉）⑧等；和《八声甘州》（有情风万里卷潮来）韵，如清曹亮武《八声甘州·酿酒，用东坡词韵》（酿琼浆渐熟似潮来）⑨等；和《水调歌头》（明月几时有）韵，如清张荣《水调歌头·醉后狂吟，用东坡韵》（君莫怪我拙）⑩等。

（六）器物类

咏器物，有咏琴、咏竹等。

咏琴，和苏轼《醉翁操》（琅然清圆）词韵，如宋楼钥《醉翁操·和东坡韵，咏风琴》⑪等。

咏竹，和《念奴娇》（大江东去）韵，如明夏言《大江东去·次苏韵，谢史恭

---

① 饶宗颐初纂，张璋总纂《全明词》，北京：中华书局，2004 年，684 页。
② 饶宗颐初纂，张璋总纂《全明词》，北京：中华书局，2004 年，684－685 页。
③ 饶宗颐初纂，张璋总纂《全明词》，北京：中华书局，2004 年，687 页。
④ 南京大学中国语言文学系《全清词》编纂研究室编《全清词·顺康卷》，北京：中华书局，2002 年，1173 页。
⑤ 张宏生主编《全清词·顺康卷补编》，南京：南京大学出版社，2008 年，2416 页。
⑥ 南京大学中国语言文学系《全清词》编纂研究室编《全清词·顺康卷》，北京：中华书局，2002 年，7668 页。
⑦ 周明初，叶晔补编《全明词补编》，杭州：浙江大学出版社，2007 年，372 页。
⑧ 周明初，叶晔补编《全明词补编》，杭州：浙江大学出版社，2007 年，542 页。
⑨ 南京大学中国语言文学系《全清词》编纂研究室编《全清词·顺康卷》，北京：中华书局，2002 年，7207 页。
⑩ 南京大学中国语言文学系《全清词》编纂研究室编《全清词·顺康卷》，北京：中华书局，2002 年，10270 页。
⑪ 唐圭璋编纂，王仲闻参订，孔凡礼补辑《全宋词》，北京：中华书局，1999 年，2360 页。

甫寄惠竹椅》(玉削湘筠)①等。

三、怀古词

孟称舜《〈古今词统〉序》云:"幽思曲想,张、柳之词工矣……伤时吊古,苏辛之词工矣……两家各有其美。"②苏轼怀古词,如《念奴娇》(大江东去)赤壁怀古词、《行香子》(一叶舟轻)咏严子陵钓台词、《满江红》(江汉西来)咏武汉鹦鹉洲、黄鹤楼词等。

历代词人通过和东坡词韵等方式,创作咏怀历史古迹、凭吊历史人物等怀古词。

(一)咏怀历史古迹

历代词人和苏轼《念奴娇》(大江东去)、《水调歌头》(落日绣帘卷)、《点绛唇》(醉漾轻舟)、《洞仙歌》(冰肌玉骨)、《西江月》(三过平山堂下)等词韵,咏怀古容城(河北)、鹅湖书院(江西上饶)、平山堂(江苏扬州)、赤壁古战场、黄州赤壁、汴梁(河南)、靖南侯旧垒、柯城(浙江衢州)、淮阴侯钓台(江苏淮安)、金陵石头城、汉江金口驿(湖北武汉)、晴川阁(湖北武汉)、五人墓(江苏苏州)等历史古迹。

清杨瑛昶《壶中天·五人之墓,用东坡赤壁词韵》云:

唾壶击碎,问有谁能作,百年长物。视死如归非易事,夹道呼声撼壁。黑狱提刑,黄门奉诏,六月天飞雪。吴儿嗜义,布衣如许豪杰。　　无端电闪雷轰,激金阊十万,一时齐发。汉寝唐陵兴复替,名姓总无磨灭。草莽椎胸,公卿袖手,怒上冲冠发。江流不尽,流恨有如此月。③

这首词咏五人墓,上阕,前三句是说,人固有一死,这是谁也无法摆脱的事实;"视死如归非易事,夹道呼声撼壁"两句是说,人之死,贵在死得其所,死得有价值、有意义,五人的慷慨就义重于泰山,"非易事","非"字坚决肯定,"声撼壁","撼"字有力量;"黑狱提刑,黄门奉诏,六月天飞雪"三句,是说,以宦官魏忠贤为首的阉党,以矫诏削夺正直官员,逮至镇抚司狱中严刑拷打,残害以东林党为主体的忠良、正义之士,天怒人怨;结尾两句,赞誉五人虽是市井屠沽之辈,然凭其大义之举,可为人中豪杰,而那些变节的认贼作父的朝廷大员们,则愧称之为"人"。下阕,首三句,写缇骑至苏逮捕原任吏部文选司员外郎、遇事敢言、好打抱不平、有德于乡里的周顺昌时,激起了吴地民愤,天启六年(1626)三月十八日在西察院开读诏书时,缇骑骄横,民众愤起殴打,发生"开读之变","无端"两字,是对魏忠贤残害忠良的无情斥责,更是对苏民正义之

① 饶宗颐初纂,张璋总纂《全明词》,北京:中华书局,2004年,689页。

② 卓人月汇选,徐士俊参评《古今词统》,沈阳:辽宁教育出版社,2000年,3页。

③ 南京大学文学院《全清词》编纂研究室编《全清词·雍乾卷》,南京:南京大学出版社,2012年,7270页。

举的充分肯定；“汉寝唐陵兴复替，名姓总无磨灭”，写时代有更替、历史有兴亡，五人将千古留名，永垂不朽；“草莽椎胸，公卿袖手，怒上冲冠发”，通过鲜明对比，抒发不平与感慨，朝廷大员，或是纷纷变节辱身，投靠阉党，甘作义子、义孙，或是剪发杜门，蒙面缩颈，明哲保身，而市井平民却敢于在关键时刻挺身而出，维持正义，成为最坚固的“中流砥柱”；结尾三句，承上而写，只是之前愤愤不平的感慨化作了无奈的叹息，这是千古的遗憾，永远的恨！这是读书人的一声长叹！

（二）凭吊历史人物

明清词人和苏轼《木兰花令》（知君仙骨无寒暑）、《念奴娇》（大江东去）、《哨遍》（睡起画堂）、《水调歌头》（明月几时有）等词韵，凭吊西施、屈原、李白、苏轼、文天祥等历史人物。

凭吊西施，如清方桑者《木兰花令·吊西施，次马中玉韵》①等。按，马瑊，字中玉，元祐六年(1091)三月，苏轼离任杭州知州时作《木兰花令》（来时吴会犹残暑）送别，苏轼次其韵作《木兰花令·次马中玉韵》（知君仙骨无寒暑）。方桑者词，虽是“次马中玉韵”，亦是次东坡词韵。

凭吊屈原，如，清孔毓埏《念奴娇·吊屈原，用东坡大江东去原韵》②、孔传铎《念奴娇·吊屈原，用东坡赤壁韵》③、孔传志《念奴娇·吊屈原，用东坡大江东去韵》④等。

凭吊李白，如清杨通佺《哨遍·太白楼怀古，用东坡春词韵》云：

再拜先生，酒圣诗豪，真足惊天地。想当日、睨傲放眉棱。有轩轩、凌云仙气。曾寄迹。徂徕六逸，匡庐五老，几棹浔江水。看翠袖题裙，乌纱倒屣，掷遍金声莫比。道长安、市上酒家眠。又、天子呼来不上船。白眼双醒，黑甜一觉，糟丘情味。　最堪羡，宫词清丽，谱入新声里。动天颜、龙拿凤拨偏伶俐。砚捧春纤，调羹御手，颓然近侍轻扶起。十律才陈，三章旋进，彩喝日边云际。恨阉奴间沮，一朝飘坠。叹强弩摧牙不复苏，放还山，林泉适意。传是捉月骑鲸，撇却红尘世。知己当年，谈心旧地。风雨一楼而已。高风逸兴，亘千秋，恍听欢呼犹在耳。⑤

这首词从三个方面凭吊李白。第一，“会须一饮三百杯”的嗜酒个性，如，上阕起首“酒圣诗豪，真足惊天地”，赞美李白是酒圣；“道长安、市上酒家眠”，

---

① 南京大学中国语言文学系《全清词》编纂研究室编《全清词·顺康卷》，北京：中华书局，2002年，10799页。

② 南京大学中国语言文学系《全清词》编纂研究室编《全清词·顺康卷》，北京：中华书局，2002年，8859页。

③ 张宏生主编《全清词·顺康卷补编》，南京：南京大学出版社，2008年，1925页。

④ 张宏生主编《全清词·顺康卷补编》，南京：南京大学出版社，2008年，2146页。

⑤ 南京大学中国语言文学系《全清词》编纂研究室编《全清词·顺康卷》，北京：中华书局，2002年，8535页。

写李白醉眠长安酒家。第二,"笔落惊风雨,诗成泣鬼神"的才情,如,上阕起首,赞美李白是诗豪;下阕起首云"最堪羡,宫词清丽,谱入新声里"、"十律才陈,三章旋进,彩噣日边云际",写李白供奉翰林,为玄宗填写《清平调》应制词。其三,"安能摧眉折腰事权贵"的傲气,如,上阕中"想当日、睨傲放眉棱",从眼神、眉棱写李白的傲气;"天子呼来不上船",写李白心目中无视权贵;下阕中"砚捧春纤,调羹御手,颓然近侍轻扶起",写贵妃捧墨、御手调羹、力士脱靴的千古佳话。

凭吊苏轼,如,清曹亮武《水调歌头·代祭东坡书院》(小艇挂帆去),"先生买田阳羡,潇洒忆当年"①,回忆苏轼买田阳羡之事;"耿耿孤忠亮节,落落风流文采,此事只君全"②,赞美苏轼的高风亮节与风流才情;徐基《念奴娇·小赤壁怀古》(雄豪天放),"雄豪天放,自生成、落落苏仙人物"③,赞美苏轼是天生的风流人物;"既得士龙声已震,更有士衡藉藉"④,以晋代陆机、陆云兄弟比喻苏轼、苏辙兄弟的名声大震;"日下飞鸣,扁舟托梦,孤鹤从来适"⑤,写苏轼在黄州赤壁留下了《后赤壁赋》等流传千古的文学经典;吴锡麟《念奴娇·西湖苏公祠落成,同人分体赋诗,余用公旧韵谱此》⑥;唐仲冕《哨遍·蔡贮兰孝廉奉苏文忠公像为奎星,属题,即次文忠原韵》,"还认得、学士最风流,早养就、浩然之气"⑦,赞美苏轼是风流学士,身上具有浩然之气;"淋漓大笔,仙才一时无比"⑧,赞美苏轼的才情,为文酣畅淋漓,文思如万斛泉涌。

凭吊文天祥,如清盛本枏《念奴娇·文文山,用赤壁词韵》云:

新亭堕泪,叹偏安江左、都无英物。砥柱中流谁倚仗,轻弃东南半壁。惶恐滩头,零丁洋里,不改心如雪。刚肠百炼,公真万古奇杰。　堪羡碧血青虹,千秋正气,欲似风飙发。旧日朱门豪贵客,总逐秋蓬埋灭。画舫笙歌,华堂箫鼓,臣罪多于发。临安城下,空余衰草寒月。⑨

---

① 南京大学中国语言文学系《全清词》编纂研究室编《全清词·顺康卷》,北京:中华书局,2002年,7181页。

② 南京大学中国语言文学系《全清词》编纂研究室编《全清词·顺康卷》,北京:中华书局,2002年,7181页。

③ 张宏生主编《全清词·顺康卷补编》,南京:南京大学出版社,2008年,1157页。

④ 张宏生主编《全清词·顺康卷补编》,南京:南京大学出版社,2008年,1157页。

⑤ 张宏生主编《全清词·顺康卷补编》,南京:南京大学出版社,2008年,1157页。

⑥ 南京大学文学院《全清词》编纂研究室编《全清词·雍乾卷》,南京:南京大学出版社,2012年,6616页。

⑦ 南京大学文学院《全清词》编纂研究室编《全清词·雍乾卷》,南京:南京大学出版社,2012年,7339页。

⑧ 南京大学文学院《全清词》编纂研究室编《全清词·雍乾卷》,南京:南京大学出版社,2012年,7339页。

⑨ 南京大学中国语言文学系《全清词》编纂研究室编《全清词·顺康卷》,北京:中华书局,2002年,10980页。

这首词，上阕，前三句，借用古典，表达山河易主之悲，《世说新语·言语》载："过江诸人，每至美日，辄相邀新亭，藉卉饮宴。周侯中坐而叹曰：'风景不殊，正自有山河之异！'皆相视流泪。"①"砥柱中流谁倚仗，轻弃东南半壁"，承上而写，说朝中缺少像文天祥这样有气节的砥柱中流式的人物，致使半壁江山拱手让人；"惶恐滩头，零丁洋里，不改心如雪"三句，是说文天祥"威武不能屈"的坚守精神，在性命攸关的危难时刻，依然不改臣子忠心，其《过零丁洋》诗云："辛苦遭逢起一经，干戈寥落四周星。山河破碎风飘絮，身世浮沉雨打萍。惶恐滩头说惶恐，零丁洋里叹零丁。人生自古谁无死，留取丹心照汗青。"其《过扬子江》诗中云："臣心一片磁针石，不指南方不肯休。"结尾两句，赞誉文天祥具有铁骨钢肠，是万古方能一出的豪杰人物。下阕，首三句，赞叹文天祥的忠义之心和千秋正气，传说，忠义之人的鲜血会化成碧玉，《庄子·外物》载："苌弘死于蜀，藏其血，三年而化为碧。"（记载忠臣义士事迹的书，名《碧血录》）"旧日朱门豪贵客，总逐秋蓬埋灭"，通过写"直把杭州作汴州"的偏安、妥协的豪贵们的埋没来反衬文天祥的流芳千古；"画舫笙歌，华堂箫鼓，臣罪多于发"，是对他们日日笙歌艳舞、纸醉金迷的享乐生活的深刻批判和无情谴责；结尾两句，通过描写临安成"衰草寒月"的凄冷景象，表达对文天祥的同情和敬慕，同情他的孤独坚守，敬慕他的赤诚忠心。或许，只有这一轮朗照的明月，才真正见证过曾经的沧桑，而它却是无言的沉默者，也只有默默无言的它，才是无数忠臣义士的人生知己。

四、纪游词

苏轼纪游词，著名的有《点绛唇》（醉漾轻舟）游天台山词、《临江仙》（四大从来都遍满）游风水洞词、《西江月》（照野弥弥浅浪）黄州蕲水山行词、《浣溪沙》（山下兰芽短浸溪）游清泉寺词以及《浣溪沙》（细雨斜风作晓寒）、《行香子》（北望平川）、《满庭芳》（三十三年，飘流江海）游泗州盱眙第一山（南山）词等。

历代词人和东坡词韵、效东坡词体，创作山行、水行、游亭台楼阁、游佛寺塔院等纪游词。

（一）山行

历代词人和苏轼《念奴娇》（大江东去）、《浣溪沙》（细雨斜风作晓寒）、《卜算子》（缺月挂疏桐）、《行香子》（北望平川）、《水调歌头》（明月几时有）、《西江月》（三过平山堂下）等词韵以及效东坡《洞仙歌》词体，纪游牛首山、仙奕山、旺家尖后龙山、金山、焦山、昆山、南岳、大别山、铜陵、景泰山（南海）、天台山、千佛山、虎丘山、化尘岩等。

---

① 刘义庆著，余嘉锡笺疏《世说新语笺疏》，北京：中华书局，2007年，109页。

和《念奴娇》(大江东去)韵,如明费宷《大江东去·登牛首山约白川不至》(韵光荏苒)①、桑悦《念奴娇·登仙奕山作,和东坡词》(龙城老倅)②、周用《百字令·早出城南登牛首》(名山梵宇)③,江以达《念奴娇·秋日展大夫人新垅,登旺家尖后龙山也,和苏东坡〈大江东去〉词一阕》(登临何处)④、孙永祚《念奴娇·中秋月下登金山,和东坡大江东去韵》(一峰中拥)⑤、宋仪望《念奴娇·登金山览眺,次苏公》(独上蓬莱第一峰)⑥、清邹祇谟《念奴娇·焦山次张寰,用坡韵》(孝然祠畔)⑦、董元恺《念奴娇·登焦山,再用坡公韵》(金焦两点)⑧、叶奕苞《念奴娇·……昆山登高……用苏韵》(偶来凭吊)⑨、曹亮武《念奴娇·同其年、纬云为南岳之游,再用前韵》(溪明山秀)⑩、朱黼《念奴娇·雨中登金山绝顶,读夏桂洲和东坡〈大江东去〉词,因次原韵》(呼来风雨)⑪、周皑《念奴娇·立春日登大别山看雪,用东坡韵》(高寒皎洁)⑫等。

和《浣溪沙》(细雨斜风作晓寒)韵,如宋王之道《浣溪沙·阻风铜陵,追和东坡游泗州南山韵》(残雪笼晴作冱寒)⑬等

和《卜算子》(缺月挂疏桐)韵,如宋葛长庚《卜算子·景泰山次韵东坡三首》(云散雨初晴)、《卜算子》(古寺枕空山)、《卜算子》(渔火海边明)等。

《点绛唇》(醉漾轻舟)韵,如清侯嘉缙《点绛唇·咏天台,和苏东坡韵》(一片胡麻)⑭。

和《水调歌头》(明月几时有)韵,如清王汝璧《水调歌头·重九登千佛山

---

① 周明初,叶晔补编《全明词补编》,杭州:浙江大学出版社,2007年,248页。
② 饶宗颐初纂,张璋总纂《全明词》,北京:中华书局,2004年,373页。
③ 饶宗颐初纂,张璋总纂《全明词》,北京:中华书局,2004年,601页。
④ 饶宗颐初纂,张璋总纂《全明词》,北京:中华书局,2004年,896页。
⑤ 饶宗颐初纂,张璋总纂《全明词》,北京:中华书局,2004年,2854页。
⑥ 周明初,叶晔补编《全明词补编》,杭州:浙江大学出版社,2007年,445页。
⑦ 南京大学中国语言文学系《全清词》编纂研究室编《全清词·顺康卷》,北京:中华书局,2002年,3032页。
⑧ 南京大学中国语言文学系《全清词》编纂研究室编《全清词·顺康卷》,北京:中华书局,2002年,3338-3339页。
⑨ 南京大学中国语言文学系《全清词》编纂研究室编《全清词·顺康卷》,北京:中华书局,2002年,6837页。
⑩ 南京大学中国语言文学系《全清词》编纂研究室编《全清词·顺康卷》,北京:中华书局,2002年,7183页。
⑪ 南京大学文学院《全清词》编纂研究室编《全清词·雍乾卷》,南京:南京大学出版社,2012年,4625页。
⑫ 南京大学文学院《全清词》编纂研究室编《全清词·雍乾卷》,南京:南京大学出版社,2012年,5422页。
⑬ 唐圭璋编纂,王仲闻参订,孔凡礼补辑《全宋词》,北京:中华书局,1999年,1489页。
⑭ 张宏生主编《全清词·顺康卷补编》,南京:南京大学出版社,2008年,2291页。

远眺，用东坡韵》（谁得惊人句）①。

和《西江月》（三过平山堂下）韵，如清徐廷柱《西江月·虎丘山剑池，上有石碑，刊吕祖像，并纪一生本末，阅罢赋此，次坡仙平山堂韵》（一壑一丘之外）②。

效《洞仙歌》体，如清何鼎效东坡《洞仙歌》体，作《洞仙歌·登化尘岩，用苏子瞻体》（颓云倒雪）③。

（二）舟行

历代词人和苏轼《念奴娇》（大江东去）、《如梦令》（为向东坡传语）、《卜算子》（缺月挂疏桐）、《水龙吟》（楚山修竹如云）、《水调歌头》（明月几时有）、《哨遍》（睡起画堂）等词韵以及效东坡檃括体《哨遍》，创作泊舟词、行舟词、泛舟词等。

和《念奴娇》（大江东去）韵，如明张名由《念奴娇·京口》（长江万里）④、清梁清标《念奴娇·江行，用东坡韵》（吴头楚尾）⑤、杨春星《念奴娇·舟过赤壁，次坡公韵》（片帆飞渡）⑥、王元鉴《百字令·鸳湖秋泛，用东坡赤壁怀古韵》（浪花无际）⑦、周暟《念奴娇·夜泊黄州，用东坡韵》（黄州城下）⑧、《念奴娇·过洞庭湖，用东坡韵》（蟳蝣笑我）⑨、戴珊《念奴娇·后湖重涨，同砚峰夫子泛舟，用坡公韵》（雨丝风片）⑩等。

和《如梦令》（为向东坡传语）韵，如宋王之道《如梦令·江上对雨》（一饷凝情无语）。⑪

---

① 南京大学文学院《全清词》编纂研究室编《全清词·雍乾卷》，南京：南京大学出版社，2012 年，2303 页。

② 南京大学文学院《全清词》编纂研究室编《全清词·雍乾卷》，南京：南京大学出版社，2012 年，3842 页。

③ 南京大学中国语言文学系《全清词》编纂研究室编《全清词·顺康卷》，北京：中华书局，2002 年，7697 页。

④ 周明初，叶晔补编《全明词补编》，杭州：浙江大学出版社，2007 年，445 页。

⑤ 南京大学中国语言文学系《全清词》编纂研究室编《全清词·顺康卷》，北京：中华书局，2002 年，2244 页。

⑥ 南京大学中国语言文学系《全清词》编纂研究室编《全清词·顺康卷》，北京：中华书局，2002 年，8819 页。

⑦ 南京大学文学院《全清词》编纂研究室编《全清词·雍乾卷》，南京：南京大学出版社，2012 年，3348 页。

⑧ 南京大学文学院《全清词》编纂研究室编《全清词·雍乾卷》，南京：南京大学出版社，2012 年，5372 页。

⑨ 南京大学文学院《全清词》编纂研究室编《全清词·雍乾卷》，南京：南京大学出版社，2012 年，5386 页。

⑩ 南京大学文学院《全清词》编纂研究室编《全清词·雍乾卷》，南京：南京大学出版社，2012 年，8514 页。

⑪ 唐圭璋编纂，王仲闻参订，孔凡礼补辑《全宋词》，北京：中华书局，1999 年，1507 页。

和《卜算子》(缺月挂疏桐)韵,如明陈德文《卜算子·雨泊,和东坡韵》(秋雨破梧桐)、《卜算子》(天海隔闽州)①。

和《水龙吟》(楚山修竹如云)韵,如清甘国基《水龙吟·寒食风泊潭州,用坡仙韵》(熊湘如画凝眸冷)②。

和《水调歌头》(明月几时有)韵,如清荆播《水调歌头·同天山、拓庵、叔度、篁川泛河,用东坡中秋词韵》(秋与酒为友)。③

和《哨遍》(睡起画堂)韵,如胡成浚《哨遍·同家叔古愚、弟虹屿泛舟西湖,用东坡韵》(千顷玻璃)。④

效檃括体《哨遍》,如宋刘学箕《松江哨遍·长桥,天下绝景也……己未冬,自云阳归闽,腊月望后一日,漏下二鼓,舣舟桥西,披衣登垂虹……返而登舟……相与破霜蟹,斫细鳞,持两螯,举大白,歌赤壁之赋,酒酣乐甚》(木叶尽凋)⑤。

(三)亭台楼阁

历代词人和苏轼《念奴娇》(大江东去)、《满庭芳》(归去来兮,吾归何处)、《西江月》(三过平山堂下)、《意难忘》(花拥鸳房)等词韵,纪游钓鳌台、南岳诸园林、黄鹤楼、白云驿、黄州雪堂、扬州平山堂、僻园等。

和《念奴娇》(大江东去)韵,如宋陈纪《念奴娇·钓鳌台用东坡赤壁韵,台在亭头海滨》(凭高眺远)⑥、清陈维崧《念奴娇·春日同纬云、南耕,遍历南岳诸园林,仍用赤壁词韵》(春山劝我)⑦、顾贞观《大江东去·魏荆州亮采世兄,招集黄鹤楼,蒋驭鹿、朱悔人、华子山诸君同赋,坡公原韵》(倚楼清啸)⑧、甘国基《大江东去·白云驿晚眺》(严关南去)⑨等。

和《满庭芳》(归去来兮,吾归何处)韵,如宋李流谦《满庭芳·过黄州游雪堂,次东坡韵》(归去来兮,吾归何处)⑩。

和《西江月》(三过平山堂下)韵,如清周金然《西江月·辛亥中秋北上,重

---

① 周明初,叶晔补编《全明词补编》,杭州:浙江大学出版社,2007年,349页。
② 张宏生主编《全清词·顺康卷补编》,南京:南京大学出版社,2008年,1571页。
③ 南京大学中国语言文学系《全清词》编纂研究室编《全清词·顺康卷》,北京:中华书局,2002年,6286页。
④ 南京大学文学院《全清词》编纂研究室编《全清词·雍乾卷》,南京:南京大学出版社,2012年,8399页。
⑤ 唐圭璋编纂,王仲闻参订,孔凡礼补辑《全宋词》,北京:中华书局,1999年,3122页。
⑥ 唐圭璋编纂,王仲闻参订,孔凡礼补辑《全宋词》,北京:中华书局,1999年,4292页。
⑦ 南京大学中国语言文学系《全清词》编纂研究室编《全清词·顺康卷》,北京:中华书局,2002年,4115页。
⑧ 南京大学中国语言文学系《全清词》编纂研究室编《全清词·顺康卷》,北京:中华书局,2002年,7127页。
⑨ 张宏生主编《全清词·顺康卷补编》,南京:南京大学出版社,2008年,1574页。
⑩ 唐圭璋编纂,王仲闻参订,孔凡礼补辑《全宋词》,北京:中华书局,1999年,1926页。

经广陵，次日过平山堂，追和坡韵》（美满二分明月）①。

和《意难忘》（花拥鸳房）韵，如清周纶《意难忘·同霍南、绣虎、舍弟十经、儿稚廉游僻园，次东坡韵作》（云罨花房）②。

（四）佛寺塔院

历代词人和苏轼《念奴娇》（大江东去）、《水龙吟》（小舟横截春江）、《水龙吟》（似花还似非花）、《水龙吟》（楚山修竹如云）、《南乡子》（霜降水痕收）、《洞仙歌》（冰肌玉骨）等词韵以及效东坡《哨遍》（睡起画堂）体，纪游观音阁、泖塔、甘泉寺、清凉寺、海螺岩舍利塔、龙山寺、梅子山寺、泐潭寺等。

和《念奴娇》（大江东去）韵，如明张名由《念奴娇·前登观音阁》（建业名区）、《念奴娇·后登观音阁，叠前韵》（凭虚眺远）③，清屠文漪《念奴娇·登泖塔二首，用东坡赤壁词韵》（漫游曾记）、《念奴娇》（凉波鱼䰾）④。

和《水龙吟》（小舟横截春江）韵，如宋管鉴《水龙吟·携家游甘泉寺，歌坡仙"小舟横截春江"之词，用韵》（小舟横截西江）。

和《水龙吟》（似花还似非花）韵，如明杜濬《水龙吟·清凉寺即目，用东坡韵》（夜来雨雪帘纤）⑤。

和《水龙吟》（楚山修竹如云）韵，如明金堡《水龙吟·同即觉离公登海螺岩，礼舍利塔，用东坡咏笛韵》（螺岩绝顶灵虚）⑥。

和《南乡子》（霜降水痕收）韵，如清靳荣藩《南乡子·龙山寺，依苏文忠公九日韵》（千山一览收）⑦。

和《洞仙歌》（冰肌玉骨）韵，如清周暟《洞仙歌·梅子山寺探梅，借东坡韵》（冰肌铁骨）、《洞仙歌》（轻裘未脱）、《洞仙歌》（拈书欲卖）、《洞仙歌》（拈花笑我）四词⑧，又，《洞仙歌·十一用东坡韵，梅子山寺题壁》（依稀畹露）⑨。

效东坡《哨遍》（睡起画堂）体，如清徐旭旦《哨遍·春日泐潭寺看菜花，用

---

① 南京大学中国语言文学系《全清词》编纂研究室编《全清词·顺康卷》，北京：中华书局，2002年，5886页。

② 南京大学中国语言文学系《全清词》编纂研究室编《全清词·顺康卷》，北京：中华书局，2002年，7317页。

③ 周明初，叶晔补编《全明词补编》，杭州：浙江大学出版社，2007年，484页。

④ 南京大学中国语言文学系《全清词》编纂研究室编《全清词·顺康卷》，北京：中华书局，2002年，10665页。

⑤ 饶宗颐初纂，张璋总纂《全明词》，北京：中华书局，2004年，2168页。

⑥ 饶宗颐初纂，张璋总纂《全明词》，北京：中华书局，2004年，2318页。

⑦ 南京大学文学院《全清词》编纂研究室编《全清词·雍乾卷》，南京：南京大学出版社，2012年，1571页。

⑧ 南京大学文学院《全清词》编纂研究室编《全清词·雍乾卷》，南京：南京大学出版社，2012年，5393页。

⑨ 南京大学文学院《全清词》编纂研究室编《全清词·雍乾卷》，南京：南京大学出版社，2012年，5440页。

苏东坡春情〈哨遍〉体》(何处嬉春)①。

五、庆生词

庆生词,是庆贺生辰的词。庆贺四十岁以上的生日称为祝寿,如宋孙惟信《失调名·四十九岁自寿》(寿花戴了)等。苏轼庆生词,如,元祐六年(1091)正月,杭州知州任上,王闰之生日作《蝶恋花·同安君生日放鱼,取金光明经救鱼事》(泛泛东风初破五),词中云:"一盏寿觞谁与举,三个明珠,膝上王文度";绍圣二年(1095)端午朝云生日作《浣溪沙》(入袂轻风不破尘),词中云:"玉簪犀璧醉佳辰。"

历代词人和苏轼《念奴娇》(大江东去)、《水调歌头》(明月几时有)等词韵以及效东坡《念奴娇》(大江东去)体,创作大量的庆生词,其中,绝大多数是祝寿词。

和《念奴娇》(大江东去)韵,如,宋石孝友《念奴娇·上洪帅王予道生辰,正月十六日,用东坡韵》(半千宝运)②、林横舟《大江词·寿仙尉,十一月初一》(一蓂呈秀)③,元魏初《念奴娇·为王约斋绍明寿》(离骚痛饮)④,明陆深《念奴娇·叠韵,寿桂洲》(天下奇才)⑤、孙承恩《百字令·寿夏桂洲阁老,和坡翁韵》(林钟律应)、《百字令》(上天纯佑)⑥,焦竑《念奴娇·吴封君六十》(玉兔青芝)⑦,张璧《大江东去·补寿桂洲阁老六十》(嵩岳生申)、《大江东去》(玉李冰瓜)⑧,严嵩《百字令·寄寿顾箬溪司寇》(旧得高年)⑨,清方学成《念奴娇·依东坡词韵,寿经遴五旬》(靠湖南岸)、《念奴娇·寿洪大声少府》(菊囊萸佩)⑩等。

和《水调歌头》(明月几时有)韵,如清何采《水调歌头·八月十六日佟公子与京初度,用东坡中秋韵》(佳兴四时有)词⑪等。

效《念奴娇》(大江东去)体,如清董元恺《念奴娇·秋七月,何大春尊人六

---

① 南京大学中国语言文学系《全清词》编纂研究室编《全清词·顺康卷》,北京:中华书局,2002年,1883页。

② 唐圭璋编纂,王仲闻参订,孔凡礼补辑《全宋词》,北京:中华书局,1999年,2624页。

③ 唐圭璋编纂,王仲闻参订,孔凡礼补辑《全宋词》,北京:中华书局,1999年,4338页。

④ 唐圭璋编《全金元词》,北京:中华书局,1979年,703页。

⑤ 饶宗颐初纂,张璋总纂《全明词》,北京:中华书局,2004年,607页。

⑥ 饶宗颐初纂,张璋总纂《全明词》,北京:中华书局,2004年,748-749页。

⑦ 饶宗颐初纂,张璋总纂《全明词》,北京:中华书局,2004年,1259页。

⑧ 周明初,叶晔补编《全明词补编》,杭州:浙江大学出版社,2007年,203页。

⑨ 周明初,叶晔补编《全明词补编》,杭州:浙江大学出版社,2007年,242页。

⑩ 南京大学文学院《全清词》编纂研究室编《全清词·雍乾卷》,南京:南京大学出版社,2012年,2730页。

⑪ 南京大学中国语言文学系《全清词》编纂研究室编《全清词·顺康卷》,北京:中华书局,2002年,4671页。

十寿，令祖八十双寿，而大春以九月举子，令弟并举一子，索词为赠，戏用数目字，仿东坡体》（相门五世）①等。

六、伤悼词

伤悼，是对逝去的亲友、前辈等人的缅怀、追念。苏轼伤悼词，最为著名的是悼亡妻王弗的《江城子》（十年生死两茫茫）、悼侍妾朝云的《雨中花慢》（嫩脸羞蛾因甚）等。

明清词人和苏轼《念奴娇》（大江东去）、《江城子》（十年生死两茫茫）、《卜算子》（缺月挂疏桐）、《西江月》（玉骨那愁瘴雾）、《蝶恋花》（一颗樱桃樊素口）、《水龙吟》（似花还似非花）、《八声甘州》（有情风、万里卷潮来）等词韵，作伤悼词。

和《念奴娇》（大江东去）韵，如，清陈维崧《念奴娇》（嗟乎余仲）、陈维岳《念奴娇》（家园重到）悼陈维嵋，张夏《念奴娇·吊梅村先生，用苏韵》（风流如昨）词悼念吴伟业②等。

和《江城子》（十年生死两茫茫）韵，如，明林时跃《江城子·次苏子瞻梦王夫人韵，哭先孺人》（魂来何处路苍茫）③，清张埙《江城子》（三年生死两茫茫）④悼念亡妻等。

和《卜算子》（缺月挂疏桐）韵，如，明徐士俊《卜算子·次坡公悼朝云韵，为寒氏悼亡》（香谢玉无烟）⑤、卓人月《卜算子·次坡公悼超超韵，为寒民悼亡》（新妇月争新）⑥等。

和《西江月》（玉骨那愁瘴雾）韵，如，明卓发之《西江月·次坡公韵，悼亡姬》（当日逢君如月）⑦、《西江月·次坡公悼朝云韵，悼亡姬》（伤感柳枝残月）⑧，徐士俊《西江月·次坡公悼朝云韵，为寒氏悼亡》（伤感柳枝残月）⑨，卓人月《西江月·次坡公悼朝云韵，为寒民悼亡》（今雨惨于旧雨）⑩等。

和《蝶恋花》（一颗樱桃樊素口）韵，如清朱中楣《蝶恋花·览同宗五弦宫

---

① 南京大学中国语言文学系《全清词》编纂研究室编《全清词·顺康卷》，北京：中华书局，2002年，3339页。

② 张宏生主编《全清词·顺康卷补编》，南京：南京大学出版社，2008年，515页。

③ 周明初，叶晔补编《全明词补编》，杭州：浙江大学出版社，2007年，1079页。

④ 南京大学文学院《全清词》编纂研究室编《全清词·雍乾卷》，南京：南京大学出版社，2012年，4956页。

⑤ 饶宗颐初纂，张璋总纂《全明词》，北京：中华书局，2004年，2144页。

⑥ 饶宗颐初纂，张璋总纂《全明词》，北京：中华书局，2004年，2909页。

⑦ 饶宗颐初纂，张璋总纂《全明词》，北京：中华书局，2004年，1324页。

⑧ 周明初，叶晔补编《全明词补编》，杭州：浙江大学出版社，2007年，817页。

⑨ 饶宗颐初纂，张璋总纂《全明词》，北京：中华书局，2004年，2146页。

⑩ 饶宗颐初纂，张璋总纂《全明词》，北京：中华书局，2004年，2909页。

保陈姬遗照,用坡公〈蝶恋花〉韵》①等。

和《水龙吟》(似花还似非花)韵,如清施沧涛《水龙吟·挽月湖朱崧庵金诏,用东坡杨花词原韵》(浮生何似浮云)、《水龙吟·挽包丹山之桂,叠前韵》(无情恼杀东风)挽包之桂。②

和《八声甘州》(有情风、万里卷潮来)韵,如清任曾贻《八声甘州·题位存瘦竹菟裘遗照,时君下世已六年矣》(爱琅玕风韵剧凄清)③等。

如,陈维崧悼亡弟陈维嵋(字半雪)《念奴娇》词云:

忆半雪怀纬云《南乡子》词有云"燕关三度,梅花不共看"之句,今梅花开候,纬云南返,而半雪之墓已宿草矣,词以志痛,并示犹子履端。

嗟乎余仲,叹诗颠酒渴、化为异物。记把一樽长忆弟,白昼吟声撼壁。每到梅开,便啼鹃血,红了千林雪。金台可怪,是他羁绊英杰。　今日罨画溪桥,天涯人到也,梅花重发。只是题诗人去久,字迹也应磨灭。故国茱萸,残年棣萼,恨事多于发。水明楼上,窗楞界上残月。④

这首词,上阕侧重写生离,下阕着重写死别。生离犹有重逢日,死别永无再见期,以生离衬托死别,更深一层,更哀一层。上阕,首三句,以嗟叹的情感基调点出悼亡的主题,三弟喜好饮酒赋诗,文采风流,擅名当时,四十三岁,未竟其志,英年早逝;"记把一樽长忆弟"至"是他羁绊英杰",是回忆他生前在梅开时节赋《南乡子·己酉除夕怀纬云弟都下》(翠烛更阑)词怀念羁旅都下三年之久的三弟陈维岳,也即词序中所说的"半雪怀纬云《南乡子》词有云'燕关,三度梅花不共看'之句",陈维嵋词《南乡子》下阕云:"何必锦衣还,竹杖荷裳好自闲,大有故园兄弟在,盘桓,雪后烟蓑雨后山"⑤,表达了兄长希望三弟陈维岳早日归乡的殷切期盼,不必衣锦还乡、荣归故里,因为这并不重要,重要的是兄弟几人在一起,安闲自在地生活,流连在那"雪后烟蓑雨后山"的荆溪美景之中。下阕,前三句,写梅开时节,二弟期盼的三弟陈维岳从京都回来了,也即序中所说的"今梅花开候,纬云南返",兄弟相逢,令人欣喜;"只是题诗人去久,字迹也应磨灭"两句,写二弟早已成为故人,兄弟几人再也无法聚全,这是心中永远的痛,也即序中所说的"而半雪之墓已宿草矣";"故国茱萸,残年

① 南京大学中国语言文学系《全清词》编纂研究室编《全清词·顺康卷》,北京:中华书局,2002年,3124页。

② 南京大学文学院《全清词》编纂研究室编《全清词·雍乾卷》,南京:南京大学出版社,2012年,3043-3044页。

③ 南京大学文学院《全清词》编纂研究室编《全清词·雍乾卷》,南京:南京大学出版社,2012年,3340页。

④ 南京大学中国语言文学系《全清词》编纂研究室编《全清词·顺康卷》,北京:中华书局,2002年,4115页。

⑤ 南京大学中国语言文学系《全清词》编纂研究室编《全清词·顺康卷》,北京:中华书局,2002年,5470页。

棣萼，恨事多于发”三句，进一步将这种伤痛深化，“茱萸”、“棣萼”，都是比喻兄弟的，王维《九月九日忆山东兄弟》诗云：“遥知兄弟登高处，遍插茱萸少一人”，杜甫《至后》诗云：“梅花一开不自觉，棣萼一别永相望”，只是，加上了“故国”、“残年”来修饰，这种伤痛变得更深沉、哀婉，融入了“亡国之音”，融入了人生迟暮之感；结尾两句，结得好，把这一切都推向了无声的月夜，此时无声胜有声，因为，最大的悲伤，是无言的沉默。

再如，陈维岳（字纬云）京都羁旅八年之后重回故里，悼亡兄陈维嵋（字半雪）《念奴娇》词云：

亦山草堂哭仲兄半雪

家园重到，最萧条满目，都无故物。老屋东头深巷闭，一带冷窗荒壁。问讯山堂，春风颠剧，乱飐梨花雪。阿兄顿往，当年诗酒英杰。　可叹八载燕关，人琴增恸，豪气凭谁发。旧墨数行经泪眼，半夜青灯明灭。蜡凤心情，骑羊年纪，往事多于发。绕廊吟罢，忧思难掇华月。①

这首词，上阕侧重叙事与写景，下阕侧重叙事与抒情。上阕，前三句，写重回故园，满目萧条，这里写故园萧条，是为后面抒情作铺垫；“老屋东头深巷闭，一带冷窗荒壁”，写在故园之中，最牵挂的是老屋东头的仲兄的亦山草堂，可是，由于斯人已去，这一带人迹罕至，巷门已深闭，窗台已积尘，墙角已荒芜；“问讯山堂，春风颠剧，乱飐梨花雪”，写时隔多年，自己已经认不出来那里是亦山草堂，只见落花飞絮，随风乱舞；结尾两句，点明主题，当年的诗酒英杰，如今已成故人！下阕，起首三句，写自己与仲兄阔别长达八年之久，此时此刻，思念化为了伤痛；“旧墨数行经泪眼，半夜青灯明灭”，写夜半时分，在时明时暗的灯火下，在泪眼模糊中，把兄长怀念自己的文字，读了一遍又一遍，字里行间，满满的都是手足深情，读至伤心处，泪落如雨；“蜡凤心情，骑羊年纪，往事多于发”，写对兄长的深切想念，往事千端，一时涌来，缕了千遍又万遍，印象最深刻的是儿时一起嬉戏玩耍的情景，历历在目，记忆犹新；“蜡凤”，典出《南史·王僧虔传》：“父昙首与兄弟集会子孙，任其戏适。僧达跳下地作彪子，时僧虔累十二博棋，既不坠落，亦不重作，僧绰采蜡烛珠为凤凰。”结尾两句，同样是将一切都推向了无言的月夜，只有这月亮，才知道我心里的伤心和难过！

严迪昌先生《清词史》云：“陈维岳词早年多绮丽，寄食四方后转为苍凉，尤以思念手足之情显得百感深沉……陈维岳最擅将骨肉亲情的忆念与身世遭际、家国巨变的沉痛掺合一起来抒述。”②陈维岳此词作中，也不无身世遭际、家国巨变的沉痛，只是一切尽在无言中。

---

① 南京大学中国语言文学系《全清词》编纂研究室编《全清词·顺康卷》，北京：中华书局，2002年，6599页。

② 严迪昌著《清词史》，北京：人民文学出版社，2011年，220页。

七、题画词

题画,本是诗歌创作中的题材。杜甫有大量的题画诗,其中,不乏名篇佳构,清王士祯《蚕尾文集》卷八《跋声画集》中云:“六朝以来题画诗绝罕见,盛唐如李太白辈间一为之,拙劣不工,王季友一篇,虽有小致,不能佳也。杜子美始创为《画松》《画马》《画鹰》《画山水》诸大篇,搜奇抉奥,笔补造化。”①然而,这些题画诗并非真的题在画作上,而是仅仅以画为题,以画命意,带有品鉴、评论的意味。真正题在画上的题画诗,是从苏轼开始的。清方薰《山静居画论》卷下云:“款题图画,始自苏米,至元明而遂多。”②苏轼《题王定国所藏烟江叠嶂图》,是目前可知的最早的题在画上的题画诗。张晨《中国诗画与中国文化》中云:“《题王定国所藏烟江叠嶂图》是目前发现的最早的一首画内题诗(准确地说,是书诗于卷末),是题画诗由画外步入画内的最初标志。”③苏轼《题文与可墨竹》诗叙云:“故人文与可为道师王执中作墨竹,且谓执中勿使他人书字,待苏子瞻来,令作诗其侧。”④可见,也是题在画上的题画诗。

五代时期的题画词,如南唐后主李煜题宫廷画师卫贤《春江钓叟图》的《渔父》(阆苑有意千重雪)、《渔父》(一棹春风一叶舟)二词。北宋的题画词,如俞紫芝《临江仙》(弄水亭前千万景)。杨慎《词品》卷三云:“近览《清溪图》,有秀老手题《临江仙》词一阕,后书俞紫芝。此词世少知之,录于后:‘弄水亭前千万景……人人尽道,小杜却重来。’”⑤苏轼题画词,如《定风波·元丰六年七月六日,王文甫家饮酿白酒,大醉,集古句作墨竹词》(雨洗娟娟嫩叶光)、《苏幕遮·咏选仙图》(暑笼晴)等。

历代词人和苏轼《念奴娇》(大江东去)、《水调歌头》(明月几时有)、《满庭芳》(归去来兮,吾归何处)、《满庭芳》(归去来兮,清溪无底)、《蝶恋花》(花褪残红青杏小)、《哨遍》(为米折腰)、《水龙吟》(小舟横截春江)等词韵,作题山水画、人物画、花鸟画等题画词。

和《念奴娇》(大江东去)韵,如,明邱濬《酹江月·和东坡韵,题赤壁图》(黄州迁客)⑥、陈霆《念奴娇·赤壁图,用东坡韵》(三分鼎峙)⑦、夏言《大江东去·次东坡韵,题袁佩兰大尹画》(海岳道人)⑧、陆士元《大江东去·题达摩

---

① 王士祯著《王士祯全集》,济南:齐鲁书社,2007 年,1994 页。
② 方薰撰《山静居画论》(外一种),《丛书集成初编》本,上海:商务印书馆,1936 年,26 页。
③ 张晨《中国诗画与中国文化》,沈扬:辽宁教育出版社,1993 年,178 页。
④ 苏轼著,王文诰辑注《苏轼诗集》,北京:中华书局,1982 年,1439 页。
⑤ 杨慎著《词品》,上海:上海古籍出版社,2009 年,73 页。
⑥ 饶宗颐初纂,张璋总纂《全明词》,北京:中华书局,2004 年,272 页。
⑦ 饶宗颐初纂,张璋总纂《全明词》,北京:中华书局,2004 年,540 页。
⑧ 饶宗颐初纂,张璋总纂《全明词》,北京:中华书局,2004 年,689 页。

画像，用东坡韵》（禅门同仰）、《大江东去》（丛林空色）①，清傅燮诇《百字令·题赤壁图，用东坡原韵》（模糊黑气）②、曹鉴伦《念奴娇·题张子大朴园图，用东坡原韵》（金门大隐）③、董均《念奴娇·题赤壁图，步东坡韵》（山川轇轕）④、姚宗璜《念奴娇·题东坡游赤壁图，即用赤壁怀古韵》（峨嵋佳丽）⑤、周暟《百字令·湘中题王郎赤壁图，十一借东坡韵》（山川无语）⑥等。

和《水调歌头》（明月几时有）韵，如清傅涵《水调歌头·题壁间画，九用苏韵，二十三日》（笔意难偏废）⑦等。

和《满庭芳》（归去来兮，吾归何处）、《满庭芳》（归去来兮，清溪无底）韵，如，宋晁补之《满庭芳·用东坡韵，题自画莲社图》（归去来兮，名山何处）⑧，清董元恺《满庭芳·题邓长鲁山水图，用东坡韵》（山色螺浮）⑨等。

和《蝶恋花》（花褪残红青杏小）韵，如清王岱《蝶恋花·题苏子瞻天涯芳草图，用原调原韵》（髯公老去朝云小）⑩等。

和《哨遍》（为米折腰）韵，如，清唐梦赉《哨遍·题庄曹圩四桂，用苏东坡韵》（童背锦囊）⑪、李翮《哨遍·用东坡韵，题冯星实银台梦苏草堂图，时方纂〈苏诗合注〉》（记得雪堂）⑫等。

和《水龙吟》（小舟横截春江）韵，如清董邦直《水龙吟·丁未春养疴山居，阅醉吟图，不觉憬然，用东坡韵赋此》（半江烟雨濛濛）⑬等。

---

① 饶宗颐初纂，张璋总纂《全明词》，北京：中华书局，2004 年，1033 页。
② 南京大学中国语言文学系《全清词》编纂研究室编《全清词·顺康卷》，北京：中华书局，2002 年，8191 页。
③ 张宏生主编《全清词·顺康卷补编》，南京：南京大学出版社，2008 年，1506 页。
④ 南京大学文学院《全清词》编纂研究室编《全清词·雍乾卷》，南京：南京大学出版社，2012 年，2825 页。
⑤ 南京大学文学院《全清词》编纂研究室编《全清词·雍乾卷》，南京：南京大学出版社，2012 年，3254 页。
⑥ 南京大学文学院《全清词》编纂研究室编《全清词·雍乾卷》，南京：南京大学出版社，2012 年，5392 页。
⑦ 南京大学文学院《全清词》编纂研究室编《全清词·雍乾卷》，南京：南京大学出版社，2012 年，561 页。
⑧ 唐圭璋编纂，王仲闻参订，孔凡礼补辑《全宋词》，北京：中华书局，1999 年，727 页。
⑨ 南京大学中国语言文学系《全清词》编纂研究室编《全清词·顺康卷》，北京：中华书局，2002 年，3325 页。
⑩ 张宏生主编《全清词·顺康卷补编》，南京：南京大学出版社，2008 年，220 页。
⑪ 张宏生主编《全清词·顺康卷补编》，南京：南京大学出版社，2008 年，956 页。
⑫ 南京大学文学院《全清词》编纂研究室编《全清词·雍乾卷》，南京：南京大学出版社，2012 年，2469 页。
⑬ 南京大学文学院《全清词》编纂研究室编《全清词·雍乾卷》，南京：南京大学出版社，2012 年，6915 页。

八、观潮词

苏轼观潮词,有《瑞鹧鸪·观潮》(碧山影里小红旗)、《南歌子·八月十八日观湖潮》(海上乘槎侣)等。

宋人和苏轼《念奴娇》(大江东去)韵的观潮词,如吴琚《酹江月》观潮词①,是应制词中的夺魁之作。周密《武林旧事》卷七载:"淳熙十年八月十八日,上诣德寿宫,恭请两殿望浙江亭观潮……太上喜见颜色,曰:'钱塘形胜,东南所无。'上起奏曰:'钱塘江潮,亦天下所无也。'太上宣谕侍宴官,令各赋《酹江月》一曲,至晚进呈。太上以吴琚为第一,其词云:'玉虹遥挂……海门飞上明月。'"②

清人和苏轼《念奴娇》(大江东去)韵的观潮词,如,吴绮《大江东去·钱塘之潮独盛他所……浙江之潮,银山雪屋,汹涌数丈,独为天下奇观……苏子瞻赋"大江东去"之词,至今称为雄放,聊用其韵,使弄潮儿歌之》(大江东去)③、李澧《念奴娇·海昌观潮,用东坡赤壁怀古韵》(西风劲矣)④、胡成浚《念奴娇·观潮,用东坡韵》(水天空阔)⑤等。

九、论词词

词论的基本形态,主要有以下八种:其一,论词书简,如苏轼《与鲜于子骏三首》其二、《与陈季常书十六首》其十三、《与蔡景繁书十四首》其四等;其二,词话,如杨元素《时贤本事曲子集》、杨湜《古今词话》等;其三,诗话,如陈师道《后山诗话》、魏庆之《诗人玉屑》等;其四,词集序跋,如欧阳炯《花间集序》、李之仪《跋吴思道小词》等;其五,单篇专论,如晁补之《评本朝乐章》、李清照《词论》等;其六,史料笔记,如胡仔《苕溪渔隐丛话》、王灼《碧鸡漫志》、吴曾《能改斋漫录》等;其七,论词绝句,如黄庭坚《寄贺方回》诗:"少游醉卧古藤下,谁与愁眉唱一杯。解道江南断肠句,至今未有贺方回。"⑥清代论词绝句非常多,可分为两类,一类题名中未标明,一类是题名中标明⑦;其八,论词长短句。

论词长短句,南宋时期已出现,如,刘克庄《鹧鸪天·戏题周登乐府》(诗变齐梁体已浇)、《最高楼·再题周登乐府》(周郎后),李彭老《浣溪沙·题草

---

① 唐圭璋编纂,王仲闻参订,孔凡礼补辑《全宋词》,北京:中华书局,1999年,2837页。
② 周密著《武林旧事》,北京:中华书局,2007年,206页。
③ 张宏生主编《全清词·顺康卷补编》,南京:南京大学出版社,2008年,464页。
④ 南京大学文学院《全清词》编纂研究室编《全清词·雍乾卷》,南京:南京大学出版社,2012年,6454页。
⑤ 南京大学文学院《全清词》编纂研究室编《全清词·雍乾卷》,南京:南京大学出版社,2012年,8399页。
⑥ 黄庭坚撰,任渊等注《黄庭坚诗集注》,北京:中华书局,2003年,638页。
⑦ 胡建次《清代论词绝句的运用类型》,《广西社会科学》,2009年第2期,91页。

窗词》（玉雪庭心夜色空），李莱老《青玉案·题草窗词卷》（吟情老尽江南句）、《清平乐·题草窗词》（日寒风细），毛珝《踏莎行·题草窗词卷》（顾曲多情），周密《玉漏迟·题吴梦窗霜花腴词集》（老来欢意少），王沂孙《踏莎行·题草窗词卷》（白石飞仙），王易简《庆宫春·谢草窗惠词卷》（庭草春迟），张炎《洞仙歌·观王碧山〈花外词集〉有感》（野鹃啼月）等。

明清词人和苏轼《念奴娇》（大江东去）韵、效东坡《皂罗特髻》（采菱拾翠）体，创作论宋苏轼、辛弃疾、清吴伯憩等人词的论词长短句，有的是总体评论，有的是单篇评论。

和《念奴娇》（大江东去）韵，如，明易震吉《念奴娇·读稼轩集，用大江东去韵》（期思渡口）①，清吴秉仁《百字令·论坡公赤壁旧作，用原韵》（闲中何事）②等。

效东坡《皂罗特髻》体，如清丁澎《皂罗特髻·题越州吴伯憩新词，即用东坡起句》（采菱拾翠）③等。

十、观剧词

观剧题材，兴起较晚。清人和苏轼《念奴娇》（大江东去）、《水调歌头》（明月几时有）韵，作观剧词。

和《念奴娇》（大江东去）韵，如清董元恺《念奴娇·曹顾庵学士过集学文堂，同钱湘灵诸公观陈峰家剧，即席限雪字，用坡公韵》（学文高宴）④、沈起凤《念奴娇·观演〈赤壁赋〉，和东坡大江东去韵》（洞箫声里）⑤等。

和《水调歌头》（明月几时有）韵，如清傅涵《水调歌头·观剧，三用苏韵，二十日》（杂剧等闲做）、《水调歌头·又观剧，五用苏韵，二十一日》（今夜又观剧）⑥等。

就单篇作品而言，历代词人接受东坡词进行创作，对其题材的坚守，主要表现在《念奴娇》（凭高眺远）中秋词、《点绛唇》（我辈情钟）、《点绛唇》（不用悲秋）重九词、《水龙吟》（似花还似非花）咏杨花词、《江城子》（十年生死两茫

---

① 饶宗颐初纂，张璋总纂《全明词》，北京：中华书局，2004年，1988页。

② 南京大学中国语言文学系《全清词》编纂研究室编《全清词·顺康卷》，北京：中华书局，2002年，1680页。

③ 南京大学中国语言文学系《全清词》编纂研究室编《全清词·顺康卷》，北京：中华书局，2002年，3180页。

④ 南京大学中国语言文学系《全清词》编纂研究室编《全清词·顺康卷》，北京：中华书局，2002年，3338页。

⑤ 南京大学文学院《全清词》编纂研究室编《全清词·雍乾卷》，南京：南京大学出版社，2012年，2283页。

⑥ 南京大学文学院《全清词》编纂研究室编《全清词·雍乾卷》，南京：南京大学出版社，2012年，561－562页。

茫)悼亡词上。

就单篇作品而言,历代词人接受东坡词进行创作,对其题材的突破,主要表现在《水调歌头》(明月几时有)中秋词、《南歌子》(山与歌眉敛)、《南歌子》(古岸开青葑)端午词、《念奴娇》(大江东去)怀古词、《洞仙歌》(冰肌玉骨)纳凉词、《卜算子》(缺月挂疏桐)述怀词上。

历代词人和《水调歌头》(明月几时有)中秋词韵作词61首,效其体作词1首,合计共有62首。其中,中秋词仅有21首,咏月词有3首,怀人词有3首;其他题材,咏雨词有1首,咏柳词有1首,庆生词有1首,纪游词有2首,题画词有1首,观剧词有2首,等等。

清张潮和《南歌子》(山与歌眉敛)、《南歌子》(古岸开青葑)端午词韵,作《南歌子·中秋,用东坡端午韵》(蛩语声声咽)①中秋词。

历代词人和《念奴娇》(大江东去)赤壁怀古词韵作词288首,效其体作词2首,合计共有290首。其中,怀古词仅有22首;其他题材,如,咏物词有20首,庆生词有12首,悼伤词有3首,纪游词有30首,题画词有9首,观潮词有3首,论词词有2首,观剧词有2首,等等。

历代词人和《洞仙歌》(冰肌玉骨)纳凉词韵作词24首,效其体作词5首,合计共有29首。其中,纳凉词仅有4首;相近题材,苦热词有1首,夏夜词、夏景词有6首;其他题材,咏物词有1首,怀古词有2首,纪游词有8首,等等。

历代词人和《卜算子》(缺月挂疏桐)述怀词韵作词35首。其中,述怀词仅有3首;其他题材,咏物词有5首,纪游词有7首,伤悼词有2首,等等。

第三节　历代词人创作中接受东坡词的八大动因

历代词人创作上取法两宋名家词,有不同层面的动因。如,陈廷焯《白雨斋词话》卷二云:"西麓亦是取法清真,集中和美成者十有二三,想见服膺之意。"②可见,陈允平取法周邦彦词,是表达服膺之意。杨慎《词品》卷四云:"近日作词者,惟悦周美成、姜尧章,而以东坡为词诗,稼轩为词论……或云周、姜晓音律,自能撰词调,故人尤服之。"③可见,明人取法周邦彦、姜夔词,侧重点在于音律、词调。历代词人通过和韵、效体、集句等方式接受东坡词进行创作的动因,归结起来,有个体创作接受、两人创作接受、多人创作接受三个层面。具体说来,有以下八个方面:

---

① 南京大学中国语言文学系《全清词》编纂研究室编《全清词·顺康卷》,北京:中华书局,2002年,8834页。

② 唐圭璋编《词话丛编》,北京:中华书局,1986年,3805页。

③ 杨慎著《词品》,上海:上海古籍出版社,2009年,104页。

一、题材相同，情景相近

历代词人创作人情类、咏物类、节序类等题材词时，其创作情景与苏轼相近，因而对东坡词进行和韵创作。

(一) 人情类

历代词人和苏轼《南歌子》（师唱谁家曲）、《八声甘州》（有情风、万里卷潮来）、《阳关曲》（济南春好雪初晴）、《阳关曲·赠张继愿》（受降城下紫髯郎）、《行香子》（携手江村）、《水调歌头》（明月几时有）、《洞仙歌》（冰肌玉骨）、《如梦令》（水垢何曾相受）、《如梦令》（自净方能净彼）、《江城子》（十年生死两茫茫）等词韵，创作友情、亲情、生活、悼亡等人情类题材词。

1. 友情词

和《南歌子》（师唱谁家曲）韵，如，黄庭坚《南歌子·东坡过楚州，见净慈法师，作〈南歌子〉，用其韵赠郭诗翁二首》（郭泰曾名我）、《南歌子》（万里沧江月）；清何采《南歌子·赠电住长老》（我是涪翁否），其序云："黄山谷好作长短句，秀铁面呵为绮语，苏东坡携妓谒大通，通愠形于色，坡作《南歌子》令妓歌之，电住长老索词，遂和东坡韵以续两重公案之后"①，又《南歌子·答电住和尚，前韵》（老去狂仍在）、《南歌子》（方内还方外）②。

和《八声甘州》（有情风、万里卷潮来）韵，如，清周茂源《八声甘州·候楷庵大师、超果方丈，步东坡送参寥子韵》（叹土衡、白帢被收来）③、丁澎《八声甘州·送晓公还天童，和东坡送参寥子韵》（看春申江上起秋风）④等。

和《阳关曲》（济南春好雪初晴）韵，如清何采《阳关曲·赠张校书，集唐，用东坡雪溪女韵》（绮席风开照露晴）⑤等。

和《阳关曲》（受降城下紫髯郎）韵，如清何采《阳关曲·寄临洮鲁将军，集唐，用东坡紫髯郎韵》（虬髯憔悴羽林郎）⑥等。

和《行香子》（携手江村）韵，如清靳荣藩《行香子》（湖墅江村），其词序云："榆社张君我旂，如哉同年小阮也，自浙旋里，以《西湖志纂》见寄，赋谢，依

① 南京大学中国语言文学系《全清词》编纂研究室编《全清词·顺康卷》，北京：中华书局，2002年，4639页。

② 南京大学中国语言文学系《全清词》编纂研究室编《全清词·顺康卷》，北京：中华书局，2002年，4639页。

③ 南京大学中国语言文学系《全清词》编纂研究室编《全清词·顺康卷》，北京：中华书局，2002年，786页。

④ 南京大学中国语言文学系《全清词》编纂研究室编《全清词·顺康卷》，北京：中华书局，2002年，3208页。

⑤ 南京大学中国语言文学系《全清词》编纂研究室编《全清词·顺康卷》，北京：中华书局，2002年，4610页。

⑥ 南京大学中国语言文学系《全清词》编纂研究室编《全清词·顺康卷》，北京：中华书局，2002年，4610页。

苏文忠公韵。”①

2. 亲情词

和《水调歌头》(明月几时有)韵，如清尤珍《水调歌头·月下对酒，兼怀诸弟，和东坡韵》(把酒对明月)②等。

3. 生活词

生活词，有纳凉、搓澡等。

纳凉词，和《洞仙歌》(冰肌玉骨)韵，如，明茅维《洞仙歌·偶夏夜纳凉，次子瞻韵》(鸦黄檀粉)③，清董元恺《洞仙歌·夏日斋中苦热，和东坡夏夜韵》(小斋烦暑)④，周暟《洞仙歌·梅子山纳凉二首，用东坡韵》(朝暾似炽)、《洞仙歌(黄云万顷)⑤等。

搓澡词，和《如梦令》(水垢何曾相受)、《如梦令》(自净方能净彼)韵，如，清何采《如梦令·浴鹫峰禅房，用东坡浴泗州雍熙塔下韵》(五蕴先提无受)、《如梦令(浼我焉能洁彼)⑥，无名氏《如梦令·寓山浴室戏口占，和东坡先生浴泗州塔下原韵，呈天衢上人》(揩背辛勤生受)⑦等。

4. 悼亡词

和《江城子》(十年生死两茫茫)韵，如明林时跃《江城子·次苏子瞻梦王夫人韵，哭先孺人》(魂来何处路苍茫)⑧，清张埙《江城子》(三年生死两茫茫)，其词序云："吾妻下世半期，而予与之别则三年矣，偶诵读东坡"十年生死两茫茫"一篇，辄易其首字，仍倚声《江城子》歌之。"⑨

(二) 咏物类

历代词人和苏轼《江城子》(黄昏犹是雨纤纤)、《浣溪沙》(覆块青青麦未苏)、《浣溪沙》(醉梦醺醺晓未苏)、《浣溪沙》(雪里餐毡例姓苏)、《浣溪沙》(半夜银山上积苏)、《浣溪沙》(万顷风涛不记苏)、《水龙吟》(似花还似非

---

① 南京大学文学院《全清词》编纂研究室编《全清词·雍乾卷》，南京：南京大学出版社，2012年，1583页。

② 南京大学中国语言文学系《全清词》编纂研究室编《全清词·顺康卷》，北京：中华书局，2002年，8515页。

③ 周明初，叶晔补编《全明词补编》，杭州：浙江大学出版社，2007年，717页。

④ 南京大学中国语言文学系《全清词》编纂研究室编《全清词·顺康卷》，北京：中华书局，2002年，3303页。

⑤ 南京大学文学院《全清词》编纂研究室编《全清词·雍乾卷》，南京：南京大学出版社，2012年，5389页。

⑥ 南京大学中国语言文学系《全清词》编纂研究室编《全清词·顺康卷》，北京：中华书局，2002年，4612页。

⑦ 张宏生主编《全清词·顺康卷补编》，南京：南京大学出版社，2008年，2511页。

⑧ 周明初，叶晔补编《全明词补编》，杭州：浙江大学出版社，2007年，1079页。

⑨ 南京大学文学院《全清词》编纂研究室编《全清词·雍乾卷》，南京：南京大学出版社，2012年，4956页。

花)、《浣溪沙》(菊暗荷枯一夜霜)、《阮郎归》(绿槐高柳咽新蝉)、《洞仙歌》(冰肌玉骨)等词韵,创作咏雪、咏杨花(柳絮)、咏橘、咏夏景等咏物类题材词。

1. 咏雪

和《江城子》(黄昏犹是雨纤纤)韵,如宋王之道《江城子·追和东坡雪》(寒光凌乱六花纤)等。

和《浣溪沙》(覆块青青麦未苏)、《浣溪沙》(醉梦醺醺晓未苏)、《浣溪沙》(雪里餐毡例姓苏)、《浣溪沙》(半夜银山上积苏)、《浣溪沙》(万顷风涛不记苏)韵,如王之道《浣溪沙·赋春雪,追和东坡韵四首》(阳气初升土脉苏)、《浣溪沙》(体粟须烦鼎力苏)、《浣溪沙》(春到衡门病滞苏)、《浣溪沙》(冻卧袁安已复苏)等。

2. 咏杨花(柳絮)

明清时期,20 位词人和《水龙吟》(似花还似非花)韵,创作 21 首咏杨花(柳絮)词(详见上一节)。

3. 咏橘

和《浣溪沙》(菊暗荷枯一夜霜)韵,如清陆瑶林《浣溪沙·谢友惠橘,用坡公韵》(曾踏三衢十里霜)①、姚大祯《浣溪沙·谢友惠橘,用坡公韵》(洞庭秋晚已加霜)②等。

4. 咏夏景

和《阮郎归》(绿槐高柳咽新蝉)韵,如清周廷谔《阮郎归·初夏,用苏长公韵》(柳阴水外暮鸣蝉)③等。

和《洞仙歌》(冰肌玉骨)韵,如清周金然《洞仙歌·夏夜,和坡公韵》(湘纹冷簟)④、李兴祖《洞仙歌·夏景,和苏端明韵》(披襟散发)⑤等。

(三) 节序类

历代词人和苏轼《南歌子》(山与歌眉敛)、《南歌子》(古岸开青葑)、《鹊桥仙》(乘槎归去)、《鹊桥仙》(缑山仙子)、《水调歌头》(明月几时有)、《水调歌头》(安石在东海)、《念奴娇》(凭高眺远)、《阳关曲》(暮云收尽溢清寒)、《南乡子》(霜降水痕收)、《点绛唇》(我辈情钟)、《点绛唇》(不用悲秋)、《醉蓬莱》(笑劳生一梦)、《定风波》(与客携壶上翠微)、《西江月》(点点楼头细

---

① 南京大学中国语言文学系《全清词》编纂研究室编《全清词·顺康卷》,北京:中华书局,2002 年,1173 页。

② 张宏生主编《全清词·顺康卷补编》,南京:南京大学出版社,2008 年,2416 页。

③ 南京大学中国语言文学系《全清词》编纂研究室编《全清词·顺康卷》,北京:中华书局,2002 年,11629 页。

④ 南京大学中国语言文学系《全清词》编纂研究室编《全清词·顺康卷》,北京:中华书局,2002 年,5859 页。

⑤ 南京大学中国语言文学系《全清词》编纂研究室编《全清词·顺康卷》,北京:中华书局,2002 年,9275 页。

雨)等词韵,效《南乡子》(霜降水痕收)体,创作端午、七夕、重阳等节序类题材词。

1. 端午词

和《南歌子》(山与歌眉敛)、《南歌子》(古岸开青葑)韵,如宋杨无咎《南歌子·次东坡端午韵》(小雨疏疏过)、《南歌子·己未和韵》(波静明如染)①等。

2. 七夕词

和《鹊桥仙》(缑山仙子)、《鹊桥仙》(乘槎归去)韵,如黄庭坚《鹊桥仙·席上赋七夕》(朱楼彩舫)②、《鹊桥仙·次东坡七夕韵》(八年不见)③等。

3. 中秋词

宋、明、清时期,15位词人和《水调歌头》(明月几时有)韵作中秋词20首。

其中,清周在浚《水调歌头》其词并序云:

丙辰中秋秋分,杜绎山、湘草、不党及舍弟龙客、榕客、燕客,汝南湾坐月,用东坡丙辰中秋韵。

露洗残云净,明月独中天。试听家家箫鼓,依旧太平年。人道良宵南靓,我喜秋分恰至,桂影亦微寒。鸿雁何方至,飘然有无间。 人散后,移竹榻,抱琴眠。喧呼门外纷纷,逐队看场园。莫叹冰轮一点,照彻狼烟千里,好事古难全。多少征夫泪,翘首望婵娟。④

从“人道良宵南靓,我喜秋分恰至”可知,词序中的“中秋秋分”,是指八月半中秋节这一天恰好是秋分这个节气。这样的中秋非常难得,更为难得的是,周在浚此词作于康熙十五年(1676)丙辰,距苏轼作中秋词的熙宁九年(1076)丙辰,整整六百年。

和《水调歌头》(安石在东海)韵,如明谢应芳《水调歌头·中秋言怀》(战骨缟如雪)⑤,清朱茂晭《水调歌头·中秋追和东坡作》(月色四时好)⑥等。

和《念奴娇》(凭高眺远)中秋词韵,如明戚勋《念奴娇·中秋,步东坡韵》(五湖深渺)⑦、陈婴《念奴娇·中秋,和东坡韵》(羲炎乍远)⑧,清陈维崧《念奴

---

① 唐圭璋编纂,王仲闻参订,孔凡礼补辑《全宋词》,北京:中华书局,1999年,1556页。

② 唐圭璋编纂,王仲闻参订,孔凡礼补辑《全宋词》,北京:中华书局,1999年,502页。

③ 唐圭璋编纂,王仲闻参订,孔凡礼补辑《全宋词》,北京:中华书局,1999年,502页。

④ 南京大学中国语言文学系《全清词》编纂研究室编《全清词·顺康卷》,北京:中华书局,2002年,7911页。

⑤ 饶宗颐初纂,张璋总纂《全明词》,北京:中华书局,2004年,208页。

⑥ 南京大学中国语言文学系《全清词》编纂研究室编《全清词·顺康卷》,北京:中华书局,2002年,4589页。

⑦ 饶宗颐初纂,张璋总纂《全明词》,北京:中华书局,2004年,3410页。

⑧ 周明初,叶晔补编《全明词补编》,杭州:浙江大学出版社,2007年,1062页。

娇·乙巳中秋用东坡韵,寄广陵诸旧游》(月明如此)①、朱黼《念奴娇·中秋,次东坡韵》(挚开玉锁)②等。

和《阳关曲》(暮云收尽溢清寒)韵,如清何采《阳关曲·中秋秦靖生招饮惠山,集唐,用东坡中秋韵》(疏钟声出慧山寒)③等。

4. 重阳词

和《南乡子》(霜降水痕收)韵,如,黄庭坚《南乡子·重阳日寄怀永康彭道微使君,用坡旧韵》(卧稻雨余收),陈师道《南乡子·九日用东坡韵》(晴野下田收)、《南乡子》(朝落去帆收),葛胜仲《南乡子·九日用玉局翁韵作呈坐上诸公》(晴日乱云收),明陶汝鼐《南乡子·九日和东坡韵,乙卯》(平野稼云收),清无名氏《南乡子·重九,和东坡先生原韵》(雁路白云收),方成培《南乡子·九日和东坡韵》(露冷碧阴收)等。

和《点绛唇》(我辈情钟)、《点绛唇》(不用悲秋)韵,如,黄庭坚《点绛唇·重九日寄怀嗣直弟,时在涪陵,用东坡余杭九日〈点绛唇〉旧韵》(浊酒黄花),向子諲《点绛唇·重九戏用东坡先生韵》(无热池南)、《点绛唇》(病卧秋风)、《点绛唇》(今日重阳),清周金然《点绛唇·九日登丹凤楼次坡公韵》(秋色佳哉)、《点绛唇》(高会龙山)、《点绛唇》(冷落东篱)、《点绛唇》(饮露餐英)④等。

和《醉蓬莱》(笑劳生一梦)韵,如宋王之道《醉蓬莱·追和东坡重九呈彦时兄》(对黄芦卧雨)等。

和《定风波》(与客携壶上翠微)韵,如清方桑者《定风波·九日登高,次东坡原韵》(携手登山望翠微)⑤等。

和《西江月》(点点楼头细雨)韵,如清何采《西江月·九日熊雪堂少宰、朱遂初都垣招集滕王阁,用东坡九日韵》(分手同辞北阙)⑥等。

效《南乡子》(霜降水痕收)体,如宋刘将孙《南乡子·重阳效东坡作》(山色泛秋光)等。

---

① 南京大学中国语言文学系《全清词》编纂研究室编《全清词·顺康卷》,北京:中华书局,2002年,4049页。

② 南京大学文学院《全清词》编纂研究室编《全清词·雍乾卷》,南京:南京大学出版社,2012年,4624页。

③ 南京大学中国语言文学系《全清词》编纂研究室编《全清词·顺康卷》,北京:中华书局,2002年,4610页。

④ 南京大学中国语言文学系《全清词》编纂研究室编《全清词·顺康卷》,北京:中华书局,2002年,5851页。

⑤ 南京大学中国语言文学系《全清词》编纂研究室编《全清词·顺康卷》,北京:中华书局,2002年,10799页。

⑥ 南京大学中国语言文学系《全清词》编纂研究室编《全清词·顺康卷》,北京:中华书局,2002年,4636页。

二、足迹相仿，经历相似

后世词人来到扬州平山堂、湖州六客堂、润州多景楼、黄州玉台山、泗州第一山等苏轼留下足迹的地方时，与苏轼有相似的人生经历，因而对苏轼在当地创作的词篇进行追和，或是和韵创作，或是同调赋词。

（一）扬州平山堂

平山堂，在扬州大明寺侧蜀冈上，北宋庆历八年（1048）知州欧阳修建。苏辙《扬州五咏·平山堂》诗云："堂上平看江上山，晴光千里对凭栏。海门仅可一二数，云梦犹吞八九宽。檐外小棠阴蔽芾，壁间遗墨涕泛澜。人亡坐使风流尽，遗构仍须仔细观。"①南宋王象之《舆地纪胜》卷三七载："平山堂，在城西北五里大明寺侧，庆历八年二月，欧公来牧是邦，为堂于大明寺庭之坤隅，江南诸山，供列檐下，若可攀取，因目之曰平山堂。"②叶梦得《避暑录话》卷上载："欧阳文忠公在扬州，作平山堂，壮丽为淮南第一。堂据蜀冈，下临江南数百里，真、润、金陵三州，隐隐若可见。"③

元丰七年（1084）十月，苏轼离黄赴汝经过扬州平山堂，作《西江月》（三过平山堂下）。该词与欧阳修《朝中措》（平山栏槛倚晴空）的广泛流传，使得扬州平山堂闻名遐迩。清王士祯《花草蒙拾》云："平山堂一抔土耳，亦无片石可语。然以欧、苏词，遂令地重。"④

清代词人登临平山堂，或是追和苏词，或是联续追和欧、苏词。如，毛奇龄《朝中措·平山堂续词》（青山犹在画栏空），其词序云："扬州平山堂，倾废久矣。康熙甲寅冬十月，予过扬州，值太守金君从故处建堂。命予以酒，且勒欧阳修《朝中措》原词，使坐客续其后……因被醉书此词。"⑤又《西江月·续东坡词》（闻道欧公当日），其词序云："此予续东坡词也，东坡忆欧阳公而为是词，予复忆坡而重续其词。"⑥按，"太守金君"，扬州知府金镇。雍正《扬州府志》卷二三载："国朝知扬州府金镇与乡主事汪懋麟特建堂寺右，以复旧观，并构真赏楼于堂后。"⑦

再如，周金然《西江月·辛亥中秋北上，重经广陵，次日过平山堂，追和坡

---

① 苏辙著《栾城集》，上海：上海古籍出版社，1987 年，215 页。

② 王象之撰《舆地纪胜》，北京：中华书局 1992 年，1568 页。

③ 叶梦得撰《避暑录话》，《丛书集成初编》本，长沙：商务印书馆，1939 年，2 页。

④ 唐圭璋编《词话丛编》，北京：中华书局，1986 年，681 页。

⑤ 南京大学中国语言文学系《全清词》编纂研究室编《全清词·顺康卷》，北京：中华书局，2002 年，3725－3726 页。

⑥ 南京大学中国语言文学系《全清词》编纂研究室编《全清词·顺康卷》，北京：中华书局，2002 年，3726 页。

⑦ 尹会一，程梦星等纂修雍正《扬州府志》，《中国方志丛书》本，台北：成文出版社有限公司，1975 年，376 页。

韵》（美满二分明月）①；彭桂《朝中措·甲辰过扬州平山堂，追和欧阳文忠公韵》（江南江北碧天空）②、《西江月·平山堂，又和坡公韵》（莫吊参军赋后）③；宗观《朝中措·平山堂，和欧阳文忠公原韵》（栖灵山寺倚云空）、《西江月·和苏文忠平山堂原韵》（昔爱龙蛇壁上）④；朱经《朝中措·平山堂，和欧公韵》（平山堂上已成空）⑤、《西江月·和坡公平山堂原韵》（暮霭青浮壁上）⑥等。

（二）湖州六客堂

六客堂，即碧澜堂，在湖州霅溪之畔，唐大中四年（850）湖州刺史杜牧建。嘉泰《吴兴志》卷一三载："碧澜堂，在子城南一百步，霅溪之西岸，唐大中四年刺史杜牧建。"⑦碧澜堂，因前后六客之会而得名六客堂。嘉泰《吴兴志》卷一三载："六客堂，在湖州府郡圃中，熙宁中知州李常□□□□□□，作《六客词》，元祐中知州事张询复为六客之集，作《六客词序》……后人韵艳，遂以堂名。"⑧

熙宁七年（1074）九月，苏轼离杭赴密，与奉诏入京任翰林学士的杨绘（字元素）、湖州知州李常（字公择）、湖州人张先、陈舜俞（字令举）、刘述（字孝叔）六人在湖州碧澜堂雅集。湖州知州张询《六客词序》云："昔李公择为此郡，张子野、刘孝叔在焉，而杨元素、陈令举过之，会于碧澜堂，子野作《六客词》，传于四方。"⑨张先《六客词》，即《定风波》（西阁名臣奉诏行）。时隔十七年后，元祐六年（1091）三月，苏轼离任杭州知州奉诏入京任翰林学士兼侍读，途经湖州，与张询（字仲谋）、曹辅（字子方）、刘季孙（字景文）、苏坚（字伯固）、张弼（字秉道）在碧澜堂集会，应湖州知州张询之请作《后六客词》，即《定风波》（月满苕溪照夜堂）。

清吴绮（字园次）知湖州府，与余怀等六人在六客堂集会。吴绮作《定风

① 南京大学中国语言文学系《全清词》编纂研究室编《全清词·顺康卷》，北京：中华书局，2002年，5886页。
② 南京大学中国语言文学系《全清词》编纂研究室编《全清词·顺康卷》，北京：中华书局，2002年，6036页。
③ 南京大学中国语言文学系《全清词》编纂研究室编《全清词·顺康卷》，北京：中华书局，2002年，6040页。
④ 张宏生主编《全清词·顺康卷补编》，南京：南京大学出版社，2008年，268页。
⑤ 南京大学中国语言文学系《全清词》编纂研究室编《全清词·顺康卷》，北京：中华书局，2002年，10783页。
⑥ 南京大学中国语言文学系《全清词》编纂研究室编《全清词·顺康卷》，北京：中华书局，2002年，10783页。
⑦ 谈钥纂嘉泰《吴兴志》，《宋元方志丛刊》本，北京：中华书局，1990年，4738页。
⑧ 谈钥纂嘉泰《吴兴志》，《宋元方志丛刊》本，北京：中华书局，1990年，4738页。
⑨ 曾枣庄，刘琳主编《全宋文》（第一〇一册），上海辞书出版社，安徽教育出版社，2006年，300页。

波·六客堂和东坡原韵》(紫菊含霜对郡堂)①,余怀作《定风波》(春到江南花半开),其词序云:“李公择知湖州,集苏子瞻、刘孝叔、张子野、陈令举、杨元素为六客,子野作《六客词》;后二十五年,子瞻守湖州,集张仲谋、曹子方、刘景文、苏伯固、张秉道为六客,子瞻作《后六客词》。今吴园次来守湖州,又为六客之会,作《三六客词》。”②按,“后二十五年”,系误记。

(三)润州多景楼

多景楼,在润州北固山甘露寺内,因唐李德裕《题临江亭》诗中“多景悬窗牖”句而得名。嘉定《镇江府志》卷一二载:“多景楼,在甘露寺,天下之殊景也。”③嘉定《镇江府志》卷八载:“甘露寺,在北固山,唐宝历中李德裕建,以资穆宗冥福。时甘露降此山,因名。”④米芾《宝晋英光集》卷四《甘露寺》诗,其序云:“多景楼面山背江,为天下甲观,五城十二楼不过。”⑤张邦基《墨庄漫录》卷四载:“镇江府甘露寺,在北固山上,江山之胜,烟云显晦,萃于目前。旧有多景楼,尤为登览之最,盖取李赞皇《题临江亭》诗有“多景悬窗牖”之句,以是命名,楼即临江故基也。”⑥

熙宁七年(1074)十月,苏轼由杭赴密途经润州,与卸任海州知州回扬州的孙洙(字巨源)相遇,与丹阳人王存(正仲)同游甘露寺,在多景楼雅集宴饮,听歌妓弹琵琶,即席作《采桑子》(多情多感仍多病)词。傅幹《注坡词》卷一二引《本事集》云:“润州甘露寺多景楼,天下之殊景。甲寅仲冬,苏子瞻、孙巨源、王正仲参会于此。有胡琴者,姿色尤好。三公皆一时英秀,景之秀,妓之妙,真为希遇。饮阑,巨源请于子瞻曰:‘残霞晚照,非奇才不尽。’子瞻作此词。”⑦

清赵帅登临北固山,见到破败不堪的多景楼,对东坡词进行同调追和,作《采桑子》(名楼纵废仍多景),其词序云:“多景楼,在北固山上,东坡曾填此调,今楼废矣,特追和之。”⑧

(四)黄州玉台山

元丰五年(1082)三月,苏轼前往黄州蕲水县清泉寺游玩,沿兰溪而行途经玉台山时,在酒家饮酒,醉后夜行至一溪桥上,在月色中解鞍而卧,至天明方醒,作《西江月》(照野弥弥浅浪)词题于桥柱之上。

---

① 张宏生主编《全清词·顺康卷补编》,南京:南京大学出版社,2008年,422页。
② 南京大学中国语言文学系《全清词》编纂研究室编《全清词·顺康卷》,北京:中华书局,2002年,1235页。
③ 史弥坚修,卢宪纂嘉定《镇江府志》,《宛委别藏》本,南京:江苏古籍出版社,1988年,277页。
④ 史弥坚修,卢宪纂嘉定《镇江府志》,《宛委别藏》本,南京:江苏古籍出版社,1988年,197页。
⑤ 米芾撰《宝晋英光集》,《丛书集成初编》本,长沙:商务印书馆,1939年,23页。
⑥ 张邦基《墨庄漫录》(外两种),北京:中华书局,2002年,121–122页。
⑦ 傅幹注,刘尚荣校证《注坡词》,成都:巴蜀书社,1993年,335页。
⑧ 南京大学文学院《全清词》编纂研究室编《全清词·雍乾卷》,南京:南京大学出版社,2012年,2243页。

苏轼题词之桥，后得名绿杨桥。弘治《黄州府志》卷二载："绿杨桥，在（蕲水县）治东三里，苏东坡夜醉乘月卧此桥。既觉，作《西江月》词，其末句云'解鞍欹枕绿杨桥，杜宇一声春晓。'"①光绪《黄州府志》卷三载："绿杨桥，在（蕲水）县东里许，宋苏轼曾醉卧其上，作绿杨桥词，因名。"②

清蕲水人杨继经（有《菊庐诗集》）在玉台山前建亭，名之为春晓亭。光绪《黄州府志》卷三载："春晓亭，在县东里许玉台山前，国朝杨继经建。"③清杨钟羲《雪桥诗话三集》卷二云："蕲水玉台山枕兰溪，溪西流。陆羽所称第三泉也。东坡居黄州，尝游憩其地，有词云：'解鞍欹枕绿杨桥，杜宇数声春晓。'邑人杨菊庐构亭玉台之坞，以'春晓'榜其亭。"④李良年《词坛纪事》卷中云："东坡春夜行蕲水中，过酒家饮，醉，乘月至一溪桥上，卸鞍曲肱少休，及觉已晓，乱山葱茏，疑非人世，因自赋《西江月》云……蕲水杨菊庐比部因此词于玉台山作春晓亭子，一时名士多为赋之，亦佳话也。"⑤

明清词人和东坡词韵题咏绿杨桥、春晓亭词，如，明刘允昌《西江月·和苏轼绿杨桥词》（漠漠野云生壑）题咏绿杨桥⑥，清王岱《西江月》（赤壁文章海外）、《西江月》（柳絮歌残日暮）题咏春晓亭，其词序云："和苏子瞻春晓词，祠在蕲黄，后人立亭名曰'春晓'。杨传人新之，征诗纪事，因赋。"⑦

（五）泗州第一山

元丰七年（1084）十二月，苏轼离黄赴汝期间，舟行至泗州，与知州刘士彦同游南山（又名第一山，米芾有诗云"自是东南第一山"，因名），作《行香子》（北望平川）。

明正德四年（1509），陈霆以公事至泗州，闲暇之余游历南山，和东坡词韵作《行香子·书泗州南山石壁》（野景晴川），词后有注云："泗州南山，即坡老与泗守旧游处，有《行香子》镌于石，崇宁间磨去。己巳岁，以公事至泗，公暇得游，追感旧事，为和。"⑧按，"崇宁间磨去"者，仅是题名。

---

① 卢希哲纂修弘治《黄州府志》，《天一阁藏明代方志选刊》本，上海：上海古籍出版社，明影印弘治十三年刻本，叶七十五。

② 英启修，邓琛纂光绪《黄州府志》，《中国方志丛书》本，台北：成文出版社有限公司，1976年，137页。

③ 英启修，邓琛纂【光绪】《黄州府志》，《中国方志丛书》本，台北：成文出版社有限公司，1976年，137页。

④ 杨钟羲撰集《雪桥诗话三集》，北京：北京古籍出版社，1991年，71页。

⑤ 李良年辑《词坛纪事》（外一种），《丛书集成初编》本，上海：商务印书馆，1937年，27－28页。

⑥ 英启修，邓琛纂【光绪】《黄州府志》，《中国方志丛书》本，台北：成文出版社有限公司，1976年，138页。

⑦ 南京大学中国语言文学系《全清词》编纂研究室编《全清词·顺康卷》，北京：中华书局，2002年，572页。

⑧ 饶宗颐初纂，张璋总纂《全明词》，北京：中华书局，2004年，549页。

三、展示才学，竞技角艺

有些词人对东坡词进行和韵、效体、集句创作，是为了展示才情和学识，展现作词技艺与手法。对于不同词人而言，这种创作心态或明或晦，有些词人比较高调，词序中鲜明表露心态，甚至口出“狂言”，欲与东坡词名篇试比高；有些词人比较低调，词序中并不显山露水，词作中暗藏玄机，细读文本可见其良苦用心。

（一）词序中表露心态

宋郭祥正、明王屋、清傅涵等对东坡词进行和韵、效体创作，在词序中鲜明表露挑战东坡词名篇的创作心态。

1. 郭祥正以和韵方式挑战《醉翁操》（琅然）

元丰五年（1082）十二月，苏轼应庐山玉涧道人崔闲之请，作《醉翁操》（琅然）。

王辟之《渑水燕谈录》卷七载：“闲为弦其声，居士倚为词，顷刻而就，无所点窜……声词皆备，遂为琴中绝妙，好事者争传。”①

郭祥《醉翁操》（冷冷潺潺）序云：“予甥法真祥师以子瞻内相所作《醉翁操》见寄，予以为未工也，倚其声作之，写呈法真，知可意否。”②

2. 王屋以效体方式挑战《水龙吟》（似花还似非花）

明王屋《鼓笛慢》（懒红堆里飞来）序云：“章质夫有咏杨花《水龙吟》，东坡和之，今古称其绝唱。余不揣敢复效颦，虽工拙悬殊，托寄不无小异。”③首先，肯定苏词是古今绝唱；其次，很谦虚地说自己的词是“效颦”之作，与东坡词有高下之别、工拙之殊；最后，很有自信地说自己的词别有寄托。

3. 清傅涵以次韵方式挑战苏轼《水调歌头》（明月几时有）

傅涵《水调歌头·乙卯二月》十首之引云：

酷爱东坡中秋此词，悬于齿吻间，逾几红绿叶矣。屡思按其韵位，一一步之。非窃彼声腔也，亦聊示追随恐后之意耳。或拟诸学邯郸者，则吾有吾足在，决不肯昧吾踪迹，使贱至如蹄涔，卑至如屦苴也。今者三五日内，随触随动，随动随执，随执随就，随就随录，随录而复随其美恶。若匪出自己手，不事推敲，不加润饰，率意留之，竟得十首。我□坡仙，傍影不上，有辈蹒跚，又莫趁我脚汗气也。呵呵。黄帝屈膝于兔脑之岁，百花生后九日，夜雨二十一阵，鸡三号，犬吠声无算。汝阳醉愚可小楼，主人酒狂大发，头抵木壁，时带睡跃起，疾行乱叫，立搨于阔粉版子上，放笔已鼾齁齁地，却挂破纸窗边。至东方白，急

---

① 王辟之撰《渑水燕谈录》（外一种），北京：中华书局，1981 年，86 页。

② 唐圭璋编纂，王仲闻参订，孔凡礼补辑《全宋词》，北京：中华书局，1999 年，479 页。

③ 饶宗颐初纂，张璋总纂《全明词》，北京：中华书局，2004 年，1609 页。

辞枕，盥漱毕，敛体辑气端坐，钞置前幅，即搨去其迹，不令我两眼复见。①

首先，从词序里交代的创作缘起、目的以及描摹的创作状态、过程，可以想见其挑战名作的创作心理。从“酷爱东坡中秋此词，悬于齿吻间，逾几红绿叶矣”可知，他非常欣赏《水调歌头》（明月几时有），可谓是顶礼膜拜，常常吟诵于口，这是创作缘起。从“屡思按其韵位，一一步之……聊示追随恐后之意耳，或拟诸学邯郸者，则吾有吾足在，决不肯昧吾踪迹，使贱至如蹄涔，卑至如履苴也”可知，一方面，在形式上是对东坡词一一步韵，不越雷池一步；另一方面，在内容上保持自己的创作个性，并非邯郸学步，亦步亦趋。这是创作目的。这样形式与内容、韵脚与文意、模仿与创新兼顾，是很有难度的。因此，其创作过程非常艰难、痛苦，为了在三五日内创作十篇作品，他几近于“走火入魔”，连睡觉都不安心，“酒狂大发，头抵木壁，时带睡跃起，疾行乱叫，立搨于阔粉版子上，放笔已鼾齁齁地，却挂破纸窗边”，“至东方白，急辞枕，盥漱毕，敛体辑气端坐，钞置前幅”，这是创作状态和过程。在创作出作品之后，他既谦虚地说“我□坡仙，傍影不上”，又自豪地说“有辈蹒跚，又莫趁我脚汗气也”，言下之意是说，我的词篇虽不能超越苏轼的名作，但是，我敢于挑战，我的作品在当下是没有人能超越的。确实如此，其他方面且不论，单从创作数量上看，历代词人中能一口气连和《水调歌头》词十首的，只有他一人！

其次，从次韵这一方式本身具有的效果来看，其挑战名作的创作心态可以得到很好的印证。内山精也在《苏轼次韵词考——以诗词间所呈现的次韵之异同为中心》中，将次韵这一手法的效果总结为三点：其一，游戏性、比赛性的效果；其二，对比鲜明化的效果；其三，社交交情的效果。对于第一、第二点，内山精也解释道：

在克服韵字的约束的行为中，可以说包含着某种（对自己的）游戏性。而且，因为次韵之作当然是要与原篇进行比较鉴赏的，所以，次韵的诗人在克服字的约束的同时，在内容上也自然会努力赶超原篇，从而，自然产生了（对他人的）比赛性。

通过使用次韵，原篇与和篇在诗型、韵字甚至韵字的位置这几点上的同一性都得到了保证。与没有上述共同点的诗作之间的较量相比，正因为客观上作诗的条件近似，所以两者之间质的差异就更突显出来了……也就意味着质的优劣也更为鲜明地表现了出来。②

实际上，“比赛性”效果与“对比鲜明化”效果之间，是密切联系的。诗歌中的次韵创作是如此，词中的次韵创作也同样是如此。傅涵通过连续次韵（即

---

① 南京大学文学院《全清词》编纂研究室编《全清词·雍乾卷》，南京：南京大学出版社，2012年，561页。

② 内山精也著《传媒与真相——苏轼及其周围士大夫的文学》，上海：上海古籍出版社，2005年，368页。

引中所谓的“按其韵位，一一步之”）的方式进行创作，其目的在于追求“对比鲜明化”的“比赛性”效果，进行作品间的质的优劣的比较。至少，在题材的丰富性上可以超越苏词，其《水调歌头》十首的词题分别为“深夜听雨”、“晴”、“观剧”、“雨”、“观剧”、“眺雨”、“过务本堂为门前孤柳”、“罗池水响伴流辈独听”、“题壁间画”、“暗答客嘲”①。

（二）词作中暗藏玄机

集句，考验的是作者的学识与才气。作集句诗、词，一方面须要学识，有大量的积累，这样才能信手拈来，取之不尽，用之不竭；另一方面须要才气，这样才能打成一片，如出一手，浑然天成。作集句诗、词创作，不加什么限制条件，已经很有难度，很见水准。集句，有七难。沈雄《古今词话·词话》卷上：“《柳塘词话》曰：‘徐士俊谓集句有六难，属对一也，协韵二也，不失粘三也，切题意四也，情思联续五也，句句精美六也。’贺裳曰：‘集之佳者亦仅一斑斓衣也，否则补破衲衣矣。介甫虽工，亦未生动。’沈雄曰：‘余更增其一难，曰打成一片。’”②如果加上一些限制条件，无疑是增加了难度，也就更能展示作者的学识与才情了。清何采、孙致弥单集东坡词句为词，清董元恺、徐基效东坡体作《南乡子》集句词，词作中均暗藏着展示才学、竞技角艺的良苦用心。

1. 单集东坡词句为词

何采集苏轼《浣溪沙》（入袂轻风不破尘）、《浣溪沙》（旋抹红妆看使君）、《浣溪沙》（罗袜空飞洛浦尘）、《浣溪沙》（四面垂杨十里荷）、《浣溪沙》（桃李溪边驻画轮）、《浣溪沙》（轻沙走马路无尘）六词中句为《浣溪沙》词：

早秋山行见田父泥饮，集东坡本调句

入袂轻风不破尘。三三两两棘篱门。携壶藉草亦天真。　天气渐凉人寂寞，夕阳虽好近黄昏。何时收拾耦耕身。③

孙致弥集苏轼《昭君怨》（谁作桓伊三弄）、《诉衷情》（海棠珠缀一重重）、《鹊桥仙》（缑山仙子）、《南乡子》（裙带石榴红）、《减字木兰花》（琵琶绝艺）、《诉衷情》（小莲初上琵琶弦）、《一斛珠》（洛城春晚）、《浣溪沙》（学画鸦儿正妙年）、《江城子》（前瞻马耳九仙山）、《减字木兰花》（神闲意定）八调十词中句为《卖花声》词：

卖花声·集东坡句戏赠

新月与愁烟（昭君怨）。岁岁年年（诉衷情）。相逢一醉是前缘（浣溪沙）。愿作龙香双凤拨（南乡子），拨弄幺弦（减字木兰花）。　弹破碧云天（诉衷

① 南京大学文学院《全清词》编纂研究室编《全清词·雍乾卷》，南京：南京大学出版社，2012年，561－564页。

② 唐圭璋编《词话丛编》，北京：中华书局，1986年，843页。

③ 南京大学中国语言文学系《全清词》编纂研究室编《全清词·顺康卷》，北京：中华书局，2002年，4616页。

情）。烛下花前（诉衷情）。曲终红袖落双缠（浣溪沙）。莫使匆匆云雨散（江城子），归去无眠。①

2. 效东坡体作《南乡子》集句词

《南乡子》调之所以可以作集句词，在于其句式以五、七言句为主，上、下阕各有两二字句。董元恺、徐基效东坡体作《南乡子》集句词，煞费苦心，用心良苦，挖空心思，竭尽全力，以展现自己的学识和才情，并形成了各自的创作模式和艺术个性。

董元恺《南乡子》集句词的特征是，上、下阕七言句与紧接着的二字句，出于同一联诗句，如《南乡子·下第别诸同年出都，集唐人句，效东坡体》（春到洛阳城）②中，"国器旧知收片玉，登瀛"，源自崔轩《和主司王起》："国器旧知收片玉，朝宗转觉集登瀛"；"春色年来谁是主，无成"，源于顾非熊《长安清明言怀》："春色来年谁是主，不堪憔悴更无成。"其余二十四首集句体《南乡子》词，《南乡子·西归道中》（残月下寒沙）、《南乡子·送金明府归里》（文苑振金声）、《南乡子·旅馆对月》（月色白如霜）、《南乡子·闺情》（归棹隐孤舟）、《南乡子·闺思》（谷鸟一声幽）、《南乡子·少年行》（惊起欲栖乌）、《南乡子·旅怀》（江静晚烟浓）、《南乡子·春兴》（岚翠湿人衣）、《南乡子·春情》（更遣几年回）、《南乡子·春雪早行》（莫道梦魂遥）、《南乡子·秋日遣兴》（乘兴且长歌）、《南乡子·秋感》（香桂折新柯）、《南乡子·西江岁暮，送友入都》（相忆一欣然）、《南乡子·春闺即事》（长望涕沾巾）、《南乡子·闻鹧鸪》（格磔鹧鸪啼）、《南乡子·病起读〈庄子〉》、《南乡子·江楼，集杜少陵句》（飒飒鬓毛苍）、《南乡子·送友，集杜少陵句》（春色泪痕边）、《南乡子·遇北来友人，集杜少陵句》（容易失沉沦）、《南乡子·微泉阁遣怀，呈家叔，集白香山句》（倚杖小池前）、《南乡子·秋日怀友，集白香山句》（非病亦非眠）、《南乡子·春闺，集韩致光句》（鹦鹉伴人愁）、《南乡子·闺情，集韩致光句》（闲画两鸳鸯）、《南乡子·闺情，集李义山句》（恼带拂鸳鸯）③，均具有这一特征。

徐基《南乡子》集句词的特征是，集唐人诗句时必嵌入一句或两句东坡诗句，如，《南乡子·……仿先生集句体……》（歌舞乐时休），"出处不我谋"④，苏轼《送李公择》中句；《南乡子·天台胜游……更赋前调》（高枕道天台），"薄暮渔樵人尽去"⑤，苏轼《虔州八境图八首》其四中句；《南乡子·东坡先生〈南

---

① 南京大学中国语言文学系《全清词》编纂研究室编《全清词·顺康卷》，北京：中华书局，2002年，8164页。

② 南京大学中国语言文学系《全清词》编纂研究室编《全清词·顺康卷》，北京：中华书局，2002年，3266页。

③ 南京大学中国语言文学系《全清词》编纂研究室编《全清词·顺康卷》，北京：中华书局，2002年，3266－3271页。

④ 张宏生主编《全清词·顺康卷补编》，南京：南京大学出版社，2008年，1160页。

⑤ 张宏生主编《全清词·顺康卷补编》，南京：南京大学出版社，2008年，1160－1161页。

乡子〉词共十六首,内集句者三……亦聊写予怀》(人在木兰舟),“造物应须时几变”①,源于苏轼《泗州僧伽塔》:“造物应须日千遍”;《南乡子》(天地一扁舟),“何人更似苏夫子”②,苏轼《冬至日独游吉祥寺》中句;《南乡子》(山月半轮秋),“洞壑携从十日游”③,源自苏轼《和子由四首·韩太祝送游太山》:“偶作郊原十日游”,“出相须归与妇谋”④,源于苏轼《王子直去岁送子由北归往反百舍今又相逢赣上》:“归舍聊须与妇谋”;《南乡子·亦系旧句,未免点金成铁,不敢注列姓名》(风景似相留),“二顷何如为鹤谋”⑤,源自苏轼《赠王子直秀才》:“二顷田应为鹤谋”;《南乡子》(千岁有余哀),“绝谷水流终夜响”⑥,源于苏轼《七月二十四日以久不雨出祷磻溪,是日宿虢县,二十五日晚,自虢县渡渭,宿于僧舍曾阁……》:“深谷留风终夜响。”

四、由词触发,即兴而作

有些词人在通过歌唱、吟诵、阅读等方式接受东坡词时,或是在创作灵感上,或是在思想感情上,或是在人生经历上,有所感发、有所触动,因而进行即兴和韵、效体创作。

因歌唱东坡词而即兴和韵创作,如宋管鉴《水龙吟》(小舟横截西江),序云:“携家游甘泉寺,歌坡仙‘小舟横截春江’之词,用韵。壮观、通幽、吸江,皆亭名。”⑦

因吟诵东坡词而即兴和韵创作,如清张埙《江城子》(三年生死两茫茫),其词序云:“吾妻下世半期,而予与之别则三年矣,偶诵读东坡‘十年生死两茫茫’一篇,辄易其首字,仍倚声《江城子》歌之。”⑧

因阅读东坡词而即兴和韵创作,如,宋倪偁《蝶恋花》(长羡东林山下路),其词序中云:“读东坡《蝶恋花》词,有会于予心,依韵和之。”⑨吴潜《行香子》(世事尘轻),其词序云:“开庆己未八月十夜,同官小饮逸老堂,李直翁制参出示东坡题钓台《行香子》,走笔和韵。”⑩明费宏《满庭芳》(谁道归来),其词序云:“偶阅东坡墨刻,有此词,用韵戏作。”⑪李玑《卜算子》(推窗月在帘),其词

---

① 张宏生主编《全清词·顺康卷补编》,南京:南京大学出版社,2008 年,1161 页。
② 张宏生主编《全清词·顺康卷补编》,南京:南京大学出版社,2008 年,1161 页。
③ 张宏生主编《全清词·顺康卷补编》,南京:南京大学出版社,2008 年,1162 页。
④ 张宏生主编《全清词·顺康卷补编》,南京:南京大学出版社,2008 年,1162 页。
⑤ 张宏生主编《全清词·顺康卷补编》,南京:南京大学出版社,2008 年,1161－1162 页。
⑥ 张宏生主编《全清词·顺康卷补编》,南京:南京大学出版社,2008 年,1161 页。
⑦ 唐圭璋编纂,王仲闻参订,孔凡礼补辑《全宋词》,北京:中华书局,1999 年,2024 页。
⑧ 南京大学文学院《全清词》编纂研究室编《全清词·雍乾卷》,南京:南京大学出版社,2012 年,4956 页。
⑨ 唐圭璋编纂,王仲闻参订,孔凡礼补辑《全宋词》,北京:中华书局,1999 年,1727 页。
⑩ 唐圭璋编纂,王仲闻参订,孔凡礼补辑《全宋词》,北京:中华书局,1999 年,3519 页。
⑪ 饶宗颐初纂,张璋总纂《全明词》,北京:中华书局,2004 年,475 页。

序云："夜月书事，用壁间东坡赤壁乐章韵。"①清方炳《玉楼春》（怀人转觉佳期阔），其词序云："阅东坡词至'四十三年如电抹'，怅焉有怀，率尔占和，时癸丑之夏五月也。"②按，方炳词调当为《木兰花令》，而非《玉楼春》。《玉楼春》调七言八句，《木兰花令》亦有七言八句体，故容易混淆，有人甚至认为两者是同一词调，误。

因阅读东坡词而即兴效体创作，如清何采《哨遍》（我与世忘），其词序云："檃括《归去来辞》，读东坡词因效其体。"③

五、欲填此调，别无选择

历代词人在效体创作檃括体《哨遍》、回文体《菩萨蛮》、《醉翁操》、《皂罗特髻》、集句体《南乡子》等词时，由于客观条件的制约，别无他词选择，只能取法东坡词。

（一）檃括体《哨遍》

檃括体《哨遍》词，是苏轼首创。效东坡檃括体《哨遍》词的，如，宋王安中《哨遍·北山移文》（世有达人），檃括孔稚珪《北山移文》。曹冠《哨遍》（壬戌孟秋），檃括苏轼《前赤壁赋》，其词序云："东坡采《归去来词》作《哨遍》，音调高古。双溪居士括《赤壁赋》，被之声歌，聊写达观之怀，寓超然之兴云。"④汪莘《哨遍》（近腊景和），檃括王维《山中与裴迪书》，其词序云："余酷喜王摩诘《山中与裴迪书》，因括其语为《哨遍》歌之。"⑤刘学箕《哨遍·松江》（木叶尽凋），檃括苏轼前后《赤壁赋》，其词序云："括坡仙之语，为《哨遍》一阕，词成而歌之……昔坡仙盖尝以靖节之词寄声乎此曲矣，人莫有非之者。余虽不敏，不敢自亚于昔人，然捧心效颦，不自知丑，盖有之矣。"⑥刘克庄《哨遍》（胜处可宫），檃括韩愈《送李愿归盘谷序》，其词序云："昔坡翁以《盘谷序》配《归去来词》，然陶词既檃括入律，韩序则未也。暇日，游方氏龙山别墅，试效颦为之，俾主人刻之崖石云。"⑦吴潜《哨遍·括兰亭记》（在晋永和），檃括王羲之《兰亭集序》。清徐喈凤《哨遍》（余有所疑），檃括屈原《卜居》，其词序云："东坡檃

① 周明初，叶晔补编《全明词补编》，杭州：浙江大学出版社，2007年，321页。
② 南京大学中国语言文学系《全清词》编纂研究室编《全清词·顺康卷》，北京：中华书局，2002年，5793页。
③ 南京大学中国语言文学系《全清词》编纂研究室编《全清词·顺康卷》，北京：中华书局，2002年，4706页。
④ 唐圭璋编纂，王仲闻参订，孔凡礼补辑《全宋词》，北京：中华书局，1999年，1995页。
⑤ 唐圭璋编纂，王仲闻参订，孔凡礼补辑《全宋词》，北京：中华书局，1999年，2833页。
⑥ 唐圭璋编纂，王仲闻参订，孔凡礼补辑《全宋词》，北京：中华书局，1999年，3121页。
⑦ 唐圭璋编纂，王仲闻参订，孔凡礼补辑《全宋词》，北京：中华书局，1999年，3307页。

括《归去来辞》,稼轩櫽括《停云》诗,传为词坛佳调。余仿其法,櫽括屈原《卜居》。"①

(二) 回文体《菩萨蛮》

回文体《菩萨蛮》,有两种类型,一为逐句回(又名倒句),一为通篇回。清沈雄《古今词话·词品》上卷载:"邹祗谟曰:'回文之就句回者,自东坡、晦庵始也。其通首回者,自义仍始也……。'沈雄曰:'东坡《菩萨蛮》四时词,是名倒句。'"②清田同之《西圃词说》云:"词有櫽括体,有回文体。回文之就句回者,自东坡、晦庵始也。其通体回者,自义仍始也。"③清冯金伯《词源萃编》卷一引王西樵语曰:"《菩萨蛮》回文有二体:有首尾回环者,如邱琼山《秋思》、汤临川《织锦》是也;有逐句转换者,如苏子瞻《闺思》、王元美《别思》是也。然逐句难于通首。"④实际上,逐句回还体《菩萨蛮》词,乃是北宋刘邠(贡父)首创,然其词不传。苏轼《与李公择十七首》其十三云:"效刘十五体,作回文《菩萨蛮》四首寄去……刘造此样见寄,今失之矣。"⑤效回文体《菩萨蛮》,如彭孙贻《菩萨蛮·春愁,效东坡回文》(絮飞花尽春余雨)⑥等。

(三)《醉翁操》

《醉翁操》,陈廷敬、王奕清《钦定词谱》卷二二云:"此本琴曲,所以苏词不载,自辛稼轩编入词中,复遂沿为词调,在宋人中,亦只有辛词一首可校。"⑦

效东坡《醉翁操》体,如,清陆瑶林《醉翁操》(烟横),其词序云:"琴曲。醉翁在滁,喜琅琊涧中泉声,每持酒往听,欣然忘归。有好奇之士沈遵,以琴写其声,名《醉翁操》,坡公补作琴曲,惜此谱失传。余做公词,而节取《秋声赋》之意,其能合音节与否,未暇论也。"⑧何采《醉翁操·生日庐墓述怀,仿东坡体》(曾峦)⑨等。

(四)《皂罗特髻》

《皂罗特髻》,万树《词律》卷一二曰:"叠用'采菱拾翠'字,凡七句,或此

---

① 南京大学中国语言文学系《全清词》编纂研究室编《全清词·顺康卷》,北京:中华书局,2002年,3110页。
② 唐圭璋编《词话丛编》,北京:中华书局,1986年,843-844页。
③ 唐圭璋编《词话丛编》,北京:中华书局,1986年,1164页。
④ 唐圭璋编《词话丛编》,北京:中华书局,1986年,1783页。
⑤ 苏轼著,茅维编《苏轼文集》,北京:中华书局,1986年,1501页。
⑥ 南京大学中国语言文学系《全清词》编纂研究室编《全清词·顺康卷》,北京:中华书局,2002年,1058页。
⑦ 陈廷敬,王奕清等编《钦定词谱》,北京:中国书店,1983年,1479页。
⑧ 南京大学中国语言文学系《全清词》编纂研究室编《全清词·顺康卷》,北京:中华书局,2002年,1206页。
⑨ 南京大学中国语言文学系《全清词》编纂研究室编《全清词·顺康卷》,北京:中华书局,2002年,4665页。

调格应如此，或是坡仙游戏为之，未可考也。”①陈廷敬，王奕清《钦定词谱》卷一九云：“此调无别词可校，按，词中凡七用‘采菱拾翠’句，想其体例应然，填者依之。”②

效《皂罗特髻》体，如清丁澎《皂罗特髻·寄恨，效东坡体》（为伊瘦损）、《皂罗特髻·题越州吴伯憩新词，即用东坡起句》（采菱拾翠）③，仲恒《皂罗特髻·仿子瞻体》（采幽访胜）④等。

（五）集句体《南乡子》

集句体《南乡子》，是苏轼首创。清董元恺有集句体《南乡子》二十五首，其词序云：“集唐人句，效东坡体。”⑤徐基《南乡子》（歌舞乐时休）词序云：“仿先生集句体，续成《南乡子》词一阕，亦以见向往之诚，可免生不同时之恨耳。”⑥又，徐基《南乡子》（人在木兰舟）词序云：“东坡先生《南乡子》词共十六首，内集句者三。予既和前调，遇有古句，仅一两字不符者，用赋中字代之，亦聊写予怀。”⑦

六、一调多体，有意取法

历代词人在效体创作《哨遍》《念奴娇》《洞仙歌》《满江红》等词时，主观上有意取法东坡词。

（一）《哨遍》

《哨遍》，万树《词律》卷二〇，有苏轼“为米折腰”（按，首句，下同）二百〇三字体⑧，《拾遗》卷六有汪莘“近腊景和”一百九十九字体、辛弃疾“池上主人”二百〇一字体⑨。王奕清《钦定词谱》卷三九，有苏轼“为米折腰”二百〇三字体、苏轼“睡起画堂”二百〇三字体、王安中“世有达人”二百〇三字体、曹冠“壬戌孟秋”二百〇三字体、刘克庄“胜处可宫”二百〇四字体、辛弃疾“池上主人”二百〇二字体、辛弃疾“一壑自专”二百〇三字体、汪莘“近腊景和”二百字体、无名氏“太皞司春”一百六十字体⑩等。

---

① 万树著《词律》，上海：上海古籍出版社，1984 年，278 页。
② 陈廷敬，王奕清等编《钦定词谱》，北京：中国书店，1983 年，1252 页。
③ 南京大学中国语言文学系《全清词》编纂研究室编《全清词·顺康卷》，北京：中华书局，2002 年，3180 页。
④ 南京大学中国语言文学系《全清词》编纂研究室编《全清词·顺康卷》，北京：中华书局，2002 年，4888 页。
⑤ 南京大学中国语言文学系《全清词》编纂研究室编《全清词·顺康卷》，北京：中华书局，2002 年，3266 页。
⑥ 张宏生主编《全清词·顺康卷补编》，南京：南京大学出版社，2008 年，1160 页。
⑦ 张宏生主编《全清词·顺康卷补编》，南京：南京大学出版社，2008 年，1160 页。
⑧ 万树著《词律》，上海：上海古籍出版社，1984 年，455 页。
⑨ 万树著《词律》，上海：上海古籍出版社，1984 年，582 页。
⑩ 陈廷敬，王奕清等编《钦定词谱》，北京：中国书店，1983 年，2739－2758 页。

效东坡《哨遍》(睡起画堂)体,如,明吴熙《哨遍·效坡公体》(结个草庐)①。清徐旭旦《哨遍》(何处嬉春),其词序云:“春日泐潭寺看菜花,用苏东坡春情《哨遍》体。”②仲恒《哨遍·依苏东坡体》(晓起揭帘)③等。

(二)《念奴娇》

《念奴娇》,万树《词律》卷一六,有辛弃疾“野棠花落”一百字体、苏轼“大江东去”一百字体、陈允平“凝云沍晓”一百字体④。王奕清《钦定词谱》卷二八,调下注曰:“此调有平韵、仄韵二体,凡句读参差、大同小异者,谱内各以类列”⑤,共有十二体:苏轼“凭高眺远”一百字体、“大江东去”一百字体、姜夔“五湖旧约”一百字体、姜夔“闹红一舸”一百字体、张炎“行行且止”一百字体、张炎“长流万里”一百字体、张辑“嫩凉生晓”一百〇一字体、赵长卿“银蟾光满”一百〇二字体、陈允平“汉江露冷”一百字体、张元干“吴淞初冷”一百字体、叶梦得“故山渐进”一百字体、曹勋“半阴未雨”一百字体。

效东坡《念奴娇》(大江东去)体,如,清董元恺《念奴娇》(相门五世),其词序云:“秋七月,何大春尊人六十寿,令祖八十双寿,而大春以九月举子,令弟并举一子,索词为赠,戏用数目字,仿东坡体。”⑥袁惇大《念奴娇》(暮云风急),其词序云:“赠客,用东坡赤壁体,故二阕二句用五字。”⑦

(三)《洞仙歌》

《洞仙歌》,万树《词律》卷一二,有姜夔“花中惯识”八十二字体、苏轼“冰肌玉骨”八十三字体、辛弃疾“松关桂岭”八十四字体、李元膺“雪云散尽”八十五字体、吴文英“芳辰良宴”八十六字体、康与之“若耶溪路”八十七字体、赵长卿“广寒宫殿”八十八字体、柳永“嘉景,向少年彼此”一百十九字体、柳永“乘兴闲翻兰舟”一百二十三字体、柳永“嘉景留心惯”一百二十六字体⑧;《拾遗》卷三有晁补之“年年清眼”八十四字体、管鉴“化工妙手”八十五字体、蔡伸“莺莺燕燕”八十六字体、潘牥“雕檐绮户”八十八字体、僧仲殊“广寒晓驾”九十三字体⑨。陈廷敬,王奕清《钦定词谱》卷二〇,有苏轼《洞仙歌》(冰肌玉骨)八

---

① 饶宗颐初纂,张璋总纂《全明词》,北京:中华书局,2004年,1764页。

② 南京大学中国语言文学系《全清词》编纂研究室编《全清词·顺康卷》,北京:中华书局,2002年,1883页。

③ 南京大学中国语言文学系《全清词》编纂研究室编《全清词·顺康卷》,北京:中华书局,2002年,4968页。

④ 万树著《词律》,上海:上海古籍出版社,1984年,361-363页。

⑤ 陈廷敬,王奕清等编《钦定词谱》,北京:中国书店,1983年,1917页。

⑥ 南京大学中国语言文学系《全清词》编纂研究室编《全清词·顺康卷》,北京:中华书局,2002年,3339页。

⑦ 南京大学中国语言文学系《全清词》编纂研究室编《全清词·顺康卷》,北京:中华书局,2002年,5013页。

⑧ 万树著《词律》,上海:上海古籍出版社,1984年,284-288页。

⑨ 万树著《词律》,上海:上海古籍出版社,1984年,522-523页。

十三字体等四十体，注曰：“此调有令词，有慢词。令词自八十三字至九十三字，共三十五首……慢词自一百十八字至一百二十六字，共五首。”①

效东坡《洞仙歌》（冰肌玉骨）体，如清何鼎《洞仙歌·登化尘岩，用苏子瞻体》（颓云倒雪）②；吴焯效《洞仙歌》（花阴细路）、《洞仙歌》（旧时姊妹）、《洞仙歌》（春人如画）、《洞仙歌》（别时杨柳），其词序云：“竹垞老人《江湖载酒集》中诸篇，感遇托兴，情见乎辞。端忧多暇，聊为拟作，凡四首。第四句三字，依坡公体。”③

（四）《满江红》

《满江红》，万树《词律》卷一三，有吕渭老“晚浴新凉”八十九字体、吕渭老“燕拂危樯”九十一字体、程垓“门掩垂杨”九十三字体、张元干“春水迷天”九十三字体、吴文英“云气楼台”九十三字体④；《拾遗》卷三，有杜衍“无名无利”九十四字体、苏轼“东武南城”九十四字体、吴渊“投老未归”九十五字体⑤。王奕清《钦定词谱》卷二二，调下注曰：“此调有仄韵、平韵两体，仄韵词，宋人填者最多，其体不一……平韵词，只有姜词一体，宋元人俱如此填。”⑥

从押韵类别上看，《满江红》，有押平、上、去、入声韵四体。清谢章铤《赌棋山庄词话续编》卷三引清秦敦夫（恩复）语云：“向来填词家只分平仄两体，惟《满江红》一谱而兼四声，且字句亦参差互异。暇日按旧谱戏以四声写之，各效其体。平声韵效姜白石体，上声韵效杜祁公体，去声韵效柳耆卿体，入声韵效苏长公体。”⑦可见，秦敦夫作《满江红》词，押入声韵者有意取法东坡词。

七、寄赠酬答，双向互动

内山精也在《苏轼次韵词考——以诗词间所呈现的次韵之异同为中心》中，解释次韵创作的“社交交情的效果”说：

> 这一效果，与次韵这一手法本身所具备的前二项效果不同，是一种期待通过使用次韵而导致某种结果的效果。可以想象，当时的诗人通过次韵这一行为，表明了他们对于原诗及其作者的尊重之意。对当时的诗人来说，广泛地一般地进行诗歌应酬这种行为本身，就在相当程度上包含了社交性的意义。但是，通过使用受赠原诗的韵字来明确表示原诗是值得次韵的，也就是说表示对

---

① 陈廷敬，王奕清等编《钦定词谱》，北京：中国书店，1983 年，1322 页。

② 南京大学中国语言文学系《全清词》编纂研究室编《全清词·顺康卷》，北京：中华书局，2002 年，7697 页。

③ 南京大学中国语言文学系《全清词》编纂研究室编《全清词·顺康卷》，北京：中华书局，2002 年，11658 页。

④ 万树著《词律》，上海：上海古籍出版社，1984 年，298 - 300 页。

⑤ 万树著《词律》，上海：上海古籍出版社，1984 年，532 页。

⑥ 陈廷敬，王奕清等编《钦定词谱》，北京：中国书店，1983 年，1505 页。

⑦ 唐圭璋编《词话丛编》，北京：中华书局，1986 年，3156 页。

于与原诗作者的交往的重视,可以说是一种更有效的社交手段。[①]

有时,词人对东坡词进行和韵创作,不是某个词人的个体行为,而是词人与词人之间的互动行为,一唱一和,一赠一答。如,宋倪偁《蝶恋花》(紫翠空濛庵畔路)序云:"肖韩见和,复次韵酬之"[②],韩淲《卜算子》(一雨已秋深)序云:"中秋前一日和昌甫所寄"[③],清钱芳标《贺新郎》(雪浪高于屋)序云:"双白用坡公韵作五忆词,盖抹丽、荔枝、珠兰、佛手、橄榄也,共和一首"[④],何采《南歌子》(我是涪翁否)序云:"赠电住长老……电住长老索词,遂和东坡韵"[⑤],又《南歌子》(老去狂仍在)序云:"答电住和尚,前韵。"[⑥]

明清时期词人与词人之间,主要是以和苏轼《念奴娇》(大江东去)、《水调歌头》(明月几时有)等词韵的方式往来交际。

(一) 和《念奴娇》(大江东去)韵

和《念奴娇》(大江东去)韵的社交词,有的原唱、和作均在,有的仅有寄赠之词留存,有的仅有酬答之词留存。

原唱、和作均在,如明王汝玉《念奴娇·和东坡赤壁词》(楚天秋暮)[⑦]与瞿佑《念奴娇·王编修汝玉和东坡赤壁词,因续赋此》(白鸥飞过)[⑧]等。

仅有寄赠之词留存,如,清蒋景祁《念奴娇·赠曹荔轩,用东坡赤壁词韵》(君才英绝)[⑨],王永命《念奴娇·依坡词赠若园社台》(记得当年)、《念奴娇·依坡词赠石庵宗台》(早岁成名)、《念奴娇·依坡词赠可园宗台》(文满空山)[⑩],李中素《念奴娇·和坡公韵赠刘叔燕》(笑尘埃里)[⑪],方学成《念奴娇·赠石凫张丈,凫山白龙潭石壁有晋窦主簿钓龙遗迹》(白龙潭上)[⑫],张云锦《百子令·用东坡韵,柬南香先生》(临溪老屋)、《百子令·叠前韵柬允斋表兄》

---

① 内山精也著《传媒与真相——苏轼及其周围士大夫的文学》,上海:上海古籍出版社,2005 年,368 页。

② 唐圭璋编纂,王仲闻参订,孔凡礼补辑《全宋词》,北京:中华书局,1999 年,1728 页。

③ 唐圭璋编纂,王仲闻参订,孔凡礼补辑《全宋词》,北京:中华书局,1999 年,2891 页。

④ 南京大学中国语言文学系《全清词》编纂研究室编《全清词·顺康卷》,北京:中华书局,2002 年,7668 页。

⑤ 南京大学中国语言文学系《全清词》编纂研究室编《全清词·顺康卷》,北京:中华书局,2002 年,4639 页。

⑥ 南京大学中国语言文学系《全清词》编纂研究室编《全清词·顺康卷》,北京:中华书局,2002 年,4639 页。

⑦ 饶宗颐初纂,张璋总纂《全明词》,北京:中华书局,2004 年,187 页。

⑧ 饶宗颐初纂,张璋总纂《全明词》,北京:中华书局,2004 年,173 页。

⑨ 南京大学中国语言文学系《全清词》编纂研究室编《全清词·顺康卷》,北京:中华书局,2002 年,8746 页。

⑩ 张宏生主编《全清词·顺康卷补编》,南京:南京大学出版社,2008 年,751 页。

⑪ 张宏生主编《全清词·顺康卷补编》,南京:南京大学出版社,2008 年,754 页。

⑫ 南京大学文学院《全清词》编纂研究室编《全清词·雍乾卷》,南京:南京大学出版社,2012 年,2731 页。

(双旌夹路)、《百子令·再叠柬今涪叔》(蒹葭渺渺)①,俞玉海《念奴娇·赠庄尊川用前金陵怀古韵》(何时樽酒)、《念奴娇·赠李维镛》(昌黎去了)、《念奴娇·遥赠宗图》(天涯望女)②,周暟《念奴娇·风雪舟中寄杨笠人,东坡韵》(惟卿等耳)、《念奴娇》(船头看取)、《念奴娇》(沉吟把卷)③等。

仅有酬答之作留存,如,明陆深《念奴娇·和钱文通公小赤壁》(江山阑入)④,费寀《大江东去·南迁留都,舟中赠答闻石塘司寇、汪秋浦廷尉》(潞河南去)、《大江东去·答赠秋浦》(两都相峙)、《大江东去·游牛首归答和白川》(牛山高处)⑤,清邹祇谟《念奴娇·焦山次张寰,用坡韵》(何处吹芦管)⑥,王永命《念奴娇·依坡词答子登年台》(月陟昆仑)⑦,楼锜《念奴娇·和李闇成太守南池怀古,用东坡赤壁怀古韵》(谪仙去后)⑧,庄肇奎《念奴娇·和陈尊涘对菊有怀,用东坡赤壁怀古韵》(问谁知汝)⑨,戴文灯《念奴娇·次东坡韵,答郑前村唐花之作》(惜花春早)⑩等。

(二) 和《水调歌头》(明月几时有)韵

和《水调歌头》(明月几时有)韵的社交词,仅有酬答之作留存。如,辛弃疾《水调歌头·赵昌父七月望日用东坡韵,叙太白东坡事见寄,过相褒借,且有秋水之约,八月十四日,余卧病博山寺中,因用韵为谢,兼简子似》(我志在寥阔)⑪、李曾伯《水调歌头·辛亥中秋和陈次贾,用坡仙韵》(万里净无翳)⑫,元赵孟頫《水调歌头·与魏鹤台饮夫容洲,牟成甫用东坡韵见赠,走笔和之,时已巳中秋也》(行止岂人力)⑬,清姚尚桂《水调歌头·叠前韵,奉和张春帆同胡印

① 南京大学文学院《全清词》编纂研究室编《全清词·雍乾卷》,南京:南京大学出版社,2012年,3199页。

② 南京大学文学院《全清词》编纂研究室编《全清词·雍乾卷》,南京:南京大学出版社,2012年,5289-5290页。

③ 南京大学文学院《全清词》编纂研究室编《全清词·雍乾卷》,南京:南京大学出版社,2012年,5382页。

④ 饶宗颐初纂,张璋总纂《全明词》,北京:中华书局,2004年,609页。

⑤ 周明初,叶晔补编《全明词补编》,杭州:浙江大学出版社,2007年,247-248页。

⑥ 南京大学中国语言文学系《全清词》编纂研究室编《全清词·顺康卷》,北京:中华书局,2002年,3032页。

⑦ 张宏生主编《全清词·顺康卷补编》,南京:南京大学出版社,2008年,751页。

⑧ 南京大学文学院《全清词》编纂研究室编《全清词·雍乾卷》,南京:南京大学出版社,2012年,538页。

⑨ 南京大学文学院《全清词》编纂研究室编《全清词·雍乾卷》,南京:南京大学出版社,2012年,1644页。

⑩ 南京大学文学院《全清词》编纂研究室编《全清词·雍乾卷》,南京:南京大学出版社,2012年,1670页。

⑪ 唐圭璋编纂,王仲闻参订,孔凡礼补辑《全宋词》,北京:中华书局,1999年,2493页。

⑫ 唐圭璋编纂,王仲闻参订,孔凡礼补辑《全宋词》,北京:中华书局,1999年,3559页。

⑬ 唐圭璋编《全金元词》,北京:中华书局,2000年,804页。

心坐雨之作》(桐树西风战)①、詹贤《水调歌头·诸名公雅集畅春苑,袁晋公索和,依东坡原韵》(客枕虚抛日)②等。

八、群体选择,集体意识

社交场合的和韵创作,有时不是两个词人的互动行为,而是一种词人群体的选择,集体的意识。如,金蔡松年《念奴娇》(离骚痛饮)词序云:"诸公见追和赤壁词,用韵者凡六人,亦复重赋"③;明毕木《水调歌头》(明月浮云掩)词序云:"己亥中秋前一夕,阴不见月,白业堂家宴,时严儿奉差初回,因和东坡《水调歌头》一阕,亦命诸儿同和,供一乐也"④;清顾贞观《大江东去》(倚楼清啸)词序云:"魏荆州亮采世兄,招集黄鹤楼,蒋驭鹿、朱悔人、华子山诸君同赋坡公原韵"⑤;石洢《百字令》(竹篱僧舍)词序云:"冯洁士先生招同崇川钱五长、谢峨白、许元锡、张孺子、天姥潘冰壶饮寓斋,共用坡仙韵。"⑥

历代词人以和苏轼《满江红》(东武南城)、《水调歌头》(明月几时有)、《念奴娇》(大江东去)等词韵的方式进行群体唱和,最为典型的是以宋洪适、夏言、严嵩、清陈维崧、叶天乐为中心的五大唱和。

(一)以宋洪适为中心的《满江红》唱和

洪适(字景伯,鄱阳人,皓长子)、洪迈(字景卢,鄱阳人,皓季子)兄弟之间,以及洪适与同僚之间,以和《满江红》(东武南城)韵的方式相唱和。

洪适、洪迈兄弟间的唱和,如洪迈《满江红·立夏前一日,借坡公韵》(雨涩风悭)⑦与洪适《满江红·答景卢》(衰老贪春)。⑧ 按,《全宋词》中,洪迈《满江红》词后有按语:"附洪适《盘州乐章》《满江红·答景卢》词后。"⑨可见,两词是一时唱和之作。

洪适与同僚之间的唱和,如洪适《满江红·和徐守三月十六日》(雨过春深)、《满江红·黄堂席上答太守》(燕寝香凝)、《满江红·席上答叶宪》(百计留春)⑩等,可以想见一时唱和之盛。

---

① 南京大学文学院《全清词》编纂研究室编《全清词·雍乾卷》,南京:南京大学出版社,2012年,8195页。
② 张宏生主编《全清词·顺康卷补编》,南京:南京大学出版社,2008年,1700页。
③ 唐圭璋编《全金元词》,北京:中华书局,2000年,10页。
④ 周明初,叶晔补编《全明词补编》,杭州:浙江大学出版社,2007年,506页。
⑤ 南京大学中国语言文学系《全清词》编纂研究室编《全清词·顺康卷》,北京:中华书局,2002年,7127页。
⑥ 南京大学中国语言文学系《全清词》编纂研究室编《全清词·顺康卷》,北京:中华书局,2002年,8102页。
⑦ 唐圭璋编纂,王仲闻参订,孔凡礼补辑《全宋词》,北京:中华书局,1999年,1928-1929页。
⑧ 唐圭璋编纂,王仲闻参订,孔凡礼补辑《全宋词》,北京:中华书局,1999年,1792页。
⑨ 唐圭璋编纂,王仲闻参订,孔凡礼补辑《全宋词》,北京:中华书局,1999年,1929页。
⑩ 唐圭璋编纂,王仲闻参订,孔凡礼补辑《全宋词》,北京:中华书局,1999年,1792页。

（二）以明夏言为中心的《水调歌头》《念奴娇》唱和

夏言、张邦奇、陆深、张璧、史恭甫等人，围绕中秋、祝寿、扈跸渡河等主题，以和《水调歌头》（明月几时有）、《念奴娇》（大江东去）韵的方式相唱和。其中，又以和《念奴娇》（大江东去）韵者居多。张仲谋《明词史》云：“陆深后期在京任侍读学士时，与夏言、严嵩多有唱和……就词而言，他们三人往来唱和多用《念奴娇》词调，且都用苏轼《赤壁怀古》词韵。”①

夏言、张邦奇《水调歌头》中秋词唱和，如夏言《水调歌头·中秋夜，和东坡韵》（今夜中秋夜）②与张邦奇《水调歌头·桂洲阁老以中秋月夜和东坡〈水调歌头〉见示，次韵》（好景当秋半）③。

夏言、陆深、张璧、史恭甫《念奴娇》祝寿词唱和，如，陆深《念奴娇·叠韵，寿桂洲》（天下奇才）④与夏言《大江东去·庚子初度，陆俨翁作〈金焦图〉，和东坡此词，遣其子楫瞿、婿学召来为予寿，予喜对二子即席赋答》（一撮峰儿）⑤，张璧（撰有《阳峰家藏集》）《大江东去·补寿桂洲阁老六十》（嵩岳生申）、《大江东去（玉李冰瓜）⑥与夏言《大江东去·和答张阳峰寄贺辛丑初度之作》（衡岳湘川）⑦，史恭甫《大江东去》二首与夏言《大江东去·乙巳初度，溧阳史恭甫绘〈玉阳调天图〉并词二首寄寿，用韵谢答二阕》（玉光阁上）、《大江东去》（玉阳山水）⑧。

夏言、陆深、张璧、张邦奇《念奴娇》扈跸渡河词唱和，如夏言《大江东去·扈跸渡河日，进呈御览》（九曲黄河）⑨与陆深《念奴娇·同费钟石宗伯再和桂洲扈驾南巡》（六飞南下）⑩、张璧《大江东去·驾旋渡黄河，次桂洲公》（万古黄流）⑪、张邦奇《大江东去·和桂翁扈驾渡黄河之作》（一派河流）、《大江东去》（望极河流）、《大江东去》（云护飞龙）、《大江东去》（河水滔滔）⑫等。

（三）以明严嵩为中心的《念奴娇》唱和

严嵩、曹桐丘、蒋石庵、文衡山、朱玉峰、刘南坦、顾箬溪、张石川、陆深、少宗伯孙先生、皇甫子循、朱葵亭、张惟时、曹子诚，以和《念奴娇》（大江东去）韵的方式相唱和。

---

① 张仲谋著《明词史》，北京：人民文学出版社，2002年，175页。
② 饶宗颐初纂，张璋总纂《全明词》，北京：中华书局，2004年，674页。
③ 周明初，叶晔补编《全明词补编》，杭州：浙江大学出版社，2007年，261页。
④ 饶宗颐初纂，张璋总纂《全明词》，北京：中华书局，2004年，608页。
⑤ 饶宗颐初纂，张璋总纂《全明词》，北京：中华书局，2004年，686页。
⑥ 周明初，叶晔补编《全明词补编》，杭州：浙江大学出版社，2007年，203页。
⑦ 饶宗颐初纂，张璋总纂《全明词》，北京：中华书局，2004年，688页。
⑧ 饶宗颐初纂，张璋总纂《全明词》，北京：中华书局，2004年，689页。
⑨ 饶宗颐初纂，张璋总纂《全明词》，北京：中华书局，2004年，668页。
⑩ 饶宗颐初纂，张璋总纂《全明词》，北京：中华书局，2004年，608页。
⑪ 周明初，叶晔补编《全明词补编》，杭州：浙江大学出版社，2007年，202页。
⑫ 周明初，叶晔补编《全明词补编》，杭州：浙江大学出版社，2007年，258－259页。

严嵩与吴中七人的《念奴娇》寿词唱和,如,严嵩《百字令·答曹佥宪桐丘,年九十》(弘治年中)、《百字令·答蒋司空石庵,年八十二》(洛社衣冠)、《百字令·答文内翰衡山,年八十一》(词翰名高)、《百字令·答朱太宰玉峰,年七十八》(当日追从)、《百字令·答刘司空南坦,年七十六》(天目之山)、《百字令·答顾司寇箬溪,年六十八》(文学知名)、《百字令·答张通参石川,年六十六》(通议高踪)七首,其词序云:"吴中诸君子寄予《百字令》词作者七人,皆寿老也,各和一阕答之。"①

严嵩与陆深、少宗伯孙先生、皇甫子循、朱葵亭、张惟时、曹子诚等人的《念奴娇》唱和,如,严嵩《大江东去·忆旧游呈陆俨山学士,和东坡韵》(记得当年)②,《大江东去·俨山学士示病中词一阕,乃有辟谷寻山之语,予广其意而慰答之,仍用东坡韵》(玉署仙翁)③,《大江东去·少宗伯孙先生和东坡词见赠,依韵奉酬》(早岁相逢)④,《百字令·赠别驾皇甫子循》(端阳才过)⑤《百字令·和答太傅朱公葵亭》(今代国勋)⑥,《百字令·寄答张侍御惟时》(桂史铁冠)⑦,《百字令·寄答曹侍御子诚》(南浦双鱼)⑧等。

(四)以清陈维崧为中心的《念奴娇》唱和

陈维崧、陈维岳、曹亮武等以咏梅、纪游、悼亡等为主题,和《念奴娇》(大江东去)韵相唱和。

陈维崧、曹亮武《念奴娇》咏梅词唱和,如陈维崧《念奴娇·南耕堂前绿萼梅花下作,仍用前韵》(空庭何有)⑨与曹亮武《念奴娇·病中庭梅盛开,同其年用赤壁词韵》(文园多病)。⑩

陈维崧、曹亮武《念奴娇》纪游唱和,如陈维崧《念奴娇·春日同纬云、南耕,遍历南岳诸园林,仍用赤壁词韵》(春山劝我)⑪与曹亮武《念奴娇·同其年、纬云为南岳之游,再用前韵》(溪明山秀)、《念奴娇·前题,三用前韵》(此

---

① 周明初,叶晔补编《全明词补编》,杭州:浙江大学出版社,2007年,240页。
② 饶宗颐初纂,张璋总纂《全明词》,北京:中华书局,2004年,643页。
③ 饶宗颐初纂,张璋总纂《全明词》,北京:中华书局,2004年,644页。
④ 饶宗颐初纂,张璋总纂《全明词》,北京:中华书局,2004年,644页。
⑤ 周明初,叶晔补编《全明词补编》,杭州:浙江大学出版社,2007年,242页。
⑥ 周明初,叶晔补编《全明词补编》,杭州:浙江大学出版社,2007年,243页。
⑦ 周明初,叶晔补编《全明词补编》,杭州:浙江大学出版社,2007年,243页。
⑧ 周明初,叶晔补编《全明词补编》,杭州:浙江大学出版社,2007年,243页。
⑨ 南京大学中国语言文学系《全清词》编纂研究室编《全清词·顺康卷》,北京:中华书局,2002年,4115页。
⑩ 南京大学中国语言文学系《全清词》编纂研究室编《全清词·顺康卷》,北京:中华书局,2002年,7183页。
⑪ 南京大学中国语言文学系《全清词》编纂研究室编《全清词·顺康卷》,北京:中华书局,2002年,4115页。

中乐事)①。

陈维崧、陈维岳《念奴娇》悼亡词唱和，如陈维崧《念奴娇》(嗟乎余仲)②与陈维岳《念奴娇·亦山草堂哭仲兄半雪》(家园重到)③。

(五) 以清叶天乐为中心的《念奴娇》唱和

清毛奇龄《西河词话》卷一云："慈溪叶天乐于秋节过常熟，偕友倡和，名三秋诗，又为词分三名，一《银河词》，用柳耆卿《二郎神·七夕》韵；一《酹月词》，用东坡《念奴娇·赤壁怀古》韵；一《采菊词》，用辛稼轩《贺新郎·三山雨中》韵；各有所取也。"④

第四节 历代词人创作接受中东坡词名篇的建构、考察与比较

历代词人和韵、效体、檃括创作接受中的东坡词名篇有十首，其中，《念奴娇》(大江东去)、《水调歌头》(明月几时有)、《水龙吟》(似花还似非花)、《卜算子》(缺月挂疏桐)四首，是经典名篇；《南乡子》(寒玉细凝肤)、《南乡子》(怅望送春杯)、《南乡子》(何处倚阑干)、《洞仙歌》(冰肌玉骨)、《南乡子》(霜降水痕收)、《哨遍》(为米折腰)六首，是普通名篇。

《念奴娇》(大江东去)，是历代词人创作接受中最具实力的经典名篇；《水调歌头》(明月几时有)，是最具潜力的经典名篇；《水龙吟》(似花还似非花)、《卜算子》(缺月挂疏桐)，是最具活力的经典名篇。《念奴娇》(大江东去)、《水调歌头》(明月几时有)，是穿越时空流传的经典名篇。《念奴娇》(大江东去)、《水调歌头》(明月几时有)、《洞仙歌》(冰肌玉骨)、《哨遍》(为米折腰)，不仅是历代词人创作接受中的名篇，而且在明、清词谱中具有备体的典范意义。《念奴娇》(大江东去)、《水调歌头》(明月几时有)、《水龙吟》(似花还似非花)、《卜算子》(缺月挂疏桐)的经典名篇地位，得到历代词人、选家、词论家的一致认可；《洞仙歌》(冰肌玉骨)的名篇地位，得到历代词人、选家、词论家的一致认同。从创作时间、地点分布情况来看，东坡词创作的名篇期、经典期，在苏轼谪居黄州的中前期，即元丰三年(1080)至五年(1082)。

在历代词人和韵创作接受的两宋十五名家词名篇中，《念奴娇》(大江东去)、《水调歌头》(明月几时有)，排名在前三之内；《水龙吟》(似花还似非花)、《卜算子》(缺月挂疏桐)，排名在前十之内；《洞仙歌》(冰肌玉骨)，排名

---

① 南京大学中国语言文学系《全清词》编纂研究室编《全清词·顺康卷》，北京：中华书局，2002年，7183页。

② 南京大学中国语言文学系《全清词》编纂研究室编《全清词·顺康卷》，北京：中华书局，2002年，4115页。

③ 南京大学中国语言文学系《全清词》编纂研究室编《全清词·顺康卷》，北京：中华书局，2002年，6599页。

④ 唐圭璋编《词话丛编》，北京：中华书局，1986年，572页。

在前二十之内；《南乡子》（霜降水痕收），排名在前三十之内。

一、东坡词名篇的建构

以《全宋词》所收词人词作看，52位两宋词人对44首东坡词进行和韵、效体创作，作词117首，平均每人创作2—3首。就单篇词作而言，和韵、效体的次数，差距不大，接受次数合计在25—21之间的，仅有1首，占比2.27%；在20—15之间的，仅有1首，占比2.27%；在9—5之间的，有5首，占比11.36%；在4—2之间的，有10首，占比22.73%；接受1次的，有23首，占比52.27%。

以《全金元词》所收词人词作看，14位金元词人对10首东坡词进行和韵、效体、櫽括创作，作词22首，平均每人创作1—2首。就单篇词作而言，和韵、效体、櫽括的次数，差距不大，接受次数在15—10之间的，仅有1首，占比10%；在9—5之间的，仅有1首，占比10%；在4—2次之间的，仅有1首，占比10%；接受1次的，有7首，占比70%。

以《全明词》《全明词补编》所收词人词作看，78位明代词人对41首东坡词进行和韵、效体、櫽括创作，作词216首，平均每人创作2—3首。就单篇词作而言，和韵、效体的次数，差距明显拉开，接受次数在150—100之间的，仅有1首，占比2.44%；在15—10次之间的，有2首，占比4.88%；在9—5次之间的，有2首，占比4.88%；在4—2次之间的，有14首，占比34.15%；接受1次的，有22首，占比53.66%。

以《全清词·顺康卷》《全清词·顺康卷补编》所收词人词作看，清顺康时期116词人对64首东坡词进行和韵、效体、櫽括创作，作词219首，平均每人创作1—2首。就单篇词作而言，和韵、效体、櫽括的次数，差距更为明显，接受次数在100—50之间的，仅有1首，占比1.56%；在50—25次之间的，有2首，占比3.13%；在24—20次之间的，有1首，占比1.56%；在15—10次之间的，有1首，占比1.56%；在9—5之间的，有7首，占比10.94%；在4—2之间的，有20首，占比31.25%；接受1次的，有30首，占比46.88%。

以《全清词·雍乾卷》所收词人词作看，清雍乾时期46位词人对46首东坡词进行和韵、效体创作，作词83首，平均每人创作1—2首。就单篇词作而言，和韵、效体的次数，差距较大，接受次数在50—25之间的，有2首，占比4.35%；在15—10次之间的，仅有1首，占比2.17%；在9—5之间的，有2首，占比4.35%；在4—2之间的，仅有1首，占比2.17%；接受1次的，有40首，占比86.96%。

219位历代词人对121首东坡词进行和韵、效体、櫽括创作，作词656首，平均每人创作2—3首。就单篇词作而言，和韵、效体、櫽括的次数，差距很大，区分明显，接受次数在300—250之间的，仅有1首，占比0.83%；在100—50之间的，仅有1首，占比0.83%；在49—25之间的，有6首，占比4.92%；在20—15次之间的，仅有2首，占比1.65%；在14—10次之间的，有5首，占比

4.13%；在9—5之间的，有12首，占比9.92%；在4—2之间的，有26首，占比21.49%；接受1次的，有68首，占比56.20%。历代词人创作接受中的东坡词名篇，有如下十首（以15次为分水岭）：

1.《念奴娇》（大江东去）
2.《水调歌头》（明月几时有）
3.《水龙吟》（似花还似非花）
4.《卜算子》（缺月挂疏桐）
5.《南乡子》（寒玉细凝肤）
6.《南乡子》（怅望送春杯）
7.《南乡子》（何处倚阑干）
8.《洞仙歌》（冰肌玉骨）
9.《南乡子》（霜降水痕收）
10.《哨遍》（为米折腰）

以上十首东坡词名篇，占到历代词人创作接受的东坡词总数的8.26%，在十分之一之内。其中，前四首，接受次数达到35次，是历代词人创作接受中的东坡词经典名篇。

二、东坡词名篇的考察

（一）东坡词经典名篇经典地位的波动

历代词人创作接受中的东坡词经典名篇，其经典地位的认同，在不同时代（时期）词人的创作接受中有所不同。以历时的眼光来纵观历代词人创作接受中的东坡词经典名篇，一方面，东坡词经典名篇有一个生成、认同的过程；另一方面，经典地位是上下波动的、不稳定的，最终才凝定下来。历代词人创作接受中的东坡词经典名篇，在两宋、金元、明代、清顺康时期、清雍乾时期词人创作接受中经典地位的波动情况，如下表所示：

东坡词经典名篇经典地位的波动情况

序号	东坡词经典名篇		经典地位的波动情况					
	词牌	首句	两宋	金元	明代	清顺康	清雍乾	历代
1	念奴娇	大江东去	经典	经典	经典	经典	经典	经典
2	水调歌头	明月几时有	非名篇	非名篇	普通	经典	经典	经典
3	水龙吟	似花还似非花	非名篇	非名篇	经典	经典	普通	经典
4	卜算子	缺月挂疏桐	经典	非名篇	经典	普通	非名篇	经典

由上表可知，历代词人创作接受中的东坡词经典名篇，分为三个档次：

最具实力的东坡词经典名篇，《念奴娇》（大江东去），两宋、金元、明代、清顺康时期、清雍乾时期，始终稳居榜首，最终定格在经典名篇之首。

最具潜力的东坡词经典名篇,《水调歌头》(明月几时有),两宋、金元都还不是名篇,明代升为普通名篇,从清顺康时期起升为经典名篇,最终定格在经典名篇第二。

最具活力的东坡词经典名篇,《水龙吟》(似花还似非花)、《卜算子》(缺月挂疏桐)。《水龙吟》(似花还似非花),两宋、金元都还不是名篇,明代陡升为经典名篇,清顺康时期维持经典名篇地位,清雍乾时期降为普通名篇,最终又升为经典名篇。《卜算子》(缺月挂疏桐),两宋是经典名篇,金元时期陡降至非名篇,明代陡升为经典名篇,清顺康时期降至普通名篇,雍乾时期退出名篇之列,最终又跃居经典名篇之列。

(二)东坡词名篇在韩国词人创作中的接受情况

历代中国词人创作接受中的东坡词名篇,在历代韩国词人创作中的接受情况,如下表所示:

东坡词名篇在历代韩国词人和韵创作中的接受情况

<table>
<tr><th rowspan="2">序号</th><th rowspan="2">词 牌</th><th rowspan="2">首 句</th><th colspan="2">中国词人创作接受情况</th><th colspan="2">韩国词人创作接受情况</th></tr>
<tr><th>次数</th><th>排行</th><th>和韵</th><th>排行</th></tr>
<tr><td>1</td><td>念奴娇</td><td>大江东去</td><td>290</td><td>1</td><td>3</td><td>1</td></tr>
<tr><td>2</td><td>水调歌头</td><td>明月几时有</td><td>62</td><td>2</td><td>2</td><td>2</td></tr>
<tr><td>3</td><td>水龙吟</td><td>似花还似非花</td><td>39</td><td>3</td><td>1</td><td>5</td></tr>
<tr><td>4</td><td>卜算子</td><td>缺月挂疏桐</td><td>35</td><td>4</td><td>0</td><td></td></tr>
<tr><td>5</td><td>南乡子</td><td>寒玉细凝肤</td><td rowspan="3">32</td><td rowspan="3">5</td><td rowspan="3">0</td><td rowspan="3"></td></tr>
<tr><td>6</td><td>南乡子</td><td>怅望送春杯</td></tr>
<tr><td>7</td><td>南乡子</td><td>何处倚阑干</td></tr>
<tr><td>8</td><td>洞仙歌</td><td>冰肌玉骨</td><td>29</td><td>8</td><td>0</td><td></td></tr>
<tr><td>9</td><td>南乡子</td><td>霜降水痕收</td><td>19</td><td>9</td><td>1</td><td>5</td></tr>
<tr><td>10</td><td>哨遍</td><td>为米折腰</td><td>15</td><td>10</td><td>0</td><td></td></tr>
</table>

由上表可知,历代中国词人创作接受中的四首东坡词经典名篇中,排名第一的《念奴娇》(大江东去),在历代韩国词人的创作接受中,仍然位居榜首;排名第二的《水调歌头》(明月几时有),仍然稳居第二;《水龙吟》(似花还似非花),仅被接受1次;《卜算子》(缺月挂疏桐),未进入历代韩国词人的接受视野。六首普通名篇中,《南乡子》(霜降水痕收),仅被接受1次;《南乡子》(寒玉细凝肤)、《南乡子》(怅望送春杯)、《南乡子》(何处倚阑干)、《洞仙歌》(冰肌玉骨)、《哨遍》(为米折腰),未进入历代韩国词人的接受视野。由此可见,《念奴娇》(大江东去)、《水调歌头》(明月几时有),是穿越时空流传的东坡词

经典名篇。

（三）东坡词名篇在明清词谱中的接受情况

历代词人创作接受中东坡词名篇，在明周瑛《词学筌蹄》、程明善《啸余谱·诗余谱》、张綖《诗余图谱》、清赖以邠《填词图谱》、万树《词律》以及陈廷敬、王奕清《钦定词谱》等明清词谱中的存录情况，如下表所示：

东坡词名篇在明清词谱中的存录情况

序号	词牌	首句	词学筌蹄	啸余谱·诗余谱	诗余图谱	填词图谱	词律	钦定词谱
1	念奴娇	大江东去	卷七	卷二〇	卷五	卷五	卷一六	卷二八
2	水调歌头	明月几时有	卷八	卷一	卷五	卷五	卷一四	卷二三
3	水龙吟	似花还似非花	卷一	无	无	无	无	无
4	卜算子	缺月挂疏桐	卷四	卷八	无	无	卷三	卷五
5	南乡子	寒玉细凝肤	无	无	无	无	无	无
6	南乡子	怅望送春杯	无	无	无	无	无	无
7	南乡子	何处倚阑干	无	无	无	无	无	无
8	洞仙歌	冰肌玉骨	卷七	卷一	无	卷四	卷一二	卷二〇
9	南乡子	霜降水痕收	卷四	卷八	卷二	卷二	无	无
10	哨遍	为米折腰	卷六	卷六	无	卷六	卷二〇	卷三九

由上表可知，《念奴娇》（大江东去）、《水调歌头》（明月几时有），周瑛《词学筌蹄》、程明善《啸余谱》、张綖《诗余图谱》、赖以邠《填词图谱》、万树《词律》以及陈廷敬，王奕清《钦定词谱》均收录，可见，这两首东坡词不仅是历代词人创作接受中的经典名篇，而且在明、清词谱中极具备体的典范意义。

《洞仙歌》（冰肌玉骨）、《哨遍》（为米折腰），仅张綖《诗余图谱》未收录，其他五种词谱均收录，可见，这二首东坡词不仅是历代词人创作接受中的名篇，而且在明、清词谱中颇具备体的典范意义。

《卜算子》（缺月挂疏桐），张綖《诗余图谱》、清赖以邠《填词图谱》未收录，其他四种词谱均收录；《南乡子》（霜降水痕收），万树《词律》以及陈廷敬、王奕清《钦定词谱》未收录，其他四种词谱均收录。可见，这二首东坡词，虽是历代词人创作接受中的名篇，然而其备体的典范意义在明、清词谱存在争议。

《水龙吟》（似花还似非花），仅周瑛《词学筌蹄》收录，其他五种词谱均未收录；《南乡子》（寒玉细凝肤）、《南乡子》（怅望送春杯）、《南乡子》（何处倚阑干），明清六种词谱均未收录。可见，这四首东坡词虽是历代词人创作接受中的名篇，然而在明、清代词谱中不具备体的典范意义。

(四) 东坡词名篇在历代名家词选中的接受情况

历代词人创作接受中的东坡词名篇,在历代名家词选中的入选情况,如下表所示:

东坡词名篇在历代名家词选中的入选情况

序号	词牌	首句	创作接受情况		入选情况		
			次数	排行	次数	排行	名篇地位
1	念奴娇	大江东去	290	1	17	3	经典名篇
2	水调歌头	明月几时有	62	2	16	4	经典名篇
3	水龙吟	似花还似非花	39	3	19	1	经典名篇
4	卜算子	缺月挂疏桐	35	4	16	4	经典名篇
5	南乡子	寒玉细凝肤			1	107	非名篇
6	南乡子	怅望送春杯	32	5	2	72	非名篇
7	南乡子	何处倚阑干			0		
8	洞仙歌	冰肌玉骨	29	8	11	10	普通名篇
9	南乡子	霜降水痕收	19	9	14	6	普通名篇
10	哨遍	为米折腰	15	10	7	22	非名篇

由上表可知,历代词人创作接受中的《念奴娇》(大江东去)、《水调歌头》(明月几时有)、《水龙吟》(似花还似非花)、《卜算子》(缺月挂疏桐)四首东坡词经典名篇,在历代名家词选的接受中也是经典名篇,可见其经典名篇地位得到历代词人、选家的一致认可。六首普通名篇中,《洞仙歌》(冰肌玉骨)、《南乡子》(霜降水痕收)二首,在历代名家词选的接受中也是普通名篇,可见其名篇地位,得到历代词人、选家的一致认同;《哨遍》(为米折腰)入选7次,排名第二十二,《南乡子》(怅望送春杯)入选2次,排名第七十二,《南乡子》(寒玉细凝肤)入选1次,排名第一百〇七,在历代名家词选的接受中均不是名篇,《南乡子》(何处倚阑干),未进入历代选家的接受视野,可见其名篇地位的认定在历代词人、选家中存在争议。

(五) 东坡词名篇在历代词论中的接受情况

历代词人接受视域中的东坡词名篇在历代词论中的接受情况,在数量上、性质上均与其创作接受情况存在对应、互补关系。

1. 数量上的对应、互补关系

从数量上看,历代词人接受视域中的东坡词名篇,在历代词论(以《词话丛编》为考察范围)中的品评次数及其排行,如下表所示:

东坡词名篇在历代词论中的品评次数及其排行

序号	词牌	首句	创作接受情况		《词话丛编》中的品评次数与排行					
			次数	排行	两宋	金元	明代	清代	合计	排行
1	念奴娇	大江东去	290	1	2	0	6	36	44	1
2	水调歌头	明月几时有	62	2	3	0	2	33	38	2
3	水龙吟	似花还似非花	39	3	4	0	1	21	26	4
4	卜算子	缺月挂疏桐	35	4	4	1	0	30	35	3
5	南乡子	寒玉细凝肤			0	0	0	0	0	
6	南乡子	怅望送春怀	32	(1)	0	0	0	1	1	(4)
7	南乡子	何处倚阑干			0	0	0	0	0	
8	洞仙歌	冰肌玉骨	29	(2)	3	0	1	13	17	(1)
9	南乡子	霜降水痕收	19	(3)	0	0	0	3	3	(3)
10	哨遍	为米折腰	15	(4)	1	1	0	9	11	(2)

东坡词名篇创作接受情况与词论品评情况的一致性，体现在两个方面：

一方面，显而易见，历代词人接受视域中的经典名篇品评次非常之多，均在25次以上，《念奴娇》（大江东去）多达44次，《水调歌头》（明月几时有）多达36次，《卜算子》（缺月挂疏桐）多达35次，《水龙吟》（似花还似非花）有26次；相比之下，普通名篇品评次数较少，均在20次以下，且达到15次的仅有1首，达到10次的仅有1首，其他四首品评次数在5次以下。

另一方面，无论是经典名篇、还是普通名篇内部，排名顺序存在呼应性。经典名篇内部，《念奴娇》（大江东去）、《水调歌头》（明月几时有），创作接受中、品评次数上均排名第一、第二。普通名篇内部，《南乡子》（霜降水痕收）创作接受中、品评次数上均排名第三；《洞仙歌》（冰肌玉骨）、《哨遍》（为米折腰），创作接受中排名第二、第四，品评次数上排名第一、第二。

东坡词名篇创作接受情况与词论品评情况的差异性，也体现在两方面：

一方面，经典名篇中也有品评次数较少的，如《水龙吟》（似花还似非花）品评次数仅有26次，其他三首品评次数均达到35次；普通名篇中也有品评次数较多的，如，《洞仙歌》（冰肌玉骨）品评次数超过15次，《哨遍》（为米折腰）品评次数超过10次，其他四首品评次数均在5次以下。

另一方面，无论是经典名篇、还是普通名篇内部，排名顺序存在错位性。在经典名篇内部，《水龙吟》（似花还似非花）、《卜算子》（缺月挂疏桐），创作接受中排名第三、第四，品评次数上排名第四、第三。普通名篇内部，《南乡子》（怅望送春怀）、《洞仙歌》（冰肌玉骨）、《哨遍》（为米折腰），创作接受中排名第一、第二、第四,品评次数上排名第四、第一、第二。

2. 性质上的对应、互补关系

从性质上看,东坡词名篇创作接受情况与词论品评情况的一致性,体现在两个方面:

一方面,有些东坡词经典名篇受到的评价很高。如:

胡仔《苕溪渔隐丛话》后集卷二六评《念奴娇》(大江东去)、《水调歌头》(明月几时有)、《卜算子》(缺月挂疏桐)三词曰:"子瞻佳词最多,其间杰出者,如'大江东去,浪淘尽千古风流人物'赤壁词,'明月几时有,把酒问青天'中秋词……'缺月挂疏桐,漏断人初静'秋夜词……皆绝去笔墨畦径间,直造古人不到处,真可谓一唱而三叹。"①

陈鹄《西塘集耆旧续闻》卷二评《卜算子》(缺月挂疏桐)词云:"鲁直跋东坡道人黄州所作《卜算子》词云:'语意高妙,似非吃烟火食人语。'此真知东坡者也,盖'拣尽寒枝不肯栖',取兴鸟择木之意,所以谓之高妙。"②

张炎《词源》卷下评《卜算子》(缺月挂疏桐)、《水龙吟》(似花还似非花)等词云:"东坡词如《水龙吟》咏杨花、咏闻笛,又如《过秦楼》《洞仙歌》《卜算子》等作,皆清丽舒徐,高出人表。"③

元吴师道《吴礼部诗话》云:"《卜算子》'缺月挂疏桐'云云,'缥缈孤鸿影'以下,皆说鸿;别一格也。"④

明卓人月、徐士俊《古今词统》卷一二评《水调歌头》(明月几时有)云:"画家大斧皴,书家擘窠体。"⑤

清许昂霄《词综偶评》评《水龙吟》(似花还似非花)云:"与原作均是绝唱,不容妄为轩轾。'思量却是,无情有思',贯下文六句。"⑥

清邓廷桢《双砚斋词话》评《卜算子》(缺月挂疏桐)、《水龙吟》(似花还似非花)等词云:"东坡以龙骧不羁之才,树松桧特立之操,故其词清刚隽上,囊括群英……《卜算子》云:'缺月挂疏桐……寂寞沙洲冷',则明漪绝底,芗泽不闻,宜涪翁称之为不食人间烟火……和章质夫杨花《水龙吟》之'晓来雨过,遗踪何在,半池萍碎,春色三分,二分尘土,一分流水'……皆能簸之揉之,高华沉痛,遂为石帚导师。誉之慧能肇启南宗,实传黄梅衣钵矣。"⑦

另一方面,绝大多数普通名篇,如《南乡子》(寒玉细凝肤)、《南乡子》(怅望送春杯)、《南乡子》(何处倚阑干)、《南乡子》(霜降水痕收)等,并无很高

---

① 胡仔纂集《苕溪渔隐丛话》(后集),北京:人民文学出版社,1962年,192-193页。
② 陈鹄撰《西塘集耆旧续闻》(外两种),北京:中华书局,2002年,301页。
③ 唐圭璋编《词话丛编》,北京:中华书局,1986年,267页。
④ 唐圭璋编《词话丛编》,北京:中华书局,1986年,291页。
⑤ 卓人月汇选,徐士俊参评《古今词统》,沈阳:辽宁教育出版社,2000年,455页。
⑥ 唐圭璋编《词话丛编》,北京:中华书局,1986年,1552页。
⑦ 唐圭璋编《词话丛编》,北京:中华书局,1986年,2528页。

评价。

从性质上看，东坡词名篇创作接受情况与词论品评情况的差异性，也体现在两方面：

一方面，有些普通名篇，如《洞仙歌》（冰肌玉骨）、《哨遍》（为米折腰）等，得到的评价很高。如：

张炎《词源》卷下评《洞仙歌》（冰肌玉骨）等词云："东坡词如《水龙吟》咏杨花、咏闻笛，又如《过秦楼》《洞仙歌》《卜算子》等作，皆清丽舒徐，高出人表。"①

张炎《词源》卷下评《哨遍》（为米折腰）云："《哨遍》一曲，檃括《归去来兮辞》，更是精妙，周、秦诸人多不能到。"②

清邓廷桢《双砚斋词话》评《洞仙歌》（冰肌玉骨）等词云："东坡以龙骥不羁之才，树松桧特立之操，故其词清刚隽上，囊括群英……《洞仙歌》之'试问夜如何，夜已三更，金波淡、玉绳低转'，皆能簸之揉之，高华沉痛，遂为石帚导师。誉之慧能肇启南宗，实传黄梅衣钵矣。"③

清沈祥龙《论词随笔》评《洞仙歌》（冰肌玉骨）云："词韶丽处，不再涂脂抹粉也。诵东坡'冰肌玉骨，自清凉无汗，水殿风来暗香满'句，自觉口吻俱香。"④

另一方面，历代词论中评价很高的东坡词，并没有成为历代词人创作接受中的名篇。如：

《水调歌头》（落日绣帘卷）、《贺新郎》（乳燕飞华屋）、《永遇乐》（明月如霜）、《水龙吟》（楚山修竹如云）、《西江月》（玉骨那愁瘴雾）、《满江红》（东武南城）、《八声甘州》（有情风、万里卷潮来），胡仔《苕溪渔隐丛话》后集卷二六评云："子瞻佳词最多，其间杰出者……'落日绣帘卷，庭下水连空'快哉亭词，'乳燕飞华屋，悄桐阴转午'初夏词，'明月如霜，好风如水，清景无限'夜登燕子楼词，'楚山修竹如云，异材秀出千林表'咏笛词，'玉骨那愁障雾，冰肌自有仙风'咏梅词，'东武南城，新堤固，涟漪初溢'宴流杯亭词……'有情风，万里卷潮来，无情送潮归'别参寥词……皆绝去笔墨畦径间，直造古人不到处，真可使人一唱而三叹。"⑤

《西江月》（玉骨那愁瘴雾），杨慎批点本《草堂诗余》卷一评本词云："古今梅花词，此为第一"⑥。又，杨慎《词品》卷二曰："古今梅词，以坡仙'绿毛幺

---

① 唐圭璋编《词话丛编》，北京：中华书局，1986 年，267 页。
② 唐圭璋编《词话丛编》，北京：中华书局，1986 年，267 页。
③ 唐圭璋编《词话丛编》，北京：中华书局，1986 年，2528 页。
④ 唐圭璋编《词话丛编》，北京：中华书局，1986 年，4055 页。
⑤ 胡仔纂集《苕溪渔隐丛话》（后集），北京：人民文学出版社，1962 年，192－193 页。
⑥ 杨慎批点《草堂诗余》，《丛书集成续编》本，台北：新文丰出版公司，1985 年，284 页。

凤'为第一。"①

在历代词人创作接受中,《水调歌头》(落日绣帘卷)、《水龙吟》(楚山修竹如云),均仅被接受3次,排名第三十四;《贺新郎》(乳燕飞华屋),仅被接受12次,排名第十一;《西江月》(玉骨那愁瘴雾),仅被接受4次,排名第二十八;《满江红》(东武南城)、《八声甘州》(有情风、万里卷潮来),仅被接受7次,排名第十八;《永遇乐》(明月如霜),未进入历代词人的接受视野。

(六)东坡词名篇创作时间、地点的分布情况

历代词人接受视域中的东坡词名篇,其创作时间、地点的分布情况,如下表所示:

东坡词名篇创作时间、地点分布情况

序号	词牌	首句	创作时间	创作地点	苏轼出处情况
1	念奴娇	大江东去	元丰五年(1082)七月	黄州	贬谪
2	水调歌头	明月几时有	熙宁九年(1076)八月	密州	仕宦
3	水龙吟	似花还似非花	元丰四年(1081)春	黄州	贬谪
4	卜算子	缺月挂疏桐	元丰三年(1080)二月至五月	黄州	贬谪
5	南乡子	寒玉细凝肤	未编年	不详	不详
6	南乡子	怅望送春怀	未编年	不详	不详
7	南乡子	何处倚阑干	未编年	不详	不详
8	洞仙歌	冰肌玉骨	元丰四年(1081)夏	黄州	贬谪
9	南乡子	霜降水痕收	元丰四年(1071)九月	黄州	贬谪
10	哨遍	为米折腰	元丰五年(1082)春	黄州	贬谪

由上表可知,从创作时间上看,作于熙宁年间(1068—1077)的仅有1首,占比10.00%;作于元丰年间(1078—1085)的有6首,占比60.00%;其余三首未编年。就东坡词经典名篇而言,《水调歌头》(明月几时有)作于熙宁九年(1076)之外,其他三首均作于元丰三年(1080)至元丰五年(1082)。

从创作地点上看,作于谪居之地的有6首,占比60.00%,且均作于黄州;作于仕宦之地的有1首,占比10.00%,作于密州。就东坡词经典名篇而言,《水调歌头》(明月几时有)作于密州知州任上,其他三首均作于谪居黄州期间。

由此可见,从历代词人的创作接受情况来看,东坡词创作的名篇期、经典期是在苏轼谪居黄州的中前期,即元丰三年(1080)至五年(1082)。

① 杨慎著《词品》,上海:上海古籍出版社,2009年,54页。

三、名家词名篇的比较

以历代词人的和韵创作为考查范围，进行两宋名家词名篇的比较。历代219位词人，和82首东坡词韵，作词656首。从唱和的原作数量看，东坡词在北宋九位词人（柳永、晏殊、欧阳修、晏几道、苏轼、秦观、黄庭坚、贺铸、周邦彦）中处在上游，排名第二；在两宋十五位词人（北宋词人九位，南渡以来李清照、叶梦得、姜夔、辛弃疾、吴文英、张炎）中处在上游，排名第三。历代词人和韵创作接受的东坡词，占到东坡词别集存词数量（363首）的22.59%，从别集占比上看，东坡词在北宋九位词人处在中游，排名第四，在两宋十五位词人处于中游，排名第六。从唱和的词人队伍看，东坡词在北宋九位词人处在上游，排名第一，在两宋十五位词人处于上游，排名第一。从唱和的和作数量看，东坡词在北宋九位词人处在上游，排名第一，在两宋十五位词人处于上游，排名第一。

历代词人和韵创作接受的两宋十五名家词合计共有746首。其中，和韵1次的有358首，占比47.99%；和韵次数在4—2之间的有237首，占比31.77%；和韵在9—5之间的有97首，占比13.00%；和韵次数在14—10之间的有24首，占比3.77%；和韵次数在19—15之间的有10首，占比1.34%；和韵次数在24—20之间的有4首，占比0.54%；和韵次数在25—29之间的有2首，占比0.27%；和韵次数在30以上的有14首，占比1.87%。其中，和韵次数在10次以上的名篇有54首，占比7.24%；其中，和韵次数在30以上的经典名篇有14首，占比25.93%。

历代词人和韵创作接受中的有54首两宋十五名家词名篇，其具体接受情况及排行，如下表所示：

历代词人创作接受中和韵10次以上的54首两宋十五名家词名篇排行榜

序号	词牌	首句	作者	历代词人和韵次数						排名
				宋	金元	明	清顺康	清雍乾	不计重复合计	
1	念奴娇	大江东去	苏轼	23	13	140	72	47	288	1
2	水调歌头	明月几时有	苏轼	4	2	6	21	29	61	2
3	贺新郎	把酒长亭说	辛弃疾	7	0	8	42	3	52	3
4	贺新郎	老大犹堪说	辛弃疾	7	0	8	42	3	52	3
5	贺新郎	细把君诗说	辛弃疾	7	0	8	42	3	52	3
6	青玉案	凌波不过横塘路	贺铸	29	0	4	12	7	50	6
7	南浦	波暖绿粼粼	张炎	0	0	1	21	29	50	

续表

序号	词牌	首句	作者	历代词人和韵次数						排名
				宋	金元	明	清顺康	清雍乾	不计重复合计	
8	水龙吟	似花还似非花	苏轼	1	0	13	25	6	39	8
9	卜算子	缺月挂疏桐	苏轼	19	1	10	5	1	35	9
10	声声慢	寻寻觅觅	李清照	0	0	10	20	12	35	
11	朝中措	平山阑槛倚晴空	欧阳修	3	0	3	26	1	33	11
12	千秋岁	水边沙外	秦观	10	0	8	14	2	33	
13	疏影	苔枝缀玉	姜夔	5	0	1	11	17	33	
14	凤凰台上忆吹箫	香冷金猊	李清照	0	0	4	17	10	30	14
15	暗香	旧时月色	姜夔	5	1	2	7	15	28	15
16	念奴娇	萧条庭院	李清照	0	0	4	15	8	26	16
17	洞仙歌	冰肌玉骨	苏轼	1	0	5	8	11	24	17
18	醉花阴	薄雾浓云愁永昼	李清照	0	0	0	13	9	22	18
19	满江红	过眼溪山	辛弃疾	0	0	1	21	0	21	19
20	长亭怨慢	渐吹尽、枝头香絮	姜夔	0	0	0	16	4	20	20
21	水龙吟	渡江天马南来	辛弃疾	0	0	4	14	0	18	21
22	水龙吟	玉皇殿阁微凉	辛弃疾	0	0	4	14	0	18	
23	卜算子	百郡怯登车	辛弃疾	0	0	12	6	0	16	23
24	卜算子	一以我为牛	辛弃疾	0	0	12	6	0	16	
25	卜算子	夜雨醉瓜庐	辛弃疾	0	0	12	6	0	16	
26	卜算子	珠玉作泥沙	辛弃疾	0	0	12	6	0	16	
27	卜算子	千古李将军	辛弃疾	0	0	12	6	0	16	
28	卜算子	万里籋浮云	辛弃疾	0	0	12	6	0	16	
29	沁园春	伫立潇湘	辛弃疾	1	0	2	10	3	16	
30	沁园春	三径初成	辛弃疾	1	0	2	10	3	16	
31	南乡子	霜降水痕收	苏轼	8	0	2	3	3	15	31
32	瑞龙吟	章台路	周邦彦	3	1	2	6	3	15	

续表

序号	词牌	首句	作者	历代词人和韵次数						排名
				宋	金元	明	清顺康	清雍乾	不计重复合计	
33	兰陵王	柳阴直	周邦彦	6	0	1	7	1	14	33
34	祝英台近	宝钗分	辛弃疾	2	0	4	8	2	14	
35	鹧鸪天	枕簟溪堂冷欲秋	辛弃疾	0	0	0	13	0	13	35
36	贺新郎	乳燕飞华屋	苏轼	2	0	1	8	1	12	36
37	点绛唇	我辈情钟	苏轼	6	0	2	4	0	12	
38	点绛唇	不用悲秋	苏轼	6	0	2	4	0	12	
39	点绛唇	莫唱阳关	苏轼	6	0	2	4	0	12	
40	蝶恋花	暖日晴风初破冻	李清照	0	0	1	6	6	12	
41	贺新郎	甚矣吾衰矣	辛弃疾	1	0	3	10	0	12	
42	贺新郎	鸟倦飞还矣	辛弃疾	1	0	3	10	0	12	
43	一剪梅	红藕香残玉簟秋	李清照	0	0	2	7	2	11	43
44	贺新郎	翠浪吞平野	辛弃疾	0	0	1	11	0	11	
45	贺新郎	觅句如东野	辛弃疾	0	0	1	11	0	11	
46	贺新郎	碧海城桑野	辛弃疾	0	0	1	11	0	11	
47	浣溪沙	楼上晴天碧四垂	周邦彦	3	0	1	4	2	10	47
48	花犯	粉墙低	周邦彦	3	2	5	0	1	10	
49	过秦楼	水浴清蟾	周邦彦	4	1	0	3	2	10	
50	如梦令	昨夜雨疏风骤	李清照	0	0	1	6	3	10	
51	武陵春	风住尘香花已尽	李清照	0	0	1	6	3	10	
52	一枝花	千丈擎天手	辛弃疾	0	0	6	4	0	10	
53	念奴娇	野棠花落	辛弃疾	0	0	3	7	0	10	
54	青玉案	万红梅里幽深处	张炎	0	0	0	10	0	10	

由上表可知，历代词人和韵、效体、檃括创作接受中的四首东坡词经典名篇中，《念奴娇》（大江东去）、《水调歌头》（明月几时有），在历代词人和韵创作接受的两宋十五名家词名篇中排名第一、第二，在前三之内；《水龙吟》（似花还似非花）、《卜算子》（缺月挂疏桐），排名第八、第九，在前十之内；历代词人和韵、效体、檃括创作接受中的六首东坡词普通名篇中，《洞仙歌》（冰肌玉骨），在历代词人和韵创作接受的两宋十五名家词名篇中排名第十七，在前二十之内；《南乡子》（霜降水痕收），排名第三十一，在前三十之外。

结语：东坡词传播与接受中的多重对应与互补关系

前文从单篇文本、苏词别集、名家词选、词人创作四个层面对东坡词在宋代至清代的传播与接受情况作了细致描摹。东坡词以单篇文本的形态传播与接受，有两大方式，一是手写，一是摹刻；东坡词以单篇文本的形态传播与接受，具有辑佚补阙、辨别真伪、校勘异文、考订编年的文献价值。东坡词别集的发展趋势，是在存词数量上不断增补、臻于完善，在存词真伪、互见上不断去伪存真、逐步完善，在编纂体例上不断新变演进、趋向完美。名家词选具有淘汰拣择、生成东坡词名篇的功能；名家词选选评者对东坡词的词旨阐释，有误解和曲解，也有新解和正解；名家词选选评者对东坡词艺术评点，有成就地位、风格特征、手法技巧等。词人创作中接受东坡词的方式，有和韵、集句、用成句、学句法、用句意、效体、檃括等；词人接受东坡词而创作有十大题材，既有对东坡词题材的坚守，又有对东坡词题材的突破；词人创作上接受东坡词有八大动因：题材相同、情景相近，足迹相仿、经历相似，展示才学、竞技角艺，由词触发、即兴而作，欲填此调、别无选择，一调多体、有意取法，寄赠酬答、双向互动，群体选择、集体意识。在此，以对应与互补关系为关注视角，对东坡词在不同领域中的传播与接受情况作提纲挈领式的粗线条勾勒。

就传播与接受领域而言，东坡词在不同领域中传播与接受情况的对应与互补关系体现在以下三个方面：

一、单篇文本与苏词别集的对应与互补关系

单篇文本传播与接受具有及时性、分散性特点，而别集传播与接受具有滞后性、集中性特点。东坡词单篇文本与苏词别集的对应关系，表现在东坡词单篇文本具有校勘异文、考订编年的文献价值；东坡词单篇文本与苏词别集的互补关系，表现在东坡词单篇文本具有辑佚补阙、辨别真伪的文献价值。

二、苏词别集与名家词选的对应与互补关系

别集传播具有完整性、单一性(存词、笺注)特点,词选传播具有选择性、多样性(存词、词人小传、词本事、笺注、阐释、评点等)特点。东坡词别集与名家词选的对应关系,表现在词作著作权的归属上;东坡词别集与名家词选的互补关系,表现在东坡词的词旨阐释与艺术评点上。

三、词选、创作、词论间的对应与互补关系

词选、创作、词论,在传播与接受功能上,共同点在于都是淘汰拣择机制。东坡词在名家词选、词人创作、词论品评中传播与接受情况的对应关系,主要表现在以下三个方面:

其一,历代名家词选入选频率很高的东坡词,如《念奴娇》(大江东去)、《水调歌头》(明月几时有)、《卜算子》(缺月挂疏桐),不但历代词人创作中的接受频率也很高,而且在历代词论中品评次数很多、获得的评价很高。

其二,历代名家词选入选频率较高的东坡词,如《水龙吟》(似花还似非花)、《洞仙歌》(冰肌玉骨),不但历代词人创作中的接受频率也娇高,而且在历代词论中品评次数较多、获得的评价较高。

其三,历代名家词选入选频率低的东坡词,如《南乡子》(霜降水痕收),不但历代词人创作中的接受频率也低,而且在历代词论中品评次数少、并未获得较高评价。

东坡词在名家词选、词人创作、词论品评中传播与接受情况的互补关系,主要是表现在时代性、阶段性特征上。

以历代词人的和韵创作接受而言,以唱和的和作数量看,东坡词接受的重心在明代。历代词人和东坡词韵作词656首,其中,和《念奴娇》(大江东去)韵者288首,占到43.90%,其中,明代词人之作140首,占到48.61%;宋代词人之作23首,占比7.99%;金元词人之作13首,占比4.51%;清顺康时期词人之作72首,占比25.00%;清雍乾时期词人之作47首,占比16.32%。从唱和的词人队伍看,东坡词接受的高潮在清顺康时期。历代291位词人(重复者不计)和东坡词韵进行创作,其中,清顺康时期词人116位,占比39.86%;宋代词人52人位,占比17.87%;金元词人14位,占比4.81%;清雍乾时期词人46位,占比15.81%。而在词选、词论两大领域中,并无这一鲜明的时代性、阶段性特征。如,宋代名家词选选录51首,明代名家词选选录114首,清代词选选录167首,历代名家词选选录东坡词207首,呈现直线上升、不断增多的趋势。

就单篇东坡词名篇而言,其在不同领域中传播与接受情况的对应关系,体现在以下三个方面:

一、名篇篇目

《水龙吟》(似花还似非花)、《念奴娇》(大江东去)、《水调歌头》(明月几时有)、《卜算子》(缺月挂疏桐),既是历代名家词选中的东坡词经典名篇,又是历代词人创作接受中的东坡词经典名篇;《南乡子》(霜降水痕收)、《洞仙歌》(冰肌玉骨),既是历代名家词选中的东坡词名篇,又是历代词人创作接受中的东坡词名篇。

二、创作时地

无论是从历代名家词选的入选情况看,还是从历代词人的创作接受情况看,东坡词的名篇期、经典期都是在谪居黄州的中前期,即元丰三年(1080)至五年(1082)。

三、排名顺序

《卜算子》(缺月挂疏桐),无论是在历代名家词选中的东坡词经典名篇中,还是在历代词人创作接受中的东坡词经典名篇中,均排名第四。

就单篇东坡词名篇而言,其在不同领域中传播与接受情况的互补关系,体现在以下两个方面:

一、名篇篇目

历代名家词选中的东坡词名篇有 16 首,其中,经典名篇有 5 首;历代词人创作接受中的东坡词名篇有 10 首,其中,经典名篇有 4 首;《贺新郎》(乳燕飞华屋),是历代名家词选中的东坡词经典名篇,而不是历代词人创作接受中的东坡词名篇;《蝶恋花》(春事阑珊芳草歇)、《满江红》(东武南城)、《西江月》(照野弥弥浅浪)、《水龙吟》(楚山修竹如云)、《江城子》(天涯流落思无穷)、《浣溪沙》(风压轻云贴水飞)、《蝶恋花》(花褪残红青杏小)、《阮郎归》(绿槐高柳咽新蝉)、《南歌子》(山与歌眉敛),是历代名家词选中的东坡词名篇,而不是历代词人创作接受中的东坡词名篇;《南乡子》(寒玉细凝肤)、《南乡子》(怅望送春杯)、《南乡子》(何处倚栏杆)、《哨遍》(为米折腰),是历代词人创作接受中的东坡词名篇,而不是历代名家词选中的东坡词名篇。

二、排名顺序

东坡词经典名篇内部,《水龙吟》(似花还似非花)、《念奴娇》(大江东去)、《水调歌头》(明月几时有),以历代名家词选的入选情况看,排名分别为第一、第三、第四;而以历代词人的创作接受情况看,排名分别为第三、第一、第二。

东坡普通名篇内部,《南乡子》(霜降水痕收)、《洞仙歌》(冰肌玉骨)以历代名家词选的入选情况看,排名分别为第一、第五,而以历代词人的创作接受情况看,排名分别为第二、第三。

附 编

一 五大东坡词别集存词对照表

序号	词调	首句	历代(宋、元、明、清)五大东坡词别集					唐圭璋纂、王仲闻参订、孔凡礼补辑《全宋词》
			南宋傅幹《注坡词》(影印本、校证本)	南宋曾慥《东坡词》《东坡词拾遗》(明吴讷《百家词》钞本)	明毛晋汲古阁《宋六十名家词》本《东坡词》	元延祐云间本《东坡乐府》(清王鹏运《四印斋所刻词》翻印本、中华书局上海编辑所影印本)	清朱祖谋《彊村丛书》本《东坡乐府》	
1	水龙吟	古来云海茫茫	卷一,1	卷上,1	1	卷上,1	卷二	√
2	水龙吟	楚山修竹如云	卷一,2	卷上,2	2	卷上,2	卷一	√
3	水龙吟	似花还似非花	卷一,3	卷上,3	3	卷上,3	卷二	√
4	水龙吟	小舟横截春江	卷一,4	卷上,4	4	卷上,4	卷二	√
5	水龙吟	小沟东接长江	无	无	5	无	卷三	√
6	水龙吟	露寒烟冷蒹葭老	无	无	6	无	卷三	√
7	满庭芳	归去来兮,吾归何处	卷一,1	卷上,1	1	卷上,1	卷二	√
8	满庭芳	归去来兮,清溪无底	无	无	2	卷上,6	卷二	√
9	满庭芳	香叆雕盘	卷一,2	卷上,2	3	卷上,2	卷二	√
10	满庭芳	蜗角虚名	卷一,3	卷上,3	4	卷上,3	卷三	√
11	满庭芳	三十三年,今谁存者	卷一,4	卷上,4	5	卷上,4	卷二	√
12	满庭芳	三十三年,漂流江海	卷一,5	卷上,5	6	卷上,5	卷二	√
13	水调歌头	落日绣帘卷	卷一,1	卷上,1	1	卷上,1	卷二	√
14	水调歌头	安石在东海	卷一,2	卷上,2	2	卷上,2	卷一	√
15	水调歌头	明月几时有	卷一,3	卷上,3	3	卷上,3	卷一	√
16	水调歌头	昵昵儿女语	卷一,4	卷上,4	4	卷上,4	卷二	√
17	水调歌头	离别一何久	卷一,5	卷上,5	5	卷上,5	附后	存目
18	满江红	忧喜相寻	卷二,1	卷上,1	1	卷上,1	卷二	√
19	满江红	江汉西来	卷二,2	卷上,2	2	卷上,2	卷一	√
20	满江红	东武南城	卷二,3	卷上,3	3	卷上,3	卷一	√
21	满江红	清颍东流	卷二,4	卷上,4	4	卷上,4	卷二	√
22	满江红	天岂无情	卷二,5	卷上,5	5	卷上,5	卷一	√

续表

序号	词调	首句	历代(宋、元、明、清)五大东坡词别集					唐圭璋编纂、王仲闻参订、孔凡礼补辑《全宋词》
			南宋傅幹《注坡词》(影印本、校证本)	南宋曾慥《东坡词》《东坡词拾遗》(明吴讷《百家词》钞本)	明毛晋汲古阁《宋六名家十词》本《东坡词》	元延祐云间本《东坡乐府》(清王鹏运《四印斋所刻词》本、中华书局上海编辑所影印本)	清朱祖谋《彊村丛书》本《东坡乐府》	
23	归朝欢	我梦扁舟浮震泽	卷二	卷上	有	卷上	卷二	√
24	念奴娇	大江东去	卷二	卷上	1	卷上	卷二	√
25	念奴娇	凭高眺远	无	无	2	无	卷二	√
26	西江月	公子眼花乱发	卷二,1	卷上,1	1	卷上,1	卷二	√
27	西江月	小院朱栏几曲	卷二,2	卷上,2	2	卷上,2	卷二	√
28	西江月	怪此花枝怨泣	卷二,3	卷上,3	3	卷上,3	卷二	√
29	西江月	闻道双衔凤带	卷二,4	卷上,4	4	卷上,4	卷三	√
30	西江月	点点楼头细雨	卷二,5	卷上,5	5	卷上,5	卷三	√
31	西江月	龙焙今年绝品	卷二,6	卷上,6	6	卷上,6	卷二	√
32	西江月	别梦已随流水	卷二,7	卷上,7	7	卷上,7	卷二	√
33	西江月	世事一场大梦	卷二,8	卷上,8	8	卷上,8	卷一	√
34	西江月	莫叹平原落落	卷二,9	卷上,9	9	卷上,9	卷二	√
35	西江月	玉骨那愁瘴雾	卷二,10	卷上,10	10	卷上,10	卷二	√
36	西江月	照野弥弥浅浪	卷二,11	卷上,11	11	卷上,11	卷二	√
37	西江月	三过平山堂下	卷二,12	卷上,12	12	卷上,12	卷一	√
38	西江月	昨夜扁舟京口/旧誉蔼闻京口	卷二,13	卷上 13;拾遗	13	卷上,13	卷二	√
39	戚氏	玉龟山	卷三	卷下	有	卷上	卷二	√
40	醉蓬莱	笑劳生一梦	卷三	卷下	有	卷上	卷二	√
41	贺新郎	乳燕飞华屋	卷三	卷下	有	卷上	卷三	√
42	临江仙	细马远驼双侍女	卷三,1	卷上,1	1	卷上,1	卷一	√
43	临江仙	诗句端来磨我钝	卷三,2	卷上,2	2	卷上,2	卷三	√
44	临江仙	我劝髯张归去好	卷三,3	卷上,3	3	卷上,3	卷二	√
45	临江仙	自古相从休务日	卷三,4	卷上,4	4	卷上,4	卷一	√
46	临江仙	忘却成都来十载	卷三,5	卷上,5	5	卷上,5	卷三	√
47	临江仙	樽酒何人怀李白	卷三,6	卷上,6	6	卷上,6	卷三	√
48	临江仙	九十日春都过了(密州)	卷三,7	卷上,7	7	无	无	√
49	临江仙	九十日春都过了(惠州)	无	无	无	卷上,7	卷二	√
50	临江仙	四大从来都遍满	卷三,8	卷上,8	8	卷上,8	卷一	√
51	临江仙	一别都下三改火	卷三,9	卷上,9	9	卷上,9	卷二	√

续表

序号	词调	首句	历代(宋、元、明、清)五大东坡词别集					主编唐圭璋纂、王仲闻参订、孔凡礼补辑《全宋词》
			南宋傅幹《注坡词》(影印本、校证本)	南宋曾慥《东坡词》《东坡词拾遗》(明吴讷《百家词》钞本)	明毛晋汲古阁《宋六十名家词》本《东坡词》	元延祐云间本《东坡乐府》(清王鹏运《四印斋所刻词》本、中华书局上海编辑所影印本)	清朱祖谋《彊村丛书》本《东坡乐府》	
52	临江仙	多病休文都瘦损	卷三,10	卷上,10	10	卷上,10	卷二	√
53	临江仙	夜饮东坡醒复醉	卷三,11	卷上,11	11	卷上,11	卷二	√
54	临江仙	冬夜夜寒冰合井	卷三,12	卷上,12	12	卷上,12	卷三	√
55	临江仙	谁道东阳都瘦损	无	拾遗	13	无	卷三	√
56	临江仙	昨夜渡江何处宿	无	无	14	无	卷三	√
57	渔家傲	千古龙蟠并虎踞	卷三,1	卷上,1	1	卷上,1	卷二	√
58	渔家傲	送客归来灯火尽	卷三,2	卷上,2	2	卷上,2	卷二	√
59	渔家傲	皎皎牵牛河汉女	卷三,3	卷上,3	3	卷上,3	卷一	√
60	渔家傲	一曲阳关情几许	卷三,4	卷上,4	4	卷上,4	卷三	√
61	渔家傲	些小白须何用染	无	拾遗	5	无	卷二	√
62	渔家傲	临水纵横回晚鞚	无	无	6	无	卷三	√
63	定风波	两两轻红半晕腮	卷四,1	卷上,1	1	卷上,1	卷一	√
64	定风波	莫听穿林打叶声	卷四,2	卷上,2	2	卷上,2	卷二	√
65	定风波	与客携壶上翠微	卷四,3	卷上,3	3	卷上,3	卷三	√
66	定风波	莫怪鸳鸯绣带长	卷四,4	卷上,4	4	卷上,4	卷三	√
67	定风波	今古风流阮步兵	卷四,5	卷上,5	5	卷上,5	卷一	√
68	定风波	雨洗娟娟嫩叶光	卷四,6	卷上,6	6	卷上,6	卷二	√
69	定风波	好睡慵开莫厌迟	卷四,7	卷上,7	7	卷上,7	卷三	√
70	定风波	月满苕溪照夜堂	卷四,8	卷上,8	8	卷上,8	卷二	√
71	定风波	常羡人间琢玉郎	卷四,9	卷上,9	9	卷上,9	卷二	√
72	南乡子	晚景落琼杯	卷四,1	卷上,1	1	卷上,1	卷一	√
73	南乡子	寒雀满疏篱	卷四,2	卷上,2	2	卷上,2	卷一	√
74	南乡子	不到谢公台	卷四,3	卷上,3	3	卷上,3	卷一	√
75	南乡子	霜降水痕收	卷四,4	卷上,4	4	卷上,4	卷二	√
76	南乡子	回首乱山横	卷四,5	卷上,5	5	卷上,5	卷一	√
77	南乡子	冰雪透香肌	卷四,6	卷上,6	6	卷上,6	卷三	√
78	南乡子	东武望余杭	卷四,7	卷上,7	7	卷上,7	卷一	√
79	南乡子	凉簟碧纱厨	卷四,8	卷上,8	8	卷上,8	卷一	√
80	南乡子	裙带石榴红	卷四,9	卷上,9	9	卷上,9	卷一	√
81	南乡子	旌旆满江湖	卷四,10	卷上 10	10	卷上,10	卷一	√

续表

序号	词调	首句	历代（宋、元、明、清）五大东坡词别集					主编唐圭璋纂、王仲闻参订、孔凡礼补辑《全宋词》
			南宋傅幹《注坡词》（影印本、校证本）	南宋曾慥《东坡词》《东坡词拾遗》（明吴讷《百家词》钞本）	明毛晋汲古阁《宋六名家十词》本《东坡词》	元延祐云间本《东坡乐府》（清王鹏运《四印斋所刻词》翻印本、中华书局上海编辑所影印本）	清朱祖谋《彊村丛书》本《东坡乐府》	
82	南乡子	天与化工知	卷四,11	卷上 11	11	卷上,11	卷三	√
83	南乡子	寒玉细凝夫	卷四,12	卷上 12	12	卷上,12	卷三	√
84	南乡子	怅望送春杯	卷四,13	卷上 13	13	卷上,13	卷三	√
85	南乡子	何处倚阑干	卷四,14	卷上 14	14	卷上,14	卷三	√
86	南乡子	未倦长卿游	无	拾遗 1	15	无	卷二	√
87	南乡子	绣鞅玉镮游	无	拾遗 2	16	无	卷二	√
88	南乡子	千骑试春游	无	无	无	卷上,15	卷二	√
89	洞仙歌	江南腊尽	卷五,1	卷下,1	1	卷上,1	卷一	√
90	洞仙歌	冰肌玉骨	卷五,2	卷下,2	2	卷上,2	卷二	√
91	八声甘州	有情风、万里卷潮来	卷五	卷下	有	卷上	卷二	√
92	三部乐	美人如月	卷五	卷下	有	卷上	卷三	√
93	好事近	红粉莫悲啼	卷五,1	卷上,1	1	卷下,1	卷二	√
94	好事近	烟外倚危楼	无	无	2	无	卷三	√
95	好事近	湖上雨晴时	卷五,2	卷上,2	3	卷下,2	卷二	√
96	南歌子	山与歌眉敛	卷五,1	卷上,1	1	卷下,1	卷二	√
97	南歌子	古岸开青葑	卷五,2	卷上,2	2	卷下,17	卷二	√
98	南歌子	雨暗初疑夜	卷五,3	卷上,3	3	卷下,2	卷一	√
99	南歌子	日出西山雨	卷五,4	卷上,4	4	卷下,3	卷一	√
100	南歌子	带酒冲山雨	卷五,5	卷上,5	5	卷下,4	卷一	√
101	南歌子	日薄花房绽	卷五,6	卷上,6	6	卷下,5	卷三	√
102	南歌子	海上乘槎侣	卷五,7	卷上,7	7	卷下,6	卷一	√
103	南歌子	苒苒中秋过	卷五,8	卷上,8	8	卷下,7	卷一	√
104	南歌子	师唱谁家曲	卷五,9	卷上,9	9	卷下,8	卷三	√
105	南歌子	欲执河梁手	卷五,10	卷上,10	10	卷下,9	卷一	√
106	南歌子	山雨潇潇过	卷五,11	卷上,11	11	卷下,10	卷一	√
107	南歌子	紫陌寻春去	卷五,12	卷上,12	12	卷下,11	卷三	√
108	南歌子	卫霍元勋后	卷五,13	卷上,13	13	卷下,12	卷二	√
109	南歌子	笑怕蔷薇罥	卷五,14	卷上,14	14	卷下,13	卷三	√
110	南歌子	寸恨谁云短	卷五,15	卷上,15	15	卷下,14	卷三	√
111	南歌子	绀绾双蟠髻	卷五,16	卷上,16	16	卷下,15	卷三	√

续表

序号	词调	首句	历代(宋、元、明、清)五大东坡词别集					主编唐圭璋纂、王仲闻参订、孔凡礼补辑《全宋词》
			南宋傅幹《注坡词》(影印本、校证本)	南宋曾慥《东坡词》《东坡词拾遗》(明吴讷《百家词》钞本)	明毛晋汲古阁《宋六名家十本词》《东坡词》	元延祐云间本《东坡乐府》(清王鹏运《四印斋所刻词》翻印本、中华书局上海编辑所影印本)	清朱祖谋《彊村丛书》本《东坡乐府》	
112	南歌子	琥珀装腰佩	卷五,17	卷上,17	17	卷下,16	卷三	√
113	南歌子	云鬓裁新绿	无	无	18	无	卷三	√
114	南歌子	见说东园好	无	拾遗	19	无	卷三	√
115	鹊桥仙	缑山仙子	卷六,1	卷上	1	卷下,1	卷一	√
116	鹊桥仙	乘槎归去	卷六,2	卷上,2	2	卷下,2	卷二	√
117	阮郎归	绿槐高柳咽新蝉	卷六,1	卷下,1	1	卷下,1	卷三	√
118	阮郎归	暗香浮动月黄昏	卷六,2	卷下,2;拾遗	2	卷下,2	卷三	√
119	阮郎归	一年三度过苏台	卷六,3	卷下,3	3	卷下,3	卷一	√
120	江城子	梦中了了醉中醒	卷六,1	卷下,1	1	卷下,1	卷二	√
121	江城子	翠蛾羞黛怯人看	卷六,2	卷下,2	2	卷下,2	卷一	√
122	江城子	凤凰山下雨初晴	卷六,3	卷下,3	3	卷下,3	卷一	√
123	江城子	老夫聊发少年狂	卷六,4	卷下,4	4	卷下,4	卷一	√
124	江城子	天涯流落思无穷	卷六,5	卷下,5	5	卷下,5	卷一	√
125	江城子	相逢不觉又初寒	卷六,6	卷下,6	6	卷下,6	卷一	√
126	江城子	黄昏犹是雨纤纤	卷六,7	卷下,7	7	卷下,7	卷一	√
127	江城子	玉人家在凤凰山	卷六,8	卷下,8	8	卷下,8	卷一	√
128	江城子	十年生死两茫茫	卷六,9	卷下,9	9	卷下,9	卷一	√
129	江城子	银涛无际卷蓬瀛	无	拾遗,1	10	无	卷三	存目
130	江城子	前瞻马耳九仙山	无	拾遗,2	11	无	卷一	√
131	江城子	黑云拖雨过西楼	无	拾遗,3	12	无	卷三	√
132	江城子	南来飞燕北归鸿	无	拾遗,4	无	无	无	存目
133	江城子	腻红匀脸衬檀唇	无	无	13	无	卷三	√
134	无愁可解	光景百年	卷六	卷下	有	卷上	卷三	存目
135	蝶恋花	花褪残红青杏小	卷六,1	卷下,1	1	卷下,1	卷三	√
136	蝶恋花	一颗樱桃樊素口	卷六,2	卷下,2	2	卷下,2	卷三	√
137	蝶恋花	雨过春容清更丽	卷六,3	卷下,3	3	卷下,3	卷一	√
138	蝶恋花	簌簌无风花自弹	卷六,4	卷下,4	4	卷下,4	卷一	√
139	蝶恋花	灯火钱塘三五夜	卷六,5	卷下,5	5	卷下,5	卷一	√
140	蝶恋花	帘外东风交雨霰	卷六,6	卷下,6	6	卷下,6	卷一	√

续表

序号	词调	首句	历代（宋、元、明、清）五大东坡词别集					主编唐圭璋纂、王仲闻参订、孔凡礼补辑《全宋词》
			南宋傅幹《注坡词》（影印本、校证本）	南宋曾慥《东坡词》《东坡词拾遗》（明吴讷《百家词》钞本）	明毛晋汲古阁《宋六名家十词》本《东坡词》	元延祐云间本《东坡乐府》（清王鹏运《四印斋所刻词》本、中华书局上海编辑所影印本）	清朱祖谋《彊村丛书》本《东坡乐府》	
141	蝶恋花	自古涟漪佳丽地	卷六,7	卷下,7	7	卷下,7	卷二	√
142	蝶恋花	云水萦回溪上路	卷六,8	卷下,8	8	卷下,8	卷二	√
143	蝶恋花	别酒劝君君一醉	无	拾遗,1	10	无	卷二	√
144	蝶恋花	泛泛东风初破五	无	拾遗,2	11	无	卷三	√
145	蝶恋花	春事阑珊芳草歇	无	无	9	无	卷三	√
146	蝶恋花	记得画屏初会遇	无	无	12	无	卷三	√
147	蝶恋花	昨夜秋风来万里	无	无	13	无	卷三	√
148	蝶恋花	玉枕冰寒消暑气	无	无	14	无	卷三	√
149	蝶恋花	雨霰疏疏经泼火	无	无	15	无	卷三	√
150	蝶恋花	蝶懒莺慵春过半	无	无	16	无	卷三	√
151	永遇乐	长忆别时	卷七,1	卷下,1	1	卷上,1	卷一	√
152	永遇乐	明月如霜	卷七,2	卷下,2	2	卷上,2	卷一	√
153	永遇乐	天末山横	无	无	3	无	卷三	存目
154	行香子	绮席才终	卷七,1	卷下,1	1	卷下,1	卷三	√
155	行香子	三入承明	卷七,2	卷下,2	2	卷下,2	卷三	√
156	行香子	清夜无尘	卷七,3	卷下,3	3	卷下,3	卷三	√
157	行香子	昨夜霜风	卷七,4	卷下,4	4	卷下,4	卷三	√
158	行香子	携手江村	卷七,5	卷下,5	5	卷下,5	卷一	√
159	行香子	一叶舟轻	卷七,6	卷下,6	6	卷下,6	卷一	√
160	行香子	北望平川	无	无	7	卷下,7	卷二	√
161	菩萨蛮	绣帘高卷倾城出	卷七,1	卷下,1	1	卷下,5	卷三	√
162	菩萨蛮	碧纱微露纤纤玉	卷七,2	卷下,2	2	卷下,6	卷二	√
163	菩萨蛮	秋风湖上萧萧雨	卷七,3	卷下,3	3	卷下,7	卷一	√
164	菩萨蛮	玉童西迓浮丘伯	卷七,4	卷下,4	4	卷下,8	卷一	√
165	菩萨蛮	天怜豪俊腰金晚	卷七,5	卷下 12	5	卷下,9	卷一	√
166	菩萨蛮	娟娟缺月西南落	卷七,6	卷下 13	6	卷下,10	卷一	√
167	菩萨蛮	玉笙不受朱唇暖	卷七,7	卷下 14	7	卷下,11	卷一	√
168	菩萨蛮	画檐初挂弯弯月	卷七,8	卷下 15	8	卷下,1	卷三	√
169	菩萨蛮	风回仙驭云开扇	卷七,9	卷下 16	9	卷下,2	卷三	√
170	菩萨蛮	城隅静女何人见	卷七,10	卷下 17	10	卷下,3	卷三	

续表

序号	词调	首句	历代(宋、元、明、清)五大东坡词别集					唐圭璋纂、王仲闻订、孔凡礼补辑《全宋词》
			南宋傅幹《注坡词》(影印本、校证本)	南宋曾慥《东坡词》《东坡词拾遗》(明吴讷《百家词》钞本)	明毛晋汲古阁《宋六十名家词》本《东坡词》	元延祐云间本《东坡乐府》(清王鹏运《四印斋所刻词》翻印本、中华书局上海编辑所影印本)	清朱祖谋《彊村丛书》本《东坡乐府》	
171	菩萨蛮	买田阳羡吾将老	卷七,11	卷下	11	卷下,4	卷二	√
172	菩萨蛮	落花闲院春衫薄	卷七,12	卷下,5	12	卷下,12	卷三	√
173	菩萨蛮	火云凝汗挥珠颗	卷七,13	卷下,6	13	卷下,13	卷三	√
174	菩萨蛮	峤南江浅红梅小	卷七,14	卷下,7	14	卷下,14	卷三	√
175	菩萨蛮	翠鬟斜幔云垂耳	卷七,15	卷下,8	15	卷下,15	卷三	√
176	菩萨蛮	柳庭风静人睡昼	卷七,16	卷下,9	16	卷下,16	卷三	√
177	菩萨蛮	井桐双照新妆冷	卷七,17	卷下 10	17	卷下,17	卷三	√
178	菩萨蛮	雪花飞暖融香颊	卷七,18	卷下 11	18	卷下,18	卷三	√
179	菩萨蛮	娟娟侵鬓妆痕浅	无	拾遗 1	19	无	卷三	√
180	菩萨蛮	涂香莫惜莲承步	无	拾遗 2	20	无	卷三	√
181	菩萨蛮	玉环坠耳黄金饰	无	拾遗 3	21	无	卷三	√
182	虞美人	定场贺老今何在	卷八,1	卷下,1	1	卷下,1	卷三	√
183	虞美人	归心正似三春草	卷八,2	卷下,2	2	卷下,2	卷二	√
184	虞美人	湖山信是东南美	卷八,3	卷下,3	3	卷下,3	卷一	√
185	虞美人	波声拍枕长淮晓	卷八,4	无	4	卷下,4	卷二	√
186	虞美人	持杯遥劝天边月	无	拾遗	8	无	卷三	√
187	虞美人	落花已作风前舞	无	无	5	无	卷三	存目
188	虞美人	冰肌自是生来瘦	无	无	6	无	卷三	√
189	虞美人	深深庭院清明过	无	无	7	无	卷三	√
190	何满子	见说岷峨凄怆	卷八	卷下	有	卷下	卷一	√
191	哨遍	为米折腰	卷八,1	卷下,1	1	卷上,1	卷二	√
192	哨遍	睡起画堂	卷八,2	卷下,2	2	卷上,2	卷三	√
193	点绛唇	我辈情钟	卷八,1	卷下,3	1	卷下,1	卷二	√
194	点绛唇	不用悲秋	卷八,2	卷下,4	2	卷下,2	卷二	√
195	点绛唇	莫唱阳关	卷八,3	卷下,5	3	卷下,3	卷二	√
196	点绛唇	醉漾轻舟	卷八,4	卷下,1	无	卷下,4	无	√
197	点绛唇	月转乌啼	卷八,5	卷下,2	无	卷下,5	无	√
198	点绛唇	闲倚胡床	无	拾遗 1	4	无	卷三	√
199	点绛唇	红杏飘香	无	拾遗 2	5	无	卷三	√
200	殢人娇	满院桃花	卷八,1	卷下,1	1	卷下,1	卷一	√

续表

序号	词调	首句	历代（宋、元、明、清）五大东坡词别集					唐圭璋编纂、王仲闻参订、孔凡礼补辑《全宋词》
			南宋傅幹《注坡词》（影印本、校证本）	南宋曾慥《东坡词》《东坡词拾遗》（明吴讷《百家词》钞本）	明毛晋汲古阁《宋六十名家词》本《东坡词》	元延祐云间本《东坡乐府》（清王鹏运《四印斋所刻词》翻印本、中华书局上海编辑所影印本）	清朱祖谋《彊村丛书》本《东坡乐府》	
201	殢人娇	白发苍颜	卷八,2	卷下,2	2	卷下,2	卷二	√
202	殢人娇	别驾来时	卷八,3	卷下,3	3	卷下,3	卷一	√
203	诉衷情	钱塘风景古今奇	卷八,1	卷下,1	1	卷下,1	卷一	√
204	诉衷情	海棠珠缀一重重	卷八,2	卷下,2	2	卷下,2	卷三	√
205	诉衷情	小莲初上琵琶弦	卷八,3	卷下,3	3	卷下,3	卷三	√
206	醉落魄	醉醒醒醉	卷九,1	卷下,1	无	卷下,1	无	√
207	醉落魄	分携如昨	卷九,2	卷下,2	1	卷下,2	卷一	√
208	醉落魄	苍颜华发	卷九,3	卷下,3	2	卷下,3	卷一	√
209	醉落魄	轻云微月	卷九,4	卷下,4	3	卷下,4	卷一	√
210	谒金门	秋帷里	卷九,1	卷下,1	1	卷下,1	卷三	√
211	谒金门	秋池阁	卷九,2	卷下,2	2	卷下,2	卷三	√
212	谒金门	今夜雨	卷九,3	卷下,3	3	卷下,3	卷三	√
213	如梦令	水垢何曾相受	卷九,1	卷下,1	1	卷下,1	卷二	√
214	如梦令	自净方能净彼	卷九,2	卷下,2	2	卷下,2	卷二	√
215	如梦令	为向东坡传语	卷九,3	卷下,3	3	卷下,3	卷三	√
216	如梦令	手种堂前桃李	卷九,4	卷下,4	4	卷下,4	卷三	√
217	如梦令	城上层楼叠巘	无	拾遗	5	无	卷三	√
218	阳关曲	暮云收尽溢清寒	卷九,1	卷下,1；拾遗	1	卷下,1	卷一	√
219	阳关曲	受降城下紫髯郎	卷九,2	卷下,2；拾遗	2	卷下,2	卷一	√
220	阳关曲	济南春好雪初晴	卷九,3	卷下3；拾遗	3	卷下,3	卷一	√
221	减字木兰花	云鬓倾倒	卷九,1	卷下,2	2	卷下,1	卷三	√
222	减字木兰花	郑庄好客	卷九,2	卷下,1	1	卷下,2	卷一	√
223	减字木兰花	闽溪珍献	卷九,3	卷下,3	3	卷下,3	卷三	√
224	减字木兰花	贤哉令尹	卷九,4	卷下,4	4	卷下,4	卷一	√
225	减字木兰花	玉觞无味	卷九,5	卷下,5	5	卷下,5	卷一	√
226	减字木兰花	春光亭下	卷九,6	卷下,6	6	卷下,6	卷三	√
227	减字木兰花	维熊佳梦	卷九,7	卷下,7	7	卷下,7	卷一	√

续表

序号	词调	首句	历代(宋、元、明、清)五大东坡词别集					唐圭璋编纂、王仲闻参订、孔凡礼补辑《全宋词》
			南宋傅幹《注坡词》(影印本、校证本)	南宋曾慥《东坡词》《东坡词拾遗》(明吴讷《百家词》钞本)	明毛晋汲古阁《宋六十名家词》本《东坡词》	元延祐云间本《东坡乐府》(清王鹏运《四印斋所刻词》翻印本、中华书局上海编辑所影印本)	清朱祖谋《彊村丛书》本《东坡乐府》	
228	减字木兰花	晓来风细	卷九,8	卷下,8	8	卷下,8	卷三	√
229	减字木兰花	天台归路	卷九,9	卷下,9	9	卷下,9	卷三	√
230	减字木兰花	双龙对起	卷九,10	卷下,10	10	卷下,10	卷二	√
231	减字木兰花	琵琶绝艺	卷九,11	卷下,11	11	卷下,11	卷三	√
232	减字木兰花	春牛春杖	卷九,12	卷下,12	12	卷下,12	卷二	√
233	减字木兰花	云容皓白	卷九,13	卷下,13	13	卷下,13	卷三	√
234	减字木兰花	玉房金蕊	卷九,14	卷下,14	14	卷下,14	卷三	√
235	减字木兰花	春庭月午	卷九,15	卷下,15	15	卷下,15	卷二	√
236	减字木兰花	天然宅院	卷九,16	卷下,16	16	卷下,16	卷二	√
237	减字木兰花	神闲意定	无	拾遗,1	17	无	卷三	√
238	减字木兰花	银筝旋品	无	拾遗,2	18	无	卷三	√
239	减字木兰花	柔和性气	无	拾遗,3	19	无	卷二	√
240	减字木兰花	莺初解语	无	拾遗,4	20	无	卷三	√
241	减字木兰花	江南游女	无	拾遗,5	21	无	卷三	√
242	减字木兰花	娇多媚煞	无	拾遗,6	22	无	卷二	√
243	减字木兰花	双鬟绿坠	无	拾遗,7	23	无	卷二	√
244	减字木兰花	天真雅丽	无	拾遗,8	24	无	卷二	√
245	减字木兰花	空床响琢	无	无	无	卷下,17	卷一	√
246	减字木兰花	回风落景	无	无	无	卷下,18	卷二	√
247	减字木兰花	海南奇宝	无	无	无	卷下,19	卷三	√
248	浣溪沙	风卷珠帘自上钩	卷一〇,1	卷下,1	1	卷下,36	卷三	√
249	浣溪沙	山下兰芽短浸溪	卷一〇,2	卷下,2	2	卷下,37	卷二	√
250	浣溪沙	西塞山前白鹭飞	卷一〇,3	卷下,3	3	卷下,38	卷三	√
251	浣溪沙	覆块青青麦未苏	卷一〇,4	卷下,4	4	卷下,39	卷一	√
252	浣溪沙	醉梦醺醺晓未苏	卷一〇,5	卷下,5	5	卷下,40	卷一	√
253	浣溪沙	雪里餐毡例姓苏	卷一〇,6	卷下,6	6	卷下,41	卷一	√
254	浣溪沙	半夜银山上积苏	卷一〇,7	卷下,7	7	卷下,42	卷一	√
255	浣溪沙	万顷风涛不记苏	卷一〇,8	卷下,8	8	卷下,43	卷一	√
256	浣溪沙	珠桧丝松冷欲霜	卷一〇,9	卷下,9	9	卷下,3	卷三	√
257	浣溪沙	霜鬓真堪插拒霜	卷一〇,10	卷下,10	10	卷下,4	卷三	√

续表

序号	词调	首句	历代(宋、元、明、清)五大东坡词别集					主编唐圭璋纂、王仲闻参订、孔凡礼补辑《全宋词》
			南宋傅幹《注坡词》(影印本、校证本)	南宋曾慥《东坡词》《东坡词拾遗》(明吴讷《百家词》钞本)	明毛晋汲古阁《宋六名家十词》本《东坡词》	元延祐云间本《东坡乐府》(清王鹏运《四印斋所刻词》翻印本、中华书局上海编辑所影印本)	清朱祖谋《彊村丛书》本《东坡乐府》	
258	浣溪沙	傅粉郎君又粉奴	卷一〇,11	卷下,11	11	卷下,5	卷三	√
259	浣溪沙	菊暗荷枯一夜霜	卷一〇,12	卷下,12	11	卷下,6	卷三	√
260	浣溪沙	雪颔霜髯不自警	卷一〇,13	卷下,13	13	卷下,7	卷二	√
261	浣溪沙	料峭东风翠幕惊	卷一〇,14	卷下,14	14	卷下,8	卷二	√
262	浣溪沙	照日深红暖见鱼	卷一〇,15	卷下,15	15	卷下,9	卷一	√
263	浣溪沙	施粉红妆看使君	卷一〇,16	卷下,16	16	卷下,10	卷一	√
264	浣溪沙	麻叶层层苘叶光	卷一〇,17	卷下,17	17	卷下,11	卷一	√
265	浣溪沙	蔌蔌衣巾落枣花	卷一〇,18	卷下,18	18	卷下,12	卷一	√
266	浣溪沙	软草平莎过雨新	卷一〇,19	卷下,19	19	卷下,13	卷一	√
267	浣溪沙	道字娇讹古未成	卷一〇,20	卷下,20	20	卷下,14	卷三	√
268	浣溪沙	缥缈危楼紫翠间	卷一〇,21	卷下,21	21	卷下,15	卷一	√
269	浣溪沙	桃李溪边驻画轮	卷一〇,22	卷下,22	22	卷下,16	卷三	√
270	浣溪沙	四面垂杨十顷荷	卷一〇,23	卷下,23	23	卷下,17	卷三	√
271	浣溪沙	一别姑苏已三年	卷一〇,24	卷下,24	24	卷下,18	卷一	√
272	浣溪沙	惟见眉间一点黄	卷一〇,25	卷下,25	25	卷下,19	卷三	√
273	浣溪沙	长记鸣琴子贱堂	卷一〇,26	卷下,26	26	卷下,20	卷一	√
274	浣溪沙	风压轻云贴水飞	卷一〇,27	卷下,27	无	卷下,21	无	√
275	浣溪沙	罗袜空飞洛浦尘	卷一一,28	卷下,28	27	卷下,22	卷二	√
276	浣溪沙	白雪清词出坐间	卷一一,29	卷下,29	28	卷下,23	卷一	√
277	浣溪沙	细雨斜风作小寒	卷一一,30	卷下,30	29	卷下,24	卷二	√
278	浣溪沙	门外东风雪洒裾	卷一一,31	卷下,31	30	卷下,25	卷三	√
279	浣溪沙	惭愧今年二麦收	卷一一,32	卷下,32	31	卷下,26	卷一	√
280	浣溪沙	芍药樱桃两斗新	卷一一,33	卷下,33;拾遗	32	卷下,27	卷二	√
281	浣溪沙	学画鸦儿正妙年	卷一一,34	卷下,34	33	卷下,28	卷二	√
282	浣溪沙	一梦江湖费五年	卷一一,35	卷下,35	34	卷下,29	卷二	√
283	浣溪沙	轻汗微微透碧纨	卷一一,36	卷下,36	35	卷下,30	卷三	√
284	浣溪沙	徐邈能中酒圣贤	卷一一,37	卷下,37	36	卷下,31	卷三	√
285	浣溪沙	倾盖相看胜白头	卷一一,38	卷下,38	37	卷下,32	卷三	√
286	浣溪沙	炙手无人傍屋头	卷一一,39	卷下,39	38	卷下,33	卷三	√

续表

序号	词调	首句	历代(宋、元、明、清)五大东坡词别集					主编唐圭璋纂、王仲闻参订、孔凡礼补辑《全宋词》
			南宋傅幹《注坡词》(影印本、校证本)	南宋曾慥《东坡词》《东坡词拾遗》(明吴讷《百家词》钞本)	明毛晋汲古阁《宋六名家词》本《东坡词》	元延祐云间本《东坡乐府》(清王鹏运《四印斋所刻词》本、中华书局上海编辑所影印本)	清朱祖谋彊村《丛书》本《东坡乐府》	
287	浣溪沙	画隼横江喜再游	卷一一,40	卷下,40	39	卷下,34	卷三	√
288	浣溪沙	花满银塘水漫流	无	无	40	无	卷三	√
289	浣溪沙	入袂轻风不破尘	卷一一,41	拾遗,1	41	卷下,35	卷三	√
290	浣溪沙	几共查梨到雪霜	无	拾遗,2	42	无	卷三	√
291	浣溪沙	山色横侵蘸晕霞	无	拾遗,3	43	无	卷三	√
292	浣溪沙	晚菊花前敛翠蛾	无	无	44	无	卷三	存目
293	浣溪沙	缥缈红妆照浅溪	无	无	无	卷下,1	卷一	√
294	浣溪沙	阳羡姑苏已买田	无	无	无	卷下,2	卷二	√
295	雨中花慢	今岁花时深院	卷一一	卷上	1	卷上	卷一	√
296	雨中花慢	邃院重帘何处	无	无	2	无	卷三	√
297	雨中花慢	嫩脸修蛾因甚	无	无	3	无	卷三	√
298	沁园春	孤馆灯青	卷一一	卷上	1	卷上	卷一	√
299	沁园春	小阁深沉	无	拾遗	无	无	无	存目
300	劝金船	无情流水多情客	卷一一	卷上	有	卷上	卷一	√
301	一丛花	今年春浅腊侵年	卷一一	卷上	有	卷上	卷三	√
302	木兰花令	霜余已失长淮阔	卷一一,1	卷上,1	1	卷上 1	卷二	√
303	木兰花令	知君仙骨无寒暑	卷一一,2	卷上,2;拾遗	2	卷上,2	卷二	
304	木兰花令	梧桐叶上三更雨	卷一一,3	卷上,3	3	卷上,3	卷二	
305	木兰花令	元宵似是欢游好	无	无	有	无	卷三	√
306	木兰花令	经旬未识东君信	无	无	有	无	卷三	√
307	木兰花令	高平四面开雄垒	无	无	有	无	卷三	√
308	鹧鸪天	林断山明竹隐墙	卷一一,1	卷上,1	1	卷上,1	卷二	√
309	鹧鸪天	笑撚红梅亸翠翘	卷一一,2	卷上,2	2	卷上,2	卷二	√
310	鹧鸪天	西塞山前白鹭飞	卷一一,3	卷上,3	无	卷上,3	无	存目
311	少年游	银塘朱槛麴尘波	卷一一,1	卷上,1;拾遗	1	卷上,1	卷一	√
312	少年游	去年相送	卷一一,2	卷上,2	3	卷上,2	卷一	√
313	少年游	玉肌铅粉傲秋霜	无	拾遗	2	无	卷一	√
314	望江南	春已老	卷一二,1	卷上,2	2	卷上,1	卷一	√

续表

序号	词调	首句	历代（宋、元、明、清）五大东坡词别集					唐圭璋编纂、王仲闻参订、孔凡礼补辑《全宋词》
			南宋傅幹《注坡词》（影印本、校证本）	南宋曾慥《东坡词》《东坡词拾遗》（明吴讷《百家词》钞本）	明毛晋汲古阁《宋六十名家词》本《东坡词》	元延祐云间本《东坡乐府》（清王鹏运《四印斋所刻词》翻印本、中华书局上海编辑所影印本）	清朱祖谋《彊村丛书》本《东坡乐府》	
315	望江南	春未老	卷一二,2	卷上,1	1	卷上,2	卷一	√
316	卜算子	蜀客到江南	卷一二,1	卷上,1	1	卷上,1	卷一	√
317	卜算子	缺月挂疏桐	卷一二,2	卷上,2	2	卷上,2	卷二	√
318	瑞鹧鸪	碧山影里小红旗	卷一二	卷上	1	卷上,1	卷一	√
319	瑞鹧鸪	城头月落尚啼乌	无	拾遗	2	无	卷一	√
320	十拍子	白酒新开九酝	卷一二	卷上	有	卷上	卷二	√
321	清平乐	清淮浊汴	卷一二	卷上	有	卷上	卷一	√
322	昭君怨	谁作桓伊三弄	卷一二	卷上	有	卷上	卷一	√
323	采桑子	多情多感仍多病	卷一二	卷下	有	卷上	卷一	√
324	千秋岁	浅霜侵绿	卷一二	卷下	有	卷上	卷一	√
325	更漏子	水涵空	卷一二	卷下	有	卷上	卷一	√
326	华清引	平时十月幸兰汤	卷一二	卷下	有	卷上	卷三	√
327	苏幕遮	暑笼晴	卷一二	卷下	有	卷上	卷三	√
328	生查子	三度别君来	卷一二	卷下	有	卷上	卷二	√
329	青玉案	三年枕上吴中路	卷一二	卷下	有	卷上	卷二	√
330	天仙子	走马探花花发未	卷一二	无	无	卷下	卷三	√
331	乌夜啼	莫怪怀心远	卷一二	卷下	有	卷上	卷三	√
332	翻香令	金炉犹暖麝煤残	卷一二	卷下	有	卷下	卷三	√
333	桃源忆故人	华胥梦断人何处	卷一二	卷下	有	卷下	卷三	√
334	皂罗特髻	采菱拾翠	卷一二	卷下	有	卷下	卷三	√
335	调笑令	渔父	卷一二	卷下	有	卷下	卷三	√
336	调笑令	归雁					卷三	
337	双荷叶	双溪月	卷一二	卷下	有	卷下	卷一	√
338	荷花媚	霞包霓荷碧	卷一二	卷下	有	卷下	卷三	√
339	画堂春	柳花飞处麦摇波	无	无	无	卷下	卷一	√
340	一斛珠	洛城春晚	无	拾遗	有	无	卷三	√
341	占春芳	红杏了	无	无	有	无	卷三	√
342	瑶池燕	飞花成阵	无	无	有	无	无	√
343	浪淘沙	昨日出东城	无	无	有	无	卷一	√
344	祝英台近	挂轻帆	无	无	有	无	卷一	√

续表

序号	词调	首句	历代(宋、元、明、清)五大东坡词别集					唐圭璋编纂、王仲闻参订、孔凡礼补辑《全宋词》
			南宋傅幹《注坡词》(影印本、校证本)	南宋曾慥《东坡词》《东坡词拾遗》(明吴讷《百家词》钞本)	明毛晋汲古阁《宋六十名家词》本《东坡词》	元延祐云间本《东坡乐府》(清王鹏运《四印斋所刻词》本、中华书局上海编辑所影印本)	清朱祖谋《彊村丛书》本《东坡乐府》	
345	意难忘	花拥鸳房	无	无	有	无	卷三	√
346	醉翁操	琅然	无	无	无	无	卷二	√
347	渔父	渔父饮	无	无	无	无	卷二	√
348	渔父	渔父醉	无	无	无	无	卷二	√
349	渔父	渔父醒	无	无	无	无	卷二	√
350	渔父	渔父笑	无	无	无	无	卷二	√
351	奉安神宗皇帝御容赴景灵宫导引歌词	帝城父老	无	无	无	无	无	√
352	迎奉神宗皇帝御容赴西京会圣宫应天禅院奉安导引歌词	经文纬武	无	无	无	无	无	√
353	千秋岁	岛边天外	无	无	无	无	无	√
354	减字木兰花	凭谁妙笔	无	无	无	无	无	√
355	菩萨蛮	湿云不动溪桥冷	无	无	无	无	无	√
356	踏青游	□火初晴	无	无	无	无	无	√
357	阮郎归	歌停檀板舞停鸾	无	无	无	无	无	√
358	西江月	马趁香微路远	无	无	无	无	无	√
359	踏莎行	山秀芙蓉	无	无	无	无	无	√
360		这个秃奴	无	无	无	无	无	√
361	鹧鸪天	罗带双垂画不成	无	无	无	无	无	√
362	西江月	碧雾轻笼两凤	无	无	无	无	无	√
合计		272首	302首	328	281首	340首	362首	
说明	《水龙吟》(古来云海茫茫),卷一,1;《水龙吟》(楚山修竹如云),卷一,2;《水龙吟》(似花还似非花),卷一,3;《水龙吟》(小舟横截春江),卷一,4。其中,1、2、3、4,是指在《水龙吟》一调内部词作的先后次序。							

二 古今东坡词别集编年对照表

序号	词调	首句	古今东坡词别集编年情况			其他资料编年情况
			《彊村丛书》本《东坡乐府》	薛瑞生《东坡词编年笺证》	邹同庆、王宗堂《苏轼词编年校注》	
1	浪淘沙	昨日出东城	熙宁五年正月,杭州			＊东方龙吟《苏轼词编年新说》编熙宁六年正月,杭州;另见备注1
2	南歌子	海上乘槎侣	熙宁五年八月,杭州	元祐四年八月,杭州	元祐五年八月,杭州	
3	行香子	一叶舟轻	熙宁六年二月,严州桐庐县七里滩			
4	祝英台近	挂轻帆	熙宁六年二月,严州桐庐县七里滩			
5	瑞鹧鸪	城头月落尚乌啼	熙宁六年寒食,杭州西湖			
6	瑞鹧鸪	碧山影里小红旗	熙宁六年八月,杭州钱塘江			
7	临江仙	四大从来都遍满	熙宁六年八月,风水洞			
8	南乡子	晚景落琼杯	熙宁七年,润州	元丰四年春,黄州	＊元丰三年春,黄州	见备注2
9	行香子	携手江村	熙宁七年正月,润州丹阳县			
10	昭君怨	谁作桓伊三弄	熙宁七年二月,镇江金山			
11	醉落魄	轻云微月	熙宁七年,京口	熙宁七年二月底,京口	熙宁七年四月,京口	
12	蝶恋花	雨过春容清更丽	熙宁七年,京口	熙宁七年二月底,京口	熙宁七年春,京口	
13	少年游	去年相送	熙宁七年四月,润州	熙宁七年二月底,京口	熙宁七年四月,润州	
14	卜算子	蜀客到江南	熙宁七年,京口	熙宁七年三月,京口		
15	江城子	玉人家在凤凰山	熙宁七年,杭州		＊熙宁六年九月,杭州	吴雪涛《苏词编年辨证》编熙宁六年九月,杭州
16	江城子	凤凰山下雨初晴	熙宁七年,西湖	＊熙宁六年六七月间,杭州西湖		孔凡礼《苏轼年谱》编熙宁六年七八月间,杭州
17	虞美人	湖山信是东南美	熙宁七年七月,杭州有美堂			
18	诉衷情	钱塘风景古今奇	熙宁七年杭州			
19	菩萨蛮	玉童西迓浮丘伯	熙宁七年,杭州		熙宁七年七月,杭州	

续表

序号	词调	首句	古今东坡词别集编年情况			其他资料编年情况
			《彊村丛书》本《东坡乐府》	薛瑞生《东坡词编年笺证》	邹同庆、王宗堂《苏轼词编年校注》	
20	江城子	翠蛾羞黛怯人看	熙宁七年七月,杭州			
21	菩萨蛮	秋风湖上萧萧雨	熙宁七年七月,杭州			
22	清平乐	清淮浊汴	熙宁七年七月,杭州			
23	南乡子	回首乱山横	熙宁七年七月,杭州			
24	南歌子	苒苒中秋过	熙宁七年八月,杭州	元祐四年八月,杭州	元祐五年八月,杭州	吴雪涛《苏词编年辨证》编元祐五年八月,杭州
25	劝金船	无情流水多情客	熙宁七年九月,杭州			
26	南乡子	东武望余杭	熙宁七年九月,杭州			
27	南乡子	凉簟碧纱厨	熙宁七年九月,杭州	熙宁七年八月,杭州	*元丰元年秋,徐州	孔凡礼《苏轼年谱》编元丰元年,徐州
28	南乡子	寒雀满疏篱	熙宁七年九月,杭州	熙宁七年八月,杭州	*熙宁七年冬,密州	
29	浣溪沙	缥缈危楼紫翠间	熙宁七年九月,杭州			
30	浣溪沙	白雪清词出坐间	熙宁七年九月,杭州			
31	南乡子	裙带石榴红	熙宁七年九月	熙宁七年九月,湖州		
32	南乡子	旌旆满江湖	熙宁七年九月	熙宁七年九月,杭州	熙宁七年九月,湖州	
33	定风波	今古风流阮步兵	熙宁七年九月,湖州	熙宁七年九月,杭州	熙宁七年九月,湖州	
34	减字木兰花	维熊佳梦	熙宁七年九月,湖州			
35	何满子	见说岷峨凄怆	熙宁七年九月,湖州	*熙宁九年秋,密州		崔海正《〈河满子〉(见说岷峨)系年辨误》编熙宁九年秋,密州
36	菩萨蛮	天怜豪俊腰金晚	熙宁七年九月,松江			
37	鹊桥仙	缑山仙子	熙宁七年九月,松江	*熙宁七年七月,杭州		崔海正《〈鹊桥仙〉(缑山仙子)为谁而作》编元丰元年,徐州
38	阮郎归	一年三度过苏台	熙宁七年十月,苏州			
39	醉落魄	苍颜华发	熙宁七年十月,苏州			

续表

序号	词调	首句	古今东坡词别集编年情况			其他资料编年情况
			《彊村丛书》本《东坡乐府》	薛瑞生《东坡词编年笺证》	邹同庆、王宗堂《苏轼词编年校注》	
40	菩萨蛮	玉笙不受朱唇暖	熙宁七年十月，润州			
41	减字木兰花	郑庄好客	熙宁七年十月，润州		*元丰七年八月，润州	
42	南歌子	欲执河梁手	熙宁七年十月，润州		元丰七年八月，润州	吴雪涛《苏词编年辨证》编元丰八年五月，润州
43	采桑子	多情多感仍多病	熙宁七年十月，润州			
44	更漏子	水涵空	熙宁七年十月，润州	熙宁七年十月，海州	*熙宁七年十月，楚州	
45	醉落魄	分携如昨	熙宁七年十月，润州			
46	浣溪沙	长记鸣琴子贱堂	熙宁七年十月，海州			
47	沁园春	孤馆灯青	熙宁七年十月，海州赴密州途中			
48	永遇乐	长忆别时	熙宁七年十一月十五日，海州	熙宁八年正月，密州	*熙宁七年十月十五日，海州	见备注3
49	减字木兰花	空床响琢	熙宁七年十一月，海州	*熙宁七年十月，海州	元祐六年九月，颍州	
50	蝶恋花	灯火钱塘三五夜	熙宁八年元宵，密州			
51	江城子	十年生死两茫茫	熙宁八年正月二十日，密州			
52	雨中花慢	今岁花时深院	熙宁八年九月，密州			
53	江城子	老夫聊发少年狂	熙宁八年冬，密州			刘崇德《苏轼〈江城子·猎词〉编年考辨》编元丰元年，徐州
54	水龙吟	楚山修竹如云	熙宁八年，密州	元丰八年十月，涟水军	*元丰三年十一月，黄州	见备注4
55	减字木兰花	贤哉令尹	熙宁八年冬十月，密州			
56	蝶恋花	帘外东风交雨霰	熙宁九年正月，密州			
57	满江红	天岂无情	熙宁九年正月，密州			
58	殢人娇	别驾来时	熙宁九年春正月，密州			
59	望江南	春未老	熙宁九年春，密州			
60	望江南	春已老				
61	满江红	东武南城	熙宁九年三月，密州			
62	水调歌头	明月几时有	熙宁九年八月，密州			

续表

<table>
<tr><th rowspan="2">序号</th><th rowspan="2">词 调</th><th rowspan="2">首 句</th><th colspan="3">古今东坡词别集编年情况</th><th rowspan="2">其他资料编年情况</th></tr>
<tr><th>《彊村丛书》本《东坡乐府》</th><th>薛瑞生《东坡词编年笺证》</th><th>邹同庆、王宗堂《苏轼词编年校注》</th></tr>
<tr><td>63</td><td>画堂春</td><td>柳花飞处麦摇波</td><td colspan="2">熙宁九年九月,密州</td><td>＊熙宁九年十月,密州</td><td>孔凡礼《苏轼年谱》编熙宁七年三月,润州</td></tr>
<tr><td>64</td><td>江城子</td><td>前瞻马耳九仙山</td><td colspan="3">熙宁九年十月,密州</td><td></td></tr>
<tr><td>65</td><td>江城子</td><td>相逢不觉又初寒</td><td colspan="3">熙宁九年十二月,密州</td><td>孔凡礼《苏轼年谱》编熙宁九年正月,密州</td></tr>
<tr><td>66</td><td>南乡子</td><td>不到谢公台</td><td>熙宁十年,齐州</td><td colspan="2">＊熙宁七年九月,湖州</td><td>吴雪涛《苏词四首系年商兑》熙宁七年九月,湖州</td></tr>
<tr><td>67</td><td>阳关曲</td><td>济南春好雪初晴</td><td>熙宁十年,齐州</td><td colspan="2">熙宁十年正月,齐州</td><td></td></tr>
<tr><td>68</td><td>蝶恋花</td><td>簌簌无风花自亸</td><td>熙宁十年,齐州</td><td colspan="2">＊元丰元年三月,徐州</td><td></td></tr>
<tr><td>69</td><td>殢人娇</td><td>满院桃花</td><td colspan="3">熙宁十年三月,汴京</td><td></td></tr>
<tr><td>70</td><td>洞仙歌</td><td>江南腊尽</td><td colspan="3">熙宁十年三月,汴京</td><td>王文龙《苏词五首作年考》编熙宁七年,常州</td></tr>
<tr><td>71</td><td>阳关曲</td><td>暮云收尽溢清寒</td><td colspan="3">熙宁十年八月中秋,徐州</td><td></td></tr>
<tr><td>72</td><td>水调歌头</td><td>安石在东海</td><td colspan="3">熙宁十年八月,徐州</td><td></td></tr>
<tr><td>73</td><td>浣溪沙</td><td>一别姑苏已四年</td><td colspan="3">熙宁十年八月,徐州</td><td>孔凡礼《苏轼年谱》编元丰元年,徐州</td></tr>
<tr><td>74</td><td>临江仙</td><td>自古相从休务日</td><td colspan="3">元丰元年正月,徐州</td><td></td></tr>
<tr><td>75</td><td>浣溪沙</td><td>照日深红暖见鱼</td><td rowspan="5">元丰元年,徐州</td><td rowspan="5">元丰元年三月,徐州</td><td rowspan="5">＊元丰元年初夏,徐州</td><td></td></tr>
<tr><td>76</td><td>浣溪沙</td><td>施粉红妆看使君</td><td></td></tr>
<tr><td>77</td><td>浣溪沙</td><td>麻叶层层苘叶光</td><td></td></tr>
<tr><td>78</td><td>浣溪沙</td><td>蔌蔌衣巾落枣花</td><td></td></tr>
<tr><td>79</td><td>浣溪沙</td><td>软草平莎过雨新</td><td></td></tr>
<tr><td>80</td><td>浣溪沙</td><td>惭愧今年二麦收</td><td>元丰元年,徐州</td><td>元丰元年三月,徐州</td><td>＊元丰元年四月,徐州</td><td>孔凡礼《苏轼年谱》编元丰元年四月,徐州</td></tr>
<tr><td>81</td><td>浣溪沙</td><td>缥缈红妆照浅溪</td><td colspan="2">元丰元年,徐州</td><td>＊熙宁十年七月,徐州</td><td>保苅佳昭《苏轼词编年考》编熙宁十年七月,徐州</td></tr>
<tr><td>82</td><td>永遇乐</td><td>明月如霜</td><td colspan="2">元丰元年十月,徐州</td><td></td><td></td></tr>
<tr><td>83</td><td>千秋岁</td><td>浅霜侵绿</td><td colspan="2">元丰元年九月,徐州</td><td></td><td></td></tr>
</table>

续表

<table>
<tr><th rowspan="2">序号</th><th rowspan="2">词调</th><th rowspan="2">首句</th><th colspan="3">古今东坡词别集编年情况</th><th rowspan="2">其他资料编年情况</th></tr>
<tr><th>《彊村丛书》本《东坡乐府》</th><th>薛瑞生《东坡词编年笺证》</th><th>邹同庆、王宗堂《苏轼词编年校注》</th></tr>
<tr><td>84</td><td>阳关曲</td><td>受降城下紫髯郎</td><td colspan="3">元丰元年，徐州</td><td></td></tr>
<tr><td>85</td><td>江城子</td><td>天涯流落思无穷</td><td colspan="3">元丰二年三月，徐州</td><td></td></tr>
<tr><td>86</td><td>减字木兰花</td><td>玉觞无味</td><td colspan="3">元丰二年三月，徐州</td><td></td></tr>
<tr><td>87</td><td>菩萨蛮</td><td>娟娟缺月西南落</td><td>元丰二年三月，灵璧</td><td colspan="2">＊熙宁七年七月，杭州</td><td></td></tr>
<tr><td>88</td><td>西江月</td><td>三过平山堂下</td><td colspan="2">元丰二年四月，扬州</td><td>＊元丰七年十月，扬州</td><td>孔凡礼《苏轼年谱》编元丰七年十月，扬州</td></tr>
<tr><td>89</td><td>南歌子</td><td>山雨潇潇过</td><td colspan="3">元丰二年五月，湖州</td><td></td></tr>
<tr><td>90</td><td rowspan="3">南歌子</td><td>日出西山雨</td><td rowspan="3">元丰二年五月，湖州</td><td rowspan="3">嘉祐八年二月下旬至三月上旬，送赵荐归蜀入终南山复回凤翔府时</td><td rowspan="3">＊元丰五年三月，黄州</td><td rowspan="3">孔凡礼《苏轼年谱》编元丰二年五月，湖州；保苅佳昭《苏轼词编年考》编元丰五年三月，黄州；</td></tr>
<tr><td>91</td><td>雨暗初疑夜</td></tr>
<tr><td>92</td><td>带酒冲山雨</td></tr>
<tr><td>93</td><td>双荷叶</td><td>双溪月</td><td>元丰二年，湖州</td><td>元丰二年五月，湖州</td><td>＊熙宁五年十二月，湖州</td><td>见备注5</td></tr>
<tr><td>94</td><td>渔家傲</td><td>皎皎牵牛河汉女</td><td colspan="3">元丰二年七月初七，湖州</td><td></td></tr>
<tr><td>95</td><td>临江仙</td><td>细马远驼双侍女</td><td colspan="3">元丰三年正月，赴黄途中，麻城岐亭</td><td></td></tr>
<tr><td>96</td><td>西江月</td><td>世事一场大梦</td><td colspan="2">元丰三年八月十五日，黄州</td><td>＊绍圣四年八月十五日，儋州</td><td>见备注6</td></tr>
<tr><td>97</td><td>定风波</td><td>两两轻红半晕腮</td><td colspan="2">元丰三年十月，黄州</td><td>＊元丰五年十月，黄州</td><td>吴雪涛《苏词编年订误三题》编元丰五年十月，黄州；</td></tr>
<tr><td>98</td><td>少年游</td><td>玉肌铅粉傲秋霜</td><td>元丰四年正月，黄州</td><td>＊元丰五年正月，黄州</td><td>元丰四年正月，黄州</td><td>见备注7</td></tr>
<tr><td>99</td><td>少年游</td><td>银塘朱槛曲尘波</td><td colspan="3">元丰四年五月五日，黄州</td><td></td></tr>
<tr><td>100</td><td>浣溪沙</td><td>覆块青青麦未苏</td><td colspan="2" rowspan="5">＊元丰四年十二月，黄州</td><td rowspan="5">元丰四年十一月，黄州</td><td rowspan="5">孔凡礼《苏轼年谱》编元丰四年十二月，黄州；吴雪涛《苏词编年考辨两则》编元丰五年十二月，黄州；</td></tr>
<tr><td>101</td><td>浣溪沙</td><td>醉梦醺醺晓未苏</td></tr>
<tr><td>102</td><td>浣溪沙</td><td>雪里餐毡例姓苏</td></tr>
<tr><td>103</td><td>浣溪沙</td><td>半夜银山上积苏</td></tr>
<tr><td>104</td><td>浣溪沙</td><td>万顷风涛不记苏</td></tr>
</table>

续表

序号	词调	首句	古今东坡词别集编年情况			其他资料编年情况
			《彊村丛书》本《东坡乐府》	薛瑞生《东坡词编年笺证》	邹同庆、王宗堂《苏轼词编年校注》	
105	江城子	黄昏犹是雨纤纤	元丰四年十二月,黄州			
106	满江红	江汉西来	元丰四年,黄州	元丰五年五六月,黄州	*元丰四年深秋,黄州	保苅佳昭《苏轼词编年考》编元丰四年春,黄州
1	水龙吟	小舟横截春江	元丰五年正月,黄州			
2	江城子	梦中了了醉中醒	元丰五年二月,黄州			
3	定风波	莫听穿林打叶声	元丰五年三月,黄州			
4	浣溪沙	山下兰芽短浸溪	元丰五年三月,黄州			
5	西江月	照野弥弥浅浪	元丰五年三月,黄州			
6	满江红	忧喜相寻	元丰五年三月,黄州	*元丰四年八九月,黄州	元丰五年三月,黄州	
7	哨遍	为米折腰	*元丰五年春,黄州	元丰四年八九月,黄州	元丰五年五月,黄州	孔凡礼《苏轼年谱》编元丰五年五月,黄州
8	渔家傲	些小白须何用染	元丰五年六月,黄州			
9	定风波	雨洗娟娟嫩叶光	元丰五年七月,黄州			
10	洞仙歌	冰肌玉骨	元丰五年夏,黄州			
11	念奴娇	大江东去	元丰五年七月,黄州			
12	念奴娇	凭高眺远	元丰五年八月,黄州			
13	南乡子	霜降水痕收	元丰五年九月,黄州	*元丰四年九月,黄州		
14	临江仙	夜饮东坡醒复醉	元丰五年九月,黄州		*元丰六年四月,黄州	保苅佳昭《苏轼词编年考》编元丰六年夏,黄州
15	减字木兰花	娇多媚煞	元丰五年十二月,黄州			
16	减字木兰花	双鬟绿坠				
17	减字木兰花	天真雅丽				
18	减字木兰花	柔和性气				
19	减字木兰花	天然宅院				
20	西江月	龙焙今年绝品	元丰五年十二月,黄州			
21	菩萨蛮	碧纱微露纤纤玉	元丰五年十二月,黄州			

续表

<table>
<tr><th rowspan="2">序号</th><th rowspan="2">词调</th><th rowspan="2">首句</th><th colspan="3">古今东坡词别集编年情况</th><th rowspan="2">其他资料编年情况</th></tr>
<tr><th>《彊村丛书》本《东坡乐府》</th><th>薛瑞生《东坡词编年笺证》</th><th>邹同庆、王宗堂《苏轼词编年校注》</th></tr>
<tr><td>22</td><td>醉翁操</td><td>琅然</td><td>元丰五年,黄州</td><td colspan="2">元丰五年十二月,黄州</td><td></td></tr>
<tr><td>23</td><td>卜算子</td><td>缺月挂疏桐</td><td>元丰五年十二月,黄州</td><td>元丰三年二月,黄州</td><td>*元丰三年二至五月间,黄州</td><td>吴雪涛《苏词四首系年商兑》编元丰三年二月,黄州</td></tr>
<tr><td>24</td><td>满庭芳</td><td>三十三年,今谁存者</td><td colspan="3">元丰六年五月,黄州</td><td></td></tr>
<tr><td>25</td><td>水调歌头</td><td>落日绣帘卷</td><td colspan="2">元丰六年润六月,黄州</td><td>元丰六年十一月,黄州</td><td></td></tr>
<tr><td>26</td><td>蝶恋花</td><td>别酒劝君君一醉</td><td colspan="2">元丰六年,黄州</td><td>元丰元年八月,徐州</td><td>*东方龙吟《解读苏东坡:女性·情感》编元丰七年正月,黄州;另见备注8</td></tr>
<tr><td>27</td><td>醉蓬莱</td><td>笑劳生一梦</td><td>元丰六年九月,黄州</td><td colspan="2">*元丰五年九月,黄州</td><td></td></tr>
<tr><td>28</td><td>好事近</td><td>红粉莫悲啼</td><td>元丰六年,黄州</td><td colspan="2">元丰六年五月,黄州</td><td></td></tr>
<tr><td>29</td><td>定风波</td><td>谁羡人间琢玉郎</td><td>元丰六年,黄州</td><td>元祐元年春,汴京</td><td>元祐元年二月,汴京</td><td>崔海正《〈定风波〉(长羡人间琢玉郎》编元丰八年十二月至元祐元年之间,东京;</td></tr>
<tr><td>30</td><td>鹧鸪天</td><td>林断山明竹隐墙</td><td colspan="3">元丰六年六月,黄州</td><td></td></tr>
<tr><td>31</td><td>十拍子</td><td>白酒新开九酝</td><td colspan="3">元丰六年九月,黄州</td><td></td></tr>
<tr><td>32</td><td>南歌子</td><td>卫霍元勋后</td><td colspan="3">元丰六年十二月,黄州</td><td></td></tr>
<tr><td>33</td><td>满庭芳</td><td>归去来兮,吾归何处</td><td colspan="3">元丰七年四月,黄州</td><td></td></tr>
<tr><td>34</td><td>西江月</td><td>别梦已随流水</td><td colspan="3">元丰七年七月,当涂</td><td></td></tr>
<tr><td>35</td><td>渔家傲</td><td>千古龙蟠并虎踞</td><td colspan="2">元丰七年八月,南京</td><td>元丰七年七月,南京</td><td></td></tr>
<tr><td>36</td><td>浣溪沙</td><td>学画鸦儿正妙年</td><td rowspan="2">元丰七年,楚州</td><td colspan="2" rowspan="2">元丰七年十一月,楚州</td><td></td></tr>
<tr><td>37</td><td>浣溪沙</td><td>一梦江湖费五年</td><td></td></tr>
<tr><td>38</td><td>虞美人</td><td>波声拍枕长淮晓</td><td colspan="3">元丰七年十一月,淮上</td><td></td></tr>
<tr><td>39</td><td>行香子</td><td>北望平川</td><td colspan="3">元丰七年十二月,泗州</td><td></td></tr>
<tr><td>40</td><td>如梦令</td><td>水垢何曾相受</td><td colspan="3" rowspan="2">元丰七年十二月,泗州</td><td></td></tr>
<tr><td>41</td><td>如梦令</td><td>自净方能净彼</td><td></td></tr>
<tr><td>42</td><td>浣溪沙</td><td>细雨斜风作小寒</td><td colspan="3">元丰七年十二月,泗州</td><td></td></tr>
</table>

续表

<table>
<tr><th rowspan="2">序号</th><th rowspan="2">词调</th><th rowspan="2">首句</th><th colspan="3">古今东坡词别集编年情况</th><th rowspan="2">其他资料编年情况</th></tr>
<tr><th>《彊村丛书》本《东坡乐府》</th><th>薛瑞生《东坡词编年笺证》</th><th>邹同庆、王宗堂《苏轼词编年校注》</th></tr>
<tr><td>43</td><td>满庭芳</td><td>三十三年,漂流江海</td><td>元丰七年,泗州</td><td colspan="2">元丰七年十二月,泗州</td><td></td></tr>
<tr><td>44</td><td>水龙吟</td><td>古来云海茫茫</td><td colspan="3">元丰七年冬,泗州</td><td></td></tr>
<tr><td>45</td><td>满庭芳</td><td>归去来兮,清溪无底</td><td colspan="3">元丰八年二月,南都</td><td></td></tr>
<tr><td>46</td><td>南乡子</td><td>千骑试春游</td><td colspan="3">元丰八年正月,宿州</td><td></td></tr>
<tr><td>47</td><td>南乡子</td><td>绣鞅玉镮游</td><td rowspan="2">元丰八年四月</td><td rowspan="2">元丰八年四月,楚州</td><td rowspan="2">元丰二年三月,徐州</td><td></td></tr>
<tr><td>48</td><td>南乡子</td><td>未倦长卿游</td><td></td></tr>
<tr><td>49</td><td>渔父</td><td>渔父饮</td><td colspan="2" rowspan="4">元丰八年</td><td rowspan="4">＊元丰五年三月,黄州</td><td rowspan="4">保苅佳昭《苏轼词编年考》编谪居黄州时期,春</td></tr>
<tr><td>50</td><td>渔父</td><td>渔父醉</td></tr>
<tr><td>51</td><td>渔父</td><td>渔父醒</td></tr>
<tr><td>52</td><td>渔父</td><td>渔父笑</td></tr>
<tr><td>53</td><td>菩萨蛮</td><td>买田阳羡吾将老</td><td colspan="2">元丰八年五月,宜兴</td><td>元丰七年九月,宜兴</td><td></td></tr>
<tr><td>54</td><td>蝶恋花</td><td>云水萦回溪上路</td><td colspan="3">元丰八年六月,宜兴</td><td></td></tr>
<tr><td>55</td><td>蝶恋花</td><td>自古涟漪佳丽地</td><td colspan="3">元丰八年十月,涟水</td><td></td></tr>
<tr><td>56</td><td>水调歌头</td><td>昵昵儿女语言</td><td>元祐二年二月至四月,汴京</td><td>＊元丰五年正月,黄州</td><td>元丰四年三月,黄州</td><td>孔凡礼《苏轼年谱》编元丰四年三月,黄州</td></tr>
<tr><td>57</td><td>水龙吟</td><td>似花还似非花</td><td>元祐二年二月至四月,汴京</td><td>元丰四年春夏间,黄州</td><td>＊元丰四年春,黄州</td><td></td></tr>
<tr><td>58</td><td>满庭芳</td><td>香叆雕盘</td><td>元祐二年五月,汴京</td><td>元祐二年六月,汴京</td><td>＊熙宁十年春,汴京</td><td></td></tr>
<tr><td>59</td><td>西江月</td><td>莫叹平原落落</td><td colspan="3">元祐三年九月,汴京</td><td></td></tr>
<tr><td>60</td><td>定风波</td><td>月满苕溪照夜堂</td><td>元祐四年,湖州</td><td colspan="2">＊元祐六年三月,湖州</td><td></td></tr>
<tr><td>61</td><td>点绛唇</td><td>我辈情钟</td><td colspan="3">元祐四年九月,杭州</td><td></td></tr>
<tr><td>62</td><td>临江仙</td><td>多病休文都瘦损</td><td>元祐五年正月,杭州</td><td colspan="2">＊元祐五年二月,杭州</td><td>见备注9</td></tr>
<tr><td>63</td><td>南歌子</td><td>山与歌眉敛</td><td colspan="3">元祐五年五月,杭州</td><td></td></tr>
<tr><td>64</td><td>南歌子</td><td>古岸开青葑</td><td colspan="3">元祐五年五月,杭州</td><td></td></tr>
<tr><td>65</td><td>减字木兰花</td><td>双龙对起</td><td colspan="2">元祐五年五月,杭州</td><td>＊熙宁七年夏,杭州</td><td></td></tr>
<tr><td>66</td><td>鹊桥仙</td><td>乘槎归去</td><td colspan="3">元祐五年七月,杭州</td><td></td></tr>
<tr><td>67</td><td>点绛唇</td><td>不用悲秋</td><td colspan="3">元祐五年九月,杭州</td><td></td></tr>
<tr><td>68</td><td>点绛唇</td><td>莫唱阳关</td><td colspan="3">元祐五年九月,杭州</td><td></td></tr>
<tr><td>69</td><td>好事近</td><td>湖上雨晴时</td><td colspan="3">元祐五年九月,杭州</td><td></td></tr>
</table>

续表

序号	词调	首句	古今东坡词别集编年情况			其他资料编年情况
			《彊村丛书》本《东坡乐府》	薛瑞生《东坡词编年笺证》	邹同庆、王宗堂《苏轼词编年校注》	
70	渔家傲	送客归来灯火尽	元祐六年,杭州	元祐六年正月,杭州	元祐四年八月,杭州	＊王宗堂、邹同庆《〈苏轼词编年校注〉重印后记》编熙宁七年九月,杭州;另见备注10
71	浣溪沙	雪颔霜髯不自惊	元祐六年,杭州	元祐六年正月,杭州		
72	浣溪沙	料峭东风翠幕惊				
73	浣溪沙	阳羡姑苏已买田	元祐六年正月,杭州	元祐六年二月,杭州	元祐六年正月,杭州	
74	西江月	公子眼花乱发	元祐六年三月,杭州			
75	西江月	小院朱栏几曲				
76	西江月	怪此花枝怨泣				
77	木兰花令	知君仙骨无寒暑	元祐六年三月,杭州			
78	虞美人	归心正似三春草	元祐六年三月,杭州			
79	临江仙	一别都下三改火	元祐六年春,杭州	元祐六年十、十一月颍州	元祐六年三月,杭州	
80	八声甘州	有情风万里卷潮来	元祐六年三月,杭州			
81	西江月	昨夜扁舟京口	元祐六年二月,杭州	元祐六年二月底、三月初,杭州	元祐六年三月,杭州	
82	临江仙	我劝髯张归去好	元祐六年四月,润州			
83	木兰花令	霜余已失长淮阔	元祐六年,颍州	元祐六年八月,颍州	元祐六年闰八月,颍州	
84	减字木兰花	春庭月午	元祐七年正月,颍州			
85	满江红	清颍东流	元祐七年二月,颍州		元祐六年八月,汴京	＊保苅佳昭《苏轼词编年考》编元丰八年十月,登州;另见备注11
86	浣溪沙	芍药樱桃两斗新	元祐七年四月,扬州			
87	减字木兰花	回风落景	元祐七年五月,扬州			
88	生查子	三度别君来	元祐七年,扬州	元祐七年八月,扬州		
89	青玉案	三年枕上吴中路	元祐七年八月,扬州			

续表

序号	词调	首句	古今东坡词别集编年情况			其他资料编年情况
			《彊村丛书》本《东坡乐府》	薛瑞生《东坡词编年笺证》	邹同庆、王宗堂《苏轼词编年校注》	
90	戚氏	玉龟山	绍圣元年正月,定州			
91	归朝欢	我梦扁舟浮震泽	绍圣元年七月,九江			
92	木兰花令	梧桐树上三更雨	绍圣元年七月,造口			
93	浣溪沙	罗袜空飞洛浦尘	绍圣元年十月,惠州			
94	临江仙	九十日春都过了	绍圣二年春,惠州	绍圣三年四月,惠州	绍圣二年春,惠州	
95	殢人娇	白发苍颜	绍圣二年五月,惠州			曾枣庄《东坡词中的朝云——兼论两首东坡词的编年》编绍圣二年五月,惠州
96	西江月	玉骨那愁瘴雾	绍圣三年十月,惠州			*张绍卿,王元明《关于苏轼咏梅词〈西江月〉的编年和主旨》编绍圣元年十一月,惠州
97	减字木兰花	春牛春杖	元符二年立春,儋州			
98	鹧鸪天	笑撚红梅亸翠翘	元符三年十二月,韶州			
1	水龙吟	小沟东接长江		元丰五年,黄州	*元丰五年秋,黄州	见备注 12
2	水龙吟	露寒烟冷蒹葭		元丰七年八月,南京		
3	满庭芳	蜗角虚名		元丰七年,黄州	元丰五年,黄州	*保苅佳昭《苏轼词编年考》编元丰五年七月,武昌;另见备注 13
4	永遇乐	天末山横		存目词	误入苏集词	
5	雨中花慢	邃院重帘何处		元丰元年,徐州	存疑词	
6	雨中花慢	嫩脸修蛾因甚		元丰元年,徐州	绍圣三年七月,惠州	
7	一丛花	今年春浅腊侵年		熙宁九年正月,密州	*熙宁九年初春,密州	刘崇德《苏词编年考》编熙宁九年早春,密州

续表

序号	词调	首句	古今东坡词别集编年情况			其他资料编年情况
			《彊村丛书》本《东坡乐府》	薛瑞生《东坡词编年笺证》	邹同庆、王宗堂《苏轼词编年校注》	
8	三部乐	美人如月		熙宁七年,杭州	绍圣三年五六月间,惠州	
9	无愁可解	光景百年		存目词	元丰年间,黄州	
10	贺新郎	乳燕飞华屋		元祐五年夏,杭州	绍圣二年或三年初夏,惠州	刘崇德《苏词编年考》编绍圣二年(或三年)初夏,惠州
11	哨遍	睡起画堂		未编年	元祐三年春,汴京	
12	木兰花令	元宵似是欢游好		元祐六年正月,杭州		＊保苅佳昭《苏轼词编年考》编元丰八年正月,宿州
13	木兰花令	经旬未识东君信		元丰二年三月,南都	未编年	孙民《关于十三首东坡乐府的编年》、孙民《关于十二首东坡乐府的编年》编元祐四年春夏之间,润州
14	木兰花令	高平四面开雄垒		元丰二年三月,泗州	元祐七年三月,泗州	
15	西江月	闻道双衔凤带		未编年		
16	西江月	点点楼头细雨		元丰六年九月,黄州	＊元丰五年九月,黄州	吴雪涛《苏轼〈西江月〉词臆说编元丰五年九月,黄州
17	华清引	平时十月幸兰汤		＊治平元年十二月,长安		见备注14
18	苏幕遮	暑笼晴		未编年	元祐二年六七月间,汴京	刘崇德《苏词编年考》编元祐二年,东京
19	乌夜啼	莫怪怀心远		元祐四年三四月间,杭州	未编年	
20	临江仙	诗句端来磨我钝		元丰五年三月,黄州	元丰六年末,黄州	＊保苅佳昭《苏轼词编年考》编元丰六年秋,黄州;另见备注15

续表

序号	词调	首句	古今东坡词别集编年情况			其他资料编年情况
			《彊村丛书》本《东坡乐府》	薛瑞生《东坡词编年笺证》	邹同庆、王宗堂《苏轼词编年校注》	
21	临江仙	忘却成都来十载		熙宁十年,自密移徐途中		*彭文良、木斋《苏轼〈临江仙〉(忘却成都来十载)编年补证》编元祐五年春,杭州
22	临江仙	樽酒何似怀李白		熙宁四年十一月,扬州	*元祐六年四月,扬州	见备注16
23	临江仙	冬夜夜寒冰合井		熙宁四年十一月,扬州	未编年	
24	临江仙	谁道东阳都瘦损		建中靖国元年四月,庐山	未编年	
25	临江仙	昨夜度江何处宿		元丰七年八月,南京	未编年	
26	渔家傲	一曲阳关情几许		未编年		
27	渔家傲	临水纵横回晚鞚		元祐六年九、十月间,颍州	元丰五年秋冬之际,黄州	*张志烈《苏词二首系年略考》编元祐八年九月,开封;另见备注17
28	定风波	与客携壶上翠微		元丰三年九月,黄州		
29	定风波	莫怪鸳鸯绣带长		未编年		
30	定风波	好睡慵开莫厌迟		元丰五年正月,黄州	元丰五年,黄州	王文龙《苏词五首作年考》编元丰五年,黄州
31	南乡子	冰雪透香肌		元祐六年正月,杭州	未编年	
32	南乡子	天与化工知		绍圣二年四月,惠州	未编年	孙民《关于十三首东坡乐府的编年》、孙民《关于十二首东坡乐府的编年》编绍圣三年夏,惠州;
33	南乡子	寒玉细凝肤		未编年		
34	南乡子	怅望送春杯		未编年		
35	南乡子	何处倚阑干		未编年		

续表

序号	词调	首句	古今东坡词别集编年情况			其他资料编年情况
			《彊村丛书》本《东坡乐府》	薛瑞生《东坡词编年笺证》	邹同庆、王宗堂《苏轼词编年校注》	
36	菩萨蛮	画檐初挂弯弯月		元丰三年七月，黄州		刘崇德《苏词编年考》编元丰三年七月，黄州；
37	菩萨蛮	风回仙驭云开扇				
38	菩萨蛮	城隅静女何人见		元丰七年二月，黄州	熙宁十年，徐州	＊刘崇德《苏词编年考》编熙宁九年，密州；另见备注18
39	菩萨蛮	绣帘高卷倾城出		未编年	熙宁六年夏，杭州	
40	菩萨蛮	落花闲院春衫薄		元丰三年十一月，黄州	未编年	
41	菩萨蛮	火云凝汗挥珠颗			未编年	
42	菩萨蛮	峤南江浅红梅小			未编年	
43	菩萨蛮	翠鬟斜幔云垂耳		元丰三年十一月，黄州	＊元丰三年冬，黄州	刘崇德《苏词编年考》编元丰三年冬，黄州；
44	菩萨蛮	柳庭风静人睡昼				
45	菩萨蛮	井桐双照新妆冷				
46	菩萨蛮	雪花飞暖融香颊				
47	菩萨蛮	娟娟侵鬓妆痕浅		未编年	互见词	
48	菩萨蛮	涂香莫惜莲承步		未编年		
49	菩萨蛮	玉环坠耳黄金饰		未编年		
50	浣溪沙	珠桧丝松冷欲霜		元祐三年九月，汴京	元祐四年九月，杭州	刘崇德《苏词编年考》编熙宁七年九月，杭州；
51	浣溪沙	霜鬓真堪插拒霜				
52	浣溪沙	傅粉郎君又粉奴		熙宁十年二月，郓州		
53	浣溪沙	菊暗荷枯一夜霜		元丰五年正月，黄州	绍圣元年九月，广州	
54	浣溪沙	道字娇讹古未成		绍圣四年闰二月，惠州		
55	浣溪沙	桃李溪边驻画轮		绍圣四年闰二月，惠州		
56	浣溪沙	四面垂杨十顷荷		元祐六七年间，颍州	熙宁十年正月，济南	彭文良《苏轼〈浣溪沙·荷花〉词编年新考》编熙宁五年七月，杭州；

续表

序号	词调	首句	古今东坡词别集编年情况			其他资料编年情况
			《彊村丛书》本《东坡乐府》	薛瑞生《东坡词编年笺证》	邹同庆、王宗堂《苏轼词编年校注》	
57	浣溪沙	惟见眉间一点黄		元丰元年五六月间,徐州	元丰元年七月,徐州	＊崔海正《〈浣溪沙〉(怪见眉间)作年小考》编元丰元年春,徐州
58	浣溪沙	门外东风雪洒裾		元祐六年二月,杭州	元祐五年前,杭州	
59	浣溪沙	轻汗微微透碧纨		绍圣二年五月,惠州		曾枣庄《东坡词中的朝云——兼论两首东坡词的编年》编绍圣二年五月,惠州;
60	浣溪沙	徐邈能中酒圣贤		元丰七年三月,黄州	熙宁五年秋,杭州	见备注19
61	浣溪沙	倾盖相看胜白头		熙宁七年三月,常润道中	元丰六年秋冬间,黄州	＊王文龙《苏词五首作年考》编元丰三年,黄州;另见备注20
62	浣溪沙	炙手无人傍屋头				
63	浣溪沙	画隼横江喜再游		熙宁七年,杭州	未编年	＊孙民《关于十三首东坡乐府的编年》、孙民《关于十二首东坡乐府的编年》编元祐七年九月,南都;
64	浣溪沙	入袂轻风不破尘		元丰六年五月,黄州	＊绍圣二年端午,惠州	见备注21
65	浣溪沙	风卷珠帘自上钩		未编年		
66	浣溪沙	西塞山前白鹭飞		元祐六年三月,湖州	元丰五年三月,黄州	＊崔海正《〈浣溪沙〉(西塞山前白鹭飞)写于黄州》编元丰三年春,黄州;

续表

序号	词调	首句	古今东坡词别集编年情况			其他资料编年情况
			《彊村丛书》本《东坡乐府》	薛瑞生《东坡词编年笺证》	邹同庆、王宗堂《苏轼词编年校注》	
67	浣溪沙	花满银塘水漫流		未编年		
68	浣溪沙	几共查梨到雪霜		元丰五年正月，黄州	绍圣元年九月，广州	
69	浣溪沙	山色横侵蘸晕霞		嘉祐五年正月，荆州	存疑词	备注22
70	浣溪沙	晚菊花前敛翠蛾		存目词	误入苏集词	
71	南歌子	日薄花房绽		元丰五年春，黄州	元丰五年三月，黄州	＊保苅佳昭《苏轼词编年考》编元祐五年清明，杭州；备注23
72	南歌子	师唱谁家曲		元祐五年，杭州		刘崇德《苏词编年考》编元丰七年，楚州；
73	南歌子	紫陌寻春去		元祐五年，杭州	未编年	
74	南歌子	笑怕蔷薇罥		元丰元年，徐州	未编年	
75	南歌子	寸恨谁云短		元丰三年二月，黄州	元丰三年二月，黄州	
76	南歌子	绀绾双蟠髻		熙宁四年十月，楚州		孔凡礼《苏轼年谱》编元祐七年三月，由颍州移守扬州途经楚州时；东方龙吟《苏轼词作编年新说》编元祐七年三月，楚州；
77	南歌子	琥珀装腰佩				
78	南歌子	云鬓裁新绿		绍圣二年，惠州	＊元祐六年八月，汴京	曾枣庄《东坡词中的朝云——兼论两首东坡词的编年》编元祐年间，东京；
79	南歌子	见说东园好		元丰七年八月，真州	元丰七年九月，真州	
80	江城子	银涛无际卷蓬瀛		存目词	互见词	

续表

序号	词调	首句	古今东坡词别集编年情况			其他资料编年情况
			《彊村丛书》本《东坡乐府》	薛瑞生《东坡词编年笺证》	邹同庆、王宗堂《苏轼词编年校注》	
81	江城子	黑云拖雨过西楼		元祐七年三月,扬州	元丰二年四月,扬州	刘崇德《苏词编年考》编元丰二年三月,扬州;
82	江城子	腻红匀脸衬檀唇		未编年	存疑词	
83	蝶恋花	花褪残红青杏小		绍圣二年春,惠州		见备注24
84	蝶恋花	一颗樱桃樊素口		元祐二年六月,汴京	未编年	
85	蝶恋花	春事阑珊芳草歇		熙宁七年三月,润州	元祐六年四月,润州	
86	蝶恋花	泛泛东风初破五		元祐六年正月,杭州	绍圣三年正月,惠州	
87	蝶恋花	记得画屏初会遇		未编年	存疑词	
88	蝶恋花	昨夜秋风来万里		元丰八年九月,楚州		
89	蝶恋花	玉枕冰寒消暑气		存目词	误入苏集词	
90	蝶恋花	雨霰疏疏经泼火		未编年	存疑词	
91	蝶恋花	蝶懒莺慵春过半		未编年	存疑词	
92	减字木兰花	云鬟倾倒		熙宁四年十一月,苏州	熙宁七年七月,杭州	
93	减字木兰花	闽溪珍献		绍圣二年四月,惠州		
94	减字木兰花	春光亭下		元祐六年四月,高邮	*熙宁八年冬,密州	见备注25
95	减字木兰花	晓来风细		熙宁七年正月,丹阳		
96	减字木兰花	天台归路		未编年	元祐六年三月,杭州	
97	减字木兰花	琵琶绝艺		*熙宁七年,杭州	绍圣四年二月,惠州	孙民《关于十三首东坡乐府的编年》、孙民《关于十二首东坡乐府的编年》编绍圣四年春,循州;
98	减字木兰花	云容皓白		元丰四年末,黄州	元祐六年二月,杭州	王宗堂、邹同庆《苏词编年与辨伪》编元祐六年二月,杭州;

续表

序号	词调	首句	古今东坡词别集编年情况			其他资料编年情况
			《彊村丛书》本《东坡乐府》	薛瑞生《东坡词编年笺证》	邹同庆、王宗堂《苏轼词编年校注》	
99	减字木兰花	玉房金蕊	未编年			
100	减字木兰花	海南奇宝		元符三年四月，儋州		
101	减字木兰花	神闲意定		元丰七年三月，黄州	元丰七年正月，黄州	
102	减字木兰花	银筝旋品		元祐七年九月，南都	熙宁七年十月，润州	＊保苅佳昭《苏轼词编年考》编元丰五年十二月，黄州；
103	减字木兰花	莺初解语	未编年			
104	减字木兰花	江南游女		元丰四年四月，黄州	元丰六年，黄州	＊保苅佳昭《苏轼词编年考》编元丰七年八月，润州；
105	行香子	绮席才终		元祐四年八九月间，杭州	元祐四年秋，杭州	刘崇德《苏词编年考》编元祐四年春，东京；
106	行香子	三人承明		元祐八年，定州		
107	行香子	清夜无尘		元祐八年，定州		
108	行香子	昨夜霜风		绍圣二年八月底九月初，惠州	未编年	
109	点绛唇	闲倚胡床		建中靖国元年四月	＊元祐五年秋，杭州	刘崇德《苏词编年考》编元祐五年秋，杭州；
110	点绛唇	红杏飘香	未编年			
111	皂罗特髻	采菱拾翠		未编年	元丰六年，黄州	刘崇德《苏词编年考》编元丰六年，黄州；
112	虞美人	定场贺老今何在		元丰四年六月，黄州	绍圣四年二月，惠州	
113	虞美人	落花已作风前舞		存目词	误入苏集词	
114	虞美人	冰肌自是生来瘦		未编年	存疑词	
115	虞美人	深深庭院清明过		未编年	存疑词	
116	虞美人	持杯摇劝天边月		未编年	未编年	

续表

序号	词调	首句	古今东坡词别集编年情况			其他资料编年情况
			《彊村丛书》本《东坡乐府》	薛瑞生《东坡词编年笺证》	邹同庆、王宗堂《苏轼词编年校注》	
117	如梦令	为向东坡传语		元祐元年八月至年末,汴京	元祐元年九月至年末,汴京	*唐玲玲《东坡词系年考辨之一》编元祐二年,东京;
118	如梦令	手种堂前桃李				
119	如梦令	城上层楼叠巘		熙宁四年十月,泗州	元丰七年十二月,泗州	*崔海正《尺幅短调友情长》编元祐六年四月,泗州;另见备注26
120	阮郎归	绿槐高柳咽新蝉		元丰七年四月底,庐山	*元丰七年四月上旬,兴国	
121	阮郎归	暗香浮动月黄昏		绍圣元年,惠州	未编年	
122	诉衷情	海棠珠缀一重重		未编年	互见词	
123	诉衷情	小莲初上琵琶弦		熙宁三年十月,汴京	*熙宁七年十月,润州	吴雪涛《苏词四首系年商兑》编熙宁七年九月,润州;
124	谒金门	秋帷里		绍圣四年七月,儋州	未编年	
125	谒金门	秋池阁				
126	谒金门	今夜雨				
127	好事近	烟外倚危楼		元丰三年十月,黄州	未编年	
128	天仙子	走马探花花发未		熙宁六年十月,杭州	未编年	
129	翻香令	金炉犹暖麝煤残	未编年			
130	桃源忆故人	华胥梦断人何处	未编年			
131	调笑令	渔父		元丰八年	元丰五年三月,黄州	
132	调笑令	归雁				
133	荷花媚	霞包霓荷碧		未编年	*熙宁五年十二月,湖州	见备注27
134	占芳春	红杏了		未编年	熙宁七年春,杭州	
135	一斛珠	洛城春晚		熙宁三年三月,洛阳	熙宁二年春,洛阳	见备注28
136	意难忘	花拥鸳房		存目词	误入苏集词	
说明	*表示编年合理、准确。					

备　注

1.《浪淘沙》(昨日出东城)

① 李小龙《东坡词补考》编熙宁六年,杭州;

② 胡建升《苏轼〈浪淘沙·探春〉编年补正》编元丰五年正月二十一日,黄州;

③ 杨松冀《此"东城"非彼"东城"——〈苏轼《浪淘沙·探春》编年补正〉之补正》编熙宁五年,杭州;

2.《南乡子》(晚景落琼杯)

① 孔凡礼《苏轼年谱》编元丰四年正月,黄州;

② 唐玲玲《东坡词系年考辨之一》编元丰三年,黄州;

3.《永遇乐》(长忆别时)

① 张志烈《苏轼由杭赴密词杂议》编熙宁七年十月十五日,海州;

② 孔凡礼《苏轼年谱》编熙宁七年十一月,海州;

③ 保苅佳昭《苏轼词编年考》编熙宁七年十一月,海州;

4.《水龙吟》(楚山修竹如云)

① 张志烈《苏词三首系年辨》编元丰四年或稍后;

② 吴雪涛《苏词三首考证》编元丰五年;

③ 孔凡礼《苏轼年谱》编元丰三年十一月,黄州;

5.《双荷叶》(双溪月)

① 孔凡礼《苏轼年谱》编熙宁五年十二月,湖州;

② 保苅佳昭《苏轼词编年考》编熙宁五年十二月,湖州;

6.《西江月》(世事一场大梦)

① 孔凡礼《苏轼年谱》编绍圣四年中秋,儋州;

② 孙民《关于十三首东坡乐府的编年》、孙民《关于十二首东坡乐府的编年》编元丰三年,黄州;

③ 林冠群《苏轼〈西江月〉写作的时间和地点》编绍圣四年中秋,儋州;

④ 喻世华《〈西江月·世事一场大梦〉系年考辨》编绍圣四年中秋,儋州;

7.《少年游》(玉肌铅粉傲秋霜)

① 孔凡礼《苏轼年谱》编元丰四年正月,黄州;

② 彭文良、木斋《苏轼〈少年游〉(玉肌铅粉傲秋霜)编年详考》编元丰五年,黄州;

8.《蝶恋花》(别酒劝君君一醉)

吴雪涛《苏词四首系年商兑》编元丰元年八月,徐州;

9.《临江仙》(多病休文都瘦损)

孙民《关于十三首东坡乐府的编年》、孙民《关于十二首东坡乐府的编年》编元丰五年二、三月,杭州;

10.《渔家傲》(送客归来灯火尽)

吴雪涛《苏词编年辨证》编元祐四年八月,杭州;

11.《满江红》(清颍东流)

孔凡礼《苏轼年谱》编熙宁十年二月,澶、濮之间;

12.《水龙吟》(小沟东接长江)

① 张志烈《苏词三首系年辨》编元丰三年八月,黄州;

② 吴雪涛《苏词编年辨证》编元丰五年,黄州;

③ 孔凡礼《苏轼年谱》编元丰四年八月，黄州；

④ 王文龙《苏词五首作年考》编元丰五年，黄州；

13.《满庭芳》（蜗角虚名）

王文龙《苏词五首作年考》编元丰八年五月，常州；

14.《华清引》（平时十月幸兰汤）

① 孙民《关于十三首东坡乐府的编年》编治平元年，长安；

② 东方龙吟《苏轼词作编年新说》编元祐元年，东京；

15.《临江仙》（诗句端来磨我钝）

刘崇德《苏词编年考》编元丰六年末，黄州；

16.《临江仙》（樽酒何人怀李白）

① 刘崇德《苏词编年考》编元丰七年十月，扬州；

② 保苅佳昭《苏轼词编年考》编元祐六年四月，扬州；

③ 唐玲玲《东坡词系年考辨之一》编元丰八年八月，扬州；

17.《渔家傲》（临水纵横回晚鞚）

① 孙民《关于十三首东坡词的编年》、孙民《关于十二首东坡乐府的编年》编元丰六年秋，黄州；

② 王宗堂、邹同庆《苏词编年与辨伪》编元丰五年秋，黄州；

③ 保苅佳昭《苏轼词编年考》编元丰六年九月，黄州；

18.《菩萨蛮》（城隅静女何人见）

孙民《关于十三首东坡乐府的编年》、孙民《关于十二首东坡乐府的编年》编元丰五年，黄州；

19.《浣溪沙》（徐邈能饮酒中仙）

① 东方龙吟《苏轼词编年新说》编元丰八年九月，楚州；

② 刘崇德《苏词编年考》编熙宁五年秋，杭州；

③ 孙民《关于十三首东坡乐府的编年》、孙民《关于十二首东坡乐府的编年》编元丰七年八月，润州；

20.《浣溪沙》（倾盖相看胜白头）、《浣溪沙》（炙手无人傍屋头）

① 保苅佳昭《苏轼词编年考》编元丰七年，宜兴；

② 刘崇德《苏词编年考》编元丰六年秋冬间，黄州；

21.《浣溪沙》（入袂轻风不破尘）

① 刘崇德《苏词编年考》编绍圣二年端午，惠州；

② 孙民《关于十三首东坡乐府的编年》、孙民《关于十二首东坡乐府的编年》编元丰七年五月；

22.《浣溪沙》（山色横侵蘸晕霞）

① 朱靖华《论苏轼词始作于嘉祐初年》编嘉祐四年十一月；

② 东方龙吟《苏轼词作编年新说》编绍圣元年九月，岭南；

23.《南歌子》（日薄花房绽）

孔凡礼《苏轼年谱》编元祐五年晚春，杭州；

24.《蝶恋花》（花褪残红青杏小）

① 陈新雄《苏轼〈蝶恋花〉（花褪残红青杏小）一词的写作年代与寄托意义蠡测》编元丰六年暮春，黄州；

② 张志烈《苏词二首系年略考》编绍圣元年闰四月三日后，离定赴英途中；

25.《减字木兰花》(春光亭下)

① 孔凡礼《苏轼年谱》编熙宁八年，密州；

② 保苅佳昭《苏轼词编年考》编熙宁八年，密州；

③ 刘崇德《苏词编年考》编熙宁八年末，密州；

④ 吴雪涛《苏词编年考辨两则》编熙宁八年冬，密州；

26.《如梦令》(城上层楼叠巘)

保苅佳昭《苏轼词编年考》编熙宁四年十一月，泗州；

27.《荷花媚》(霞包霓荷碧)

孙民《关于十三首东坡乐府的编年》、孙民《关于十二首东坡乐府的编年》编元丰八年夏，湖州；

28.《一斛珠》(洛城春晚)

① 朱靖华《论苏轼词始作于嘉祐初年》编嘉祐元年闰三月，洛阳；

② 东方龙吟《苏轼词作编年新说》编熙宁十年三月初，东京；

③ 保苅佳昭《苏轼词编年考》编熙宁二年三月，开封。

三　历代、今代名家词选选录东坡词排行榜

宋代名家词选选录东坡词排行榜

序号	词牌	首句	梅苑	乐府雅词	唐宋诸贤绝妙词选	增修笺注妙选群英草堂诗余	阳春白雪	合计	排行
1	水龙吟	似花还似非花			√	√		2	1
2	贺新郎	乳燕飞华屋			√	√		2	1
3	念奴娇	大江东去			√	√		2	1
4	水调歌头	明月几时有			√	√		2	1
5	卜算子	缺月挂疏桐			√	√		2	1
6	南乡子	霜降水痕收			√	√		2	1
7	蝶恋花	春事阑珊芳草歇				√		1	19
8	满江红	东武南城			√	√		2	1
9	西江月	照野弥弥浅浪			√	√		2	1
10	水龙吟	楚山修竹如云			√	√		2	1
11	江城子	天涯流落思无穷			√	√		2	1
12	洞仙歌	冰肌玉骨			√	√		2	1
13	浣溪沙	风压轻云贴水飞				√		1	19
14	蝶恋花	花褪残红青杏小			√	√		2	1
15	阮郎归	绿槐高柳咽新蝉			√	√		2	1
16	南歌子	山与歌眉敛				√		1	19
17	西江月	玉骨那愁瘴雾	√			√		2	1
18	青玉案	三年枕上吴中路		√			√	2	1
19	西江月	点点楼头细雨			√	√		2	1
20	哨遍	为米折腰			√	√		2	1
21	江城子	翠蛾羞黛怯人看			√		√	2	1
22	菩萨蛮	峤南江浅红梅小	√					1	19
23	南乡子	寒雀满疏篱	√					1	19
24	定风波	好睡慵开莫厌迟	√					1	19

续表

序号	词牌	首句	梅苑	乐府雅词	唐宋诸贤绝妙词选	增修笺注妙选群英草堂诗余	阳春白雪	合计	排行
25	虞美人	深深庭院清明过		√				1	19
26	翻香令	金炉犹暖射煤残		√				1	19
27	瑶池燕	飞花成阵		√				1	19
28	点绛唇	红杏飘香				√		1	19
29	念奴娇	凭高眺远				√		1	19
30	行香子	北望平川				√		1	19
31	满庭芳	香叆雕盘				√		1	19
32	虞美人	波声拍枕长淮晓				√		1	19
33	满庭芳	蜗角虚名				√		1	19
34	八声甘州	有情风、万里卷潮来				√		1	19
35	阮郎归	歌停檀板舞停鸾				√		1	19
36	渔家傲	千古龙蟠并虎踞			√			1	19
37	西江月	世事一场大梦			√			1	19
38	西江月	三过平山堂下			√			1	19
39	水调歌头	落日绣帘卷			√			1	19
40	临江仙	夜饮东坡醒复醉			√			1	19
41	永遇乐	明月如霜			√			1	19
42	如梦令	为向东坡传语			√			1	19
43	浣溪沙	簌簌衣巾落枣花			√			1	19
44	采桑子	多情多感仍多病			√			1	19
45	江城子	相逢不觉又初寒			√			1	19
46	菩萨蛮	秋风湖上萧萧雨			√			1	19
47	昭君怨	谁作桓伊三弄			√			1	19
48	行香子	携手江村			√			1	19
49	行香子	绮席才终			√			1	19
50	行香子	一叶舟轻			√			1	19
51	菩萨蛮	娟娟侵鬓妆痕浅			√			1	19
合计			4	4	32	27	2		

明代名家词选选录东坡词排行榜

序号	词牌	首句	天机余锦	唐宋元明酒词	词的	精选名贤词话草堂诗余	杨慎批点本《草堂诗余》	词林万选	花草粹编	古今词统	精选古今诗余醉	合计	排行
1	水龙吟	似花还似非花	√		√	√	√		√	√	√	7	1
2	贺新郎	乳燕飞华屋	√			√	√		√	√	√	6	3
3	念奴娇	大江东去				√	√		√	√	√	5	7
4	水调歌头	明月几时有				√	√		√	√	√	5	7
5	卜算子	缺月挂疏桐				√	√		√	√		4	19
6	南乡子	霜降水痕收	√		√	√	√		√	√	√	7	1
7	蝶恋花	春事阑珊芳草歇	√			√	√		√		√	5	7
8	满江红	东武南城	√			√	√		√	√	√	6	3
9	西江月	照野弥弥浅浪				√	√		√	√	√	5	7
10	水龙吟	楚山修竹如云	√			√	√		√	√	√	6	3
11	江城子	天涯流落思无穷				√	√		√	√	√	5	7
12	洞仙歌	冰肌玉骨	√			√	√		√		√	5	7
13	浣溪沙	风压轻云贴水飞	√			√	√		√		√	5	7
14	蝶恋花	花褪残红青杏小			√	√	√		√		√	5	7
15	阮郎归	绿槐高柳咽新蝉	√			√	√		√		√	5	7
16	南歌子	山与歌眉敛	√			√	√		√	√	√	6	3
17	点绛唇	红杏飘香			√	√	√		√		√	5	7
18	行香子	北望平川	√			√	√		√	√		5	7
19	虞美人	波声拍枕长淮晓				√	√		√	√	√	5	7
20	念奴娇	凭高眺远				√	√		√		√	4	19
21	西江月	点点楼头细雨				√	√		√		√	4	19
22	南歌子	云鬓裁新绿	√						√	√	√	4	19
23	西江月	玉骨那愁瘴雾				√	√		√		√	4	19
24	满庭芳	蜗角虚名				√	√		√		√	4	19
25	哨遍	为米折腰	√				√		√		√	4	19
26	八声甘州	有情风、万里卷潮来	√				√		√		√	4	19
27	一斛珠	洛城春晚						√	√		√	3	27
28	木兰花令	霜余已失长淮阔						√		√	√	3	27
29	点绛唇	闲倚胡床							√	√	√	3	27
30	祝英台近	挂轻帆	√						√		√	3	27
31	鹧鸪天	罗带双垂画不成						√		√	√	3	27
32	翻香令	金炉犹暖麝煤残							√	√	√	3	27
33	浣溪沙	花满银塘水漫流						√	√		√	3	27
34	哨遍	睡起画堂						√	√	√		3	27
35	浣溪沙	菊暗荷枯一夜霜	√						√	√		3	27
36	醉落魄	醉醒醒醉		√					√	√		3	27
37	浣溪沙	道字娇讹苦未成								√	√	2	37
38	南乡子	怅望送春杯								√	√	2	37

续表

序号	词牌	首句	天机余锦	唐宋元明酒词	词的	精选名贤词话草堂诗余	杨慎批点本《草堂诗余》	词林万选	花草粹编	古今词统	精选古今诗余醉	合计	排行
39	醉落魄	苍颜华发								√	√	2	37
40	南歌子	笑怕蔷薇罥								√	√	2	37
41	行香子	清夜无尘							√		√	2	37
42	行香子	一叶舟轻							√		√	2	37
43	点绛唇	醉漾轻舟							√		√	2	37
44	鹧鸪天	笑捻红梅亸翠翘							√		√	2	37
45	菩萨蛮	娟娟缺月西南落							√		√	2	37
46	菩萨蛮	湿云不动溪桥冷			√						√	2	37
47	水调歌头	昵昵儿女语								√	√	2	37
48	阮郎归	歌停檀板舞停鸾				√					√	2	37
49	浣溪沙	簌簌衣巾落枣花	√								√	2	37
50	虞美人	持杯遥劝天边月								√	√	2	37
51	木兰花令	知君仙骨无寒暑						√		√		2	37
52	定风波	与客携壶上翠微						√	√			2	37
53	菩萨蛮	涂香莫惜莲承步			√			√				2	37
54	满庭芳	香叆雕盘				√	√					2	37
55	阳关曲	济南春好雪初晴							√	√		2	37
56	瑶池燕	飞花成阵							√	√		2	37
57	少年游	去年相送							√	√		2	37
58	行香子	携手江村							√	√		2	37
59	青玉案	三年枕上吴中路							√	√		2	37
60	永遇乐	明月如霜							√	√		2	37
61	水调歌头	落日绣帘卷					√		√			2	37
62	减字木兰花	春庭月午	√						√			2	37
63	一丛花	今年春浅腊侵年									√	1	63
64	临江仙	九十日春都过了									√	1	63
65	虞美人	深深庭院清明过									√	1	63
66	十拍子	白酒新开九酝									√	1	63
67	南乡子	寒玉细凝肤									√	1	63
68	西江月	别梦已随流水									√	1	63
69	江城子	翠娥羞黛怯人看									√	1	63
70	点绛唇	月转乌啼									√	1	63
71	西江月	三过平山堂下									√	1	63
72	西江月	闻道双衔凤带									√	1	63
73	殢人娇	满院桃花									√	1	63
74	蝶恋花	一颗樱桃樊素口									√	1	63
75	诉衷情	小莲初上琵琶弦									√	1	63
76	南歌子	古岸开青葑						√				1	63
77	南歌子	蜀客到江南						√				1	63

续表

序号	词牌	首句	天机余锦	唐宋元明酒词	词的	精选名贤词话草堂诗余	杨慎批点本《草堂诗余》	词林万选	花草粹编	古今词统	精选古今诗余醉	合计	排行
78	河满子	见说岷峨凄怆						√				1	63
79	临江仙	多病休文都瘦损						√				1	63
80	浣溪沙	醉梦醺醺晓未苏								√		1	63
81	浣溪沙	雪里餐毡例姓苏								√		1	63
82	减字木兰花	凭谁妙笔								√		1	63
83	菩萨蛮	翠鬟斜幔云垂耳								√		1	63
84	菩萨蛮	柳庭风静人眠昼								√		1	63
85	菩萨蛮	井梧双照新妆冷								√		1	63
86	菩萨蛮	雪花飞暖融香颊								√		1	63
87	瑞鹧鸪	碧山影里小红旗								√		1	63
88	南乡子	回首乱山横								√		1	63
89	南乡子	绣鞅玉镮游								√		1	63
90	蝶恋花	簌簌无风花自亸								√		1	63
91	行香子	昨夜霜风								√		1	63
92	江城子	老夫聊发少年狂								√		1	63
93	醉翁操	琅然								√		1	63
94	昭君怨	谁作桓伊三弄							√			1	63
95	减字木兰花	郑庄好客							√			1	63
96	菩萨蛮	玉童西迓浮丘伯							√			1	63
97	菩萨蛮	娟娟侵鬓妆痕浅							√			1	63
98	占春芳	红杏了							√			1	63
99	双荷叶	双溪月							√			1	63
100	西江月	世事一场大梦							√			1	63
101	南柯子	紫陌寻春去							√			1	63
102	浪淘沙	昨日出东城							√			1	63
103	南乡子	寒雀满疏篱							√			1	63
104	踏莎行	这个秃奴							√			1	63
105	临江仙	夜饮东坡醒复醉							√			1	63
106	荷花媚	霞苞电荷碧							√			1	63
107	定风波	月满苕溪照夜堂							√			1	63
108	行香子	三入承明							√			1	63
109	满庭芳	归去来兮,吾归何处							√			1	63
110	满庭芳	归去来兮,清溪无底							√			1	63
111	雨中花慢	今岁花时深院							√			1	63
112	戚氏	玉龟山							√			1	63
113	如梦令	为向东坡传语	√									1	63
114	减字木兰花	贤哉令尹	√									1	63
合计			20	1	6	25	27	12	67	48	58		

清代名家词选选录东坡词排行榜(上)

序号	词牌	首句	词综	词洁	御选历代诗余	历朝名人词选	蓼园词选	词选	续词选	词辨	宋四家词选	宋六十一家词选	词则	湘绮楼词选	艺蘅馆词选
1	水龙吟	似花还似非花	√	√	√		√	√			√	√	√	√	√
2	贺新郎	乳燕飞华屋	√	√	√		√	√			√	√	√		√
3	念奴娇	大江东去	√	√	√	√	√		√			√	√	√	√
4	水调歌头	明月几时有		√	√	√	√		√			√	√	√	√
5	卜算子	缺月挂疏桐	√	√	√		√	√		√	√	√	√		√
6	南乡子	霜降水痕收		√		√	√					√	√		
7	蝶恋花	春事阑珊芳草歇	√	√	√		√		√			√	√		√
8	满江红	东武南城	√	√	√	√							√		
9	西江月	照野弥弥浅浪		√	√	√	√					√	√		
10	水龙吟	楚山修竹如云		√	√		√								
11	江城子	天涯流落思无穷	√	√		√	√								
12	洞仙歌	冰肌玉骨						√				√		√	√
13	浣溪沙	风压轻云贴水飞			√		√	√					√		√
14	蝶恋花	花褪残红青杏小		√			√							√	
15	阮郎归	绿槐高柳咽新蝉			√	√	√								
16	南歌子	山与歌眉敛		√			√					√			
17	浣溪沙	山下兰芽短浸溪	√	√								√	√		√
18	醉翁操	琅然	√	√	√								√		
19	哨遍	睡起画堂	√	√	√								√		
20	如梦令	为向东坡传语	√		√							√	√		
21	昭君怨	谁作桓伊三弄	√		√							√	√		
22	青玉案	三年枕上吴中路	√		√							√	√		
23	八声甘州	有情风、万里卷潮来					√					√	√		
24	点绛唇	不用悲秋	√									√	√		
25	采桑子	多情多感仍多病	√	√									√		
26	蝶恋花	簌簌无风花自亸		√								√	√		
27	点绛唇	月转乌啼			√	√							√		
28	点绛唇	闲倚胡床			√	√							√		
29	虞美人	波声拍枕长淮晓					√					√			
30	行香子	北望平川		√			√								
31	水调歌头	落日绣帘卷			√		√								
32	水龙吟	小舟横截春江	√		√										
33	浣溪沙	菊暗荷枯一夜霜		√	√										
34	西江月	点点楼头细雨		√	√										
35	木兰花令	霜余已失长淮阔		√	√										
36	河满子	见说岷峨凄怆		√	√										
37	永遇乐	明月如霜		√	√										
38	生查子	三度别君来										√	√		
39	西江月	三过平山堂下											√		
40	浣溪沙	炙手无人傍屋头				√						√	√		
41	行香子	清夜无尘											√		

续表

序号	词牌	首句	词综	词洁	御选历代诗余	历朝名人词选	蓼园词选	词选	续词选	词辨	宋四家词选	宋六十一家词选	词则	湘绮楼词选	艺蘅馆词选
42	点绛唇	莫唱阳关				√						√	√		
43	浣溪沙	细雨斜风作晓寒			√							√			
44	减字木兰花	双龙对起			√							√			
45	好事近	烟外倚危楼			√							√			
46	水调歌头	昵昵儿女语			√							√			
47	木兰花令	梧桐叶上三更雨			√							√			
48	鹧鸪天	林断山明竹隐墙			√							√			
49	望江南	春已老			√							√			
50	望江南	春未老			√							√			
51	一斛珠	洛城春晚			√							√			
52	祝英台近	挂轻帆			√							√			
53	点绛唇	醉漾轻舟			√							√			
54	行香子	携手江村	√												
55	阳关曲	济南春好雪初晴			√										
56	调笑令	渔父			√										
57	如梦令	手种堂前桃李			√										
58	点绛唇	红杏飘香			√										
59	浣溪沙	学画鸦儿正妙年			√										
60	浣溪沙	风卷珠帘自上钩			√										
61	浣溪沙	覆块青青麦未苏			√										
62	浣溪沙	旋抹红妆看使君			√										
63	浣溪沙	蔌蔌衣巾落枣花			√										
64	浣溪沙	道字娇讹苦未成			√										
65	浣溪沙	罗袜空飞洛浦尘			√										
66	浣溪沙	惭愧今年二麦丰			√										
67	浣溪沙	芍药樱花两斗新			√										
68	浣溪沙	花满银塘水漫流			√										
69	浣溪沙	入袂轻风不破尘			√										
70	减字木兰花	闽溪珍献			√										
71	减字木兰花	晓来风细			√										
72	减字木兰花	春牛春杖			√										
73	减字木兰花	玉房金蕊			√										
74	减字木兰花	神闲意定			√										
75	菩萨蛮	娟娟侵鬓妆痕浅			√										
76	菩萨蛮	买田阳羡吾将老			√										
77	菩萨蛮	湿云不动溪桥冷			√										
78	诉衷情	海棠珠缀一重重			√										
79	谒金门	秋帷里			√										
80	谒金门	秋池阁			√										
81	占春芳	红杏了			√										
82	清平乐	清淮浊汴			√										
83	更漏子	水涵空			√										

续表

序号	词牌	首句	词综	词洁	御选历代诗余	历朝名人词选	蓼园词选	词选	续词选	词辨	宋四家词选	宋六十一家词选	词则	湘绮楼词选	艺蘅馆词选
84	双荷叶	双溪月			√										
85	阮郎归	暗香浮动月黄昏			√										
86	阮郎归	歌停檀板舞停鸾			√										
87	水龙吟	露寒烟冷兼葭老			√										
88	水龙吟	古来云海茫茫			√										
89	水龙吟	小沟东接长江			√										
90	满庭芳	归去来兮,吾归何处			√										
91	满庭芳	归去来兮,清溪无底			√										
92	满庭芳	香叆雕盘			√										
93	满庭芳	蜗角虚名			√										
94	满庭芳	三十三年,今谁存者			√										
95	满庭芳	三十三年,漂流江海			√										
96	水调歌头	安石在东海			√										
97	满江红	清颍东流			√										
98	满江红	江汉西来			√										
99	满江红	天岂无情			√										
100	满江红	忧喜相寻			√										
101	归朝欢	我梦扁舟浮震泽			√										
102	念奴娇	凭高眺远			√										
103	西江月	小院朱栏几曲			√										
104	西江月	玉骨那愁瘴雾			√										
105	西江月	昨夜扁舟京口			√										
106	戚氏	玉龟山			√										
107	醉蓬莱	笑劳生一梦			√										
108	临江仙	细马远驼双侍女			√										
109	临江仙	诗句端来磨我钝			√										
110	临江仙	我劝髯张归去好			√										
111	临江仙	忘却成都来十载			√										
112	临江仙	尊酒何人怀李白			√										
113	临江仙	九十日春都过了			√										
114	临江仙	四大从来都遍满			√										
115	临江仙	一别都下三改火			√										
116	临江仙	多病休文都瘦损			√										
117	临江仙	夜饮东坡醒复醉			√										
118	临江仙	谁道东阳都瘦损			√										
119	临江仙	冬夜夜寒冰合井			√										
120	渔家傲	千古龙蟠并虎踞			√										
121	渔家傲	送客归来灯火尽			√										
122	渔家傲	皎皎牵牛河汉女			√										
123	渔家傲	一曲阳关情几许			√										
124	渔家傲	临水纵横回晚鞚			√										
125	哨遍	为米折腰			√										

续表

序号	词牌	首句	词综	词洁	御选历代诗余	历朝名人词选	蓼园词选	词选	续词选	词辨	宋四家词选	宋六十一家词选	词则	湘绮楼词选	艺蘅馆词选
126	殢人娇	满院桃花			√										
127	醉落魄	苍颜华发			√										
128	醉落魄	轻云微月			√										
129	雨中花慢	今岁花时深院			√										
130	沁园春	孤馆灯青			√										
131	劝金船	无情流水多情客			√										
132	一丛花	今年春浅腊侵年			√										
133	木兰花令	知君仙骨无寒暑			√										
134	木兰花令	元宵似是欢游好			√										
135	木兰花令	经旬未识东君信			√										
136	木兰花令	高平四面开雄垒			√										
137	鹧鸪天	笑捻红梅亸翠翘			√										
138	鹧鸪天	罗带双垂画不成			√										
139	少年游	去年相送			√										
140	瑞鹧鸪	碧山影里小红旗			√										
141	十拍子	白酒新开九酝			√										
142	千秋岁	浅霜侵绿			√										
143	苏幕遮	暑笼晴			√										
144	翻香令	金炉犹暖麝煤残			√										
145	桃源忆故人	华胥梦断人何处			√										
146	皂罗特髻	采菱拾翠			√										
147	荷花媚	霞包霓荷碧			√										
148	如梦令	城上层楼叠巘										√			
149	浣溪沙	西塞山前白鹭飞										√			
150	浣溪沙	霜鬓真堪插拒霜										√			
151	减字木兰花	春庭月午										√			
152	菩萨蛮	秋风湖上潇潇雨										√			
153	好事近	湖上雨晴时										√			
154	谒金门	今夜雨										√			
155	南歌子	雨暗初疑夜										√			
156	南歌子	山雨潇潇过										√			
157	南乡子	寒雀满疏篱										√			
158	南乡子	回首乱山横										√			
159	虞美人	湖山信是东南美										√			
160	虞美人	深深庭院清明过										√			
161	醉落魄	分携如昨										√			
162	蝶恋花	昨夜秋风来万里										√			
163	定风波	莫听穿林打叶声										√			
164	江城子	凤凰山下雨初晴										√			
165	江城子	十年生死两茫茫										√			
166	瑶池燕	飞花成阵			√										
167	洞仙歌	江南腊尽			√										
合计			17	24	131	11	18	5	3	1	3	50	27	5	9

清代名家词选选录东坡词排行榜(下)

序号	词牌	首句	合计	排行
1	水龙吟	似花还似非花	10	1
2	贺新郎	乳燕飞华屋	9	4
3	念奴娇	大江东去	10	1
4	水调歌头	明月几时有	9	4
5	卜算子	缺月挂疏桐	10	1
6	南乡子	霜降水痕收	5	8
7	蝶恋花	春事阑珊芳草歇	8	6
8	满江红	东武南城	5	8
9	西江月	照野弥弥浅浪	6	7
10	水龙吟	楚山修竹如云	3	19
11	江城子	天涯流落思无穷	4	12
12	洞仙歌	冰肌玉骨	4	12
13	浣溪沙	风压轻云贴水飞	5	8
14	蝶恋花	花褪残红青杏小	3	19
15	阮郎归	绿槐高柳咽新蝉	3	19
16	南歌子	山与歌眉敛	3	19
17	浣溪沙	山下兰芽短浸溪	5	8
18	醉翁操	琅然	4	12
19	哨遍	睡起画堂	4	12
20	如梦令	为向东坡传语	4	12
21	昭君怨	谁作桓伊三弄	4	12
22	青玉案	三年枕上吴中路	4	12
23	八声甘州	有情风、万里卷潮来	3	19
24	点绛唇	不用悲秋	3	19
25	采桑子	多情多感仍多病	3	19
26	蝶恋花	簌簌无风花自亸	3	19
27	点绛唇	月转乌啼	3	19
28	点绛唇	闲倚胡床	3	19
29	虞美人	波声拍枕长淮晓	2	29
30	行香子	北望平川	2	29
31	水调歌头	落日绣帘卷	2	29
32	水龙吟	小舟横截春江	2	29
33	浣溪沙	菊暗荷枯一夜霜	2	29

续表

序 号	词 牌	首 句	合 计	排 行
34	西江月	点点楼头细雨	2	29
35	木兰花令	霜余已失长淮阔	2	29
36	河满子	见说岷峨凄怆	2	29
37	永遇乐	明月如霜	2	29
38	生查子	三度别君来	2	29
39	西江月	三过平山堂下	2	29
40	浣溪沙	炙手无人傍屋头	2	29
41	行香子	清夜无尘	2	29
42	点绛唇	莫唱阳关	2	29
43	浣溪沙	细雨斜风作晓寒	2	29
44	减字木兰花	双龙对起	2	29
45	好事近	烟外倚危楼	2	29
46	水调歌头	昵昵儿女语	2	29
47	木兰花令	梧桐叶上三更雨	2	29
48	鹧鸪天	林断山明竹隐墙	2	29
49	望江南	春已老	2	29
50	望江南	春未老	2	29
51	一斛珠	洛城春晚	2	29
52	祝英台近	挂轻帆	2	29
53	点绛唇	醉漾轻舟	2	29
54	行香子	携手江村	1	54
55	阳关曲	济南春好雪初晴	1	54
56	调笑令	渔父	1	54
57	如梦令	手种堂前桃李	1	54
58	点绛唇	红杏飘香	1	54
59	浣溪沙	学画鸦儿正妙年	1	54
60	浣溪沙	风卷珠帘自上钩	1	54
61	浣溪沙	覆块青青麦未苏	1	54
62	浣溪沙	旋抹红妆看使君	1	54
63	浣溪沙	簌簌衣巾落枣花	1	54
64	浣溪沙	道字娇讹苦未成	1	54
65	浣溪沙	罗袜空飞洛浦尘	1	54
66	浣溪沙	惭愧今年二麦丰	1	54
67	浣溪沙	芍药樱花两斗新	1	54

续表

序号	词牌	首句	合计	排行
68	浣溪沙	花满银塘水漫流	1	54
69	浣溪沙	入袂轻风不破尘	1	54
70	减字木兰花	闽溪珍献	1	54
71	减字木兰花	晓来风细	1	54
72	减字木兰花	春牛春杖	1	54
73	减字木兰花	玉房金蕊	1	54
74	减字木兰花	神闲意定	1	54
75	菩萨蛮	娟娟侵鬓妆痕浅	1	54
76	菩萨蛮	买田阳羡吾将老	1	54
77	菩萨蛮	湿云不动溪桥冷	1	54
78	诉衷情	海棠珠缀一重重	1	54
79	谒金门	秋帷里	1	54
80	谒金门	秋池阁	1	54
81	占春芳	红杏了	1	54
82	清平乐	清淮浊汴	1	54
83	更漏子	水涵空	1	54
84	双荷叶	双溪月	1	54
85	阮郎归	暗香浮动月黄昏	1	54
86	阮郎归	歌停檀板舞停鸾	1	54
87	水龙吟	露寒烟冷兼葭老	1	54
88	水龙吟	古来云海茫茫	1	54
89	水龙吟	小沟东接长江	1	54
90	满庭芳	归去来兮,吾归何处	1	54
91	满庭芳	归去来兮,清溪无底	1	54
92	满庭芳	香叆雕盘	1	54
93	满庭芳	蜗角虚名	1	54
94	满庭芳	三十三年,今谁存者	1	54
95	满庭芳	三十三年,漂流江海	1	54
96	水调歌头	安石在东海	1	54
97	满江红	清颍东流	1	54
98	满江红	江汉西来	1	54
99	满江红	天岂无情	1	54
100	满江红	忧喜相寻	1	54
101	归朝欢	我梦扁舟浮震泽	1	54

续表

序 号	词 牌	首 句	合 计	排 行
102	念奴娇	凭高眺远	1	54
103	西江月	小院朱栏几曲	1	54
104	西江月	玉骨那愁瘴雾	1	54
105	西江月	昨夜扁舟京口	1	54
106	戚氏	玉龟山	1	54
107	醉蓬莱	笑劳生一梦	1	54
108	临江仙	细马远驼双侍女	1	54
109	临江仙	诗句端来磨我钝	1	54
110	临江仙	我劝髯张归去好	1	54
111	临江仙	忘却成都来十载	1	54
112	临江仙	尊酒何人怀李白	1	54
113	临江仙	九十日春都过了	1	54
114	临江仙	四大从来都遍满	1	54
115	临江仙	一别都下三改火	1	54
116	临江仙	多病休文都瘦损	1	54
117	临江仙	夜饮东坡醒复醉	1	54
118	临江仙	谁道东阳都瘦损	1	54
119	临江仙	冬夜夜寒冰合井	1	54
120	渔家傲	千古龙蟠并虎踞	1	54
121	渔家傲	送客归来灯火尽	1	54
122	渔家傲	皎皎牵牛河汉女	1	54
123	渔家傲	一曲阳关情几许	1	54
124	渔家傲	临水纵横回晚鞚	1	54
125	哨遍	为米折腰	1	54
126	殢人娇	满院桃花	1	54
127	醉落魄	苍颜华发	1	54
128	醉落魄	轻云微月	1	54
129	雨中花慢	今岁花时深院	1	54
130	沁园春	孤馆灯青	1	54
131	劝金船	无情流水多情客	1	54
132	一丛花	今年春浅腊侵年	1	54
133	木兰花令	知君仙骨无寒暑	1	54
134	木兰花令	元宵似是欢游好	1	54
135	木兰花令	经旬未识东君信	1	54

续表

序 号	词 牌	首 句	合 计	排 行
136	木兰花令	高平四面开雄垒	1	54
137	鹧鸪天	笑捻红梅亸翠翘	1	54
138	鹧鸪天	罗带双垂画不成	1	54
139	少年游	去年相送	1	54
140	瑞鹧鸪	碧山影里小红旗	1	54
141	十拍子	白酒新开九醖	1	54
142	千秋岁	浅霜侵绿	1	54
143	苏幕遮	暑笼晴	1	54
144	翻香令	金炉犹暖麝煤残	1	54
145	桃源忆故人	华胥梦断人何处	1	54
146	皂罗特髻	采菱拾翠	1	54
147	荷花媚	霞包霓荷碧	1	54
148	如梦令	城上层楼叠巘	1	54
149	浣溪沙	西塞山前白鹭飞	1	54
150	浣溪沙	霜鬓真堪插拒霜	1	54
151	减字木兰花	春庭月午	1	54
152	菩萨蛮	秋风湖上潇潇雨	1	54
153	好事近	湖上雨晴时	1	54
154	谒金门	今夜雨	1	54
155	南歌子	雨暗初疑夜	1	54
156	南歌子	山雨潇潇过	1	54
157	南乡子	寒雀满疏篱	1	54
158	南乡子	回首乱山横	1	54
159	虞美人	湖山信是东南美	1	54
160	虞美人	深深庭院清明过	1	54
161	醉落魄	分携如昨	1	54
162	蝶恋花	昨夜秋风来万里	1	54
163	定风波	莫听穿林打叶声	1	54
164	江城子	凤凰山下雨初晴	1	54
165	江城子	十年生死两茫茫	1	54
166	瑶池燕	飞花成阵	1	54
167	洞仙歌	江南腊尽	1	54

历代名家词选选录东坡词排行榜

序号	词牌	首句	历代名家词选选录次数				排行
			宋	明	清	合计	
1	水龙吟	似花还似非花	2	7	10	19	1
2	贺新郎	乳燕飞华屋	2	6	10	18	2
3	念奴娇	大江东去	2	5	10	17	3
4	水调歌头	明月几时有	2	5	9	16	4
5	卜算子	缺月挂疏桐	2	4	10	16	4
6	南乡子	霜降水痕收	2	7	5	14	6
7	蝶恋花	春事阑珊芳草歇	1	5	8	14	6
8	满江红	东武南城	2	6	5	13	8
9	西江月	照野弥弥浅浪	2	5	6	13	8
10	水龙吟	楚山修竹如云	2	6	3	11	10
11	江城子	天涯流落思无穷	2	5	4	11	10
12	洞仙歌	冰肌玉骨	2	5	4	11	10
13	浣溪沙	风压轻云贴水飞	1	5	5	11	10
14	蝶恋花	花褪残红青杏小	2	5	3	10	14
15	阮郎归	绿槐高柳咽新蝉	2	5	3	10	14
16	南歌子	山与歌眉敛	1	6	3	10	14
17	西江月	点点楼头细雨	2	4	2	8	17
18	青玉案	三年枕上吴中路	2	2	4	8	17
19	行香子	北望平川	1	5	2	8	17
20	虞美人	波声拍枕长淮晓	1	5	2	8	17
21	八声甘州	有情风、万里卷潮来	1	4	3	8	17
22	西江月	玉骨那愁瘴雾	2	4	1	7	22
23	点绛唇	红杏飘香	1	5	1	7	22
24	哨遍	为米折腰	2	4	1	7	22
25	哨遍	睡起画堂	0	3	4	7	22
26	念奴娇	凭高眺远	1	4	1	6	26
27	满庭芳	蜗角虚名	1	4	1	6	26
28	如梦令	为向东坡传语	1	1	4	6	26
29	昭君怨	谁作桓伊三弄	1	1	4	6	26
30	点绛唇	闲倚胡床	0	3	3	6	26
31	永遇乐	明月如霜	1	2	2	5	31
32	水调歌头	落日绣帘卷	1	2	2	5	31
33	木兰花令	霜余已失长淮阔	0	3	2	5	31
34	祝英台近	挂轻帆	0	3	2	5	31

续表

序号	词牌	首句	历代名家词选选录次数				排行
			宋	明	清	合计	
35	浣溪沙	菊暗荷枯一夜霜	0	3	2	5	31
36	醉翁操	琅然	0	1	4	5	31
37	一斛珠	洛城春晚	0	3	2	5	31
38	浣溪沙	山下兰芽短浸溪	0	0	5	5	31
39	翻香令	金炉犹暖射煤残	1	3	1	5	31
40	阮郎归	歌停檀板舞停鸾	1	2	1	4	40
41	浣溪沙	簌簌衣巾落枣花	1	2	1	4	40
42	满庭芳	香叆雕盘	1	2	1	4	40
43	行香子	携手江村	1	2	1	4	40
44	西江月	三过平山堂下	1	1	2	4	40
45	采桑子	多情多感仍多病	1	0	3	4	40
46	瑶池燕	飞花成阵	1	2	1	4	40
47	南歌子	云鬓裁新绿	0	4	0	4	40
48	鹧鸪天	罗带双垂画不成	0	3	1	4	40
49	浣溪沙	花满银塘水漫流	0	3	1	4	40
50	行香子	清夜无尘	0	2	2	4	40
51	水调歌头	昵昵儿女语	0	2	2	4	40
52	点绛唇	月转乌啼	0	1	3	4	40
53	蝶恋花	簌簌无风花自亸	0	1	3	4	40
54	点绛唇	醉漾轻舟	0	2	2	4	40
55	江城子	翠蛾羞黛怯人看	2	1	0	3	55
56	行香子	一叶舟轻	1	2	0	3	55
57	虞美人	深深庭院清明过	1	1	1	3	55
58	菩萨蛮	娟娟侵鬓妆痕浅	1	1	1	3	55
59	南乡子	寒雀满疏篱	1	1	1	3	55
60	临江仙	夜饮东坡醒复醉	1	1	1	3	55
61	醉落魄	醉醒醒醉	0	3	0	3	55
62	醉落魄	苍颜华发	0	2	1	3	55
63	菩萨蛮	湿云不动溪桥冷	0	2	1	3	55
64	木兰花令	知君仙骨无寒暑	0	2	1	3	55
65	阳关曲	济南春好雪初晴	0	2	1	3	55
66	少年游	去年相送	0	2	1	3	55
67	减字木兰花	春庭月午	0	2	1	3	55
68	浣溪沙	道字娇讹苦未成	0	2	1	3	55

续表

序号	词 牌	首 句	历代名家词选选录次数				排行
			宋	明	清	合计	
69	鹧鸪天	笑捻红梅亸翠翘	0	2	1	3	55
70	河满子	见说岷峨凄怆	0	1	2	3	55
71	点绛唇	不用悲秋	0	0	3	3	55
72	西江月	世事一场大梦	1	1	0	2	72
73	渔家傲	千古龙蟠并虎踞	1	0	1	2	72
74	菩萨蛮	秋风湖上萧萧雨	1	0	1	2	72
75	南乡子	怅望送春杯	0	2	0	2	72
76	南歌子	笑怕蔷薇罥	0	2	0	2	72
77	菩萨蛮	娟娟缺月西南落	0	2	0	2	72
78	定风波	与客携壶上翠微	0	2	0	2	72
79	菩萨蛮	涂香莫惜莲承步	0	2	0	2	72
80	虞美人	持杯遥劝天边月	0	2	0	2	72
81	一丛花	今年春浅腊侵年	0	1	1	2	72
82	临江仙	九十日春都过了	0	1	1	2	72
83	十拍子	白酒新开九酝	0	1	1	2	72
84	殢人娇	满院桃花	0	1	1	2	72
85	临江仙	多病休文都瘦损	0	1	1	2	72
86	瑞鹧鸪	碧山影里小红旗	0	1	1	2	72
87	南乡子	回首乱山横	0	1	1	2	72
88	占春芳	红杏了	0	1	1	2	72
89	双荷叶	双溪月	0	1	1	2	72
90	满庭芳	归去来兮,吾归何处	0	1	1	2	72
91	满庭芳	归去来兮,清溪无底	0	1	1	2	72
92	雨中花慢	今岁花时深院	0	1	1	2	72
93	戚氏	玉龟山	0	1	1	2	72
94	荷花媚	霞苞电荷碧	0	1	1	2	72
95	水龙吟	小舟横截春江	0	0	2	2	72
96	生查子	三度别君来	0	0	2	2	72
97	浣溪沙	炙手无人傍屋头	0	0	2	2	72
98	点绛唇	莫唱阳关	0	0	2	2	72
99	减字木兰花	双龙对起	0	0	2	2	72
100	好事近	烟外倚危楼	0	0	2	2	72
101	木兰花令	梧桐叶上三更雨	0	0	2	2	72
102	鹧鸪天	林断山明竹隐墙	0	0	2	2	72

续表

序号	词牌	首句	历代名家词选选录次数				排行
			宋	明	清	合计	
103	望江南	春已老	0	0	2	2	72
104	望江南	春未老	0	0	2	2	72
105	浣溪沙	细雨斜风作晓寒	0	0	2	2	72
106	菩萨蛮	峤南江浅红梅小	1	0	0	1	107
107	菩萨蛮	翠鬟斜幔云垂耳	0	1	0	1	107
108	菩萨蛮	柳庭风静人眠昼	0	1	0	1	107
109	菩萨蛮	井梧双照新妆冷	0	1	0	1	107
110	菩萨蛮	雪花飞暖融香颊	0	1	0	1	107
111	菩萨蛮	玉童西迓浮丘伯	0	1	0	1	107
112	菩萨蛮	买田阳羡吾将老	0	0	1	1	107
113	定风波	好睡慵开莫厌迟	1	0	0	1	107
114	定风波	月满苕溪照夜堂	0	1	0	1	107
115	定风波	莫听穿林打叶声	0	0	1	1	107
116	江城子	相逢不觉又初寒	1	0	0	1	107
117	江城子	老夫聊发少年狂	0	1	0	1	107
118	江城子	凤凰山下雨初晴	0	0	1	1	107
119	江城子	十年生死两茫茫	0	0	1	1	107
120	行香子	绮席才终	1	0	0	1	107
121	行香子	三入承明	0	1	0	1	107
122	行香子	昨夜霜风	0	1	0	1	107
123	南乡子	寒玉细凝肤	0	1	0	1	107
124	南乡子	绣鞅玉镮游	0	1	0	1	107
125	西江月	别梦已随流水	0	1	0	1	107
126	西江月	闻道双衔凤带	0	1	0	1	107
127	西江月	小院朱栏几曲	0	0	1	1	107
128	西江月	昨夜扁舟京口	0	0	1	1	107
129	蝶恋花	一颗樱桃樊素口	0	1	0	1	107
130	蝶恋花	昨夜秋风来万里	0	0	1	1	107
131	诉衷情	小莲初上琵琶弦	0	1	0	1	107
132	诉衷情	海棠珠缀一重重	0	0	1	1	107
133	南歌子	古岸开青葑	0	1	0	1	107
134	南歌子	紫陌寻春去	0	1	0	1	107
135	南歌子	雨暗初疑夜	0	0	1	1	107
136	南歌子	山雨潇潇过	0	0	1	1	107
137	卜算子	蜀客到江南	0	1	0	1	107

续表

序号	词牌	首句	历代名家词选选录次数				排行
			宋	明	清	合计	
138	浣溪沙	醉梦醺醺晓未苏	0	1	0	1	107
139	浣溪沙	雪里餐毡例姓苏	0	1	0	1	107
140	浣溪沙	学画鸦儿正妙年	0	0	1	1	107
141	浣溪沙	风卷珠帘自上钩	0	0	1	1	107
142	浣溪沙	覆块青青麦未苏	0	0	1	1	107
143	浣溪沙	旋抹红妆看使君	0	0	1	1	107
144	浣溪沙	罗袜空飞洛浦尘	0	0	1	1	107
145	浣溪沙	惭愧今年二麦丰	0	0	1	1	107
146	浣溪沙	芍药樱花两斗新	0	0	1	1	107
147	浣溪沙	入袂轻风不破尘	0	0	1	1	107
148	浣溪沙	西塞山前白鹭飞	0	0	1	1	107
149	浣溪沙	霜鬓真堪插拒霜	0	0	1	1	107
150	减字木兰花	凭谁妙笔	0	1	0	1	107
151	减字木兰花	郑庄好客	0	1	0	1	107
152	减字木兰花	贤哉令尹	0	1	0	1	107
153	减字木兰花	闽溪珍献	0	0	1	1	107
154	减字木兰花	晓来风细	0	0	1	1	107
155	减字木兰花	春牛春杖	0	0	1	1	107
156	减字木兰花	玉房金蕊	0	0	1	1	107
157	减字木兰花	神闲意定	0	0	1	1	107
158	浪淘沙	昨日出东城	0	1	0	1	107
159	踏莎行	这个秃奴	0	1	0	1	107
160	醉落魄	分携如昨	0	0	1	1	107
161	醉落魄	轻云微月	0	0	1	1	107
162	虞美人	湖山信是东南美	0	0	1	1	107
163	谒金门	今夜雨	0	0	1	1	107
164	谒金门	秋帷里	0	0	1	1	107
165	谒金门	秋池阁	0	0	1	1	107
166	如梦令	城上层楼叠巘	0	0	1	1	107
167	如梦令	手种堂前桃李	0	0	1	1	107
168	皂罗特髻	采菱拾翠	0	0	1	1	107
169	桃源忆故人	华胥梦断人何处	0	0	1	1	107
170	苏幕遮	暑笼晴	0	0	1	1	107
171	千秋岁	浅霜侵绿	0	0	1	1	107
172	木兰花令	元宵似是欢游好	0	0	1	1	107

续表

序号	词牌	首句	历代名家词选选录次数				排行
			宋	明	清	合计	
173	木兰花令	经旬未识东君信	0	0	1	1	107
174	木兰花令	高平四面开雄垒	0	0	1	1	107
175	劝金船	无情流水多情客	0	0	1	1	107
176	沁园春	孤馆灯青	0	0	1	1	107
177	渔家傲	送客归来灯火尽	0	0	1	1	107
178	渔家傲	皎皎牵牛河汉女	0	0	1	1	107
179	渔家傲	一曲阳关情几许	0	0	1	1	107
180	渔家傲	临水纵横回晚鞚	0	0	1	1	107
181	临江仙	谁道东阳都瘦损	0	0	1	1	107
182	临江仙	冬夜夜寒冰合井	0	0	1	1	107
183	临江仙	细马远驼双侍女	0	0	1	1	107
184	临江仙	诗句端来磨我钝	0	0	1	1	107
185	临江仙	我劝髯张归去好	0	0	1	1	107
186	临江仙	忘却成都来十载	0	0	1	1	107
187	临江仙	尊酒何人怀李白	0	0	1	1	107
188	临江仙	四大从来都遍满	0	0	1	1	107
189	临江仙	一别都下三改火	0	0	1	1	107
190	醉蓬莱	笑劳生一梦	0	0	1	1	107
191	归朝欢	我梦扁舟浮震泽	0	0	1	1	107
192	满江红	清颍东流	0	0	1	1	107
193	满江红	江汉西来	0	0	1	1	107
194	满江红	天岂无情	0	0	1	1	107
195	满江红	忧喜相寻	0	0	1	1	107
196	水调歌头	安石在东海	0	0	1	1	107
197	满庭芳	三十三年,今谁存者	0	0	1	1	107
198	满庭芳	三十三年,漂流江海	0	0	1	1	107
199	水龙吟	露寒烟冷兼葭老	0	0	1	1	107
200	水龙吟	古来云海茫茫	0	0	1	1	107
201	水龙吟	小沟东接长江	0	0	1	1	107
202	阮郎归	暗香浮动月黄昏	0	0	1	1	107
203	更漏子	水涵空	0	0	1	1	107
204	清平乐	清淮浊汴	0	0	1	1	107
205	调笑令	渔父	0	0	1	1	107
206	好事近	湖上雨晴时	0	0	1	1	107
207	洞仙歌	江南腊尽	0	0	1	1	107

今代名家词选选录东坡词排行榜

序号	词牌	首句	宋词三百首	词选	唐五代两宋词选释	宋词举	唐宋名家词选	宋词选	唐宋词选释	唐宋词选	唐宋词简释	合计	排行
1	卜算子	缺月挂疏桐	√	√	√	√	√	√	√	√	√	9	1
2	水调歌头	明月几时有	√	√	√		√	√	√	√	√	8	2
3	洞仙歌	冰肌玉骨	√	√	√		√	√	√	√	√	8	2
4	念奴娇	大江东去		√	√		√	√	√	√	√	7	4
5	临江仙	夜饮东坡醒复醉	√	√	√		√	√	√	√		7	4
6	水龙吟	似花还似非花	√		√	√	√	√		√	√	7	4
7	贺新郎	乳燕飞华屋	√		√		√	√	√	√	√	7	4
8	江城子	十年生死两茫茫	√	√				√	√	√	√	6	8
9	浣溪沙	麻叶层层檾叶光					√	√	√	√		4	9
10	浣溪沙	簌簌衣巾落枣花					√	√	√	√		4	9
11	浣溪沙	山下兰芽短浸溪					√	√	√	√		4	9
12	鹧鸪天	林断山明竹隐墙		√	√		√			√		4	9
13	蝶恋花	花褪残红青杏小			√			√	√	√		4	9
14	永遇乐	明月如霜	√				√	√			√	4	9
15	青玉案	三年枕上吴中路	√		√		√				√	4	9
16	定风波	莫听穿林打叶声	√	√			√	√				4	9
17	江城子	老夫聊发少年狂						√	√	√		3	17
18	水调歌头	落日绣帘卷			√		√			√		3	17
19	阳关曲	暮云收尽溢清寒		√	√		√					3	17
20	西江月	照野弥弥浅浪		√	√			√				3	17
21	望江南	春未老			√		√	√				3	17
22	南乡子	回首乱山横					√		√		√	3	17
23	浣溪沙	旋抹红妆看使君					√	√	√			3	17
24	浣溪沙	软草平莎过雨新					√	√	√			3	17
25	江城子	凤凰山下雨初晴		√			√					2	25
26	好事近	湖上雨晴时		√	√							2	25
27	哨遍	为米折腰		√			√					2	25
28	永遇乐	长忆别时			√		√					2	25
29	一丛花	今年春浅腊侵年			√				√			2	25
30	八声甘州	有情风、万里卷潮来			√		√					2	25
31	洞仙歌	江南腊尽			√		√					2	25
32	南乡子	霜降水痕收			√		√					2	25
33	少年游	去年相送					√	√				2	25
34	蝶恋花	灯火钱塘三五夜					√		√			2	25
35	浣溪沙	细雨斜风作小寒					√	√				2	25
36	南乡子	寒雀满疏篱		√								1	36

续表

序号	词牌	首句	宋词三百首	词选	唐五代两宋词选释	宋词举	唐宋名家词选	宋词选	唐宋词选释	唐宋词选	唐宋词简释	合计	排行
37	醉落魄	苍颜华发		√								1	36
38	采桑子	多情多感仍多病		√								1	36
39	南歌子	山雨潇潇过		√								1	36
40	西江月	世事一场大梦		√								1	36
41	减字木兰花	双龙对起		√								1	36
42	满庭芳	三十三年,漂流江海			√							1	36
43	满庭芳	归去来兮,吾归何处			√							1	36
44	满庭芳	归去来兮,清溪无底			√							1	36
45	西江月	玉骨那愁瘴雾			√							1	36
46	哨遍	睡起画堂			√							1	36
47	临江仙	一别都门三改火			√							1	36
48	菩萨蛮	柳庭风散人眠昼			√							1	36
49	浣溪沙	菊暗荷枯一夜霜			√							1	36
50	行香子	清夜无尘			√							1	36
51	点绛唇	莫唱阳关			√							1	36
52	行香子	北望平川			√							1	36
53	水龙吟	楚山修竹如云			√							1	36
54	阳关曲	受降城下紫髯郎			√							1	36
55	阳关曲	济南春好雪初晴			√							1	36
56	戚氏	玉龟山			√							1	36
57	阮郎归	绿槐高柳咽新蝉			√							1	36
58	虞美人	湖山信是东南美					√					1	36
59	减字木兰花	空床响琢					√					1	36
60	浣溪沙	照日深红暖见鱼					√					1	36
61	南歌子	雨暗初疑夜					√					1	36
62	浣溪沙	覆块青青麦未苏					√					1	36
63	水龙吟	小舟横截春江					√					1	36
64	满庭芳	三十三年,今谁存者					√					1	36
65	定风波	常羡人间琢玉郎					√					1	36
66	水调歌头	昵昵儿女语					√					1	36
67	木兰花令	霜余已失长淮阔					√					1	36
68	浣溪沙	门外东风雪洒裾					√					1	36
69	念奴娇	凭高眺远						√				1	36
70	满江红	江汉西来						√				1	36
71	昭君怨	谁作桓伊三弄							√			1	36
72	醉落魄	轻云微月							√			1	36
合计			10	19	36	2	40	21	19	15	10		

四 历代中国、韩国词人接受东坡词排行榜

宋代词人接受东坡词排行榜

序号	词牌	首句	和韵	效体	合计	排名
1	念奴娇	大江东去	次22;依1		23	1
2	卜算子	缺月挂疏桐	次15;依4		19	2
3	南乡子	霜降水痕收	次7;韵1	1	9	3
4	满江红	东武南城	次韵7		7	4
5	哨遍	为米折腰		6	6	5
6	点绛唇	我辈情钟	次4;依2		6	5
7		不用悲秋				
8		莫唱阳关				
9	蝶恋花	云水萦回溪上路	次韵6		6	5
10	水调歌头	明月几时有	次3;依1		4	10
11	如梦令	为向东坡传语	次3;依1		4	10
12	桃源忆故人	华胥梦断人何处	次韵3		3	12
13	南歌子	师唱谁家曲	次韵3		3	12
14	醉翁操	琅然清圆	次1;依1	1	3	12
15	定风波	千古风流阮步兵	次韵2		2	15
16	满庭芳	归去来兮,吾归何处	次韵2		2	15
17		归去来兮,清溪无底				
18	南歌子	山与歌眉敛	次韵2		2	15
19		古岸开青葑				
20	贺新郎	乳燕飞华屋	次韵2		2	15
21	行香子	清夜无尘	次韵2		2	15
22	水调歌头	落日绣帘卷	次韵1		1	22
23	水调歌头	安石在东海	次韵1		1	22
24	水龙吟	似花还似非花	次韵1		1	22
25	水龙吟	小舟横截春江	次韵1		1	22
26	点绛唇	闲倚胡床	依韵1		1	22
27	满江红	忧喜相寻	次韵1		1	22
28	行香子	一叶舟轻	次韵1		1	22
29	洞仙歌	冰肌玉骨	次韵1		1	22
30	归朝欢	我梦扁舟浮震泽	次韵1		1	22
31	江城子	黄昏犹是雨纤纤	次韵1		1	22
32	浣溪沙	细雨斜风作小寒	次韵1		1	22

续表

序号	词牌	首句	和韵	效体	合计	排名
33	醉蓬莱	笑劳生一梦	依韵1		1	22
34	临江仙	自古相从休务日	次韵1		1	22
35	八声甘州	有情风、万里卷潮来	次韵1		1	22
36	鹊桥仙	乘槎归去	次韵1		1	22
37	木兰花令	霜余已失长淮阔	次韵1		1	22
38	满庭芳	三十三年,漂流江海	依韵1		1	22
39	鹊桥仙	缑山仙子	用韵1		1	22
40	浣溪沙	覆块青青麦未苏	次韵1		1	22
41	浣溪沙	醉梦醺醺晓未苏	次韵1		1	22
42	浣溪沙	雪里餐毡例姓苏	次韵1		1	22
43	浣溪沙	半夜银山上积苏	次韵1		1	22
44	浣溪沙	万顷风涛不记苏	次韵1		1	22

金元词人接受东坡词排行榜

序号	词牌	首句	和韵	效体	檃括	合计	排名
1	念奴娇	大江东去	次12;依1			13	1
2	水调歌头	安石在东海	次1;依4			5	2
3	水调歌头	明月几时有	次韵2	1		3	3
4	卜算子	缺月挂疏桐	次韵1			1	4
5	南乡子	霜降水痕收		1		1	4
6		林断山明竹隐墙					
7	鹧鸪天	笑捻红梅亸翠翘		1		1	4
8		罗带双垂画不成					
9	戚氏	玉龟山			1	1	4
10	蝶恋花	昨夜秋风来万里	依韵1			1	4

明代词人接受东坡词排行榜

序号	词牌	首句	和韵	效体	合计	排名
1	念奴娇	大江东去	次137;依3		140	1
2	水龙吟	似花还似非花	次12;依1		14	2
3	卜算子	缺月挂疏桐	次8;依2		10	3
4	水调歌头	明月几时有	次韵6		6	4
5	洞仙歌	冰肌玉骨	次韵5		5	5

续表

序号	词牌	首句	和韵	效体	合计	排名
6	水调歌头	安石在东海	依韵4		4	6
7	满庭芳	归去来兮,吾归何处	次韵3	1	4	6
8		归去来兮,清溪无底				6
9	西江月	玉骨那愁瘴雾	次韵4		4	6
10	哨遍	为米折腰	次韵1;用韵2		3	10
11	西江月	照野弥弥浅浪	次韵1;依韵2		3	10
12	南乡子	霜降水痕收	次韵2	1	3	10
13	满庭芳	蜗角虚名	次韵2		2	13
14		我辈情钟				
15	点绛唇	不用悲秋	依韵2		2	13
16		莫唱阳关				
17	八声甘州	有情风、万里卷潮来	次韵1;用韵1		2	13
18	蝶恋花	春事阑珊芳草歇	次韵2		2	13
19	念奴娇	凭高眺远	次韵2		2	13
20	蝶恋花	花褪残红青杏小	次韵1		1	20
21	浣溪沙	风压轻云贴水飞	次韵1		1	20
22	阮郎归	绿槐高柳咽新蝉	次韵1		1	20
23	贺新郎	乳燕飞华屋	次韵1		1	20
24	行香子	北望平川	次韵1		1	20
25		清夜无尘	次韵1		1	20
26	翻香令	金炉犹暖麝煤残	次韵1		1	20
27		翠鬟斜幔云垂耳				
28		柳庭风散人眠昼				
29		井桐双照新妆冷				
30	菩萨蛮	雪花飞暖融香颊		1	1	20
31		落花闲院春衫薄				
32		火云凝汗挥珠颗				
33		峤南江浅红梅小				
34	水龙吟	楚山修竹如云	次韵1		1	20
35	菩萨蛮	玉笙不受朱唇暖	次韵1		1	20
36	虞美人	归心正似三春草	依韵1		1	20
37	醉落魄	醉醒醒醉	次韵1		1	20
38	江城子	十年生死两茫茫	依韵1		1	20
39	踏莎行	山秀芙蓉		1	1	20
40	蝶恋花	昨夜秋风来万里	依韵1		1	20
41	哨遍	睡起画堂		1	1	20

清顺康时期词人接受东坡词排行榜

序号	词牌	首句	和韵	效体	檃括	合计	排行
1	念奴娇	大江东去	次68;依4	2		74	1
2	南乡子	寒玉细凝肤		32		32	2
3		怅望送春杯					
4		何处倚阑干					
5	水龙吟	似花还似非花	次23;依2	2(兼)		25	5
6	水调歌头	明月几时有	次19;依2			21	6
7	洞仙歌	冰肌玉骨	次7;依1	5		13	7
8	贺新郎	乳燕飞华屋	次7;依1			8	8
9	哨遍	为米折腰	次2;用2;依1	2		7	9
10	卜算子	缺月挂疏桐	次4;依1			6	10
11	西江月	三过平山堂下	次韵5			5	11
12	南乡子	霜降水痕收	次韵3	2		5	
13	哨遍	睡起画堂	次1;用2;依1	2(兼1)		5	
14	蝶恋花	花褪残红青杏小	次韵5			5	
15	西江月	照野弥弥浅浪	次2;依2			4	15
16	点绛唇	我辈情钟	次韵4			4	
17		不用悲秋					
18		莫唱阳关					
19	八声甘州	有情风、万里卷潮来	次2;用1			3	19
20	念奴娇	凭高眺远	次韵3			3	
21	南歌子	师唱谁家曲	次韵3			3	
22	水龙吟	楚山修竹如云	次韵3			3	
23	西江月	点点楼头细雨	次韵1		1	2	23
24	皂罗特髻	采菱拾翠		2		2	23
25	如梦令	水垢何曾相受	次韵2			2	23
26	劝金船	无情流水多情客	次1;依1			2	23
27	阮郎归	绿槐高柳咽新蝉	次韵2			2	23
28	木兰花令	霜余已失长淮阔	次韵2			2	23
29	浣溪沙	菊暗荷枯一夜霜	依韵2			2	23
30	醉翁操	琅然清圆		2		2	23
31	满庭芳	蜗角虚名	次韵2			2	23
32	水调歌头	落日绣帘卷	次韵2			2	23

续表

序号	词牌	首句	和韵	效体	檃括	合计	排行
33	满庭芳	归去来兮，吾归何处	次韵2			2	23
34		归去来兮，清溪无底					
35	南歌子	山与歌眉敛	次韵1			1	35
36		古岸开青葑				1	35
37	南歌子	日出西山雨	次韵1			1	35
38	如梦令	自净方能净彼	次韵1			1	35
39	西江月	玉骨那愁瘴雾	次韵1			1	35
40	菩萨蛮	翠鬟斜幔云垂耳		1		1	35
41		柳庭风散人眠昼					
42		井桐双照新妆冷					
43		雪花飞暖融香颊					
44		落花闲院春衫薄					
45		火云凝汗挥珠颗					
46		峤南江浅红梅小					
47	翻香令	金炉犹暖麝煤残	次韵1			1	35
48	祝英台近	挂轻帆	次韵1			1	35
49	蝶恋花	一颗樱桃樊素口	次韵1			1	35
50	水调歌头	安石在东海	依韵1			1	35
51	木兰花令	知君仙骨无寒暑	次韵1			1	35
52	行香子	一叶舟轻	次韵1			1	35
53	三部乐	美人如月	依韵1			1	35
54	意难忘	花拥鸳房	次韵1			1	35
55	定风波	与客携壶上翠微	依韵1			1	35
56	少年游	去年相送	次韵1			1	35
57	点绛唇	闲倚胡床	次韵1			1	35
58	点绛唇	醉漾轻舟	次韵1			1	35
59	江城子	十年生死两茫茫	依韵1			1	35
60		天涯流落思无穷	依韵1			1	35
61	阳关曲	暮云收尽溢清寒	次韵1			1	35
62	阳关曲	受降城下紫髯郎	次韵1			1	35
63	阳关曲	济南春好雪初晴	次韵1			1	35
64	定风波	月满苕溪照夜堂	次韵1			1	35

清雍乾时期词人接受东坡词排行榜

<table>
<tr><th>序号</th><th>词牌</th><th>首句</th><th>和韵</th><th>效体</th><th>合计</th><th>排行</th></tr>
<tr><td>1</td><td>念奴娇</td><td>大江东去</td><td>次韵 47</td><td></td><td>47</td><td>1</td></tr>
<tr><td>2</td><td>水调歌头</td><td>明月几时有</td><td>次 28;依 1</td><td></td><td>29</td><td>2</td></tr>
<tr><td>3</td><td>洞仙歌</td><td>冰肌玉骨</td><td>次韵 11</td><td></td><td>11</td><td>3</td></tr>
<tr><td>4</td><td>水龙吟</td><td>似花还似非花</td><td>次 4;依 1;用 1</td><td></td><td>6</td><td>4</td></tr>
<tr><td>5</td><td>哨遍</td><td>睡起画堂</td><td>次 3;用 2</td><td></td><td>5</td><td>5</td></tr>
<tr><td>6</td><td>南乡子</td><td>霜降水痕收</td><td>次韵 3</td><td></td><td>3</td><td>6</td></tr>
<tr><td>7</td><td>卜算子</td><td>缺月挂疏桐</td><td>依韵 1</td><td></td><td>1</td><td>7</td></tr>
<tr><td>8</td><td>念奴娇</td><td>凭高眺远</td><td>次韵 1</td><td></td><td>1</td><td>7</td></tr>
<tr><td>9</td><td>行香子</td><td>携手江村</td><td>次韵 1</td><td></td><td>1</td><td>7</td></tr>
<tr><td>10</td><td>贺新郎</td><td>乳燕飞华屋</td><td>次韵 1</td><td></td><td>1</td><td>7</td></tr>
<tr><td>11</td><td>劝金船</td><td>无情流水多情客</td><td>次韵 1</td><td></td><td>1</td><td>7</td></tr>
<tr><td>12</td><td rowspan="12">临江仙</td><td>细马远驮双侍女</td><td></td><td rowspan="12">1</td><td rowspan="12">1</td><td rowspan="12">7</td></tr>
<tr><td>13</td><td>诗句端来磨我钝</td><td></td></tr>
<tr><td>14</td><td>我劝髯张归去好</td><td></td></tr>
<tr><td>15</td><td>自古相从休务日</td><td></td></tr>
<tr><td>16</td><td>忘却成都来十载</td><td></td></tr>
<tr><td>17</td><td>尊酒何人怀李白</td><td></td></tr>
<tr><td>18</td><td>九十日春都过了</td><td></td></tr>
<tr><td>19</td><td>四大从来都遍满</td><td></td></tr>
<tr><td>20</td><td>一别都门三改火</td><td></td></tr>
<tr><td>21</td><td>多病休文都瘦损</td><td></td></tr>
<tr><td>22</td><td>夜饮东坡醒复醉</td><td></td></tr>
<tr><td>23</td><td>冬夜夜寒冰合井</td><td></td></tr>
<tr><td>24</td><td>哨遍</td><td>为米折腰</td><td>用韵 1</td><td></td><td>1</td><td>7</td></tr>
<tr><td>25</td><td>八声甘州</td><td>有情风、万里卷潮来</td><td>用韵 1</td><td></td><td>1</td><td>7</td></tr>
<tr><td>26</td><td>西江月</td><td>三过平山堂下</td><td>次韵 1</td><td></td><td>1</td><td>7</td></tr>
<tr><td>27</td><td rowspan="8">南歌子</td><td>山与歌眉敛</td><td></td><td rowspan="8">1</td><td rowspan="8">1</td><td>7</td></tr>
<tr><td>28</td><td>古岸开青葑</td><td></td><td></td></tr>
<tr><td>29</td><td>雨暗初疑夜</td><td></td><td></td></tr>
<tr><td>30</td><td>日出西山雨</td><td></td><td></td></tr>
<tr><td>31</td><td>带酒冲山雨</td><td></td><td></td></tr>
<tr><td>32</td><td>日薄花房绽</td><td></td><td></td></tr>
<tr><td>33</td><td>海上乘槎侣</td><td></td><td></td></tr>
<tr><td>34</td><td>苒苒中秋过</td><td></td><td></td></tr>
</table>

续表

序号	词牌	首句	和韵	效体	合计	排行
35	南歌子	师唱谁家曲		1	1	
36		欲执河梁手				
37		山雨潇潇过				
38		紫陌寻春去				
39		卫霍元勋后				
40		笑怕蔷薇罥				
41		寸恨谁云短				
42		绀绾双蟠髻				
43		琥珀装腰佩				
44	江城子	十年生死两茫茫	依韵 1		1	7
45	水龙吟	小舟横截春江	次韵 1		1	7
46	木兰花令	霜余已失长淮阔	次韵 1		1	7

历代中国词人接受东坡词排行榜

序号	词牌	首句	和韵	效体	檃括	合计	排行
1	念奴娇	大江东去	次 279；依 9；	2		290	1
2	水调歌头	明月几时有	次 57；依 4；	1		62	2
3	水龙吟	似花还似非花	次 35；依 3；用 1；	2(兼 2)		39	3
4	卜算子	缺月挂疏桐	次 27；依 8；			35	4
5	南乡子	寒玉细凝肤	32			32	5
6		怅望送春杯					
7		何处倚阑干					
8	洞仙歌	冰肌玉骨	次 23；依 1；	5		29	8
9	南乡子	霜降水痕收	次 14；依 1；	4		19	9
10	哨遍	为米折腰	次 2；用 4；依 1；	8		15	10
11	贺新郎	乳燕飞华屋	次 11；依 1			12	11
12	点绛唇	我辈情钟	次韵 8			12	
13		不用悲秋					
14		莫唱阳关	依韵 4				
15	哨遍	睡起画堂	次 4；用 4 依 1	2		11	15
16	满庭芳	归去来兮，吾归何处	次韵 7	1		8	16
17		归去来兮，清溪无底					

续表

序号	词牌	首句	和韵	效体	檃括	合计	排行
18	南歌子	师唱谁家曲	次韵6	1		7	18
19	水调歌头	安石在东海	次韵2;依5;			7	
20	满江红	东武南城	次韵7			7	
21	八声甘州	有情风、万里卷潮来	次4;用3			7	
22	西江月	三过平山堂下	次韵6			6	22
23	蝶恋花	云水萦回溪上路	次韵6			6	
24	蝶恋花	花褪残红青杏小	次韵6			6	
25	念奴娇	凭高眺远	次5			5	25
26	西江月	照野弥弥浅浪	次3;依2;			5	
27	醉翁操	琅然清圆	次韵1依韵1	3		5	
28	满庭芳	蜗角虚名	次韵4			4	28
29	西江月	玉骨那愁瘴雾	次4			4	
30	木兰花令	霜余已失长淮阔	次韵4			4	
31	如梦令	为向东坡传语	次韵3;依韵1			4	
32	南歌子	山与歌眉敛	次韵3	1		4	
33		古岸开青葑					
34	阮郎归	绿槐高柳咽新蝉	次韵3			3	34
35	水龙吟	楚山修竹如云	次韵3			3	
36	劝金船	无情流水多情客	次韵2;依韵1			3	
37	桃源忆故人	华胥梦断人何处	次韵3			3	
38	行香子	清夜无尘	次韵3			3	
39	水调歌头	落日绣帘卷	次韵3			3	
40	蝶恋花	春事阑珊芳草歇	次韵2			2	40
41	定风波	千古风流阮步兵	次韵2			2	
42	水龙吟	小舟横截春江	次韵2			2	
43	点绛唇	闲倚胡床	次韵1;依韵1			2	
44	临江仙	自古相从休务日	次韵1	1		2	
45	行香子	一叶舟轻	次韵2			2	
46	蝶恋花	昨夜秋风来万里	依韵2			2	
47	翻香令	金炉犹暖麝煤残	次韵2			2	
48	江城子	十年生死两茫茫	依2			2	
49	西江月	点点楼头细雨	次韵1		1	2	
50	皂罗特髻	采菱拾翠		2		2	
51	浣溪沙	菊暗荷枯一夜霜	依韵2			2	

续表

序号	词牌	首句	和韵	效体	隳括	合计	排行
52	如梦令	水垢何曾相受	次韵 2			2	
53	南歌子	日出西山雨	次韵 1	1		2	
54		林断山明竹隐墙					
55	鹧鸪天	笑捻红梅亸翠翘		1		1	54
56		罗带双垂画不成					
57	戚氏	玉龟山			1	1	
58	浣溪沙	细雨斜风作小寒	次韵 1			1	
59	醉蓬莱	笑劳生一梦	依韵 1			1	
60	归朝欢	我梦扁舟浮震泽	次韵 1			1	
61	满江红	忧喜相寻	次韵 1			1	
62	鹊桥仙	乘槎归去	次韵 1			1	
63	江城子	黄昏犹是雨纤纤	次韵 1			1	
64	满庭芳	三十三年,漂流江海	依韵 1			1	
65	鹊桥仙	缑山仙子	用韵 1			1	
66		翠鬟斜幔云垂耳					
67		柳庭风散人眠昼					
68		井桐双照新妆冷					
69	菩萨蛮	雪花飞暖融香颊		1		1	
70		落花闲院春衫薄					
71		火云凝汗挥珠颗					
72		峤南江浅红梅小					
73	菩萨蛮	玉笙不受朱唇暖	次韵 1			1	
74	定风波	月满苕溪照夜堂	次韵 1			1	
75	虞美人	归心正似三春草	依韵 1			1	
76	醉落魄	醉醒醒醉	次韵 1			1	
77	踏莎行	山秀芙蓉		1		1	
78	祝英台近	挂轻帆	次韵 1			1	
79	蝶恋花	一颗樱桃樊素口	次韵 1			1	
80	如梦令	自净方能净彼	次韵 1			1	
81	木兰花令	知君仙骨无寒暑	次韵 1			1	
82	三部乐	美人如月	依韵 1			1	
83	意难忘	花拥鸳房	次韵 1			1	
84	定风波	与客携壶上翠微	依韵 1			1	
85	少年游	去年相送	次韵 1			1	

续表

<table>
<tr><th>序号</th><th>词牌</th><th>首句</th><th>和韵</th><th>效体</th><th>檃括</th><th>合计</th><th>排行</th></tr>
<tr><td>86</td><td>临江仙</td><td>夜饮东坡醒复醉</td><td></td><td>1</td><td></td><td>1</td><td></td></tr>
<tr><td>87</td><td>点绛唇</td><td>醉漾轻舟</td><td>次韵 1</td><td></td><td></td><td>1</td><td></td></tr>
<tr><td>88</td><td>江城子</td><td>天涯流落思无穷</td><td>依韵 1</td><td></td><td></td><td>1</td><td></td></tr>
<tr><td>89</td><td>行香子</td><td>携手江村</td><td>次韵 1</td><td></td><td></td><td>1</td><td></td></tr>
<tr><td>90</td><td rowspan="10">临江仙</td><td>细马远驮双侍女</td><td rowspan="10"></td><td rowspan="10">1</td><td></td><td rowspan="10">1</td><td></td></tr>
<tr><td>91</td><td>诗句端来磨我钝</td><td></td><td></td></tr>
<tr><td>92</td><td>我劝髯张归去好</td><td></td><td></td></tr>
<tr><td>93</td><td>忘却成都来十载</td><td></td><td></td></tr>
<tr><td>94</td><td>尊酒何人怀李白</td><td></td><td></td></tr>
<tr><td>95</td><td>九十日春都过了</td><td></td><td></td></tr>
<tr><td>96</td><td>四大从来都遍满</td><td></td><td></td></tr>
<tr><td>97</td><td>一别都门三改火</td><td></td><td></td></tr>
<tr><td>98</td><td>多病休文都瘦损</td><td></td><td></td></tr>
<tr><td>99</td><td>冬夜夜寒冰合井</td><td></td><td></td></tr>
<tr><td>100</td><td rowspan="13">南歌子</td><td>雨暗初疑夜</td><td rowspan="13"></td><td rowspan="13">1</td><td></td><td rowspan="13">1</td><td></td></tr>
<tr><td>101</td><td>带酒冲山雨</td><td></td><td></td></tr>
<tr><td>102</td><td>日薄花房绽</td><td></td><td></td></tr>
<tr><td>103</td><td>海上乘槎侣</td><td></td><td></td></tr>
<tr><td>104</td><td>苒苒中秋过</td><td></td><td></td></tr>
<tr><td>105</td><td>欲执河梁手</td><td></td><td></td></tr>
<tr><td>106</td><td>山雨潇潇过</td><td></td><td></td></tr>
<tr><td>107</td><td>紫陌寻春去</td><td></td><td></td></tr>
<tr><td>108</td><td>卫霍元勋后</td><td></td><td></td></tr>
<tr><td>109</td><td>笑怕蔷薇胃</td><td></td><td></td></tr>
<tr><td>110</td><td>寸恨谁云短</td><td></td><td></td></tr>
<tr><td>111</td><td>绀绾双蟠髻</td><td></td><td></td></tr>
<tr><td>112</td><td>琥珀装腰佩</td><td></td><td></td></tr>
<tr><td>113</td><td>浣溪沙</td><td>覆块青青麦未苏</td><td rowspan="5">次韵 1</td><td></td><td></td><td rowspan="5">1</td><td></td></tr>
<tr><td>114</td><td>浣溪沙</td><td>醉梦醺醺晓未苏</td><td></td><td></td><td></td></tr>
<tr><td>115</td><td>浣溪沙</td><td>雪里餐毡例姓苏</td><td></td><td></td><td></td></tr>
<tr><td>116</td><td>浣溪沙</td><td>半夜银山上积苏</td><td></td><td></td><td></td></tr>
<tr><td>117</td><td>浣溪沙</td><td>万顷风涛不记苏</td><td></td><td></td><td></td></tr>
<tr><td>118</td><td>浣溪沙</td><td>风压轻云贴水飞</td><td>次韵 1</td><td></td><td></td><td>1</td><td></td></tr>
</table>

续表

序号	词牌	首句	和韵	效体	檃括	合计	排行
119	阳关曲	暮云收尽溢清寒	次韵 1			1	
120		受降城下紫髯郎	次韵 1				
121		济南春好雪初晴	次韵 1				

历代韩国词人接受东坡词排行榜

序号	词牌	首句	词人	和韵	页码	合计	排行
1	念奴娇	大江东去	李齐贤	次韵 1	28	3	1
			李衡祥	次韵 1	201		
			高圣谦	依韵 1	295		
2	水调歌头	明月几时有	李瀷	次韵 1	220	2	2
			赵冕镐	依韵 1	283		
3	水调歌头	安石在东海	李衡祥	依韵 1	201	2	
			黄胤锡	依韵 1	245		
4	八声甘州	有情风、万里卷潮来	赵冕镐	依韵 1	282	2	
				次韵 1	284		
5	水龙吟	古来云海茫茫	李万敷	次韵 1	212	1	5
6	望江南	春未老	吴瑗	用韵 1	236	1	
7	南乡子	霜降水痕收	赵冕镐	依韵 1	285	1	
8	水龙吟	似花还似非花	姜玮	次韵 1	313	1	
9	水龙吟	楚山修竹如云	姜玮	次韵 1	313	1	
10	临江仙	一别都门三改火	白晦纯	依韵 1	314	1	
11	西江月	玉骨那愁瘴雾	白晦纯	依韵 1	314	1	
12	西江月	昨夜扁舟京口	白晦纯	依韵 1	314	1	
13	满庭芳	三十三年，漂流江海	白晦纯	依韵 1	315	1	
14	满庭芳	蜗角虚名	白晦纯	依韵 1	315	1	
15	西江月	莫叹平齐落落	何谦镇	次韵 1	347	1	
16	西江月	别梦已随流水	何谦镇	依韵 1	347	1	
17	西江月	世事一场大梦	何谦镇	次韵 1	348	1	
18	西江月	照野弥弥浅浪	何谦镇	次韵 1	348	1	
19	满庭芳	归去来兮，吾归何处	何谦镇	次韵 1	348	1	
20	满庭芳	归去来兮，清溪无底				1	
21	清平乐	清淮浊汴	何谦镇	次韵 1	349	1	

参考文献

一、词丛编

[1] 吴讷编. 百家词[G]. 天津: 天津市古籍书店,1992.

[2] 毛晋辑. 宋六十名家词[G]. 上海: 上海古籍出版社,1989.

[3] 王鹏运辑. 四印斋所刻词[G]. 上海: 上海古籍出版社,1989.

[4] 朱祖谋辑校. 彊村丛书[G]. 扬州: 广陵书社,2005.

[5] 吴昌绶,陶湘辑. 景刊宋金元明本词[G]. 上海: 上海古籍出版社,1989.

二、词、诗、文总集

(一)"选"集

1. 词

[6] 赵崇祚编. 花间集[G]. 唐宋人选唐宋词本. 上海: 上海古籍出版社,2004.

[7] 无名氏编. 尊前集[G]. 唐宋人选唐宋词本. 上海: 上海古籍出版社,2004.

[8] 黄大舆编. 梅苑[G]. 唐宋人选唐宋词本. 上海: 上海古籍出版社,2004.

[9] 曾慥选. 乐府雅词[G]. 唐宋人选唐宋词本. 上海: 上海古籍出版社,2004.

[10] 黄昇选编. 中兴以来绝妙词选[G]. 唐宋人选唐宋词本. 上海: 上海古籍出版社,2004.

[11] 黄昇选编. 唐宋诸贤绝妙词选[G]. 唐宋人选唐宋词本. 上海: 上海古籍出版社,2004.

[12] 佚名原编,何士信增修. 增修笺注妙选群英草堂诗余[G]. 唐宋人选唐宋词本. 上海: 上海古籍出版社,2004.

[13] 赵闻礼编. 阳春白雪[G]. 唐宋人选唐宋词本. 上海: 上海古籍出版社,2004.

[14] 周密选编. 绝妙好词[G]. 唐宋人选唐宋词本. 上海：上海古籍出版社,2004.

[15] 程敏正编. 天机余锦[G]. 沈阳：辽宁教育出版社,2000.

[16] 周履靖和韵. 唐宋元明酒词[G]. 北京：中华书局,1985.

[17] 陈钟秀校. 精选名贤词话草堂诗余[G]. 明刊草堂诗余二种本. 保定：河北大学出版社,2006.

[18] 钱允治笺释. 类选笺释续选草堂诗余[G]. 明刊本.

[19] 杨慎批点. 草堂诗余[G]. 丛书集成续编本. 台北：新文丰出版公司,1985.

[20] 杨慎辑. 词林万选(外两种)[G]. 保定：河北大学出版社,2006.

[21] 陈耀文辑. 花草粹编[G]. 保定：河北大学出版社,2006.

[22] 茅暎辑评. 词的[G]. 四库未收书辑刊本. 北京：北京出版社,2000.

[23] 卓人月汇选,徐士俊参评. 古今词统[G]. 沈阳：辽宁教育出版社,2000.

[24] 潘游龙辑. 精选古今诗余醉[G]. 沈阳：辽宁教育出版社,2003.

[25] 朱彝尊,汪森编. 词综[G]. 上海：上海古籍出版社,2005.

[26] 先著,程洪辑. 词洁[G]. 保定：河北大学出版社,2007.

[27] 沈辰垣等编. 御选历代诗余[G]. 杭州：浙江古籍出版社,1998.

[28] 夏秉衡选. 历朝名人词选[G]. 台北：广文书局,1972.

[29] 张惠言编选. 词选(外两种)[G]. 保定：河北大学出版社,2006.

[30] 董毅编选. 续词选(外两种)[G]. 保定：河北大学出版社,2006.

[31] 周济选,谭献评. 词辨[G]. 清人选评词集三种本. 济南：齐鲁书社,1988.

[32] 周济选评. 宋四家词选[G]. 清人选评词集三种本. 济南：齐鲁书社,1988.

[33] 黄苏选评. 蓼园词选[G]. 清人选评词集三种本. 济南：齐鲁书社,1988.

[34] 冯煦编选. 宋六十一家词选[G]. 清宣统二年(1910)扫叶山房石印本.

[35] 陈廷焯编选. 词则[G]. 上海：上海古籍出版社,1984.

[36] 王闿运编. 湘绮楼词选[G]. 王闿运手批唐诗选附本. 上海：上海古籍出版社,1989.

[37] 戈载辑. 宋七家词选[G]. 清光绪十一年(1885)重刊本.

[38] 梁令娴编. 艺蘅馆词选[G]. 广州：广东人民出版社,1981.

[39] 上彊村民重编,唐圭璋笺注. 宋词三百首笺注[G]. 北京：人民文学出版社,2005.

[40] 胡适选注. 词选[G]. 北京：北京联合出版公司,2012.

[41] 俞陛云撰. 唐五代两宋词选释[G]. 上海：上海古籍出版社,2011.

[42] 陈匪石编著. 宋词举[G]. 南京：金陵书画社,1983.

[43] 龙榆生编选. 唐宋名家词选[G]. 上海：上海古籍出版社,1980.

[44] 胡云翼选注. 宋词选[G]. 上海：上海古籍出版社,2007.

[45] 俞平伯选注. 唐宋词选释[G]. 西安：陕西师范大学出版社,2004.

[46] 中国社会科学院文学研究所编. 唐宋词选[G]. 北京：人民文学出版社,1981.

[47] 唐圭璋选释. 唐宋词简释[G]. 北京：人民文学出版社,2010.

[48] 夏承焘选校. 域外词选[G]. 北京：书目文献出版社,1981.

[49] 彭黎明,罗珊选注. 日本词选[G]. 长沙：岳麓书社,1985.

2. 诗

[50] 程俊英,蒋见元著. 诗经注析[G]. 北京：中华书局,1991.

[51] 顾嗣立编. 元诗选(二集)[G]. 北京：中华书局,1987.

(二)"全"集

1. 词

[52] 唐圭璋编纂,王仲闻参订,孔凡礼补辑. 全宋词[G]. 北京：中华书局,1991.

[53] 唐圭璋编. 全金元词[G]. 北京：中华书局,2000.

[54] 饶宗颐初纂,张璋总纂. 全明词[G]. 北京：中华书局,2004.

[55] 周明初,叶晔补编. 全明词补编[G]. 杭州：浙江大学出版社,2007.

[56] 南京大学中国语言文学系《全清词》编纂研究室编. 全清词·顺康卷[G]. 北京：中华书局,2002.

[57] 张宏生主编. 全清词·顺康卷补编[G]. 南京：南京大学出版社,2008.

[58] 南京大学文学院《全清词》编纂研究室编. 全清词·雍乾卷[G]. 南京：南京大学出版社,2012.

[59] 柳己洙编. 历代韩国词总集[G]. 首尔：韩神大学出版部,2007.

2. 诗文

[60] 彭定求等编. 全唐诗[G]. 郑州：中州古籍出版社,1996.

[61] 北京大学古文献研究所编. 全宋诗[G]. 北京：北京大学出版社,1998.

[62] 曾枣庄,刘琳主编. 全宋文[G]. 上海：上海辞书出版社,2006.

(三)"合"集

[63] 李璟,李煜著,王仲闻校订. 南唐二主词校订[G]. 北京：中华书局,2007.

[64] 晏殊,晏几道著,张草纫笺注. 二晏词笺注[G]. 上海：上海古籍出版社,2008.

[65] 张怀珍笺注. 日本三家词笺注[G]. 合肥: 黄山书社,2009.

三、词、诗、文别集

(一) 词、词诗文集

[66] 傅幹注,刘尚荣校证. 注坡词[M]. 成都: 巴蜀书社,1993.
[67] 傅幹注. 注坡词[M]. 影印清抄本. 北京: 北京图书馆出版社,2001.
[68] 龙榆生校笺. 东坡乐府笺[M]. 上海: 上海古籍出版社,2009.
[69] 曹树铭校编. 东坡词编年校注及其研究[M]. 台北: 华正书局,1980.
[70] 曹树铭校编. 苏东坡词[M]. 台北: 台湾"商务印书馆",1983.
[71] 石声淮,唐玲玲笺注. 东坡乐府编年笺注[M]. 武昌: 华中师范大学出版社,1990.
[72] 薛瑞生笺证. 东坡词编年笺证[M]. 西安: 三秦出版社,1998.
[73] 邹同庆,王宗堂校注. 苏轼词编年校注[M]. 北京: 中华书局,2002.
[74] 朱靖华,饶学刚等编著. 苏轼词新释辑评[M]. 北京: 中国书店,2007.
[75] 吴熊和,沈松勤校注. 张先集编年校注[M]. 杭州: 浙江古籍出版社,1996.
[76] 姜夔著,陈书良笺注. 姜白石词笺注[M]. 北京: 中华书局,2009.

(二) 诗、文、诗文、诗文词集

[77] 苏轼著,王文诰辑注. 苏轼诗集[M]. 北京: 中华书局,1982.
[78] 苏轼著,冯应榴辑注. 苏轼诗集合注[M]. 上海: 上海古籍出版社,2001.
[79] 王十朋纂集. 集注分类东坡先生诗[M]. 四部丛刊影印宋刊本. 上海: 商务印书馆,1919.
[80] 明成化吉州刻,清缪荃孙批校. 重刊明成化本东坡七集 · 东坡续集[M]. 清光绪戊申(1908)刊本.
[81] 苏轼著,茅维编. 苏轼文集[M]. 北京: 中华书局,1986.
[82] 白居易撰,谢思炜校注. 白居易诗集校注[M]. 北京: 中华书局,2006.
[83] 白居易著,朱金城笺校. 白居易集校笺[M]. 上海: 上海古籍出版社,1988.
[84] 杜甫著,杨伦笺注. 杜诗镜铨[M]. 上海: 上海古籍出版社,1962.
[85] 杜甫著,仇兆鳌注. 杜诗详注[M]. 北京: 中华书局,1979.
[86] 王质撰. 雪山集[M]. 丛书集成初编本. 上海: 商务印书馆,1935.
[87] 苏辙著. 栾城集[M]. 上海: 上海古籍出版社,1987.
[88] 黄庭坚撰,任渊等注. 黄庭坚诗集注[M]. 北京: 中华书局,2003.
[89] 李之仪撰. 姑溪居士全集[M]. 丛书集成初编本. 上海: 商务印书馆,

1935.

[90] 米芾著. 宝晋英光集[M]. 丛书集成初编本. 长沙：商务印书馆,1939.

[91] 张耒撰. 张耒集[M]. 北京：中华书局,1990.

[92] 王之道撰. 汉滨集[M]. 丛书集成续编本. 上海：上海书店出版社,1994.

[93] 王之道著,沈怀玉,凌波点校. 相山集点校[M]. 北京：北京图书馆出版社,2006.

[94] 陆游著. 陆游集[M]. 北京：中华书局,1976.

[95] 杨万里撰,辛更儒笺校. 杨万里集笺校[M]. 北京：中华书局,2007.

[96] 楼钥撰. 攻媿集[M]. 丛书集成初编本. 上海：商务印书馆,1935.

[97] 魏了翁撰. 鹤山先生大全文集[M]. 四部丛刊初编影印嘉业堂藏宋刊本.

[98] 元好问著. 遗山先生文集[M]. 四部丛刊初编影印明弘治十一年(1498)刊本.

[99] 吴宽撰. 匏翁家藏集[M]. 四部丛刊初编影印明正德刊本. 上海：上海书店,1989.

[100] 王世贞著. 弇州山人四部稿[M]. 明代论著丛刊本. 台北：伟文图书出版社,1976.

[101] 陈子龙撰. 安雅堂稿[M]. 明代论著丛刊本. 台北：伟文图书出版社有限公司,1977.

[102] 王士祯著. 王士祯全集[M]. 济南：齐鲁书社,2007.

[103] 何绍基著. 东洲草堂诗集[M]. 上海：上海古籍出版社,2006.

四、史书、年谱、传记资料

[104] 脱脱等撰. 宋史[M]. 北京：中华书局,1977.

[105] 李焘撰. 续资治通鉴长编[M]. 北京：中华书局,1995.

[106] 黄以周等辑注. 续资治通鉴长编拾补[M]. 北京：中华书局,2004.

[107] 施宿编撰. 东坡先生年谱[M]. 宋人所撰三苏年谱汇刊本. 上海：上海古籍出版社,1989.

[108] 王宗稷编撰. 东坡先生年谱[M]. 宋人所撰三苏年谱汇刊本. 上海：上海古籍出版社,1989.

[109] 傅藻编撰. 东坡纪年录[M]. 宋人所撰三苏年谱汇刊本. 上海：上海古籍出版社,1989.

[110] 王文诰撰. 苏文忠公诗编注集成总案[M]. 影印清嘉庆武林韵山堂原刻本. 成都：巴蜀书社,1985.

[111] 孔凡礼撰. 苏轼年谱[M]. 北京：中华书局,1998.

[112] 夏承焘撰. 唐宋词人年谱[M]. 北京: 中华书局,1961.

[113] 朋九万撰. 东坡乌台诗案[M]. (外两种),丛书集成初编本. 长沙: 商务印书馆,1939.

[114] 四川大学中文系唐宋文学研究室编. 苏轼研究资料汇编[G]. 北京: 中华书局,1994.

[115] 林语堂著. 苏东坡传[M]. 西安: 陕西师范大学出版社,2006.

五、地理志、地方志、地方史志文献

(一) 地理志

[116] 乐史撰. 太平寰宇记[M]. 北京: 中华书局,2007.

[117] 王象之撰. 舆地纪胜[M]. 北京: 中华书局,1992.

[118] 祝穆撰,祝洙增订. 方舆胜览[M]. 北京: 中华书局,2003.

(二) 地方志

1. 河北省

保定地区

[119] 周斯亿,温亮珠修,董涛纂. 光绪重修曲阳县志[M]. 清光绪三十年(1904)刻本.

2. 江苏省

南京市地区

[120] 马光祖修,周应合纂. 景定建康志[M]. 宋元方志丛刊本. 北京: 中华书局,1990

镇江地区.

[121] 史弥坚修,卢宪纂.【嘉定】镇江府志[M]. 宛委别藏本. 南京: 江苏古籍出版社,1988.

[122] 何绍章,冯寿镜修,吕耀斗等纂.【光绪】丹徒县志[M]. 清光绪五年(1879)刻本.

扬州地区

[123] 尹会一修,程梦星等纂.【雍正】扬州府志[M]. 中国方志丛书本. 台北: 成文出版社有限公司,1975.

淮阴地区

[124] 崔秀春,方家藩修,傅绍曾纂.【同治】盱眙县志[M]. 清同治十二年(1873)刻本.

[125] 王锡元修,高延第等纂.【光绪】盱眙县志稿[M]. 清光绪十七年(1891)刻本

徐州地区.

[126] 吴世熊,朱忻修,刘庠,方骏谟纂.【同治】徐州府志[M]. 中国地方志集成本. 南京: 南京古籍出版社,1991.

3. 浙江省
嘉兴地区
[127] 谈钥纂.【嘉泰】吴兴志[M]. 宋元方志丛刊本. 北京：中华书局,1990.
宁波地区
[128] 周炳麟修,邵友濂,孙德祖纂.【光绪】余姚县志[M]. 清光绪二十五年(1899)刻本.
绍兴地区
[129] 沈作宾修,施宿等纂.【嘉泰】会稽志[M]. 宋元方志丛刊本. 北京：中华书局,1990.
[130] 唐煦春修,朱士黻纂.【光绪】上虞县志[M]. 清光绪十七年(1891)刻本.
4. 江西省
赣州地区
[131] 陈霖纂修.【正德】南康府志[M]. 天一阁藏明代地方志选刊影印明正德十五年(1520)刻本.
5. 福建省
莆田地区
[132] 赵与泌修,黄岩孙纂.【宝祐】仙溪志[M]. 宋元方志丛刊本. 北京：中华书局,1990.
6. 湖北省
黄冈地区
[133] 卢希哲纂修.【弘治】黄州府志[M]. 天一阁藏明代方志选刊本. 上海：上海古籍书店,1982.
[134] 王勍修,靖道谟纂.【乾隆】黄州府志[M]. 清乾隆十四年(1749)刻本.
[135] 英启修,邓琛纂.【光绪】黄州府志[M]. 中国方志丛书本. 台北：成文出版社有限公司,1976.
[136] 俞昌烈修,谢荄,刘秉忠纂.【道光】黄冈县志[M]. 清道光二十八年(1848)刻本.
[137] 多祺纂修.【光绪】蕲水县志[M]. 清光绪六年(1880)刻本.
咸宁地区
[138] 吴大训等修,陈光亨纂,刘凤纶,王凤池续纂.【光绪】兴国州志[M]. 清光绪十五年(1889)刻本.
7. 海南省
[139] 徐淦等修,李熙,王国宪纂.【民国】琼山县志[M]. 民国六年(1917)刻本.

（三）地方史志文献
［140］龚明之撰. 中吴纪闻［M］. 上海：上海古籍出版社，1986.
［141］吴自牧撰. 梦粱录（外四种）［M］. 上海：古典文学出版社，1956.
［142］周密著. 武林旧事［M］. 北京：中华书局，2007.
［143］田汝成辑撰. 西湖游览志余［M］. 上海：上海古籍出版社，1958.
［144］顾禄撰. 清嘉录［M］. 北京：中华书局，2008.
［145］汪燊纂辑. 黄州赤壁集［M］. 武汉：华中师范大学出版社，2010.

六、史料笔记

［146］刘义庆著，余嘉锡笺疏. 世说新语笺疏［M］. 北京：中华书局，2007.
［147］崔令钦撰，任半塘笺订. 教坊记笺订［M］. 北京：中华书局，2012.
［148］康骈著. 剧谈录［M］. 上海：古典文学出版社，1958.
［149］彭乘辑. 墨客挥犀（外两种）［M］. 北京：中华书局，2002.
［150］沈括著，胡道静校证. 梦溪笔谈校证［M］. 上海：古典文学出版社，1957.
［151］王辟之撰. 渑水燕谈录（外一种）［M］. 北京：中华书局，1981.
［152］苏轼著. 东坡志林［M］. 北京：中华书局，2007.
［153］王巩著. 闻见近录［M］. 学海类编影印本，扬州：广陵书社，2007.
［154］赵令畤撰. 侯鲭录（外两种）［M］. 北京：中华书局，2002.
［155］孔平仲纂. 谈苑［M］. 丛书集成初编本. 长沙：商务印书馆，1937.
［156］释文莹撰. 湘山野录（外两种）［M］. 北京：中华书局，1984.
［157］何薳撰. 春渚纪闻［M］. 北京：中华书局，1983.
［158］叶梦得撰. 避暑录话［M］. 长沙：商务印书馆，1939.
［159］朱弁撰. 曲洧旧闻（外二种）［M］. 北京：中华书局，2002.
［160］蔡絛撰. 铁围山丛谈［M］. 北京：中华书局，1983.
［161］邵博撰. 邵氏闻见后录［M］. 北京：中华书局，1983.
［162］周煇撰，刘永翔校注. 清波杂志校注［M］. 北京：中华书局，1994.
［163］洪迈撰. 容斋随笔［M］. 北京：中华书局，2005.
［164］陆游撰. 老学庵笔记［M］. 北京：中华书局，1979.
［165］张邦基撰. 墨庄漫录（外两种）［M］. 北京：中华书局，2002.
［166］王楙撰. 野客丛书［M］. 上海：上海古籍出版社，1991.
［167］吴曾撰. 能改斋漫录［M］. 上海：上海古籍出版社，1979.
［168］岳珂撰. 桯史［M］. 北京：中华书局，1981.
［169］龚颐正撰. 芥隐笔记（外一种）［M］. 丛书集成初编本. 上海：商务印书馆，1937.
［170］赵彦卫撰. 云麓漫抄［M］. 北京：中华书局，1996.
［171］费衮撰. 梁溪漫志［M］. 上海：上海古籍出版社，1985.

[172] 陈鹄撰. 西塘集耆旧续闻(外两种)[M]. 北京：中华书局,2002.
[173] 俞文豹撰. 吹剑录全编[M]. 上海：古典文学出版社,1958.
[174] 张端义撰. 贵耳集[M]. 丛书集成初编本. 长沙：商务印书馆,1937.
[175] 叶寘撰. 爱日斋丛抄(外两种)[M]. 北京：中华书局,2010.
[176] 周密撰. 齐东野语[M]. 宋元笔记小说大观本. 上海：上海古籍出版社,2001.
[177] 周密撰. 癸辛杂识[M]. 宋元笔记小说大观本. 上海：上海古籍出版社,2001.
[178] 陶宗仪撰. 南村辍耕录[M]. 沈阳：辽宁教育出版社,1998.
[179] 李日华著. 味水轩日记[M]. 上海：上海远东出版社,1996.
[180] 胡应麟著. 少室山房笔丛[M]. 北京：中华书局,1958.
[181] 徐珂编撰. 清稗类钞[G]. 北京：中华书局,1981.
[182] 汪康年著. 汪穰卿笔记[M]. 北京：中华书局,2007.

七、词韵、词谱

[183] 戈载撰. 词林正韵[M]. 上海：上海古籍出版社,2009.
[184] 周瑛辑. 词学筌蹄[M]. 清钞本.
[185] 程明善辑. 啸余谱[M]. 四库全书存目丛书本. 济南：齐鲁书社,1997.
[186] 张綖撰. 诗余图谱[M]. 续修四库全书本. 上海：上海古籍出版社,2002.
[187] 赖以邠撰. 填词图谱[M]. 词学全书本. 北京：中国书店,1984.
[188] 万树著. 词律[M]. 上海：上海古籍出版社,1984.
[189] 陈廷敬,王奕清等编. 钦定词谱[M]. 北京：中国书店,1983.
[190] 张合友著. 明清词谱史[M]. 上海：上海古籍出版社,2008.

八、词论、词评

[191] 杨慎著. 词品[M]. 上海：上海古籍出版社,2009.
[192] 李良年辑. 词坛纪事(外一种)[G]. 丛书集成初编本. 上海：商务印书馆,1937.
[193] 张宗橚辑. 词林纪事[G]. 成都：成都古籍书店,1982.
[194] 夏承焘著. 瞿髯论词绝句[M]. 北京：中华书局,1979.
[195] 唐圭璋编. 词话丛编[G]. 北京：中华书局,1986.
[196] 施蛰存,陈如江辑录. 宋元词话[G]. 上海：上海书店出版社,1999.

九、诗文评

[197] 刘勰撰,戚良德校译. 文心雕龙校注通译[M]. 上海：上海古籍出版

社,2008.

[198] 胡仔纂集. 苕溪渔隐丛话[M]. 北京: 人民文学出版社,1962.

[199] 魏庆之著. 诗人玉屑[M]. 上海: 上海古籍出版社,1959.

[200] 李冶撰. 敬斋古今注[M]. 丛书集成初编本. 上海: 商务印书馆,1935.

[201] 谢榛著. 四溟诗话(外一种)[M]. 北京: 人民文学出版社,1961.

[202] 徐师曾著. 文体明辨序说(外一种)[M]. 北京: 人民文学出版社,1998.

[203] 胡应麟撰. 诗薮[M]. 上海: 上海古籍出版社,1958.

[204] 胡震亨著. 唐音癸签[M]. 上海: 古典文学出版社,1957.

[205] 吴乔著. 答万季野诗问[M]. 诗问四种本. 济南: 齐鲁书社,1985.

[206] 杨钟羲撰集. 雪桥诗话三集[M]. 北京: 北京古籍出版社,1991.

[207] 赵翼著. 瓯北诗话[M]. 南京: 凤凰出版社,2009 年.

[208] 何文焕辑. 历代诗话[G]. 北京: 中华书局,1981.

[209] 丁福保辑. 历代诗话续编[G]. 北京: 中华书局,1983.

[210] 郭绍虞辑. 宋诗话辑佚[G]. 北京: 中华书局,1980.

[211] 吴文治主编. 明诗话全编[G]. 南京: 江苏古籍出版社,1997.

[212] 曾枣庄主编. 苏诗汇评[G]. 成都: 四川文艺出版社,2000.

十、目录、索引、题跋

[213] 陈振孙著. 直斋书录解题[M]. 上海: 上海古籍出版社,1987.

[214] 永瑢等撰. 四库全书总目[M]. 北京: 中华书局,1965.

[215] 中国科学院北京天文台主编. 中国地方志联合目录[M]. 北京: 中华书局,1985.

[216] 朱保炯,谢沛霖编. 明清进士题名碑录索引[M]. 上海: 上海古籍出版社,1989.

[217] 杨殿珣编. 石刻题跋索引[M]. 北京: 商务印书馆,1990.

[218] 苏轼著,许伟东编注. 东坡题跋[M]. 北京: 人民美术出版社,2007.

[219] 黄庭坚撰. 山谷题跋(外一种)[M]. 丛书集成初编本. 上海: 商务印书馆,1936.

[220] 释德洪. 石门题跋(外两种)[M]. 丛书集成初编本. 上海: 商务印书馆,1936.

[221] 周必大撰. 益公题跋[M]. 上海: 商务印书馆,1936.

[222] 刘克庄撰. 后村题跋[M]. 丛书集成初编本. 上海: 商务印书馆,1936.

[223] 翁方纲撰,沈津辑. 翁方纲题跋手札集[M]. 桂林: 广西师范大学出版社,2002.

[224] 施蛰存主编. 词籍序跋萃编[G]. 北京：中国社会科学出版社,1994.

[225] 金启华等编. 唐宋词集序跋汇编[G]. 南京：江苏教育出版社,1990.

十一、金石、书画、文物

[226] 翁方纲著,鸥广勇,伍庆禄补注. 粤东金石略补注[M]. 广州：广东人民出版社,2012.

[227] 陆耀遹撰. 金石续编[M]. 石刻史料新编本. 台北：台湾新文丰出版公司,1982.

[228] 陆增祥撰. 八琼室金石补正[M]. 石刻史料新编本. 台北：台湾新文丰出版公司,1982.

[229] 刘青藜撰. 金石续录[M]. 石刻史料新编本. 台北：台湾新文丰出版公司,1982.

[230] 叶昌炽撰,韩锐校注. 语石校注[M]. 北京：今日中国出版社,1995.

[231] 北京图书馆金石组编. 北京图书馆藏中国历代石刻拓本汇编[G]. 郑州：中州古籍出版社,1989.

[232] 施蛰存著. 金石丛话[M]. 北京：中华书局,1991.

[233] 朱存理辑录,韩进,朱春峰校证. 铁网珊瑚校证[M]. 扬州：广陵书社,2012.

[234] 孙凤撰. 孙氏书画钞[M]. 中国书画全书本. 上海：上海书画出版社,1994.

[235] 詹景凤著. 詹东图玄览编[M]. 中国书画全书本. 上海：上海书画出版社,1994.

[236] 孙鑛. 书画跋跋[M]. 中国书画全书本. 上海：上海书画出版社,1994.

[237] 张丑撰. 清河书画舫[M]. 中国书画全书本. 上海：上海书画出版社,1994.

[238] 卞永誉纂辑. 式古堂书画汇考[M]. 中国书画全书本. 上海：上海书画出版社,1994.

[239] 梁诗正编. 御刻三希堂石渠宝笈法帖[M]. 武汉：湖北美术出版社,2012.

[240] 张照,梁诗正等编. 石渠宝笈[M]. 中国历代书画艺术论著丛编本. 北京：中国大百科全书出版社,1997.

[241] 方薰撰. 山静居画论(外一种)[M]. 丛书集成初编本. 上海：商务印书馆,1936.

[242] 杨守敬,杨寿昌选编. 景苏园帖[M]. 武汉：湖北美术出版社,1997.

[243] 陈焯著. 湘管斋寓赏编[M]. 美术丛书本. 南京: 江苏古籍出版社,1986.

[244] 江苏省高邮市文物管理委员会供稿. 秦邮帖[M]. 南京: 南京大学出版社,1987.

[245] 刘正成主编. 中国书法全集・宋金辽编・苏轼卷[M]. 北京: 荣宝斋,1991.

[246] 张晨. 中国诗画与中国文化[M]. 沈阳: 辽宁教育出版社,1993.

[247] 戈元,甄威等集注. 晚香堂帖[M]. 哈尔滨: 黑龙江人民出版社,1995.

[248] 李福顺编著. 苏轼与书画文献集[G]. 北京: 荣宝斋出版社,2008.

[249] 古吴轩出版社编. 董其昌唐诗宋词双帖[M]. 苏州: 古吴轩出版社,2009.

[250] 上海古籍出版社编. 宋拓郁孤台法帖精选・苏轼行楷[M]. 上海: 上海书店出版社,2010.

[251] 张子英编著. 磁州窑磁枕[M]. 北京: 人民美术出版社,2000.

[252] 王兴编著. 磁州窑诗词[M]. 天津: 天津古籍出版社,2004.

十二、小说、戏曲

[253] 冯梦龙编著. 喻世明言[M]. 长沙: 岳麓书社,2005.

[254] 冯梦龙编著. 警世通言[M]. 长沙: 岳麓书社,2005.

[255] 冯梦龙编著. 醒世恒言[M]. 长沙: 岳麓书社,2005.

[256] 凌蒙初编著. 初刻拍案惊奇[M]. 北京: 中华书局,2009.

[257] 洪楩辑. 清平山堂话本(外一种)[M]. 北京: 华夏出版社,2012.

十三、词学及相关论著

(一) 东坡词

[258] 饶晓明著. 东坡词研究新思维[M]. 桂林: 广西师范大学出版社,2008.

[259] 陶文鹏著. 苏轼诗词艺术论[M]. 上海: 上海古籍出版社,2001.

[260] 崔海正著. 东坡词研究[M]. 济南: 山东大学出版社,1992.

[261] 唐玲玲著. 东坡乐府研究[M]. 成都: 巴蜀书社,1992.

[262] 苏轼研究学会编. 东坡词论丛[G]. 成都: 四川人民出版社,1982.

[263] 郑园著. 东坡词研究[M]. 北京: 北京大学出版社,2010.

[264]【日】保苅佳昭著. 新兴与传统——苏轼词论述[M]. 上海: 上海古籍出版社,2005.

[265]【日】内山精也著. 传媒与真相——苏轼及其周围士大夫的文学[M]. 上海: 上海古籍出版社,2005.

（二）唐宋词

［266］吴梅著. 词学通论［M］. 上海：复旦大学出版社,2005.

［267］夏承焘著. 唐宋词欣赏［M］. 北京：北京出版社,2009.

［268］吴世昌著,吴令华编. 吴世昌学术文丛·诗词论丛［G］. 北京：北京出版社,2000.

［269］沈祖棻著. 宋词赏析［M］. 上海：上海古籍出版社,1980.

［270］杨海明著. 唐宋词史［M］. 杨海明词学文集本. 镇江：江苏大学出版社,2010.

［271］杨海明著. 唐宋词纵横谈［M］. 苏州：苏州大学出版社,1994.

［272］刘尊明,王兆鹏著. 唐宋词的定量分析［M］. 北京：北京大学出版社,2012.

［273］钱锡生著. 唐宋词传播方式研究［M］. 上海：复旦大学出版社,2009.

［274］谭新红著. 宋词传播方式研究［M］. 武汉：武汉大学出版社,2010.

［275］陈水云著. 唐宋词在明末清初的传播与接受［M］. 北京：中国社会科学出版社,2010.

［276］朱丽霞. 清代辛稼轩接受史［M］. 济南：齐鲁书社,2005.

［277］刘双琴. 六一词接受史研究［M］. 广州：中山大学出版社,2011.

（三）明清词

［278］严迪昌著. 清词史［M］. 北京：人民文学出版社,2011.

［279］张仲谋著. 明词史［M］. 北京：人民文学出版社,2002.

（四）其他

［280］任半塘著. 唐声诗［M］. 上海：上海古籍出版社,1982.

［281］王水照著. 苏轼［M］. 上海：上海古籍出版社,1981.

［282］苏轼研究学会编. 东坡诗论丛［G］. 成都：四川人民出版社,1983.

［283］苏轼研究学会编. 东坡文论丛［G］. 成都：四川文艺出版社,1986.

［284］苏轼研究学会编. 东坡研究论丛［G］. 成都：四川文艺出版社,1986.

［285］李德身著. 王安石诗文系年［M］. 西安：陕西人民教育出版社,1987.

［286］吴雪涛著. 苏文系年考略［M］. 呼和浩特：内蒙古教育出版社,1989.

［287］东方龙吟著. 解读苏东坡：女性·情感［M］. 南京：江苏文艺出版社,2006.

［288］王兆鹏,尚永亮主编. 文学传播与接受论丛［G］. 北京：中华书局,2006.

［289］杨晓霭著. 宋代声诗研究［M］. 北京：中华书局,2008.

[290] 王友胜著. 苏诗研究史稿[M]. 北京：中华书局,2010.

[291] 王兆鹏,尚永亮主编. 文学传播与接受论丛(第二辑)[G]. 北京：中华书局,2007.

[292] 王兆鹏,尚永亮主编. 文学传播与接受论丛(第三辑)[G]. 北京：中华书局,2011.

十四、期刊论文、会议论文

（一）东坡词编年

[293] 唐玲玲. 东坡词系年考辨之一[C] //苏轼研究学会编. 东坡词论丛. 成都：四川人民出版社,1982：189—197.

[294] 张志烈. 苏轼由杭赴密词杂议[C] //苏轼研究学会编. 东坡词论丛. 成都：四川人民出版社,1982：198—213.

[295] 林冠群. 苏轼《西江月》写作的时间和地点[C] //苏轼研究学会编. 东坡词论丛. 成都：四川人民出版社,1982：226—230.

[296] 张志烈. 苏词三首系年辨[C] //朱东润,李俊民等主编. 中华文史论丛(第二十七辑). 上海：上海古籍出版社,1983：161—174.

[297] 刘崇德. 苏词编年考[J]. 河北大学学报(哲学社会科学版),1984,(3)：64—75.

[298] 吴雪涛. 苏词四首系年商兑[J]. 河北师范大学学报(哲学社会科学版),1988,(1)：17—54.

[299] 王文龙. 苏词五首作年考[J]. 盐城师专学报(社会科学版),1989,(3)：13—17.

[300] 吴雪涛. 苏词三首考证[J]. 河北师院学报(社会科学版),1992,(1)：54—59.

[301] 吴雪涛. 苏词编年考辨两则[J]. 河北师范大学学报(社会科学版),1993,(1)：21—27.

[302] 吴雪涛. 苏词编年辨证——《东坡乐府编年笺注》献疑之一[C] //中华书局编辑部编. 文史(第四十辑). 北京：中华书局,1994：195—204.

[303] 孙民. 关于十三首东坡乐府的编年[J]. 辽宁大学学报(哲学社会科学版),1994,(2)：32—38.

[304] 孙民. 关于十二首东坡乐府的编年[J]. 西安教育学院学报,1996,(3)：6—11.

[305] 朱靖华. 论苏轼词始作于嘉祐初年[J]. 黄冈师范学院学报,1999,(5)：41—45.

[306] 张志烈. 苏词二首系年略考[J]. 黄冈师范学院学报,2002,(1)：28—32.

[307] 王宗堂,邹同庆. 苏词编年与辨伪[C] //中国人民大学中文系主

办. 中国苏轼研究(第一辑). 北京：学苑出版社,2004：313—337.

[308] 陈新雄. 苏轼《蝶恋花》(花褪残红青杏小)一词的写作年代与寄托意义蠡测[C] //中国人民大学中文系主办. 中国苏轼研究(第一辑). 北京：学苑出版社,2004：351—370.

[309] 东方龙吟. 苏轼词作编年新说[C] //中国人民大学中文系主办. 中国苏轼研究(第二辑). 北京：学苑出版社,2005：399—420.

[310] 喻世华.《西江月》(世事一场大梦)系年考辨[J]. 重庆邮电学院学报(社会科学版),2006,(5)：730—743.

[311] 李小龙. 东坡词补考[J]. 南阳师范学院学报,2007,(5)：39—45.

[312] 胡建升. 苏轼《浪淘沙·探春》编年补正[J]. 文学遗产,2009,(5)：106.

[313] 杨松冀. 此"东城"非彼"东城"——《苏轼〈浪淘沙·探春〉编年补正》之补正[J]. 黄冈师范学院学报,2009,(2)：123—124.

[314] 彭文良,木斋. 苏轼《少年游》(玉肌铅粉傲秋霜)编年详考[J]. 天中学刊,2013,(1)：100—101.

(二) 东坡词石刻

[315] 谈化文. 江苏盱眙县第一山发现苏轼所书《行香子》词摩崖[J]. 书法,1985,(3)：23—24.

[316] 徐超文. 谈新发现的苏轼《行香子》词石刻[J]. 文物研究,1986,(2)：115—118.

[317] 丁永淮. 杨葆初、杨守敬合力完成《景苏园帖》石刻[C] //湖北省文史研究馆编. 楚天笔荟. 上海：上海书店出版社,1993：92—93.

[318] 翔之. 苏东坡与济渎岩[J]. 文物春秋,2004,(5)：1—7.

(三) 东坡词瓷枕

[319] 马小青. 磁州窑瓷枕上书写的苏东坡词[J]. 收藏界,2006,(11)：78—80.

[320] 崔永超. 苏东坡词与磁州窑枕. 收藏家,2007,(10)：28—30.

[321] 王兴,李寒梅. 磁州窑瓷器上的诗词曲赋[J]. 文物天地,2010,(12)：32—37.

(四) 东坡词名篇传播与接受

[322] 刘德. 千古第一悼亡词的经典化历程——《江城子·记梦》接受视野的历史嬗变[J]. 鸡西大学学报,2008,(5)：112—115.

[323] 郁玉英,王兆鹏. 宋词第一名篇《念奴娇·赤壁怀古》经典化探析[J]. 齐鲁学刊,2009,(6)：115—121.

[324]【日】池田智幸. 苏轼《江神子·密州出猎》词的接受与评价——二十世纪中叶中国词学界发现的"豪放"词[C] //陈水云,潘碧华主编. 词学国际学术研讨会论文集. 马来西亚吉隆坡：马来亚大学马来西亚华人研究中心,

2012：532—547.

[325] 陈斌. 苏轼《洞仙歌》流传与接受中的三个问题[J]. 江苏科技大学学报(社会科学版),2013,(2)：44—49.

（五）唐宋词传播与接受研究

[326] 王兆鹏. 宋文学书面传播方式初探[J]. 文学评论,1993,(2)：122—131.

[327] 王兆鹏. 宋词的口头传播方式初探——以歌妓唱词为中心[J]. 文学遗产,2004,(6)：51—64.

[328] 杨金梅. 音乐与辞章：宋词的两种传播方式[J]. 贵州文史丛刊,2005,(2)：26—29.

[329] 王兆鹏. 中国古代文学传播研究的六个层面[C]//王兆鹏,尚永亮主编. 文学传播与接受论丛. 北京：中华书局,2006：1—12.

[330] 王兆鹏. 宋代的“互联网”——从题壁诗词看宋代题壁传播的特点[J]. 文学遗产,2010,(1)：56—67.

[331] 王兆鹏. 唐宋词与MTV(一)[J]. 文史知识,2010,(3)：127—129.

[332] 王兆鹏. 唐宋词与MTV(二)[J]. 文史知识,2010,(4)：147—148.

[333] 王兆鹏. 唐宋词与MTV(三)[J]. 文史知识,2010,(5)：127—129.

[334] 王兆鹏. 唐宋词与MTV(四)[J]. 文史知识,2010,(6)：140—144.

[335] 王兆鹏. 唐宋词与MTV(五)[J]. 文史知识,2010,(7)：148—152.

[336] 王兆鹏. 唐宋词与MTV(六)[J]. 文史知识,2010,(8)：111—120.

[337] 钱锡生. 传播方式的改变与唐宋词的演进[J]. 文艺理论研究,2011,(2)：11—17.

[338] 钱锡生. 梦路何由到海东——唐宋词在日本的传播和接受[J]. 中国比较文学,2011,(4)：59—67.

[339] 钱锡生. 论唐宋词在韩国的传播与接受[J]. 江海学刊,2013,(3)：188—193.

（六）其他

[340] 陈乃乾. 宋长兴施氏父子事迹考[J]. 学林(第六辑),民国三十年(1941)：81—115.

[341] 张鸣铎. 阁帖源流述略[J]. 文博,1987,(5)：51—55.

[342] 徐无闻. 成都西楼苏帖初笺[J]. 西南师范大学学报(哲学社会科学版),1990,(2)：105—119.

[343] 沈乃文. 胡仔及《苕溪渔隐丛话》历代版本[J]. 文献,2006,(3)：23—40.

[344] 胡建次. 清代论词绝句的运用类型[J]. 广西社会科学,2009,(2)：88—95.

[345] 陈超. 康熙御书苏轼《中吕·满庭芳》赏析[J]. 文物天地,2009,

(12)：120—121.

［346］刘栋.《生查子》词调探微［J］.邢台学院学报,2010,(4)：30—32.

［347］曾枣庄.苏词研究六十年［C］//马兴荣,邓乔彬等主编.词学(第24辑).上海：华东师范大学出版社,2010：43—63.

［348］孙克强,杨传庆.《云韶集》辑评之一［J］.中国韵文学刊,2010,(3)：45—72.

［349］孙克强,杨传庆.《云韶集》辑评之二［J］.中国韵文学刊,2010,(4)：45—68.

［350］孙克强,杨传庆.《云韶集》辑评之三［J］.中国韵文学刊,2011,(1)：27—57.

［351］孙克强,杨传庆.《云韶集》辑评之四［J］.中国韵文学刊,2011,(2)：77—102,111.

［352］李跃林.苏轼的美学理念及王懿荣旧藏《苏轼书满庭芳词帖》辨伪［J］.书画艺术学刊,2011,(10)：219—242.

［353］张宏生.清词文献整理三十年——《全清词·雍乾卷》出版答〈词学〉编辑部问［C］//马兴荣,邓乔彬主编.词学(第29辑).上海：华东师范大学出版社,2013：229—240.

［354］蔡文.词学文献整理与研究的新境界——《全清词·雍乾卷》出版之意义［C］//马兴荣,邓乔彬主编.词学(第29辑).上海：华东师范大学出版社,2013：241—250.

［355］钱建状.定量分析在词学研究中的成果尝试——评《唐宋词的定量分析》［C］//马兴荣,邓乔彬主编.词学(第29辑).上海：华东师范大学出版社,2013：251—257.

十五、硕博论文

（一）东坡词传播与接受研究

［356］康晓娟.两宋词学对苏轼“以诗为词”的接受［D］.北京：首都师范大学,2000.

［357］张芸慧.苏轼词之传播及各家对苏词之论述研究——以文献流传为主要观点［D］.新北：淡江大学,2001.

［358］张殿方.苏轼词接受史研究——北宋中叶至清代［D］.济南：山东师范大学,2003.

［359］杨蓉.论东坡词在宋金元的传播与接受［D］.福州：福建师范大学,2004.

［360］邓佳瑜.稼轩词借鉴东坡作品及其轶事之研究［D］.台南：“国立成功大学”,2005.

［361］彭文良.秦观、黄庭坚对东坡词的接受研究［D］.长春：吉林大

学,2007.

[362] 王梽先. 苏轼词在北宋元祐时期的接受[D]. 兰州: 西北师范大学,2007.

[363] 邱全成. 苏轼词的接受与影响——从期待视野的角度观之[D]. 彰化: 国立彰化师范大学,2009.

[364] 黄水平. 论阳羡词派对苏辛的接受与发展[D]. 重庆: 西南大学,2011.

[365] 李怡霖. 苏词传唱及其多样化风格之构成[D]. 兰州: 西北师范大学,2011.

[366] 白冰. 苏轼词传播在北宋时期的控制研究[D]. 上海: 华东理工大学,2012.

[367] 周敏. 金代苏轼诗词的传播方式研究[D]. 沈阳: 沈阳师范大学,2013.

(二) 唐宋词传播与接受研究

[368] 宋兵. 清真词接受史研究[D]. 北京: 中国社会科学院研究生院,2001.

[369] 张璟. 清代苏词接受史稿[D]. 上海: 复旦大学,2002.

[370] 仲冬梅. 苏词接受史研究[D]. 上海: 华东师范大学,2003.

[371] 陈福升. 柳永、周邦彦词接受史研究[D]. 上海: 华东师范大学,2004.

[372] 刘寒娥. 传播学视野下的唐宋词分析[D]. 呼和浩特: 内蒙古大学,2005.

[373] 张航. 姜夔词传播与接受研究[D]. 福州: 福建师范大学,2006.

[374] 李克. 宋代歌妓与宋词的传播[D]. 长春: 东北师范大学,2006.

[375] 李春英. 宋元时期稼轩词接受研究[D]. 济南: 山东大学,2007.

[376] 李世前. 清代词话与词的传播关系研究[D]. 保定: 河北大学,2007.

[377] 颜文郁. 韦庄词之接受史[D]. 台南: "国立成功大学",2009.

[378] 薛乃文. 冯延巳词接受史[D]. 台南: "国立成功大学",2009.

[379] 薛孟佳. 宋代柳永词传播初探[D]. 重庆: 重庆大学,2009.

[380] 曾春英. 欧阳修词接受史研究[D]. 南昌: 南昌大学,2009.

[381] 李伟. 李清照接受史研究[D]. 保定: 河北大学,2009.

[382] 史华娜. 接受视野下的追和词研究[D]. 南京: 南京师范大学,2009.

[383] 柯玮郁. 晏几道《小山词》接受史[D]. 台南: "国立成功大学",2010.

[384] 骆维颖. 秦观词的清代接受研究[D]. 西安: 西北大学,2010.

[385] 许淑惠.秦观词接受史[D].台南:“国立成功大学”,2010.
[386] 余业成.明代稼轩词的接受[D].南昌:南昌大学,2010.
[387] 朱伟杰.宋代女性词人词作传播研究[D].兰州:兰州大学,2010.
[388] 黄思萍.李煜词接受史[D].台南:“国立成功大学”,2012.
[389] 王玉娟.清代对秦观词的接受研究——以云间词派、常州词派为例[D].曲阜:曲阜师范大学,2012.
[390] 陈宥伶.陆游词接受史[D].台南:“国立成功大学”,2012.
[391] 陈术.清代王沂孙词接受史[D].武汉:中南民族大学,2012.
[392] 袁晓聪.南唐词的传播与接受研究——以李煜和冯延巳为中心[D].兰州:兰州大学,2013.
[393] 林淑华.姜夔词接受史[D].台南:“国立成功大学”,2013.
[394] 娄美华.梦窗词接受研究[D].长春:吉林大学,2013.

后记：回首向来萧瑟处，也无风雨也无晴

在本课题研究的创作实践中，笔者积累了一些心得，总结了一些经验。“实践出真知”，这些切身体悟，是本课题研究的“副产品”，不忍弃之，故而以后记聊缀于后。

一、创作步骤

本课题研究的创作过程，大抵分为确立目标、搜集材料、整理素材、形成初稿、修改润色五个阶段。

（一）确立目标

目标，是前进的方向。“大海航行靠舵手”，舵手之所以重要，是因为他掌握着方向。没有目标，就只能漫无目的地漂泊，随波上下，顺风则行，逆风则退。目标，是检验成功与否的标准。成功，不是外在的评价，也不是指标的衡量，而是离自己理想中的目标越来越近，每天进步一点点，一步步地靠近，“如鱼饮水，冷暖自知”。目标，是预期的收获，“一分耕耘一分收获”，春耕、夏耘之后，方能秋收、冬藏。然而，理想与现实之间，终究有一段距离。古语有云：“取法乎上，仅得其中；取法乎中，仅得其下。”晏殊《鹊踏枝》词云：“昨夜西风凋碧树，独上高楼，望尽天涯路。”“独上高楼”，方能“望尽天涯路”，因此，目标要定得远大。“眼高手低”，并不是贬义词，眼界高远、开阔，才能带动实践，取得进步；“眼”和“手”同等高，只能原地踏步，并且自我感觉非常好。当然，不懈努力和辛勤付出并不一定有回报；然而，倘若不努力、不付出，必然没有收获。

本课题研究的目标定位，是将其作为笔者整个学生时代的最后一部学术论著来写，作为前二十七年人生逆旅、十九年读书生涯、七年苏大求学经历、五年东坡词研读的一个总结，告一段落。苏轼《和子由渑池怀旧》诗云：“人生到处知何似，应似飞鸿踏雪泥。泥上偶然留指爪，鸿飞那复计东西。”这部论著，是笔者有憾、无悔的青春岁月的留痕。他年之后，闲来无聊，回首往事，

可以知道,自己曾经这样走过。

（二）搜集材料

确立目标,是理念层面的第一步;搜集材料,是实践层面的第一步。“巧妇难为无米之炊”,创作亦如是。在动笔之前,须要做大量的基础工作。材料的搜集,需要的是文献学的知识;文献掌握不足,收集的材料就不够完备;材料不够完备,得出的结论就不具说服力。搜集材料,须要花费大量的时间。本课题研究的基础工作,其工作量是相当大的,试以名家词选、词人创作领域为例说之。

笔者以一人之力纯手工翻检了宋代、明代、清代的名家词选合计共有三十部。宋代七部,黄大舆《梅苑》十卷,曾慥《乐府雅词》五卷,《增修笺注妙选群英草堂诗余》四卷(前后集各分上下卷),黄昇《唐宋诸贤绝妙词选》十卷、《中兴以来绝妙词选》十卷,赵闻礼《阳春白雪》八卷,周密《绝妙好词》八卷;明代九部,周履靖《唐宋元明酒词》二卷,程敏正《天机余锦》四卷,茅暎《词的》四卷,陈钟秀《精选名贤词话草堂诗余》二卷,杨慎批点本《草堂诗余》五卷,杨慎《词林万选》四卷,陈耀文《花草粹编》十二卷,卓人月《古今词统》十六卷,潘游龙《精选古今诗余醉》十五卷;清代十四部,朱彝尊、汪森《词综》三十六卷,先著、程洪《词洁》六卷,沈辰垣等《御选历代诗余》一百卷,夏秉衡《历朝名人词选》十三卷,黄苏《蓼园词选》不分卷(以一卷计),张惠言《词选》二卷,董毅《续词选》二卷,周济《词辨》二卷,周济《宋四家词选》不分卷(以一卷计),戈载《宋七家词选》七卷,冯煦《宋六十一家词选》十二卷,陈廷焯《词则》(四集)二十四卷,王闿运《湘绮楼词选》三编(以三卷计),梁令娴《艺蘅馆词选》五卷;合计共有三百三十七卷。其中,《御选历代诗余》有一百卷,每天用2小时翻阅一卷,翻完需要不止3个月的时间。

笔者以一人之力纯手工翻阅了《全宋词》五册5141页、《全金元词》两册1314页、《全明词》六册3450页、《全明词补编》两册1126页、《全清词·顺康卷》二十册11872页、《全清词·顺康卷补编》四册2519页、《全清词·雍乾卷》十六册9040页、《历代韩国词总集》一册406页,合计共有五十六册34868页。翻阅的速率是每小时200页,这项工程需要花费174.34个小时,以每天用2小时计,需要87.17天,将近3个月时间。

这两项工作做下来,收获是非常大的,初衷是搜集词选、创作领域的材料,然而,不经意间往往有出人意料的收获,如歌唱、石刻、词论等领域的材料,而这些材料又恰恰是其他文献中所没有的,为之窃喜良久。

（三）整理素材

搜集的材料须要进行分类整理,才能成为创作的素材。这一步是至关重要的,处于承上启下的地位,论著能否出彩,至少一半在于此,若是做得不好,功亏一篑,上一步花费的大量时间,也都是徒劳。老子《道德经》云:“治大国,若烹小鲜。”创作,就好比是做菜。搜集材料,相当于去菜市场买菜;整理素材,相当于对买回来的菜作挑选、清洗、刀切、搭配等前期处理。然而，整理材料，要比配菜难得多。配菜，有菜谱可参考，有经验可借鉴。比如，雪菜，可以炒肉丝，可以炒冬笋，可以炒蚬肉，可以炒蚌肉，也可以做雪菜蛋汤；茭白，可以炒鸡蛋，可以炒肉丝，也可以做油焖茭白。创作，需要灵感和创见，是具有很强的主观性的，千篇一律、千人一面、没有个性色彩的东西，说不上是优秀的作品。

对材料进行分类整理，实际上已经体现了创作思路。分哪些类目，怎么分法，没有创作思路，是分不出来的。配菜配得不好，再好的食材，再高的厨艺，做出来的菜也不好吃。素材整理得不好，材料的价值就得不到充分的体现；而素材整理得好，已经是成功的一半了。对材料进行分类整理，实际上，也是一个熟悉材料的过程，材料烂熟于心之后，方能信手拈来，随“意”取用，让材料为我所用。创作，是要驾驭材料，体现自己的理念、思考，而不能在浩如烟海、绚丽斑斓的材料中迷失了自己。

（四）形成初稿

形成初稿，是一个从无到有的过程，是最有难度的一个环节。在正式动笔行文之前，最好是先拟定提纲。就像造房子，先要绘制蓝图一样。提纲，须列出三级标题，这就是论著目录的雏形（标题须要打磨）。完美的论著，目录一定是三级标题：章，节，一、二、三。目录，是一部论著的总纲，最佳的效果是，只要看了目录整部论著就可“一览无余”、整体把握。以前造木结构的房子，先立柱、架梁、钉椽，完成整个木结构，然后才是砌墙、盖瓦、铺地。这样的房子结构很坚固，墙倒柱不倒。论著的结构，就像是骨格，是高是矮，起到决定性的作用；论著的内容，就像是肌肉，起到修饰性的作用，只有胖瘦之分，并无高矮之别。瘦了，可以吃胖；胖了，可以减肥。而身高，是拉不长也缩不短的。说结构也好，纲目也好，实际上就是条理。条分缕析，纲举目张。提纲挈领，顺不可数。《韩非子·外储说右下》云：“善张网者引其纲，不一一摄万目而后得。”《荀子·劝学》云：“若挈裘领，诎五指而顿之，顺者不可胜数也。”《孟子·万章下》云：“集大成也者，金声而玉振之也。金声也者，始条理也；玉振之也者，终条理也。始条理者，智之事也。终条理者，圣之事也。”舒芜在为唐玲玲《东坡乐府研究》作的《序》中云：

> 讲求条理特别重要，宁可失之浅薄，将来还能深下去，不可失之汗漫函胡，永远没有明白过来的时候……有些人对此一概嗤鄙为浅薄，其实他们所自矜的“高深”，往往只能在汗漫函胡的纱幕后面显得多么了不起似的，如果稍加以条理化，未必还有多少内容吧。即使是比较浅薄的条理，也只能沿着条理化的方向来提高它，使之成为更细致更丰满的条理，而不是越提高越趋于没条理。①

① 唐玲玲著《东坡乐府研究》，成都：巴蜀书社，1992 年，2 页。

如果说搜集材料、整理素材，需要的是文献学的知识；那么，形成初稿，需要的是文艺学的知识。创作，须要调动一切积极因素，发挥主观能动性，对素材进行艺术化的“再加工”。厨师炒菜，有所谓的秘方；创作，应有风格特性。从无到有，难度是相当大的，可谓是“炼狱”。有的时候，一句话、一个词、一个标点，都要反复斟酌方能下笔。奶牛，“吃的是草，挤的是奶”，从“草”到“奶”，是一个内化、质变、外化的过程，必须有足够充分的时间。今天吃下去明天就挤出来的，不是奶，是垃圾。再譬喻之，怀胎十月，方能临盆。早产，不免有这样那样的不足，先天缺陷，是后天再怎么也无法弥补的。中医是老的好，辨症治病，经验很重要。做古代文学的课题研究，也是如此，必须有时间的积淀，急就篇是不行的。

（五）修改润色

初稿，只是半成品，经过修改、润色，才是成品，才能成为具有欣赏价值的艺术品。以造房子譬喻之，初稿，就像是毛坯房，是不能入住的；修改、润色，就像是装修，装修的风格，体现主人的审美理念、生活方式。同样的，文笔，体现的是作者的思想情感、个性特征。再以做菜譬喻之，初稿，就像是在锅里炒菜，放调料解决的是咸淡酸甜问题；修改、润色，就像是装盘，讲求色、声、香、味、形俱全。“吃”，是一门艺术，是味觉、视觉、嗅觉全方位的调动。视觉，不仅体现在色彩搭配上，还体现在造型上，如松鼠桂鱼，不是真的有一只松鼠，而是尾巴上翘活脱脱像一只松鼠。听觉，如响油鳝糊，刚端上桌，热油一浇，哧啦一声。论著创作完成初稿之后，一定要有充分的时间来修改、润色，有时是要不断地修改、润色。若是一下子暂时不能见效，则须要放一段时间之后再看，经过一段时间的沉淀，会有惊喜出现。

二、创作方法

本课题研究的创作方法，最主要的是综合归纳法和演绎分析法。综合归纳法，用来形成自己的观点；综合归纳法，用来阐释他人的观点。

（一）综合归纳法

观点，不是凭空产生的，而是在充分占有材料的基础上，从材料中总结、归纳出来的。对材料进行分类整理形成素材的目的，是为了形成观点。若是材料掌握得不够充分，则无从得出观点。材料之丰，浩如烟海，要将其搜全，绝对是不可能的，要将其看全，时间也不允许；但是，材料，要尽可能的完备。因为归纳法存在必然的局限性，只有充分、足够的材料，才能支撑观点；不然，观点是站不住脚的，摇摇欲坠，不攻自破。当然，再完备的材料，也总有反例、例外，这也不足为怪。

综合归纳法，先要将材料以不同的视角进行归类，然后进行考察、分析。论著要创新，无非两个层面，一个是发现新材料，一个是角度与众不同。发现新材料，是非常困难的，需要坚韧不拔的探索精神，诚如王安石在《游褒禅山记》所云："夫夷以近，则游者众；险以远，则至者少。而世之奇伟、瑰怪，非常之观，常在于险远，而人之所罕至焉，故非有志者不能至也。有志矣，不随以止也，然力不足者，亦不能至也。有志与力，而又不随以怠，至于幽暗昏惑而无物以相之，亦不能至也。"对于大家都很熟悉的材料，出新之法在于转换视角，从与众不同的角度去考察、分析，以便"推陈出新"。苏轼《题西林壁》云："横看成岭侧成峰，远近高低各不同。"看山，是如此，看材料，也是如此。材料，是多面体，若为其题所限，必然只能看到一面。从不同的角度观察，会有不同的发现。苏轼的"八面受敌"法和"三抄《汉书》"法，对于我们转变视角观照材料很有启发。

苏轼《与王庠尺牍五首》其五云：

卑意欲少年为学者，每一书皆作数过读之。书富如入海，百货皆有之，人之精力，不能兼收尽取，但得其欲求者耳。故愿学者，每次作一意求之，如欲求古人兴亡治乱圣贤作用，但作此意求之，勿生余念，又别作一次求事迹故实典章文物之类，亦如之，他皆仿此。此虽迂钝，而他日学成，八面受敌，与涉猎者不可同日而语也。①

陈鹄《耆旧续闻》卷一载：

朱司农载上尝分教黄冈，时东坡谪居黄，未识司农公。客有诵公之诗云："官闲无一事，蝴蝶飞上阶。"东坡愕然日："何人所作？"客以公对。东坡称赏再三，以为深得幽雅之趣。异日，公往见，遂为知己。自此，时获登门。

偶一日，谒至。典谒已通名，而东坡移时不出。欲留，则伺候颇倦；欲去，则业已达姓名。如是者久之，东坡始出，愧谢久候之意。且云："适了些日课，失于探知。"坐定，他语毕，公请曰："适来先生所谓日课者何？"对曰："抄《汉书》。"公曰："以先生天才，开卷一览，可终身不忘，何用手抄邪？"东坡曰："不然，某读《汉书》，到此凡三经手钞矣。初则一段事，抄三字为题；次则两字；今则一字。"公离席复请曰："不知先生所抄之书，肯幸教否？"东坡乃令老兵就书几上取一册至。公视之，皆不解其义。东坡云："足下试举题一字。"公如其言，东坡应声辄诵数百言，无一字差缺。凡数挑，皆然。公降叹良久，曰："先生真谪仙才也！"②

苏轼所谓的"每次作一意求之"、"三字为题"、"两字为题"、"一字为题"，本质上是一致的，是以不同的视角来对同一则材料进行多元观照，每一个视角侧重一个核心主题。在创作中，将"八面受敌"法和"三抄《汉书》"法与直观的做表格法相结合，一个主题一个栏目，既有横向比较，又有纵向比较，具有事半功倍的效果。

① 苏轼著，茅维编《苏轼文集》，北京：中华书局，1986 年，1821 页。
② 陈鹄撰《西塘集耆旧续闻》（外两种），北京：中华书局，2002 年，289 页。

（二）演绎分析法

以本课题研究而言，词论领域，尤其需要演绎分析法。

从诗、词的文体差异与联系看，东坡词词论中，有的将东坡词与《诗经》中的《考槃》《柏舟》诗"相提并论"，有的将东坡词与杜甫的《忆舍弟》《孤雁》《佳人》诗"同日而语"。在阐释这些词论时，从东坡词本身的层面去探讨之外，还要研读《诗经》、杜诗，两相结合，寻求其间的契合点，这是评论者立论的基石、出发点；还要联系评论者的词学观念、审美理念，这是评论者立论的归宿、落脚点。建立《诗经》、杜诗与东坡词的联系，只是其手段而已，表达词学观念、审美理念，才是评论者的最终目的，他们不是纯粹为了解读东坡词而评东坡词，而是将对东坡词的解读作为阐释词学观念、审美理念的鲜活例证，有时甚至是对东坡词进行误解和曲解。因此，我们要透过《诗经》、杜诗与东坡词之间联系的表象，挖掘下去，捕捉深层的词学观念、审美理念。

从评论者的主体差异与联系看，有些词论者，如明代的杨慎、清代的陈廷焯等，其观点不止见于一处，且不是一成不变的，因此，在探讨其某一阶段的某种观点时，须要联系他们不同时期对于同一问题的不同观点，结合起来进行观照，寻求其间的对应与互补关系。比如，杨慎批点本《草堂诗余》中的词论，要与其《词品》对应起来观照，寻找其间的差异与联系。陈廷焯《词则》四集（《大雅集》《放歌集》《别调集》《闲情集》）中的词论，既要与其早期词选《云韶集》中的观点作对照，又要与其《白雨斋词话》中的观点作对照，寻找其间的差异与联系。

三、创作收获

通过本课题研究的创作实践，笔者完成了自我的又一次超越。

（一）研读苏词、寻访东坡足迹相结合

读万卷书，行万里路，两者理应并行不悖。创作，整天在电脑前坐着，整天埋首故纸堆，是不行的，需要到外面去"接接地气"。象牙之塔，越往上走越狭小，越往上走越寂寞，"高处不胜寒"、"何似在人间"。做学问，是要作好做冷板凳的准备的，而笔者恰又是个耐不住寂寞、喜欢热闹的人。无论是文学创作，还是艺术创作，"采风"非常重要，在创作期间，笔者游历了镇江金山寺妙高台、北固山甘露寺多景楼、常州东坡公园等地。以后，京杭大运河一线的浙江杭州、湖州、江苏扬州，长江一线的四川眉山（眉州）、湖北黄冈（黄州），沿海的山东诸城（密州）、广东惠阳（惠州）、海南岛（儋州）等地，都可以去走一走、看一看，即使研读苏词不能继续了，也要将"寻访东坡足迹"之旅继续下去。

（二）养成良好的学习、生活作息习惯

早睡早起，晚睡晚起，其利大致相当，其弊后者更甚。熬夜的教训，至今记忆犹新。做学问，要学会养生，养生很重要。苏轼《墨妙亭记》云："凡有物必归于尽，而恃形以为固者，尤不可长，虽金石之坚，俄而变坏……物之有成必有坏，譬如人之有生必有死，而国之有兴必有亡也。虽知其然，而君子之养身也，凡可以久生而缓死者无不用；其治国也，凡可以存存而救亡者无不为，至于无可奈何而后已。"①苏轼本人即非常重视养生，南迁生还，积极乐观的心态之外，养生哲学也功不可没。良好的作息习惯，即是养生之道。在长期的创作实践中，笔者养成了适合自己的学习、生活的作息习惯：上午，在电脑前安静地创作；中午，保证充分的休息时间；下午，开着网络收音机在电脑前创作；晚上，保证一个小时的时间阅读纸质书籍；夜里，保证睡眠时间与质量。

（三）转变调整应对困难、挫折的心态

有人说，创作是快乐的。有人说，创作是痛苦的。有人说，创作的过程是痛苦的，创作的收获是喜悦的。"衣带渐宽终不悔，为伊消得人憔悴"（柳永《凤栖梧》），这必然可用来形容创作的痛苦过程；"众里寻他千百度，蓦然回首，那人却在灯火阑珊处"（辛弃疾《青玉案》），这，或许是可用来形容收获的喜悦。本部论著的创作过程，与苏轼谪居黄州的人生经历非常相似。"万事开头难"，一开始无从着手，不知从何下笔，充满了迷茫和痛苦。如今，心情是复杂的，既有一种如释重负的畅快淋漓的解脱感，又有一种最终告别的依依眷恋的不舍感。

元丰三年二月初到黄州，苏轼内心充满了愤愤不平和不服之气。一方面，苏轼用托物言志的手法，将其隐藏在诗、词的字里行间。《寓居定惠院之东杂花满山有海棠一株，土人不知贵也》诗中，苏轼以海棠自况，寄寓了沦落天涯之感："江城地瘴蕃草木，只有名花苦幽独。嫣然一笑竹篱间，桃李漫山总粗俗。也知造物有深意，故遣佳人在空谷……雨中有泪亦凄怆，月下无人更清淑……陋邦何处得此花，无乃好事移西蜀。寸根千里不易到，衔子飞来定鸿鹄。天涯流落俱可念，为饮一樽歌此曲。"②《贺新郎》（乳燕飞华屋）、《卜算子》（缺月挂疏桐）词中，苏轼托榴花、孤鸿，表达了无人领会的幽愁暗恨。另一方面，苏轼故作达观，以贬谪之地为美，《初到黄州》中云："长江绕郭知鱼美，好竹连山觉笋香。逐客不妨员外置，诗人例作水曹郎。"③实际上，这反映了内心深处的抗争精神和骨子里的倔强个性。

经过四年多的冷静思考，在思想、性情上苏轼完成了转型。元丰七年四月离别黄州，苏轼对黄州以及生活在这片土地上的人们，充满了深深的眷恋和不舍。留别雪堂邻里而作的《满庭芳》云：

归去来兮，吾归何处，万里家在岷峨。百年强半，来日苦无多。坐见黄州再闰，儿童尽、楚语吴歌。山中友，鸡豚社酒，相劝老东坡。　云何。当此去，人生底事，来往如梭。待闲看，秋风洛水清波。好在堂前细柳，应念我、莫剪柔

---

① 苏轼著，茅维编《苏轼文集》，北京：中华书局，1986 年，355 页。
② 苏轼著，王文诰辑注《苏轼诗集》，北京：中华书局，1982 年，1036－1037 页。
③ 苏轼著，王文诰辑注《苏轼诗集》，北京：中华书局，1982 年，1032 页。

柯。仍传语，江南父老，时与晒渔蓑。

渡江至武昌，夜行山间，听到对岸黄州城楼上的鼓声和角声，回眸一望、挥手作别，苏轼写下了《过江夜行武昌山上》诗：

清风弄水月衔山，幽人夜度吴王岘。黄州鼓角亦多情，送我南来不辞远。

江南又闻出塞曲，半杂江声作悲健。谁言万方声一概，鼍愤龙愁为余变。

我记江边枯柳树，未死相逢真识面。他年一叶泝江来，还吹此曲相迎饯。

想苏轼此时此刻，眼中必然是满含着泪水，因为，经过四年多的生活，经过四年多的相处，他已深深地爱上了这方土地和生于斯、长于斯的父老乡亲。黄州，无论是现实世界还是精神世界里，都是他的第二故乡。其后，苏轼在《书韩魏公黄州诗》中云："黄州山水清远，土风厚善。其民寡求而不争，其士静而文，朴而不陋。虽闾巷小民，知尊爱贤者。"①若非亲身经历，怎会写出如此饱含深情的文字？

《定风波》（莫听穿林打叶声）中云："回首向来萧瑟处，归去，也无风雨也无晴。"用来形容此时此刻的心境，最合适不过。

学生时代有限，学术生涯有限。吾生有涯，事业无涯。笔者的书斋，叫"采芸香之斋"，用意在即于此。人说我嗜书如蠹鱼，殊不知，是在采那杀蠹的芸香。流水不腐，户枢不蠹。一旦放下，再要拿起来就难了。我的博客叫"木鱼冷禅"，其用意，是告诫自己天天坚持，就像木鱼要天天敲一样。人说，做学问是坐冷板凳，不免有些凄凉，笔者学苏轼，故作达观想，自我调侃，是在参冷禅。

苏学广如海，苏词深如海。笔者是东坡词的业余"票友"、忠实爱好者。能力有限，时间挺紧，疏漏、不足之处，敬请大方之家批评指正，万分感激之至！

车渡陈景周

于娄下采芸香之斋

起于癸巳十二月十九日　东坡先生诞辰一千〇七十有七年

迄于甲午三月十九日

① 苏轼著，茅维编《苏轼文集》，北京：中华书局，1986 年，2155 页。